テーマ・ジャンルからさがす

物語・お話絵本

2011 - 2013

An Index

of

Japanese Story Picturebooks

and

Foreign Story Picturebooks

Translated into Japanese :

references by themes and genres

Published in 2011-2013

刊行にあたって

　本書は、小社の既刊 「テーマ・ジャンルからさがす物語・お話絵本① 子どもの世界・生活/架空のもの・ファンタジー/乗り物/笑い話・ユーモア」、「テーマ・ジャンルからさがす物語・お話絵本② 民話・昔話・名作/動物/自然・環境・宇宙/戦争と平和・災害・社会問題/人・仕事・生活」の継続版にあたるものである。

　2011（平成 23）〜2013（平成 25）年の 3 年間に国内で出版された絵本の中から物語・お話絵本 1,431 冊を採録して、テーマ・ジャンル別に分類したもので、テーマ・ジャンルから絵本をさがす索引である。

　テーマ・ジャンルは「子どもの世界・生活」「架空のもの・ファンタジー」「乗り物」「笑い話・ユーモア」「民話・昔話・物語・名作」「動物」「自然・環境・宇宙」「戦争と平和・災害・社会問題」「人・仕事・生活」の 9 項目に大分類した。さらに大分類の下を、例として「子どもの世界・生活」の場合は、「友達・仲間」「遊び」「食べもの」「学校・習いごと」「家族」などに中分類し、さらに小分類・細分類が必要ならば、「遊び＞かけっこ・追いかけっこ」「家族＞おかあさん」「食べもの＞野菜＞かぼちゃ」のなどに分類。「動物」の場合は、「かば」「きつね」「鳥＞コウモリ」「虫＞あり」などに分類している。

　絵本に複数のテーマが存在する場合は、各々の大分類のテーマ・ジャンルに分類。さらに大分類の中でも絵本に複数のテーマが存在する場合は、例として「架空のもの・ファンタジー」という大分類に対して、「怪物・怪獣」にも「不思議の世界・国」にも副出していることもある。

　本書は、テーマやジャンルに沿った絵本を探すときに有用な索引となっているが、それだけではなく、面白そう、興味深いなど、新たな作品に触れ、お気に入りの絵本を見つけるきっかけにもなり得る一覧のリストでもある。

　学校や保育園などの子どもたちが読書をする場所や、図書館の読み聞かせやお話会などの現場で参考資料として利用していただきたい。

　既刊の「テーマ・ジャンルからさがす物語・お話絵本① 子どもの世界・生活/架空のもの・ファンタジー/乗り物/笑い話・ユーモア」、「テーマ・ジャンルからさがす物語・お話絵本② 民話・昔話・名作/動物/自然・環境・宇宙/戦争と平和・災害・社会問題/人・仕事・生活」などと合わせて活用いただけることを願ってやまない。

2018 年 8 月

DBジャパン編集部

凡例

1. 本書の内容

　本書は日本の物語・お話絵本と世界の物語・お話絵本をテーマ・ジャンル別に分類したもので、テーマ・ジャンル・キーワードなどから絵本を探す索引である。

　テーマ・ジャンルは「子どもの世界・生活」「架空のもの・ファンタジー」「乗り物」「笑い話・ユーモア」「民話・昔話・物語・名作」「動物」「自然・環境・宇宙」「戦争と平和・災害・社会問題」「人・仕事・生活」の9項目に大分類したものである。

2. 採録の対象

　2011年（平成23年）〜2013年（平成25年）の3年間に日本国内で刊行された絵本の中から物語・お話絵本を選択して1,430冊を採録した。

3. 記載項目

　絵本の書名 ／ 作者名；画家名；訳者名／ 出版者（叢書名）／ 刊行年月
（例）

だるま

「だるだるダディーとゆかいなかぞく」 大島妙子作・絵 ひかりのくに 2012年10月

「べんべけざばばん」 りとうようい作 絵本館 2013年1月

「もりのだるまさんかぞく」 高橋和枝作 教育画劇 2012年9月

食べもの＞食事・料理＞おにぎり

「うめぼしくんのおうち」 モカ子作・絵 ひかりのくに 2013年11月

「えんそくおにぎり」 宮野聡子作 講談社（講談社の創作絵本） 2013年3月

「おにぎりゆうしゃ」 山崎克己著 イースト・プレス（こどもプレス） 2012年7月

環境問題＞ゴミ

「ちいさな鳥の地球たび」　藤原幸一写真・文　岩崎書店（えほんのぼうけん）　2011年8月

「ペネロペちきゅうがだいすき」　アン・グットマン文；ゲオルグ・ハレンスレーベン絵；ひがしかずこ訳　岩崎書店（ペネロペおはなしえほん）　2013年7月

「もったいないばあさんまほうのくにへ」　真珠まりこ作・絵；大友剛マジック監修　講談社（講談社の創作絵本）　2011年3月

ナンセンス絵本

「あかにんじゃ」　穂村弘作；木内達朗絵　岩崎書店（えほんのぼうけん）　2012年6月

「いくらなんでもいくらくん」　シゲタサヤカ著　イースト・プレス（こどもプレス）　2013年11月

「うんちっち」　ステファニー・ブレイク作；ふしみみさを訳　あすなろ書房　2011年11月

汽車・電車＞しんかんせん

「いちにちのりもの」　ふくべあきひろ作；かわしまななえ絵　PHP研究所（PHPにこにこえほん）　2011年12月

「しんかんくんでんしゃのたび」　のぶみ作　あかね書房　2013年7月

「しんかんくんとあかちゃんたち」　のぶみ作　あかね書房　2012年9月

1) 大分類「子どもの世界・生活」の下を、「友達・仲間」「食べもの」「遊び」「家族」「学校・習いごと」などに分類し、さらに中・小・細分類が必要ならば「遊び＞変身」「家族＞おとうさん」「食べもの＞おやつ・お菓子＞ケーキ」などに分類した。

2) 絵本に複数のテーマが存在する場合は各々の大分類のテーマ・ジャンルに分類し、さらに大分類の中でも絵本に複数のテーマが存在する場合には、例として「動物＞動物園」にも「動物＞くま」にも副出した。

4. 排列

1) テーマ・ジャンル別大分類見出しの下は中・小・細分類見出しの五十音順。

2) テーマ・ジャンル別中・小・細分類見出しの下は絵本の書名の英数字・記号→ひらかな・カタカナの五十音順→漢字順。

5. テーマ・ジャンル別分類見出し索引

巻末にテーマ・ジャンル別の中分類から大分類の見出し、小分類から大分類＞中分類の見出し、細分類から大分類＞中分類＞小分類の見出しを引けるように索引を掲載した。

（例）

あり→動物＞虫＞あり

かくれんぼ→子どもの世界・生活＞遊び＞かくれんぼ

ゴミ→自然・環境・宇宙＞環境問題＞ゴミ

ヨーロッパ→民話・昔話・名作・物語＞世界の物語＞ヨーロッパ

夏休み→子どもの世界・生活＞夏休み

神様→架空のもの・ファンタジー＞神様

落語絵本→笑い話・ユーモア＞落語絵本

しんかんせん→乗り物＞汽車・電車＞しんかんせん

人権・差別→戦争と平和・災害・社会問題＞人権・差別

1) 排列はテーマ・ジャンル別中・小・細分類見出しの五十音順。

2) →（矢印）を介して上位のテーマ・ジャンル別分類見出しを示した。

6. 採録作品名一覧

巻末に索引の対象とした作品名一覧を掲載した。

（並び順は作家の姓の表記順→名の順→出版社の字順排列とした。）

テーマ・ジャンル別分類見出し目次

【子どもの世界・生活】

遊び＞遊び一般	1
遊び＞いたずら	1
遊び＞お絵かき	3
遊び＞海水浴・プール・水遊び	3
遊び＞かくれんぼ	4
遊び＞かけっこ・追いかけっこ	4
遊び＞空想	5
遊び＞ごっこ遊び	5
遊び＞言葉遊び	6
遊び＞色遊び	6
遊び＞数かぞえ・数遊び	6
遊び＞スキー・スケート	7
遊び＞ダンス	7
遊び＞力比べ・試合	7
遊び＞土いじり・砂・どろんこ遊び	8
遊び＞釣り	8
遊び＞謎とき・ゲーム	9
遊び＞なわとび	9
遊び＞人形・玩具	9
遊び＞花火	11
遊び＞ピクニック・遠足・キャンプ	11
遊び＞変身	12
遊び＞山登り	14
遊び＞遊園地・水族館	14
遊び＞遊具	14
遊び＞雪遊び	14
遊び＞雪遊び＞雪だるま	15
育児・子育て＞育児・子育一般	15
育児・子育て＞子どものしつけ＞あいさつ・お礼	16
育児・子育て＞子どものしつけ＞あとかたづけ・そうじ	16
育児・子育て＞子どものしつけ＞おつかい・おてつだい	17
育児・子育て＞子どものしつけ＞おねしょ・おもらし	18
育児・子育て＞子どものしつけ＞きがえ	18
育児・子育て＞子どものしつけ＞てあらい・うがい・はみがき	18

育児・子育て＞子どものしつけ＞マナー・ルール	19
育児・子育て＞子どものしつけ＞るすばん	19
育児・子育て＞食育	19
育児・子育て＞食育＞たべもののすききらい	20
うんち・おしっこ・おなら	20
運動・スポーツ＞運動・スポーツ一般	21
運動・スポーツ＞運動会	21
運動・スポーツ＞サッカー	21
運動・スポーツ＞すもう	22
お買い物	22
お客	23
お世話	23
お茶会・パーティー	25
お話	26
お風呂	27
お見舞い	27
おやすみ・ねむり	27
恩返し	30
家族＞あかちゃん	30
家族＞家出	31
家族＞おかあさん	31
家族＞おじいさん	35
家族＞おじさん・おばさん	36
家族＞おとうさん	36
家族＞おばあさん	38
家族＞親と子	40
家族＞家族一般	42
家族＞きょうだい	44
家族＞引っ越し	47
家族＞ふたご	48
家族＞ペット	48
学校・習いごと	50
学校・習いごと＞授業・勉強・宿題	52
学校・習いごと＞テスト	52
学校・習いごと＞転校	52
からだ・顔	52
看病	53
行事＞いもほり・やきいも	54
行事＞おおみそか	54

行事＞お正月	54
行事＞お月見	54
行事＞お祭り	55
行事＞行事一般	55
行事＞クリスマス	56
行事＞クリスマス＞サンタクロース	57
行事＞サーカス	57
行事＞節句	58
行事＞七夕	58
行事＞ハロウィーン	58
協力・手助け	58
芸術＞歌	61
芸術＞絵	62
芸術＞音楽・音楽会・楽器	62
芸術＞劇・舞踊・バレエ	63
芸術＞工作	63
芸術＞工作・彫刻	63
芸術＞手芸・裁縫・編みもの	64
芸術＞発表会	65
芸術＞美術館・博物館	65
けんか・退治・戦い	65
研究・発明	69
子どもの交通安全	69
子どもの心＞疑問・悩み	69
子どもの心＞克服	69
子どもの心＞発見	71
子どもの心＞不機嫌・反抗	71
子どもの心＞まいご	72
子どもの個性	73
子どもの防災	74
探しもの・人探し	74
散歩	76
島の子ども	77
少女・女の子	77
少年・男の子	85
たからもの	95
旅	95
食べもの＞うどん・そば・ラーメン	97
食べもの＞おべんとう	97
食べもの＞おもち・だんご	98
食べもの＞おやつ・お菓子	98
食べもの＞おやつ・お菓子＞かき	99
氷・アイスクリーム	

食べもの＞おやつ・お菓子＞ケーキ	100
食べもの＞おやつ・お菓子＞ドーナツ	100
食べもの＞きのこ	100
食べもの＞果物＞果物一般	101
食べもの＞果物＞すいか	101
食べもの＞果物＞バナナ	101
食べもの＞果物＞りんご	101
食べもの＞ごはん	102
食べもの＞食事・料理	102
食べもの＞食事・料理＞おにぎり	103
食べもの＞食事・料理＞食具	104
食べもの＞食事・料理＞食器	104
食べもの＞食事・料理＞調理器具	104
食べもの＞食べもの一般	104
食べもの＞パン	105
食べもの＞野菜＞かぼちゃ	106
食べもの＞野菜＞キャベツ	106
食べもの＞野菜＞じゃがいも	106
食べもの＞野菜＞トマト	106
食べもの＞野菜＞にんじん	107
食べもの＞野菜＞野菜一般	107
卵	107
誕生日	108
知育	110
手紙	110
読書	111
友達・仲間	112
仲直り	118
夏休み	119
名前	120
はじめての経験	120
ひなたぼっこ	121
病気・障がい・アレルギーがある子	121
ファッション・おしゃれ・身だしなみ＞アクセサリー	122
ファッション・おしゃれ・身だしなみ＞えりまき・はらまき	122
ファッション・おしゃれ・身だしなみ＞かさ	122
ファッション・おしゃれ・身だしなみ＞かばん・バッグ	123
ファッション・おしゃれ・身だしなみ＞髪型	123

ファッション・おしゃれ・身だしなみ＞きもの・ようふく・ドレス	123
ファッション・おしゃれ・身だしなみ＞くつ・くつした	124
ファッション・おしゃれ・身だしなみ＞コート・上着	124
ファッション・おしゃれ・身だしなみ＞下着	124
ファッション・おしゃれ・身だしなみ＞てぶくろ	125
ファッション・おしゃれ・身だしなみ一般	125
ファッション・おしゃれ・身だしなみ＞帽子	125
ファッション・おしゃれ・身だしなみ＞ボタン	126
ファッション・おしゃれ・身だしなみ＞めがね	126
プレゼント	126
ぼうけん	127
村の子ども	129
山の子ども	130
夢	130
幼稚園・保育園	131
恋愛	132
練習・特訓	132

【架空のもの・ファンタジー】

悪魔・魔物	134
宇宙人	134
鬼	134
おばけ・ゆうれい	135
怪物・怪獣	137
架空の生きもの	138
かっぱ	140
神様	140
かみなりさま	141
キャラクター絵本＞アンパンマン	141
キャラクター絵本＞キャラクター絵本一般	142
キャラクター絵本＞クマのパディントン	142
キャラクター絵本＞タンタン	142

キャラクター絵本＞ディズニー	144
キャラクター絵本＞トイ・ストーリー	144
キャラクター絵本＞トムとジェリー	144
キャラクター絵本＞バイキンマン	145
キャラクター絵本＞ばばばあちゃん	145
キャラクター絵本＞ひつじのショーン	145
キャラクター絵本＞ペネロペ	146
キャラクター絵本＞ムーミン	146
巨人・大男	146
小人	147
死神	147
だるま	147
天使	147
人魚・半魚人	148
ヒーロー	148
貧乏神・福の神	148
不思議の世界・国	149
魔法・魔法使い・魔女	150
やまんば	152
妖怪	152
妖精・精霊	152
竜・ドラゴン	153
ロボット	154

【乗り物】

宇宙船・宇宙ステーション	155
汽車・電車	155
汽車・電車＞しんかんせん	156
自転車	156
自動車	157
自動車＞緊急自動車	157
自動車＞トラック・ダンプカー	157
自動車＞バス	158
自動車＞ブルドーザー・ショベルカー	158
乗り物一般	159
飛行機・ヘリコプター	159
船・ヨット	159
ロケット	161

【笑い話・ユーモア】

ナンセンス絵本	162
落語絵本	163
笑い話・ユーモア一般	163

【民話・昔話・名作・物語】

怪談	165
世界の神話	165
世界の物語	165
世界の物語＞アジア	165
世界の物語＞アジア＞韓国・北朝鮮	166
世界の物語＞アジア＞中国	166
世界の物語＞アフリカ	167
世界の物語＞アンデルセン童話	167
世界の物語＞イソップ物語	167
世界の物語＞王子様	167
世界の物語＞グリム童話	168
世界の物語＞グリム童話＞赤ずきん	168
世界の物語＞グリム童話＞ラプンツェル	168
世界の物語＞中東	168
世界の物語＞中南米	169
世界の物語＞ペロー童話	169
世界の物語＞北米＞アメリカ合衆国	169
世界の物語＞ヨーロッパ	170
世界の物語＞ヨーロッパ＞イギリス	170
世界の物語＞ヨーロッパ＞イタリア	170
世界の物語＞ヨーロッパ＞ドイツ	171
日本の物語	171
日本の物語＞いっすんぼうし	172
日本の物語＞関西地方	172
日本の物語＞関東・甲信越・東海・北陸地方	172
日本の物語＞九州・沖縄地方	172
日本の物語＞さるかにかっせん	172
日本の物語＞中国・四国地方	173
日本の物語＞殿様・お姫様	173

日本の物語＞新美南吉童話	173
日本の物語＞はなさかじい	173
日本の物語＞北海道・東北地方	173
日本の物語＞宮沢賢治童話	174
歴史上人物・伝記絵本	174

【動物】

アザラシ	176
いぬ	176
いのしし	178
うさぎ	178
うし	181
うま	181
おおかみ	181
かえる・おたまじゃくし	182
かば	183
かめ	183
かわうそ	184
きつね	184
恐竜	186
くじら	187
くま	188
ゴリラ	191
魚・貝＞かに	191
魚・貝＞魚・貝一般	192
魚・貝＞たこ	193
魚・貝＞なまず	193
さる	193
しか	194
十二支	194
しろくま	195
絶滅動物	195
ぞう	195
たぬき	196
動物一般	197
動物園	203
とかげ	204
とら	204
鳥＞あひる	205
鳥＞オウム	205
鳥＞かも	205
鳥＞からす	205

鳥＞コウモリ	206	季節・四季＞夏	231
鳥＞鳥一般	206	季節・四季＞春	231
鳥＞にわとり	208	季節・四季＞冬	232
鳥＞にわとり＞ひよこ	209	公園	233
鳥＞ふくろう	209	自然・環境・宇宙一般	233
鳥＞ペンギン	209	島	234
ねこ	210	空	234
ねずみ	213	太陽	235
ハリネズミ	216	地球	235
パンダ	217	月	235
ひつじ	217	天気・天候	237
ぶた	218	天気・天候＞雨	237
へび	219	天気・天候＞雲	238
虫＞あおむし・いもむし	219	天気・天候＞風	238
虫＞あり	219	天気・天候＞雪	239
虫＞かたつむり・なめくじ	220	野原	240
虫＞かぶとむし・くわがた	220	葉・木の葉	240
虫＞かまきり	220	畑・田んぼ	240
虫＞くも	220	花・植物	241
虫＞ちょう	221	花・植物＞たんぽぽ	241
虫＞ハチ	221	星	242
虫＞虫一般	221	湖・池・沼	242
虫＞幼虫・さなぎ	222	山・森	242
もぐら	222		
やぎ	223	【戦争と平和・災害・社会問題】	
山ねこ	223		
ライオン	223	いじめ	245
りす	224	原爆	245
ロバ	224	災害＞災害一般	245
ワニ	225	事件・事故	245
		地震	246
【自然・環境・宇宙】		人権・差別	246
		戦争	247
海	226	戦争＞空襲	247
川	227	津波	248
環境保全・自然保護	227	貧困・家庭内暴力・児童虐待	248
環境問題	228		
環境問題＞原子力発電	228	【人・仕事・生活】	
環境問題＞ゴミ	228		
木・樹木＞木の実	228	愛	249
木・樹木	229	赤ん坊	249
季節・四季	230	医者・看護師	249
季節・四季＞秋	231	命	250

祈り・願いごと	251	どろぼう	277
駅長・車掌	252	忍者	277
王様・お妃	252	バスの運転手・バスガイド	277
王子様	253	百姓・農家	278
王女・お姫様	254	夫婦	278
お金・財宝・財産	255	店屋	279
男の人	256	店屋＞お菓子屋さん	279
お殿様	257	店屋＞くつ屋・洋服屋さん	279
おまわりさん	257	店屋＞商店街・市場・スーパーマー	279
音楽家・歌手	258	ケット	
女の人	258	店屋＞寿司屋さん	280
海賊	259	店屋＞床屋さん・美容室	280
画家・作家	260	店屋＞パン屋さん	280
学者・博士・宣教師	260	店屋＞百貨店・デパート	280
恐怖	261	店屋＞店屋一般	280
けが・病気・病院	261	店屋＞レストラン・食べ物屋さん	281
結婚	262	召使い	281
死	263	役者	282
幸せ	265	郵便屋さん	282
仕事一般	266	漁師・猟師・木こり	282
仕立屋さん	266	料理人・パティシエ	282
消防士・救助隊	267	老人	282
職人・修理屋	267	若者・青年	284
信頼・絆	267		
生活・くらし＞家・庭	268		
生活・くらし＞城・宮殿	270		
生活・くらし一般	270		
政治家・大臣・軍師	271		
戦士・勇者・侍	271		
先生	271		
船長さん	273		
僧侶・修行僧・お坊さん	274		
大工さん	274		
大道芸人・芸人	274		
建物・設備	274		
建物・設備＞教会	275		
建物・設備＞寺・神社	275		
建物・設備＞図書館	275		
建物・設備＞歴史的造物・世界遺	276		
産			
探偵	276		
電車の運転士	276		
盗賊・泥棒	276		

(6)

【子どもの世界・生活】

遊び＞遊び一般

「あめのちゆうやけせんたくかあちゃん」さとうわきこ作・絵 福音館書店(こどものとも685号) 2013年4月

「アルノとサッカーボール」イヴォンヌ・ヤハテンベルフ作;野坂悦子訳 講談社(世界の絵本) 2011年5月

「おいっちにおいっちに」トミー・デ・パオラ作;みらいなな訳 童話屋 2012年9月

「おひめさまとカエルさん」マーゴット・ツェマック絵;ハーヴ・ツェマック文;ケーテ・ツェマック文; 福本友美子訳 岩波書店(岩波の子どもの本) 2013年9月

「くもりのちはれせんたくかあちゃん」さとうわきこ作・絵 福音館書店(こどものとも絵本) 2012年4月

「ゴリラとあそんだよ」やまぎわじゅいち文;あべ弘士絵 福音館書店(ランドセルブックス) 2011年9月

「そとであそびますよ」モー・ウィレムズ作;落合恵子訳 クレヨンハウス(ぞうさん・ぶたさんシリーズ絵本) 2013年11月

「なっちゃんときげんのわるいおおかみ」香坂直文;たるいしまこ絵 ポプラ社(ポプラ社の絵本) 2011年5月

「ふるおうねずみ」井上洋介文・絵 福音館書店(こどものとも年中向き) 2013年9月

「ぼくひこうき」ひがしちから作 ゴブリン書房 2011年5月

「ぼくらのひみつけんきゅうじょ」森洋子作・絵 PHP研究所(わたしのえほん) 2013年12月

「ぽんこちゃんポン！」乾栄里子作;西村敏雄絵 偕成社 2013年10月

「みつこととかげ」田中清代作 福音館書店(こどものともコレクション) 2011年2月

「むしとりにいこうよ!」はたこうしろう作 ほるぷ出版(ほるぷ創作絵本) 2013年7月

「ものしりひいおばあちゃん」朝川照雄作;よこみちけいこ絵 絵本塾出版 2011年4月

「ゆきだるまといつもいっしょ」キャラリン・ビーナー作;マーク・ビーナー絵;志村順訳 バベルプレス 2013年11月

「ゆめちゃんのハロウィーン」高林麻里作 講談社(講談社の創作絵本) 2011年8月

「わたしたちのてんごくバス」ボブ・グレアム作;こだまともこ訳 さ・え・ら書房 2013年12月

遊び＞いたずら

「「ニャオ」とウシがなきました」エマ・ドッド作;青山南訳 光村教育図書 2013年10月

子どもの世界・生活

「あくたれラルフのクリスマス」ジャック・ガントス作;ニコール・ルーベル絵;こみやゆう訳 PHP研究所 2013年11月

「あばれんぼうのそんごくう」泉京鹿訳 中国出版トーハン(中国のむかしばなし) 2011年6月

「おかたづけ」菅原卓也作画;薬師夕馬文案 河出書房新社(トムとジェリーアニメおはなしえほん) 2013年10月

「おさるのパティシエ」サトシン作;中谷靖彦絵 小学館 2012年10月

「おてらのつねこさん」やぎゅうげんいちろう作 福音館書店(日本傑作絵本シリーズ) 2013年3月

「おにいちゃんといもうと」シャーロット・ゾロトウ文;おーなり由子訳;はたこうしろう絵 あすなろ書房 2013年7月

「おばけのぼちぼち」こばやしあつこ作・絵 ひさかたチャイルド 2011年6月

「おれたちはパンダじゃない」サトシン作;すがわらけいこ絵 アリス館 2011年4月

「くぎになったソロモン」ウィリアム・スタイグ作;おがわえつこ訳 セーラー出版 2012年4月

「くまときつね」いもとようこ;文・絵 金の星社 2011年4月

「ごきげんなディナー」宮内哲也作画;薬師夕馬文案 河出書房新社(トムとジェリーアニメおはなしえほん) 2013年11月

「ごんぎつね」新美南吉;作 鈴木靖将;絵 新樹社 2012年3月

「ごんぎつね」新美南吉;作 柿本幸造;絵(講談社の名作絵本) 2013年1月

「さかさんぼの日」ルース・クラウス作;マーク・シーモント絵;三原泉訳 偕成社 2012年11月

「それいけ!ぼくのなまえ」平田昌広さく平田景え ポプラ社(ポプラ社の絵本) 2011年8月

「タイムカプセル」おだしんいちろう;作 こばようこ;絵 フレーベル館(おはなしえほんシリーズ) 2011年2月

「だめだめママだめ!」天野慶文;はまのゆか絵 ほるぷ出版(ほるぷ創作絵本) 2011年10月

「ちび魔女さん」ベア・デル・ルナール作;エマ・ド・ウート絵;おおさわちか訳 ひさかたチャイルド 2011年9月

「つみきくんとつみきちゃん」いしかわこうじ作・絵 ポプラ社(絵本のおもちゃばこ) 2011年8月

「つんつくせんせいといたずらぶんぶん」たかどのほうこ作・絵 フレーベル館 2011年5月

「どーんちーんかーん」武田美穂作 講談社(講談社の創作絵本) 2011年8月

「ぴたっとヤモちゃん」石井聖岳作 小学館(おひさまのほん) 2012年5月

「ひつじのショーン ひつじのげいじゅつか」アードマン・アニメーションズ原作;松井京子文 金の星社 2013年6月

「ぶすのつぼ」日野十成再話;本間利依絵 福音館書店(こどものとも) 2013年1月

子どもの世界・生活

「へびちゃんおしゃべりだいすき!―12支キッズのしかけえほん」きむらゆういち;作 ふくざわゆみこ;絵 ポプラ社 2012年11月

「へんなおばけ」大森裕子著 白泉社(こどもMOEのえほん) 2012年7月

「ぼくのなまえはダメ!」マルタ・アルテス作;今井なぎさ訳 コスモピア 2013年5月

「ぼくもおにいちゃんになりたいな」アストリッド・リンドグレーン文;イロン・ヴィークランド絵;石井登志子 徳間書店 2011年4月

「ポッチとノンノ」宮田ともみ作・絵 ひさかたチャイルド 2012年9月

「れおくんのへんなかお」長谷川集平作 理論社 2012年4月

「わがはいはのっぺらぼう」富安陽子文;飯野和好絵 童心社(絵本・こどものひろば) 2011年10月

「わっ」井上洋介文・絵 小峰書店(にじいろえほん) 2012年12月

「岩をたたくウサギ」よねやまひろこ再話;シリグ村の女たち絵 新日本出版社 2012年4月

遊び＞お絵かき

「おにいちゃんといもうと」シャーロット・ゾロトウ文;おーなり由子訳;はたこうしろう絵 あすなろ書房 2013年7月

「おばけときょうりゅうのたまご」ジャック・デュケノワ作;大澤晶訳 ほるぷ出版 2011年5月

「くまさんのまほうのえんぴつ」アンソニー・ブラウンとこどもたちさく; さくまゆみこ やく; BL出版 2011年1月

「こくばんくまさんつきへいく」マーサ・アレクサンダー作;風木一人訳 ほるぷ出版 2013年9月

「サインですから」ふくだすぐる作 絵本館 2011年3月

「ドングリトプスとマックロサウルス」中川淳作 水声社 2012年6月

「どんぐりむらのどんぐりえん」なかやみわ作 学研教育出版 2013年9月

「ねずみくんのだいすきなもの」左近蘭子作;いもとようこ絵 ひかりのくに 2013年9月

「はなねこちゃん」竹下文子作;いしいつとむ絵 小峰書店(にじいろえほん) 2013年5月

「はなもようのこいぬ」大垣友紀惠作・絵 ハースト婦人画報社 2013年8月

「はるがきた」ジーン・ジオン文;マーガレット・ブロイ・グレアム絵;こみやゆう訳 主婦の友社(主婦の友はじめてブック) 2011年3月

「はろるどのクリスマス」クロケット・ジョンソン作;小宮由訳 文化学園文化出版局 2011年11月

遊び＞海水浴・プール・水遊び

「おひめさまはみずあそびがすき―カボチャンおうこく物語」ビーゲンセン作;加瀬香織絵 絵本塾出版 2011年5月

子どもの世界・生活

「おれはサメ」片平直樹;作 山口マオ;絵 フレーベル館(おはなしえほんシリーズ) 2011年8月

「こぐまのトムトムぼくのなつやすみ」葉祥明著 絵本塾出版 2012年4月

「たろうめいじんのたからもの」こいでやすこ作 福音館書店(こどものとも絵本) 2013年6月

遊び＞かくれんぼ

「おさらのこども」西平あかね作 福音館書店(こどものとも年少版) 2011年9月

「おひさまとかくれんぼ」たちもとみちこ作・絵 教育画劇 2013年8月

「おもちゃびじゅつかんでかくれんぼ」デイヴィッド・ルーカス作;なかがわちひろ訳 徳間書店 2012年4月

「かたつむりぼうやとかめばあちゃん」西平あかね文・絵 大日本図書 2013年6月

「こりすのかくれんぼ」西村豊著 あかね書房 2013年10月

「ばけれんぼ」広瀬克也作 PHP研究所(PHPにこにこえほん) 2012年12月

「ピッピのかくれんぼ」そうまこうへい作;たかはしかずえ絵 PHP研究所 2011年12月

「ブルくんかくれんぼ」ふくざわゆみこ作 福音館書店(福音館の幼児絵本) 2011年3月

「まなちゃん」森田雪香作 大日本図書 2011年9月

「まるちゃんのみーつけた!」ささきようこ作 ポプラ社 2013年6月

「みーつけたっ」あまんきみこ文;いしいつとむ絵 小峰書店(にじいろえほん) 2011年10月

「もういいかい?」アイリーニ・サヴィデス作;オーウェン・スワン絵;菊田洋子訳 バベルプレス 2013年2月

「ライオンを かくすには」ヘレン・スティーヴンズ作;さくまゆみこ訳 ブロンズ新社 2013年3月

遊び＞かけっこ・追いかけっこ

「うさぎとかめ」ジェリー・ピンクニー作;さくまゆみこ訳 光村教育図書 2013年10月

「うまちゃんかけっこならまけないもん!—12支キッズのしかけえほん」きむらゆういち;作 ふくざわ ゆみこ;絵 ポプラ社 2013年11月

「ケンちゃんちにきたサケ」タカタカヲリ作・絵 教育画劇 2012年9月

「ツボミちゃんとモムくん」ももせよしゆき著 白泉社(こどもMOEのえほん) 2012年5月

「ノウサギとハリネズミ」W・デ・ラ・メア再話;脇明子訳;はたこうしろう絵 福音館書店(ランドセル ブックス) 2013年3月

「はらっぱのおともだち どうぶつのおともだち」カミーユ・ジュルディ作;かどのえいこ訳 ポプラ社 2013年6月

「ハラヘッターとチョコリーナ」のぶみ作 講談社(講談社の創作絵本) 2013年5月

子どもの世界・生活

「フィートははしる」ビビ・デュモン・タック文;ノエル・スミット絵;野坂悦子 光村教育図書 2011年3月

「ブラック・ドッグ」レーヴィ・ピンフォールド作;片岡しのぶ訳 光村教育図書 2012年9月

「べんべけざばばん」りとうよらい作 絵本館 2013年1月

「よーいドン!」ビーゲンセン作;山岸みつこ絵 絵本塾出版 2012年5月

「わたしのゆたんぽ」きたむらさとし文・絵 偕成社 2012年12月

遊び＞空想

「できそこないのおとぎばなし」いとうひろし作 童心社(絵本・こどものひろば) 2012年9月

「としょかんねずみ」ダニエル・カーク作;わたなべてつた訳 瑞雲舎 2012年1月

「もしもであはは」そうまこうへい文;あさぬまとおる絵 あすなろ書房 2011年5月

「ゆけ! ウチロボ!」サトシン作;よしながこうたく絵 講談社(講談社の創作絵本) 2013年3月

「小さいのが大きくて、大きいのが小さかったら」エビ・ナウマン文;ディーター・ヴィースミュラー絵;若松宣子訳 岩波書店 2012年9月

遊び＞ごっこ遊び

「あみものじょうずのいのししばあさん」こさかまさみ文;山内彩子絵 福音館書店(こどものとも年少版) 2011年12月

「おうさまジャックとドラゴン」ピーター・ベントリー文;ヘレン・オクセンバリー絵;灰島かり訳 岩崎書店 2011年7月

「おうちでんしゃはっしゃしまーす」間瀬なおかた作・絵 ひさかたチャイルド 2013年12月

「おしっこしょうぼうたい」こみまさやす作・絵;中村美佐子原案 ひかりのくに 2011年4月

「ちきゅうのへいわをまもったきねんび」本秀康作・絵 岩崎書店(えほんのぼうけん) 2012年3月

「でんしゃはっしゃしまーす」まつおかたつひで作 偕成社 2012年9月

「ナースになりたいクレメンタイン」サイモン・ジェームズ作;福本友美子訳 岩崎書店 2013年10月

「ナナとミミはぶかぶかひめ」オガワナホ作 偕成社 2013年6月

「のはらのおへや」みやこしあきこ作 ポプラ社(ポプラ社の絵本) 2011年9月

「ひめちゃんひめ」尾沼まりこ文;武田美穂絵 童心社(絵本・こどものひろば) 2012年11月

「ペネロペおねえさんになる」アン・グットマン文;ゲオルグ・ハレンスレーベン絵;ひがしかずこ訳 岩崎書店(ペネロペおはなしえほん) 2012年10月

「まこちゃんとエプロン」こさかまさみ作;やまわきゆりこ絵 福音館書店(こどものとも) 2011年4月

子どもの世界・生活

「よふかしにんじゃ」バーバラ・ダ・コスタ文;エド・ヤング絵;長谷川義史訳 光村教育図書 2013年12月

遊び＞言葉遊び

「おすしですし!」林木林作;田中六大絵 あかね書房 2012年3月

「すいか!」石津ちひろ文;村上康成絵 小峰書店(にじいろえほん) 2013年5月

「たぬきくんとことりちゃん」サトシン作;中谷靖彦絵 アリス館 2012年7月

「たんけんケンタくん」石津ちひろ作;石井聖岳絵 佼成出版社(クローバーえほんシリーズ) 2012年3月

「ともだちぱんだ」やましたこうへい作・絵 教育画劇 2011年6月

「ねんどろん」荒井良二著 講談社(講談社の創作絵本) 2012年3月

「ミミとおとうさんのハッピー・バースデー」石津ちひろ作;早川純子絵 長崎出版 2013年6月

「ラーメンちゃん」長谷川義史作 絵本館 2011年9月

遊び＞色遊び

「あくまくん」テレサ・ドゥラン作;エレナ・バル絵;金子賢太郎訳 アルファポリス 2013年9月

「ちまちゃんとこくま」もりか著 白泉社(こどもMOEのえほん) 2011年3月

「なないろどうわ」真珠まりこ作 アリス館 2013年7月

遊び＞数かぞえ・数遊び

「108ぴきめのひつじ」いまいあやの作 文渓堂 2011年1月

「5のすきなおひめさま」こすぎさなえ作;たちもとみちこ絵 PHP研究所(PHPにこにこえほん) 2011年12月

「カモさん、なんわ?」シャーロット・ポメランツ文;ホセ・アルエゴ、マリアンヌ・デューイ絵;こみやゆう訳 徳間書店 2012年3月

「さんすううちゅうじんあらわる!」かわばたひろと作;高畠那生絵 講談社(講談社の創作絵本) 2012年1月

「さんすうサウルス」ミッシェル・マーケル文;ダグ・クシュマン絵 福音館書店 2011年10月

「ゼロくんのかち」ジャンニ・ロダーリ文;エレナ・デル・ヴェント絵;関口英子訳 岩波書店(岩波の子どもの本) 2013年9月

「だるだるダディーとゆかいなかぞく」大島妙子作・絵 ひかりのくに 2012年10月

「とけいやまのチックタックン」竹中マユミ作・絵 ひさかたチャイルド 2011年5月

「ふたごのしろくま とりさん、なんば?のまき」あべ弘士作 講談社(講談社の創作絵本) 2012年7月

子どもの世界・生活

「九九をとなえる王子さま」はまのゆか作 あかね書房 2013年6月

遊び＞スキー・スケート

「おばけのゆきだるま」ジャック・デュケノワ作；大澤晶訳 ほるぷ出版 2013年10月

「こぐまのトムトムぼくのふゆやすみ」葉祥明著 絵本塾出版 2011年12月

「なかなおり」ヘルヤ・リウッコ・スンドストロム文・陶板；稲垣美晴訳 猫の言葉社 2011年2月

「ピートのスケートレース」ルイーズ・ボーデン作；ニキ・ダリー絵；ふなとよし子訳 福音館書店（世界傑作絵本シリーズ）2011年11月

遊び＞ダンス

「アンパンマンとシドロアンドモドロ」やなせたかし作・絵 フレーベル館（アンパンマンのおはなしるんるん）2011年11月

「アンパンマンとバナナダンス」やなせたかし作・絵 フレーベル館（アンパンマンのおはなしるんるん）2012年3月

「こまったときのねこおどり」いとうひろし作 ポプラ社（いとうひろしの本）2013年4月

「さるおどり」降矢なな文；アンヴィル奈宝子絵 福音館書店（こどものとも）2011年8月

「ちいさなプリンセス ソフィア」キャサリン・ハプカ文；グレース・リー絵；老田勝訳・文 講談社 2013年4月

「ねこがおどる日」八木田宜子作；森川百合香絵 童心社 2011年3月

「ふたつのねがい」ハルメン・ファン・ストラーテン作；野坂悦子訳 光村教育図書 2013年9月

「ふとんちゃん」きむらよしお作 絵本館 2012年7月

「もうふのなかのダニィたち」ベアトリーチェ・アレマーニャ作；石津ちひろ訳 ファイドン 2011年3月

「よーいドン!」ビーゲンセン作；山岸みつこ絵 絵本塾出版 2012年5月

遊び＞力比べ・試合

「うしろのダメラ」あきやまただし作 ハッピーオウル社 2013年4月

「うちゅうロケットはっしゃ!」斎藤妙子構成・文 講談社（ディズニーえほん文庫）2012年7月

「おしろとおくろ」丸山誠司著 佼成出版社 2013年4月

「おだんごだんご」筒井敬介作；堀内誠一絵 小峰書店 2013年4月

「かわうそ3きょうだいそらをゆく」あべ弘士著 小峰書店（にじいろえほん）2013年4月

「しょうぶだ!!」きしらまゆこ作 フレーベル館（きしらまゆこの絵本シリーズ）2012年8月

「しょうぶだ！ぴゅんすけとぴった」串井てつお作 PHP研究所（わたしのえほん）2012年4月

子どもの世界・生活

「それゆけ! きょうりゅうサッカー大決戦」リサ・ホィーラー作;バリー・ゴット絵;ゆりよう子訳 ひさかたチャイルド 2012年2月

「それゆけ! きょうりゅうベースボール大決戦」リサ・ホィーラー作;バリー・ゴット絵;ゆりよう子訳 ひさかたチャイルド 2012年3月

「ノウサギとハリネズミ」W・デ・ラ・メア再話;脇明子訳;はたこうしろう絵 福音館書店(ランドセルブックス) 2013年3月

「はしれ、トト!」チョウンヨン作;ひろまつゆきこ訳 文化学園文化出版局 2013年7月

「ピオポのバスりょこう」中川洋典作・絵 岩崎書店(えほんのぼうけん) 2012年6月

「ぶっちぎれマックィーン! カーズ」斎藤妙子構成・文 講談社(ディズニーえほん文庫) 2012年1月

「ほんとうのおにごっこ」筒井敬介作;堀内誠一絵 小峰書店 2013年12月

「まちのじどうしゃレース-5ひきのすてきなねずみ」たしろちさと作 ほるぷ出版 2013年9月

「ゆうかんなうしクランシー」ラチー・ヒューム作;長友恵子訳 小学館 2011年5月

遊び＞土いじり・砂・どろんこ遊び

「うみにいったライオン」垂石眞子作 偕成社 2011年6月

「すなばのスナドン」宇治勲作・絵 文溪堂 2013年9月

「たっちゃんのながぐつ」森比左志著;わだよしおみ著 こぐま社 2013年5月

「どろんこおそうじ」さとうわきこ作・絵 福音館書店(ばばばあちゃんの絵本) 2012年7月

「わんぱくだんのどろんこおうこく」ゆきのゆみこ作;上野与志作 ひさかたチャイルド 2012年4月

遊び＞釣り

「イワーシェチカと白い鳥」I.カルナウーホワ再話;松谷さやか訳;M.ミトゥーリチ絵 福音館書店(ランドセルブックス) 2013年1月

「おしいれじいさん」尾崎玄一郎作;尾崎由紀奈作 福音館書店(こどものとも年中向き) 2012年8月

「おしろがあぶない」筒井敬介作;堀内誠一絵 小峰書店 2013年7月

「こぐまのトムトムぼくのなつやすみ」葉祥明著 絵本塾出版 2012年4月

「バナナこどもえんざりがにつり」柴田愛子文;かつらこ絵 童心社(絵本・こどものひろば) 2011年7月

「ボクは船長」クリスティーネ・メルツ文;バルバラ・ナシンベニ絵;みらいなな訳 童話屋 2012年2月

「千年もみじ」最上一平文;中村悦子絵 新日本出版社 2012年10月

子どもの世界・生活

遊び＞謎とき・ゲーム

「おしりたんてい」トロル作・絵 ポプラ社 2012年10月

「おしりたんてい ププッ レインボーダイヤを さがせ！」トロル作・絵 ポプラ社 2013年9月

「シュガー・ラッシュ 完全描き下ろし絵本―ディズニー・リミテッド・コレクターズ・エディション」大畑隆子文;ディズニー・ストーリーブック・アーティスツ絵 うさぎ出版 2013年4月

遊び＞なわとび

「あそびたいものよっといで」あまんきみこ作;おかだちあき絵 鈴木出版(ひまわりえほんシリーズ) 2013年3月

「あそびたいものよっといで」あまんきみこ作;おかだちあき絵 鈴木出版(ひまわりえほんシリーズ) 2013年3月

「うしちゃんえんそくわくわく―12支キッズのしかけえほん」きむらゆういち;作 ふくざわゆみこ;絵 ポプラ社 2012年3月

「おはいんなさい」西平あかね文・絵 大日本図書 2011年9月

「まこちゃんとエプロン」こさかまさみ作;やまわきゆりこ絵 福音館書店(こどものとも) 2011年4月

「みんなでよいしょ」あまんきみこ文;いしいつとむ絵 小峰書店(にじいろえほん) 2011年6月

遊び＞人形・玩具

「あいちゃんのワンピース」こみやゆう作;宮野聡子絵 講談社(講談社の創作絵本) 2011年7月

「アレクサンダとぜんまいねずみ [ビッグブック]」レオ・レオニ作;谷川俊太郎訳 好学社 2012年10月

「うさくんのおもちゃでんしゃ」さかいさちえ作・絵 PHP研究所(わたしのえほん) 2011年9月

「うちゅうロケットはっしゃ!」斎藤妙子構成・文 講談社(ディズニーえほん文庫) 2012年7月

「おつきさま、こんばんは！」市川里美作 講談社(講談社の創作絵本) 2011年8月

「おもちゃのくにのゆきまつり」こみねゆら作 福音館書店(こどものとも) 2011年2月

「おもちゃびじゅつかんでかくれんぼ」デイヴィッド・ルーカス作;なかがわちひろ訳 徳間書店 2012年4月

「おもちゃびじゅつかんのクリスマス」デイヴィッド・ルーカス作;なかがわちひろ訳 徳間書店 2012年9月

「おりこうなビル」ウィリアム・ニコルソン文・絵;つばきはらななこ訳 童話館出版 2011年12月

「きいてるかいオルタ」中川洋典作・絵 童心社(絵本・こどものひろば) 2013年9月

「クイクイちゃん」牧野夏子文;佐々木マキ絵 絵本館 2012年6月

「くつしたのくまちゃん」林原玉枝文;つがねちかこ絵 福音館書店(こどものとも) 2013年7月

子どもの世界・生活

「くまくんと6ぴきのしろいねずみ」クリス・ウォーメル作・絵;吉上恭太訳 徳間書店 2011年12月

「くまの木をさがしに」佐々木マキ著 教育画劇 2012年4月

「コットちゃん」かわぐちけいこ作 ポプラ社 2011年3月

「こひつじまある」山内ふじ江文・絵 岩波書店 2013年10月

「ジブリルのくるま」市川里美作 BL出版 2012年8月

「すずのへいたいさん」アンデルセン原作;いもとようこ文・絵 金の星社 2013年12月

「すみれちゃん」森雅之作 ビリケン出版 2011年5月

「だいすき・ベベダヤン」池田あきこ作 ほるぷ出版 2013年2月

「ちえちゃんのおはじき」山口節子作;大畑いくの絵 佼成出版社(クローバーえほんシリーズ)2012年7月

「ちまちゃんとこくま」もりか著 白泉社(こどもMOEのえほん)2011年3月

「つみきくんとつみきちゃん」いしかわこうじ作・絵 ポプラ社(絵本のおもちゃばこ)2011年8月

「トイ・ストーリー」斎藤妙子構成・文 講談社(ディズニースーパーゴールド絵本)2011年4月

「トイ・ストーリー」小宮山みのり文・構成 講談社(ディズニームービーブック)2012年7月

「トイ・ストーリー2」斎藤妙子構成・文 講談社(ディズニースーパーゴールド絵本)2011年4月

「トイ・ストーリー2」斎藤妙子構成・文 講談社(ディズニーえほん文庫)2012年7月

「どうぶつがすき」パトリック・マクドネル作;なかがわちひろ訳 あすなろ書房 2011年9月

「どどのろう」穂髙順也作;こばやしゆかこ絵 岩崎書店(えほんのぼうけん)2013年2月

「ねことおもちゃのじかん」レズリー・アン・アイボリー作;木原悦子訳 講談社(講談社の翻訳絵本)2011年11月

「はしれ、トト!」チョウンヨン作;ひろまつゆきこ訳 文化学園文化出版局 2013年7月

「ピッキのクリスマス」小西英子作 福音館書店(こどものとも)2011年12月

「ひなまつりルンルンおんなのこの日！」ますだゆうこ作;たちもとみちこ絵 文渓堂 2012年2月

「ふたつのねがい」ハルメン・ファン・ストラーテン作;野坂悦子訳 光村教育図書 2013年9月

「ふたりはめいたんてい？」さこももみ作 アリス館 2011年5月

「ブラッフィー」あしのほりこ作・絵 小学館 2012年9月

「ぼくって王さま」アンネ・ヴァスコ作・絵;もりしたけいこ訳 講談社 2011年4月

「ぼくとマリオネット」谷内こうた文・絵 至光社(至光社ブッククラブ国際版絵本)2013年1月

「ぽっつんとととはあめのおと」戸田和代作;おかだちあき絵 PHP研究所(PHPにこにこえほん)2012年7月

「まなちゃん」森田雪香作 大日本図書 2011年9月

子どもの世界・生活

「ヤンカのにんぎょうげき」どいかや作 学研教育出版 2012年11月

「よるのきかんしゃ、ゆめのきしゃ」シェリー・ダスキー・リンカー文;トム・リヒテンヘルド絵;福本友美子訳 ひさかたチャイルド 2013年8月

「悪い本」宮部みゆき作;吉田尚令絵;東雅夫編 岩崎書店(怪談えほん) 2011年10月

「海をわたったヒロシマの人形」指田和文;牧野鈴子絵 文研出版(えほんのもり) 2011年6月

「夜まわりクマのアーサー」ジェシカ・メザーブ作;みらいなな訳 童話屋 2011年7月

遊び＞花火

「おしろがあぶない」筒井敬介作;堀内誠一絵 小峰書店 2013年7月

「ぞうのびっくりパンやさん」nakaban文・絵 大日本図書 2013年5月

「みんなのはなび」おくはらゆめ作・絵 岩崎書店(えほんのぼうけん) 2012年7月

遊び＞ピクニック・遠足・キャンプ

「アリのおでかけ」西村敏雄作 白泉社(こどもMOEのえほん) 2012年5月

「うしちゃんえんそくわくわく―12支キッズのしかけえほん」きむらゆういち;作 ふくざわゆみこ;絵 ポプラ社 2012年3月

「えんそく♪」くすのきしげのり原作;いもとようこ文・絵 佼成出版社(いもとようこのおひさま絵本シリーズ) 2011年10月

「えんそくおにぎり」宮野聡子作 講談社(講談社の創作絵本) 2013年3月

「えんそくごいっしょに」小竹守道子作;ひだきょうこ絵 アリス館 2012年10月

「おばけのえんそく―さくぴーとたろぼうのおはなし」西平あかね作 福音館書店(こどものとも年中向き) 2012年7月

「がたぴしくん」たしろちさと作・絵 PHP研究所(わたしのえほん) 2011年7月

「たかこ」清水真裕文;青山友美絵 童心社(絵本・こどものひろば) 2011年4月

「だるだるダディーとゆかいなかぞく」大島妙子作・絵 ひかりのくに 2012年10月

「つんつくせんせいとまほうのじゅうたん」たかどのほうこ作・絵 フレーベル館 2013年10月

「ニコとニキ キャンプでおおさわぎのまき」あいはらひろゆき作;あだちなみ絵 小学館 2013年9月

「にゃんにゃんべんとう」きむらゆういち作;ふくだいわお絵 世界文化社(ワンダーおはなし絵本) 2013年5月

「ふうこちゃんのリュック」スズキアツコ作・絵 ひさかたチャイルド 2011年10月

「ふくろうはかせのものまねそう」東野りえ作;黒井健絵 ひさかたチャイルド 2011年4月

「ポレポレやまのぼり」たしろちさと文・絵 大日本図書 2011年12月

子どもの世界・生活

「やまねこせんせいのなつやすみ」末崎茂樹作・絵 ひさかたチャイルド 2012年6月

「山猫たんけん隊」松岡達英作 偕成社 2011年6月

遊び＞変身

「あかにんじゃ」穂村弘作;木内達朗絵 岩崎書店（えほんのぼうけん）2012年6月

「あたし、ようせいにあいたい！」のぶみ作 えほんの杜 2013年4月

「あっ、オオカミだ！」ステファニー・ブレイク作;ふしみみさを訳 あすなろ書房 2013年3月

「アマールカ鳥になった日」ヴァーツラフ・ベドジフ文・絵;甲斐みのり訳 LD&K BOOKS（アマールカ絵本シリーズ4）2012年6月

「あるひぼくはかみさまと」キティ・クローザー作;ふしみみさを訳 講談社（講談社の翻訳絵本）2013年4月

「アレクサンダとぜんまいねずみ [ビッグブック]」レオ・レオニ作;谷川俊太郎訳 好学社 2012年10月

「いちにちおばけ」ふくべあきひろ作;かわしまななえ絵 PHP研究所（PHPにこにこえほん）2012年6月

「いちにちどうぶつ」ふくべあきひろ作;かわしまななえ絵 PHP研究所（PHPにこにこえほん）2013年10月

「いちにちのりもの」ふくべあきひろ作;かわしまななえ絵 PHP研究所（PHPにこにこえほん）2011年12月

「うみやまてつどう―さいしゅうでんしゃのふしぎなおきゃくさん」間瀬なおかた作・絵 ひさかたチャイルド 2012年8月

「うみやまてつどう―まぼろしのゆきのはらえき」間瀬なおかた作・絵 ひさかたチャイルド 2011年11月

「おてらのつねこさん」やぎゅうげんいちろう作 福音館書店（日本傑作絵本シリーズ）2013年3月

「オニじゃないよおにぎりだよ」シゲタサヤカ作 えほんの杜 2012年1月

「おねがいナンマイダー」ハンダトシヒト作・絵 岩崎書店（えほんのぼうけん）2011年6月

「ギリギリかめん」あきやまただし作・絵 金の星社（新しいえほん）2012年9月

「くぎになったソロモン」ウィリアム・スタイグ作;おがわえつこ訳 セーラー出版 2012年4月

「ごきげんなライオンおくさんにんきものになる」ルイーズ・ファティオ文;ロジャー・デュボアザン絵;今江祥智&遠藤育枝訳 BL出版 2013年1月

「こぎつねトンちゃんきしゃにのる」二見正直作 教育画劇 2012年8月

「サーカスの少年と鳥になった女の子」ジェーン・レイ作・絵;河野万里子訳 徳間書店 2012年12月

子どもの世界・生活

「さんまいのおふだ」石崎洋司;文 大島妙子;絵 講談社(講談社の創作絵本) 2012年8月

「しゃもじいさん」かとうまふみ作 あかね書房 2012年12月

「しょうぶだ！ぴゅんすけとぴった」串井てつお作 PHP研究所(わたしのえほん) 2012年4月

「しんかんくんでんしゃのたび」のぶみ作 あかね書房 2013年7月

「すくえ！ココリンときせきのほし」やなせたかし作・絵 フレーベル館 2011年6月

「すごいくるま」市原淳作 教育画劇 2011年6月

「たぬきがいっぱい」さとうわきこ作・絵 フレーベル館(復刊絵本セレクション) 2011年11月

「たまねぎちゃんあららら！」長野ヒデ子作・絵 世界文化社(ワンダーおはなし絵本) 2012年9月

「つみきくんとつみきちゃん」いしかわこうじ作・絵 ポプラ社(絵本のおもちゃばこ) 2011年8月

「トトシュとキンギョとまほうのじゅもん」カタリーナ・ヴァルクス作;ふしみみさを訳 クレヨンハウス 2012年9月

「ねんどろん」荒井良二著 講談社(講談社の創作絵本) 2012年3月

「ばけばけばけばけばけたくん おまつりの巻」岩田明子文・絵 大日本図書 2012年7月

「ばけばけばけばけばけたくん おみせの巻」岩田明子文・絵 大日本図書 2011年7月

「ふたごのまるまるちゃん」犬飼由美恵文;やべみつのり絵 教育画劇 2012年2月

「ふとんちゃん」きむらよしお作 絵本館 2012年7月

「ぼく、仮面ライダーになる! ウィザード編」のぶみ作 講談社(講談社の創作絵本) 2012年10月

「ぼく、仮面ライダーになる! ガイム編」のぶみ作 講談社(講談社の創作絵本) 2013年10月

「ぼく、仮面ライダーになる! フォーゼ編」のぶみ作 講談社(講談社の創作絵本) 2011年10月

「ぼくって王さま」アンネ・ヴァスコ作・絵;もりしたけいこ訳 講談社 2011年4月

「ぼくはニコデム」アニエス・ラロッシュ文;ステファニー・オグソー絵;野坂悦子訳 光村教育図書 2013年2月

「ほら、ぼくペンギンだよ」バレリー・ゴルバチョフ作・絵;まえざわあきえ訳 ひさかたチャイルド 2013年05月

「ぼんぼこしっぽんた」すまいるママ作・絵 PHP研究所(PHPにこにこえほん) 2013年9月

「まじかるきのこさん」本秀康、作 イースト・プレス(こどもプレス) 2011年2月

「まじかるきのこさんきのこむらはおおさわぎ」本秀康;著 イースト・プレス(こどもプレス) 2011年11月

「みんなのはなび」おくはらゆめ作・絵 岩崎書店(えほんのぼうけん) 2012年7月

「もしも、ぼくがトラになったら」ディーター・マイヤー文;フランツィスカ・ブルクハント絵;那須田淳訳 光村教育図書 2013年2月

子どもの世界・生活

「やじるし」平田利之作 あかね書房 2013年4月

「ようちえんがばけますよ」内田麟太郎文;西村繁男絵 くもん出版 2012年3月

「わがはいはのっぺらぼう」富安陽子文;飯野和好絵 童心社(絵本・こどものひろば) 2011年10月

「魚助さん」きむらよしお著 佼成出版社 2013年10月

「犬になった王子―チベットの民話」君島久子文;後藤仁絵 岩波書店 2013年11月

「雉女房」村山亜土作;柚木沙弥郎絵 文化学園文化出版局 2012年11月

遊び＞山登り

「えんそくおにぎり」宮野聡子作 講談社(講談社の創作絵本) 2013年3月

「つるちゃんとクネクネのやまのぼり」きもともも子作 文溪堂 2012年10月

「とけいやまのチックンタックン」竹中マユミ作・絵 ひさかたチャイルド 2011年5月

「ぼくらのあか山」藤本四郎作 文研出版(えほんのもり) 2011年2月

「ポレポレやまのぼり」たしろちさと文・絵 大日本図書 2011年12月

「やまのぼり」さとうわきこ作・絵 福音館書店(ばばばあちゃんの絵本) 2013年4月

遊び＞遊園地・水族館

「スミス先生と海のぼうけん」マイケル・ガーランド作;斉藤規訳 新日本出版社 2011年7月

「とくんとくん」片山令子文;片山健絵 福音館書店(ランドセルブックス) 2012年9月

「びっくりゆうえんち」川北亮司作;コマヤスカン絵 教育画劇 2013年3月

「ロージーのモンスターたいじ」フィリップ・ヴェヒター作;酒寄進一訳 ひさかたチャイルド 2011年6月

遊び＞遊具

「こぐまのトムトムぼくのいちにち」葉祥明著 絵本塾出版 2012年1月

「シーソーあそび」エクトル・シエラ作;みぞぶちまさる絵 絵本塾出版(もりのなかまたち) 2012年8月

「みずたまり」森山京作;松成真理子絵 偕成社 2011年5月

「め牛のママ・ムー」ユィヤ・ヴィースランデル文;トーマス・ヴィースランデル文;スヴェン・ノードクヴィスト絵;山崎陽子訳 福音館書店(世界傑作絵本シリーズ) 2013年2月

遊び＞雪遊び

「おばけのゆきだるま」ジャック・デュケノワ作;大澤晶訳 ほるぷ出版 2013年10月

子どもの世界・生活

「おやこペンギン―ジェイとドゥのゆきあそび」片平直樹作;高畠純絵 ひさかたチャイルド 2011年11月

「こぐまのトムトムぼくのふゆやすみ」葉祥明著 絵本塾出版 2011年12月

「さよならようちえん」さこももみ作 講談社(講談社の創作絵本) 2011年2月

「ふゆってどんなところなの?」工藤ノリコ作・絵 学研教育出版 2012年12月

「ぼくのゆきだるまくん」アリスン・マギー文;マーク・ローゼンタール絵;なかがわちひろ訳 主婦の友社 2011年11月

「ゆきのひ」くすのきしげのり原作;いもとようこ文・絵 佼成出版社(いもとようこのおひさま絵本シリーズ) 2012年1月

遊び＞雪遊び＞雪だるま

「いじわる」せなけいこ作・絵 鈴木出版(チューリップえほんシリーズ) 2012年12月

「おばけのゆきだるま」ジャック・デュケノワ作;大澤晶訳 ほるぷ出版 2013年10月

「なかよしゆきだるま」白土あつこ作・絵 ひさかたチャイルド(たっくんとたぬき) 2011年10月

「ふたつのねがい」ハルメン・ファン・ストラーテン作;野坂悦子訳 光村教育図書 2013年9月

「ぼくのゆきだるまくん」アリスン・マギー文;マーク・ローゼンタール絵;なかがわちひろ訳 主婦の友社 2011年11月

「ゆきだるまといつもいっしょ」キャラリン・ビーナー作;マーク・ビーナー絵;志村順訳 バベルプレス 2013年11月

「ゆきだるまのスノーぼうや」ヒド・ファン・ヘネヒテン作・絵;のざかえつこ訳 フレーベル館 2011年10月

「ユッキーとダルマン」大森裕子作・絵 教育画劇 2013年11月

「小さなよっつの雪だるま」長谷川集平著 ポプラ社 2011年11月

育児・子育て＞育児・子育て一般

「あかちゃん社長がやってきた」マーラ・フレイジー作;もとしたいづみ訳 講談社(講談社の翻訳絵本) 2012年9月

「あなたがちいさかったころってね」マレーク・ベロニカ文;F・ジュルフィ・アンナ絵;マンディ・ハシモト・レナ訳 風濤社 2012年9月

「あなたがちいさかったころってね」マレーク・ベロニカ文;F・ジュルフィ・アンナ絵;マンディ・ハシモト・レナ訳 風濤社 2012年9月

「おおきなわんぱくぼうや」ケビン・ホークス作;尾高薫訳 ほるぷ出版 2011年8月

「おとうちゃんとぼく」にしかわおさむ文・絵 ポプラ社(おとうさんだいすき) 2012年1月

「おやおやじゅくへようこそ」浜田桂子著 ポプラ社(ポプラ社の絵本) 2012年3月

子どもの世界・生活

「ママ」室園久美作;間部奈帆作 主婦の友社 2012年3月

育児・子育て＞子どものしつけ＞あいさつ・お礼

「あさです！」くすのきしげのり原作;いもとようこ文・絵 佼成出版社(いもとようこのおひさま絵本シリーズ) 2011年6月

「おおきなありがとう」きたむらえり作;片山健絵 福音館書店(こどものとも) 2012年4月

「おんなじ、おんなじ！でも、ちょっとちがう！」ジェニー・スー・コステキ・ショー作;宮坂宏美訳 光村教育図書 2011年12月

「さかさんぽの日」ルース・クラウス作;マーク・シーモント絵;三原泉訳 偕成社 2012年11月

「ふにゃらどうぶつえん」ふくだすぐる作 アリス館 2011年10月

「ようちえんにいくんだもん」角野栄子文;佐古百美絵 文化学園文化出版局 2011年12月

育児・子育て＞子どものしつけ＞あとかたづけ・そうじ

「うたこさん」植垣歩子著 佼成出版社(クローバーえほんシリーズ) 2011年9月

「おかあさんはおこりんぼうせいじん」スギヤマカナヨ作・絵 PHP研究所(わたしのえほん) 2011年6月

「おかたづけ」菅原卓也作画;薬師夕馬文案 河出書房新社(トムとジェリーアニメおはなしえほん) 2013年10月

「おこりんぼうおじさん」おかいみほ作 福音館書店(こどものとも年中向き) 2012年10月

「おしょうがつさんどんどこどん」長野ヒデ子作・絵 世界文化社(ワンダーおはなし絵本) 2011年12月

「キュッパのはくぶつかん」オーシル・カンスタ・ヨンセン作;ひだにれいこ訳 福音館書店 2012年4月

「それならいいいえありますよ」澤野秋文作 講談社(講談社の創作絵本) 2013年8月

「だめだめママだめ！」天野慶文;はまのゆか絵 ほるぷ出版(ほるぷ創作絵本) 2011年10月

「とらくんおれさまさいこう!?―12支キッズのしかけえほん」きむらゆういち;作 ふくざわゆみこ;絵 ポプラ社 2012年7月

「どろんこおそうじ」さとうわきこ作・絵 福音館書店(ばばばあちゃんの絵本) 2012年7月

「め牛のママ・ムー」ユイヤ・ヴィースランデル文;トーマス・ヴィースランデル文;スヴェン・ノードクヴィスト絵;山崎陽子訳 福音館書店(世界傑作絵本シリーズ) 2013年2月

「ルナ－おつきさんの おそうじや」エンリコ＝カサローザ作;堤江実訳 講談社(講談社の翻訳絵本) 2013年9月

子どもの世界・生活

育児・子育て＞子どものしつけ＞おつかい・おてつだい

「あかいぼうし」やなせたかし作・絵 フレーベル館(やなせたかしメルヘン図書館) 2013年7月

「ウシくんにのって」古内ヨシ作・絵 絵本塾出版 2012年10月

「エディのごちそうづくり」サラ・ガーランド作;まきふみえ訳 福音館書店 2012年4月

「おばあちゃんはかぐやひめ」松田もとこ作;狩野富貴子絵 ポプラ社(ポプラ社の絵本) 2013年3月

「おばけのチョウちゃん」長野ヒデ子文・絵 大日本図書 2011年7月

「おまつりのねがいごと」たしろちさと作 講談社(講談社の創作絵本) 2013年7月

「ガール・イン・レッド」ロベルト・インノチェンティ原案・絵;アーロン・フリッシュ文;金原瑞人訳 西村書店東京出版編集部 2013年2月

「かなとやまのおたから」土田佳代子作;小林豊絵 福音館書店(こどものとも) 2013年11月

「ぎょうれつのできるはちみつやさん」ふくざわゆみこ作 教育画劇 2011年2月

「ぐうたら道をはじめます」たきしたえいこ作;大西ひろみ絵 BL出版 2012年11月

「こじかじっこ―おてつだいのいと」さかいさちえ作・絵 教育画劇 2013年9月

「こじかじっこ―ボタンをさがして」さかいさちえ作・絵 教育画劇 2012年2月

「こじかじっこ―もりのはいたつやさん」さかいさちえ作・絵 教育画劇 2012年3月

「こぶたのかばん」佐々木マキ;作 金の星社 2013年3月

「ショベルカーダーチャ」松本州平作・絵 教育画劇 2011年6月

「スキャリーおじさんのゆかいなおやすみえほん」リチャード・スキャリー作;ふしみみさを訳 BL出版 2013年9月

「タッフィーとハッピーの たのしいまいにち―おてつだいしたい」obetomo絵;川瀬礼王名文 ポプラ社 2013年9月

「できそこないのおとぎばなし」いとうひろし作 童心社(絵本・こどものひろば) 2012年9月

「どうぶつびょういんおおいそがし」シャロン・レンタ作・絵;まえざわあきえ訳 岩崎書店 2011年9月

「どんぐりむらのぱんやさん」なかやみわ作 学研教育出版 2011年9月

「トントントンをまちましょう」あまんきみこ作;鎌田暢子絵 ひさかたチャイルド 2011年12月

「ねえおかあさん」下田冬子文・絵 大日本図書 2011年9月

「はらぺこブブのおべんとう」白土あつこ作・絵 ひさかたチャイルド 2011年3月

「ぼくもおにいちゃんになりたいな」アストリッド・リンドグレーン文;イロン・ヴィークランド絵;石井登志子 徳間書店 2011年4月

子どもの世界・生活

「ママのとしょかん」キャリ・ベスト文;ニッキ・デイリー絵;藤原宏之訳 新日本出版社 2011年3月

「ミルクこぼしちゃだめよ!」スティーヴン・デイヴィーズ文;クリストファー・コー絵;福本友美子訳 ほるぷ出版 2013年7月

「ミルフィーユちゃん」さとうめぐみ作・絵 教育画劇 2013年2月

「わくわく森のむーかみ」村上しいこ作;宮地彩絵 アリス館 2011年4月

育児・子育て＞子どものしつけ＞おねしょ・おもらし

「おしっこしょうぼうたい」こみまさやす作・絵;中村美佐子原案 ひかりのくに 2011年4月

「おねしょのせんせい」正道かほる;作 橋本聡;絵 フレーベル館(おはなしえほんシリーズ) 2011年11月

「りょうちゃんのあさ」松野正子作;荻太郎絵 福音館書店(こどものとも復刻版) 2012年9月

育児・子育て＞子どものしつけ＞きがえ

「うんこのたつじん」みずうちきくお文;はたこうしろう絵 PHP研究所(わたしのえほん) 2011年7月

「ギリギリかめん」あきやまただし;作・絵 金の星社(新しいえほん) 2012年9月

「だれのズボン?」スティーナ・ヴィルセン作;ヘレンハルメ美穂訳 クレヨンハウス(やんちゃっ子の絵本1) 2011年2月

「パパのしっぽはきょうりゅうのしっぽ!?」たけたにちほみ作;赤川明絵 ひさかたチャイルド 2011年5月

「パンツちゃんとはけたかな」宮野聡子作・絵 教育画劇 2013年12月

「ようちえんにいくんだもん」角野栄子文;佐古百美絵 文化学園文化出版局 2011年12月

育児・子育て＞子どものしつけ＞てあらい・うがい・はみがき

「えんまのはいしゃ」くすのきしげのり作;二見正直絵 偕成社 2011年11月

「おこりんぼうおじさん」おかいみほ作 福音館書店(こどものとも年中向き) 2012年10月

「こぐまのトムトムぼくのいちにち」葉祥明著 絵本塾出版 2012年1月

「たっちゃんむしばだね」森比左志著;わだよしおみ著 こぐま社 2013年5月

「ねむるまえに」アルバート・ラム作;デイビッド・マクフェイル絵;木坂涼訳 主婦の友社(主婦の友はじめてブック) 2012年1月

「ハブラシくん」岡田よしたか作 ひかりのくに 2013年9月

「ぼくびょうきじゃないよ」角野栄子作;垂石眞子絵 福音館書店(こどものとも絵本) 2013年5月

「わたし、まだねむたくないの!」スージー・ムーア作;ロージー・リーヴ絵;木坂涼訳 岩崎書店 2011年7月

子どもの世界・生活

育児・子育て＞子どものしつけ＞マナー・ルール

「あっ、オオカミだ！」ステファニー・ブレイク作;ふしみみさを訳 あすなろ書房 2013年3月

「おこりんぼうおじさん」おかいみほ作 福音館書店(こどものとも年中向き) 2012年10月

「ギリギリかめん」あきやまただし;作・絵 金の星社(新しいえほん) 2012年9月

「じゃがいも畑」カレン・ヘス文;ウェンディ・ワトソン絵;石井睦美訳 光村教育図書 2011年8月

「ちこく姫」よしながこうたく作 長崎出版(cub label) 2012年4月

「ともだちやもんな、ぼくら」くすのきしげのり作;福田岩緒絵 えほんの杜 2011年5月

育児・子育て＞子どものしつけ＞るすばん

「からすのおかしやさん」かこさとし作・絵 偕成社(かこさとしおはなしのほん) 2013年4月

「ぐうたら道をはじめます」たきしたえいこ作;大西ひろみ絵 BL出版 2012年11月

「ワララちゃんのおるすばん」こいでなつこ著 佼成出版社 2013年11月

育児・子育て＞食育

「いもいもほりほり」西村敏雄作 講談社(講談社の創作絵本) 2011年9月

「いもほりコロッケ」おだしんいちろう文;こばようこ絵 講談社(講談社の創作絵本) 2013年5月

「いろいろおふろはいり隊！」穂高順也作;西村敏雄絵 教育画劇 2012年5月

「おこさまランチランド」丸山誠司著 PHP研究所(PHPにこにこえほん) 2011年11月

「おすしですし!」林木林作;田中六大絵 あかね書房 2012年3月

「おにのおにぎりや」ちばみなこ著 偕成社 2012年1月

「おばあちゃんのおはぎ」野村たかあき作・絵 佼成出版社(クローバーえほんシリーズ) 2011年9月

「カボチャばたけのはたねずみ」木村晃彦作 福音館書店(こどものとも年中向き) 2011年8月

「げんききゅうしょくいただきます！」つちだよしはる作・絵 童心社(絵本・こどものひろば) 2012年5月

「ごはんのとも」苅田澄子文;わたなべあや絵 アリス館 2011年8月

「スイスイスイーツ」さいとうしのぶ作・絵 教育画劇 2012年2月

「たまねぎちゃんあららら！」長野ヒデ子作・絵 世界文化社(ワンダーおはなし絵本) 2012年9月

「ちびころおにぎりでかころおにぎりおじいちゃんちへいく」おおいじゅんこ作・絵 教育画劇 2013年10月

子どもの世界・生活

育児・子育て＞食育＞たべもののすききらい

「たべてあげる」ふくべあきひろ 文；おおのこうへい 絵 教育画劇 2011年11月

「とらくんおれさまさいこう!?─12支キッズのしかけえほん」きむらゆういち；作 ふくざわゆみこ；絵 ポプラ社 2012年7月

「はしれ！やきにくん」塚本やすし作 ポプラ社（絵本のおもちゃばこ）2011年1月

うんち・おしっこ・おなら

「うんこのたつじん」みずうちきくお 文；はたこうしろう絵 PHP研究所（わたしのえほん）2011年7月

「うんころもちれっしゃ」えちがわのりゆき 文・絵 リトルモア 2013年11月

「うんちっち」ステファニー・ブレイク作；ふしみみさを訳 あすなろ書房 2011年11月

「おしっこしょうぼうたい」こみまさやす作・絵；中村美佐子原案 ひかりのくに 2011年4月

「おしりたんてい ププッレインボーダイヤを さがせ！」トロル作・絵 ポプラ社 2013年9月

「おならバスのたーむくん」ささきみお作・絵 ひさかたチャイルド 2013年9月

「おならローリー」こぐれけいすけ作 学研教育出版 2011年1月

「かぶと四十郎 お昼の決闘の巻」宮西達也作・絵 教育画劇 2011年5月

「こんもりくん」山西ゲンイチ作 偕成社 2011年1月

「じぶんでおしりふけるかな」深見春夫作・絵；藤田紘一郎監修 岩崎書店（えほんのぼうけん）2013年12月

「しまめぐり─落語えほん」桂文我文；スズキコージ絵 ブロンズ新社 2011年3月

「たかちゃんのぼく、かぜひきたいな」さこももみ作・絵 佼成出版社（みつばちえほんシリーズ）2011年2月

「とびだせ！チンタマン」板橋雅弘作；デハラユキノリ絵 TOブックス 2012年10月

「とびだせ！チンタマン─こどもてんさいきょうしつ─」板橋雅弘作；デハラユキノリ絵 TOブックス 2013年3月

「とらはらパーティー」シン・トングン作・絵；ユン・ヘジョン訳 岩崎書店 2011年2月

「ニャントさん」高部晴市；著 イースト・プレス（こどもプレス）2013年8月

「へいきへいきのへのかっぱ！」苅田澄子作；田中六大絵 教育画劇 2011年2月

「へっこきよめさま」令丈ヒロ子；文 おくはらゆめ；絵 講談社（講談社の創作絵本）2012年8月

「まよなかのほいくえん」いとうみく作；広瀬克也絵 WAVE出版（えほんをいっしょに。）2013年5月

「やきいもするぞ」おくはらゆめ作 ゴブリン書房 2011年10月

子どもの世界・生活

「わたしたちうんこ友だち?」高橋秀雄作;中谷靖彦絵 今人舎 2012年11月

運動・スポーツ＞運動・スポーツ一般

「アルノとサッカーボール」イヴォンヌ・ヤハテンベルフ作;野坂悦子訳 講談社(世界の絵本) 2011年5月

「あんちゃん」高部晴市作 童心社(絵本・こどものひろば) 2013年3月

「それゆけ! きょうりゅうベースボール大決戦」リサ・ホィーラー作;バリー・ゴット絵;ゆりよう子訳 ひさかたチャイルド 2012年3月

「でんぐりがえし」ビーゲンセン作;みぞぶちまさる絵 絵本塾出版(もりのなかまたち) 2012年1月

「ひつじのショーン シャーリーのダイエット」アードマン・アニメーションズ原作;松井京子文 金の星社 2013年9月

「もうどう犬リーとわんぱく犬サン」郡司ななえ作;城井文絵 PHP研究所(PHPにこにこえほん) 2012年3月

「魚助さん」きむらよしお著 佼成出版社 2013年10月

「熱血！アニマル少年野球団」杉山実作 長崎出版 2011年8月

運動・スポーツ＞運動会

「おじちゃんせんせいだいだいだーいすき」むらおやすこ作;山本祐司絵 今人舎 2012年10月

「どろぼうがっこうだいうんどうかい」かこさとし作・絵 偕成社(かこさとしおはなしのほん) 2013年10月

「パディントンの金メダル」マイケル・ボンド作;R.W.アリー絵;木坂涼訳 理論社(絵本「クマのパディントン」シリーズ) 2013年5月

「よーいドン!」ビーゲンセン作;山岸みつこ絵 絵本塾出版 2012年5月

「よるのふね」山下明生作;黒井健絵 ポプラ社(ポプラ社の絵本) 2011年4月

運動・スポーツ＞サッカー

「サッカーがだいすき！」マリベス・ボルツ作;ローレン・カスティロ絵;MON訳 岩崎書店 2012年11月

「それゆけ! きょうりゅうサッカー大決戦」リサ・ホィーラー作;バリー・ゴット絵;ゆりよう子訳 ひさかたチャイルド 2012年2月

「でこぼこイレブンチームでいこうよ!」白崎裕人作・絵 講談社(『創作絵本グランプリ』シリーズ) 2013年1月

「ひつじのショーン ショーンとサッカー」アードマン・アニメーションズ原作;松井京子文 金の星社 2013年6月

「マドレンカ サッカーだいすき！」ピーター・シス作;松田素子訳 BL出版 2012年2月

子どもの世界・生活

運動・スポーツ＞すもう

「あみものじょうずのいのししばあさん」こさかまさみ文;山内彩子絵 福音館書店(こどものとも年少版) 2011年12月

「カワウソ村の火の玉ばなし」山下明生文;長谷川義史絵 解放出版社 2011年6月

「シルム」キム・ジャンソン作;イ・スンヒョン絵;ホン・カズミ訳 岩崎書店 2011年1月

「するめのするりのすけ」こいでなつこ作 あかね書房 2012年4月

「だるだるダディーとゆかいなかぞく」大島妙子作・絵 ひかりのくに 2012年10月

「ねずみのすもう」いもとようこ文・絵 金の星社 2011年8月

「やまのすもうだ！はっけよい！」しばはら・ち作・絵 鈴木出版(チューリップえほんシリーズ) 2013年12月

「りきしのほし」加藤休ミ著 イースト・プレス(こどもプレス) 2013年7月

お買い物

「おたんじょうびのケーキちゃん」もとしたいづみ作;わたなべあや絵 佼成出版社(みつばちえほんシリーズ) 2011年3月

「おばけのコックさん―さくぴーとたろぽうのおはなし」西平あかね作 福音館書店(こどものとも絵本) 2012年6月

「おひめさまとカエルさん」マーゴット・ツェマック絵;ハーヴ・ツェマック文;ケーテ・ツェマック文;福本友美子訳 岩波書店(岩波の子どもの本) 2013年9月

「かみさまのめがね」市川真由美文;つちだのぶこ絵 ブロンズ新社 2011年9月

「クイクイちゃん」牧野夏子文;佐々木マキ絵 絵本館 2012年6月

「シャオユイのさんぽ」チェン・ジーユエン作;中由美子訳 光村教育図書 2012年11月

「だれがいなくなったの?」スティーナ・ヴィルセン作;ヘレンハルメ美穂訳 クレヨンハウス(やんちゃっ子の絵本6) 2012年8月

「ちびころおにぎりはじめてのおかいもの」おおいじゅんこ作・絵 教育画劇 2012年12月

「とてもおおきなサンマのひらき」岡田よしたか作 ブロンズ新社 2013年11月

「ねえおかあさん」下田冬子文・絵 大日本図書 2011年9月

「ハンヒの市場めぐり」カン・ジョンヒ作;おおたけきよみ訳 光村教育図書 2013年2月

「ピオポのバスりょこう」中川洋典作・絵 岩崎書店(えほんのぼうけん) 2012年6月

「びっくり！どうぶつデパート」サトシン作;スギヤマカナヨ絵 アリス館 2013年5月

「ひめねずみとガラスのストーブ」安房直子作;降矢なな絵 小学館 2011年11月

子どもの世界・生活

「ふしぎしょうてんがい」きむらゆういち作;林るい絵 世界文化社（ワンダーおはなし絵本）2012年12月

「ぽんこちゃんポン！」乾栄里子作;西村敏雄絵 偕成社 2013年10月

お客

「アマンディーナ」セルジオ・ルッツィア作;福本友美子訳 光村教育図書 2012年3月

「ウッカリとチャッカリのおみずやさん」仁科幸子作・絵 小学館 2011年6月

「うどんドンドコ」山崎克己作 BL出版 2012年3月

「うれないやきそばパン」富永まい文;いぬんこ絵;中尾昌稔作 金の星社 2012年9月

「おうしげきだん」スズキコージ作;伊藤秀男絵 岩崎書店（えほんのぼうけん）2012年5月

「おならバスのたーむくん」ささきみお作・絵 ひさかたチャイルド 2013年9月

「オニじゃないよおにぎりだよ」シゲタサヤカ作 えほんの杜 2012年1月

「きょうはすてきなドーナツようび」竹下文子文;山田詩子絵 アリス館 2012年12月

「くまくまパン」西村敏雄作 あかね書房 2013年11月

「ちょんまげでんしゃののってちょんまげ」藤本ともひこ作・絵 ひさかたチャイルド 2012年6月

「とんとんパンやさん」白土あつこ作・絵 ひさかたチャイルド 2013年1月

「はしれトロッコれっしゃ」西片拓史作 教育画劇 2012年8月

「パンやのコナコナ」どいかや文;にきまゆ絵 ブロンズ新社 2012年6月

「フルーツタルトさん」さとうめぐみ作・絵 教育画劇 2011年12月

「ボンちゃんバス」ひらのてつお作・絵 ひさかたチャイルド 2011年9月

「みょうがやど」川端誠;[作] クレヨンハウス（落語絵本）2012年6月

「絵本マボロシの鳥」藤城清治影絵;太田光原作・文 講談社 2011年5月

「童話のどうぶつえん」漆原智良文;いしいつとむ絵 アリス館 2011年9月

お世話

「あいすることあいされること」宮西達也作絵 ポプラ社（絵本の時間）2013年9月

「あなたがちいさかったころってね」マレーク・ベロニカ文;F・ジュルフィ・アンナ絵;マンディ・ハシモト・レナ訳 風濤社 2012年9月

「あまぐもぴっちゃん」はやしますみ作・絵 岩崎書店（えほんのぼうけん）2012年5月

「あやとユキ」いながきふさこ作;青井芳美絵 BL出版 2011年12月

「うさぎのおくりもの」ビーゲンセン;作 永井郁子;絵 汐文社 2012年7月

「おおきなおひめさま」三浦太郎作 偕成社 2013年6月

子どもの世界・生活

「おつきさまはまあるくなくっちゃ！」ふくだじゅんこ文・絵 大日本図書 2013年9月

「サンタさんのトナカイ」ジャン・ブレット作・絵;さいごうようこ訳 徳間書店 2013年10月

「しんかんくんとあかちゃんたち」のぶみ作 あかね書房 2012年9月

「だいじょうぶだよ、おばあちゃん」福島利行文;塚本やすし絵 講談社(講談社の創作絵本)
2012年9月

「たかちゃんのぼくのは、はえるかな？」さこももみ作・絵 佼成出版社(みつばちえほんシリーズ) 2012年11月

「だれのちがでた?」スティーナ・ヴィルセン作;ヘレンハルメ美穂訳 クレヨンハウス(やんちゃっ子の絵本4) 2012年8月

「どうぶつげんきにじゅういさん」山本省三作;はせがわかこ絵 講談社(講談社の創作絵本)
2011年11月

「ドングリさがして」ドン・フリーマン＆ロイ・フリーマン作;山下明生訳 BL出版 2012年10月

「ナースになりたいクレメンタイン」サイモン・ジェームズ作;福本友美子訳 岩崎書店 2013年10月

「なっちゃんがちっちゃかったころのおはなし」鍋田敬子作 福音館書店(こどものとも年中向き)
2012年4月

「のんちゃんと白鳥」石倉欣二文・絵 小峰書店(にじいろえほん) 2011年11月

「ハエのアストリッド」マリア・ヨンソン作;ひだにれいこ訳 評論社(児童図書館・絵本の部屋)
2011年7月

「はやくおおきくなりたいな」サトシン作;塚本やすし絵 佼成出版社(クローバーえほんシリーズ)
2012年7月

「ひまわりさん」くすのきしげのり原作;いもとようこ文・絵 佼成出版社(いもとようこのおひさま絵本シリーズ) 2011年8月

「ベンおじさんのふしぎなシャツ」シュザン・ボスハウベェルス作;ルース・リプハーヘ絵;久保谷洋訳 朝日学生新聞社 2011年9月

「ぺんぎんのたまごにいちゃん」あきやまただし作・絵 鈴木出版(ひまわりえほんシリーズ) 2011年6月

「まいごのワンちゃんあずかってます」アダム・ストーワー作;ふしみみさを訳 小学館 2012年11月

「マングローブの木」スーザン・L. ロス文とコラージュ;シンディー・トランボア文;松沢あさか訳 さ・え・ら書房 2013年7月

「ミアはおおきなものがすき！」カトリーン・シェーラー作;関口裕昭訳 光村教育図書 2012年1月

「みにくいことりの子」イザベル・ボナモー作;ふしみみさを訳 あすなろ書房 2012年2月

子どもの世界・生活

「ミルフィーユちゃん」さとうめぐみ作・絵 教育画劇 2013年2月

「みんなくるくる、よってくる─おかしきさんちのものがたり」おのりえん;ぶん はたこうしろう;え フレーベル館 2011年7月

「もりはおおさわぎ」ビーゲンセン作;中井亜佐子絵 絵本塾出版(もりのなかまたち) 2012年7月

「やまねこのおはなし」どいかや作;きくちちき絵 イースト・プレス(こどもプレス) 2012年2月

「ヨヨとネネとかいじゅうのタネ」おおつかえいじお話;ひらりん絵 徳間書店 2013年12月

「ルンバさんのたまご」モカ子作・絵 ひかりのくに 2013年4月

「わたしのいちばんあのこの1ばん」アリソン・ウォルチ作;パトリス・バートン絵;薫くみこ訳 ポプラ社(ポプラせかいの絵本) 2012年9月

「小さなたね」ボニー・クリステンセン文・絵;渋谷弘子訳 さ・え・ら書房 2013年2月

「庭にたねをまこう!」ジョーン・G・ロビンソン文・絵;こみやゆう訳 岩波書店 2013年3月

お茶会・パーティー

「あひるのたまご」さとうわきこ作・絵 福音館書店(ばばばあちゃんの絵本) 2012年1月

「いこう!絶滅どうぶつ園」今泉忠明文;谷川ひろみつ絵 星の環会 2012年4月

「いぬのおしりのだいじけん」ピーター・ベントリー文;松岡芽衣絵;灰島かり訳 ほるぷ出版 2012年6月

「いやいやウィッツィー(スージー・ズーのたのしいまいにち)」スージー・スパッフォード絵;みはらいずみ文 BL出版 2012年4月

「おさるのジョージ アイスクリームだいすき」M.&H.A.レイ原作;福本友美子訳 岩波書店 2011年9月

「おしゃれなねこさん」小林ゆき子作・絵 教育画劇 2011年10月

「おたんじょうびくろくま」たかいよしかず作・絵 くもん出版(おはなし・くろくま) 2013年5月

「おばけにょうぼう」内田麟太郎文;町田尚子絵 イースト・プレス(こどもプレス) 2013年4月

「おばけバースデイ」佐々木マキ作 絵本館 2011年10月

「クリスマスくろくま」たかいよしかず作・絵 くもん出版(おはなし・くろくま) 2012年10月

「これだからねこはだいっきらい」シモーナ・メイッサー作;嘉戸法子訳 岩崎書店 2011年9月

「さいこうのおたんじょうび」カール・ノラック文;クロード・K・デュボワ絵;河野万里子訳 ほるぷ出版 2011年4月

「ショボリン」サトシン&OTTO作;まつむらまい絵 小学館 2012年11月

「スミス先生とおばけ図書館」マイケル・ガーランド作;山本敏子訳 新日本出版社 2011年9月

「でんしゃはっしゃしまーす」まつおかたつひで作 偕成社 2012年9月

子どもの世界・生活

「ねむれないこのくに」小竹守道子作;西片拓史絵 岩崎書店(えほんのぼうけん) 2012年8月

「パーティーによばれましたよ」モー・ウィレムズ作;落合恵子訳 クレヨンハウス(ぞうさん・ぶたさんシリーズ絵本) 2013年11月

「はりもぐらおじさん」たちもとみちこ作・絵 教育画劇 2011年3月

「プンとフォークン」西野沙織作・絵 教育画劇 2011年6月

「ぺろぺろキャンディー」ルクサナ・カーン文;ソフィー・ブラッコール絵;もりうちすみこ訳 さ・え・ら書房 2011年8月

「ぽっつんとととはあめのおと」戸田和代作;おかだちあき絵 PHP研究所(PHPにこにこえほん) 2012年7月

「まよなかのたんじょうかい」西本鶏介作;渡辺有一絵 鈴木出版(ひまわりえほんシリーズ) 2013年12月

「みんなでいただきます」内田恭子文;藤本将絵 講談社(講談社の創作絵本) 2011年12月

「もう、おおきいからなかないよ」ケイト・クライス文;M.サラ・クライス絵;福本友美子訳 徳間書店 2013年2月

「もうふのなかのダニィたち」ベアトリーチェ・アレマーニャ作;石津ちひろ訳 ファイドン 2011年3月

「モリくんのハロウィンカー」かんべあやこ作 くもん出版 2013年9月

「やまねこせんせいのこんやはおつきみ」末崎茂樹作・絵 ひさかたチャイルド 2013年8月

「やまのばんさんかい」井上洋介文・絵 小峰書店(にじいろえほん) 2013年9月

「リッキのたんじょうび」ヒド・ファン・ヘネヒテン作・絵;のざかえつこ訳 フレーベル館 2012年11月

「教会ねずみとのんきなねこのメリークリスマス!」グレアム・オークリー作・絵;三原泉訳 徳間書店 2011年10月

「庭にたねをまこう!」ジョーン・G・ロビンソン文・絵;こみやゆう訳 岩波書店 2013年3月

お話

「あのな、これはひみつやで!」くすのきしげのり作;かめざわゆうや絵 偕成社 2013年9月

「いいこでねんね」デヴィッド・エズラ・シュタイン作;さかいくにゆき訳 ポプラ社(ポプラせかいの絵本) 2012年12月

「うそつきマルタさん」おおのこうへい作・絵 教育画劇 2013年1月

「チビウオのウソみたいなホントのはなし」ジュリア・ドナルドソン文;アクセル・シェフラー絵;ふしみみさを訳 徳間書店 2012年8月

「できそこないのおとぎばなし」いとうひろし作 童心社(絵本・こどものひろば) 2012年9月

子どもの世界・生活

「マザネンダバ―南アフリカ・お話のはじまりのお話」ティナ・ムショーペ文;三浦恭子訳;マプラ刺繍プロジェクト刺繍 福音館書店(こどものとも) 2012年2月

「マッチ箱のカーニャ」北見葉胡作・絵 白泉社 2013年3月

「モリス・レスモアとふしぎな空とぶ本」ウィリアム・ジョイス作・絵;おびかゆうこ訳 徳間書店 2012年10月

お風呂

「いたいのいたいのとんでゆけ」新井悦子作;野村たかあき絵 鈴木出版(ひまわりえほんシリーズ) 2012年1月

「いろいろおふろはいり隊!」穂高順也作;西村敏雄絵 教育画劇 2012年5月

「かっぱのこいのぼり」内田麟太郎作;山本孝絵 岩崎書店(えほんのぼうけん) 2012年4月

「クマのパディントン」マイケル・ボンド作;R.W.アリー絵;木坂涼訳 理論社(絵本「クマのパディントン」シリーズ) 2012年9月

「こぐまのトムトムぼくのいちにち」葉祥明著 絵本塾出版 2012年1月

「みんなでせんたく」フレデリック・ステール作;たなかみえ訳 福音館書店(世界傑作絵本シリーズ) 2011年5月

お見舞い

「あひるのたまご」さとうわきこ作・絵 福音館書店(ばばばあちゃんの絵本) 2012年1月

「おもいでをなくしたおばあちゃん」ジャーク・ドレーセン作;アンヌ・ベスターダイン絵;久保谷洋訳 朝日学生新聞社 2011年3月

「つきよはうれしい」あまんきみこ文;こみねゆら絵 文研出版(えほんのもり) 2011年9月

「ポンテとペッキとおおきなプリン」仁科幸子作・絵 文渓堂 2012年9月

おやすみ・ねむり

「108ぴきめのひつじ」いまいあやの作 文渓堂 2011年1月

「アンパンマンとアクビぼうや」やなせたかし作・絵 フレーベル館(アンパンマンのおはなしるんるん) 2011年3月

「いいこでねんね」デヴィッド・エズラ・シュタイン作;さかいくにゆき訳 ポプラ社(ポプラせかいの絵本) 2012年12月

「いちにちおばけ」ふくべあきひろ作;かわしまななえ絵 PHP研究所(PHPにこにこえほん) 2012年6月

「いのししくんおばけへいきだもん―12支キッズのしかけえほん」きむらゆういち;作 ふくざわゆみこ;絵 ポプラ社 2011年7月

「おうさまのおひっこし」牡丹靖佳作 福音館書店(日本傑作絵本シリーズ) 2012年5月

子どもの世界・生活

「おーいおひさま！」よこたきよし作;西村敏雄絵 ひさかたチャイルド 2013年6月

「おつきさま、こんばんは！」市川里美作 講談社(講談社の創作絵本) 2011年8月

「おねしょのせんせい」正道かほる;作 橋本聡;絵 フレーベル館(おはなしえほんシリーズ) 2011年11月

「おばけかぞくのいちにち―さくぴーとたろぼうのおはなし」西平あかね作 福音館書店(こどものとも絵本) 2012年2月

「おばけのドレス」はせがわさとみ作・絵 絵本塾出版 2013年10月

「おひるねけん」おだしんいちろう作;こばようこ絵 教育画劇 2013年9月

「おやすみ、はたらくくるまたち」シェリー・ダスキー・リンカー文;トム・リヒテンヘルド絵;福本友美子訳 ひさかたチャイルド 2012年9月

「おやすみなさいのおともだち」ケイト・バンクス作;ゲオルグ・ハレンスレーベン絵;肥田美代子訳 ポプラ社(ポプラせかいの絵本) 2012年11月

「おやすみラッテ」いりやまさとし作 ポプラ社 2011年7月

「きょうのシロクマ」あべ弘士作 光村教育図書 2013年7月

「こわいものがこないわけ」新井洋行;作・絵 講談社の創作絵本] 2012年8月

「じいちゃんのよる」きむらよしお作 福音館書店(こどものとも絵本) 2011年6月

「シルクハットぞくはよなかのいちじにやってくる」おくはらゆめ作 童心社(絵本・こどものひろば) 2012年5月

「たいへんなひるね」さとうわきこ作・絵 福音館書店(ばばばあちゃんの絵本) 2013年2月

「だれがきめるの?」スティーナ・ヴィルセン作;ヘレンハルメ美穂訳 クレヨンハウス(やんちゃっ子の絵本2) 2011年2月

「だれもしらないバクさんのよる」まつざわありさ作・絵 絵本塾出版 2012年9月

「ねどこどこ?―ダヤンと森の写真絵本」池田あきこ作・絵;横塚眞己人写真 長崎出版 2013年2月

「ねむくなんかないっ！」ジョナサン・アレン作;せなあいこ訳 評論社(児童図書館・絵本の部屋) 2011年2月

「ねむねむくんとねむねむさん」片山令子作;片山健絵 のら書店 2012年4月

「ねむりひめ」グリム原作;いもとようこ文・絵 金の星社 2013年4月

「ねむるまえに」アルバート・ラム作;デイビッド・マクフェイル絵;木坂涼訳 主婦の友社(主婦の友はじめてブック) 2012年1月

「ねむるまえにクマは」フィリップ・C.ステッド文;エリン・E.ステッド絵;青山南訳 光村教育図書 2012年11月

「ねむれないこのくに」小竹守道子作;西片拓史絵 岩崎書店(えほんのぼうけん) 2012年8月

子どもの世界・生活

「ねむれないふくろうオルガ」ルイス・スロボドキン作;三原泉訳 偕成社 2011年2月

「バスがくるまで」森山京作;黒井健絵 小峰書店(にじいろえほん) 2011年11月

「バングルスせんせい ちこく! ちこく?」ステファニー・カルメンソン作;よしかわさちこ絵;きむらのりこ訳 ひさかたチャイルド 2011年5月

「はんなちゃんがめをさましたら」酒井駒子文・絵 偕成社 2012年11月

「ふたごのしろくま ねえ、おんぶのまき」あべ弘士作 講談社(講談社の創作絵本) 2012年5月

「ふゆってどんなところなの?」工藤ノリコ作・絵 学研教育出版 2012年12月

「ぼく、まってるから」正岡慧子作;おぐらひろかず絵 フレーベル館(おはなしえほんシリーズ) 2013年2月

「ぼくの兄ちゃん」よしながこうたく作・絵 PHP研究所(わたしのえほん) 2013年3月

「ぼってんあおむしまよなかに」山崎優子文・絵 至光社(至光社ブッククラブ国際版絵本) 2012年9月

「ポットさん」きたむらさとし作 BL出版 2011年6月

「マイマイとナイナイ」皆川博子作;宇野亜喜良絵;東雅夫編 岩崎書店(怪談えほん) 2011年10月

「またあえたね」デヴィッド・エズラ・シュタイン作;さかいくにゆき訳 ポプラ社(ポプラせかいの絵本) 2012年4月

「まるちゃんとくろちゃんのおうち」ささきようこ作 ポプラ社 2011年6月

「モコはかんがえます。」まつしたさゆり作・絵 学研教育出版 2011年8月

「モラッチャホンがきた!」ヘレン・ドカティ文;トーマス・ドカティ絵;福本友美子訳 光村教育図書 2013年10月

「ゆきがふるよ、ムーミントロール」トーベ・ヤンソン原作・絵;ラルス・ヤンソン原作・絵;当麻ゆか訳 徳間書店(ムーミンのおはなしえほん) 2011年10月

「ゆっくりおやすみにじいろのさかな」マーカス・フィスター作;谷川俊太郎訳 講談社(世界の絵本) 2012年6月

「よふかしにんじゃ」バーバラ・ダ・コスタ文;エド・ヤング絵;長谷川義史訳 光村教育図書 2013年12月

「わたし、まだねむたくないの!」スージー・ムーア作;ロージー・リーヴ絵;木坂涼訳 岩崎書店 2011年7月

「わたしのゆたんぽ」きたむらさとし文・絵 偕成社 2012年12月

「夜まわりクマのアーサー」ジェシカ・メザーブ作;みらいなな訳 童話屋 2011年7月

子どもの世界・生活

恩返し

「うさぎのおくりもの」ビーゲンセン;作 永井郁子;絵 汐文社 2012年7月

「つるのおんがえし」石崎洋司;文 水口理恵子;絵 講談社(講談社の創作絵本) 2012年11月

「モーリーズげんきのたねをさがして」椎名理央文;モーリーズ制作委員会作 小学館 2012年4月

家族＞あかちゃん

「あかちゃん社長がやってきた」マーラ・フレイジー作;もとしたいづみ訳 講談社(講談社の翻訳絵本) 2012年9月

「あわてんぼうさちゃん」ティモシー・ナップマン文;デイヴィッド・ウォーカー絵;ひがしかずこ訳 岩崎書店 2013年1月

「うぶめ」京極夏彦作;井上洋介絵;東雅夫編 岩崎書店(京極夏彦の妖怪えほん 悲) 2013年9月

「うまれてきてくれてありがとう」にしもとよう文;黒井健絵 童心社 2011年4月

「おおきなわんぱくぼうや」ケビン・ホークス作;尾高薫訳 ほるぷ出版 2011年8月

「おかあさんとわるいキツネ」イチンノロブ・ガンバートル文;バーサンスレン・ボロルマー絵;つだのりこ訳 福音館書店(世界傑作絵本シリーズ) 2011年11月

「おばけにょうぼう」内田麟太郎文;町田尚子絵 イースト・プレス(こどもプレス) 2013年4月

「かわいいあひるのあかちゃん」モニカ・ウェリントン作;たがきょうこ訳 徳間書店 2013年3月

「くじらのあかちゃんおおきくなあれ」神沢利子文;あべ弘士絵 福音館書店(こどものとも絵本) 2013年6月

「ザザのちいさいおとうと」ルーシー・カズンズ作;五味太郎訳 偕成社 2011年1月

「しんかんくんとあかちゃんたち」のぶみ作 あかね書房 2012年9月

「ちびくまくん、おにいちゃんになる」エマ・チチェスター・クラーク作・絵;たなかあきこ訳 徳間書店 2011年1月

「なきんぼあかちゃん」穂髙順也文;よしまゆかり絵 大日本図書 2012年9月

「なっちゃんがちっちゃかったころのおはなし」鍋田敬子作 福音館書店(こどものとも年中向き) 2012年4月

「ペネロペおねえさんになる」アン・グットマン文;ゲオルグ・ハレンスレーベン絵;ひがしかずこ訳 岩崎書店(ペネロペおはなしえほん) 2012年10月

「ぼくもおにいちゃんになりたいな」アストリッド・リンドグレーン文;イロン・ヴィークランド絵;石井登志子 徳間書店 2011年4月

「ママ」室園久美子作;間部奈帆作 主婦の友社 2012年3月

子どもの世界・生活

「もりのおるすばん」丸山陽子作 童心社(絵本・こどものひろば) 2012年7月

「もりはおおさわぎ」ビーゲンセン作;中井亜佐子絵 絵本塾出版(もりのなかまたち) 2012年7月

家族＞家出

「あたしいえでしたことあるよ」角野栄子文;かべやふよう絵 あすなろ書房 2013年6月

「アルフィーのいえで」ケネス・M・カドウ文;ローレン・カスティーヨ絵;佐伯愛子訳 ほるぷ出版 2012年5月

「きいのいえで」種村有希子作 講談社(講談社の創作絵本) 2013年5月

「ハブラシくん」岡田よしたか作 ひかりのくに 2013年9月

家族＞おかあさん

「アイスキッズのぼうけん」さとうめぐみ作・絵 教育画劇 2012年6月

「あいちゃんのワンピース」こみやゆう作;宮野聡子絵 講談社(講談社の創作絵本) 2011年7月

「あかちゃん社長がやってきた」マーラ・フレイジー作;もとしたいづみ訳 講談社(講談社の翻訳絵本) 2012年9月

「あたし、ようせいにあいたい！」のぶみ作 えほんの杜 2013年4月

「あたしいえでしたことあるよ」角野栄子文;かべやふよう絵 あすなろ書房 2013年6月

「あっ、オオカミだ！」ステファニー・ブレイク作;ふしみみさを訳 あすなろ書房 2013年3月

「あててえなせんせい」木戸内福美文;長谷川知子絵 あかね書房 2012年9月

「あめのちゆうやけせんたくかあちゃん」さとうわきこ作・絵 福音館書店(こどものとも685号) 2013年4月

「アルフィーのいえで」ケネス・M・カドウ文;ローレン・カスティーヨ絵;佐伯愛子訳 ほるぷ出版 2012年5月

「うぶめ」京極夏彦作;井上洋介絵;東雅夫編 岩崎書店(京極夏彦の妖怪えほん 悲) 2013年9月

「うまれてきてくれてありがとう」にしもとよう文;黒井健絵 童心社 2011年4月

「うらしまたろう」広松由希子;ぶん 飯野和好;え 岩崎書店(いまむかしえほん) 2011年3月

「おかあさんとわるいキツネ」イチンノロブ・ガンバートル文;バーサンスレン・ボロルマー絵;つだのりこ訳 福音館書店(世界傑作絵本シリーズ) 2011年11月

「おかあさんのまほうのおうかん」かたおかけいこ作;松成真理子絵 ひさかたチャイルド 2012年2月

「おかあさんはおこりんぼうせいじん」スギヤマカナヨ作・絵 PHP研究所(わたしのえほん) 2011年6月

子どもの世界・生活

「おかあさんはなかないの？」平田昌広文;森川百合香絵 アリス館 2013年7月

「おかあちゃんがつくったる」長谷川義史作 講談社(講談社の創作絵本) 2012年4月

「おじいちゃんはロボットはかせ」つちやゆみさく作・絵 文渓堂 2011年8月

「おめでとうおばけ」あらいゆきこ文・絵 大日本図書 2012年8月

「おやすみなさいのおともだち」ケイト・バンクス作;ゲオルグ・ハレンスレーベン絵;肥田美代子訳 ポプラ社(ポプラせかいの絵本) 2012年11月

「おやすみラッテ」いりやまさとし作 ポプラ社 2011年7月

「かあさんのこもりうた」こんのひとみ;作 いもとようこ;絵 金の星社 2012年10月

「カンガルーがいっぱい」山西ゲンイチ作・絵 教育画劇 2011年5月

「キムのふしぎなかさのたび」ホーカン・イェンソン文;カーリン・スレーン絵;オスターグレン晴子訳 徳間書店 2012年5月

「ぎょうれつのできるはちみつやさん」ふくざわゆみこ作 教育画劇 2011年2月

「くじらのあかちゃんおおきくなあれ」神沢利子文;あべ弘士絵 福音館書店(こどものとも絵本) 2013年6月

「くまだっこ」デイヴィッド・メリング作;たなかあきこ訳 小学館 2012年5月

「くもりのちはれせんたくかあちゃん」さとうわきこ作・絵 福音館書店(こどものとも絵本) 2012年4月

「こうもりぼうやとハロウィン」ダイアン・メイヤー文;ギデオン・ケンドール絵;藤原宏之訳 新日本出版社 2012年9月

「こねこのハリー」メアリー・チャルマーズ作;おびかゆうこ訳 福音館書店(世界傑作絵本シリーズ) 2012年10月

「こりすのかくれんぼ」西村豊著 あかね書房 2013年10月

「じゃがいも畑」カレン・ヘス文;ウェンディ・ワトソン絵;石井睦美訳 光村教育図書 2011年8月

「しろうさぎとりんごの木」石井睦美作;酒井駒子絵 文渓堂 2013年10月

「しんかんくんとあかちゃんたち」のぶみ作 あかね書房 2012年9月

「スイスイスイーツ」さいとうしのぶ作・絵 教育画劇 2012年2月

「すみれちゃん」森雅之作 ビリケン出版 2011年5月

「せんたくかあちゃん」さとうわきこ作・絵 福音館書店(こどものとも絵本) 2012年4月

「だいすきのしるし」あらいえつこ作;おかだちあき絵 岩崎書店(えほんのぼうけん) 2012年6月

「たかちゃんのぼく、かぜひきたいな」さこももみ作・絵 佼成出版社(みつばちえほんシリーズ) 2011年2月

子どもの世界・生活

「たつくんおむかえドキドキ―12支キッズのしかけえほん」きむらゆういち作・ふくざわゆみこ絵 ポプラ社 2011年11月

「たっちゃんむしばだね」森比左志著;わだよしおみ著 こぐま社 2013年5月

「だめだめママだめ!」天野慶文;はまのゆか絵 ほるぷ出版(ほるぷ創作絵本) 2011年10月

「てるちゃんのかお」藤井輝明文;亀澤裕也絵 金の星社 2011年7月

「どうぶつびょういんおおいそがし」シャロン・レンタ作・絵;まえざわあきえ訳 岩崎書店 2011年9月

「とっておきのあさ」宮本忠夫作・絵 ポプラ社(ポプラ社の絵本) 2011年12月

「ながいかみのむすめチャンファメイ―中国侗族(トンぞく)の民話」君島久子再話;後藤仁画 福音館書店(こどものとも) 2013年3月

「なきんぼあかちゃん」穂高順也文;よしまゆかり絵 大日本図書 2012年9月

「なっちゃんがちっちゃかったころのおはなし」鍋田敬子作 福音館書店(こどものとも年中向き) 2012年4月

「なないろの花はどこ」はまざきえり文・絵 大日本図書 2011年3月

「ニブルとたいせつなきのみ」ジーン・ジオン文;マーガレット・ブロイ・グレアム絵;ひがしちから 訳 ビリケン出版 2012年10月

「ねえおかあさん」下田冬子文・絵 大日本図書 2011年9月

「ねずみのへやもありません」カイル・ミューバーン文;フレヤ・ブラックウッド絵;角田光代訳 岩崎書店 2011年7月

「ねむるまえに」アルバート・ラム作;デイビッド・マクフェイル絵;木坂涼訳 主婦の友社(主婦の友はじめてブック) 2012年1月

「ノミちゃんのすてきなペット」ルイス・スロボドキン作;三原泉訳 偕成社 2011年12月

「はじめての旅」木下晋文・絵 福音館書店(日本傑作絵本シリーズ) 2013年6月

「パパと怒り鬼―話してごらん、だれかに」グロー・ダーレ作;スヴァイン・ニーフース絵;大島かおり;青木順子訳 ひさかたチャイルド 2011年8月

「ハリーのクリスマス」メアリー・チャルマーズ作;おびかゆうこ訳 福音館書店(世界傑作絵本シリーズ) 2012年10月

「ハリーびょういんにいく」メアリー・チャルマーズ作;おびかゆうこ訳 福音館書店(世界傑作絵本シリーズ) 2012年10月

「ハンヒの市場めぐり」カン・ジョンヒ作;おおたけきよみ訳 光村教育図書 2013年2月

「ひっつきむし」ひこ・田中作;堀川理万子絵 WAVE出版(えほんをいっしょに。) 2013年3月

「ピッピのかくれんぼ」そうまこうへい作;たかはしかずえ絵 PHP研究所 2011年12月

子どもの世界・生活

「フーくんのおへそ」ラモン・アラグエス文;フランチェスカ・ケッサ絵;宇野和美訳 光村教育図書 2011年5月

「ぶたがとぶ」佐々木マキ作 絵本館 2013年10月

「ふたりはめいたんてい?」さこももみ作 アリス館 2011年5月

「ふにゃらどうぶつえん」ふくだすぐる作 アリス館 2011年10月

「へっこきよめさま」令丈ヒロ子;文 おくはらゆめ;絵 講談社(講談社の創作絵本) 2012年8月

「ぺんぎんのたまごにいちゃん」あきやまただし作・絵 鈴木出版(ひまわりえほんシリーズ) 2011年6月

「ホーキのララ」沢木耕太郎作;貴納大輔絵 講談社 2013年4月

「ぼく、仮面ライダーになる! フォーゼ編」のぶみ作 講談社(講談社の創作絵本) 2011年10月

「ぼくのこえがきこえますか」田島征三作 童心社([日・中・韓平和絵本) 2012年6月

「ボタン」森絵都作;スギヤマカナヨ絵 偕成社 2013年5月

「ほんなんてだいきらい!」バーバラ・ボットナー 文;マイケル・エンバリー絵 主婦の友社(主婦の友はじめてブック) 2011年3月

「まこちゃんとエプロン」こさかまさみ作;やまわきゆりこ絵 福音館書店(こどものとも) 2011年4月

「まっててねハリー」メアリー・チャルマーズ作;おびかゆうこ訳 福音館書店(世界傑作絵本シリーズ) 2012年10月

「ママ」室園久美作;間部奈帆作 主婦の友社 2012年3月

「ママ!」キム・フォップス・オーカソン作;高畠那生絵;枇谷玲子訳 ひさかたチャイルド 2011年11月

「ママのとしょかん」キャリ・ベスト文;ニッキ・デイリー絵;藤原宏之訳 新日本出版社 2011年3月

「ママはびようしさん」アンナ・ベングトソン作;オスターグレン晴子訳 福音館書店(世界傑作絵本シリーズ) 2013年6月

「まよなかのたんじょうかい」西本鶏介作;渡辺有一絵 鈴木出版(ひまわりえほんシリーズ) 2013年12月

「ミミのみずたまスカート」オガワナホ作 偕成社 2013年6月

「みんなくるくる、よってくる―おかしきさんちのものがたり」おのりえん;ぶん はたこうしろう;え フレーベル館 2011年7月

「ヤンカのにんぎょうげき」どいかや作 学研教育出版 2012年11月

「わたししんじてるの」宮西達也作絵 ポプラ社(絵本の時間) 2011年6月

「空とぶペーター」フィリップ・ヴェヒター作・絵;天沼春樹訳 徳間書店 2013年7月

「月の貝」名木田恵子作;こみねゆら絵 佼成出版社 2013年2月

子どもの世界・生活

「羅生門」日野多香子文;早川純子絵 金の星社 2012年8月

家族＞おじいさん

「あかちゃんたんていラブーたんじょう!ラブーたんていのじけんぼSPECIAL」ベネディクト・ゲチエ作;野崎歓訳 クレヨンハウス 2011年6月

「あのひのこと」葉祥明絵・文 佼成出版社 2012年3月

「うみぼうず」杉山亮作;軽部武宏絵 ポプラ社(杉山亮のおばけ話絵本2) 2011年2月

「エディのごちそうづくり」サラ・ガーランド作;まきふみえ訳 福音館書店 2012年4月

「おいっちにおいっちに」トミー・デ・パオラ作;みらいなな訳 童話屋 2012年9月

「おじいさんのしごと」山西ゲンイチ作 講談社(講談社の創作絵本) 2013年1月

「おじいさんのはやぶさ」間瀬なおかた作・絵;川口淳一郎監修 ベストセラーズ 2012年7月

「おじいちゃんちのたうえ」さこももみ作 講談社(講談社の創作絵本) 2011年4月

「おじいちゃんのトラのいるもりへ」乾千恵文;あべ弘士絵 福音館書店(こどものとも) 2011年9月

「おじいちゃんのふね」ひがしちから作 ブロンズ新社 2011年7月

「おじいちゃんの手」マーガレット・H.メイソン文;フロイド・クーパー絵;もりうちすみこ訳 光村教育図書 2011年7月

「おなかいっぱい、しあわせいっぱい」レイチェル・イザドーラ作・絵;小宮山みのり訳 徳間書店 2012年8月

「おばあちゃんはかぐやひめ」松田もとこ作;狩野富貴子絵 ポプラ社(ポプラ社の絵本) 2013年3月

「カイくんのランドセル」おかしゅうぞう作;ふじたひおこ絵 佼成出版社(クローバーえほんシリーズ) 2011年2月

「がんばれ、おじいちゃん」西本鶏介作;栃堀茂絵 ポプラ社 2012年4月

「じいちゃんのよる」きむらよしお作 福音館書店(こどものとも絵本) 2011年6月

「すいか!」石津ちひろ文;村上康成絵 小峰書店(にじいろえほん) 2013年5月

「だいじょうぶだよ、おばあちゃん」福島利行文;塚本やすし絵 講談社(講談社の創作絵本) 2012年9月

「ちびころおにぎりでかころおにぎりおじいちゃんちへいく」おおいじゅんこ作・絵 教育画劇 2013年10月

「チャーリー、おじいちゃんにあう」エイミー・ヘスト文;ヘレン・オクセンバリー絵;さくまゆみこ訳 岩崎書店 2013年12月

子どもの世界・生活

「つくもがみ」京極夏彦作;城芽ハヤト絵;東雅夫編 岩崎書店(京極夏彦の妖怪えほん 楽)
2013年9月

「ふたりはめいたんてい?」さこももみ作 アリス館 2011年5月

「ほしのはなし」北野武作・絵 ポプラ社 2012年12月

「ぽんぽこしっぽんた」すまいるママ作・絵 PHP研究所(PHPにこにこえほん) 2013年9月

「マールとおばあちゃん」ティヌ・モルティール作;カーティエ・ヴェルメール絵;江國香織訳 ブロ
ンズ新社 2013年4月

「もういいかい?」アイリーニ・サヴィデス作;オーウェン・スワン絵;菊田洋子訳 バベルプレス
2013年2月

「りょうちゃんのあさ」松野正子作;荻太郎絵 福音館書店(こどものとも復刻版) 2012年9月

「ルナ-おつきさんの おそうじや」エンリコ=カサローザ作;堤江実訳 講談社(講談社の翻訳絵
本) 2013年9月

家族＞おじさん・おばさん

「おりこうなビル」ウィリアム・ニコルソン文・絵;つばきはらななこ訳 童話館出版 2011年12月

「こいぬをむかえに」筒井頼子文;渡辺洋二絵 福音館書店(ランドセルブックス) 2012年3月

「サッカーがだいすき!」マリベス・ボルツ作;ローレン・カスティロ絵;MON訳 岩崎書店 2012年
11月

「ベンおじさんのふしぎなシャツ」シュザン・ボスハウベェルス作;ルース・リプハーへ絵;久保谷
洋訳 朝日学生新聞社 2011年9月

「南の島で」石津ちひろ文;原マスミ絵 偕成社 2011年4月

家族＞おとうさん

「あかちゃん社長がやってきた」マーラ・フレイジー作;もとしたいづみ訳 講談社(講談社の翻訳
絵本) 2012年9月

「あたし、パパとけっこんする!」のぶみ作 えほんの杜 2012年3月

「あっ、オオカミだ!」ステファニー・ブレイク作;ふしみみさを訳 あすなろ書房 2013年3月

「アップルムース」クラース・フェルプランケ作・絵;久保谷洋訳 朝日学生新聞社 2011年9月

「アルノとサッカーボール」イヴォンヌ・ヤハテンベルフ作;野坂悦子訳 講談社(世界の絵本)
2011年5月

「おとうさんのかさ」三浦太郎作 のら書店 2012年6月

「おとうさんはうんてんし」平田昌広作;鈴木まもる絵 佼成出版社(おとうさん・おかあさんのしご
とシリーズ) 2012年9月

「かっぱ」杉山亮作;軽部武宏絵 ポプラ社(杉山亮のおばけ話絵本3) 2011年10月

子どもの世界・生活

「きのうえのトーマス」小渕もも文・絵 福音館書店(こどものとも) 2012年10月

「ぎょうれつのできるはちみつやさん」ふくざわゆみこ作 教育画劇 2011年2月

「さっちゃんとクッキー」森比左志著;わだよしおみ著;わかやまけん著 こぐま社 2013年5月

「サンタクロースの免許証」川田じゅん著 風濤社 2012年12月

「シャオユイのさんぽ」チェン・ジーユエン作;中由美子訳 光村教育図書 2012年11月

「すごいくるま」市原淳作 教育画劇 2011年6月

「たつくんおむかえドキドキ—12支キッズのしかけえほん」きむらゆういち作・ふくざわゆみこ絵 ポプラ社 2011年11月

「だめだめママだめ!」天野慶文;はまのゆか絵 ほるぷ出版(ほるぷ創作絵本) 2011年10月

「たんじょうびのおくりもの」ブルーノ・ムナーリ作; 谷川俊太郎訳 フレーベル館(ブルーノ・ムナーリの1945シリーズ) 2011年8月

「とうさんとぼくと風のたび」小林豊作・絵 ポプラ社 2012年3月

「どうしたのブタくん」みやにしたつや作・絵 鈴木出版(チューリップえほんシリーズ) 2013年3月

「ニブルとたいせつなきのみ」ジーン・ジオン文;マーガレット・ブロイ・グレアム絵;ひがしちから訳 ビリケン出版 2012年10月

「ねむるまえに」アルバート・ラム作;デイビッド・マクフェイル絵;木坂涼訳 主婦の友社(主婦の友はじめてブック) 2012年1月

「ぱっくんおおかみおとうさんににてる」木村泰子作・絵 ポプラ社(ぱっくんおおかみのえほん) 2013年4月

「パパとあたしのさがしもの」鈴木永子作・絵 ひさかたチャイルド 2011年2月

「パパとわたし」マリア・ウェレニケ作;宇野和美訳 光村教育図書 2012年10月

「パパと怒り鬼−話してごらん、だれかに」グロー・ダーレ作;スヴァイン・ニーフース絵;大島かおり;青木順子訳 ひさかたチャイルド 2011年8月

「パパのしごとはわるものです」板橋雅弘作;吉田尚令絵 岩崎書店(えほんのぼうけん) 2011年5月

「パパのしっぽはきょうりゅうのしっぽ!?」たけたにちほみ作;赤川明絵 ひさかたチャイルド 2011年5月

「フーくんのおへそ」ラモン・アラグエス文;フランチェスカ・ケッサ絵;宇野和美訳 光村教育図書 2011年5月

「ふしぎしょうてんがい」きむらゆういち作;林るい絵 世界文化社(ワンダーおはなし絵本) 2012年12月

子どもの世界・生活

「ふしぎなカメラ」辻村ノリアキ作;ゴトウノリユキ絵 PHP研究所(PHPにこにこえほん) 2012年11月

「ふにゃらどうぶつえん」ふくだすぐる作 アリス館 2011年10月

「ほうねんさま」土屋富士夫絵;大本山増上寺法然上人八百年御忌記念出版実行委員会作 徳間書店 2011年2月

「ホーキのララ」沢木耕太郎作;貴納大輔絵 講談社 2013年4月

「ぽってんあおむしまよなかに」山崎優子文・絵 至光社(至光社ブッククラブ国際版絵本) 2012年9月

「まほうのでんしレンジ」たかおかまりこ原案;さいとうしのぶ作・絵 ひかりのくに 2013年4月

「まゆげちゃん」真珠まりこ作・絵 講談社(講談社の創作絵本) 2012年11月

「ミミとおとうさんのハッピー・バースデー」石津ちひろ作;早川純子絵 長崎出版 2013年6月

「ミルクこぼしちゃだめよ!」スティーヴン・デイヴィーズ文;クリストファー・コー絵;福本友美子訳 ほるぷ出版 2013年7月

「よるのふね」山下明生作;黒井健絵 ポプラ社(ポプラ社の絵本) 2011年4月

「ルナ-おつきさんの おそうじや」エンリコ=カサローザ作;堤江実訳 講談社(講談社の翻訳絵本) 2013年9月

「れいぞうこにマンモス!?」ミカエル・エスコフィエ文;マチュー・モデ絵;ふしみみさを訳 光村教育図書 2012年6月

「わたし、ぜんぜんかわいくない」クロード・K・デュボア作・絵;小川糸訳 ポプラ社 2011年2月

「わたししんじてるの」宮西達也作絵 ポプラ社(絵本の時間) 2011年6月

「空とぶペーター」フィリップ・ヴェヒター作・絵;天沼春樹訳 徳間書店 2013年7月

家族＞おばあさん

「WASIMO」宮藤官九郎作;安齋肇絵 小学館 2013年1月

「あかずきん」グリム原作;那須田淳訳;北見葉胡絵 岩崎書店(絵本・グリム童話) 2012年3月

「あやとユキ」いながきふさこ作;青井芳美絵 BL出版 2011年12月

「いたいのいたいのとんでゆけ」新井悦子作;野村たかあき絵 鈴木出版(ひまわりえほんシリーズ) 2012年1月

「いるのいないの」京極夏彦;作 町田尚子;絵 岩崎書店(怪談えほん) 2012年2月

「ウシくんにのって」古内ヨシ作・絵 絵本塾出版 2012年10月

「うでわうり-スリランカの昔話より」プンニャ・クマーリ再話・絵 福音館書店(こどものとも) 2012年9月

「おおばっちゃんちにまたきてたんせ」秋山とも子作 福音館書店(こどものとも) 2012年8月

子どもの世界・生活

「おじいちゃんちのたうえ」さこももみ作 講談社(講談社の創作絵本) 2011年4月

「おしょうがつさんどんどこどん」長野ヒデ子作・絵 世界文化社(ワンダーおはなし絵本) 2011年12月

「おばあちゃんと花のてぶくろ」セシル・カステルッチ作;ジュリア・ディノス絵;水谷阿紀子訳 文渓堂 2011年10月

「おばあちゃんのおはぎ」野村たかあき作・絵 佼成出版社(クローバーえほんシリーズ) 2011年9月

「おばあちゃんのこもりうた」西本鶏介作;長野ヒデ子絵 ひさかたチャイルド 2011年3月

「おばあちゃんのひみつのあくしゅ」ケイト・クライス文;M.サラ・クライス絵;福本友美子訳 徳間書店 2013年5月

「おばあちゃんはかぐやひめ」松田もとこ作;狩野富貴子絵 ポプラ社(ポプラ社の絵本) 2013年3月

「おむかえワニさん」陣崎草子作・絵 文渓堂 2013年10月

「おもいでをなくしたおばあちゃん」ジャーク・ドレーセン作;アンヌ・ベスターダイン絵;久保谷洋訳 朝日学生新聞社 2011年3月

「ガール・イン・レッド」ロベルト・インノチェンティ原案・絵;アーロン・フリッシュ文;金原瑞人訳 西村書店東京出版編集部 2013年2月

「カイくんのランドセル」おかしゅうぞう作;ふじたひおこ絵 佼成出版社(クローバーえほんシリーズ) 2011年2月

「カモさん、なんわ?」シャーロット・ポメランツ文;ホセ・アルエゴ、マリアンヌ・デューイ絵;こみやゆう訳 徳間書店 2012年3月

「キュッパのはくぶつかん」オーシル・カンスタ・ヨンセン作;ひだにれいこ訳 福音館書店 2012年4月

「くつしたのくまちゃん」林原玉枝文;つがねちかこ絵 福音館書店(こどものとも) 2013年7月

「げんききゅうしょくいただきます!」つちだよしはる作・絵 童心社(絵本・こどものひろば) 2012年5月

「こぐまとめがね」こんのひとみ;作 たかすかずみ;絵 金の星社 2011年12月

「こじかかじっこ―おてつだいのいと」さかいさちえ作・絵 教育画劇 2013年9月

「ごぞんじ!かいけつしろずきん」もとしたいづみ作;竹内通雅絵 ひかりのくに 2013年2月

「スイスイスイーツ」さいとうしのぶ作・絵 教育画劇 2012年2月

「だいじょうぶだよ、おばあちゃん」福島利行文;塚本やすし絵 講談社(講談社の創作絵本) 2012年9月

「だれのおばあちゃん?」スティーナ・ヴィルセン作;ヘレンハルメ美穂訳 クレヨンハウス(やんちゃっ子の絵本3) 2011年2月

子どもの世界・生活

「ちえちゃんのおはじき」山口節子作;大畑いくの絵 佼成出版社(クローバーえほんシリーズ)
2012年7月

「なないろのプレゼント」石津ちひろ作;松成真理子絵 教育画劇 2012年11月

「はしれはやぶさ!とうほくしんかんせん」横溝英一文・絵 小峰書店(のりものえほん) 2012年7
月

「バスがくるまで」森山京作;黒井健絵 小峰書店(にじいろえほん) 2011年11月

「ぼくのおばあちゃんはスター」カール・ノラック文;イングリッド・ゴドン絵;いずみちほこ訳 セー
ラー出版 2011年11月

「マールとおばあちゃん」ティヌ・モルティール作;カーティエ・ヴェルメール絵;江國香織訳 ブロ
ンズ新社 2013年4月

「もりはおおさわぎ」ビーゲンセン作;中井亜佐子絵 絵本塾出版(もりのなかまたち) 2012年7月

「やまのおみやげ」原田泰治作・絵 ポプラ社 2012年7月

「泣いてもいい?」グレン・リングトゥヴィズ作;シャロッテ・パーディ絵;田辺欧訳 今人舎 2013年6
月

「赤ずきん」グリム原作;フェリクス・ホフマン画;大塚勇三訳 福音館書店 2012年6月

「虹の森のミミっち」森沢明夫作;加藤美紀絵 TOブックス 2013年12月

家族>親と子

「あかちゃんぐまはなにみたの?」アシュリー・ウルフ文・絵;さくまゆみこ訳 岩波書店 2013年4
月

「アップルムース」クラース・フェルプランケ作・絵;久保谷洋訳 朝日学生新聞社 2011年9月

「アリアドネの糸」ハビエル・ソブリーノ文;エレナ・オドリオゾーラ絵;宇野和美訳 光村教育図書
2011年6月

「イカロスの夢」ジャン=コーム・ノゲス文;イポリット絵 小峰書店(愛蔵版世界の名作絵本) 2012
年7月

「うんちっち」ステファニー・ブレイク作;ふしみみさを訳 あすなろ書房 2011年11月

「おやおやじゅくへようこそ」浜田桂子著 ポプラ社(ポプラ社の絵本) 2012年3月

「おやこペンギン―ジェイとドゥのゆきあそび」片平直樹作;高畠純絵 ひさかたチャイルド 2011
年11月

「カラスのスッカラ」石津ちひろ作;猫野ぺすか絵 佼成出版社 2013年5月

「ゴロゴロドーンかみなりさまおっこちた」正岡慧子作;ひだきょうこ絵 ひかりのくに 2011年7月

「こわがらなくていいんだよ」ゴールデン・マクドナルド作;レナード・ワイスガード絵;こみやゆう訳
長崎出版 2012年9月

子どもの世界・生活

「さあ、とんでごらん！」サイモン・ジェームズ作;福本友美子訳 岩崎書店 2011年10月

「タッフィーとハッピーの たのしいまいにち―おてつだいしたい」obetomo絵;川瀬礼王名文 ポプラ社 2013年9月

「だれがいなくなったの?」スティーナ・ヴィルセン作;ヘレンハルメ美穂訳 クレヨンハウス(やんちゃっ子の絵本6) 2012年8月

「だんごむしのダディダンダン」おのりえん作;沢野ひとし絵 福音館書店(福音館の幼児絵本) 2011年3月

「ちびくまくん、おにいちゃんになる」エマ・チチェスター・クラーク作・絵;たなかあきこ訳 徳間書店 2011年1月

「てぶくろをかいに」新美南吉;作 柿本幸造;絵 (講談社の名作絵本) 2013年1月

「とっておきのあさ」宮本忠夫作・絵 ポプラ社(ポプラ社の絵本) 2011年12月

「とびだせにひきのこぐま」手島圭三郎絵・文 絵本塾出版(いきるよろこびシリーズ) 2012年4月

「どんはどんどん…」織田道代作;いもとようこ絵 ひかりのくに 2012年10月

「ねずみのよめいり」山下明生;文 しまだ・しほ;絵 あかね書房(日本の昔話えほん) 2011年2月

「ねつでやすんでいるキミへ」しりあがり寿作・絵 岩崎書店(えほんのぼうけん) 2013年4月

「パパとわたし」マリア・ウェレニケ作;宇野和美訳 光村教育図書 2012年10月

「ふたごのしろくま くるくるぱっちんのまき」あべ弘士作 講談社(講談社の創作絵本) 2012年6月

「ふたごのしろくま とりさん、なんば?のまき」あべ弘士作 講談社(講談社の創作絵本) 2012年7月

「ふたごのしろくま ねえ、おんぶのまき」あべ弘士作 講談社(講談社の創作絵本) 2012年5月

「プリンちゃんとおかあさん」なかがわちひろ文;たかおゆうこ絵 理論社 2012年10月

「ほうれんとう」泉京鹿訳 中国出版トーハン(中国のむかしばなし) 2011年6月

「みんなかわいい」内田麟太郎文;梅田俊作絵 女子パウロ会 2011年4月

「やだよ」クラウディア・ルエダ作;宇野和美訳 西村書店東京出版編集部 2013年2月

「やまんばあかちゃん」富安陽子文;大島妙子絵 理論社 2011年7月

「ゆっくりおやすみにじいろのさかな」マーカス・フィスター作;谷川俊太郎訳 講談社(世界の絵本) 2012年6月

「よーし、よし!」サム・マクブラットニィ文;アイヴァン・ベイツ絵;福本友美子訳 光村教育図書 2013年11月

「りゅうのぼうや」富安陽子作;早川純子絵 佼成出版社(どんぐりえほんシリーズ) 2012年7月

「レオとノエ」鈴木光司文;アレックス・サンダー絵 講談社 2011年9月

子どもの世界・生活

「絵本いのちをいただく―みいちゃんがお肉になる日」内田美智子作;魚戸おさむとゆかいななかまたち絵;坂本義喜原案 講談社(講談社の創作絵本) 2013年12月

「小さなよっつの雪だるま」長谷川集平著 ポプラ社 2011年11月

「大きな時計台小さな時計台」川嶋康男作;ひだのかな代絵 絵本塾出版 2011年12月

「田んぼの昆虫たんけん隊」里中遊歩文;田代哲也絵 星の環会 2012年4月

「母恋いくらげ」柳家喬太郎原作;大島妙子文・絵 理論社 2013年3月

家族＞家族一般

「いちばんちいさなクリスマスプレゼント」ピーター・レイノルズ文・絵;なかがわちひろ訳 主婦の友社 2013年11月

「いのちのいれもの」小菅正夫文;堀川真絵 サンマーク出版 2011年3月

「うみべのいえの犬ホーマー」エリシャ・クーパー作・絵;きたやまようこ訳 徳間書店 2013年6月

「おおばっちゃんちにまたきてたんせ」秋山とも子作 福音館書店(こどものとも) 2012年8月

「おとうちゃんとぼく」にしかわおさむ文・絵 ポプラ社(おとうさんだいすき) 2012年1月

「おばけかぞくのいちにち―さくぴーとたろぼうのおはなし」西平あかね作 福音館書店(こどものとも絵本) 2012年2月

「おばけサーカス」佐野洋子作・絵 講談社(講談社の創作絵本) 2011年10月

「おばけときょうりゅうのたまご」ジャック・デュケノワ作;大澤晶訳 ほるぷ出版 2011年5月

「おばけのチョウちゃん」長野ヒデ子文・絵 大日本図書 2011年7月

「かなとやまのおたから」土田佳代子作;小林豊絵 福音館書店(こどものとも) 2013年11月

「きたきつねのしあわせ」手島圭三郎絵・文 絵本塾出版(いきるよろこびシリーズ) 2011年4月

「きょうのごはん」加藤休ミ作 偕成社 2012年9月

「クマのパディントン」マイケル・ボンド作;R.W.アリー絵;木坂涼訳 理論社(絵本「クマのパディントン」シリーズ) 2012年9月

「くらくてあかるいよる」ジョン・ロッコ作;千葉茂樹訳 光村教育図書 2011年10月

「こおりのなみだ」ジャッキー・モリス作;小林晶子訳 岩崎書店 2012年9月

「こころやさしいワニ」ルチーア・パンツィエーリ作;アントン・ジョナータ・フェッラーリ絵;さとうのりか訳 岩崎書店 2012年9月

「こりすのかくれんぼ」西村豊著 あかね書房 2013年10月

「さかさんぽの日」ルース・クラウス作;マーク・シーモント絵;三原泉訳 偕成社 2012年11月

「じっちょりんとおつきさま」かとうあじゅ作 文溪堂 2012年9月

「じっちょりんのあるくみち」かとうあじゅ作 文溪堂 2011年5月

子どもの世界・生活

「じっちょりんのなつのいちにち」かとうあじゅ作 文溪堂 2013年7月

「そらをみあげるチャバーちゃん」ジェーン・ウェーチャチーワ作;小林真里奈訳;ウィスット・ポンニミット絵 福音館書店(こどものとも年中向き) 2013年7月

「たまねぎちゃんあららら！」長野ヒデ子作・絵 世界文化社(ワンダーおはなし絵本) 2012年9月

「チュンチエ」ユイ・リーチョン文;チュ・チョンリャン絵;中由美子 光村教育図書 2011年12月

「つきごはん」計良ふき子作;飯野和好絵 佼成出版社 2013年9月

「ドングリさがして」ドン・フリーマン＆ロイ・フリーマン作;山下明生訳 BL出版 2012年10月

「ナースになりたいクレメンタイン」サイモン・ジェームズ作;福本友美子訳 岩崎書店 2013年10月

「ニニのゆめのたび」アニタ・ローベル作;まつかわまゆみ訳 評論社(児童図書館・絵本の部屋) 2012年5月

「ねこのモグとかぞくたち」ジュディス・カー文・絵;さがのやよい訳 童話館出版 2013年10月

「ハエのアストリッド」マリア・ヨンソン作;ひだにれいこ訳 評論社(児童図書館・絵本の部屋) 2011年7月

「パディントンのにわづくり」マイケル・ボンド作;R.W.アリー絵;木坂涼訳 理論社(絵本「クマのパディントン」シリーズ) 2013年5月

「パディントンの金メダル」マイケル・ボンド作;R.W.アリー絵;木坂涼訳 理論社(絵本「クマのパディントン」シリーズ) 2013年5月

「ぶたさんちのおつきみ」板橋敦子作・絵 ひさかたチャイルド 2012年8月

「ふたつのおうち」マリアン・デ・スメット作;ネインケ・タルスマ絵;久保谷洋訳 朝日学生新聞社 2011年5月

「ブラック・ドッグ」レーヴィ・ピンフォールド作;片岡しのぶ訳 光村教育図書 2012年9月

「ぼく、いってくる！」マチュー・モデ作;ふしみみさを訳 光村教育図書 2013年6月

「ぼくだけのこと」森絵都作;スギヤマカナヨ絵 偕成社 2013年5月

「ぼくのおおじいじ」スティバンヌ作;ふしみみさを訳 岩崎書店 2013年8月

「ボクは船長」クリスティーネ・メルツ文;バルバラ・ナシンベニ絵;みらいなな訳 童話屋 2012年2月

「ものしりひいおばあちゃん」朝川照雄作;よこみちけいこ絵 絵本塾出版 2011年4月

「もりのだるまさんかぞく」高橋和枝作 教育画劇 2012年9月

「よーいドン！」ビーゲンセン作;山岸みつこ絵 絵本塾出版 2012年5月

「リンゴのたび」デボラ・ホプキンソン作;ナンシー・カーペンター絵;藤本朝巳訳 小峰書店(わくわく世界の絵本) 2012年8月

子どもの世界・生活

「わんぱくゴンタ」ビーゲンセン作;きよしげのぶゆき絵 絵本塾出版(もりのなかまたち) 2012年7月

「黄いろのトマト」宮沢賢治;作 降矢なな;絵 三起商行(ミキハウスの絵本) 2013年10月

「海のむこう」土山優文;小泉るみ子絵 新日本出版社 2013年8月

「幸せを売る男」草場一壽;作 平安座資尚;絵 サンマーク出版 2012年6月

「小さなミンディの大かつやく」エリック・A・キメル文;バーバラ・マクリントック絵;福本友美子訳 ほるぷ出版 2012年10月

「勇者のツノ」黒川みつひろ作 こぐま社 2013年6月

家族＞きょうだい

「3びきの こぶた」山田三郎絵;岡信子文 世界文化社 2011年12月

「3びきのこねこ」雪舟えま文;はたこうしろう絵 福音館書店(こどものとも年少版) 2013年12月

「3人はなかよしだった」三木卓文;ケルットゥ・ヴオラップ原作・絵 かまくら春秋社 2013年5月

「8月6日のこと」中川ひろたか 文;長谷川義史絵 ハモニカブックス 2011年7月

「アイスキッズのぼうけん」さとうめぐみ作・絵 教育画劇 2012年6月

「あまぐもぴっちゃん」はやしますみ作・絵 岩崎書店(えほんのぼうけん) 2012年5月

「あみものじょうずのいのししばあさん」こさかまさみ文;山内彩子絵 福音館書店(こどものとも年少版) 2011年12月

「アリ・ババと40人の盗賊」リュック・ルフォール再話;エムル・オルン絵;こだましおり訳 小峰書店(愛蔵版世界の名作絵本) 2011年9月

「あんちゃん」高部晴市作 童心社(絵本・こどものひろば) 2013年3月

「いちご電鉄ケーキ線」二見正直作 PHP研究所(PHPにこにこえほん) 2011年5月

「いつでもいっしょ」みぞぶちまさる作・絵 絵本塾出版(もりのなかまたち) 2011年7月

「おさらのこども」西平あかね作 福音館書店(こどものとも年少版) 2011年9月

「おにいちゃんがいるからね」ウルフ・ニルソン文;エヴァ・エリクソン絵;ひしきあきらこ訳 徳間書店 2011年9月

「おにいちゃんといもうと」シャーロット・ゾロトウ文;おーなり由子訳;はたこうしろう絵 あすなろ書房 2013年7月

「おにいちゃんの歌は、せかいいち！」ウルフ・ニルソン文;エヴァ・エリクソン絵;菱木晃子訳 あすなろ書房 2012年11月

「おにのおにぎりや」ちばみなこ著 偕成社 2012年1月

「かぶと3兄弟 五十郎・六十郎・七十郎の巻」宮西達也作・絵 教育画劇 2013年6月

「からすのおかしやさん」かこさとし作・絵 偕成社(かこさとしおはなしのほん) 2013年4月

子どもの世界・生活

「からすのそばやさん」かこさとし作・絵 偕成社(かこさとしおはなしのほん) 2013年5月

「からすのやおやさん」かこさとし作・絵 偕成社(かこさとしおはなしのほん) 2013年4月

「かわうそ3きょうだいそらをゆく」あべ弘士著 小峰書店(にじいろえほん) 2013年4月

「カンガルーがいっぱい」山西ゲンイチ作・絵 教育画劇 2011年5月

「がんばれ、おじいちゃん」西本鶏介作;栃堀茂絵 ポプラ社 2012年4月

「きえたぐらぐらのは」コルネーリア・フンケ文;ケルスティン・マイヤー絵;あさみしょうご訳 WAVE出版 2013年11月

「キラキラ」やなせたかし作・絵 フレーベル館(復刊絵本セレクション) 2012年7月

「グスコーブドリの伝記」宮澤賢治;原作 司修;文と絵 ポプラ社(ポプラ社の絵本) 2012年7月

「クッキーひめ」おおいじゅんこ作 アリス館 2013年12月

「こわいものがこないわけ」新井洋行;作・絵 講談社の創作絵本] 2012年8月

「さんびきのこねずみとガラスのほし」たかおゆうこ作・絵 徳間書店 2013年11月

「じゃがいも畑」カレン・ヘス文;ウェンディ・ワトソン絵;石井睦美訳 光村教育図書 2011年8月

「すいか!」石津ちひろ文;村上康成絵 小峰書店(にじいろえほん) 2013年5月

「スキャリーおじさんのゆかいなおやすみえほん」リチャード・スキャリー作;ふしみみさを訳 BL出版 2013年9月

「たかちゃんのぼく、かぜひきたいな」さこももみ作・絵 佼成出版社(みつばちえほんシリーズ) 2011年2月

「たかちゃんのぼくのは、はえるかな?」さこももみ作・絵 佼成出版社(みつばちえほんシリーズ) 2012年11月

「たったひとつのねがいごと」バーバラ・マクリントック作;福本友美子訳 ほるぷ出版 2011年11月

「ちいさなプリンセス ソフィア」キャサリン・ハプカ文;グレース・リー絵;老田勝訳・文 講談社 2013年4月

「できそこないのおとぎばなし」いとうひろし作 童心社(絵本・こどものひろば) 2012年9月

「でも、わすれないよベンジャミン」エルフィ・ネイセン作;エリーネ・ファン・リンデンハウゼン絵;野坂悦子訳 講談社(講談社の翻訳絵本) 2012年4月

「とべ! ブータのバレエ団」こばやしみき作・絵 講談社(『創作絵本グランプリ』シリーズ) 2012年1月

「どんぐりむらのおまわりさん」なかやみわ作 学研教育出版 2012年9月

「どんぐりむらのぱんやさん」なかやみわ作 学研教育出版 2011年9月

「なきむしおばけ」なかのひろたか作・絵 福音館書店(こどものとも) 2012年6月

子どもの世界・生活

「なっちゃんがちっちゃかったころのおはなし」鍋田敬子作 福音館書店（こどものとも年中向き）
2012年4月

「ナナとミミはぶかぶかひめ」オガワナホ作 偕成社 2013年6月

「ねえたんがすきなのに」かさいまり作；鈴木まもる絵 佼成出版社（どんぐりえほんシリーズ）
2012年11月

「ねむれないこのくに」小竹守道子作；西片拓史絵 岩崎書店（えほんのぼうけん）2012年8月

「バナナンばあば」林木林作；西村敏雄絵 佼成出版社（クローバーえほんシリーズ）2012年8月

「ひっつきむし」ひこ・田中作；堀川理万子絵 WAVE出版（えほんをいっしょに。）2013年3月

「ひみつのたからさがし」よこみちけいこ作 ポプラ社 2012年10月

「ふうこちゃんのリュック」スズキアツコ作・絵 ひさかたチャイルド 2011年10月

「フラニーとメラニーしあわせのスープ」あいはらひろゆき文；あだちなみ絵 講談社（講談社の創
作絵本）2012年7月

「ペネロペおねえさんになる」アン・グットマン文；ゲオルグ・ハレンスレーベン絵；ひがしかずこ訳
岩崎書店（ペネロペおはなしえほん）2012年10月

「ぺろぺろキャンディー」ルクサナ・カーン文；ソフィー・ブラッコール絵；もりうちすみこ訳 さ・え・ら
書房 2011年8月

「ペンギンきょうだい そらのたび」工藤ノリコ作 ブロンズ新社 2012年10月

「ペンギンきょうだい ふねのたび」工藤ノリコ作 ブロンズ新社 2011年6月

「ぺんぎんのたまごにいちゃん」あきやまただし作・絵 鈴木出版（ひまわりえほんシリーズ）2011
年6月

「ヘンゼルとグレーテル」グリム原作；いもとようこ文・絵 金の星社 2013年6月

「ぼく、仮面ライダーになる! ガイム編」のぶみ作 講談社（講談社の創作絵本）2013年10月

「ぼくのこえがきこえますか」田島征三作 童心社（[日・中・韓]平和絵本）2012年6月

「ぼくの兄ちゃん」よしながこうたく作・絵 PHP研究所（わたしのえほん）2013年3月

「ぼくもおにいちゃんになりたいな」アストリッド・リンドグレーン文；イロン・ヴィークランド絵；石井
登志子 徳間書店 2011年4月

「マイマイとナイナイ」皆川博子作；宇野亜喜良絵；東雅夫編 岩崎書店（怪談えほん）2011年10
月

「ミミのみずたまスカート」オガワナホ作 偕成社 2013年6月

「みんなくるくる、よってくる―おかしきさんちのものがたり」おのりえん；ぶん はたこうしろう；え フ
レーベル館 2011年7月

「ムーサンのたび」いとうひろし作 ポプラ社（いとうひろしの本）2011年11月

子どもの世界・生活

「むしとりにいこうよ!」はたこうしろう作 ほるぷ出版(ほるぷ創作絵本) 2013年7月

「モーリーズげんきのたねをさがして」椎名理央文;モーリーズ制作委員会作 小学館 2012年4月

「やまなし」宮澤賢治;作 小林敏也;画 好学社(画本宮澤賢治) 2013年10月

「よしこがもえた」たかとう匡子作;たじまゆきひこ作 新日本出版社 2012年6月

「ヨヨとネネとかいじゅうのタネ」おおつかえいじお話;ひらりん絵 徳間書店 2013年12月

「わたしもがっこうにいきたいな」アストリッド・リンドグレーン文;イロン・ヴィークランド絵;石井登志子訳 徳間書店 2013年1月

「黄いろのトマト」宮沢賢治;作 降矢なな;絵 三起商行(ミキハウスの絵本) 2013年10月

「泣いてもいい?」グレン・リングトゥヴィズ作;シャロッテ・パーディ絵;田辺欧訳 今人舎 2013年6月

「小さなよっつの雪だるま」長谷川集平著 ポプラ社 2011年11月

「長ぐつをはいたネコ」シャルル・ペロー原作;石津ちひろ抄訳;田中清代絵 ブロンズ新社 2012年1月

家族＞引っ越し

「あくまくん」テレサ・ドゥラン作;エレナ・バル絵;金子賢太郎訳 アルファポリス 2013年9月

「エイミーとルイス」リビー・グリーソン文;フレヤ・ブラックウッド絵;角田光代訳 岩崎書店 2011年5月

「エロイーサと虫たち」ハイロ・ブイトラゴ文;ラファエル・ジョクテング絵;宇野和美訳 さ・え・ら書房 2011年9月

「おうさまのおひっこし」牡丹靖佳作 福音館書店(日本傑作絵本シリーズ) 2012年5月

「おばけのおうちいりませんか?」せきゆうこ作 PHP研究所(わたしのえほん) 2012年8月

「くまのオットーとえほんのおうち」ケイティ・クレミンソン作・絵;横山和江訳 岩崎書店 2011年6月

「しろくまさんがひっこしてきた」さくらいかおり作・絵 ブイツーソリューション 2013年11月

「センジのあたらしいいえ」イチンノロブ・ガンバートル文;津田紀子訳;バーサンスレン・ボロルマー絵 福音館書店(こどものとも年中向き) 2011年11月

「トイ・ストーリー」斎藤妙子構成・文 講談社(ディズニースーパーゴールド絵本) 2011年4月

「トイ・ストーリー」小宮山みのり文・構成 講談社(ディズニームービーブック) 2012年7月

「とかげさんちのおひっこし」藤本四郎作・絵 PHP研究所(PHPにこにこえほん) 2012年5月

「ニニのゆめのたび」アニタ・ローベル作;まつかわまゆみ訳 評論社(児童図書館・絵本の部屋) 2012年5月

子どもの世界・生活

「ねずみのへやもありません」カイル・ミューバーン文;フレヤ・ブラックウッド絵;角田光代訳 岩崎書店 2011年7月

「のはらのおへや」みやこしあきこ作 ポプラ社(ポプラ社の絵本) 2011年9月

「ハーナンとクーソン」山西ゲンイチ文・絵 大日本図書 2013年3月

「ファーディのクリスマス」ジュリア・ローリンソン作;ティファニー・ビーク絵;小坂涼訳 理論社 2011年10月

「みずいろのマフラー」くすのきしげのり文;松成真理子絵 童心社(絵本・こどものひろば) 2011年11月

「もしもしトンネル」ひろかわさえこ作・絵 ひさかたチャイルド 2013年2月

「世界一ばかなネコの初恋」ジル・バシュレ文・絵;いせひでこ訳 平凡社 2011年3月

家族＞ふたご

「きいのいえで」種村有希子作 講談社(講談社の創作絵本) 2013年5月

「すすめ！ふたごちゃん」もとしたいづみ作;青山友美絵 佼成出版社 2013年11月

「ティモシーとサラはなやさんからのてがみ」芭蕉みどり作・絵 ポプラ社(えほんとなかよし) 2012年1月

「とけいやまのチックンタックン」竹中マユミ作・絵 ひさかたチャイルド 2011年5月

「ふたごがきた」ミース・バウハウス作;フィープ・ヴェステンドルプ絵 金の星社 2013年8月

「ふたごのしろくまくるくるぱっちんのまき」あべ弘士作 講談社(講談社の創作絵本) 2012年6月

「ふたごのしろくまとりさん、なんば？のまき」あべ弘士作 講談社(講談社の創作絵本) 2012年7月

「ふたごのしろくまねえ、おんぶのまき」あべ弘士作 講談社(講談社の創作絵本) 2012年5月

「ふたごのまるまるちゃん」犬飼由美恵文;やべみつのり絵 教育画劇 2012年2月

「ポンテとペッキとおおきなプリン」仁科幸子作・絵 文溪堂 2012年9月

「ユッキーとダルマン」大森裕子作・絵 教育画劇 2013年11月

家族＞ペット

「あくたれラルフのクリスマス」ジャック・ガントス作;ニコール・ルーベル絵;こみやゆう訳 PHP研究所 2013年11月

「おしりたんてい」トロル作・絵 ポプラ社 2012年10月

「オッドのおしごと」てづかあけみ;絵と文 教育画劇 2012年11月

子どもの世界・生活

「オトカル王の杖」エルジェ作;川口恵子訳 福音館書店(タンタンの冒険ペーパーバック版) 2011年6月

「かけた耳」エルジェ作;川口恵子訳 福音館書店(タンタンの冒険ペーパーバック版) 2011年6月

「カスタフィオーレ夫人の宝石」エルジェ作;川口恵子訳 福音館書店(タンタンの冒険ペーパーバック版) 2011年8月

「きみがおしえてくれた。」今西乃子文;加納果林絵 新日本出版社 2013年7月

「くんくんにこいぬがうまれたよ」ディック・ブルーナ文・絵;まつおかきょうこ訳 福音館書店 2012年4月

「ごぞんじ!かいけつしろずきん」もとしたいづみ作;竹内通雅絵 ひかりのくに 2013年2月

「サブレ」木村真二著 飛鳥新社 2012年1月

「タンタンアメリカへ」エルジェ作;川口恵子訳 福音館書店(タンタンの冒険ペーパーバック版) 2011年6月

「タンタンソビエトへ」エルジェ作;川口恵子訳 福音館書店(タンタンの冒険ペーパーバック版) 2011年10月

「チャーリー、おじいちゃんにあう」エイミー・ヘスト文;ヘレン・オクセンバリー絵;さくまゆみこ訳 岩崎書店 2013年12月

「てつぞうはね」ミロコマチコ著 ブロンズ新社 2013年9月

「でるでるでるぞガマでるぞ」高谷まちこ著 佼成出版社 2013年7月

「ドングリトプスとマックロサウルス」中川淳作 水声社 2012年6月

「なぞのユニコーン号」エルジェ作;川口恵子訳 福音館書店(タンタンの冒険ペーパーバック版) 2011年4月

「ななつの水晶球」エルジェ作;川口恵子訳 福音館書店(タンタンの冒険ペーパーバック版) 2011年6月

「ねことおもちゃのじかん」レズリー・アン・アイボリー作;木原悦子訳 講談社(講談社の翻訳絵本) 2011年11月

「ねこのチャッピー」ささめやゆき文・絵 小峰書店(にじいろえほん) 2011年9月

「ノミちゃんのすてきなペット」ルイス・スロボドキン作;三原泉訳 偕成社 2011年12月

「はんなちゃんがめをさましたら」酒井駒子文・絵 偕成社 2012年11月

「ファラオの葉巻」エルジェ作;川口恵子訳 福音館書店(タンタンの冒険ペーパーバック版) 2011年6月

「ふしぎな流れ星」エルジェ作;川口恵子訳 福音館書店(タンタンの冒険ペーパーバック版) 2011年4月

子どもの世界・生活

「フランケンウィニー」斎藤妙子構成・文 講談社(ディズニーゴールド絵本) 2012年12月

「ブルくんかくれんぼ」ふくざわゆみこ作 福音館書店(福音館の幼児絵本) 2011年3月

「ぼくとソラ」そうまこうへい作;浅沼とおる絵 鈴木出版(チューリップえほんシリーズ) 2011年9月

「ぼくのサイ」ジョン・エイジー作;青山南訳 光村教育図書 2013年2月

「ぼくのなまえはダメ!」マルタ・アルテス作;今井なぎさ訳 コスモピア 2013年5月

「まいごのワンちゃんあずかってます」アダム・ストーワー作;ふしみみさを訳 小学館 2012年11月

「めざすは月」エルジェ作;川口恵子訳 福音館書店(タンタンの冒険ペーパーバック版) 2011年8月

「ヤンカのにんぎょうげき」どいかや作 学研教育出版 2012年11月

「レッド・ラッカムの宝」エルジェ作;川口恵子訳 福音館書店(タンタンの冒険ペーパーバック版) 2011年4月

「金のはさみのカニ」エルジェ作;川口恵子訳 福音館書店(タンタンの冒険ペーパーバック版) 2011年4月

「黒い島のひみつ」エルジェ作;川口恵子訳 福音館書店(タンタンの冒険ペーパーバック版) 2011年4月

「青い蓮」エルジェ作;川口恵子訳 福音館書店(タンタンの冒険ペーパーバック版) 2011年4月

「太陽の神殿」エルジェ作;川口恵子訳 福音館書店(タンタンの冒険ペーパーバック版) 2011年6月

「燃える水の国」エルジェ作;川口恵子訳 福音館書店(タンタンの冒険ペーパーバック版) 2011年8月

学校・習いごと

「あかいほっぺた」ヤン・デ・キンデル作;野坂悦子訳 光村教育図書 2013年12月

「アブナイかえりみち」山本孝作 ほるぷ出版(ほるぷ創作絵本) 2013年3月

「いぬのロケット本を読む」タッド・ヒルズ作;藤原宏之訳 新日本出版社 2013年11月

「うんこのたつじん」みずうちきくお文;はたこうしろう絵 PHP研究所(わたしのえほん) 2011年7月

「エラのがくげいかい」カルメラ・ダミコ文;スティーブン・ダミコ絵;角野栄子訳 小学館(ゾウのエラちゃんシリーズ) 2011年3月

「おおきいうさぎとちいさいうさぎ」マリサビーナ・ルッソ作;みらいなな訳 童話屋 2011年4月

「カイくんのランドセル」おかしゅうぞう作;ふじたひおこ絵 佼成出版社(クローバーえほんシリーズ) 2011年2月

子どもの世界・生活

「がっこういこうぜ!」もとしたいづみ作;山本孝絵 岩崎書店(えほんのぼうけん) 2011年12月

「かぶとむしランドセル」ふくべあきひろ作;おおのこうへい絵 PHP研究所(わたしのえほん) 2013年7月

「ゴリラとあそんだよ」やまぎわじゅいち文;あべ弘士絵 福音館書店(ランドセルブックス) 2011年9月

「スミス先生ときょうりゅうの国」マイケル・ガーランド作;斉藤規訳 新日本出版社 2011年10月

「スミス先生とふしぎな本」マイケル・ガーランド作;藤原宏之訳 新日本出版社 2011年6月

「タイムカプセル」おだしんいちろう;作 こばようこ;絵 フレーベル館(おはなしえほんシリーズ) 2011年2月

「ちこく姫」よしながこうたく作 長崎出版(cub label) 2012年4月

「チビウオのウソみたいなホントのはなし」ジュリア・ドナルドソン文;アクセル・シェフラー絵;ふしみみさを訳 徳間書店 2012年8月

「つなみてんでんこ　はしれ、上へ！」指田和文;伊藤秀男絵 ポプラ社(ポプラ社の絵本) 2013年2月

「どうしてダブってみえちゃうの？」ジョージ・エラ・リョン文;リン・アヴィル絵;品川裕香訳 岩崎書店 2011年7月

「どろぼうがっこうだいうんどうかい」かこさとし作・絵 偕成社(かこさとしおはなしのほん) 2013年10月

「ナポレオンがおしえてくれたんだ！」クラウディア・スフィッリ作;ヴァレンティーナ・モレア絵;仲亮子訳 文化学園文化出版局 2013年10月

「ニコとニキ キャンプでおおさわぎのまき」あいはらひろゆき作;あだちなみ絵 小学館 2013年9月

「はずかしがりやのミリアム」ロール・モンルブ作;マイア・バルー訳 ひさかたチャイルド 2012年1月

「ぼくはニコデム」アニエス・ラロッシュ文;ステファニー・オグソー絵;野坂悦子訳 光村教育図書 2013年2月

「もしも宇宙でくらしたら」山本省三作;村川恭介監修 WAVE出版(知ることって、たのしい!) 2013年6月

「ようかいガマとの ゲッコウの怪談」よしながこうたく作 あかね書房 2012年8月

「わたしもがっこうにいきたいな」アストリッド・リンドグレーン文;イロン・ヴィークランド絵;石井登志子訳 徳間書店 2013年1月

「風の又三郎」宮沢賢治原作;吉田佳広デザイン 偕成社 2013年9月

「風の又三郎―文字の絵本」吉田佳広;デザイン 宮沢賢治;原作 偕成社 2013年9月

「名前をうばわれたなかまたち」タシエス作;横湯園子訳 さ・え・ら書房 2011年5月

子どもの世界・生活

学校・習いごと＞授業・勉強・宿題

「あててえなせんせい」木戸内福美文;長谷川知子絵 あかね書房 2012年9月

「さんすううちゅうじんあらわる！」かわばたひろと作;高畠那生絵 講談社(講談社の創作絵本)
2012年1月

「さんすうサウルス」ミッシェル・マーケル文;ダグ・クシュマン絵 福音館書店 2011年10月

「たかこ」清水真裕文;青山友美絵 童心社(絵本・こどものひろば) 2011年4月

「パパのしごとはわるものです」板橋雅弘作;吉田尚令絵 岩崎書店(えほんのぼうけん) 2011年
5月

「算数の天才なのに計算ができない男の子のはなし」バーバラ・エシャム文;マイク&カール・
ゴードン絵;品川裕香訳 岩崎書店 2013年7月

学校・習いごと＞テスト

「ありがとう、チュウ先生−わたしが絵かきになったわけ」パトリシア・ポラッコ作;さくまゆみこ訳 岩
崎書店 2013年6月

「ようかいガマとの おイケにカエる」よしながこうたく作 あかね書房 2011年8月

「算数の天才なのに計算ができない男の子のはなし」バーバラ・エシャム文;マイク&カール・
ゴードン絵;品川裕香訳 岩崎書店 2013年7月

学校・習いごと＞転校

「うわさごと」梅田俊作;文・絵 汐文社 2012年6月

「風の又三郎」宮沢賢治原作;吉田佳広デザイン 偕成社 2013年9月

「風の又三郎─文字の絵本」吉田佳広;デザイン 宮沢賢治;原作 偕成社 2013年9月

からだ・顔

「あたまがふくしまちゃん─日本中の子どもたちへ─」のぶみ作;宮田健吾作 TOブックス 2013
年7月

「あたまのうえにとりがいますよ」モー・ウィレムズ作;落合恵子訳 クレヨンハウス(ぞうさん・ぶたさ
んシリーズ絵本) 2013年9月

「いぬのおしりのだいじけん」ピーター・ベントリー文;松岡芽衣絵;灰島かり訳 ほるぷ出版 2012
年6月

「おおきなおひめさま」三浦太郎作 偕成社 2013年6月

「おひげおひげ」内田麟太郎作;西村敏雄絵 鈴木出版(チューリップえほんシリーズ) 2012年6
月

子どもの世界・生活

「きえたぐらぐらのは」コルネーリア・フンケ文;ケルスティン・マイヤー絵;あさみしょうご訳 WAVE出版 2013年11月

「たかちゃんのぼくのは、はえるかな？」さこももみ作・絵 佼成出版社（みつばちえほんシリーズ）2012年11月

「とびだせ！チンタマン」板橋雅弘作;デハラユキノリ絵 TOブックス 2012年10月

「とびだせ！チンタマン―こどもてんさいきょうしつ―」板橋雅弘作;デハラユキノリ絵 TOブックス 2013年3月

「ハーナンとクーソン」山西ゲンイチ文・絵 大日本図書 2013年3月

「ピエロのあかいはな」なつめよしかず作 福音館書店（日本傑作絵本シリーズ）2013年11月

「フーくんのおへそ」ラモン・アラグエス文;フランチェスカ・ケッサ絵;宇野和美訳 光村教育図書 2011年5月

「ぼくのしっぽはどれ？」ミスター＆アプリ作・絵 絵本塾出版 2012年6月

「ほっぺおばけ」マットかずこ文・絵 アリス館 2013年7月

「まゆげちゃん」真珠まりこ作・絵 講談社（講談社の創作絵本）2012年11月

「ゆびたこ」くせさなえ作 ポプラ社（ポプラ社の絵本）2013年1月

「れおくんのへんなかお」長谷川集平作 理論社 2012年4月

「泥かぶら」眞山美保;原作 くすのきしげのり;文;伊藤秀男絵 瑞雲舎 2012年9月

看病

「アマールカ子羊を助けた日」ヴァーツラフ・ベドジフ文・絵;甲斐みのり訳 LD&K BOOKS（アマールカ絵本シリーズ2）2012年4月

「アマールカ森番をやっつけた日」ヴァーツラフ・ベドジフ文・絵;甲斐みのり訳 LD&K BOOKS（アマールカ絵本シリーズ1）2012年4月

「ありさん　あいたたた…」ヨゼフ・コジーシェック文;ズデネック・ミレル絵;きむらゆうこ訳 ひさかたチャイルド 2011年4月

「アントンせんせい」西村敏雄作 講談社（講談社の創作絵本）2013年3月

「うたこさん」植垣歩子著 佼成出版社（クローバーえほんシリーズ）2011年9月

「おっとどっこいしゃもじろう」もとしたいづみ作;市居みか絵 ひかりのくに 2012年10月

「おばあちゃんのこもりうた」西本鶏介作;長野ヒデ子絵 ひさかたチャイルド 2011年3月

「ゴロゴロドーンかみなりさまおっこちた」正岡慧子作;ひだきょうこ絵 ひかりのくに 2011年7月

「ながいかみのむすめチャンファメイ―中国侗族（トンぞく）の民話」君島久子再話;後藤仁画 福音館書店（こどものとも）2013年3月

「ぴったりのプレゼント」すぎたさちこ作 文研出版（えほんのもり）2011年10月

子どもの世界・生活

「わんぱくゴンタ」ビーゲンセン作;きよしげのぶゆき絵 絵本塾出版（もりのなかまたち）2012年7月

行事＞いもほり・やきいも

「いもいもほりほり」西村敏雄作 講談社（講談社の創作絵本）2011年9月

「いもほりコロッケ」おだしんいちろう文;こばようこ絵 講談社（講談社の創作絵本）2013年5月

「えんそく♪」くすのきしげのり原作;いもとようこ文・絵 佼成出版社（いもとようこのおひさま絵本シリーズ）2011年10月

「おいもほり」中村美佐子作;いもとようこ絵 ひかりのくに 2011年10月

「ゴマとキナコのおいもほり」ほそいさつき作 PHP研究所（わたしのえほん）2012年10月

「やきいもするぞ」おくはらゆめ作 ゴブリン書房 2011年10月

行事＞おおみそか

「おおみそかかいじゅうたいじ」東山凱訳 中国出版トーハン（中国のむかしばなし）2011年1月

「おしょうがつさんどんどこどん」長野ヒデ子作・絵 世界文化社（ワンダーおはなし絵本）2011年12月

「びんぼうがみとふくのかみ」いもとようこ文・絵 金の星社 2011年6月

行事＞お正月

「おしょうがつさんどんどこどん」長野ヒデ子作・絵 世界文化社（ワンダーおはなし絵本）2011年12月

「おめでとうおひさま」中川ひろたか作;片山健絵 小学館（おひさまのほん）2011年3月

「かさじぞう」令丈ヒロ子;文 野村たかあき;絵 講談社（講談社の創作絵本）2012年11月

「チュンチエ」ユイ・リーチョン文;チュ・チョンリャン絵;中由美子 光村教育図書 2011年12月

行事＞お月見

「オンブバッタのおつかい─お江戸むしものがたり」得田之久文;やましたこうへい絵 教育画劇 2013年6月

「じっちょりんとおつきさま」かとうあじゅ作 文溪堂 2012年9月

「ねこまるせんせいのおつきみ」押川理佐作;渡辺有一絵 世界文化社（ワンダーおはなし絵本）2012年9月

「ぶたさんちのおつきみ」板橋敦子作・絵 ひさかたチャイルド 2012年8月

「まんまるいけのおつきみ」かとうまふみ作 講談社（講談社の創作絵本）2011年8月

「やまねこせんせいのこんやはおつきみ」末崎茂樹作・絵 ひさかたチャイルド 2013年8月

子どもの世界・生活

行事＞お祭り

「うみのおまつりどどんとせ」さとうわきこ作・絵 福音館書店（ばばばあちゃんの絵本）2012年4月

「うみやまてつどう―さいしゅうでんしゃのふしぎなおきゃくさん」間瀬なおかた作・絵 ひさかたチャイルド 2012年8月

「おじいちゃんのトラのいるもりへ」乾千恵文;あべ弘士絵 福音館書店（こどものとも）2011年9月

「おばけのチョウちゃん」長野ヒデ子文・絵 大日本図書 2011年7月

「おまつりのねがいごと」たしろちさと作 講談社（講談社の創作絵本）2013年7月

「おむかえワニさん」陣崎草子作・絵 文溪堂 2013年10月

「さるおどり」降矢なな文;アンヴィル奈宝子絵 福音館書店（こどものとも）2011年8月

「せんねんすぎとふしぎなねこ」木村昭平;絵と文 日本地域社会研究所（コミュニティ・ブックス）2013年3月

「たなばたさまきららきらら」長野ヒデ子作・絵 世界文化社（ワンダーおはなし絵本）2013年6月

「ちいさなたいこ　こどものともコレクション」松岡享子作;秋野不矩絵 福音館書店（こどものともコレクション）2011年2月

「どんぐりむらのどんぐりえん」なかやみわ作 学研教育出版 2013年9月

「ばけばけばけばけばけたくん　おまつりの巻」岩田明子文・絵 大日本図書 2012年7月

「はしれはやぶさ！とうほくしんかんせん」横溝英一文・絵 小峰書店（のりものえほん）2012年7月

「やまのおみやげ」原田泰治作・絵 ポプラ社 2012年7月

「レッドしょうぼうたいしゅつどう! カーズ」斎藤妙子構成・文 講談社（ディズニーえほん文庫）2011年2月

「津波」キミコ・カジカワ再話;エド・ヤング絵 グランまま社 2011年10月

「淀川ものがたり　お船がきた日」小林豊文・絵 岩波書店 2013年10月

行事＞行事一般

「おおばっちゃんちにまたきてたんせ」秋山とも子作 福音館書店（こどものとも）2012年8月

「おじいちゃんちのたうえ」さこももみ作 講談社（講談社の創作絵本）2011年4月

「オニたいじ」森絵都;作 竹内通雅;絵 金の星社 2012年12月

「おばあちゃんのおはぎ」野村たかあき作・絵 佼成出版社（クローバーえほんシリーズ）2011年9月

子どもの世界・生活

「きょうはせつぶんふくはだれ？」正岡慧子作;古内ヨシ絵 世界文化社(ワンダーおはなし絵本) 2011年12月

「くまのクウタの1ねん」川口ゆう作 ひさかたチャイルド 2012年2月

「ペネロペ イースターエッグをさがす」アン・グットマン文;ゲオルグ・ハレンスレーベン絵;ひがしかずこ訳 岩崎書店(ペネロペおはなしえほん) 2011年6月

「マドレーヌ、ホワイトハウスにいく」ジョン・ベーメルマンス・マルシアーノ作;江國香織訳 BL出版 2011年3月

行事＞クリスマス

「あくたれラルフのクリスマス」ジャック・ガントス作;ニコール・ルーベル絵;こみやゆう訳 PHP研究所 2013年11月

「あんたがサンタ？」佐々木マキ絵 絵本館 2012年10月

「いちばんちいさなクリスマスプレゼント」ピーター・レイノルズ文・絵;なかがわちひろ訳 主婦の友社 2013年11月

「おもちゃびじゅつかんのクリスマス」デイヴィッド・ルーカス作;なかがわちひろ訳 徳間書店 2012年9月

「クリスマスくろくま」たかいよしかず作・絵 くもん出版(おはなし・くろくま) 2012年10月

「クリスマスのあくま」原マスミ著 白泉社 2012年10月

「クリスマスのねがい」今村葦子文;堀川理万子絵 女子パウロ会 2011年10月

「クリスマスのよる」濱美由紀作画;薬師夕馬文案 河出書房新社(トムとジェリーアニメおはなしえほん) 2013年11月

「クリスマスものがたり」パメラ・ドルトン絵;藤本朝巳文 日本キリスト教団出版局(リトルベル) 2012年10月

「クリスマスをみにいったヤシの木」マチュー・シルヴァンデール文;オードレイ・プシエ絵;ふしみみさを訳 徳間書店 2013年10月

「さんびきのこねずみとガラスのほし」たかおゆうこ作・絵 徳間書店 2013年11月

「しんかんくんのクリスマス」のぶみ作 あかね書房 2011年10月

「はろるどのクリスマス」クロケット・ジョンソン作;小宮由訳 文化学園文化出版局 2011年11月

「ぴったりのクリスマス」バーディ・ブラック作;ロザリンド・ビアードショー絵;たなかあきこ訳 小学館 2012年11月

「ぴったりのプレゼント」すぎたさちこ作 文研出版(えほんのもり) 2011年10月

「ふしぎなよる」セルマ・ラーゲルレーヴ原作;女子パウロ会再話;小泉るみ子絵 女子パウロ会 2013年10月

子どもの世界・生活

「教会ねずみとのんきなねこのメリークリスマス！」グレアム・オークリー作・絵;三原泉訳 徳間書店 2011年10月

行事＞クリスマス＞サンタクロース

「あんたがサンタ？」佐々木マキ絵 絵本館 2012年10月

「クリスマスのあくま」原マスミ著 白泉社 2012年10月

「クリスマスのこねこたち」スー・ステイントン文;アン・モーティマー絵;まえざわあきえ訳 徳間書店 2011年9月

「サンタクロースの免許証」川田じゅん著 風濤社 2012年12月

「サンタクロースもパンツがだいすき」クレア・フリードマン文;ベン・コート絵;中川ひろたか訳 講談社(講談社の翻訳絵本) 2011年10月

「サンタさんたら、もう！」ひこ・田中作;小林万希子絵 WAVE出版(えほんをいっしょに。) 2012年12月

「サンタさんのトナカイ」ジャン・ブレット作・絵;さいごうようこ訳 徳間書店 2013年10月

「ハリーのクリスマス」メアリー・チャルマーズ作;おびかゆうこ訳 福音館書店(世界傑作絵本シリーズ) 2012年10月

「はろるどのクリスマス」クロケット・ジョンソン作;小宮由訳 文化学園文化出版局 2011年11月

「ピッキのクリスマス」小西英子作 福音館書店(こどものとも) 2011年12月

「ファーディのクリスマス」ジュリア・ローリンソン作;ティファニー・ビーク絵; 小坂涼訳 理論社 2011年10月

「メリークリスマスおつきさま」アンドレ・ダーハン作;きたやまようこ訳 講談社(世界の絵本) 2011年10月

「ゆきうさぎのねがいごと」レベッカ・ハリー絵;木原悦子訳 世界文化社 2013年11月

行事＞サーカス

「おばけサーカス」佐野洋子作・絵 講談社(講談社の創作絵本) 2011年10月

「おはなしトンネル」中野真典著 イースト・プレス(こどもプレス) 2013年10月

「サーカスの少年と鳥になった女の子」ジェーン・レイ作・絵;河野万里子訳 徳間書店 2012年12月

「すごいサーカス」古内ヨシ作 絵本館 2013年11月

「たまごサーカス」ふくだじゅんこ作 ほるぷ出版(ほるぷ創作絵本) 2013年4月

「とばせ!きぼうのハンカチ―それいけ!アンパンマン」やなせたかし作・絵 フレーベル館 2013年6月

「ぬすまれたおくりもの」うえつじとしこ文・絵 大日本図書 2011年9月

子どもの世界・生活

「ピアノはっぴょうかい」みやこしあきこ作 ブロンズ新社 2012年4月

「ピエロのあかいはな」なつめよしかず作 福音館書店（日本傑作絵本シリーズ）2013年11月

「むしたちのサーカス」得田之久文;久住卓也絵 童心社（絵本・こどものひろば）2012年10月

行事＞節句

「おひなさまのいえ」ねぎしれいこ作;吉田朋子絵 世界文化社（ワンダーおはなし絵本）2013年2月

「かっぱのこいのぼり」内田麟太郎作;山本孝絵 岩崎書店（えほんのぼうけん）2012年4月

「ひなまつりルンルンおんなのこの日！」ますだゆうこ作;たちもとみちこ絵 文渓堂 2012年2月

「ほんとうのおにごっこ」筒井敬介作;堀内誠一絵 小峰書店 2013年12月

「みどりのこいのぼり」山本省三作;森川百合香絵 世界文化社（ワンダーおはなし絵本）2012年4月

行事＞七夕

「たなばたさまきらきらきらら」長野ヒデ子作・絵 世界文化社（ワンダーおはなし絵本）2013年6月

「たなばたセブン」もとしたいづみ作;ふくだいわお絵 世界文化社（ワンダーおはなし絵本）2012年6月

「たなばたバス」藤本ともひこ作・絵 鈴木出版（チューリップえほんシリーズ）2012年6月

行事＞ハロウィーン

「おおきなかぼちゃ」エリカ・シルバーマン作;S.D.シンドラー絵;おびかゆうこ訳 主婦の友社（主婦の友はじめてブック）2011年9月

「きょうはハロウィン」平山暉彦作 福音館書店（こどものとも）2013年10月

「こうもりぼうやとハロウィン」ダイアン・メイヤー文;ギデオン・ケンドール絵;藤原宏之訳 新日本出版社 2012年9月

「モリくんのハロウィンカー」かんべあやこ作 くもん出版 2013年9月

「ゆめちゃんのハロウィーン」高林麻里作 講談社（講談社の創作絵本）2011年8月

協力・手助け

「アンパンマンとザジズゼゾウ」やなせたかし作・絵 フレーベル館（アンパンマンのおはなしるんるん）2012年10月

「アンパンマンとバナナダンス」やなせたかし作・絵 フレーベル館（アンパンマンのおはなしるんるん）2012年3月

「イルカようちえん」のぶみ作;河辺健太郎イルカはかせ ひかりのくに 2013年6月

子どもの世界・生活

「イワーシェチカと白い鳥」I.カルナウーホワ再話;松谷さやか訳;M.ミトゥーリチ絵 福音館書店 (ランドセルブックス) 2013年1月

「うみのそこのてんし」松宮敬治作・絵 BL出版 2011年12月

「エラのがくげいかい」カルメラ・ダミコ文;スティーブン・ダミコ絵;角野栄子訳 小学館(ゾウのエラちゃんシリーズ) 2011年3月

「エルマーとスーパーゾウマン」デビッド・マッキー文・絵;きたむらさとし訳 BL出版(ぞうのエルマー) 2011年11月

「おいもほり」中村美佐子作;いもとようこ絵 ひかりのくに 2011年10月

「おおきなキャベツ」岡信子作;中村景児絵 世界文化社(ワンダーおはなし絵本) 2013年8月

「おっとどっこいしゃもじろう」もとしたいづみ作;市居みか絵 ひかりのくに 2012年10月

「おてがみでーす!」くすのきしげのり原作;いもとようこ文・絵 佼成出版社(いもとようこのおひさま絵本シリーズ) 2011年11月

「おひめさまとカエルさん」マーゴット・ツェマック絵;ハーヴ・ツェマック文;ケーテ・ツェマック文;福本友美子訳 岩波書店(岩波の子どもの本) 2013年9月

「かえるのオムライス」マットかずこ文・絵 絵本塾出版 2012年11月

「かぶとん」みうらし~まる作・絵 鈴木出版(ひまわりえほんシリーズ) 2012年6月

「くまくんと6びきのしろいねずみ」クリス・ウォーメル作・絵;吉上恭太訳 徳間書店 2011年12月

「ケンちゃんちにきたサケ」タカタカヲリ作・絵 教育画劇 2012年9月

「こころやさしいワニ」ルチーア・パンツィエーリ作;アントン・ジョナータ・フェッラーリ絵;さとうのりか訳 岩崎書店 2012年9月

「こじかじじっこ―もりのはいたつやさん」さかいさちえ作・絵 教育画劇 2012年3月

「こぶたのかばん」佐々木マキ;作 金の星社 2013年3月

「こりゃたいへん!!あまがえる先生ミドリ池きゅうしゅつ大作戦」まつおかたつひで作 ポプラ社(ポプラ社の絵本) 2012年8月

「ころわんどっきどき」間所ひさこ作;黒井健絵 ひさかたチャイルド 2012年4月

「さるくんまかせてまかせて!―12支キッズのしかけえほん」きむらゆういち;作 ふくざわゆみこ;絵 ポプラ社 2013年3月

「シーソーあそび」エクトル・シエラ作;みぞぶちまさる絵 絵本塾出版(もりのなかまたち) 2012年8月

「シュガー・ラッシュ 完全描き下ろし絵本―ディズニー・リミテッド・コレクターズ・エディション」大畑隆子文;ディズニー・ストーリーブック・アーティスツ絵 うさぎ出版 2013年4月

「シルクハットぞくはよなかのいちじにやってくる」おくはらゆめ作 童心社(絵本・こどものひろば) 2012年5月

子どもの世界・生活

「せいぎのみかた ワンダーマンの巻」みやにしたつや作・絵 学研教育出版 2012年10月

「だいすき、ママ!」飯島有作画;梯有子文案 河出書房新社(トムとジェリーアニメおはなしえほん) 2013年9月

「たいらになった二つの山」ビーゲンセン作;石川えりこ絵 絵本塾出版 2011年7月

「たなばたバス」藤本ともひこ作・絵 鈴木出版(チューリップえほんシリーズ) 2012年6月

「チクチクさんトゲトゲさん」すまいるママ作・絵 PHP研究所(PHPにこにこえほん) 2011年8月

「ちっちゃなもぐら」佐久間彪文・絵 至光社(至光社ブッククラブ国際版絵本) 2013年1月

「つきをあらいに」高木さんご作;黒井健絵 ひかりのくに 2011年9月

「つるちゃんとクネクネのやまのぼり」きもとももこ作 文溪堂 2012年10月

「ティモシーとサラ はなやさんからのてがみ」芭蕉みどり作・絵 ポプラ社(えほんとなかよし) 2012年1月

「でてきておひさま」ほりうちみちこ再話;ほりうちせいいち絵 福音館書店(こどものとも年中版) 2012年7月

「でんせつのきょだいあんまんをはこべ」サトシン作;よしながこうたく絵 講談社(講談社の創作絵本) 2011年9月

「トイ・ストーリー」小宮山みのり文・構成 講談社(ディズニームービーブック) 2012年7月

「トイ・ストーリー2」斎藤妙子構成・文 講談社(ディズニーえほん文庫) 2012年7月

「とっとこトマちゃん」岩瀬成子作;中谷靖彦絵 WAVE出版(えほんをいっしょに。) 2013年4月

「どんぐりむらのおまわりさん」なかやみわ作 学研教育出版 2012年9月

「なにか、わたしにできることは?」ホセ・カンパナーリ文;ヘスース・シスネロス絵;寺田真理子訳 西村書店東京出版編集部 2011年10月

「パンダとしろくま」マシュー・J. ベク作・絵;貴堂紀子・熊崎洋子・小峯真紀訳 バベルプレス 2013年7月

「ひかるさくら」帚木蓬生作;小泉るみ子絵 岩崎書店(えほんのぼうけん) 2012年3月

「ひつじのショーン ピザがたべたい!」アードマン・アニメーションズ原作;松井京子文 金の星社 2013年9月

「ひめねずみとガラスのストーブ」安房直子作;降矢なな絵 小学館 2011年11月

「ふうせんクジラボンはヒーロー」わたなべゆういち作・絵 佼成出版社(クローバーえほんシリーズ) 2012年2月

「ふかいあな」キャンデス・フレミング文;エリック・ローマン絵;なかがわちひろ訳 あすなろ書房 2013年2月

「ふしぎなよる」セルマ・ラーゲルレーヴ原作;女子パウロ会再話;小泉るみ子絵 女子パウロ会 2013年10月

子どもの世界・生活

「ふたつの勇気」山本省三文;夏目尚吾絵 学研教育出版 2013年8月

「へっこきよめさま」令丈ヒロ子;文 おくはらゆめ;絵 講談社(講談社の創作絵本) 2012年8月

「ヘビをたいじしたカエル」草山万兎作;あべ弘士絵 福音館書店(こどものとも) 2012年7月

「ぼくだってウルトラマン」よしながこうたく作 講談社(講談社の創作絵本) 2013年11月

「みんなでよいしょ」あまんきみこ文;いしいつとむ絵 小峰書店(にじいろえほん) 2011年6月

「モーリーズげんきのたねをさがして」椎名理央文;モーリーズ制作委員会作 小学館 2012年4月

「ラーメンてんし」やなせたかし作・絵 フレーベル館(やなせたかしメルヘン図書館) 2013年7月

「れいぞうこのなかのなっとうざむらい――いかりのダブルなっとうりゅう」漫画兄弟作・絵 ポプラ社 2013年10月

「わたしたちのてんごくバス」ボブ・グレアム作;こだまともこ訳 さ・え・ら書房 2013年12月

「わらしべちょうじゃ」石崎洋司;文 西村敏雄;絵 (講談社の創作絵本) 2012年5月

「んふんふなめこ絵本みんなのおうち」Beeworks;SUCCESS監修;河合真吾(ビーワークス)キャラクター原案;トモコ＝ガルシア絵 岩崎書店 2013年12月

「滝のむこうの国」ほりかわりまこ作 偕成社 2012年2月

「塔の上のラプンツェルティアラのひみつ」駒田文子構成・文 講談社(ディズニーゴールド絵本) 2013年8月

「凸凹ぼしものがたり」あんびるやすこ作・絵 ひさかたチャイルド 2012年7月

「虹の森のミミっち」森沢明夫作;加藤美紀絵 TOブックス 2013年12月

芸術＞歌

「あきねこ」かんのゆうこ文;たなか鮎子絵 講談社(講談社の創作絵本) 2011年8月

「かあさんのこもりうた」こんのひとみ;作 いもとようこ;絵 金の星社 2012年10月

「シャクンタ [コミュニティ・ブックス]」木村昭平;絵と文 日本地域社会研究所(コミュニティ・ブックス) 2012年1月

「たんじょうびおめでとう！」マーガレット・ワイズ・ブラウン作;レナード・ワイスガード絵;こみやゆう訳 長崎出版 2011年12月

「チーロの歌」アリ・バーク文;ローレン・ロング絵;管啓次郎訳 クレヨンハウス 2013年12月

「ねこのピート だいすきなしろいくつ」エリック・リトウィン作;ジェームス・ディーン絵;大友剛訳 ひさかたチャイルド 2013年5月

「マリアンは歌う」パム・ムニョス・ライアン文;ブライアン・セルズニック絵;もりうちすみこ訳 光村教育図書 2013年1月

子どもの世界・生活

芸術＞絵

「あきねこ」かんのゆうこ文;たなか鮎子絵 講談社(講談社の創作絵本) 2011年8月

「ありがとう、チュウ先生−わたしが絵かきになったわけ」パトリシア・ポラッコ作;さくまゆみこ訳 岩崎書店 2013年6月

「おしゃれっぽきつねのミサミック」さいとうれいこ文・絵 草土文化 2012年12月

「そらのいろって」ピーター・レイノルズ文・絵;なかがわちひろ訳 主婦の友社 2012年12月

「たこきちとおぼうさん」工藤ノリコ作 PHP研究所(PHPにこにこえほん) 2011年3月

「タベールだんしゃく」さかもといくこ作・絵 ひさかたチャイルド 2011年12月

「ひつじのショーン ひつじのげいじゅつか」アードマン・アニメーションズ原作;松井京子文 金の星社 2013年6月

「ぼくのへやのりすくん」とりごえまり著 アリス館 2013年10月

「ラファエロ」ニコラ・チンクエッティ文;ビンバ・ランドマン絵;青柳正規監訳 西村書店東京出版編集部 2013年4月

芸術＞音楽・音楽会・楽器

「105にんのすてきなしごと」カーラ・カスキン文;マーク・シーモント絵;なかがわちひろ訳 あすなろ書房 2012年6月

「うみのおまつりどどんとせ」さとうわきこ作・絵 福音館書店(ばばばあちゃんの絵本) 2012年4月

「きょうはマラカスのひ」樋勝朋巳文・絵 福音館書店(日本傑作絵本シリーズ) 2013年4月

「クルトンさんとはるのどうぶつたち」宮嶋ちか作 福音館書店(こどものとも年中向き) 2012年3月

「スーフと白い馬」いもとようこ文・絵 金の星社 2012年4月

「セロ弾きのゴーシュ」藤城清治;影絵 宮沢賢治;原作 講談社 2012年4月

「セロ弾きのゴーシュ」宮沢賢治;作 さとうあや;絵 三起商行(ミキハウスの絵本) 2012年10月

「たいこうちたろう」庄司三智子作 佼成出版社(どんぐりえほんシリーズ) 2013年1月

「タコラのピアノ」やなせたかし作・絵 フレーベル館(やなせたかしメルヘン図書館) 2013年7月

「たぬきがいっぱい」さとうわきこ作・絵 フレーベル館(復刊絵本セレクション) 2011年11月

「チェロの木」いせひでこ作 偕成社 2013年3月

「ねこのえんそうかい」ミース・バウハウス作;フィープ・ヴェステンドルプ絵;日笠千晶訳 金の星社 2013年10月

「ピアノはっぴょうかい」みやこしあきこ作 ブロンズ新社 2012年4月

子どもの世界・生活

「ミュージック・ツリー」アンドレ・ダーハン作;きたやまようこ訳 講談社 2012年5月

「メガネくんのゆめ」いとうひろし作・絵 講談社(講談社の創作絵本) 2012年10月

「ラッタカタンブンタカタン ―くまのアーネストおじさん」ガブリエル・バンサン作;もりひさし訳 BL出版 2011年6月

「松の子ピノ―音になった命」北門笙文;たいらきょうこ絵 小学館 2013年3月

芸術＞劇・舞踊・バレエ

「アマンディーナ」セルジオ・ルッツィア作;福本友美子訳 光村教育図書 2012年3月

「おうしげきだん」スズキコージ作;伊藤秀男絵 岩崎書店(えほんのぼうけん) 2012年5月

「おかしのくにのバレリーナ」犬飼由美恵文;まるやまあやこ絵 教育画劇 2013年11月

「おにいちゃんの歌は、せかいいち！」ウルフ・ニルソン文;エヴァ・エリクソン絵;菱木晃子訳 あすなろ書房 2012年11月

「とべ！ブータのバレエ団」こばやしみき作・絵 講談社(『創作絵本グランプリ』シリーズ) 2012年1月

「ぼくとマリオネット」谷内こうた文・絵 至光社(至光社ブッククラブ国際版絵本) 2013年1月

「ヤンカのにんぎょうげき」どいかや作 学研教育出版 2012年11月

「京劇がきえた日―秦淮河一九三七」姚紅作;姚月蔭原案;中田美子訳 童心社([日・中・韓平和絵本] 2011年4月

芸術＞工作

「さるくんまかせてまかせて!―12支キッズのしかけえほん」きむらゆういち;作 ふくざわゆみこ;絵 ポプラ社 2013年3月

「たなばたさまきらきらら」長野ヒデ子作・絵 世界文化社(ワンダーおはなし絵本) 2013年6月

「ぼくはきょうりゅうハコデゴザルス」土屋富士夫作・絵 岩崎書店(えほんのぼうけん) 2013年5月

「まちのじどうしゃレース-5ひきのすてきなねずみ」たしろちさと作 ほるぷ出版 2013年9月

「紙のむすめ」ナタリー・ベルハッセン文;ナオミ・シャピラ絵;もたいなつう訳 光村教育図書 2013年8月

芸術＞工作・彫刻

「おにいちゃんがいるからね」ウルフ・ニルソン文;エヴァ・エリクソン絵;ひしきあきらこ訳 徳間書店 2011年9月

「おばけのおうちいりませんか？」せきゆうこ作 PHP研究所(わたしのえほん) 2012年8月

「キッキとトーちゃんふねをつくる」浅生ハルミン著 芸術新聞社 2012年11月

子どもの世界・生活

「ジブリルのくるま」市川里美作 BL出版 2012年8月

「たこやきようちえんこうさくだいすき！」さいとうしのぶ作 ポプラ社（絵本・いつでもいっしょ）2011年3月

「だれのちがでた？」スティーナ・ヴィルセン作；ヘレンハルメ美穂訳 クレヨンハウス（やんちゃっ子の絵本4）2012年8月

「ミアはおおきなものがすき！」カトリーン・シェーラー作；関口裕昭訳 光村教育図書 2012年1月

「みどりのこいのぼり」山本省三作；森川百合香絵 世界文化社（ワンダーおはなし絵本）2012年4月

「やまのおみやげ」原田泰治作・絵 ポプラ社 2012年7月

「石の巨人」ジェーン・サトクリフ文；ジョン・シェリー絵；なかがわちひろ訳 小峰書店（絵本地球ライブラリー）2013年9月

芸術＞手芸・裁縫・編みもの

「アナベルとふしぎなけいと」マック・バーネット文；ジョン・クラッセン絵；なかがわちひろ訳 あすなろ書房 2012年9月

「エルマーとスーパーゾウマン」デビッド・マッキー文・絵；きたむらさとし訳 BL出版（ぞうのエルマー）2011年11月

「おしゃれっぽきつねのミサミック」さいとうれいこ文・絵 草土文化 2012年12月

「ググさんとあかいボタン」キムミンジ作・絵 絵本塾出版 2013年6月

「くつしたのくまちゃん」林原玉枝文；つがねちかこ絵 福音館書店（こどものとも）2013年7月

「こじかかじっこ―おてつだいのいと」さかいさちえ作・絵 教育画劇 2013年9月

「ちこく姫」よしながこうたく作 長崎出版（cub label）2012年4月

「ニットさん」たむらしげる；著 イースト・プレス（こどもプレス）2012年10月

「パディントンの金メダル」マイケル・ボンド作；R.W.アリー絵；木坂涼訳 理論社（絵本「クマのパディントン」シリーズ）2013年5月

「ぴったりのクリスマス」バーディ・ブラック作；ロザリンド・ビアードショー絵；たなかあきこ訳 小学館 2012年11月

「ぼたんちゃん」かさいまり作・絵 ひさかたチャイルド 2012年11月

「やまのぼり」さとうわきこ作・絵 福音館書店（ばばばあちゃんの絵本）2013年4月

「北風ふいてもさむくない」あまんきみこ文；西巻茅子絵 福音館書店（ランドセルブックス）2011年11月

子どもの世界・生活

芸術＞発表会

「アマンディーナ」セルジオ・ルッツィア作;福本友美子訳 光村教育図書 2012年3月

「いぬのおしりのだいじけん」ピーター・ベントリー文;松岡芽衣絵;灰島かり訳 ほるぷ出版 2012年6月

「エラのがくげいかい」カルメラ・ダミコ文;スティーブン・ダミコ絵;角野栄子訳 小学館(ゾウのエラちゃんシリーズ) 2011年3月

「おにいちゃんの歌は、せかいいち！」ウルフ・ニルソン文;エヴァ・エリクソン絵;菱木晃子訳 あすなろ書房 2012年11月

「きょうはマラカスのひ」樋勝朋巳文・絵 福音館書店(日本傑作絵本シリーズ) 2013年4月

「だいすきのしるし」あらいえつこ作;おかだちあき絵 岩崎書店(えほんのぼうけん) 2012年6月

「ちこく姫」よしながこうたく作 長崎出版(cub label) 2012年4月

「ねこのえんそうかい」ミース・バウハウス作;フィープ・ヴェステンドルプ絵;日笠千晶訳 金の星社 2013年10月

「ねずみくんぼくもできるよ！―12支キッズのしかけえほん」きむらゆういち;作 ふくざわゆみこ;絵 ポプラ社 2011年3月

「ピアノはっぴょうかい」みやこしあきこ作 ブロンズ新社 2012年4月

「へびちゃんおしゃべりだいすき！―12支キッズのしかけえほん」きむらゆういち;作 ふくざわゆみこ;絵 ポプラ社 2012年11月

「ほんなんてだいきらい！」バーバラ・ボットナー文;マイケル・エンバリー絵 主婦の友社(主婦の友はじめてブック) 2011年3月

芸術＞美術館・博物館

「おもちゃびじゅつかんでかくれんぼ」デイヴィッド・ルーカス作;なかがわちひろ訳 徳間書店 2012年4月

「キュッパのはくぶつかん」オーシル・カンスタ・ヨンセン作;ひだにれいこ訳 福音館書店 2012年4月

「バーナムの骨」トレイシー・E.ファーン文;ボリス・クリコフ絵;片岡しのぶ訳 光村教育図書 2013年2月

けんか・退治・戦い

「3びきのこぶた」山田三郎絵;岡信子文 世界文化社 2011年12月

「3びきのこぶた―建築家のばあい」スティーブン・グアルナッチャ作・絵;まきおはるき訳 バナナブックス 2013年3月

「あかずきん」グリム原作;那須田淳訳;北見葉胡絵 岩崎書店(絵本・グリム童話) 2012年3月

子どもの世界・生活

「あか毛のバンタム」ルイーズ・ファティオ作;ロジャー・デュボアザン絵;秋野翔一郎訳 童話館出版 2011年12月

「アマールカ カッパが怒った日」ヴァーツラフ・ベドジフ文・絵;甲斐みのり訳 LD&K BOOKS(アマールカ絵本シリーズ5) 2012年8月

「あめふり」さとうわきこ作・絵 福音館書店(ばばばあちゃんの絵本) 2012年6月

「アンパンマンとカラコちゃん」やなせたかし作・絵 フレーベル館(アンパンマンのおはなしるんるん) 2013年3月

「アンパンマンとリンゴぼうや」やなせたかし作・絵 フレーベル館(アンパンマンのおはなしるんるん) 2013年11月

「いっすんぼうし」令丈ヒロ子;文 堀川理万子;絵 講談社(講談社の創作絵本) 2012年5月

「いっすんぼうし」椿原奈々子;文 太田大八;絵 童話館出版 2012年8月

「いっすんぼうし」広松由希子;ぶん 長谷川義史;え 岩崎書店(いまむかしえほん) 2013年3月

「いのししくんおばけへいきだもん―12支キッズのしかけえほん」きむらゆういち;作 ふくざわゆみこ;絵 ポプラ社 2011年7月

「うさぎさんのあたらしいいえ」小出淡作;早川純子絵 福音館書店(こどものとも年中向き) 2013年3月

「おにぎりゆうしゃ」山崎克己著 イースト・プレス(こどもプレス) 2012年7月

「オニたいじ」森絵都;作 竹内通雅;絵 金の星社 2012年12月

「おによりつよいおよめさん」井上よう子作;吉田尚令絵 岩崎書店(えほんのぼうけん) 2013年10月

「おめでとうおばけ」あらいゆきこ文・絵 大日本図書 2012年8月

「かぶと四十郎 お昼の決闘の巻」宮西達也作・絵 教育画劇 2011年5月

「きょうはせつぶんふくはだれ?」正岡慧子作;古内ヨシ絵 世界文化社(ワンダーおはなし絵本) 2011年12月

「キラキラ」やなせたかし作・絵 フレーベル館(復刊絵本セレクション) 2012年7月

「くろとゆき」吉本隆子作・絵 福音館書店(こどものとも) 2012年9月

「ゴナンとかいぶつ」イチンノロブ・ガンバートル文;バーサンスレン・ボロルマー絵;津田紀子訳 偕成社 2013年3月

「サウスポー」ジュディス・ヴィオースト作;金原瑞人訳;はたこうしろう絵 文溪堂 2011年9月

「さるかに」広松由希子;ぶん 及川賢治;え 岩崎書店(いまむかしえほん) 2011年10月

「さるかにがっせん」石崎洋司;文 やぎたみこ;絵 講談社(講談社の創作絵本) 2012年8月

「サンゴのしまのポポ」崎山克彦作;川上越子絵 福音館書店(こどものとも) 2013年9月

子どもの世界・生活

「しろちゃんとはりちゃん」たしろちさと作・絵 ひかりのくに 2013年10月

「しんぶんにのりたい」ミース・バウハウス作;フィープ・ヴェステンドルプ絵;日笠千晶訳 金の星社 2013年11月

「せいぎのみかた ワンダーマンの巻」みやにしたつや作・絵 学研教育出版 2012年10月

「それいけ！アンパンマン　よみがえれバナナじま」やなせたかし作・絵 フレーベル館 2012年6月

「たからもん」菊池日出夫作 福音館書店(こどものとも年中向き) 2012年11月

「だれがおこりんぼう?」スティーナ・ヴィルセン作;ヘレンハルメ美穂訳 クレヨンハウス(やんちゃっ子の絵本5) 2012年8月

「ちいさなプリンセス ソフィア にんぎょの ともだち」キャサリン・ハプカ文;グレース・リー絵;老田勝訳・文 講談社 2013年11月

「でるでるでるぞガマでるぞ」高谷まちこ著 佼成出版社 2013年7月

「どうだ！まいったか-かまきりのカマーくんといなごのオヤツちゃん」田島征三作 大日本図書 2012年2月

「トトシュとマリーとたんすのおうち」カタリーナ・ヴァルクス作;ふしみみさを訳 クレヨンハウス 2011年4月

「とびだせ！チンタマン」板橋雅弘作;デハラユキノリ絵 TOブックス 2012年10月

「とびだせ！チンタマン―こどもてんさいきょうしつ―」板橋雅弘作;デハラユキノリ絵 TOブックス 2013年3月

「ドラキュラ」ブラム・ストーカー原作;リュック・ルフォール再話 小峰書店(愛蔵版世界の名作絵本) 2012年1月

「ニャントさん」高部晴市;著 イースト・プレス(こどもプレス) 2013年8月

「にゃんにゃんべんとう」きむらゆういち作;ふくだいわお絵 世界文化社(ワンダーおはなし絵本) 2013年5月

「パオアルのキツネたいじ」蒲松齢原作;心怡再話;蔡皋絵;中由美子訳 徳間書店 2012年10月

「バナナこどもえんざりがにつり」柴田愛子文;かつらこ絵 童心社(絵本・こどものひろば) 2011年7月

「ひみつのおかしだおとうとうさぎ！」ヨンナ・ビョルンシェーナ作;枇谷玲子訳 クレヨンハウス 2012年1月

「フルーツがきる!」林木林作;柴田ゆう絵 岩崎書店(えほんのぼうけん) 2013年10月

「ヘビをたいじしたカエル」草山万兎作;あべ弘士絵 福音館書店(こどものとも) 2012年7月

「ぼく、仮面ライダーになる!ウィザード編」のぶみ作 講談社(講談社の創作絵本) 2012年10月

「ぼく、仮面ライダーになる!ガイム編」のぶみ作 講談社(講談社の創作絵本) 2013年10月

子どもの世界・生活

「ぼく、仮面ライダーになる! フォーゼ編」のぶみ作 講談社(講談社の創作絵本) 2011年10月

「ぼくだってウルトラマン」よしながこうたく作 講談社(講談社の創作絵本) 2013年11月

「ぼくのサイ」ジョン・エイジー作;青山南訳 光村教育図書 2013年2月

「ぽんぽこしっぽんた」すまいるママ作・絵 PHP研究所(PHPにこにこえほん) 2013年9月

「まじかるきのこさんきのこむらはおおさわぎ」本秀康;著 イースト・プレス(こどもプレス) 2011年11月

「まるちゃんのけんか」ささきようこ作 ポプラ社 2012年9月

「ムーフと99ひきのあかちゃん」のぶみ作・絵 学研教育出版 2012年12月

「ももたろう」こわせ・たまみ;文 高見八重子;絵 鈴木出版(たんぽぽえほんシリーズ) 2012年1月

「ももたろう」石崎洋司;文 武田美穂;絵 講談社(講談社の創作絵本) 2012年2月

「ゆうれいとどろぼう」くろだかおる作;せなけいこ絵 ひかりのくに 2012年7月

「ゆけ! ウチロボ!」サトシン作;よしながこうたく絵 講談社(講談社の創作絵本) 2013年3月

「よなおしてんぐ5にんぐみてんぐるりん!」岩神愛作・絵 岩崎書店(えほんのぼうけん) 2012年1月

「れいぞうこのなかのなっとうざむらい」漫画兄弟作・絵 ポプラ社 2013年3月

「れいぞうこのなかのなっとうざむらい―いかりのダブルなっとうりゅう」漫画兄弟作・絵 ポプラ社 2013年10月

「ロージーのモンスターたいじ」フィリップ・ヴェヒター作;酒寄進一訳 ひさかたチャイルド 2011年6月

「ローラのすてきな耳」エルフィ・ネイセ作;エリーネ・ファンリンデハウゼ絵;久保谷洋訳 朝日学生新聞社 2011年12月

「わんぱくだんのどろんこおうこく」ゆきのゆみこ作;上野与志作 ひさかたチャイルド 2012年4月

「海賊」田島征三作 ポプラ社(ポプラ社の絵本) 2013年7月

「恐竜トリケラトプスうみをわたる」黒川みつひろ作・絵 小峰書店(恐竜だいぼうけん) 2013年11月

「恐竜トリケラトプスとウミガメのしま」黒川みつひろ作・絵 小峰書店(恐竜だいぼうけん) 2012年7月

「決戦! どうぶつ関ケ原」コマヤスカン作;笠谷和比古監修 講談社(講談社の創作絵本) 2012年11月

「湖の騎士ランスロット」ジャン・コーム・ノゲス文;クリストフ・デュリュアル絵;こだましおり訳 小峰書店(愛蔵版世界の名作絵本) 2013年3月

「赤ずきん」グリム原作;フェリクス・ホフマン画;大塚勇三訳 福音館書店 2012年6月

子どもの世界・生活

「白いへびのおはなし」東山凱訳 中国出版トーハン（中国のむかしばなし）2011年6月

「勇者のツノ」黒川みつひろ作 こぐま社 2013年6月

研究・発明

「いとしい小鳥きいろ」石津ちひろ文;ささめやゆき絵 ハモニカブックス 2013年4月

「グーテンベルクのふしぎな機械」ジェイムズ・ランフォード作;千葉茂樹訳 あすなろ書房 2013年4月

「ケープドリはつめいのまき」ワウター・ヴァン・レーク作;野坂悦子訳 朔北社 2013年1月

「チキンマスク―マスク小学校」宇都木美帆作 ペック工房 2011年4月

「ビーカー教授事件」エルジェ作;川口恵子訳 福音館書店（タンタンの冒険ペーパーバック版）2011年10月

「ぼくらのひみつけんきゅうじょ」森洋子作・絵 PHP研究所（わたしのえほん）2013年12月

子どもの交通安全

「タッフィーとハッピーの たのしいまいにち―おてつだいしたい」obetomo絵;川瀬礼王名文 ポプラ社 2013年9月

「どんぐりむらのおまわりさん」なかやみわ作 学研教育出版 2012年9月

「ようちえんにいくんだもん」角野栄子文;佐古百美絵 文化学園文化出版局 2011年12月

「ローラのすてきな耳」エルフィ・ネイセ作;エリーネ・ファンリンデハウゼ絵;久保谷洋訳 朝日学生新聞社 2011年12月

子どもの心＞疑問・悩み

「あかちゃんぐまはなにみたの？」アシュリー・ウルフ文・絵;さくまゆみこ訳 岩波書店 2013年4月

「おかあさんはなかないの？」平田昌広文;森川百合香絵 アリス館 2013年7月

「ぼくはだれだろう」ゲルバズ・フィン文;トニー・ロス絵;みらいなな訳 童話屋 2013年9月

「モコはかんがえます。」まつしたさゆり作・絵 学研教育出版 2011年8月

「わたし、ぜんぜんかわいくない」クロード・K・デュボア作・絵;小川糸訳 ポプラ社 2011年2月

子どもの心＞克服

「あたまがふくしまちゃん―日本中の子どもたちへ―」のぶみ作;宮田健吾作 TOブックス 2013年7月

「あててえなせんせい」木戸内福美文;長谷川知子絵 あかね書房 2012年9月

「あらじんのまほう」あらじん作;はなもとゆきの絵 パレード（Parade books）2012年8月

子どもの世界・生活

「いのちのまつり　かがやいてる」草場一壽作;平安座資尚絵 サンマーク出版 2013年1月

「おかあさんのまほうのおうかん」かたおかけいこ作;松成真理子絵 ひさかたチャイルド 2012年2月

「おにいちゃんの歌は、せかいいち！」ウルフ・ニルソン文;エヴァ・エリクソン絵;菱木晃子訳 あすなろ書房 2012年11月

「きいてるかいオルタ」中川洋典作・絵 童心社（絵本・こどものひろば）2013年9月

「こわがりやのしょうぼうしゃ ううくん」戸田和代作;にしかわおさむ絵 ポプラ社（こどもえほんランド）2013年4月

「さあ、とんでごらん！」サイモン・ジェームズ作;福本友美子訳 岩崎書店 2011年10月

「サッカーがだいすき！」マリベス・ボルツ作;ローレン・カスティロ絵;MON訳 岩崎書店 2012年11月

「たっちゃんむしばだね」森比左志著;わだよしおみ著 こぐま社 2013年5月

「チキンマスク―マスク小学校」宇都木美帆作 ペック工房 2011年4月

「どうしてダブってみえちゃうの？」ジョージ・エラ・リヨン文;リン・アヴィル絵;品川裕香訳 岩崎書店 2011年7月

「とばせ!きぼうのハンカチ―それいけ!アンパンマン」やなせたかし作・絵 フレーベル館 2013年6月

「なきむしおばけ」なかのひろたか作・絵 福音館書店（こどものとも）2012年6月

「ナポレオンがおしえてくれたんだ！」クラウディア・スフィッリ作;ヴァレンティーナ・モレア絵;仲亮子訳 文化学園文化出版局 2013年10月

「はずかしがりやのミリアム」ロール・モンルブ作;マイア・バルー訳 ひさかたチャイルド 2012年1月

「ハリーびょういんにいく」メアリー・チャルマーズ作;おびかゆうこ訳 福音館書店（世界傑作絵本シリーズ）2012年10月

「ぼくだってウルトラマン」よしながこうたく作 講談社（講談社の創作絵本）2013年11月

「ぼくはニコデム」アニエス・ラロッシュ文;ステファニー・オグソー絵;野坂悦子訳 光村教育図書 2013年2月

「まよなかのほいくえん」いとうみく作;広瀬克也絵 WAVE出版（えほんをいっしょに。）2013年5月

「メガネをかけたら」くすのきしげのり作;たるいしまこ絵 小学館 2012年10月

「ゆびたこ」くせさなえ作 ポプラ社（ポプラ社の絵本）2013年1月

「わたしたちうんこ友だち?」高橋秀雄作;中谷靖彦絵 今人舎 2012年11月

子どもの世界・生活

「わたしのすてきなたびする目」ジェニー・スー・コステキ＝ショー作;美馬しょうこ訳 偕成社
2013年6月

「鬼ガ山」毛利まさみち作・絵 絵本塾出版 2011年12月

「泥かぶら」眞山美保;原作 くすのきしげのり;文;伊藤秀男絵 瑞雲舎 2012年9月

「夜まわりクマのアーサー」ジェシカ・メザーブ作;みらいなな訳 童話屋 2011年7月

子どもの心＞発見

「あさです！」くすのきしげのり原作;いもとようこ文・絵 佼成出版社(いもとようこのおひさま絵本
シリーズ) 2011年6月

「おおやまさん」川之上英子作・絵;川之上健作・絵 岩崎書店(えほんのぼうけん) 2013年9月

「さんすうちゅうじんあらわる！」かわばたひろと作;高畠那生絵 講談社(講談社の創作絵本)
2012年1月

「たんじょうびってすてきなひ」あいはらひろゆき作;かわかみたかこ絵 佼成出版社(みつばちえ
ほんシリーズ) 2011年6月

「ちょうつがいきいきい」加門七海作;軽部武宏絵;東雅夫編 岩崎書店(怪談えほん) 2012年3
月

「どうぶつげんきにじゅういさん」山本省三作;はせがわかこ絵 講談社(講談社の創作絵本)
2011年11月

「ナナのまほうのむしめがね」オガワナホ作 偕成社 2013年6月

「ねーねーのしっぽ」はやしますみ著 イースト・プレス(こどもプレス) 2013年7月

「フーくんのおへそ」ラモン・アラグエス文;フランチェスカ・ケッサ絵;宇野和美訳 光村教育図書
2011年5月

「プンとフォークン」西野沙織作・絵 教育画劇 2011年6月

「ほうねんさま」土屋富士夫絵;大本山増上寺法然上人八百年御忌記念出版実行委員会作 徳
間書店 2011年2月

「ぼくのゆきだるまくん」アリスン・マギー文;マーク・ローゼンタール絵;なかがわちひろ訳 主婦
の友社 2011年11月

「風をつかまえたウィリアム」ウィリアム・カムクワンバ文;ブライアン・ミーラー文;エリザベス・ズー
ノン絵;さくまゆみこ訳 さ・え・ら書房 2012年10月

子どもの心＞不機嫌・反抗

「あたしいえでしたことあるよ」角野栄子文;かべやふよう絵 あすなろ書房 2013年6月

「アルフィーのいえで」ケネス・M・カドウ文;ローレン・カスティーヨ絵;佐伯愛子訳 ほるぷ出版
2012年5月

子どもの世界・生活

「いじわる」せなけいこ作・絵 鈴木出版(チューリップえほんシリーズ) 2012年12月

「いのちのまつり かがやいてる」草場一壽作;平安座資尚絵 サンマーク出版 2013年1月

「いやいやウィッツィー(スージー・ズーのたのしいまいにち)」スージー・スパッフォード絵;みはらいずみ文 BL出版 2012年4月

「おばあちゃんのひみつのあくしゅ」ケイト・クライス文;M.サラ・クライス絵;福本友美子訳 徳間書店 2013年5月

「ちび魔女さん」ベア・デル・ルナール作;エマ・ド・ウート絵;おおさわちか訳 ひさかたチャイルド 2011年9月

「どうしたのブタくん」みやにしたつや作・絵 鈴木出版(チューリップえほんシリーズ) 2013年3月

「なっちゃんときげんのわるいおおかみ」香坂直文;たるいしまこ絵 ポプラ社(ポプラ社の絵本) 2011年5月

「ママ!」キム・フォップス・オーカソン作;高畠那生絵;枇谷玲子訳 ひさかたチャイルド 2011年11月

「ミルフィーユちゃん」さとうめぐみ作・絵 教育画劇 2013年2月

「ようちえんいやや」長谷川義史作・絵 童心社(絵本・こどものひろば) 2012年2月

子どもの心＞まいご

「3びきのくま」ゲルダ・ミューラー作;まつかわまゆみ訳 評論社(評論社の児童図書館・絵本の部屋) 2013年8月

「あまぐもぴっちゃん」はやしますみ作・絵 岩崎書店(えほんのぼうけん) 2012年5月

「ガール・イン・レッド」ロベルト・インノチェンティ原案・絵;アーロン・フリッシュ文;金原瑞人訳 西村書店東京出版編集部 2013年2月

「こおりのなみだ」ジャッキー・モリス作;小林晶子訳 岩崎書店 2012年9月

「だれがいなくなったの?」スティーナ・ヴィルセン作;ヘレンハルメ美穂訳 クレヨンハウス(やんちゃっ子の絵本6) 2012年8月

「たんぽぽのおくりもの」片山令子作;大島妙子絵 ひかりのくに 2012年3月

「ねえおかあさん」下田冬子文・絵 大日本図書 2011年9月

「ピッキのクリスマス」小西英子作 福音館書店(こどものとも) 2011年12月

「まいごのワンちゃんあずかってます」アダム・ストーワー作;ふしみみさを訳 小学館 2012年11月

子どもの世界・生活

子どもの個性

「あおねこちゃん」ズデネック・ミレル絵;マリカ・ヘルストローム・ケネディ原作;平野清美訳 平凡社 2012年12月

「あかいほっぺた」ヤン・デ・キンデル作;野坂悦子訳 光村教育図書 2013年12月

「あたまがふくしまちゃん―日本中の子どもたちへ―」のぶみ作;宮田健吾作 TOブックス 2013年7月

「ありがとう、チュウ先生-わたしが絵かきになったわけ」パトリシア・ポラッコ作;さくまゆみこ訳 岩崎書店 2013年6月

「エラのがくげいかい」カルメラ・ダミコ文;スティーブン・ダミコ絵;角野栄子訳 小学館(ゾウのエラちゃんシリーズ) 2011年3月

「おおきいうさぎとちいさいうさぎ」マリサビーナ・ルッソ作;みらいなな訳 童話屋 2011年4月

「おおきなわんぱくぼうや」ケビン・ホークス作;尾高薫訳 ほるぷ出版 2011年8月

「ガロゲロ物語」ミスター作・絵;アプリ作・絵 絵本塾出版 2012年11月

「カンガルーがいっぱい」山西ゲンイチ作・絵 教育画劇 2011年5月

「たかこ」清水真裕文;青山友美絵 童心社(絵本・こどものひろば) 2011年4月

「ちいさなちいさなおんなのこ」フィリス・クラシロフスキー文;ニノン絵;福本友美子訳 福音館書店(世界傑作絵本シリーズ) 2011年3月

「てるちゃんのかお」藤井輝明文;亀澤裕也絵 金の星社 2011年7月

「ナポレオンがおしえてくれたんだ！」クラウディア・スフィッリ作;ヴァレンティーナ・モレア絵;仲亮子訳 文化学園文化出版局 2013年10月

「はずかしがりやのミリアム」ロール・モンルブ作;マイア・バルー訳 ひさかたチャイルド 2012年1月

「ぼくだけのこと」森絵都作;スギヤマカナヨ絵 偕成社 2013年5月

「みんなくるくる、よってくる―おかしきさんちのものがたり」おのりえん;ぶん はたこうしろう;え フレーベル館 2011年7月

「メガネをかけたら」くすのきしげのり作;たるいしまこ絵 小学館 2012年10月

「もうふのなかのダニィたち」ベアトリーチェ・アレマーニャ作;石津ちひろ訳 ファイドン 2011年3月

「算数の天才なのに計算ができない男の子のはなし」バーバラ・エシャム文;マイク&カール・ゴードン絵;品川裕香訳 岩崎書店 2013年7月

「泥かぶら」眞山美保;原作 くすのきしげのり;文;伊藤秀男絵 瑞雲舎 2012年9月

子どもの世界・生活

子どもの防災

「つなみてんでんこ　はしれ、上へ！」指田和文;伊藤秀男絵 ポプラ社(ポプラ社の絵本) 2013年2月

「津波」キミコ・カジカワ再話;エド・ヤング絵 グランまま社 2011年10月

「津波！！稲むらの火その後」高村忠範文・絵 汐文社 2011年8月

探しもの・人探し

「あした7つになれますように」藤川智子作・絵 岩崎書店(えほんのぼうけん) 2011年10月

「あひるのたまごねえちゃん」あきやまただし;作・絵 鈴木出版(ひまわりえほんシリーズ) 2011年11月

「アマールカ鳥になった日」ヴァーツラフ・ベドジフ文・絵;甲斐みのり訳 LD&K BOOKS(アマールカ絵本シリーズ4) 2012年6月

「アンリくん、パリへ行く」ソール・バス絵;レオノール・クライン文;松浦弥太郎訳 Pヴァイン・ブックス 2012年9月

「うずらちゃんのたからもの」きもとももこ作 福音館書店(福音館の幼児絵本) 2013年10月

「うまれてきてくれてありがとう」にしもとよう文;黒井健絵 童心社 2011年4月

「おしりたんてい ププッレインボーダイヤを さがせ！」トロル作・絵 ポプラ社 2013年9月

「おひなさまのいえ」ねぎしれいこ作;吉田朋子絵 世界文化社(ワンダーおはなし絵本) 2013年2月

「かえるのオムライス」マットかずこ文・絵 絵本塾出版 2012年11月

「かけた耳」エルジェ作;川口恵子訳 福音館書店(タンタンの冒険ペーパーバック版) 2011年6月

「かたっぽさんどこですか？」さこももみ作 アリス館 2013年3月

「カラスのスッカラ」石津ちひろ作;猫野ぺすか絵 佼成出版社 2013年5月

「きえたぐらぐらのは」コルネーリア・フンケ文;ケルスティン・マイヤー絵;あさみしょうご訳 WAVE出版 2013年11月

「くしカツさんちはまんいんです」岡田よしたか作 PHP研究所(わたしのえほん) 2013年11月

「くまだっこ」デイヴィッド・メリング作;たなかあきこ訳 小学館 2012年5月

「ケープドリとモンドリアンドリ」ワウター・ヴァン・レーク作;野坂悦子訳 朔北社 2012年10月

「こじかこじっこ―ボタンをさがして」さかいさちえ作・絵 教育画劇 2012年2月

「こひつじまある」山内ふじ江文・絵 岩波書店 2013年10月

「こんぶのぶーさん」岡田よしたか作 ブロンズ新社 2013年3月

子どもの世界・生活

「しろくまのパンツ」tupera tupera作 ブロンズ新社 2012年9月

「たからもん」菊池日出夫作 福音館書店(こどものとも年中向き) 2012年11月

「たこやきようちえんこうさくだいすき！」さいとうしのぶ作 ポプラ社(絵本・いつでもいっしょ) 2011年3月

「てぶくろチンクタンク」きもとももこ作 福音館書店(日本傑作絵本シリーズ) 2011年10月

「トイ・ストーリー2」斎藤妙子構成・文 講談社(ディズニーえほん文庫) 2012年7月

「とかげさんちのおひっこし」藤本四郎作・絵 PHP研究所(PHPにこにこえほん) 2012年5月

「ドドボンゴのさがしもの」うるまでるび作;いとうとしこ作 学研教育出版 2012年1月

「ともだちをさがそう、ムーミントロール」トーベ・ヤンソン原作・絵;ラルス・ヤンソン原作・絵;当麻ゆか訳 徳間書店(ムーミンのおはなしえほん) 2013年2月

「なきんぼあかちゃん」穂高順也文;よしまゆかり絵 大日本図書 2012年9月

「なみだでくずれた万里の長城」唐亜明文;蔡皋絵 岩波書店 2012年4月

「にん・にん・じんのにんじんじゃ」うえだしげこ文・絵 大日本図書 2013年6月

「ねことおもちゃのじかん」レズリー・アン・アイボリー作;木原悦子訳 講談社(講談社の翻訳絵本) 2011年11月

「バーナムの骨」トレイシー・E. ファーン文;ボリス・クリコフ絵;片岡しのぶ訳 光村教育図書 2013年2月

「はじめまして、プリンセス・ハニィ」二宮由紀子作;たきがみあいこ絵 ポプラ社(ポプラ社の絵本) 2012年4月

「ぱっくんおおかみときょうりゅうたち」木村泰子作・絵 ポプラ社(ぱっくんおおかみのえほん) 2013年4月

「はなねこちゃん」竹下文子作;いしいつとむ絵 小峰書店(にじいろえほん) 2013年5月

「ピエロのあかいはな」なつめよしかず作 福音館書店(日本傑作絵本シリーズ) 2013年11月

「ひみつのたからさがし」よこみちけいこ作 ポプラ社 2012年10月

「ブーブーブーどこいった」西村敏雄作・絵 学研教育出版 2012年11月

「ふたりはめいたんてい？」さこももみ作 アリス館 2011年5月

「フンボルトくんのやくそく」ひがしあきこ作・絵 絵本塾出版 2012年10月

「ペネロペ イースターエッグをさがす」アン・グットマン文;ゲオルグ・ハレンスレーベン絵;ひがしかずこ訳 岩崎書店(ペネロペおはなしえほん) 2011年6月

「ぼくのしっぽはどれ？」ミスター＆アプリ作・絵 絵本塾出版 2012年6月

「マザネンダバ－南アフリカ・お話のはじまりのお話」ティナ・ムショーペ文;三浦恭子訳;マプラ刺繍プロジェクト刺繍 福音館書店(こどものとも) 2012年2月

子どもの世界・生活

「ましろとカラス」ふくざわゆみこ作 福音館書店(こどものとも) 2013年6月

「みにくいフジツボのフジコ」山西ゲンイチ著 アリス館 2011年12月

「ムーミンのさがしもの」リーナ・カーラ文・絵;サミ・カーラ文・絵;もりしたけいこ訳 講談社(講談社の翻訳絵本) 2013年10月

「モーリーズげんきのたねをさがして」椎名理央文;モーリーズ制作委員会作 小学館 2012年4月

「ゆうれいがこわいの?ムーミントロール」トーベ・ヤンソン原作・絵;ラルス・ヤンソン原作・絵;当麻ゆか訳 徳間書店(ムーミンのおはなしえほん) 2013年9月

「リッキのたんじょうび」ヒド・ファン・ヘネヒテン作・絵;のざかえつこ訳 フレーベル館 2012年11月

「リトル・マーメイド アリエルとふしぎな落とし物 アンダー・ザ・シー」エル・D.リスコ文;ブリトニー・リー絵;おかだよしえ訳 講談社 2013年9月

「ロバのポコとうさぎのポーリー」とりごえまり作・絵 童心社(絵本・こどものひろば) 2011年10月

「王さまめいたんてい」寺村輝夫原作; 和歌山静子構成・絵 理論社(新王さまえほん) 2012年9月

「王国のない王女のおはなし」アーシュラ・ジョーンズ文;サラ・ギブ絵;石井睦美訳 BL出版 2011年11月

「宝島」ロバート・ルイス・スティーヴンソン原作;クレール・ユバック翻案 小峰書店(愛蔵版世界の名作絵本) 2012年5月

散歩

「あめのひくろくま」たかいよしかず作・絵 くもん出版(おはなし・くろくま) 2011年5月

「あめのひのくまちゃん」高橋和枝作 アリス館 2013年10月

「いぬくんぼくはいいこだから…—12支キッズのしかけえほん」きむらゆういち;作 ふくざわゆみこ;絵 ポプラ社 2013年8月

「カエルのおでかけ」高畠那生作 フレーベル館 2013年5月

「かわいいあひるのあかちゃん」モニカ・ウェリントン作;たがきょうこ訳 徳間書店 2013年3月

「ころわんどっきどき」間所ひさこ作;黒井健絵 ひさかたチャイルド 2012年4月

「じっちょりんのなつのいちにち」かとうあじゅ作 文溪堂 2013年7月

「ぞうくんのあめふりさんぽ」なかのひろたか作・絵 福音館書店(こどものとも絵本) 2012年5月

「だいすきだよぼくのともだち」マラキー・ドイル文;スティーブン・ランバート絵;まつかわまゆみ訳 評論社(児童図書館・絵本の部屋) 2012年9月

「タマゴイスにのり」井上洋介作・絵 鈴木出版(チューリップえほんシリーズ) 2012年7月

子どもの世界・生活

「ちいさいきみとおおきいぼく」ナディーヌ・ブラン・コム文;オリヴィエ・タレック絵;礒みゆき訳 ポプラ社(ポプラせかいの絵本) 2013年11月

「ちくわのわーさん」岡田よしたか作 ブロンズ新社 2011年10月

「なきむしおばけ」なかのひろたか作・絵 福音館書店(こどものとも) 2012年6月

「ぶつくさモンクターレさん」サトシン作;西村敏雄絵 PHP研究所(わたしのえほん) 2011年10月

「メガネくんのゆめ」いとうひろし作・絵 講談社(講談社の創作絵本) 2012年10月

「やじるし」平田利之作 あかね書房 2013年4月

「ゆーらりまんぼー」みなみじゅんこ作 アリス館 2012年3月

「ゆかいなさんぽ」土方久功作・絵 福音館書店(こどものともコレクション) 2011年2月

「りょうちゃんのあさ」松野正子作;荻太郎絵 福音館書店(こどものとも復刻版) 2012年9月

島の子ども

「サンゴのしまのポポ」崎山克彦作;川上越子絵 福音館書店(こどものとも) 2013年9月

「ヒコリみなみのしまにいく」いまきみち作 福音館書店(こどものとも年中向き) 2012年9月

「ふしぎのヤッポ島プキプキとポイのたからもの」ヤーミー作 小学館 2012年1月

少女・女の子

「108ぴきめのひつじ」いまいあやの作 文渓堂 2011年1月

「3びきのくま」ゲルダ・ミューラー作;まつかわまゆみ訳 評論社(評論社の児童図書館・絵本の部屋) 2013年8月

「3人はなかよしだった」三木卓文;ケルットゥ・ヴオラッブ原作・絵 かまくら春秋社 2013年5月

「8月6日のこと」中川ひろたか文;長谷川義史絵 ハモニカブックス 2011年7月

「WASIMO」宮藤官九郎作;安齋肇絵 小学館 2013年1月

「あいちゃんのワンピース」こみやゆう作;宮野聡子絵 講談社(講談社の創作絵本) 2011年7月

「あおねこちゃん」ズデネック・ミレル絵;マリカ・ヘルストローム・ケネディ原作;平野清美訳 平凡社 2012年12月

「あかいぼうし」やなせたかし作・絵 フレーベル館(やなせたかしメルヘン図書館) 2013年7月

「あかいほっぺた」ヤン・デ・キンデル作;野坂悦子訳 光村教育図書 2013年12月

「あきねこ」かんのゆうこ文;たなか鮎子絵 講談社(講談社の創作絵本) 2011年8月

「あした7つになれますように」藤川智子作・絵 岩崎書店(えほんのぼうけん) 2011年10月

「あそびたいものよっといで」あまんきみこ作;おかだちあき絵 鈴木出版(ひまわりえほんシリーズ) 2013年3月

子どもの世界・生活

「あたし、パパとけっこんする！」のぶみ作 えほんの杜 2012年3月

「あたし、ようせいにあいたい！」のぶみ作 えほんの杜 2013年4月

「あたしいえでしたことあるよ」角野栄子文;かべやふよう絵 あすなろ書房 2013年6月

「あててえなせんせい」木戸内福美文;長谷川知子絵 あかね書房 2012年9月

「アナベルとふしぎなけいと」マック・バーネット文;ジョン・クラッセン絵;なかがわちひろ訳 あすなろ書房 2012年9月

「あやとユキ」いながきふさこ作;青井芳美絵 BL出版 2011年12月

「アリアドネの糸」ハビエル・ソブリーノ文;エレナ・オドリオゾーラ絵;宇野和美訳 光村教育図書 2011年6月

「ありがとう、チュウ先生-わたしが絵かきになったわけ」パトリシア・ポラッコ作;さくまゆみこ訳 岩崎書店 2013年6月

「いたいのいたいのとんでゆけ」新井悦子作;野村たかあき絵 鈴木出版(ひまわりえほんシリーズ) 2012年1月

「いのちのいれもの」小菅正夫文;堀川真絵 サンマーク出版 2011年3月

「インドの木-マンゴーの木とオウムのおはなし」たにけいこ絵・訳;マノラマ・ジャファ原作 森のおしゃべり文庫 2011年2月

「うでわうり-スリランカの昔話より」プンニャ・クマーリ再話・絵 福音館書店(こどものとも) 2012年9月

「うどんやのたあちゃん」鍋田敬子作 福音館書店(こどものとも年中向き) 2011年3月

「うみのいろのバケツ」立原えりか文;永田萠絵 講談社(講談社の創作絵本) 2013年7月

「エイミーとルイス」リビー・グリーソン文;フレヤ・ブラックウッド絵;角田光代訳 岩崎書店 2011年5月

「エロイーサと虫たち」ハイロ・ブイトラゴ文;ラファエル・ジョクテング絵;宇野和美訳 さ・え・ら書房 2011年9月

「えんそくおにぎり」宮野聡子作 講談社(講談社の創作絵本) 2013年3月

「おかあさんはなかないの？」平田昌広文;森川百合香絵 アリス館 2013年7月

「おかしのくにのバレリーナ」犬飼由美恵文;まるやまあやこ絵 教育画劇 2013年11月

「おかめ列車嫁にいく」いぬんこ作 長崎出版 2012年7月

「おとうさんのかさ」三浦太郎作 のら書店 2012年6月

「おにもつはいけん」吉田道子文;梶山俊夫絵 福音館書店(ランドセルブックス) 2011年3月

「おばあちゃんと花のてぶくろ」セシル・カステルッチ作;ジュリア・ディノス絵;水谷阿紀子訳 文渓堂 2011年10月

子どもの世界・生活

「おばあちゃんのおはぎ」野村たかあき作・絵 佼成出版社（クローバーえほんシリーズ）2011年9月

「おばあちゃんのこもりうた」西本鶏介作;長野ヒデ子絵 ひさかたチャイルド 2011年3月

「おばあちゃんはかぐやひめ」松田もとこ作;狩野富貴子絵 ポプラ社（ポプラ社の絵本）2013年3月

「おばけのドレス」はせがわさとみ作・絵 絵本塾出版 2013年10月

「おばけバースデイ」佐々木マキ作 絵本館 2011年10月

「おひめさまようちえんとはくばのおうじさま」のぶみ作 えほんの杜 2011年3月

「おむかえワニさん」陣崎草子作・絵 文溪堂 2013年10月

「おもいでをなくしたおばあちゃん」ジャーク・ドレーセン作;アンヌ・ベスターダイン絵;久保谷洋訳 朝日学生新聞社 2011年3月

「おりこうなビル」ウィリアム・ニコルソン文・絵;つばきはらななこ訳 童話館出版 2011年12月

「ガール・イン・レッド」ロベルト・インノチェンティ原案・絵;アーロン・フリッシュ文;金原瑞人訳 西村書店東京出版編集部 2013年2月

「カエサルくんとカレンダー」いけがみしゅんいち文;せきぐちよしみ絵 福音館書店 2012年1月

「かたっぽさんどこですか？」さこももみ作 アリス館 2013年3月

「かっぱ」杉山亮作;軽部武宏絵 ポプラ社（杉山亮のおばけ話絵本3）2011年10月

「かなとやまのおたから」土田佳代子作;小林豊絵 福音館書店（こどものとも）2013年11月

「きえたぐらぐらのは」コルネーリア・フンケ文;ケルスティン・マイヤー絵;あさみしょうご訳 WAVE出版 2013年11月

「きつね、きつね、きつねがとおる」伊藤遊作;岡本順絵 ポプラ社（ポプラ社の絵本）2011年4月

「きみがおしえてくれた。」今西乃子文;加納果林絵 新日本出版社 2013年7月

「キムのふしぎなかさのたび」ホーカン・イェンソン文;カーリン・スレーン絵;オスターグレン晴子訳 徳間書店 2012年5月

「きんいろのあめ」立原えりか文;永田萌絵 講談社（講談社の創作絵本）2013年9月

「ぐうたら道をはじめます」たきしたえいこ作;大西ひろみ絵 BL出版 2012年11月

「クーナ」是枝裕和作;大塚いちお絵 イースト・プレス（こどもプレス）2012年10月

「くつしたのくまちゃん」林原玉枝文;つがねちかこ絵 福音館書店（こどものとも）2013年7月

「くまの木をさがしに」佐々木マキ著 教育画劇 2012年4月

「ココとおおきなおおきなおなべ」こがしわかおり作;おざきえみ絵 教育画劇 2012年9月

「ごぞんじ！かいけつしろずきん」もとしたいづみ作;竹内通雅絵 ひかりのくに 2013年2月

「コットちゃん」かわぐちけいこ作 ポプラ社 2011年3月

子どもの世界・生活

「こないかな、ロバのとしょかん」モニカ・ブラウン文;ジョン・パッラ絵;斉藤規訳 新日本出版社 2012年10月

「ごはんのとも」苅田澄子文;わたなべあや絵 アリス館 2011年8月

「こひつじまある」山内ふじ江文・絵 岩波書店 2013年10月

「サーカスの少年と鳥になった女の子」ジェーン・レイ作・絵;河野万里子訳 徳間書店 2012年12月

「サウスポー」ジュディス・ヴィオースト作;金原瑞人訳;はたこうしろう絵 文溪堂 2011年9月

「サッカーがだいすき！」マリベス・ボルツ作;ローレン・カスティロ絵;MON訳 岩崎書店 2012年11月

「さっちゃんとクッキー」森比左志著;わだよしおみ著:わかやまけん著 こぐま社 2013年5月

「サラとダックンなにになりたい？」サラ・ゴメス・ハリス原作;横山和江訳 金の星社 2013年12月

「サンタさんのトナカイ」ジャン・ブレット作・絵;さいごうようこ訳 徳間書店 2013年10月

「シャオユイのさんぽ」チェン・ジーユエン作;中由美子訳 光村教育図書 2012年11月

「スイスイスイーツ」さいとうしのぶ作・絵 教育画劇 2012年2月

「すみれちゃん」森雅之作 ビリケン出版 2011年5月

「ソフィー・スコットの南極日記」アリソン・レスター作;斎藤倫子訳 小峰書店(絵本地球ライブラリー) 2013年8月

「そらのいろって」ピーター・レイノルズ文・絵;なかがわちひろ訳 主婦の友社 2012年12月

「そらをみあげるチャバーちゃん」ジェーン・ウェーチャチーワ作;小林真里奈訳;ウィスット・ポンニミット絵 福音館書店(こどものとも年中向き) 2013年7月

「ターニャちゃんのスカート」洞野志保作 福音館書店(こどものとも年中向き) 2012年6月

「だいすきのしるし」あらいえつこ作;おかだちあき絵 岩崎書店(えほんのぼうけん) 2012年6月

「ちいさなちいさなおんなのこ」フィリス・クラシロフスキー文;ニノン絵;福本友美子訳 福音館書店(世界傑作絵本シリーズ) 2011年3月

「ちいさなぬま」井上コトリ作 講談社(講談社の創作絵本) 2013年8月

「ちいさな死神くん」キティ・クローザー作;ときありえ訳 講談社(講談社の翻訳絵本) 2011年4月

「ちえちゃんのおはじき」山口節子作;大畑いくの絵 佼成出版社(クローバーえほんシリーズ) 2012年7月

「ちきゅうのへいわをまもったきねんび」本秀康作・絵 岩崎書店(えほんのぼうけん) 2012年3月

「ちこく姫」よしながこうたく作 長崎出版(cub label) 2012年4月

「ちび魔女さん」ベア・デル・ルナール作;エマ・ド・ウート絵;おおさわちか訳 ひさかたチャイルド 2011年9月

子どもの世界・生活

「ちまちゃんとこくま」もりか著 白泉社(こどもMOEのえほん) 2011年3月

「チリとチリリちかのおはなし」どいかや作 アリス館 2013年4月

「つきごはん」計良ふき子作;飯野和好絵 佼成出版社 2013年9月

「でんしゃはっしゃしまーす」まつおかたつひで作 偕成社 2012年9月

「どうしてダブってみえちゃうの？」ジョージ・エラ・リヨン 文;リン・アヴィル絵;品川裕香訳 岩崎書店 2011年7月

「とくんとくん」片山令子文;片山健絵 福音館書店(ランドセルブックス) 2012年9月

「トリケラとしょかん」五十嵐美和子著 白泉社 2013年3月

「トントントンをまちましょう」あまんきみこ作;鎌田暢子絵 ひさかたチャイルド 2011年12月

「ナースになりたいクレメンタイン」サイモン・ジェームズ作;福本友美子訳 岩崎書店 2013年10月

「なっちゃんがちっちゃかったころのおはなし」鍋田敬子作 福音館書店(こどものとも年中向き) 2012年4月

「なっちゃんときげんのわるいおおかみ」香坂直文;たるいしまこ絵 ポプラ社(ポプラ社の絵本) 2011年5月

「なないろのプレゼント」石津ちひろ作;松成真理子絵 教育画劇 2012年11月

「ナナとミミはぶかぶかひめ」オガワナホ作 偕成社 2013年6月

「ナナのまほうのむしめがね」オガワナホ作 偕成社 2013年6月

「ねえおかあさん」下田冬子文・絵 大日本図書 2011年9月

「ねえたんがすきなのに」かさいまり作;鈴木まもる絵 佼成出版社(どんぐりえほんシリーズ) 2012年11月

「ねこがおどる日」八木田宜子作;森川百合香絵 童心社 2011年3月

「ねっこばあのおくりもの」藤真知子作;北見葉胡絵 ポプラ社(ポプラ社の絵本) 2012年7月

「のはらのおへや」みやこしあきこ作 ポプラ社(ポプラ社の絵本) 2011年9月

「ノミちゃんのすてきなペット」ルイス・スロボドキン作;三原泉訳 偕成社 2011年12月

「はしれ、トト!」チョウンヨン作;ひろまつゆきこ訳 文化学園文化出版局 2013年7月

「はずかしがりやのミリアム」ロール・モンルブ作;マイア・バルー訳 ひさかたチャイルド 2012年1月

「はなちゃんのわらいのたね」akko文;荒井良二絵 幻冬舎 2013年11月

「はなねこちゃん」竹下文子作;いしいつとむ絵 小峰書店(にじいろえほん) 2013年5月

「ハナンのヒツジが生まれたよ」井上夕香文;小林豊絵 小学館 2011年9月

「パパとあたしのさがしもの」鈴木永子作・絵 ひさかたチャイルド 2011年2月

子どもの世界・生活

「パパとわたし」マリア・ウェレニケ作;宇野和美訳 光村教育図書 2012年10月

「はるねこ」かんのゆうこ文;松成真理子絵 講談社(講談社の創作絵本) 2011年2月

「はんなちゃんがめをさましたら」酒井駒子文・絵 偕成社 2012年11月

「ピアノはっぴょうかい」みやこしあきこ作 ブロンズ新社 2012年4月

「ピッキのクリスマス」小西英子作 福音館書店(こどものとも) 2011年12月

「びっくりゆうえんち」川北亮司作;コマヤスカン絵 教育画劇 2013年3月

「ぴったりのプレゼント」すぎたさちこ作 文研出版(えほんのもり) 2011年10月

「ひっつきむし」ひこ・田中作;堀川理万子絵 WAVE出版(えほんをいっしょに。) 2013年3月

「ひとりでおとまり」まるやまあやこ作 福音館書店(こどものとも) 2012年11月

「ひなまつりルンルンおんなのこの日！」ますだゆうこ作;たちもとみちこ絵 文渓堂 2012年2月

「ひみつの足あと」フーリア・アルバレス文;ファビアン・ネグリン絵;神戸万知訳 岩波書店(大型絵本) 2011年8月

「ひめちゃんひめ」尾沼まりこ文;武田美穂絵 童心社(絵本・こどものひろば) 2012年11月

「フィオーラとふこうのまじょ」たなか鮎子作 講談社(講談社の創作絵本) 2011年5月

「ふしぎしょうてんがい」きむらゆういち作;林るい絵 世界文化社(ワンダーおはなし絵本) 2012年12月

「ふしぎなおとなりさん」もりか著 白泉社 2012年10月

「ふたつのおうち」マリアン・デ・スメット作;ネインケ・タルスマ絵;久保谷洋訳 朝日学生新聞社 2011年5月

「ふにゃらどうぶつえん」ふくだすぐる作 アリス館 2011年10月

「ブルくんかくれんぼ」ふくざわゆみこ作 福音館書店(福音館の幼児絵本) 2011年3月

「へちまのへーたろー」二宮由紀子作;スドウピウ絵 教育画劇 2011年6月

「ぺろぺろキャンディー」ルクサナ・カーン文;ソフィー・ブラッコール絵;もりうちすみこ訳 さ・え・ら書房 2011年8月

「ホーキのララ」沢木耕太郎作;貴納大輔絵 講談社 2013年4月

「ぼくらのあか山」藤本四郎作 文研出版(えほんのもり) 2011年2月

「ポケットのなかで…」鈴川ひとみ;作 いもとようこ;文絵 金の星社 2011年2月

「ボタン」森絵都作;スギヤマカナヨ絵 偕成社 2013年5月

「ぽっつんとととはあめのおと」戸田和代作;おかだちあき絵 PHP研究所(PHPにこにこえほん) 2012年7月

「ぽんこちゃんポン！」乾栄里子作;西村敏雄絵 偕成社 2013年10月

子どもの世界・生活

「ほんなんてだいきらい!」バーバラ・ボットナー文;マイケル・エンバリー絵 主婦の友社(主婦の友はじめてブック) 2011年3月

「マールとおばあちゃん」ティヌ・モルティール作;カーティエ・ヴェルメール絵;江國香織訳 ブロンズ新社 2013年4月

「まいごのワンちゃんあずかってます」アダム・ストーワー作;ふしみみさを訳 小学館 2012年11月

「まこちゃんとエプロン」こさかまさみ作;やまわきゆりこ絵 福音館書店(こどものとも) 2011年4月

「マドレーヌ、ホワイトハウスにいく」ジョン・ベーメルマンス・マルシアーノ作;江國香織訳 BL出版 2011年3月

「マドレンカ サッカーだいすき!」ピーター・シス作;松田素子訳 BL出版 2012年2月

「まなちゃん」森田雪香作 大日本図書 2011年9月

「まほうの森のプニュル」ジーン・ウィリス作;グウェン・ミルワード絵;石井睦美訳 小学館 2012年3月

「ママのとしょかん」キャリ・ベスト文;ニッキ・デイリー絵;藤原宏之訳 新日本出版社 2011年3月

「ママはびようしさん」アンナ・ベングトソン作;オスターグレン晴子訳 福音館書店(世界傑作絵本シリーズ) 2013年6月

「まよなかのたんじょうかい」西本鶏介作;渡辺有一絵 鈴木出版(ひまわりえほんシリーズ) 2013年12月

「みーつけたっ」あまんきみこ文;いしいつとむ絵 小峰書店(にじいろえほん) 2011年10月

「みずたまり」森山京作;松成真理子絵 偕成社 2011年5月

「みつこととかげ」田中清代作 福音館書店(こどものともコレクション) 2011年2月

「みてよぴかぴかランドセル」あまんきみこ;文 西巻茅子;絵 福音館書店(ランドセルブックス) 2011年2月

「ミミとおとうさんのハッピー・バースデー」石津ちひろ作;早川純子絵 長崎出版 2013年6月

「ミミのみずたまスカート」オガワナホ作 偕成社 2013年6月

「ミルクこぼしちゃだめよ!」スティーヴン・デイヴィーズ文;クリストファー・コー絵;福本友美子訳 ほるぷ出版 2013年7月

「みんなでいただきます」内田恭子文;藤本将絵 講談社(講談社の創作絵本) 2011年12月

「みんなでせんたく」フレデリック・ステール作;たなかみえ訳 福音館書店(世界傑作絵本シリーズ) 2011年5月

「みんなでよいしょ」あまんきみこ文;いしいつとむ絵 小峰書店(にじいろえほん) 2011年6月

「メガネをかけたら」くすのきしげのり作;たるいしまこ絵 小学館 2012年10月

子どもの世界・生活

「もうどう犬リーとわんぱく犬サン」郡司ななえ作;城井文絵 PHP研究所（PHPにこにこえほん）2012年3月

「もじゃひげせんちょうとかいぞくたち」コルネーリア・フンケ文;ケルスティン・マイヤー絵;ますがちかこ訳 WAVE出版 2013年11月

「もりのおるすばん」丸山陽子作 童心社（絵本・こどものひろば）2012年7月

「やじるし」平田利之作 あかね書房 2013年4月

「ヤンカのにんぎょうげき」どいかや作 学研教育出版 2012年11月

「ゆびたこ」くせさなえ作 ポプラ社（ポプラ社の絵本）2013年1月

「ゆめたまご」たかのもも作・絵 フレーベル館 2012年11月

「ゆめちゃんのハロウィーン」高林麻里作 講談社（講談社の創作絵本）2011年8月

「ようちえんいやや」長谷川義史作・絵 童心社（絵本・こどものひろば）2012年2月

「ようちえんにいくんだもん」角野栄子文;佐古百美絵 文化学園文化出版局 2011年12月

「よーいドン!」ビーゲンセン作;山岸みつこ絵 絵本塾出版 2012年5月

「よしこがもえた」たかとう匡子作;たじまゆきひこ作 新日本出版社 2012年6月

「ヨヨとネネとかいじゅうのタネ」おおつかえいじお話;ひらりん絵 徳間書店 2013年12月

「よるのとしょかん」カズノ・コハラ作;石津ちひろ訳 光村教育図書 2013年11月

「よるのふね」山下明生作;黒井健絵 ポプラ社（ポプラ社の絵本）2011年4月

「ライオンを かくすには」ヘレン・スティーヴンズ作;さくまゆみこ訳 ブロンズ新社 2013年3月

「るるのたんじょうび」征矢清作;中谷千代子絵 福音館書店（こどものともコレクション）2011年2月

「ローズ色の自転車」ジャンヌ・アシュベ作;野坂悦子訳 光村教育図書 2012年3月

「わたし、ぜんぜんかわいくない」クロード・K・デュボア作・絵;小川糸訳 ポプラ社 2011年2月

「わたしたちうんこ友だち?」高橋秀雄作;中谷靖彦絵 今人舎 2012年11月

「わたしたちのてんごくバス」ボブ・グレアム作;こだまともこ訳 さ・え・ら書房 2013年12月

「わたしドーナツこ」井上コトリ作 ひさかたチャイルド 2011年1月

「わたしのいちばんあのこの1ばん」アリソン・ウォルチ作;パトリス・バートン絵;薫くみこ訳 ポプラ社（ポプラせかいの絵本）2012年9月

「わたしのすてきなたびする目」ジェニー・スー・コステキ＝ショー作;美馬しょうこ訳 偕成社 2013年6月

「わたしのゆたんぽ」きたむらさとし文・絵 偕成社 2012年12月

「わたしもがっこうにいきたいな」アストリッド・リンドグレーン文;イロン・ヴィークランド絵;石井登志子訳 徳間書店 2013年1月

子どもの世界・生活

「海のむこう」土山優文;小泉るみ子絵 新日本出版社 2013年8月

「京劇がきえた日－秦淮河一九三七」姚紅作;姚月蔭原案;中田美子訳 童心社([日・中・韓平和絵本) 2011年4月

「月の貝」名木田恵子作;こみねゆら絵 佼成出版社 2013年2月

「新幹線しゅっぱつ！」鎌田歩作 福音館書店(ランドセルブックス) 2011年3月

「泥かぶら」眞山美保;原作 くすのきしげのり;文;伊澤秀男絵 瑞雲舎 2012年9月

「猫のプシュケ」竹澤汀文;もずねこ絵 TOブックス 2013年6月

「北風ふいてもさむくない」あまんきみこ文;西巻茅子絵 福音館書店(ランドセルブックス) 2011年11月

「夜まわりクマのアーサー」ジェシカ・メザーブ作;みらいなな訳 童話屋 2011年7月

少年・男の子

「あした7つになれますように」藤川智子作・絵 岩崎書店(えほんのぼうけん) 2011年10月

「アップルムース」クラース・フェルプランケ作・絵;久保谷洋訳 朝日学生新聞社 2011年9月

「あのひのこと」葉祥明絵・文 佼成出版社 2012年3月

「アブナイかえりみち」山本孝作 ほるぷ出版(ほるぷ創作絵本) 2013年3月

「あらじんのまほう」あらじん作;はなもとゆきの絵 パレード(Parade books) 2012年8月

「アルノとサッカーボール」イヴォンヌ・ヤハテンベルフ作;野坂悦子訳 講談社(世界の絵本) 2011年5月

「アルフィーのいえで」ケネス・M・カドウ文;ローレン・カスティーヨ絵;佐伯愛子訳 ほるぷ出版 2012年5月

「あんちゃん」高部晴市作 童心社(絵本・こどものひろば) 2013年3月

「アンリくん、パリへ行く」ソール・バス絵;レオノール・クライン 文；松浦弥太郎訳 Pヴァイン・ブックス 2012年9月

「いいものみーつけた」レオニード・ゴア文・絵;藤原宏之訳 新日本出版社 2012年12月

「いじわる」せなけいこ作・絵 鈴木出版(チューリップえほんシリーズ) 2012年12月

「いちご電鉄ケーキ線」二見正直作 PHP研究所(PHPにこにこえほん) 2011年5月

「いちにちおばけ」ふくべあきひろ作;かわしまななえ絵 PHP研究所(PHPにこにこえほん) 2012年6月

「いちにちどうぶつ」ふくべあきひろ作;かわしまななえ絵 PHP研究所(PHPにこにこえほん) 2013年10月

「いちにちのりもの」ふくべあきひろ作;かわしまななえ絵 PHP研究所(PHPにこにこえほん) 2011年12月

子どもの世界・生活

「いちばんちいさなクリスマスプレゼント」ピーター・レイノルズ文・絵;なかがわちひろ訳 主婦の友社 2013年11月

「いのちのまつり　かがやいてる」草場一壽作;平安座資尚絵 サンマーク出版 2013年1月

「いもほりコロッケ」おだしんいちろう文;こばようこ絵 講談社(講談社の創作絵本) 2013年5月

「イルカようちえん」のぶみ作;河辺健太郎イルカはかせ ひかりのくに 2013年6月

「いるのいないの」京極夏彦,作 町田尚子;絵 岩崎書店(怪談えほん) 2012年2月

「イワーシェチカと白い鳥」I.カルナウーホワ再話;松谷さやか訳;M.ミトゥーリチ絵 福音館書店(ランドセルブックス) 2013年1月

「ウシくんにのって」古内ヨシ作・絵 絵本塾出版 2012年10月

「うずらのうーちゃんの話」かつやかおり作 福音館書店(ランドセルブックス) 2011年2月

「うそつきマルタさん」おおのこうへい作・絵 教育画劇 2013年1月

「うどんドンドコ」山崎克己作 BL出版 2012年3月

「うどんやのたあちゃん」鍋田敬子作 福音館書店(こどものとも年中向き) 2011年3月

「うみにいったライオン」垂石眞子作 偕成社 2011年6月

「うみぼうず」杉山亮作;軽部武宏絵 ポプラ社(杉山亮のおばけ話絵本2) 2011年2月

「うわさごと」梅田俊作;文・絵 汐文社 2012年6月

「えいたとハラマキ」北阪昌人作;おくやまゆか絵 小学館 2012年12月

「エイミーとルイス」リビー・グリーソン文;フレヤ・ブラックウッド絵;角田光代訳 岩崎書店 2011年5月

「エディのごちそうづくり」サラ・ガーランド作;まきふみえ訳 福音館書店 2012年4月

「おいっちにおいっちに」トミー・デ・パオラ作;みらいなな訳 童話屋 2012年9月

「おうさまジャックとドラゴン」ピーター・ベントリー文;ヘレン・オクセンバリー絵;灰島かり訳 岩崎書店 2011年7月

「おうちでんしゃはっしゃしまーす」間瀬なおかた作・絵 ひさかたチャイルド 2013年12月

「おおやまさん」川之上英子作・絵;川之上健作・絵 岩崎書店(えほんのぼうけん) 2013年9月

「おかあさんのまほうのおうかん」かたおかけいこ作;松成真理子絵 ひさかたチャイルド 2012年2月

「おかあさんはおこりんぼうせいじん」スギヤマカナヨ作・絵 PHP研究所(わたしのえほん) 2011年6月

「おかあちゃんがつくったる」長谷川義史作 講談社(講談社の創作絵本) 2012年4月

「おこりんぼうおじさん」おかいみほ作 福音館書店(こどものとも年中向き) 2012年10月

「おじいちゃんちのたうえ」さこももみ作 講談社(講談社の創作絵本) 2011年4月

子どもの世界・生活

「おじいちゃんのトラのいるもりへ」乾千恵文;あべ弘士絵 福音館書店(こどものとも) 2011年9月

「おじいちゃんのふね」ひがしちから作 ブロンズ新社 2011年7月

「おじいちゃんの手」マーガレット・H.メイソン文;フロイド・クーパー絵;もりうちすみこ訳 光村教育図書 2011年7月

「おじいちゃんはロボットはかせ」つちやゆみさく作・絵 文渓堂 2011年8月

「おじさんとカエルくん」リンダ・アシュマン文;クリスチャン・ロビンソン絵;なかがわちひろ訳 あすなろ書房 2013年5月

「おじちゃんせんせいだいだいだーいすき」むらおやすこ作;山本祐司絵 今人舎 2012年10月

「おしっこしょうぼうたい」こみまさやす作・絵;中村美佐子原案 ひかりのくに 2011年4月

「オッドのおしごと」てづかあけみ;絵と文 教育画劇 2012年11月

「おとうさんはうんてんし」平田昌広作;鈴木まもる絵 佼成出版社(おとうさん・おかあさんのしごとシリーズ) 2012年9月

「おなかいっぱい、しあわせいっぱい」レイチェル・イザドーラ作・絵;小宮山みのり訳 徳間書店 2012年8月

「おにいちゃんがいるからね」ウルフ・ニルソン文;エヴァ・エリクソン絵;ひしきあきらこ訳 徳間書店 2011年9月

「おにいちゃんの歌は、せかいいち!」ウルフ・ニルソン文;エヴァ・エリクソン絵;菱木晃子訳 あすなろ書房 2012年11月

「おにぎりゆうしゃ」山崎克己著 イースト・プレス(こどもプレス) 2012年7月

「おねがいナンマイダー」ハンダトシヒト作・絵 岩崎書店(えほんのぼうけん) 2011年6月

「おひるねけん」おだしんいちろう作;こばようこ絵 教育画劇 2013年9月

「おめでとうおばけ」あらいゆきこ文・絵 大日本図書 2012年8月

「おもちゃのくにのゆきまつり」こみねゆら作 福音館書店(こどものとも) 2011年2月

「おやすみなさいのおともだち」ケイト・バンクス作;ゲオルグ・ハレンスレーベン絵;肥田美代子訳 ポプラ社(ポプラせかいの絵本) 2012年11月

「おんなじ、おんなじ!でも、ちょっとちがう!」ジェニー・スー・コステキ・ショー作;宮坂宏美訳 光村教育図書 2011年12月

「カイくんのランドセル」おかしゅうぞう作;ふじたひおこ絵 佼成出版社(クローバーえほんシリーズ) 2011年2月

「かえでの葉っぱ」デイジー・ムラースコヴァー文;出久根育絵;関沢明子訳 理論社 2012年11月

「がっこういこうぜ!」もとしたいづみ作;山本孝絵 岩崎書店(えほんのぼうけん) 2011年12月

子どもの世界・生活

「かぶとむしランドセル」ふくべあきひろ作;おおのこうへい絵 PHP研究所(わたしのえほん) 2013年7月

「ガンジーさん」長谷川義史著 イースト・プレス(こどもプレス) 2011年9月

「きいてるかいオルタ」中川洋典作・絵 童心社(絵本・こどものひろば) 2013年9月

「きのうえのトーマス」小渕もも 文・絵 福音館書店(こどものとも) 2012年10月

「きぼうのかんづめ」すだやすなり文;宗誠二郎絵 きぼうのかんづめプロジェクト 2012年3月

「きょうはハロウィン」平山暉彦作 福音館書店(こどものとも) 2013年10月

「ギリギリかめん」あきやまただし;作・絵 金の星社(新しいえほん) 2012年9月

「キリンがくる日」志茂田景樹文;木島誠悟絵 ポプラ社(ポプラ社の絵本) 2013年8月

「グスコーブドリの伝記」宮澤賢治;原作 司修;文と絵 ポプラ社(ポプラ社の絵本) 2012年7月

「くらやみえんのたんけん」石川ミツ子作;二俣英五郎絵 福音館書店(こどものともコレクション) 2011年2月

「くらやみこわいよ」レモニー・スニケット作;ジョン・クラッセン絵;蜂飼耳訳 岩崎書店 2013年5月

「ケンちゃんちにきたサケ」タカタカヲリ作・絵 教育画劇 2012年9月

「こいぬをむかえに」筒井頼子文;渡辺洋二絵 福音館書店(ランドセルブックス) 2012年3月

「こくばんくまさんつきへいく」マーサ・アレクサンダー作;風木一人訳 ほるぷ出版 2013年9月

「ごじょうしゃありがとうございます」シゲリカツヒコ作 ポプラ社(ポプラ社の絵本) 2012年8月

「ゴナンとかいぶつ」イチンノロブ・ガンバートル文;バーサンスレン・ボロルマー絵;津田紀子訳 偕成社 2013年3月

「ゴリラとあそんだよ」やまぎわじゅいち文;あべ弘士絵 福音館書店(ランドセルブックス) 2011年9月

「こんもりくん」山西ゲンイチ作 偕成社 2011年1月

「サーカスの少年と鳥になった女の子」ジェーン・レイ作・絵;河野万里子訳 徳間書店 2012年12月

「サウスポー」ジュディス・ヴィオースト作;金原瑞人訳;はたこうしろう絵 文溪堂 2011年9月

「さかさんぼの日」ルース・クラウス作;マーク・シーモント絵;三原泉訳 偕成社 2012年11月

「さくら」田畑精一作 童心社([日・中・韓平和絵本) 2013年3月

「サブレ」木村真二著 飛鳥新社 2012年1月

「さるおどり」降矢なな文;アンヴィル奈宝子絵 福音館書店(こどものとも) 2011年8月

「サンタクロースの免許証」川田じゅん著 風濤社 2012年12月

「サンタさんたら、もう!」ひこ・田中作;小林万希子絵 WAVE出版(えほんをいっしょに。) 2012年12月

子どもの世界・生活

「じいちゃんのよる」きむらよしお作 福音館書店(こどものとも絵本) 2011年6月

「ジブリルのくるま」市川里美作 BL出版 2012年8月

「じぶんでおしりふけるかな」深見春夫作・絵;藤田紘一郎監修 岩崎書店(えほんのぼうけん) 2013年12月

「ジャックとまめのき」いもとようこ文・絵 金の星社 2012年7月

「ジャックとまめの木」渡辺茂男;文 スズキコージ;絵 講談社(講談社のおはなし絵本箱) 2013年4月

「ジャックと豆の木」ジョン・シェリー再話・絵;おびかゆうこ訳 福音館書店(世界傑作絵本シリーズ) 2012年9月

「しんかんくんでんしゃのたび」のぶみ作 あかね書房 2013年7月

「しんかんくんのクリスマス」のぶみ作 あかね書房 2011年10月

「スーフと白い馬」いもとようこ文・絵 金の星社 2012年4月

「すごいくるま」市原淳作 教育画劇 2011年6月

「すずのへいたいさん」アンデルセン原作;いもとようこ文・絵 金の星社 2013年12月

「スティーヴィーのこいぬ」マイラ・ベリー・ブラウン文;ドロシー・マリノ絵;まさきるりこ訳 あすなろ書房 2011年1月

「すなばのスナドン」宇治勲作・絵 文溪堂 2013年9月

「スミス先生とふしぎな本」マイケル・ガーランド作;藤原宏之訳 新日本出版社 2011年6月

「センジのあたらしいいえ」イチンノロブ・ガンバートル文;津田紀子訳;バーサンスレン・ボロルマー絵 福音館書店(こどものとも年中向き) 2011年11月

「せんねんすぎとふしぎなねこ」木村昭平;絵と文 日本地域社会研究所(コミュニティ・ブックス) 2013年3月

「それいけ!ぼくのなまえ」平田昌広さく平田景え ポプラ社(ポプラ社の絵本) 2011年8月

「それならいいいえありますよ」澤野秋文作 講談社(講談社の創作絵本) 2013年8月

「だいじょうぶだよ、おばあちゃん」福島利行文;塚本やすし絵 講談社(講談社の創作絵本) 2012年9月

「だいすきだよぼくのともだち」マラキー・ドイル文;スティーブン・ランバート絵;まつかわまゆみ訳 評論社(児童図書館・絵本の部屋) 2012年9月

「タイムカプセル」おだしんいちろう;作 こばようこ;絵 フレーベル館(おはなしえほんシリーズ) 2011年2月

「たかこ」清水真裕文;青山友美絵 童心社(絵本・こどものひろば) 2011年4月

「たかちゃんのぼく、かぜひきたいな」さこももみ作・絵 佼成出版社(みつばちえほんシリーズ) 2011年2月

子どもの世界・生活

「たかちゃんのぼくのは、はえるかな？」さこももみ作・絵 佼成出版社（みつばちえほんシリーズ）2012年11月

「だっこの木」宮川ひろ作;渡辺洋二絵 文渓堂 2011年2月

「たったひとりのともだち」原田えいせい作;いもとようこ絵 金の星社 2013年11月

「たっちゃんのながぐつ」森比左志著;わだよしおみ著 こぐま社 2013年5月

「たっちゃんむしばだね」森比左志著;わだよしおみ著 こぐま社 2013年5月

「たぬきがいっぱい」さとうわきこ作・絵 フレーベル館（復刊絵本セレクション）2011年11月

「たべてあげる」ふくべあきひろ文;おおのこうへい絵 教育画劇 2011年11月

「たまごサーカス」ふくだじゅんこ作 ほるぷ出版（ほるぷ創作絵本）2013年4月

「だめだめママだめ!」天野慶文;はまのゆか絵 ほるぷ出版（ほるぷ創作絵本）2011年10月

「たんけんケンタくん」石津ちひろ作;石井聖岳絵 佼成出版社（クローバーえほんシリーズ）2012年3月

「チェロの木」いせひでこ作 偕成社 2013年3月

「ちきゅうのへいわをまもったきねんび」本秀康作・絵 岩崎書店（えほんのぼうけん）2012年3月

「チャーリー、おじいちゃんにあう」エイミー・ヘスト文;ヘレン・オクセンバリー絵;さくまゆみこ訳 岩崎書店 2013年12月

「ちょうつがいきいきい」加門七海作;軽部武宏絵;東雅夫編 岩崎書店（怪談えほん）2012年3月

「ちんどんやちんたろう」チャンキー松本作;いぬんこ絵 長崎出版 2013年3月

「つくもがみ」京極夏彦作;城芽ハヤト絵;東雅夫編 岩崎書店（京極夏彦の妖怪えほん 楽）2013年9月

「てぶくろチンクタンク」きもとももこ作 福音館書店（日本傑作絵本シリーズ）2011年10月

「でも、わすれないよベンジャミン」エルフィ・ネイセン作;エリーネ・ファン・リンデンハウゼン絵;野坂悦子訳 講談社（講談社の翻訳絵本）2012年4月

「トイ・ストーリー」斎藤妙子構成・文 講談社（ディズニースーパーゴールド絵本）2011年4月

「トイ・ストーリー2」斎藤妙子構成・文 講談社（ディズニースーパーゴールド絵本）2011年4月

「とうさんとぼくと風のたび」小林豊作・絵 ポプラ社 2012年3月

「どうぶつきかんしゃしゅっぱつしんこう！」ナオミ・ケフォード文;リン・ムーア文;ベンジー・ディヴィス絵;ふしみみさを訳 ポプラ社（ポプラせかいの絵本）2012年10月

「とけいのくにのじゅうじゅうタイム」垣内磯子作;早川純子絵 あかね書房 2011年3月

「とけいやまのチックンタックン」竹中マユミ作・絵 ひさかたチャイルド 2011年5月

子どもの世界・生活

「としょかんねずみ 2 ひみつのともだち」ダニエル・カーク作;わたなべてつた訳 瑞雲舎 2012年10月

「とっておきのあさ」宮本忠夫作・絵 ポプラ社(ポプラ社の絵本) 2011年12月

「とびだせ！チンタマン」板橋雅弘作;デハラユキノリ絵 TOブックス 2012年10月

「とびだせ！チンタマン―こどもてんさいきょうしつ―」板橋雅弘作;デハラユキノリ絵 TOブックス 2013年3月

「とりかえて!」ビーゲンセン作;永井郁子絵 絵本塾出版 2013年4月

「ドングリトプスとマックロサウルス」中川淳作 水声社 2012年6月

「ナージャ海で大あばれ」泉京鹿訳 中国出版トーハン(中国のむかしばなし) 2011年1月

「なかよしゆきだるま」白土あつこ作・絵 ひさかたチャイルド(たっくんとたぬき) 2011年10月

「なきむしおばけ」なかのひろたか作・絵 福音館書店(こどものとも) 2012年6月

「ならの木のみた夢」やえがしなおこ文;平澤朋子絵 アリス館 2013年7月

「ねずみのへやもありません」カイル・ミューバーン文;フレヤ・ブラックウッド絵;角田光代訳 岩崎書店 2011年7月

「のんちゃんと白鳥」石倉欣二文・絵 小峰書店(にじいろえほん) 2011年11月

「はいチーズ」長谷川義史作 絵本館 2013年5月

「パオアルのキツネたいじ」蒲松齢原作;心怡再話;蔡皋絵;中由美子訳 徳間書店 2012年10月

「ばけれんぼ」広瀬克也作 PHP研究所(PHPにこにこえほん) 2012年12月

「はじめての旅」木下晋文・絵 福音館書店(日本傑作絵本シリーズ) 2013年6月

「はしれトロッコれっしゃ」西片拓史作 教育画劇 2012年8月

「はしれはやぶさ！とうほくしんかんせん」横溝英一文・絵 小峰書店(のりものえほん) 2012年7月

「はなちゃんのわらいのたね」akko文;荒井良二絵 幻冬舎 2013年11月

「バナナこどもえんざりがにつり」柴田愛子文;かつらこ絵 童心社(絵本・こどものひろば) 2011年7月

「パパと怒り鬼−話してごらん、だれかに」グロー・ダーレ作;スヴァイン・ニーフース絵;大島かおり;青木順子訳 ひさかたチャイルド 2011年8月

「パパのしごとはわるものです」板橋雅弘作;吉田尚令絵 岩崎書店(えほんのぼうけん) 2011年5月

「パパのしっぽはきょうりゅうのしっぽ!?」たけたにちほみ作;赤川明絵 ひさかたチャイルド 2011年5月

子どもの世界・生活

「はやくおおきくなりたいな」サトシン作;塚本やすし絵 佼成出版社(クローバーえほんシリーズ)
2012年7月

「はろるどのクリスマス」クロケット・ジョンソン作;小宮由訳 文化学園文化出版局 2011年11月

「ハンヒの市場めぐり」カン・ジョンヒ作;おおたけきよみ訳 光村教育図書 2013年2月

「ピートのスケートレース」ルイーズ・ボーデン作;ニキ・ダリー絵;ふなとよし子訳 福音館書店(世
界傑作絵本シリーズ) 2011年11月

「ピオポのバスりょこう」中川洋典作・絵 岩崎書店(えほんのぼうけん) 2012年6月

「ヒコリみなみのしまにいく」いまきみち作 福音館書店(こどものとも年中向き) 2012年9月

「びっくり!どうぶつデパート」サトシン作;スギヤマカナヨ絵 アリス館 2013年5月

「ビブスの不思議な冒険」ハンス・マグヌス・エンツェンスベルガー作;ロートラウト・ズザンネ・ベ
ルナー絵;山川紘矢訳;山川亜希子訳 PHP研究所 2011年9月

「ひみつのたからさがし」よこみちけいこ作 ポプラ社 2012年10月

「ひみつの足あと」フーリア・アルバレス文;ファビアン・ネグリン絵;神戸万知訳 岩波書店(大型
絵本) 2011年8月

「ひめちゃんひめ」尾沼まりこ文;武田美穂絵 童心社(絵本・こどものひろば) 2012年11月

「びんぼうがみじゃ」釜田澄子作;西村繁男絵 教育画劇 2012年12月

「フーくんのおへそ」ラモン・アラグエス文;フランチェスカ・ケッサ絵;宇野和美訳 光村教育図書
2011年5月

「ふしぎなカメラ」辻村ノリアキ作;ゴトウノリユキ絵 PHP研究所(PHPにこにこえほん) 2012年
11月

「ふしぎなまちのかおさがし」阪東勲写真・文 岩崎書店(えほんのぼうけん) 2011年3月

「ふたりはめいたんてい?」さこももみ作 アリス館 2011年5月

「フランケンウィニー」斎藤妙子構成・文 講談社(ディズニーゴールド絵本) 2012年12月

「ふるおうねずみ」井上洋介文・絵 福音館書店(こどものとも年中向き) 2013年9月

「ベンおじさんのふしぎなシャツ」シュザン・ボスハウベェルス作;ルース・リプハーヘ絵;久保谷
洋訳 朝日学生新聞社 2011年9月

「ほうねんさま」土屋富士夫絵;大本山増上寺法然上人八百年御忌記念出版実行委員会作 徳
間書店 2011年2月

「ぼく、仮面ライダーになる!ウィザード編」のぶみ作 講談社(講談社の創作絵本) 2012年10月

「ぼく、仮面ライダーになる!ガイム編」のぶみ作 講談社(講談社の創作絵本) 2013年10月

「ぼく、仮面ライダーになる!フォーゼ編」のぶみ作 講談社(講談社の創作絵本) 2011年10月

「ぼくだけのこと」森絵都作;スギヤマカナヨ絵 偕成社 2013年5月

子どもの世界・生活

「ぼくだってウルトラマン」よしながこうたく作 講談社(講談社の創作絵本) 2013年11月

「ぼくとおおはしくん」くせさなえ作 講談社(講談社の創作絵本) 2011年4月

「ぼくとサンショウウオのへや」アン・メイザー作;スティーブ・ジョンソン絵;ルー・ファンチャー絵;にしかわかんと訳 福音館書店 2011年3月

「ぼくとソラ」そうまこうへい作;浅沼とおる絵 鈴木出版(チューリップえほんシリーズ) 2011年9月

「ぼくとマリオネット」谷内こうた文・絵 至光社(至光社ブッククラブ国際版絵本) 2013年1月

「ぼくとようせいチュチュ」かさいまり作・絵 ひさかたチャイルド 2012年7月

「ぼくのおおじいじ」スティバンヌ作;ふしみみさを訳 岩崎書店 2013年8月

「ぼくのおばあちゃんはスター」カール・ノラック文;イングリッド・ゴドン絵;いずみちひこ訳 セーラー出版 2011年11月

「ボクのかしこいパンツくん」乙一原作;長崎訓子絵 イースト・プレス(こどもプレス) 2012年9月

「ぼくのサイ」ジョン・エイジー作;青山南訳 光村教育図書 2013年2月

「ぼくのへやののりすくん」とりごえまり著 アリス館 2013年10月

「ぼくのやぎ」安部才朗文;安部明子絵 福音館書店(こどものとも年中向き) 2011年7月

「ぼくのゆきだるまくん」アリスン・マギー文;マーク・ローゼンタール絵;なかがわちひろ訳 主婦の友社 2011年11月

「ぼくの兄ちゃん」よしながこうたく作・絵 PHP研究所(わたしのえほん) 2013年3月

「ぼくはきょうりゅうハコデゴザルス」土屋富士夫作・絵 岩崎書店(えほんのぼうけん) 2013年5月

「ぼくはニコデム」アニエス・ラロッシュ文;ステファニー・オグソー絵;野坂悦子訳 光村教育図書 2013年2月

「ボクは船長」クリスティーネ・メルツ文;バルバラ・ナシンベニ絵;みらいなな訳 童話屋 2012年2月

「ぼくひこうき」ひがしちから作 ゴブリン書房 2011年5月

「ぼくもおにいちゃんになりたいな」アストリッド・リンドグレーン文;イロン・ヴィークランド絵;石井登志子 徳間書店 2011年4月

「ぼくらのあか山」藤本四郎作 文研出版(えほんのもり) 2011年2月

「ほしのはなし」北野武作・絵 ポプラ社 2012年12月

「ぽってんあおむしまよなかに」山崎優子文・絵 至光社(至光社ブッククラブ国際版絵本) 2012年9月

「まほうのでんしレンジ」たかおかまりこ原案;さいとうしのぶ作・絵 ひかりのくに 2013年4月

子どもの世界・生活

「ママ!」キム・フォップス・オーカソン作;高畠那生絵;枇谷玲子訳 ひさかたチャイルド 2011年11月

「まゆげちゃん」真珠まりこ作・絵 講談社(講談社の創作絵本) 2012年11月

「まよなかのほいくえん」いとうみく作;広瀬克也絵 WAVE出版(えほんをいっしょに。) 2013年5月

「みずたまり」森山京作;松成真理子絵 偕成社 2011年5月

「みんなでいただきます」内田恭子文;藤本将絵 講談社(講談社の創作絵本) 2011年12月

「もういいかい?」アイリーニ・サヴィデス作;オーウェン・スワン絵;菊田洋子訳 バベルプレス 2013年2月

「もうどう犬リーとわんぱく犬サン」郡司ななえ作;城井文絵 PHP研究所(PHPにこにこえほん) 2012年3月

「もしもであはは」そうまこうへい文;あさぬまとおる絵 あすなろ書房 2011年5月

「もしも宇宙でくらしたら」山本省三作;村川恭介監修 WAVE出版(知ることって、たのしい!) 2013年6月

「もったいないばあさんもりへいく」真珠まりこ作・絵 講談社(講談社の創作絵本) 2011年3月

「ものしりひいおばあちゃん」朝川照雄作;よこみちけいこ絵 絵本塾出版 2011年4月

「もりはおおさわぎ」ビーゲンセン作;中井亜佐子絵 絵本塾出版(もりのなかまたち) 2012年7月

「やまのおみやげ」原田泰治作・絵 ポプラ社 2012年7月

「ゆうれいなっとう」苅田澄子文;大島妙子絵 アリス館 2011年7月

「ゆうれいのまち」恒川光太郎作;大畑いくの絵;東雅夫編 岩崎書店(怪談えほん) 2012年2月

「ゆきだるまといつもいっしょ」キャラリン・ビーナー作;マーク・ビーナー絵;志村順訳 バベルプレス 2013年11月

「ゆけ! ウチロボ!」サトシン作;よしながこうたく絵 講談社(講談社の創作絵本) 2013年3月

「ようかいガマとの おイケにカエる」よしながこうたく作 あかね書房 2011年8月

「ようかいガマとの ゲッコウの怪談」よしながこうたく作 あかね書房 2012年8月

「ようちえんいやや」長谷川義史作・絵 童心社(絵本・こどものひろば) 2012年2月

「りょうちゃんのあさ」松野正子作;荻太郎絵 福音館書店(こどものとも復刻版) 2012年9月

「ルナーおつきさんの おそうじや」エンリコ゠カサローザ作;堤江実訳 講談社(講談社の翻訳絵本) 2013年9月

「れいぞうこにマンモス!?」ミカエル・エスコフィエ文;マチュー・モデ絵;ふしみみさを訳 光村教育図書 2012年6月

「れおくんのへんなかお」長谷川集平作 理論社 2012年4月

子どもの世界・生活

「ローズ色の自転車」ジャンヌ・アシュベ作;野坂悦子訳 光村教育図書 2012年3月

「銀河鉄道の夜」宮沢賢治;作 金井一郎;絵 三起商行(ミキハウスの絵本) 2013年10月

「空とぶペーター」フィリップ・ヴェヒター作・絵;天沼春樹訳 徳間書店 2013年7月

「空のおくりもの−雲をつむぐ少年のお話」マイケル・キャッチプール文;アリソン・ジェイ絵;亀井よし子訳 ブロンズ新社 2012年2月

「算数の天才なのに計算ができない男の子のはなし」バーバラ・エシャム文;マイク&カール・ゴードン絵;品川裕香訳 岩崎書店 2013年7月

「新幹線しゅっぱつ!」鎌田歩作 福音館書店(ランドセルブックス) 2011年3月

「水木少年とのんのんばあの地獄めぐり」水木しげる著 マガジンハウス 2013年6月

「雪わたり」宮澤賢治;作 小林敏也;画 好学社(画本宮澤賢治) 2013年10月

「千年もみじ」最上一平文;中村悦子絵 新日本出版社 2012年10月

「南の島で」石津ちひろ文;原マスミ絵 偕成社 2011年4月

「白い馬」東山魁夷絵;松本猛文・構成 講談社 2012年7月

「風をつかまえたウィリアム」ウィリアム・カムクワンバ文;ブライアン・ミーラー文;エリザベス・ズーノン絵;さくまゆみこ訳 さ・え・ら書房 2012年10月

「名前をうばわれたなかまたち」タシエス作;横湯園子訳 さ・え・ら書房 2011年5月

「羅生門」日野多香子文;早川純子絵 金の星社 2012年8月

たからもの

「うずらちゃんのたからもの」きもとももこ作 福音館書店(福音館の幼児絵本) 2013年10月

「ぎんいろのボタン」左近蘭子作;末崎茂樹絵 ひかりのくに 2011年4月

「ごきげんなライオンすてきなたからもの」ルイーズ・ファティオ文;ロジャー・デュボアザン絵;今江祥智&遠藤育枝訳 BL出版 2012年9月

「ときめきのへや」セルジオ・ルッツィア作;福本友美子訳 講談社(講談社の翻訳絵本) 2013年9月

「パパとあたしのさがしもの」鈴木永子作・絵 ひさかたチャイルド 2011年2月

「ひみつのたからさがし」よこみちけいこ作 ポプラ社 2012年10月

「ぼうけんにいこうよ、ムーミントロール」トーベ・ヤンソン原作・絵;ラルス・ヤンソン原作・絵;当麻ゆか訳 徳間書店(ムーミンのおはなしえほん) 2012年6月

旅

「アンリくん、パリへ行く」ソール・バス絵;レオノール・クライン文;松浦弥太郎訳 Pヴァイン・ブックス 2012年9月

子どもの世界・生活

「おすしですし!」林木林作;田中六大絵 あかね書房 2012年3月

「おばけのゆかいなふたたび」ジャック・デュケノワ作;大澤晶訳 ほるぷ出版 2013年7月

「おりこうなビル」ウィリアム・ニコルソン文・絵;つばきはらななこ訳 童話館出版 2011年12月

「かえでの葉っぱ」デイジー・ムラースコヴァー文;出久根育絵;関沢明子訳 理論社 2012年11月

「カラスのスッカラ」石津ちひろ作;猫野ぺすか絵 佼成出版社 2013年5月

「ききゅうにのったこねこ」マーガレット・ワイズ・ブラウン作;レナード・ワイスガード絵;こみやゆう訳 長崎出版 2011年2月

「きたかぜとたいよう」蜂飼耳文;山福朱実絵 岩崎書店(イソップえほん) 2011年3月

「クリスマスをみにいったヤシの木」マチュー・シルヴァンデール文;オードレイ・プシエ絵;ふしみみさを訳 徳間書店 2013年10月

「コンテナくん」たにがわなつき作 福音館書店(ランドセルブックス) 2011年9月

「すいかのたび」高畠純作 絵本館 2011年6月

「ソフィー・スコットの南極日記」アリソン・レスター作;斎藤倫子訳 小峰書店(絵本地球ライブラリー) 2013年8月

「たこきちとおぼうさん」工藤ノリコ作 PHP研究所(PHPにこにこえほん) 2011年3月

「ちいさな鳥の地球たび」藤原幸一写真・文 岩崎書店(えほんのぼうけん) 2011年8月

「ちょうちょ」江國香織文;松田奈那子絵 白泉社 2013年9月

「つんつくせんせいとまほうのじゅうたん」たかどのほうこ作・絵 フレーベル館 2013年10月

「とうさんとぼくと風のたび」小林豊作・絵 ポプラ社 2012年3月

「ドドボンゴのさがしもの」うるまでるび作;いとうとしこ作 学研教育出版 2012年1月

「ネコがすきな船長のおはなし」インガ・ムーア作・絵;たがきょうこ訳 徳間書店 2013年9月

「はじめての旅」木下晋文・絵 福音館書店(日本傑作絵本シリーズ) 2013年6月

「はしれはやぶさ!とうほくしんかんせん」横溝英一文・絵 小峰書店(のりものえほん) 2012年7月

「バナナンばあば」林木林作;西村敏雄絵 佼成出版社(クローバーえほんシリーズ) 2012年8月

「はやぶさものがたり」今井なぎさ文;すがのやすのり絵 コスモピア 2011年7月

「ヒコリみなみのしまにいく」いまきみち作 福音館書店(こどものとも年中向き) 2012年9月

「ファラオの葉巻」エルジェ作;川口恵子訳 福音館書店(タンタンの冒険ペーパーバック版) 2011年6月

「ふしぎな流れ星」エルジェ作;川口恵子訳 福音館書店(タンタンの冒険ペーパーバック版) 2011年4月

子どもの世界・生活

「ペンギンきょうだい そらのたび」工藤ノリコ作 ブロンズ新社 2012年10月

「ペンギンきょうだい ふねのたび」工藤ノリコ作 ブロンズ新社 2011年6月

「ほうねんさま」土屋富士夫絵;大本山増上寺法然上人八百年御忌記念出版実行委員会作 徳間書店 2011年2月

「みずいろのぞう」nakaban作 ほるぷ出版(ほるぷ創作絵本) 2011年8月

「みにくいフジツボのフジコ」山西ゲンイチ著 アリス館 2011年12月

「みるなのへや」広松由希子;ぶん 片山健;え 岩崎書店(いまむかしえほん) 2011年6月

「ムーサンのたび」いとうひろし作 ポプラ社(いとうひろしの本) 2011年11月

「めんたくんのたんじょうび」デハラユキノリ作 長崎出版 2012年8月

「リンゴのたび」デボラ・ホプキンソン作;ナンシー・カーペンター絵;藤本朝巳訳 小峰書店(わくわく世界の絵本) 2012年8月

「レッド・ラッカムの宝」エルジェ作;川口恵子訳 福音館書店(タンタンの冒険ペーパーバック版) 2011年4月

「王国のない王女のおはなし」アーシュラ・ジョーンズ文;サラ・ギブ絵;石井睦美訳 BL出版 2011年11月

「銀河鉄道の夜」宮沢賢治;作 金井一郎;絵 三起商行(ミキハウスの絵本) 2013年10月

「空とぶペーター」フィリップ・ヴェヒター作・絵;天沼春樹訳 徳間書店 2013年7月

「青い蓮」エルジェ作;川口恵子訳 福音館書店(タンタンの冒険ペーパーバック版) 2011年4月

「南の島で」石津ちひろ文;原マスミ絵 偕成社 2011年4月

「白い馬」東山魁夷絵;松本猛文・構成 講談社 2012年7月

食べもの＞うどん・そば・ラーメン

「うどんドンドコ」山崎克己作 BL出版 2012年3月

「からすのそばやさん」かこさとし作・絵 偕成社(かこさとしおはなしのほん) 2013年5月

「きぼうのかんづめ」すだやすなり文;宗誠二郎絵 きぼうのかんづめプロジェクト 2012年3月

「ラーメンちゃん」長谷川義史作 絵本館 2011年9月

「ラーメンてんし」やなせたかし作・絵 フレーベル館(やなせたかしメルヘン図書館) 2013年7月

食べもの＞おべんとう

「うしちゃんえんそくわくわく―12支キッズのしかけえほん」きむらゆういち;作 ふくざわゆみこ;絵 ポプラ社 2012年3月

「うめぼしくんのおうち」モカ子作・絵 ひかりのくに 2013年11月

子どもの世界・生活

「だるだるダディーとゆかいなかぞく」大島妙子作・絵 ひかりのくに 2012年10月

「とけいやまのチックンタックン」竹中マユミ作・絵 ひさかたチャイルド 2011年5月

「にゃんにゃんべんとう」きむらゆういち作;ふくだいわお絵 世界文化社(ワンダーおはなし絵本) 2013年5月

「はらぺこブブのおべんとう」白土あつこ作・絵 ひさかたチャイルド 2011年3月

「ふうこちゃんのリュック」スズキアツコ作・絵 ひさかたチャイルド 2011年10月

「べんとうべんたろう」中川ひろたか文;酒井絹恵絵 偕成社 2012年9月

「やまのぼり」さとうわきこ作・絵 福音館書店(ばばばあちゃんの絵本) 2013年4月

食べもの＞おもち・だんご

「おしょうがつさんどんどこどん」長野ヒデ子作・絵 世界文化社(ワンダーおはなし絵本) 2011年12月

「おだんごだんご」筒井敬介作;堀内誠一絵 小峰書店 2013年4月

「なべぶぎょういっけんらくちゃく」穂高順也文;亀澤裕也絵 あかね書房 2012年2月

「ねずみのすもう」いもとようこ文・絵 金の星社 2011年8月

「びんぼうがみじゃ」釜田澄子作;西村繁男絵 教育画劇 2012年12月

「ぶたさんちのおつきみ」板橋敦子作・絵 ひさかたチャイルド 2012年8月

「べんべけざばばん」りとうようい作 絵本館 2013年1月

食べもの＞おやつ・お菓子

「アイスキッズのぼうけん」さとうめぐみ作・絵 教育画劇 2012年6月

「アップルムース」クラース・フェルプランケ作・絵;久保谷洋訳 朝日学生新聞社 2011年9月

「おいしいぼうし」シゲタサヤカ作・絵 教育画劇 2013年5月

「おさるのパティシエ」サトシン作;中谷靖彦絵 小学館 2012年10月

「おばあちゃんのおはぎ」野村たかあき作・絵 佼成出版社(クローバーえほんシリーズ) 2011年9月

「からすのおかしやさん」かこさとし作・絵 偕成社(かこさとしおはなしのほん) 2013年4月

「きょうはハロウィン」平山暉彦作 福音館書店(こどものとも) 2013年10月

「ぎょうれつのできるはちみつやさん」ふくざわゆみこ作 教育画劇 2011年2月

「ぐうたら道をはじめます」たきしたえいこ作;大西ひろみ絵 BL出版 2012年11月

「クッキーひめ」おおいじゅんこ作 アリス館 2013年12月

「さっちゃんとクッキー」森比左志著;わだよしおみ著:わかやまけん著 こぐま社 2013年5月

子どもの世界・生活

「スイスイスイーツ」さいとうしのぶ作・絵 教育画劇 2012年2月

「ダメ！」くすのきしげのり原作;いもとようこ文・絵 佼成出版社(いもとようこのおひさま絵本シリーズ) 2011年2月

「だれのおばあちゃん?」スティーナ・ヴィルセン作;ヘレンハルメ美穂訳 クレヨンハウス(やんちゃっ子の絵本3) 2011年2月

「チョコレート屋のねこ」スー・ステイントン文;アン・モーティマー絵;中川千尋訳 ほるぷ出版 2013年1月

「つんつくせんせいといたずらぶんぶん」たかどのほうこ作・絵 フレーベル館 2011年5月

「はいチーズ」長谷川義史作 絵本館 2013年5月

「ばけばけばけばけばけたくん おみせの巻」岩田明子文・絵 大日本図書 2011年7月

「ひつじのショーン シャーリーのダイエット」アードマン・アニメーションズ原作;松井京子文 金の星社 2013年9月

「ひみつのおかしだおとうとうさぎ！」ヨンナ・ビョルンシェーナ作;枇谷玲子訳 クレヨンハウス 2012年1月

「プリンちゃん」なかがわちひろ文;たかおゆうこ絵 理論社 2011年9月

「プリンちゃんとおかあさん」なかがわちひろ文;たかおゆうこ絵 理論社 2012年10月

「フルーツタルトさん」さとうめぐみ作・絵 教育画劇 2011年12月

「ぺろぺろキャンディー」ルクサナ・カーン文;ソフィー・ブラッコール絵;もりうちすみこ訳 さ・え・ら書房 2011年8月

「ヘンゼルとグレーテル」グリム原作;いもとようこ文・絵 金の星社 2013年6月

「ポンテとペッキとおおきなプリン」仁科幸子作・絵 文溪堂 2012年9月

「ミルフィーユちゃん」さとうめぐみ作・絵 教育画劇 2013年2月

「モリくんのすいかカー」かんべあやこ作 くもん出版 2012年6月

「ゆめちゃんのハロウィーン」高林麻里作 講談社(講談社の創作絵本) 2011年8月

「わたしドーナツこ」井上コトリ作 ひさかたチャイルド 2011年1月

食べもの＞おやつ・お菓子＞かき氷・アイスクリーム

「アイスキッズのぼうけん」さとうめぐみ作・絵 教育画劇 2012年6月

「おさるのジョージ アイスクリームだいすき」M.&H.A.レイ原作;福本友美子訳 岩波書店 2011年9月

「じゃがいもアイスクリーム？」市川里美作 BL出版 2011年7月

「プリンちゃんとおかあさん」なかがわちひろ文;たかおゆうこ絵 理論社 2012年10月

「ぺんちゃんのかきごおり」おおいじゅんこ作 アリス館 2012年6月

子どもの世界・生活

「ポポくんのかきごおり」accototoふくだとしお＋あきこ作 PHP研究所（PHPにこにこえほん）
2013年6月

食べもの＞おやつ・お菓子＞ケーキ

「3びきこりすのおたんじょうびケーキ」権田章江作・絵 教育画劇 2013年7月

「3びきこりすのケーキやさん」権田章江作・絵 教育画劇 2012年8月

「いちご電鉄ケーキ線」二見正直作 PHP研究所（PHPにこにこえほん）2011年5月

「うそついちゃったねずみくん」なかえよしを作;上野紀子絵 ポプラ社（ねずみくんの絵本）
2012年5月

「おたんじょうびのケーキちゃん」もとしたいづみ作;わたなべあや絵 佼成出版社（みつばちえ
ほんシリーズ）2011年3月

「おめでとうおばけ」あらいゆきこ文・絵 大日本図書 2012年8月

「ぎょうれつのできるケーキやさん」ふくざわゆみこ作 教育画劇 2013年3月

「しろくまさんがひっこしてきた」さくらいかおり作・絵 ブイツーソリューション 2013年11月

「ポッチとノンノ」宮田ともみ作・絵 ひさかたチャイルド 2012年9月

「ミミとおとうさんのハッピー・バースデー」石津ちひろ作;早川純子絵 長崎出版 2013年6月

食べもの＞おやつ・お菓子＞ドーナツ

「きょうはすてきなドーナツようび」竹下文子文;山田詩子絵 アリス館 2012年12月

「スキャリーおじさんのゆかいなおやすみえほん」リチャード・スキャリー作;ふしみみさを訳 BL
出版 2013年9月

「ふしぎなおとなりさん」もりか著 白泉社 2012年10月

「ワララちゃんのおるすばん」こいでなつこ著 佼成出版社 2013年11月

食べもの＞きのこ

「あたまにかきのき」唯野元弘文;村上豊絵 鈴木出版（チューリップえほんシリーズ）2012年9月

「いれていれて」かとうまふみ作・絵 教育画劇 2011年9月

「まじかるきのこさん」本秀康;作 イースト・プレス（こどもプレス）2011年2月

「まじかるきのこさんきのこむらはおおさわぎ」本秀康;著 イースト・プレス（こどもプレス）2011年
11月

「んふんふなめこ絵本 すてきなであい」Beeworks;SUCCESS監修;河合真吾（ビーワークス）キャ
ラクター原案;トモコ＝ガルシア絵 岩崎書店 2013年6月

「んふんふなめこ絵本みんなのおうち」Beeworks;SUCCESS監修;河合真吾（ビーワークス）キャ
ラクター原案;トモコ＝ガルシア絵 岩崎書店 2013年12月

子どもの世界・生活

食べもの＞果物＞果物一般

「あたまにかきのき」唯野元弘文;村上豊絵 鈴木出版（チューリップえほんシリーズ）2012年9月

「いちごばたけのちいさなおばあさん」わたりむつこ作;中谷千代子絵 福音館書店（こどものとも絵本）2011年6月

「からすのやおやさん」かこさとし作・絵 偕成社（かこさとしおはなしのほん）2013年4月

「ケーキにのったサクランボちゃん‐ラプーたんていのじけんぼ4」ベネディクト・ゲチエ作;野崎歓訳 クレヨンハウス 2011年1月

「なかよしゆきだるま」白土あつこ作・絵 ひさかたチャイルド（たっくんとたぬき）2011年10月

「ばけばけばけばけばけたくん おみせの巻」岩田明子文・絵 大日本図書 2011年7月

「フルーツがきる!」林木林作;柴田ゆう絵 岩崎書店（えほんのぼうけん）2013年10月

「やまなし」宮澤賢治作 小林敏也;画 好学社（画本宮澤賢治）2013年10月

食べもの＞果物＞すいか

「じいちゃんのよる」きむらよしお作 福音館書店（こどものとも絵本）2011年6月

「すいか!」石津ちひろ文;村上康成絵 小峰書店（にじいろえほん）2013年5月

「すいかのたび」高畠純作 絵本館 2011年6月

「たなばたバス」藤本ともひこ作・絵 鈴木出版（チューリップえほんシリーズ）2012年6月

「ねこざかなのすいか」わたなべゆういち作・絵 フレーベル館 2012年5月

「モリくんのすいかカー」かんべあやこ作 くもん出版 2012年6月

食べもの＞果物＞バナナ

「アンパンマンとバナナダンス」やなせたかし作・絵 フレーベル館（アンパンマンのおはなしるんるん）2012年3月

「それいけ！アンパンマン よみがえれバナナじま」やなせたかし作・絵 フレーベル館 2012年6月

「ばななせんせい」得田之久文;やましたこうへい絵 童心社 2013年3月

「バナナわに」尾崎美紀作;市居みか絵 ひさかたチャイルド 2011年5月

「バナナばあば」林木林作;西村敏雄絵 佼成出版社（クローバーえほんシリーズ）2012年8月

食べもの＞果物＞りんご

「アンパンマンとリンゴぼうや」やなせたかし作・絵 フレーベル館（アンパンマンのおはなしるんるん）2013年11月

「しろうさぎとりんごの木」石井睦美作;酒井駒子絵 文溪堂 2013年10月

子どもの世界・生活

「ふくろうのダルトリー」乾栄里子文;西村敏雄絵 ブロンズ新社 2011年10月

「フルーツがきる!」林木林作;柴田ゆう絵 岩崎書店(えほんのぼうけん) 2013年10月

「モリくんのりんごカー」かんべあやこ作 くもん出版 2011年11月

「リンゴのたび」デボラ・ホプキンソン作;ナンシー・カーペンター絵;藤本朝巳訳 小峰書店(わくわく世界の絵本) 2012年8月

「りんご畑の12か月」松本猛文;中武ひでみつ絵 講談社(講談社の創作絵本) 2012年8月

食べもの＞ごはん

「ごはんのとも」苅田澄子文;わたなべあや絵 アリス館 2011年8月

「つきごはん」計良ふき子作;飯野和好絵 佼成出版社 2013年9月

「べんとうべんたろう」中川ひろたか文;酒井絹恵絵 偕成社 2012年9月

「めんたくんのたんじょうび」デハラユキノリ作 長崎出版 2012年8月

食べもの＞食事・料理

「あるひぼくはかみさまと」キティ・クローザー作;ふしみみさを訳 講談社(講談社の翻訳絵本) 2013年4月

「いもほりコロッケ」おだしんいちろう文;こばようこ絵 講談社(講談社の創作絵本) 2013年5月

「うどんやのたあちゃん」鍋田敬子作 福音館書店(こどものとも年中向き) 2011年3月

「エディのごちそうづくり」サラ・ガーランド作;まきふみえ訳 福音館書店 2012年4月

「おいしいぼうし」シゲタサヤカ作・絵 教育画劇 2013年5月

「おこさまランチランド」丸山誠司著 PHP研究所(PHPにこにこえほん) 2011年11月

「おだんごだんご」筒井敬介作;堀内誠一絵 小峰書店 2013年4月

「おつきさまはまあるくなくっちゃ！」ふくだじゅんこ文・絵 大日本図書 2013年9月

「おっとどっこいしゃもじろう」もとしたいづみ作;市居みか絵 ひかりのくに 2012年10月

「おなかいっぱい、しあわせいっぱい」レイチェル・イザドーラ作・絵;小宮山みのり訳 徳間書店 2012年8月

「おばけのえんそく―さくぴーとたろぽうのおはなし」西平あかね作 福音館書店(こどものとも年中向き) 2012年7月

「おばけのコックさん―さくぴーとたろぽうのおはなし」西平あかね作 福音館書店(こどものとも絵本) 2012年6月

「かえるのオムライス」マットかずこ文・絵 絵本塾出版 2012年11月

「きょうのごはん」加藤休ミ作 偕成社 2012年9月

子どもの世界・生活

「ごきげんなディナー」宮内哲也作画;薬師夕馬文案 河出書房新社(トムとジェリーアニメおはなしえほん) 2013年11月

「ごちそうだよ！ねずみくん」なかえよしを作;上野紀子絵 ポプラ社(ねずみくんの絵本) 2011年5月

「さっちゃんとクッキー」森比左志著;わだよしおみ著:わかやまけん著 こぐま社 2013年5月

「しろちゃんとはりちゃん」たしろちさと作・絵 ひかりのくに 2013年10月

「タベールだんしゃく」さかもといくこ作・絵 ひさかたチャイルド 2011年12月

「たまねぎちゃんあらららー！」長野ヒデ子作・絵 世界文化社(ワンダーおはなし絵本) 2012年9月

「とっておきのカレー」きたじまごうき作・絵 絵本塾出版 2011年10月

「ねこのピカリとまどのほし」市居みか;作 あかね書房 2011年6月

「ノラネコぐんだんパンこうじょう」工藤ノリコ著 白泉社(こどもMOEのえほん) 2012年11月

「ひつじのショーン ピザがたべたい!」アードマン・アニメーションズ原作;松井京子文 金の星社 2013年9月

「ひめねずみとガラスのストーブ」安房直子作;降矢なな絵 小学館 2011年11月

「フラニーとメラニーしあわせのスープ」あいはらひろゆき文;あだちなみ絵 講談社(講談社の創作絵本) 2012年7月

「べんとうべんたろう」中川ひろたか文;酒井絹恵絵 偕成社 2012年9月

「ほっぺおばけ」マットかずこ文・絵 アリス館 2013年7月

「ポレポレやまのぼり」たしろちさと文・絵 大日本図書 2011年12月

「まほうのでんしレンジ」たかおかまりこ原案;さいとうしのぶ作・絵 ひかりのくに 2013年4月

「みんなでいただきます」内田恭子文;藤本将絵 講談社(講談社の創作絵本) 2011年12月

「メガネくんのゆめ」いとうひろし作・絵 講談社(講談社の創作絵本) 2012年10月

「モリくんのりんごカー」かんべあやこ作 くもん出版 2011年11月

「串かつやよしこさん」長谷川義史作 アリス館 2011年2月

「小さなたね」ボニー・クリステンセン文・絵;渋谷弘子訳 さ・え・ら書房 2013年2月

食べもの＞食事・料理＞おにぎり

「うめぼしくんのおうち」モカ子作・絵 ひかりのくに 2013年11月

「えんそくおにぎり」宮野聡子作 講談社(講談社の創作絵本) 2013年3月

「おにぎりゆうしゃ」山崎克己著 イースト・プレス(こどもプレス) 2012年7月

「オニじゃないよおにぎりだよ」シゲタサヤカ作 えほんの杜 2012年1月

子どもの世界・生活

「おにのおにぎりや」ちばみなこ著 偕成社 2012年1月

「ちびころおにぎりでかころおにぎりおじいちゃんちへいく」おおいじゅんこ作・絵 教育画劇 2013年10月

「ちびころおにぎりはじめてのおかいもの」おおいじゅんこ作・絵 教育画劇 2012年12月

食べもの＞食事・料理＞食具

「ココとおおきなおおきなおなべ」こがしわかおり作;おざきえみ絵 教育画劇 2012年9月

「プンとフォークン」西野沙織作・絵 教育画劇 2011年6月

「わりばしワーリーもういいよ」シゲタサヤカ作・絵 鈴木出版(チューリップえほんシリーズ) 2013年7月

食べもの＞食事・料理＞食器

「うたこさん」植垣歩子著 佼成出版社(クローバーえほんシリーズ) 2011年9月

「おさらのこども」西平あかね作 福音館書店(こどものとも年少版) 2011年9月

「しゃもじいさん」かとうまふみ作 あかね書房 2012年12月

「ポットさん」きたむらさとし作 BL出版 2011年6月

「まほうのでんしレンジ」たかおかまりこ原案;さいとうしのぶ作・絵 ひかりのくに 2013年4月

食べもの＞食事・料理＞調理器具

「おっとどっこいしゃもじろう」もとしたいづみ作;市居みか絵 ひかりのくに 2012年10月

「ココとおおきなおおきなおなべ」こがしわかおり作;おざきえみ絵 教育画劇 2012年9月

「しゃもじいさん」かとうまふみ作 あかね書房 2012年12月

「たまごがいっぱい」寺村輝夫原作; 和歌山静子構成・絵 理論社(新王さまえほん) 2013年6月

「ぬすまれたおくりもの」うえつじとしこ文・絵 大日本図書 2011年9月

食べもの＞食べもの一般

「いくらなんでもいくらくん」シゲタサヤカ著 イースト・プレス(こどもプレス) 2013年11月

「うめぼしくんのおうち」モカ子作・絵 ひかりのくに 2013年11月

「オニたいじ」森絵都;作 竹内通雅;絵 金の星社 2012年12月

「くしカツさんちはまんいんです」岡田よしたか作 PHP研究所(わたしのえほん) 2013年11月

「くまのクウタの1ねん」川口ゆう作 ひさかたチャイルド 2012年2月

「ごはんのとも」苅田澄子文;わたなべあや絵 アリス館 2011年8月

子どもの世界・生活

「こんぶのぶーさん」岡田よしたか作 ブロンズ新社 2013年3月

「たこやきようちえんこうさくだいすき!」さいとうしのぶ作 ポプラ社(絵本・いつでもいっしょ)
2011年3月

「ちくわのわーさん」岡田よしたか作 ブロンズ新社 2011年10月

「ちびころおにぎりでかころおにぎりおじいちゃんちへいく」おおいじゅんこ作・絵 教育画劇
2013年10月

「つぎのかたどうぞ―はたけやこううんさいいちざざいんぼしゅうのおはなし」飯野和好作 小学
館(おひさまのほん) 2011年7月

「でんせつのきょだいあんまんをはこべ」サトシン作;よしながこうたく絵 講談社(講談社の創作
絵本) 2011年9月

「とりかえて!」ビーゲンセン作;永井郁子絵 絵本塾出版 2013年4月

「にわとりこっことソーセージ」篠崎三朗文・絵 至光社(至光社ブッククラブ国際版絵本) 2011
年1月

「はいチーズ」長谷川義史作 絵本館 2013年5月

「ばけばけばけばけばけたくん おまつりの巻」岩田明子文・絵 大日本図書 2012年7月

「ばけばけばけばけばけたくん おみせの巻」岩田明子文・絵 大日本図書 2011年7月

「はしれ!やきにくん」塚本やすし作 ポプラ社(絵本のおもちゃばこ) 2011年1月

「ポポくんのかぼちゃカレー」accototoふくだとしお＋あきこ作 PHP研究所(PHPにこにこえほ
ん) 2011年1月

「みっつのねがい」ピレット・ラウド再話・絵 まえざわあきえ訳 福音館書店(世界傑作絵本シリー
ズ) 2012年1月

「ゆうれいなっとう」苅田澄子文;大島妙子絵 アリス館 2011年7月

「れいぞうこのなかのなっとうざむらい」漫画兄弟作・絵 ポプラ社 2013年3月

「れいぞうこのなかのなっとうざむらい―いかりのダブルなっとうりゅう」漫画兄弟作・絵 ポプラ社
 2013年10月

「絵本いのちをいただく―みいちゃんがお肉になる日」内田美智子作;魚戸おさむとゆかいなな
かまたち絵;坂本義喜原案 講談社(講談社の創作絵本) 2013年12月

食べもの＞パン

「うれないやきそばパン」富永まい文;いぬんこ絵;中尾昌稔作 金の星社 2012年9月

「くまくまパン」西村敏雄作 あかね書房 2013年11月

「クルトンさんとはるのどうぶつたち」宮嶋ちか作 福音館書店(こどものとも年中向き) 2012年3
月

子どもの世界・生活

「すくえ！ココリンときせきのほし」やなせたかし作・絵 フレーベル館 2011年6月

「ぞうのびっくりパンやさん」nakaban文・絵 大日本図書 2013年5月

「どんぐりむらのぱんやさん」なかやみわ作 学研教育出版 2011年9月

「とんとんパンやさん」白土あつこ作・絵 ひさかたチャイルド 2013年1月

「ノラネコぐんだんパンこうじょう」工藤ノリコ著 白泉社（こどもMOEのえほん）2012年11月

「プレッツェルのはじまり」エリック・カール作；アーサー・ビナード訳 偕成社 2013年2月

「みどりさんのパンやさん」おおいじゅんこ作 PHP研究所（PHPにこにこえほん）2013年2月

食べもの＞野菜＞かぼちゃ

「おおきなかぼちゃ」エリカ・シルバーマン作；S.D.シンドラー絵；おびかゆうこ訳 主婦の友社（主婦の友はじめてブック）2011年9月

「カボチャばたけのはたねずみ」木村晃彦作 福音館書店（こどものとも年中向き）2011年8月

「ちいさなたいこ　こどものともコレクション」松岡享子作；秋野不矩絵 福音館書店（こどものともコレクション）2011年2月

「ポポくんのかぼちゃカレー」accototoふくだとしお＋あきこ作 PHP研究所（PHPにこにこえほん）2011年1月

食べもの＞野菜＞キャベツ

「あかちゃんたんていラプーたんじょう!ラプーたんていのじけんぼSPECIAL」ベネディクト・ゲチエ作；野崎歓訳 クレヨンハウス 2011年6月

「おおきなキャベツ」岡信子作；中村景児絵 世界文化社（ワンダーおはなし絵本）2013年8月

「キャベツがたべたいのです」シゲタサヤカ作・絵 教育画劇 2011年5月

「ひつじのショーン ショーンとサッカー」アードマン・アニメーションズ原作；松井京子文 金の星社 2013年6月

食べもの＞野菜＞じゃがいも

「いもほりコロッケ」おだしんいちろう文；こばようこ絵 講談社（講談社の創作絵本）2013年5月

「いろいろおふろはいり隊！」穂高順也作；西村敏雄絵 教育画劇 2012年5月

「じゃがいもアイスクリーム？」市川里美作 BL出版 2011年7月

「じゃがいも畑」カレン・ヘス文；ウェンディ・ワトソン絵；石井睦美訳 光村教育図書 2011年8月

食べもの＞野菜＞トマト

「とっとこトマちゃん」岩瀬成子作；中谷靖彦絵 WAVE出版（えほんをいっしょに。）2013年4月

子どもの世界・生活

「はずかしがりやのミリアム」ロール・モンルブ作;マイア・バルー訳 ひさかたチャイルド 2012年1月

「黄いろのトマト」宮沢賢治;作 降矢なな;絵 三起商行（ミキハウスの絵本）2013年10月

食べもの＞野菜＞にんじん

「あかちゃんたんていラプーたんじょう!ラプーたんていのじけんぼSPECIAL」ベネディクト・ゲチエ作;野崎歓訳 クレヨンハウス 2011年6月

「いろいろおふろはいり隊！」穂高順也作;西村敏雄絵 教育画劇 2012年5月

「にん・にん・じんのにんじんじゃ」うえだしげこ文・絵 大日本図書 2013年6月

食べもの＞野菜＞野菜一般

「いろいろおふろはいり隊！」穂高順也作;西村敏雄絵 教育画劇 2012年5月

「おならバスのたーむくん」ささきみお作・絵 ひさかたチャイルド 2013年9月

「おばあちゃんはかぐやひめ」松田もとこ作;狩野富貴子絵 ポプラ社（ポプラ社の絵本）2013年3月

「げんききゅうしょくいただきます！」つちだよしはる作・絵 童心社（絵本・こどものひろば）2012年5月

「たべてあげる」ふくべあきひろ文;おおのこうへい絵 教育画劇 2011年11月

「たまねぎちゃんあららら！」長野ヒデ子作・絵 世界文化社（ワンダーおはなし絵本）2012年9月

「ちいさなはくさい」くどうなおこ作;ほてはまたかし絵 小峰書店（にじいろえほん）2013年4月

「つぎのかたどうぞ―はたけやこううんさいいちざいんぼしゅうのおはなし」飯野和好作 小学館（おひさまのほん）2011年7月

「にん・にん・じんのにんじんじゃ」うえだしげこ文・絵 大日本図書 2013年6月

「ばななせんせい」得田之久文;やましたこうへい絵 童心社 2013年3月

「へちまのへーたろー」二宮由紀子作;スドウピウ絵 教育画劇 2011年6月

「みょうがやど」川端誠;[作] クレヨンハウス（落語絵本）2012年6月

「小さなたね」ボニー・クリステンセン文・絵;渋谷弘子訳 さ・え・ら書房 2013年2月

卵

「あいすることあいされること」宮西達也作絵 ポプラ社（絵本の時間）2013年9月

「あひるのたまご」さとうわきこ作・絵 福音館書店（ばばばあちゃんの絵本）2012年1月

「あひるのたまごねえちゃん」あきやまただし;作・絵 鈴木出版（ひまわりえほんシリーズ）2011年11月

子どもの世界・生活

「あわてんぼうさちゃん」ティモシー・ナップマン文;デイヴィッド・ウォーカー絵;ひがしかずこ訳 岩崎書店 2013年1月

「きょうりゅうのたまごにいちゃん」あきやまただし作・絵 鈴木出版（ひまわりえほんシリーズ） 2012年10月

「だちょうのたまごにいちゃん」あきやまただし作・絵 鈴木出版（ひまわりえほんシリーズ） 2013年9月

「タマゴイスにのり」井上洋介作・絵 鈴木出版（チューリップえほんシリーズ） 2012年7月

「たまごがいっぱい」寺村輝夫原作; 和歌山静子構成・絵 理論社（新王さまえほん） 2013年6月

「たまごサーカス」ふくだじゅんこ作 ほるぷ出版（ほるぷ創作絵本） 2013年4月

「でっかいたまごとちっちゃいたまご」上野与志作;かとうようこ絵 WAVE出版（えほんをいっしょに。） 2013年3月

「ぱっくんおおかみときょうりゅうたち」木村泰子作・絵 ポプラ社（ぱっくんおおかみのえほん） 2013年4月

「ぺんぎんのたまごにいちゃん」あきやまただし作・絵 鈴木出版（ひまわりえほんシリーズ） 2011年6月

「みにくいことりの子」イザベル・ボナモー作;ふしみみさを訳 あすなろ書房 2012年2月

「ムーフと99ひきのあかちゃん」のぶみ作・絵 学研教育出版 2012年12月

「ゆめたまご」たかのもも作・絵 フレーベル館 2012年11月

「リスと青い星からのおきゃくさん」ゼバスティアン・メッシェンモーザー作;松永美穂訳 コンセル 2012年6月

「ルンバさんのたまご」モカ子作・絵 ひかりのくに 2013年4月

誕生日

「3びきこりすのおたんじょうびケーキ」権田章江作・絵 教育画劇 2013年7月

「あした7つになれますように」藤川智子作・絵 岩崎書店（えほんのぼうけん） 2011年10月

「うずらちゃんのたからもの」きもとももこ作 福音館書店（福音館の幼児絵本） 2013年10月

「エディのごちそうづくり」サラ・ガーランド作;まきふみえ訳 福音館書店 2012年4月

「エルマーと100さいのたんじょうび」デビッド・マッキー文・絵;きたむらさとし訳 BL出版（ぞうのエルマー） 2012年11月

「おかあさんのまほうのおうかん」かたおかけいこ作;松成真理子絵 ひさかたチャイルド 2012年2月

「おたんじょうびくろくま」たかいよしかず作・絵 くもん出版（おはなし・くろくま） 2013年5月

子どもの世界・生活

「おたんじょうびね、ムーミントロール」トーベ・ヤンソン原作・絵;ラルス・ヤンソン原作・絵;当麻ゆか訳 徳間書店(ムーミンのおはなしえほん) 2012年3月

「おたんじょうびのケーキちゃん」もとしたいづみ作;わたなべあや絵 佼成出版社(みつばちえほんシリーズ) 2011年3月

「おばけバースデイ」佐々木マキ作 絵本館 2011年10月

「くまの木をさがしに」佐々木マキ著 教育画劇 2012年4月

「さいこうのおたんじょうび」カール・ノラック文;クロード・K・デュボワ絵;河野万里子訳 ほるぷ出版 2011年4月

「すみれちゃん」森雅之作 ビリケン出版 2011年5月

「たつくんおむかえドキドキ―12支キッズのしかけえほん」きむらゆういち作・ふくざわゆみこ絵 ポプラ社 2011年11月

「たんじょうびおめでとう!」マーガレット・ワイズ・ブラウン作;レナード・ワイスガード絵;こみやゆう訳 長崎出版 2011年12月

「たんじょうびってすてきなひ」あいはらひろゆき作;かわかみたかこ絵 佼成出版社(みつばちえほんシリーズ) 2011年6月

「たんじょうびのおくりもの」ブルーノ・ムナーリ作; 谷川俊太郎訳 フレーベル館(ブルーノ・ムナーリの1945シリーズ) 2011年8月

「ちまちゃんとこくま」もりか著 白泉社(こどもMOEのえほん) 2011年3月

「どうぶつきかんしゃしゅっぱつしんこう!」ナオミ・ケフォード文;リン・ムーア文;ベンジー・ディヴィス絵;ふしみみさを訳 ポプラ社(ポプラせかいの絵本) 2012年10月

「とけいのくにのじゅうじゅうタイム」垣内磯子作;早川純子絵 あかね書房 2011年3月

「ねこざかなのすいか」わたなべゆういち作・絵 フレーベル館 2012年5月

「ねこのモグとかぞくたち」ジュディス・カー文・絵;さがのやよい訳 童話館出版 2013年10月

「ピヨピヨハッピーバースデー」工藤ノリコ作 佼成出版社(みつばちえほんシリーズ) 2012年1月

「ぺろぺろキャンディー」ルクサナ・カーン文;ソフィー・ブラッコール絵;もりうちすみこ訳 さ・え・ら書房 2011年8月

「まよなかのたんじょうかい」西本鶏介作;渡辺有一絵 鈴木出版(ひまわりえほんシリーズ) 2013年12月

「ミミとおとうさんのハッピー・バースデー」石津ちひろ作;早川純子絵 長崎出版 2013年6月

「めんたくんのたんじょうび」デハラユキノリ作 長崎出版 2012年8月

「もう、おおきいからなかないよ」ケイト・クライス文;M.サラ・クライス絵;福本友美子訳 徳間書店 2013年2月

子どもの世界・生活

「もうふのなかのダニィたち」ベアトリーチェ・アレマーニャ作;石津ちひろ訳 ファイドン 2011年3月

「リッキのたんじょうび」ヒド・ファン・ヘネヒテン作・絵;のざかえつこ訳 フレーベル館 2012年11月

「るるのたんじょうび」征矢清作;中谷千代子絵 福音館書店(こどものともコレクション) 2011年2月

知育

「ふたごのまるまるちゃん」犬飼由美恵文;やべみつのり絵 教育画劇 2012年2月

「ぼくのしっぽはどれ?」ミスター&アプリ作・絵 絵本塾出版 2012年6月

「九九をとなえる王子さま」はまのゆか作 あかね書房 2013年6月

手紙

「あかいぼうしのゆうびんやさん」ルース・エインズワース作;こうもとさちこ訳・絵 福音館書店(日本傑作絵本シリーズ) 2011年10月

「おてがみ」中川李枝子作;中川宗弥絵 福音館書店(こどものともコレクション) 2011年2月

「おてがみちょうだい」新沢としひこ作;保手浜孝絵 童心社(絵本・こどものひろば) 2011年4月

「おてがみでーす!」くすのきしげのり原作;いもとようこ文・絵 佼成出版社(いもとようこのおひさま絵本シリーズ) 2011年11月

「おはいんなさい」西平あかね文・絵 大日本図書 2011年9月

「おばけのうちゅうりょこう」ジャック・デュケノワ作;大澤晶訳 ほるぷ出版 2011年5月

「おばけのゆかいなふなたび」ジャック・デュケノワ作;大澤晶訳 ほるぷ出版 2013年7月

「おんなじ、おんなじ!でも、ちょっとちがう!」ジェニー・スー・コステキ・ショー作;宮坂宏美訳 光村教育図書 2011年12月

「くまの木をさがしに」佐々木マキ著 教育画劇 2012年4月

「サウスポー」ジュディス・ヴィオースト作;金原瑞人訳;はたこうしろう絵 文溪堂 2011年9月

「たんじょうびってすてきなひ」あいはらひろゆき作;かわかみたかこ絵 佼成出版社(みつばちえほんシリーズ) 2011年6月

「ともだちできたよ」内田麟太郎文;こみねゆら絵 文研出版(えほんのもり) 2012年9月

「はるねこ」かんのゆうこ文;松成真理子絵 講談社(講談社の創作絵本) 2011年2月

「メリークリスマスおつきさま」アンドレ・ダーハン作;きたやまようこ訳 講談社(世界の絵本) 2011年10月

「ロロとレレのほしのはな」のざかえつこ作;トム・スコーンオーヘ絵 小学館 2013年5月

子どもの世界・生活

読書

「あててえなせんせい」木戸内福美文;長谷川知子絵 あかね書房 2012年9月

「いいものみーつけた」レオニード・ゴア文・絵;藤原宏之訳 新日本出版社 2012年12月

「いぬのロケット本を読む」タッド・ヒルズ作;藤原宏之訳 新日本出版社 2013年11月

「おやすみなさいのおともだち」ケイト・バンクス作;ゲオルグ・ハレンスレーベン絵;肥田美代子訳 ポプラ社(ポプラせかいの絵本) 2012年11月

「コウモリとしょかんへいく」ブライアン・リーズ作・絵;西郷容子訳 徳間書店 2011年8月

「こうもりぼうやとハロウィン」ダイアン・メイヤー文;ギデオン・ケンドール絵;藤原宏之訳 新日本出版社 2012年9月

「こないかな、ロバのとしょかん」モニカ・ブラウン文;ジョン・パッラ絵;斉藤規訳 新日本出版社 2012年10月

「スミス先生とおばけ図書館」マイケル・ガーランド作;山本敏子訳 新日本出版社 2011年9月

「スミス先生ときょうりゅうの国」マイケル・ガーランド作;斉藤規訳 新日本出版社 2011年10月

「スミス先生とふしぎな本」マイケル・ガーランド作;藤原宏之訳 新日本出版社 2011年6月

「スミス先生と海のぼうけん」マイケル・ガーランド作;斉藤規訳 新日本出版社 2011年7月

「どうぶつがすき」パトリック・マクドネル作;なかがわちひろ訳 あすなろ書房 2011年9月

「としょかんねずみ」ダニエル・カーク作;わたなべてつた訳 瑞雲舎 2012年1月

「としょかんねずみ 2 ひみつのともだち」ダニエル・カーク作;わたなべてつた訳 瑞雲舎 2012年10月

「としょかんねずみ 3 サムとサラのせかいたんけん」ダニエル・カーク作;わたなべてつた訳 瑞雲舎 2013年6月

「としょかんのよる」ローレンツ・パウリ文;カトリーン・シェーラー絵;若松宣子訳 ほるぷ出版 2013年10月

「パディントンのにわづくり」マイケル・ボンド作;R.W.アリー絵;木坂涼訳 理論社(絵本「クマのパディントン」シリーズ) 2013年5月

「ほら、ぼくペンギンだよ」バレリー・ゴルバチョフ作・絵;まえざわあきえ訳 ひさかたチャイルド 2013年05月

「ほんなんてだいきらい!」バーバラ・ボットナー文;マイケル・エンバリー絵 主婦の友社(主婦の友はじめてブック) 2011年3月

「ほんをよむのにいいばしょは?」シュテファン・ゲンメル文;マリー・ジョゼ・サクレ絵;斉藤規訳 新日本出版社 2013年3月

「モラッチャホンがきた!」ヘレン・ドカティ文;トーマス・ドカティ絵;福本友美子訳 光村教育図書 2013年10月

子どもの世界・生活

「モリス・レスモアとふしぎな空とぶ本」ウィリアム・ジョイス作・絵;おびかゆうこ訳 徳間書店 2012年10月

「よるのとしょかん」カズノ・コハラ作;石津ちひろ訳 光村教育図書 2013年11月

「図書館に児童室ができた日」ジャン・ピンボロー 文;デビー・アトウェル絵;張替惠子訳 徳間書店 2013年8月

「本、だ～いすき!」ジュディ・シエラ文;マーク・ブラウン絵;山本敏子訳 新日本出版社 2013年1月

友達・仲間

「あおねこちゃん」ズデネック・ミレル絵;マリカ・ヘルストローム・ケネディ原作;平野清美訳 平凡社 2012年12月

「あしたもね」武鹿悦子作;たしろちさと絵 岩崎書店(えほんのぼうけん) 2012年3月

「あのな、これはひみつやで!」くすのきしげのり作;かめざわゆうや絵 偕成社 2013年9月

「アブナイかえりみち」山本孝作 ほるぷ出版(ほるぷ創作絵本) 2013年3月

「あめあめふれふれねずみくん」なかえよしを作;上野紀子絵 ポプラ社(ねずみくんの絵本) 2013年5月

「アルノとサッカーボール」イヴォンヌ・ヤハテンベルフ作;野坂悦子訳 講談社(世界の絵本) 2011年5月

「アレクサンダとぜんまいねずみ [ビッグブック]」レオ・レオニ作;谷川俊太郎訳 好学社 2012年10月

「いじめっこ」ローラ・ヴァッカロ・シーガー作;なかがわちひろ訳 あすなろ書房 2013年8月

「いのちの木」ブリッタ・テッケントラップ作・絵;森山京訳 ポプラ社(ポプラせかいの絵本) 2013年9月

「いやいやウィッツィー(スージー・ズーのたのしいまいにち)」スージー・スパッフォード絵;みはらいずみ文 BL出版 2012年4月

「うしろのダメラ」あきやまただし作 ハッピーオウル社 2013年4月

「うまちゃんかけっこならまけないもん!―12支キッズのしかけえほん」きむらゆういち;作 ふくざわゆみこ;絵 ポプラ社 2013年11月

「うみにいったライオン」垂石眞子作 偕成社 2011年6月

「うれないやきそばパン」富永まい文;いぬんこ絵;中尾昌稔作 金の星社 2012年9月

「うんこのたつじん」みずうちさくお文;はたこうしろう絵 PHP研究所(わたしのえほん) 2011年7月

「エイミーとルイス」リビー・グリーソン文;フレヤ・ブラックウッド絵;角田光代訳 岩崎書店 2011年5月

子どもの世界・生活

「えんそく♪」くすのきしげのり原作;いもとようこ文・絵 佼成出版社(いもとようこのおひさま絵本シリーズ) 2011年10月

「おうさまジャックとドラゴン」ピーター・ベントリー文;ヘレン・オクセンバリー絵;灰島かり訳 岩崎書店 2011年7月

「おおきいうさぎとちいさいうさぎ」マリサビーナ・ルッソ作;みらいなな訳 童話屋 2011年4月

「おたまじゃくしのニョロ」稲垣栄洋作;西村繁男絵 福音館書店(こどものとも) 2011年5月

「おたんじょうびね、ムーミントロール」トーベ・ヤンソン原作・絵;ラルス・ヤンソン原作・絵;当麻ゆか訳 徳間書店(ムーミンのおはなしえほん) 2012年3月

「おてがみ」中川李枝子作;中川宗弥絵 福音館書店(こどものともコレクション) 2011年2月

「おはいんなさい」西平あかね文・絵 大日本図書 2011年9月

「おひさまとかくれんぼ」たちもとみちこ作・絵 教育画劇 2013年8月

「おんなじ、おんなじ！でも、ちょっとちがう！」ジェニー・スー・コステキ・ショー作;宮坂宏美訳 光村教育図書 2011年12月

「かさやのケロン」水野はるみ作・絵 ひさかたチャイルド 2012年4月

「かたっぽさんどこですか?」さこももみ作 アリス館 2013年3月

「がっこういこうぜ!」もとしたいづみ作;山本孝絵 岩崎書店(えほんのぼうけん) 2011年12月

「きいてるかいオルタ」中川洋典作・絵 童心社(絵本・こどものひろば) 2013年9月

「きょうはハロウィン」平山暉彦作 福音館書店(こどものとも) 2013年10月

「きょうはマラカスのひ」樋勝朋巳文・絵 福音館書店(日本傑作絵本シリーズ) 2013年4月

「きょうりゅうのたまごにいちゃん」あきやまただし作・絵 鈴木出版(ひまわりえほんシリーズ) 2012年10月

「ググさんとあかいボタン」キムミンジ作・絵 絵本塾出版 2013年6月

「くらやみえんのたんけん」石川ミツ子作;二俣英五郎絵 福音館書店(こどものともコレクション) 2011年2月

「ごきげんなライオンすてきなたからもの」ルイーズ・ファティオ文;ロジャー・デュボアザン絵;今江祥智&遠藤育枝訳 BL出版 2012年9月

「ごちそうだよ!ねずみくん」なかえよしを作;上野紀子絵 ポプラ社(ねずみくんの絵本) 2011年5月

「ころわんどっきどき」間所ひさこ作;黒井健絵 ひさかたチャイルド 2012年4月

「こわかったよ、アーネストーくまのアーネストおじさん」ガブリエル・バンサン作;もりひさし訳 BL出版 2011年6月

「こわがりやのしょうぼうしゃ ううくん」戸田和代作;にしかわおさむ絵 ポプラ社(こどもえほんランド) 2013年4月

子どもの世界・生活

「こんなかいじゅうみたことない」藤本ともひこ作 WAVE出版（えほんをいっしょに。）2013年12月

「こんなことがあっタワー」丸山誠司作 えほんの杜 2012年12月

「さいこうのおたんじょうび」カール・ノラック文;クロード・K・デュボワ絵;河野万里子訳 ほるぷ出版 2011年4月

「さっちゃんとクッキー」森比左志著;わだよしおみ著:わかやまけん著 こぐま社 2013年5月

「さよならぼくたちのようちえん」坂元裕二原案;大島妙子文・絵 主婦の友社（主婦の友はじめてブック）2012年3月

「さよならようちえん」さこももみ作 講談社（講談社の創作絵本）2011年2月

「サンゴのしまのポポ」崎山克彦作;川上越子絵 福音館書店（こどものとも）2013年9月

「シニガミさん2」宮西達也作・絵 えほんの杜 2012年9月

「シュガー・ラッシュ 完全描き下ろし絵本―ディズニー・リミテッド・コレクターズ・エディション」大畑隆子文;ディズニー・ストーリーブック・アーティスツ絵 うさぎ出版 2013年4月

「しょうぶだ！ぴゅんすけとびった」串井てつお作 PHP研究所（わたしのえほん）2012年4月

「ショベルカーダーチャ」松本州平作・絵 教育画劇 2011年6月

「しょんぼりしないで、ねずみくん！」ジェド・ヘンリー作;なかがわちひろ訳 小学館 2013年2月

「しんかんくんでんしゃのたび」のぶみ作 あかね書房 2013年7月

「しんぶんにのりたい」ミース・バウハウス作;フィープ・ヴェステンドルプ絵;日笠千晶訳 金の星社 2013年11月

「ずっとずっといっしょだよ」宮西達也作絵 ポプラ社（絵本の時間）2012年6月

「すなばのスナドン」宇治勲作・絵 文溪堂 2013年9月

「せいぎのみかた ワンダーマンの巻」みやにしたつや作・絵 学研教育出版 2012年10月

「せかせかビーバーさん」ニコラス・オールドランド作;落合恵子訳 クレヨンハウス（人生を希望に変えるニコラスの絵本）2012年7月

「ゼロくんのかち」ジャンニ・ロダーリ文;エレナ・デル・ヴェント絵;関口英子訳 岩波書店（岩波の子どもの本）2013年9月

「そうべえふしぎなりゅうぐうじょう」たじまゆきひこ作 童心社 2011年5月

「タイムカプセル」おだしんいちろう;作 こばようこ;絵 フレーベル館（おはなしえほんシリーズ）2011年2月

「たからもん」菊池日出夫作 福音館書店（こどものとも年中向き）2012年11月

「だちょうのたまごにいちゃん」あきやまただし作・絵 鈴木出版（ひまわりえほんシリーズ）2013年9月

子どもの世界・生活

「たったひとりのともだち」原田えいせい作;いもとようこ絵 金の星社 2013年11月

「たぬきのばけたおつきさま」西本鶏介作;小野かおる絵 鈴木出版(ひまわりえほんシリーズ)
2011年7月

「たんじょうびってすてきなひ」あいはらひろゆき作;かわかみたかこ絵 佼成出版社(みつばちえ
ほんシリーズ) 2011年6月

「たんぽぽのおくりもの」片山令子作;大島妙子絵 ひかりのくに 2012年3月

「ちいさいきみとおおきいぼく」ナディーヌ・ブラン・コム文;オリヴィエ・タレック絵;礒みゆき訳 ポ
プラ社(ポプラせかいの絵本) 2013年11月

「ちえちゃんのおはじき」山口節子作;大畑いくの絵 佼成出版社(クローバーえほんシリーズ)
2012年7月

「チキンマスク―マスク小学校」宇都木美帆作 ペック工房 2011年4月

「ちっちゃなトラックレッドくんとブラックくん」みやにしたつや作・絵 ひさかたチャイルド 2013年4
月

「ちっちゃなもぐら」佐久間彪文・絵 至光社(至光社ブッククラブ国際版絵本) 2013年1月

「チビウオのウソみたいなホントのはなし」ジュリア・ドナルドソン文;アクセル・シェフラー絵;ふし
みみさを訳 徳間書店 2012年8月

「ちんどんやちんたろう」チャンキー松本作;いぬんこ絵 長崎出版 2013年3月

「つきよはうれしい」あまんきみこ文;こみねゆら絵 文研出版(えほんのもり) 2011年9月

「でこぼこイレブンチームでいこうよ!」白崎裕人作・絵 講談社(『創作絵本グランプリ』シリーズ)
2013年1月

「でっかいたまごとちっちゃいたまご」上野与志作;かとうようこ絵 WAVE出版(えほんをいっしょ
に。) 2013年3月

「トイ・ストーリー」斎藤妙子構成・文 講談社(ディズニースーパーゴールド絵本) 2011年4月

「トイ・ストーリー」小宮山みのり文・構成 講談社(ディズニームービーブック) 2012年7月

「トイ・ストーリー2」斎藤妙子構成・文 講談社(ディズニースーパーゴールド絵本) 2011年4月

「トイ・ストーリー2」斎藤妙子構成・文 講談社(ディズニーえほん文庫) 2012年7月

「ときめきのへや」セルジオ・ルッツィア作;福本友美子訳 講談社(講談社の翻訳絵本) 2013年
9月

「としょかんねずみ2 ひみつのともだち」ダニエル・カーク作;わたなべてつた訳 瑞雲舎 2012年
10月

「とびたいぶたですよ」モー・ウィレムズ作;落合恵子訳 クレヨンハウス(ぞうさん・ぶたさんシリー
ズ絵本) 2013年9月

「ともだちできたよ」内田麟太郎文;こみねゆら絵 文研出版(えほんのもり) 2012年9月

子どもの世界・生活

「ともだちはすんごくすんごくおっきなきょうりゅうくん」リチャード・バーン作;長友恵子訳 文化学園文化出版局 2013年10月

「ともだちぱんだ」やましたこうへい作・絵 教育画劇 2011年6月

「ともだちやもんな、ぼくら」くすのきしげのり作;福田岩緒絵 えほんの杜 2011年5月

「ともだちをさがそう、ムーミントロール」トーベ・ヤンソン原作・絵;ラルス・ヤンソン原作・絵;当麻ゆか訳 徳間書店(ムーミンのおはなしえほん) 2013年2月

「とらくんおれさまさいこう!?―12支キッズのしかけえほん」きむらゆういち;作 ふくざわゆみこ;絵 ポプラ社 2012年7月

「ないたあかおに」浜田廣介;作 野村たかあき;絵 講談社(講談社の名作絵本) 2013年11月

「ニコとニキ キャンプでおおさわぎのまき」あいはらひろゆき作;あだちなみ絵 小学館 2013年9月

「ねこのえんそうかい」ミース・バウハウス作;フィープ・ヴェステンドルプ絵;日笠千晶訳 金の星社 2013年10月

「ねずみくんのだいすきなもの」左近蘭子作;いもとようこ絵 ひかりのくに 2013年9月

「のはらのおへや」みやこしあきこ作 ポプラ社(ポプラ社の絵本) 2011年9月

「はいチーズ」長谷川義史作 絵本館 2013年5月

「バナナわに」尾崎美紀作;市居みか絵 ひさかたチャイルド 2011年5月

「はらっぱのおともだち どうぶつのおともだち」カミーユ・ジュルディ作;かどのえいこ訳 ポプラ社 2013年6月

「パンダとしろくま」マシュー・J.ベク作・絵;貴堂紀子・熊崎洋子・小峯真紀訳 バベルプレス 2013年7月

「ぴたっとヤモちゃん」石井聖岳作 小学館(おひさまのほん) 2012年5月

「ピッピのかくれんぼ」そうまこうへい作;たかはしかずえ絵 PHP研究所 2011年12月

「ひとりでおとまり」まるやまあやこ作 福音館書店(こどものとも) 2012年11月

「ひめちゃんひめ」尾沼まりこ文;武田美穂絵 童心社(絵本・こどものひろば) 2012年11月

「ひめねずみとガラスのストーブ」安房直子作;降矢なな絵 小学館 2011年11月

「ブラッフィー」あしのにりこ作・絵 小学館 2012年9月

「フンボルトくんのやくそく」ひがしあきこ作・絵 絵本塾出版 2012年10月

「ぼく、まってるから」正岡慧子作;おぐらひろかず絵 フレーベル館(おはなしえほんシリーズ) 2013年2月

「ぼくがいちばん！」ルーシー・カズンズ作・絵;灰島かり訳 岩崎書店 2011年1月

「ぼくだけのこと」森絵都作;スギヤマカナヨ絵 偕成社 2013年5月

子どもの世界・生活

「ぼくとおおはしくん」くせさなえ作 講談社(講談社の創作絵本) 2011年4月

「ボクのかしこいパンツくん」乙一原作;長崎訓子絵 イースト・プレス(こどもプレス) 2012年9月

「ぼくのゆきだるまくん」アリスン・マギー文;マーク・ローゼンタール絵;なかがわちひろ訳 主婦の友社 2011年11月

「ぼくはきょうりゅうハコデゴザルス」土屋富士夫作・絵 岩崎書店(えほんのぼうけん) 2013年5月

「ぼくらのひみつけんきゅうじょ」森洋子作・絵 PHP研究所(わたしのえほん) 2013年12月

「ぼたんちゃん」かさいまり作・絵 ひさかたチャイルド 2012年11月

「ポットさん」きたむらさとし作 BL出版 2011年6月

「ぽぽとクロ」八百板洋子作;南塚直子絵 福音館書店(こどものとも) 2012年3月

「ほら、ぼくペンギンだよ」バレリー・ゴルバチョフ作・絵;まえざわあきえ訳 ひさかたチャイルド 2013年05月

「まほうの森のプニュル」ジーン・ウィリス作;グゥエン・ミルワード絵;石井睦美訳 小学館 2012年3月

「まるちゃんとくろちゃんのおうち」ささきようこ作 ポプラ社 2011年6月

「まるちゃんのけんか」ささきようこ作 ポプラ社 2012年9月

「まるちゃんのみーつけた!」ささきようこ作 ポプラ社 2013年6月

「みずいろのマフラー」くすのきしげのり文;松成真理子絵 童心社(絵本・こどものひろば) 2011年11月

「ミュージック・ツリー」アンドレ・ダーハン作;きたやまようこ訳 講談社 2012年5月

「もしもしトンネル」ひろかわさえこ作・絵 ひさかたチャイルド 2013年2月

「もりへぞろぞろ」村田喜代子作;近藤薫美子絵 偕成社 2012年6月

「やさしいかいじゅう」ひさまつまゆこ作・絵 冨山房インターナショナル 2013年9月

「ゆうかんなうしクランシー」ラチー・ヒューム作;長友恵子訳 小学館 2011年5月

「ゆうれいがこわいの?ムーミントロール」トーベ・ヤンソン原作・絵;ラルス・ヤンソン原作・絵;当麻ゆか訳 徳間書店(ムーミンのおはなしえほん) 2013年9月

「ゆきうさぎのねがいごと」レベッカ・ハリー絵;木原悦子訳 世界文化社 2013年11月

「ゆきがふるよ、ムーミントロール」トーベ・ヤンソン原作・絵;ラルス・ヤンソン原作・絵;当麻ゆか訳 徳間書店(ムーミンのおはなしえほん) 2011年10月

「よなおしてんぐ5にんぐみてんぐるりん!」岩神愛作・絵 岩崎書店(えほんのぼうけん) 2012年1月

「れおくんのへんなかお」長谷川集平作 理論社 2012年4月

117

子どもの世界・生活

「ローラのすてきな耳」エルフィ・ネイセ作;エリーネ・ファンリンデハウゼ絵;久保谷洋訳 朝日学生新聞社 2011年12月

「ロバのポコとうさぎのポーリー」とりごえまり作・絵 童心社(絵本・こどものひろば) 2011年10月

「わたしたちうんこ友だち?」高橋秀雄作;中谷靖彦絵 今人舎 2012年11月

「わたしのいちばんあのこの1ばん」アリソン・ウォルチ作;パトリス・バートン絵;薫くみこ訳 ポプラ社(ポプラせかいの絵本) 2012年9月

「わんぱくゴンタ」ビーゲンセン作;きよしげのぶゆき絵 絵本塾出版(もりのなかまたち) 2012年7月

「わんぱくだんのどろんこおうこく」ゆきのゆみこ作;上野与志作 ひさかたチャイルド 2012年4月

「わんぱくだんのまほうのじゅうたん」ゆきのゆみこ作;上野与志作 ひさかたチャイルド 2013年3月

「んふんふなめこ絵本 すてきなであい」Beeworks;SUCCESS監修;河合真吾(ビーワークス)キャラクター原案;トモコ＝ガルシア絵 岩崎書店 2013年6月

「鬼ガ山」毛利まさみち作・絵 絵本塾出版 2011年12月

「教会ねずみとのんきなねこ」グレアム・オークリー作・絵;三原泉訳 徳間書店 2011年7月

「教会ねずみとのんきなねこのわるものたいじ」グレアム・オークリー作・絵;三原泉訳 徳間書店 2012年2月

「銀河鉄道の夜」宮沢賢治;作 金井一郎;絵 三起商行(ミキハウスの絵本) 2013年10月

「山猫たんけん隊」松岡達英作 偕成社 2011年6月

「紙のむすめ」ナタリー・ベルハッセン文;ナオミ・シャピラ絵;もたいなつう訳 光村教育図書 2013年8月

「商人とオウム」ミーナ・ジャバアービン文;ブルース・ホワットリー絵;青山南訳 光村教育図書 2012年1月

「滝のむこうの国」ほりかわりまこ作 偕成社 2012年2月

「凸凹ぼしものがたり」あんびるやすこ作・絵 ひさかたチャイルド 2012年7月

「熱血！アニマル少年野球団」杉山実作 長崎出版 2011年8月

「木のおうちとキラキラピンク」ふじまちこ文;吉田すずか絵 岩崎書店(こえだちゃん) 2011年6月

仲直り

「あかいほっぺた」ヤン・デ・キンデル作;野坂悦子訳 光村教育図書 2013年12月

「アンパンマンとカラコちゃん」やなせたかし作・絵 フレーベル館(アンパンマンのおはなしるんるん) 2013年3月

子どもの世界・生活

「いじめっこ」ローラ・ヴァッカロ・シーガー作;なかがわちひろ訳 あすなろ書房 2013年8月

「うそついちゃったねずみくん」なかえよしを作;上野紀子絵 ポプラ社(ねずみくんの絵本)
2012年5月

「おしろとおくろ」丸山誠司著 佼成出版社 2013年4月

「おにいちゃんといもうと」シャーロット・ゾロトウ文;おーなり由子訳;はたこうしろう絵 あすなろ書
房 2013年7月

「クリスマスのよる」濱美由紀作画;薬師夕馬文案 河出書房新社(トムとジェリーアニメおはなし
えほん) 2013年11月

「くろとゆき」吉本隆子作・絵 福音館書店(こどものとも) 2012年9月

「こぐまのくうちゃん」あまんきみこ文;黒井健絵 童心社 2013年8月

「しろちゃんとはりちゃん」たしろちさと作・絵 ひかりのくに 2013年10月

「せかせかビーバーさん」ニコラス・オールドランド作;落合恵子訳 クレヨンハウス(人生を希望に
変えるニコラスの絵本) 2012年7月

「だいすき・ベベダヤン」池田あきこ作 ほるぷ出版 2013年2月

「だれがおこりんぼう?」スティーナ・ヴィルセン作;ヘレンハルメ美穂訳 クレヨンハウス(やん
ちゃっ子の絵本5) 2012年8月

「にゃんにゃんべんとう」きむらゆういち作;ふくだいわお絵 世界文化社(ワンダーおはなし絵
本) 2013年5月

「まるちゃんのけんか」ささきようこ作 ポプラ社 2012年9月

「もしもしトンネル」ひろかわさえこ作・絵 ひさかたチャイルド 2013年2月

「やさしいかいじゅう」ひさまつまゆこ作・絵 冨山房インターナショナル 2013年9月

夏休み

「おばけのチョウちゃん」長野ヒデ子文・絵 大日本図書 2011年7月

「こぐまのトムトムぼくのなつやすみ」葉祥明著 絵本塾出版 2012年4月

「じいちゃんのよる」きむらよしお作 福音館書店(こどものとも絵本) 2011年6月

「たんけんケンタくん」石津ちひろ作;石井聖岳絵 佼成出版社(クローバーえほんシリーズ)
2012年3月

「ともだちやもんな、ぼくら」くすのきしげのり作;福田岩緒絵 えほんの杜 2011年5月

「ぼくとおおはしくん」くせさなえ作 講談社(講談社の創作絵本) 2011年4月

「ぼくとようせいチュチュ」かさいまり作・絵 ひさかたチャイルド 2012年7月

「やまねこせんせいのなつやすみ」末崎茂樹作・絵 ひさかたチャイルド 2012年6月

「南の島で」石津ちひろ文;原マスミ絵 偕成社 2011年4月

子どもの世界・生活

名前

「それいけ！ぼくのなまえ」平田昌広さく平田景え ポプラ社（ポプラ社の絵本）2011年8月

「どんはどんどん…」織田道代作；いもとようこ絵 ひかりのくに 2012年10月

「ふしぎなボジャビのき」ダイアン・ホフマイアー再話；ピート・フロブラー絵；さくまゆみこ訳 光村教育図書 2013年5月

「ぼくのなまえはダメ！」マルタ・アルテス作；今井なぎさ訳 コスモピア 2013年5月

はじめての経験

「うずらのうーちゃんの話」かつやかおり作 福音館書店（ランドセルブックス）2011年2月

「うまれかわったヘラジカさん」ニコラス・オールドランド作；落合恵子訳 クレヨンハウス（人生を希望に変えるニコラスの絵本）2011年12月

「きつね、きつね、きつねがとおる」伊藤遊作；岡本順絵 ポプラ社（ポプラ社の絵本）2011年4月

「こいぬをむかえに」筒井頼子文；渡辺洋二絵 福音館書店（ランドセルブックス）2012年3月

「スティーヴィーのこいぬ」マイラ・ベリー・ブラウン文；ドロシー・マリノ絵；まさきるりこ訳 あすなろ書房 2011年1月

「ちいさなちいさなおんなのこ」フィリス・クラシロフスキー文；ニノン絵；福本友美子訳 福音館書店（世界傑作絵本シリーズ）2011年3月

「ちびころおにぎりはじめてのおかいもの」おおいじゅんこ作・絵 教育画劇 2012年12月

「とびだせにひきのこぐま」手島圭三郎絵・文 絵本塾出版（いきるよろこびシリーズ）2012年4月

「パパのしごとはわるものです」板橋雅弘作；吉田尚令絵 岩崎書店（えほんのぼうけん）2011年5月

「ピオポのバスりょこう」中川洋典作・絵 岩崎書店（えほんのぼうけん）2012年6月

「ひとりでおとまり」まるやまあやこ作 福音館書店（こどものとも）2012年11月

「ぼくとおおはしくん」くせさなえ作 講談社（講談社の創作絵本）2011年4月

「ぼくとサンショウウオのへや」アン・メイザー作；スティーブ・ジョンソン絵；ルー・ファンチャー絵；にしかわかんと訳 福音館書店 2011年3月

「ぼくのやぎ」安部才朗文；安部明子絵 福音館書店（こどものとも年中向き）2011年7月

「まっててねハリー」メアリー・チャルマーズ作；おびかゆうこ訳 福音館書店（世界傑作絵本シリーズ）2012年10月

「みんなでせんたく」フレデリック・ステール作；たなかみえ訳 福音館書店（世界傑作絵本シリーズ）2011年5月

「ゆきだるまのスノーぼうや」ヒド・ファン・ヘネヒテン作・絵；のざかえつこ訳 フレーベル館 2011年10月

子どもの世界・生活

「りゅうのぼうや」富安陽子作;早川純子絵 佼成出版社（どんぐりえほんシリーズ）2012年7月

「レオとノエ」鈴木光司文;アレックス・サンダー絵 講談社 2011年9月

「わたしもがっこうにいきたいな」アストリッド・リンドグレーン文;イロン・ヴィークランド絵;石井登志子訳 徳間書店 2013年1月

「悪い本」宮部みゆき作;吉田尚令絵;東雅夫編 岩崎書店（怪談えほん）2011年10月

「鬼ガ山」毛利まさみち作・絵 絵本塾出版 2011年12月

「田んぼの昆虫たんけん隊」里中遊歩文;田代哲也絵 星の環会 2012年4月

ひなたぽっこ

「うみべのいえの犬ホーマー」エリシャ・クーパー作・絵;きたやまようこ訳 徳間書店 2013年6月

「するめのするりのすけ」こいでなつこ作 あかね書房 2012年4月

「でんぐりがえし」ビーゲンセン作;みぞぶちまさる絵 絵本塾出版（もりのなかまたち）2012年1月

「ゆーらりまんぼー」みなみじゅんこ作 アリス館 2012年3月

病気・障がい・アレルギーがある子

「あんちゃん」高部晴市作 童心社（絵本・こどものひろば）2013年3月

「たかちゃんのぼく、かぜひきたいな」さこももみ作・絵 佼成出版社（みつばちえほんシリーズ）2011年2月

「ちいさな死神くん」キティ・クローザー作;ときありえ訳 講談社（講談社の翻訳絵本）2011年4月

「てるちゃんのかお」藤井輝明文;亀澤裕也絵 金の星社 2011年7月

「どうしてダブってみえちゃうの？」ジョージ・エラ・リヨン文;リン・アヴィル絵;品川裕香訳 岩崎書店 2011年7月

「なっちゃんときげんのわるいおおかみ」香坂直文;たるいしまこ絵 ポプラ社（ポプラ社の絵本）2011年5月

「ぼくびょうきじゃないよ」角野栄子作;垂石眞子絵 福音館書店（こどものとも絵本）2013年5月

「また きょうも みつけた」辻友紀子作 ポプラ社 2013年11月

「ローラのすてきな耳」エルフィ・ネイセ作;エリーネ・ファンリンデハウゼ絵;久保谷洋訳 朝日学生新聞社 2011年12月

「わたしのすてきなたびする目」ジェニー・スー・コステキ＝ショー作;美馬しょうこ訳 偕成社 2013年6月

「白い街あったかい雪」鎌田實文;小林豊絵 ポプラ社（ポプラ社の絵本）2013年11月

子どもの世界・生活

ファッション・おしゃれ・身だしなみ＞アクセサリー

「うでわうり-スリランカの昔話より」プンニャ・クマーリ再話・絵 福音館書店（こどものとも）2012年
9月

「おおきいうさぎとちいさいうさぎ」マリサビーナ・ルッソ作；みらいなな訳 童話屋 2011年4月

「塔の上のラプンツェルティアラのひみつ」駒田文子構成・文 講談社（ディズニーゴールド絵
本）2013年8月

「木のおうちとキラキラピンク」ふじまちこ文；吉田すずか絵 岩崎書店（こえだちゃん）2011年6
月

ファッション・おしゃれ・身だしなみ＞えりまき・はらまき

「アリゲイタばあさんはがんこもの」松山円香作 小学館 2012年12月

「えいたとハラマキ」北阪昌人作；おくやまゆか絵 小学館 2012年12月

「こうさぎと4ほんのマフラー」わたりむつこ作；でくねいく絵 のら書店 2013年12月

「なないろのプレゼント」石津ちひろ作；松成真理子絵 教育画劇 2012年11月

「みずいろのマフラー」くすのきしげのり文；松成真理子絵 童心社（絵本・こどものひろば）2011
年11月

「空のおくりもの-雲をつむぐ少年のお話」マイケル・キャッチプール文；アリソン・ジェイ絵；亀井
よし子訳 ブロンズ新社 2012年2月

「北風ふいてもさむくない」あまんきみこ文；西巻茅子絵 福音館書店（ランドセルブックス）2011
年11月

ファッション・おしゃれ・身だしなみ＞かさ

「あかいかさがおちていた」筒井敬介作；堀内誠一絵 童心社 2011年9月

「あめあめふれふれねずみくん」なかえよしを作；上野紀子絵 ポプラ社（ねずみくんの絵本）
2013年5月

「あめのひくろくま」たかいよしかず作・絵 くもん出版（おはなし・くろくま）2011年5月

「アンパンマンとシドロアンドモドロ」やなせたかし作・絵 フレーベル館（アンパンマンのおはなし
るんるん）2011年11月

「おとうさんのかさ」三浦太郎作 のら書店 2012年6月

「かさじぞう」令丈ヒロ子；文 野村たかあき；絵 講談社（講談社の創作絵本）2012年11月

「かさやのケロン」水野はるみ作・絵 ひさかたチャイルド 2012年4月

「キムのふしぎなかさのたび」ホーカン・イェンソン文；カーリン・スレーン絵；オスターグレン晴子
訳 徳間書店 2012年5月

子どもの世界・生活

ファッション・おしゃれ・身だしなみ＞かばん・バッグ

「カイくんのランドセル」おかしゅうぞう作；ふじたひおこ絵 佼成出版社（クローバーえほんシリーズ）2011年2月

「かぶとむしランドセル」ふくべあきひろ作；おおのこうへい絵 PHP研究所（わたしのえほん）2013年7月

「こぶたのかばん」佐々木マキ；作 金の星社 2013年3月

「ふうこちゃんのリュック」スズキアツコ作・絵 ひさかたチャイルド 2011年10月

ファッション・おしゃれ・身だしなみ＞髪型

「フルーツタルトさん」さとうめぐみ作・絵 教育画劇 2011年12月

「ママはびようしさん」アンナ・ベングトソン作；オスターグレン晴子訳 福音館書店（世界傑作絵本シリーズ）2013年6月

「ラプンツェル」グリム原作；那須田淳訳；北見葉胡絵 岩崎書店（絵本・グリム童話）2011年3月

「ラプンツェル」グリム原作；サラ・ギブ絵；角野栄子訳 文化出版局 2012年12月

ファッション・おしゃれ・身だしなみ＞きもの・ようふく・ドレス

「あいちゃんのワンピース」こみやゆう作；宮野聡子絵 講談社（講談社の創作絵本）2011年7月

「あたし、パパとけっこんする！」のぶみ作 えほんの杜 2012年3月

「アナベルとふしぎなけいと」マック・バーネット文；ジョン・クラッセン絵；なかがわちひろ訳 あすなろ書房 2012年9月

「おしゃれっぽきつねのミサミック」さいとうれいこ文・絵 草土文化 2012年12月

「おしゃれなねこさん」小林ゆき子作・絵 教育画劇 2011年10月

「おばけのドレス」はせがわさとみ作・絵 絵本塾出版 2013年10月

「こぐまのトムトムぼくのあき」葉祥明著 絵本塾出版 2011年11月

「ターニャちゃんのスカート」洞野志保作 福音館書店（こどものとも年中向き）2012年6月

「だれのズボン？」スティーナ・ヴィルセン作；ヘレンハルメ美穂訳 クレヨンハウス（やんちゃっ子の絵本1）2011年2月

「ちいさなプリンセス ソフィア」キャサリン・ハプカ文；グレース・リー絵；老田勝訳・文 講談社 2013年4月

「つるのよめさま」松谷みよ子文；鈴木まもる絵 ハッピーオウル社（語り伝えたい・日本のむかしばなし）2011年3月

「ナナとミミはぶかぶかひめ」オガワナホ作 偕成社 2013年6月

「はだかのおうさま」アンデルセン原作；いもとようこ文・絵 金の星社 2013年2月

子どもの世界・生活

「パパのしっぽはきょうりゅうのしっぽ!?」たけたにちほみ作;赤川明絵 ひさかたチャイルド 2011
年5月

「ベンおじさんのふしぎなシャツ」シュザン・ボスハウベェルス作;ルース・リプハーヘ絵;久保谷
洋訳 朝日学生新聞社 2011年9月

「ボタン」森絵都作;スギヤマカナヨ絵 偕成社 2013年5月

「ぼたんちゃん」かさいまり作・絵 ひさかたチャイルド 2012年11月

「ミミのみずたまスカート」オガワナホ作 偕成社 2013年6月

ファッション・おしゃれ・身だしなみ＞くつ・くつした

「アルフィーのいえで」ケネス・M・カドウ文;ローレン・カスティーヨ絵;佐伯愛子訳 ほるぷ出版
2012年5月

「くつがいく」和歌山静子作 童心社([日・中・韓平和絵本) 2013年3月

「くつしたのくまちゃん」林原玉枝文;つがねちかこ絵 福音館書店(こどものとも) 2013年7月

「クッツさんのくつ」ジョン・ダナリス作;ステラ・ダナリス絵;寺岡由紀訳 岩崎書店 2011年9月

「シンデレラ」安野光雅文・絵 世界文化社 2011年7月

「たっちゃんのながぐつ」森比左志著;わだよしおみ著 こぐま社 2013年5月

「ねこのピート だいすきなしろいくつ」エリック・リトウィン作;ジェームス・ディーン絵;大友剛訳 ひ
さかたチャイルド 2013年5月

「蛙のゴム靴」宮沢賢治作;松成真理子絵 三起商行(ミキハウスの宮沢賢治の絵本) 2011年10
月

ファッション・おしゃれ・身だしなみ＞コート・上着

「くまの皮をきた男」グリム著;フェリクス・ホフマン絵;佐々梨代子訳;野村泫訳 こぐま社 2012年7
月

「コートかけになったトトシュ」カタリーナ・ヴァルクス作;ふしみみさを訳 クレヨンハウス 2011年10
月

「ぴったりのクリスマス」バーディ・ブラック作;ロザリンド・ビアードショー絵;たなかあきこ訳 小学
館 2012年11月

「氷河鼠の毛皮」宮沢賢治;作 堀川理万子;絵 三起商行(ミキハウスの絵本) 2011年10月

ファッション・おしゃれ・身だしなみ＞下着

「うちゅうじんはパンツがだいすき」クレア・フリードマン文;ベン・コート絵;中川ひろたか訳 講談
社(講談社の翻訳絵本) 2011年2月

「サンタクロースもパンツがだいすき」クレア・フリードマン文;ベン・コート絵;中川ひろたか訳 講
談社(講談社の翻訳絵本) 2011年10月

子どもの世界・生活

「しろくまのパンツ」tupera tupera作 ブロンズ新社 2012年9月

「パンツちゃんとはけたかな」宮野聡子作・絵 教育画劇 2013年12月

「ボクのかしこいパンツくん」乙一原作;長崎訓子絵 イースト・プレス(こどもプレス) 2012年9月

ファッション・おしゃれ・身だしなみ＞てぶくろ

「3びきのこねこ」雪舟えま文;はたこうしろう絵 福音館書店(こどものとも年少版) 2013年12月

「おばあちゃんと花のてぶくろ」セシル・カステルッチ作;ジュリア・ディノス絵;水谷阿紀子訳 文渓堂 2011年10月

「てぶくろチンクタンク」きもとももこ作 福音館書店(日本傑作絵本シリーズ) 2011年10月

「てぶくろをかいに」新美南吉;作 柿本幸造;絵 (講談社の名作絵本) 2013年1月

ファッション・おしゃれ・身だしなみ＞ファッション・おしゃれ・身だしなみ一般

「105にんのすてきなしごと」カーラ・カスキン文;マーク・シーモント絵;なかがわちひろ訳 あすなろ書房 2012年6月

「おかあちゃんがつくったる」長谷川義史作 講談社(講談社の創作絵本) 2012年4月

「こじかじじっこ―もりのはいたつやさん」さかいさちえ作・絵 教育画劇 2012年3月

「パーティーによばれましたよ」モー・ウィレムズ作;落合恵子訳 クレヨンハウス(ぞうさん・ぶたさんシリーズ絵本) 2013年11月

「ハムマスク―マスク小学校」宇都木美帆作 ペック工房 2011年4月

「プリンちゃん」なかがわちひろ文;たかおゆうこ絵 理論社 2011年9月

「プリンちゃんとおかあさん」なかがわちひろ文;たかおゆうこ絵 理論社 2012年10月

「まこちゃんとエプロン」こさかまさみ作;やまわきゆりこ絵 福音館書店(こどものとも) 2011年4月

「やまのばんさんかい」井上洋介文・絵 小峰書店(にじいろえほん) 2013年9月

「王国のない王女のおはなし」アーシュラ・ジョーンズ文;サラ・ギブ絵;石井睦美訳 BL出版 2011年11月

ファッション・おしゃれ・身だしなみ＞帽子

「あかいぼうし」やなせたかし作・絵 フレーベル館(やなせたかしメルヘン図書館) 2013年7月

「おじさんとカエルくん」リンダ・アシュマン文;クリスチャン・ロビンソン絵;なかがわちひろ訳 あすなろ書房 2013年5月

「おつきさんのぼうし」高木さんご文;黒井健絵 講談社(講談社の創作絵本) 2013年10月

「クーナ」是枝裕和作;大塚いちお絵 イースト・プレス(こどもプレス) 2012年10月

「シルクハットぞくはよなかのいちじにやってくる」おくはらゆめ作 童心社(絵本・こどものひろば) 2012年5月

子どもの世界・生活

「ポケットのなかで…」鈴川ひとみ;作 いもとようこ;文絵 金の星社 2011年2月

ファッション・おしゃれ・身だしなみ＞ボタン

「ぎんいろのボタン」左近蘭子作;末崎茂樹絵 ひかりのくに 2011年4月

「ググさんとあかいボタン」キムミンジ作・絵 絵本塾出版 2013年6月

「ボタン」森絵都作;スギヤマカナヨ絵 偕成社 2013年5月

ファッション・おしゃれ・身だしなみ＞めがね

「かみさまのめがね」市川真由美文;つちだのぶこ絵 ブロンズ新社 2011年9月

「こぐまとめがね」こんのひとみ;作 たかすかずみ;絵 金の星社 2011年12月

「メガネをかけたら」くすのきしげのり作;たるいしまこ絵 小学館 2012年10月

「わたしのすてきなたびする目」ジェニー・スー・コステキ＝ショー作;美馬しょうこ訳 偕成社 2013年6月

プレゼント

「あくたれラルフのクリスマス」ジャック・ガントス作;ニコール・ルーベル絵;こみやゆう訳 PHP研究所 2013年11月

「いちばんちいさなクリスマスプレゼント」ピーター・レイノルズ文・絵;なかがわちひろ訳 主婦の友社 2013年11月

「うずらちゃんのたからもの」きもとももこ作 福音館書店 (福音館の幼児絵本) 2013年10月

「おしゃれなねこさん」小林ゆき子作・絵 教育画劇 2011年10月

「おたんじょうびね、ムーミントロール」トーベ・ヤンソン原作・絵;ラルス・ヤンソン原作・絵;当麻ゆか訳 徳間書店 (ムーミンのおはなしえほん) 2012年3月

「おたんじょうびのケーキちゃん」もとしたいづみ作;わたなべあや絵 佼成出版社 (みつばちえほんシリーズ) 2011年3月

「おばけバースデイ」佐々木マキ作 絵本館 2011年10月

「おもちゃびじゅつかんのクリスマス」デイヴィッド・ルーカス作;なかがわちひろ訳 徳間書店 2012年9月

「おれたちはパンダじゃない」サトシン作;すがわらけいこ絵 アリス館 2011年4月

「きえたぐらぐらのは」コルネーリア・フンケ文;ケルスティン・マイヤー絵;あさみしょうご訳 WAVE出版 2013年11月

「クリスマスくろくま」たかいよしかず作・絵 くもん出版 (おはなし・くろくま) 2012年10月

「クリスマスのあくま」原マスミ著 白泉社 2012年10月

子どもの世界・生活

「さいこうのおたんじょうび」カール・ノラック文;クロード・K・デュボワ絵;河野万里子訳 ほるぷ出版 2011年4月

「サンタクロースの免許証」川田じゅん著 風濤社 2012年12月

「サンタクロースもパンツがだいすき」クレア・フリードマン文;ベン・コート絵;中川ひろたか訳 講談社(講談社の翻訳絵本) 2011年10月

「サンタさんたら、もう!」ひこ・田中作;小林万希子絵 WAVE出版(えほんをいっしょに。) 2012年12月

「しんかんくんのクリスマス」のぶみ作 あかね書房 2011年10月

「たんじょうびおめでとう!」マーガレット・ワイズ・ブラウン作;レナード・ワイスガード絵;こみやゆう訳 長崎出版 2011年12月

「たんじょうびのおくりもの」ブルーノ・ムナーリ作; 谷川俊太郎訳 フレーベル館(ブルーノ・ムナーリの1945シリーズ) 2011年8月

「チェロの木」いせひでこ作 偕成社 2013年3月

「ドドボンゴのさがしもの」うるまでるび作;いとうとしこ作 学研教育出版 2012年1月

「なないろのプレゼント」石津ちひろ作;松成真理子絵 教育画劇 2012年11月

「ぴったりのクリスマス」バーディ・ブラック作;ロザリンド・ビアードショー絵;たなかあきこ訳 小学館 2012年11月

「ぴったりのプレゼント」すぎたさちこ作 文研出版(えほんのもり) 2011年10月

「ピヨピヨハッピーバースデー」工藤ノリコ作 佼成出版社(みつばちえほんシリーズ) 2012年1月

「ファーディのクリスマス」ジュリア・ローリンソン作;ティファニー・ビーク絵;小坂涼訳 理論社 2011年10月

「ぶたのトントン」キャロライン・ジェイン・チャーチ作;石津ちひろ訳 大日本図書 2011年6月

「メリークリスマスおつきさま」アンドレ・ダーハン作;きたやまようこ訳 講談社(世界の絵本) 2011年10月

「リッキのたんじょうび」ヒド・ファン・ヘネヒテン作・絵;のざかえつこ訳 フレーベル館 2012年11月

「るるのたんじょうび」征矢清作;中谷千代子絵 福音館書店(こどものともコレクション) 2011年2月

「北風ふいてもさむくない」あまんきみこ文;西巻茅子絵 福音館書店(ランドセルブックス) 2011年11月

ぼうけん

「アイスキッズのぼうけん」さとうめぐみ作・絵 教育画劇 2012年6月

「アブナイかえりみち」山本孝作 ほるぷ出版(ほるぷ創作絵本) 2013年3月

子どもの世界・生活

「おさらのこども」西平あかね作 福音館書店(こどものとも年少版) 2011年9月

「オトカル王の杖」エルジェ作;川口恵子訳 福音館書店(タンタンの冒険ペーパーバック版) 2011年6月

「おばけときょうりゅうのたまご」ジャック・デュケノワ作;大澤晶訳 ほるぷ出版 2011年5月

「おばけのくに-リトルピンクとブロキガ」スティーナ・ヴィルセン絵;カーリン・ヴィルセン 文;LiLiCo 訳 主婦の友社 2011年9月

「ガリバーの冒険」ジョナサン・スウィフト;原作 井上ひさし;文 安野光雅;絵 文藝春秋 2012年4月

「キムのふしぎなかさのたび」ホーカン・イェンソン 文;カーリン・スレーン 絵;オスターグレン晴子 訳 徳間書店 2012年5月

「きょうりゅうじまだいぼうけん」間瀬なおかた作・絵 ひさかたチャイルド 2011年6月

「くまのオットーとえほんのおうち」ケイティ・クレミンソン作・絵;横山和江訳 岩崎書店 2011年6月

「くまの木をさがしに」佐々木マキ著 教育画劇 2012年4月

「くらやみえんのたんけん」石川ミツ子作;二俣英五郎絵 福音館書店(こどものともコレクション) 2011年2月

「ココとおおきなおおきなおなべ」こがしわかおり作;おざきえみ絵 教育画劇 2012年9月

「サブレ」木村真二著 飛鳥新社 2012年1月

「さよならぼくたちのようちえん」坂元裕二原案;大島妙子文・絵 主婦の友社(主婦の友はじめてブック) 2012年3月

「しまめぐり―落語えほん」桂文我文;スズキコージ絵 ブロンズ新社 2011年3月

「すすめ！ふたごちゃん」もとしたいづみ作;青山友美絵 佼成出版社 2013年11月

「スミス先生と海のぼうけん」マイケル・ガーランド作;斉藤規訳 新日本出版社 2011年7月

「たんけんケンタくん」石津ちひろ作;石井聖岳絵 佼成出版社(クローバーえほんシリーズ) 2012年3月

「タンタンアメリカへ」エルジェ作;川口恵子訳 福音館書店(タンタンの冒険ペーパーバック版) 2011年6月

「タンタンソビエトへ」エルジェ作;川口恵子訳 福音館書店(タンタンの冒険ペーパーバック版) 2011年10月

「ティニーふうせんいぬのものがたり」かわむらげんき作;さのけんじろう絵 マガジンハウス (CASA KIDS) 2013年11月

「としょかんねずみ 3 サムとサラのせかいたんけん」ダニエル・カーク作;わたなべてつた訳 瑞雲舎 2013年6月

子どもの世界・生活

「とっとこトマちゃん」岩瀬成子作;中谷靖彦絵 WAVE出版（えほんをいっしょに。）2013年4月

「ともだちをさがそう、ムーミントロール」トーベ・ヤンソン原作・絵;ラルス・ヤンソン原作・絵;当麻ゆか訳 徳間書店（ムーミンのおはなしえほん）2013年2月

「なぞのユニコーン号」エルジェ作;川口恵子訳 福音館書店（タンタンの冒険ペーパーバック版）2011年4月

「なないろの花はどこ」はまざきえり文・絵 大日本図書 2011年3月

「ぱっくんおおかみとくいしんぼん」木村泰子作・絵 ポプラ社（ぱっくんおおかみのえほん）2013年4月

「はなもようのこいぬ」大垣友紀惠作・絵 ハースト婦人画報社 2013年8月

「はんなちゃんがめをさましたら」酒井駒子文・絵 偕成社 2012年11月

「ひなまつりルンルンおんなのこの日！」ますだゆうこ作;たちもとみちこ絵 文渓堂 2012年2月

「ビブスの不思議な冒険」ハンス・マグヌス・エンツェンスベルガー作;ロートラウト・ズザンネ・ベルナー絵;山川紘矢訳;山川亜希子訳 PHP研究所 2011年9月

「ブラッフィー」あしのりこ作・絵 小学館 2012年9月

「ぼうけんにいこうよ、ムーミントロール」トーベ・ヤンソン原作・絵;ラルス・ヤンソン原作・絵;当麻ゆか訳 徳間書店（ムーミンのおはなしえほん）2012年6月

「マルタのぼうけん―あおいしずくのひみつ」宮島永太良作・絵 ハースト婦人画報社 2013年12月

「みつばちマーヤ」ボンゼルス原作;正岡慧子文;熊田千佳慕絵 世界文化社 2011年12月

「モリくんのりんごカー」かんべあやこ作 くもん出版 2011年11月

「りゅうのぼうや」富安陽子作;早川純子絵 佼成出版社（どんぐりえほんシリーズ）2012年7月

「わんぱくだんのまほうのじゅうたん」ゆきのゆみこ作;上野与志作 ひさかたチャイルド 2013年3月

「小さなミンディの大かつやく」エリック・A・キメル文;バーバラ・マクリントック絵;福本友美子訳 ほるぷ出版 2012年10月

村の子ども

「ニャントさん」高部晴市;著 イースト・プレス（こどもプレス）2013年8月

「幸せを売る男」草場一壽;作 平安座資尚;絵 サンマーク出版 2012年6月

「星どろぼう」アンドレア・ディノト文;アーノルド・ローベル絵;八木田宜子訳 ほるぷ出版 2011年12月

「風の又三郎」宮沢賢治原作;吉田佳広デザイン 偕成社 2013年9月

「風の又三郎―文字の絵本」吉田佳広;デザイン 宮沢賢治;原作 偕成社 2013年9月

子どもの世界・生活

「淀川ものがたり お船がきた日」小林豊文・絵 岩波書店 2013年10月

山の子ども

「おとどけもので一す！」間瀬なおかた作・絵 ひさかたチャイルド 2012年2月

「クリスマスのねがい」今村葦子文;堀川理万子絵 女子パウロ会 2011年10月

「じゃがいもアイスクリーム？」市川里美作 BL出版 2011年7月

「たからもん」菊池日出夫作 福音館書店(こどものとも年中向き) 2012年11月

「道はみんなのもの」クルーサ文;モニカ・ドペルト絵;岡野富茂子訳;岡野恭介訳 さ・え・ら書房 2013年1月

夢

「アンパンマンとアクビぼうや」やなせたかし作・絵 フレーベル館(アンパンマンのおはなしるんるん) 2011年3月

「おかしのくにのバレリーナ」犬飼由美恵文;まるやまあやこ絵 教育画劇 2013年11月

「おやすみラッテ」いりやまさとし作 ポプラ社 2011年7月

「がたぴしくん」たしろちさと作・絵 PHP研究所(わたしのえほん) 2011年7月

「スーフと白い馬」いもとようこ文・絵 金の星社 2012年4月

「そらのいろって」ピーター・レイノルズ文・絵;なかがわちひろ訳 主婦の友社 2012年12月

「タイムカプセル」おだしんいちろう;作 こばようこ;絵 フレーベル館(おはなしえほんシリーズ) 2011年2月

「だれもしらないバクさんのよる」まつざわありさ作・絵 絵本塾出版 2012年9月

「どうぶつがすき」パトリック・マクドネル作;なかがわちひろ訳 あすなろ書房 2011年9月

「ならの木のみた夢」やえがしなおこ文;平澤朋子絵 アリス館 2013年7月

「ニニのゆめのたび」アニタ・ローベル作;まつかわまゆみ訳 評論社(児童図書館・絵本の部屋) 2012年5月

「バスがくるまで」森山京作;黒井健絵 小峰書店(にじいろえほん) 2011年11月

「はなちゃんのわらいのたね」akko文;荒井良二絵 幻冬舎 2013年11月

「ハムマスク一マスク小学校」宇都木美帆作 ペック工房 2011年4月

「ぶたのトントン」キャロライン・ジェイン・チャーチ作;石津ちひろ訳 大日本図書 2011年6月

「ポットさん」きたむらさとし作 BL出版 2011年6月

「マイマイとナイナイ」皆川博子作;宇野亜喜良絵;東雅夫編 岩崎書店(怪談えほん) 2011年10月

「マドレンカ サッカーだいすき！」ピーター・シス作;松田素子訳 BL出版 2012年2月

子どもの世界・生活

「メガネくんのゆめ」いとうひろし作・絵 講談社(講談社の創作絵本) 2012年10月

「ゆめたまご」たかのもも作・絵 フレーベル館 2012年11月

「ロージーのモンスターたいじ」フィリップ・ヴェヒター作;酒寄進一訳 ひさかたチャイルド 2011年6月

「紙のむすめ」ナタリー・ベルハッセン文;ナオミ・シャピラ絵;もたいなつう訳 光村教育図書 2013年8月

「夜まわりクマのアーサー」ジェシカ・メザーブ作;みらいなな訳 童話屋 2011年7月

幼稚園・保育園

「あさです!」くすのきしげのり原作;いもとようこ文・絵 佼成出版社(いもとようこのおひさま絵本シリーズ) 2011年6月

「あのな、これはひみつやで!」くすのきしげのり作;かめざわゆうや絵 偕成社 2013年9月

「イルカようちえん」のぶみ作;河辺健太郎イルカはかせ ひかりのくに 2013年6月

「おおやまさん」川之上英子作・絵;川之上健作・絵 岩崎書店(えほんのぼうけん) 2013年9月

「おかあさんのまほうのおうかん」かたおかけいこ作;松成真理子絵 ひさかたチャイルド 2012年2月

「おじちゃんせんせいだいだいだーいすき」むらおやすこ作;山本祐司絵 今人舎 2012年10月

「おにいちゃんがいるからね」ウルフ・ニルソン文;エヴァ・エリクソン絵;ひしきあきらこ訳 徳間書店 2011年9月

「おばけかぞくのいちにち―さくぴーとたろぼうのおはなし」西平あかね作 福音館書店(こどものとも絵本) 2012年2月

「おひめさまようちえんとはくばのおうじさま」のぶみ作 えほんの杜 2011年3月

「ぎんいろのボタン」左近蘭子作;末崎茂樹絵 ひかりのくに 2011年4月

「くらやみえんのたんけん」石川ミツ子作;二俣英五郎絵 福音館書店(こどものともコレクション) 2011年2月

「こんなかいじゅうみたことない」藤本ともひこ作 WAVE出版(えほんをいっしょに。) 2013年12月

「さよならぼくたちのようちえん」坂元裕二原案;大島妙子文・絵 主婦の友社(主婦の友はじめてブック) 2012年3月

「さよならようちえん」さこももみ作 講談社(講談社の創作絵本) 2011年2月

「だいすきのしるし」あらいえつこ作;おかだちあき絵 岩崎書店(えほんのぼうけん) 2012年6月

「たこやきようちえんこうさくだいすき!」さいとうしのぶ作 ポプラ社(絵本・いつでもいっしょ) 2011年3月

子どもの世界・生活

「たなばたセブン」もとしたいづみ作;ふくだいわお絵 世界文化社(ワンダーおはなし絵本)
2012年6月

「つんつくせんせいといたずらぶんぶん」たかどのほうこ作・絵 フレーベル館 2011年5月

「どんぐりむらのどんぐりえん」なかやみわ作 学研教育出版 2013年9月

「ばなvなせんせい」得田之久文;やましたこうへい絵 童心社 2013年3月

「ぼく、仮面ライダーになる! ウィザード編」のぶみ作 講談社(講談社の創作絵本) 2012年10月

「ぼくひこうき」ひがしちから作 ゴブリン書房 2011年5月

「まよなかのほいくえん」いとうみく作;広瀬克也絵 WAVE出版(えほんをいっしょに。) 2013年
5月

「ようちえんがばけますよ」内田麟太郎文;西村繁男絵 くもん出版 2012年3月

「ようちえんにいくんだもん」角野栄子文;佐古百美絵 文化学園文化出版局 2011年12月

恋愛

「カンテクレール　キジに恋したにわとり」ヨー・ルーツ作;フレート・フィッセルス作;エレ・フレイ
セ絵;久保谷洋訳 朝日学生新聞社 2012年1月

「サウスポー」ジュディス・ヴィオースト作;金原瑞人訳;はたこうしろう絵 文溪堂 2011年9月

「さようなら、わたしの恋」クロード・K・デュボア作・絵;小川糸訳 ポプラ社 2011年6月

「しあわせなワニくんあべこべの1日」神沢利子作;はたこうしろう絵 ポプラ社(ポプラ社の絵本)
2013年7月

「にんぎょひめ－アンデルセンのおひめさま」アンデルセン原作;高橋真琴絵;八百板洋子文 学
研教育出版 2012年5月

「フルーツタルトさん」さとうめぐみ作・絵 教育画劇 2011年12月

「海賊」田島征三作 ポプラ社(ポプラ社の絵本) 2013年7月

「世界一ばかなネコの初恋」ジル・バシュレ文・絵;いせひでこ訳 平凡社 2011年3月

練習・特訓

「かぶと3兄弟 五十郎・六十郎・七十郎の巻」宮西達也作・絵 教育画劇 2013年6月

「かぶとん」みうらし～まる作・絵 鈴木出版(ひまわりえほんシリーズ) 2012年6月

「サンタさんのトナカイ」ジャン・ブレット作・絵;さいごうようこ訳 徳間書店 2013年10月

「ずっとずっといっしょだよ」宮西達也作絵 ポプラ社(絵本の時間) 2012年6月

「たろうめいじんのたからもの」こいでやすこ作 福音館書店(こどものとも絵本) 2013年6月

「ちんどんやちんたろう」チャンキー松本作;いぬんこ絵 長崎出版 2013年3月

「バスガエル」戸田和代作;シゲリカツヒコ絵 佼成出版社 2013年6月

132

子どもの世界・生活

「りきしのほし」加藤休ミ著 イースト・プレス（こどもプレス） 2013年7月

【架空のもの・ファンタジー】

悪魔・魔物

「あくまくん」テレサ・ドゥラン作;エレナ・バル絵;金子賢太郎訳 アルファポリス 2013年9月

「えいたとハラマキ」北阪昌人作;おくやまゆか絵 小学館 2012年12月

「くまの皮をきた男」グリム著;フェリクス・ホフマン絵;佐々梨代子訳;野村泫訳 こぐま社 2012年7月

「クリスマスのあくま」原マスミ著 白泉社 2012年10月

「ショボリン」サトシン&OTTO作;まつむらまい絵 小学館 2012年11月

宇宙人

「うちゅうじんはパンツがだいすき」クレア・フリードマン文;ベン・コート絵;中川ひろたか訳 講談社(講談社の翻訳絵本) 2011年2月

「さんすううちゅうじんあらわる！」かわばたひろと作;高畠那生絵 講談社(講談社の創作絵本) 2012年1月

「サンタクロースもパンツがだいすき」クレア・フリードマン文;ベン・コート絵;中川ひろたか訳 講談社(講談社の翻訳絵本) 2011年10月

「ちきゅうのへいわをまもったきねんび」本秀康作・絵 岩崎書店(えほんのぼうけん) 2012年3月

「とっておきのカレー」きたじまごうき作・絵 絵本塾出版 2011年10月

「とりかえて!」ビーゲンセン作;永井郁子絵 絵本塾出版 2013年4月

鬼

「いたいのいたいのとんでゆけ」新井悦子作;野村たかあき絵 鈴木出版(ひまわりえほんシリーズ) 2012年1月

「いっすんぼうし」山下明生;文 山本孝;絵 あかね書房(日本の昔話えほん) 2011年2月

「いっすんぼうし」令丈ヒロ子;文 堀川理万子;絵 講談社(講談社の創作絵本) 2012年5月

「いっすんぼうし」椿原奈々子;文 太田大八;絵 童話館出版 2012年8月

「いっすんぼうし」広松由希子;ぶん 長谷川義史;え 岩崎書店(いまむかしえほん) 2013年3月

「えんまのはいしゃ」くすのきしげのり作;二見正直絵 偕成社 2011年11月

「オニじゃないよおにぎりだよ」シゲタサヤカ作 えほんの杜 2012年1月

「オニたいじ」森絵都;作 竹内通雅;絵 金の星社 2012年12月

「おにのおにぎりや」ちばみなこ著 偕成社 2012年1月

架空のもの・ファンタジー

「おによりつよいおよめさん」井上よう子作;吉田尚令絵 岩崎書店(えほんのぼうけん) 2013年10月

「きょうはせつぶんふくはだれ？」正岡慧子作;古内ヨシ絵 世界文化社(ワンダーおはなし絵本) 2011年12月

「ジャックとまめの木」渡辺茂男;文 スズキコージ;絵 講談社(講談社のおはなし絵本箱) 2013年4月

「ジャックと豆の木」ジョン・シェリー再話・絵;おびかゆうこ訳 福音館書店(世界傑作絵本シリーズ) 2012年9月

「ないたあかおに」浜田廣介;作 野村たかあき;絵 講談社(講談社の名作絵本) 2013年11月

「ほんとうのおにごっこ」筒井敬介作;堀内誠一絵 小峰書店 2013年12月

「ももたろう」こわせ・たまみ;文 高見八重子;絵 鈴木出版(たんぽぽえほんシリーズ) 2012年1月

「ももたろう」石崎洋司;文 武田美穂;絵 講談社(講談社の創作絵本) 2012年2月

「鬼ガ山」毛利まさみち作・絵 絵本塾出版 2011年12月

「羅生門」日野多香子文;早川純子絵 金の星社 2012年8月

おばけ・ゆうれい

「3びきこりすのケーキやさん」権田章江作・絵 教育画劇 2012年8月

「いちにちおばけ」ふくべあきひろ作;かわしまななえ絵 PHP研究所(PHPにこにこえほん) 2012年6月

「いのししくんおばけへいきだもん―12支キッズのしかけえほん」きむらゆういち;作 ふくざわゆみこ;絵 ポプラ社 2011年7月

「おおきなかぼちゃ」エリカ・シルバーマン作;S.D.シンドラー絵;おびかゆうこ訳 主婦の友社(主婦の友はじめてブック) 2011年9月

「おばけかぞくのいちにち―さくぴーとたろぼうのおはなし」西平あかね作 福音館書店(こどものとも絵本) 2012年2月

「おばけサーカス」佐野洋子作・絵 講談社(講談社の創作絵本) 2011年10月

「おばけときょうりゅうのたまご」ジャック・デュケノワ作;大澤晶訳 ほるぷ出版 2011年5月

「おばけにょうぼう」内田麟太郎文;町田尚子絵 イースト・プレス(こどもプレス) 2013年4月

「おばけのうちゆうりょこう」ジャック・デュケノワ作;大澤晶訳 ほるぷ出版 2011年5月

「おばけのえんそく―さくぴーとたろぼうのおはなし」西平あかね作 福音館書店(こどものとも年中向き) 2012年7月

「おばけのおうちいりませんか？」せきゆうこ作 PHP研究所(わたしのえほん) 2012年8月

架空のもの・ファンタジー

「おばけのくに—リトルピンクとブロキガ」スティーナ・ヴィルセン絵;カーリン・ヴィルセン 文;LiLiCo 訳 主婦の友社 2011年9月

「おばけのコックさん—さくぴーとたろぼうのおはなし」西平あかね作 福音館書店（こどものとも絵本）2012年6月

「おばけのチョウちゃん」長野ヒデ子文・絵 大日本図書 2011年7月

「おばけのドレス」はせがわさとみ作・絵 絵本塾出版 2013年10月

「おばけのぼちぼち」こばやしあつこ作・絵 ひさかたチャイルド 2011年6月

「おばけのゆかいなふなたび」ジャック・デュケノワ作;大澤晶訳 ほるぷ出版 2013年7月

「おばけのゆきだるま」ジャック・デュケノワ作;大澤晶訳 ほるぷ出版 2013年10月

「おばけバースデイ」佐々木マキ作 絵本館 2011年10月

「おめでとうおばけ」あらいゆきこ文・絵 大日本図書 2012年8月

「こぎつねトンちゃんきしゃにのる」二見正直作 教育画劇 2012年8月

「ショボリン」サトシン&OTTO作;まつむらまい絵 小学館 2012年11月

「ちょうつがいきいきい」加門七海作;軽部武宏絵;東雅夫編 岩崎書店（怪談えほん）2012年3月

「ちょんまげでんしゃののってちょんまげ」藤本ともひこ作・絵 ひさかたチャイルド 2012年6月

「つくもがみ」京極夏彦作;城芽ハヤト絵;東雅夫編 岩崎書店（京極夏彦の妖怪えほん 楽）2013年9月

「でるでるでるぞ」高谷まちこ著 佼成出版社（クローバーえほんシリーズ）2012年6月

「でるでるでるぞガマでるぞ」高谷まちこ著 佼成出版社 2013年7月

「なきむしおばけ」なかのひろたか作・絵 福音館書店（こどものとも）2012年6月

「ばけばけばけばけばけたくん おまつりの巻」岩田明子文・絵 大日本図書 2012年7月

「ばけばけばけばけばけたくん おみせの巻」岩田明子文・絵 大日本図書 2011年7月

「ばけれんぼ」広瀬克也作 PHP研究所（PHPにこにこえほん）2012年12月

「ぱっくんおおかみとおばけたち」木村泰子作・絵 ポプラ社（ぱっくんおおかみのえほん）2013年4月

「へんなおばけ」大森裕子著 白泉社（こどもMOEのえほん）2012年7月

「ぼくの兄ちゃん」よしながこうたく作・絵 PHP研究所（わたしのえほん）2013年3月

「ほっぺおばけ」マットかずこ文・絵 アリス館 2013年7月

「ぼにょりぼにょり」内田麟太郎作;林家木久扇絵 今人舎 2012年11月

「みどりさんのパンやさん」おおいじゅんこ作 PHP研究所（PHPにこにこえほん）2013年2月

架空のもの・ファンタジー

「モリくんのハロウィンカー」かんべあやこ作 くもん出版 2013年9月

「ゆうれいがこわいの？ムーミントロール」トーベ・ヤンソン原作・絵;ラルス・ヤンソン原作・絵;当麻ゆか訳 徳間書店（ムーミンのおはなしえほん）2013年9月

「ゆうれいとどろぼう」くろだかおる作;せなけいこ絵 ひかりのくに 2012年7月

「ゆうれいなっとう」苅田澄子文;大島妙子絵 アリス館 2011年7月

「ゆうれいのまち」恒川光太郎作;大畑いくの絵;東雅夫編 岩崎書店（怪談えほん）2012年2月

「わがはいはのっぺらぼう」富安陽子文;飯野和好絵 童心社（絵本・こどものひろば）2011年10月

怪物・怪獣

「うしろのダメラ」あきやまただし作 ハッピーオウル社 2013年4月

「うそつきマルタさん」おおのこうへい作・絵 教育画劇 2013年1月

「おうさまジャックとドラゴン」ピーター・ベントリー文;ヘレン・オクセンバリー絵;灰島かり訳 岩崎書店 2011年7月

「おおみそかかいじゅうたいじ」東山凱訳 中国出版トーハン（中国のむかしばなし）2011年1月

「おひめさまようちえんとはくばのおうじさま」のぶみ作 えほんの杜 2011年3月

「かいぞくゴックン」ジョニー・ダドル作;アーサー・ビナード訳 ポプラ社（ポプラせかいの絵本）2013年10月

「かいぶつになっちゃった」木村泰子作・絵 ポプラ社（ぱっくんおおかみのえほん）2013年4月

「キラキラ」やなせたかし作・絵 フレーベル館（復刊絵本セレクション）2012年7月

「ゴナンとかいぶつ」イチンノロブ・ガンバートル文;バーサンスレン・ボロルマー絵;津田紀子訳 偕成社 2013年3月

「こわいものがこないわけ」新井洋行;作・絵 講談社の創作絵本] 2012年8月

「こんなかいじゅうみたことない」藤本ともひこ作 WAVE出版（えほんをいっしょに。）2013年12月

「じぶんでおしりふけるかな」深見春夫作・絵;藤田紘一郎監修 岩崎書店（えほんのぼうけん）2013年12月

「せいぎのみかた ワンダーマンの巻」みやにしたつや作・絵 学研教育出版 2012年10月

「たぬきえもん―日本の昔話」藤巻愛子再話;田澤茂絵 福音館書店（こどものとも年中向き）2011年9月

「どどのろう」穂髙順也作;こばやしゆかこ絵 岩崎書店（えほんのぼうけん）2013年2月

「とらはらパーティー」シン・トングン作・絵;ユン・ヘジョン訳 岩崎書店 2011年2月

「フランケンウィニー」斎藤妙子構成・文 講談社（ディズニーゴールド絵本）2012年12月

架空のもの・ファンタジー

「プルガサリ」キム・ジュンチョル再話;イ・ヒョンジン絵;ピョン・キジャ訳 岩崎書店 2011年2月

「やさしいかいじゅう」ひさまつまゆこ作・絵 冨山房インターナショナル 2013年9月

「ヨヨとネネとかいじゅうのタネ」おおつかえいじお話;ひらりん絵 徳間書店 2013年12月

「ロージーのモンスターたいじ」フィリップ・ヴェヒター作;酒寄進一訳 ひさかたチャイルド 2011年6月

「わたし、まだねむたくないの!」スージー・ムーア作;ロージー・リーヴ絵;木坂涼訳 岩崎書店 2011年7月

架空の生きもの

「あたしゆきおんな」富安陽子文;飯野和好絵 童心社(絵本・こどものひろば) 2012年11月

「アマールカ 王様になった日」ヴァーツラフ・ベドジフ文・絵;甲斐みのり訳 LD&K BOOKS(アマールカ絵本シリーズ6) 2012年8月

「アンパンマンとアクビぼうや」やなせたかし作・絵 フレーベル館(アンパンマンのおはなしるんるん) 2011年3月

「インドの木—マンゴーの木とオウムのおはなし」たにけいこ絵・訳;マノラマ・ジャファ原作 森のおしゃべり文庫 2011年2月

「うみぼうず」杉山亮作;軽部武宏絵 ポプラ社(杉山亮のおばけ話絵本2) 2011年2月

「えんまのはいしゃ」くすのきしげのり作;二見正直絵 偕成社 2011年11月

「おかめ列車嫁にいく」いぬんこ作 長崎出版 2012年7月

「おしいれじいさん」尾崎玄一郎作;尾崎由紀奈作 福音館書店(こどものとも年中向き) 2012年8月

「おねがいナンマイダー」ハンダトシヒト作・絵 岩崎書店(えほんのぼうけん) 2011年6月

「おばけのえんそく—さくぴーとたろぽうのおはなし」西平あかね作 福音館書店(こどものとも年中向き) 2012年7月

「ケープドリ ケープタワーのまき」ワウター・ヴァン・レーク作;野坂悦子訳 朔北社 2013年6月

「ケープドリとモンドリアンドリ」ワウター・ヴァン・レーク作;野坂悦子訳 朔北社 2012年10月

「ケープドリはつめいのまき」ワウター・ヴァン・レーク作;野坂悦子訳 朔北社 2013年1月

「こいしがどしーん」内田麟太郎文;長新太絵 童心社 2013年10月

「ゴロゴロドーンかみなりさまおっこちた」正岡慧子作;ひだきょうこ絵 ひかりのくに 2011年7月

「じっちょりんとおつきさま」かとうあじゅ作 文溪堂 2012年9月

「じっちょりんのあるくみち」かとうあじゅ作 文溪堂 2011年5月

「じっちょりんのなつのいちにち」かとうあじゅ作 文溪堂 2013年7月

架空のもの・ファンタジー

「シュガー・ラッシュ 完全描き下ろし絵本―ディズニー・リミテッド・コレクターズ・エディション」大畑隆子文;ディズニー・ストーリーブック・アーティスツ絵 うさぎ出版 2013年4月

「ショボリン」サトシン&OTTO作;まつむらまい絵 小学館 2012年11月

「しんせつなかかし」ウェンディ・イートン作;おびかゆうこ訳;篠崎三朗絵 福音館書店(ランドセルブックス) 2012年1月

「すなばのスナドン」宇治勲作・絵 文溪堂 2013年9月

「スミス先生とおばけ図書館」マイケル・ガーランド作;山本敏子訳 新日本出版社 2011年9月

「スミス先生と海のぼうけん」マイケル・ガーランド作;斉藤規訳 新日本出版社 2011年7月

「センジのあたらしいいえ」イチンノロブ・ガンバートル文;津田紀子訳;バーサンスレン・ボロルマー絵 福音館書店(こどものとも年中向き) 2011年11月

「タンタンチベットをゆく」エルジェ作;川口恵子訳 福音館書店(タンタンの冒険ペーパーバック版) 2011年10月

「チキンマスク―マスク小学校」宇都木美帆作 ペック工房 2011年4月

「とっておきのカレー」きたじまごうき作・絵 絵本塾出版 2011年10月

「とてもおおきなサンマのひらき」岡田よしたか作 ブロンズ新社 2013年11月

「ドラキュラ」ブラム・ストーカー原作;リュック・ルフォール再話 小峰書店(愛蔵版世界の名作絵本) 2012年1月

「ドングリトプスとマックロサウルス」中川淳作 水声社 2012年6月

「ねっこばあのおくりもの」藤真知子作;北見葉胡絵 ポプラ社(ポプラ社の絵本) 2012年7月

「ハーナンとクーソン」山西ゲンイチ文・絵 大日本図書 2013年3月

「ぱっくんおおかみとくいしんぼん」木村泰子作・絵 ポプラ社(ぱっくんおおかみのえほん) 2013年4月

「ハムマスク―マスク小学校」宇都木美帆作 ペック工房 2011年4月

「ハラヘッターとチョコリーナ」のぶみ作 講談社(講談社の創作絵本) 2013年5月

「ひみつのおかしだおとうとうさぎ!」ヨンナ・ビョルンシェーナ作;枇谷玲子訳 クレヨンハウス 2012年1月

「ひみつの足あと」フーリア・アルバレス文;ファビアン・ネグリン絵;神戸万知訳 岩波書店(大型絵本) 2011年8月

「ふしぎなおとなりさん」もりか著 白泉社 2012年10月

「ペトラ」マリア・ニルソン・トーレ作;ヘレンハルメ美穂訳 クレヨンハウス 2013年3月

「まほうの森のプニュル」ジーン・ウィリス作;グゥエン・ミルワード絵;石井睦美訳 小学館 2012年3月

架空のもの・ファンタジー

「マルタのぼうけん―あおいしずくのひみつ」宮島永太良作・絵 ハースト婦人画報社 2013年12月

「ムーフと99ひきのあかちゃん」のぶみ作・絵 学研教育出版 2012年12月

「メロウ」せなけいこ再話・絵 ポプラ社 2011年5月

「モラッチャホンがきた!」ヘレン・ドカティ文;トーマス・ドカティ絵;福本友美子訳 光村教育図書 2013年10月

「ユニコーン」マルティーヌ・ブール文・絵;松島京子訳 冨山房インターナショナル 2013年4月

「よなおしてんぐ5にんぐみてんぐるりん!」岩神愛作・絵 岩崎書店(えほんのぼうけん) 2012年1月

「ルンバさんのたまご」モカ子作・絵 ひかりのくに 2013年4月

「ロロとレレのほしのはな」のざかえつこ作;トム・スコーンオーヘ絵 小学館 2013年5月

かっぱ

「アマールカ カッパが怒った日」ヴァーツラフ・ベドジフ文・絵;甲斐みのり訳 LD&K BOOKS(アマールカ絵本シリーズ5) 2012年8月

「かっぱ」杉山亮作;軽部武宏絵 ポプラ社(杉山亮のおばけ話絵本3) 2011年10月

「かっぱのこいのぼり」内田麟太郎作;山本孝絵 岩崎書店(えほんのぼうけん) 2012年4月

「ともだちできたよ」内田麟太郎文;こみねゆら絵 文研出版(えほんのもり) 2012年9月

「フウちゃんクウちゃんロウちゃんのふくろうがっこう さかなをとろうのまき」いとうひろし作 徳間書店 2012年5月

「へいきへいきのへのかっぱ!」苅田澄子作;田中六大絵 教育画劇 2011年2月

神様

「あした7つになれますように」藤川智子作・絵 岩崎書店(えほんのぼうけん) 2011年10月

「あるひぼくはかみさまと」キティ・クローザー作;ふしみみさを訳 講談社(講談社の翻訳絵本) 2013年4月

「イタチとみずがみさま」内田麟太郎作;山本孝絵 岩崎書店(えほんのぼうけん) 2011年6月

「いちりんの花」平山弥生文;平山美知子画 講談社(講談社の創作絵本) 2012年1月

「かみさまのめがね」市川真由美文;つちだのぶこ絵 ブロンズ新社 2011年9月

「だあれがいちばん十二支のおはなし」東山凱訳 中国出版トーハン(中国のむかしばなし) 2011年1月

「ねこたちのてんごく」シンシア・ライラント作・絵;まえざわあきえ訳 ひさかたチャイルド 2013年11月

架空のもの・ファンタジー

「ノアの箱舟」ハインツ・ヤーニッシュ文;リスベート・ツヴェルガー絵;池田香代子訳 BL出版 2011年2月

「ほうれんとう」泉京鹿訳 中国出版トーハン（中国のむかしばなし）2011年6月

「ワニのお嫁さんとハチドリのお嫁さん」清水たま子文;竹田鎮三郎絵 福音館書店（日本傑作絵本シリーズ）2013年11月

「津波になった水龍神様と希望の光」わたなべまさお文;いわぶちゆい絵 日本地域社会研究所 2012年12月

「天からおりてきた河」寮美千子文;山田博之画 長崎出版 2013年6月

かみなりさま

「あめふり」さとうわきこ作・絵 福音館書店（ばばばあちゃんの絵本）2012年6月

「くもりのちはれせんたくかあちゃん」さとうわきこ作・絵 福音館書店（こどものとも絵本）2012年4月

「せんたくかあちゃん」さとうわきこ作・絵 福音館書店（こどものとも絵本）2012年4月

「たいこうちたろう」庄司三智子作 佼成出版社（どんぐりえほんシリーズ）2013年1月

「たいへんなひるね」さとうわきこ作・絵 福音館書店（ばばばあちゃんの絵本）2013年2月

キャラクター絵本＞アンパンマン

「アンパンマンとアクビぼうや」やなせたかし作・絵 フレーベル館（アンパンマンのおはなしるんるん）2011年3月

「アンパンマンとカラコちゃん」やなせたかし作・絵 フレーベル館（アンパンマンのおはなしるんるん）2013年3月

「アンパンマンとザジズゼゾウ」やなせたかし作・絵 フレーベル館（アンパンマンのおはなしるんるん）2012年10月

「アンパンマンとシドロアンドモドロ」やなせたかし作・絵 フレーベル館（アンパンマンのおはなしるんるん）2011年11月

「アンパンマンとバナナダンス」やなせたかし作・絵 フレーベル館（アンパンマンのおはなしるんるん）2012年3月

「アンパンマンとリンゴぼうや」やなせたかし作・絵 フレーベル館（アンパンマンのおはなしるんるん）2013年11月

「すくえ！ココリンときせきのほし」やなせたかし作・絵 フレーベル館 2011年6月

「それいけ！アンパンマン　よみがえれバナナじま」やなせたかし作・絵 フレーベル館 2012年6月

「とばせ!きぼうのハンカチ―それいけ!アンパンマン」やなせたかし作・絵 フレーベル館 2013年6月

架空のもの・ファンタジー

キャラクター絵本＞キャラクター絵本一般

「エルマーと100さいのたんじょうび」デビッド・マッキー文・絵;きたむらさとし訳 BL出版(ぞうの
エルマー) 2012年11月

「エルマーとスーパーゾウマン」デビッド・マッキー文・絵;きたむらさとし訳 BL出版(ぞうのエル
マー) 2011年11月

「おさるのジョージ アイスクリームだいすき」M.&H.A.レイ原作;福本友美子訳 岩波書店 2011
年9月

「きょうりゅうのたまごにいちゃん」あきやまただし作・絵 鈴木出版(ひまわりえほんシリーズ)
2012年10月

「だいすき・ベベダヤン」池田あきこ作 ほるぷ出版 2013年2月

「だちょうのたまごにいちゃん」あきやまただし作・絵 鈴木出版(ひまわりえほんシリーズ) 2013
年9月

「トトシュとキンギョとまほうのじゅもん」カタリーナ・ヴァルクス作;ふしみみさを訳 クレヨンハウス
2012年9月

「ねどこどこ?―ダヤンと森の写真絵本」池田あきこ作・絵;横塚眞己人写真 長崎出版 2013年2
月

「木のおうちとキラキラピンク」ふじまちこ文;吉田すずか絵 岩崎書店(こえだちゃん) 2011年6
月

キャラクター絵本＞クマのパディントン

「クマのパディントン」マイケル・ボンド作;R.W.アリー絵;木坂涼訳 理論社(絵本「クマのパディン
トン」シリーズ) 2012年9月

「パディントンのにわづくり」マイケル・ボンド作;R.W.アリー絵;木坂涼訳 理論社(絵本「クマのパ
ディントン」シリーズ) 2013年5月

「パディントンの金メダル」マイケル・ボンド作;R.W.アリー絵;木坂涼訳 理論社(絵本「クマのパ
ディントン」シリーズ) 2013年5月

キャラクター絵本＞タンタン

「オトカル王の杖」エルジェ作;川口恵子訳 福音館書店(タンタンの冒険ペーパーバック版)
2011年6月

「かけた耳」エルジェ作;川口恵子訳 福音館書店(タンタンの冒険ペーパーバック版) 2011年6
月

「カスタフィオーレ夫人の宝石」エルジェ作;川口恵子訳 福音館書店(タンタンの冒険ペー
パーバック版) 2011年8月

架空のもの・ファンタジー

「シドニー行き714便」エルジェ作;川口恵子訳 福音館書店(タンタンの冒険ペーパーバック版)2011年10月

「タンタンアメリカへ」エルジェ作;川口恵子訳 福音館書店(タンタンの冒険ペーパーバック版)2011年6月

「タンタンソビエトへ」エルジェ作;川口恵子訳 福音館書店(タンタンの冒険ペーパーバック版)2011年10月

「タンタンチベットをゆく」エルジェ作;川口恵子訳 福音館書店(タンタンの冒険ペーパーバック版)2011年10月

「なぞのユニコーン号」エルジェ作;川口恵子訳 福音館書店(タンタンの冒険ペーパーバック版)2011年4月

「ななつの水晶球」エルジェ作;川口恵子訳 福音館書店(タンタンの冒険ペーパーバック版)2011年6月

「ビーカー教授事件」エルジェ作;川口恵子訳 福音館書店(タンタンの冒険ペーパーバック版)2011年10月

「ファラオの葉巻」エルジェ作;川口恵子訳 福音館書店(タンタンの冒険ペーパーバック版)2011年6月

「ふしぎな流れ星」エルジェ作;川口恵子訳 福音館書店(タンタンの冒険ペーパーバック版)2011年4月

「めざすは月」エルジェ作;川口恵子訳 福音館書店(タンタンの冒険ペーパーバック版)2011年8月

「レッド・ラッカムの宝」エルジェ作;川口恵子訳 福音館書店(タンタンの冒険ペーパーバック版)2011年4月

「金のはさみのカニ」エルジェ作;川口恵子訳 福音館書店(タンタンの冒険ペーパーバック版)2011年4月

「月世界探険」エルジェ作;川口恵子訳 福音館書店(タンタンの冒険ペーパーバック版)2011年8月

「紅海のサメ」エルジェ作;川口恵子訳 福音館書店(タンタンの冒険ペーパーバック版)2011年8月

「黒い島のひみつ」エルジェ作;川口恵子訳 福音館書店(タンタンの冒険ペーパーバック版)2011年4月

「青い蓮」エルジェ作;川口恵子訳 福音館書店(タンタンの冒険ペーパーバック版)2011年4月

「太陽の神殿」エルジェ作;川口恵子訳 福音館書店(タンタンの冒険ペーパーバック版)2011年6月

架空のもの・ファンタジー

「燃える水の国」エルジェ作;川口恵子訳 福音館書店(タンタンの冒険ペーパーバック版)
2011年8月

キャラクター絵本＞ディズニー

「アラジン―ディズニースーパーゴールド絵本」森はるな文;斎藤妙子構成 講談社 2011年3月

「アラジン―決定版アニメランド」矢部美智代文;西岡たかし本文イラスト 講談社 2011年7月

「シュガー・ラッシュ 完全描き下ろし絵本―ディズニー・リミテッド・コレクターズ・エディション」大
畑隆子文;ディズニー・ストーリーブック・アーティスツ絵 うさぎ出版 2013年4月

「ちいさなプリンセス ソフィア」キャサリン・ハプカ文;グレース・リー絵;老田勝訳・文 講談社
2013年4月

「ちいさなプリンセス ソフィア にんぎょの ともだち」キャサリン・ハプカ文;グレース・リー絵;老田
勝訳・文 講談社 2013年11月

「トイ・ストーリー」斎藤妙子構成・文 講談社(ディズニースーパーゴールド絵本) 2011年4月

「トイ・ストーリー2」斎藤妙子構成・文 講談社(ディズニースーパーゴールド絵本) 2011年4月

「ぶっちぎれマックィーン! カーズ」斎藤妙子構成・文 講談社(ディズニーえほん文庫) 2012年1
月

「フランケンウィニー」斎藤妙子構成・文 講談社(ディズニーゴールド絵本) 2012年12月

「リトル・マーメイド アリエルとふしぎな落とし物 アンダー・ザ・シー」エル.D.リスコ文;ブリト
ニー・リー絵;おかだよしえ訳 講談社 2013年9月

「レッドしょうぼうたいしゅつどう! カーズ」斎藤妙子構成・文 講談社(ディズニーえほん文庫)
2011年2月

「塔の上のラプンツェルティアラのひみつ」駒田文子構成・文 講談社(ディズニーゴールド絵
本) 2013年8月

キャラクター絵本＞トイ・ストーリー

「うちゅうロケットはっしゃ!」斎藤妙子構成・文 講談社(ディズニーえほん文庫) 2012年7月

「トイ・ストーリー」小宮山みのり文・構成 講談社(ディズニームービーブック) 2012年7月

「トイ・ストーリー2」斎藤妙子構成・文 講談社(ディズニーえほん文庫) 2012年7月

キャラクター絵本＞トムとジェリー

「おかたづけ」菅原卓也作画;薬師夕馬文案 河出書房新社(トムとジェリーアニメおはなしえほ
ん) 2013年10月

「クリスマスのよる」濱美由紀作画;薬師夕馬文案 河出書房新社(トムとジェリーアニメおはなし
えほん) 2013年11月

架空のもの・ファンタジー

「ごきげんなディナー」宮内哲也作画;薬師夕馬文案 河出書房新社(トムとジェリーアニメおはなしえほん) 2013年11月

「だいすき、ママ!」飯島有作画;梯有子文案 河出書房新社(トムとジェリーアニメおはなしえほん) 2013年9月

キャラクター絵本＞バイキンマン

「アンパンマンとカラコちゃん」やなせたかし作・絵 フレーベル館(アンパンマンのおはなしるんるん) 2013年3月

「アンパンマンとザジズゼゾウ」やなせたかし作・絵 フレーベル館(アンパンマンのおはなしるんるん) 2012年10月

「アンパンマンとシドロアンドモドロ」やなせたかし作・絵 フレーベル館(アンパンマンのおはなしるんるん) 2011年11月

「アンパンマンとバナナダンス」やなせたかし作・絵 フレーベル館(アンパンマンのおはなしるんるん) 2012年3月

「アンパンマンとリンゴぼうや」やなせたかし作・絵 フレーベル館(アンパンマンのおはなしるんるん) 2013年11月

「すくえ!ココリンときせきのほし」やなせたかし作・絵 フレーベル館 2011年6月

「それいけ!アンパンマン よみがえれバナナじま」やなせたかし作・絵 フレーベル館 2012年6月

「とばせ!きぼうのハンカチ―それいけ!アンパンマン」やなせたかし作・絵 フレーベル館 2013年6月

キャラクター絵本＞ばばばあちゃん

「あひるのたまご」さとうわきこ作・絵 福音館書店(ばばばあちゃんの絵本) 2012年1月

「あめふり」さとうわきこ作・絵 福音館書店(ばばばあちゃんの絵本) 2012年6月

「うみのおまつりどどんとせ」さとうわきこ作・絵 福音館書店(ばばばあちゃんの絵本) 2012年4月

「そりあそび」さとうわきこ作・絵 福音館書店(ばばばあちゃんの絵本) 2012年10月

「たいへんなひるね」さとうわきこ作・絵 福音館書店(ばばばあちゃんの絵本) 2013年2月

「どろんこおそうじ」さとうわきこ作・絵 福音館書店(ばばばあちゃんの絵本) 2012年7月

キャラクター絵本＞ひつじのショーン

「ひつじのショーン シャーリーのダイエット」アードマン・アニメーションズ原作;松井京子文 金の星社 2013年9月

架空のもの・ファンタジー

「ひつじのショーン ショーンとサッカー」アードマン・アニメーションズ原作;松井京子文 金の星社 2013年6月

「ひつじのショーン ピザがたべたい!」アードマン・アニメーションズ原作;松井京子文 金の星社 2013年9月

「ひつじのショーン ひつじのげいじゅつか」アードマン・アニメーションズ原作;松井京子文 金の星社 2013年6月

キャラクター絵本＞ペネロペ

「ペネロペ イースターエッグをさがす」アン・グットマン文;ゲオルグ・ハレンスレーベン絵;ひがしかずこ訳 岩崎書店(ペネロペおはなしえほん) 2011年6月

「ペネロペおねえさんになる」アン・グットマン文;ゲオルグ・ハレンスレーベン絵;ひがしかずこ訳 岩崎書店(ペネロペおはなしえほん) 2012年10月

「ペネロペちきゅうがだいすき」アン・グットマン文;ゲオルグ・ハレンスレーベン絵;ひがしかずこ訳 岩崎書店(ペネロペおはなしえほん) 2013年7月

キャラクター絵本＞ムーミン

「おたんじょうびね、ムーミントロール」トーベ・ヤンソン原作・絵;ラルス・ヤンソン原作・絵;当麻ゆか訳 徳間書店(ムーミンのおはなしえほん) 2012年3月

「ともだちをさがそう、ムーミントロール」トーベ・ヤンソン原作・絵;ラルス・ヤンソン原作・絵;当麻ゆか訳 徳間書店(ムーミンのおはなしえほん) 2013年2月

「ぼうけんにいこうよ、ムーミントロール」トーベ・ヤンソン原作・絵;ラルス・ヤンソン原作・絵;当麻ゆか訳 徳間書店(ムーミンのおはなしえほん) 2012年6月

「ムーミンのさがしもの」リーナ・カーラ文・絵;サミ・カーラ文・絵;もりしたけいこ訳 講談社(講談社の翻訳絵本) 2013年10月

「ゆうれいがこわいの?ムーミントロール」トーベ・ヤンソン原作・絵;ラルス・ヤンソン原作・絵;当麻ゆか訳 徳間書店(ムーミンのおはなしえほん) 2013年9月

「ゆきがふるよ、ムーミントロール」トーベ・ヤンソン原作・絵;ラルス・ヤンソン原作・絵;当麻ゆか訳 徳間書店(ムーミンのおはなしえほん) 2011年10月

巨人・大男

「アマールカ大男にプロポーズされた日」ヴァーツラフ・ベドジフ文・絵;甲斐みのり訳 LD&K BOOKS(アマールカ絵本シリーズ3) 2012年6月

「しまめぐり―落語えほん」桂文我文;スズキコージ絵 ブロンズ新社 2011年3月

「ジャックとまめのき」いもとようこ文・絵 金の星社 2012年7月

「ジャックと豆の木」ジョン・シェリー再話・絵;おびかゆうこ訳 福音館書店(世界傑作絵本シリーズ) 2012年9月

架空のもの・ファンタジー

「ポポくんのかきごおり」accototoふくだとしお＋あきこ作 PHP研究所（PHPにこにこえほん）
2013年6月

「英雄オデュッセウス」ジャン=コーム・ノゲス文;ジャック・ギエ絵;村松定史訳 小峰書店（愛蔵版
世界の名作絵本）2012年10月

小人

「ガリバーの冒険」ジョナサン・スウィフト;原作 井上ひさし;文 安野光雅;絵 文藝春秋 2012年4
月

「クーナ」是枝裕和作;大塚いちお絵 イースト・プレス（こどもプレス）2012年10月

「たべてあげる」ふくべあきひろ文;おおのこうへい絵 教育画劇 2011年11月

「とけいのくにのじゅうじゅうタイム」垣内磯子作;早川純子絵 あかね書房 2011年3月

「ふしぎなカメラ」辻村ノリアキ作;ゴトウノリユキ絵 PHP研究所（PHPにこにこえほん）2012年
11月

「マイマイとナイナイ」皆川博子作;宇野亜喜良絵;東雅夫編 岩崎書店（怪談えほん）2011年10
月

「マッチ箱のカーニャ」北見葉胡作・絵 白泉社 2013年3月

「小さなミンディの大かつやく」エリック・A・キメル文;バーバラ・マクリントック絵;福本友美子訳
ほるぷ出版 2012年10月

死神

「シニガミさん2」宮西達也作・絵 えほんの杜 2012年9月

「ちいさな死神くん」キティ・クローザー作;ときありえ訳 講談社（講談社の翻訳絵本）2011年4月

「泣いてもいい？」グレン・リングトゥヴィズ作;シャロッテ・パーディ絵;田辺欧訳 今人舎 2013年6
月

だるま

「だるだるダディーとゆかいなかぞく」大島妙子作・絵 ひかりのくに 2012年10月

「べんべけざばばん」りとうよい作 絵本館 2013年1月

「もりのだるまさんかぞく」高橋和枝作 教育画劇 2012年9月

天使

「おもちゃびじゅつかんのクリスマス」デイヴィッド・ルーカス作;なかがわちひろ訳 徳間書店
2012年9月

「クリスマスものがたり」パメラ・ドルトン絵;藤本朝巳文 日本キリスト教団出版局（リトルベル）
2012年10月

架空のもの・ファンタジー

「ちいさな死神くん」キティ・クローザー作;ときありえ訳 講談社(講談社の翻訳絵本) 2011年4月

「ねこたちのてんごく」シンシア・ライラント作・絵;まえざわあきえ訳 ひさかたチャイルド 2013年11月

「ラーメンてんし」やなせたかし作・絵 フレーベル館(やなせたかしメルヘン図書館) 2013年7月

人魚・半魚人

「ちいさなプリンセス ソフィア にんぎょの ともだち」キャサリン・ハプカ文;グレース・リー絵;老田勝訳・文 講談社 2013年11月

「フウちゃんクウちゃんロウちゃんのふくろうがっこう さかなをとろうのまき」いとうひろし作 徳間書店 2012年5月

「リトル・マーメイド アリエルとふしぎな落とし物 アンダー・ザ・シー」エル・D.リスコ文;ブリトニー・リー絵;おかだよしえ訳 講談社 2013年9月

「海賊」田島征三作 ポプラ社(ポプラ社の絵本) 2013年7月

「人魚のうたがきこえる」五十嵐大介著 イースト・プレス(こどもプレス) 2013年5月

ヒーロー

「エルマーと100さいのたんじょうび」デビッド・マッキー文・絵;きたむらさとし訳 BL出版(ぞうのエルマー) 2012年11月

「ギリギリかめん」あきやまただし;作・絵 金の星社(新しいえほん) 2012年9月

「ごぞんじ!かいけつしろずきん」もとしたいづみ作;竹内通雅絵 ひかりのくに 2013年2月

「せいぎのみかた ワンダーマンの巻」みやにしたつや作・絵 学研教育出版 2012年10月

「たなばたセブン」もとしたいづみ作;ふくだいわお絵 世界文化社(ワンダーおはなし絵本) 2012年6月

「とびだせ!チンタマン」板橋雅弘作;デハラユキノリ絵 TOブックス 2012年10月

「とびだせ!チンタマン─こどもてんさいきょうしつ─」板橋雅弘作;デハラユキノリ絵 TOブックス 2013年3月

「ぼく、仮面ライダーになる!ウィザード編」のぶみ作 講談社(講談社の創作絵本) 2012年10月

「ぼく、仮面ライダーになる!ガイム編」のぶみ作 講談社(講談社の創作絵本) 2013年10月

「ぼく、仮面ライダーになる!フォーゼ編」のぶみ作 講談社(講談社の創作絵本) 2011年10月

「ぼくだってウルトラマン」よしながこうたく作 講談社(講談社の創作絵本) 2013年11月

貧乏神・福の神

「びんぼうがみさま」福知伸夫再話・絵 福音館書店(こどものとも) 2011年1月

「びんぼうがみじゃ」釜田澄子作;西村繁男絵 教育画劇 2012年12月

架空のもの・ファンタジー

「びんぼうがみとふくのかみ」いもとようこ文・絵 金の星社 2011年6月

不思議の世界・国

「5のすきなおひめさま」こすぎさなえ作;たちもとみちこ絵 PHP研究所(PHPにこにこえほん)
2011年12月

「アリアドネの糸」ハビエル・ソブリーノ文;エレナ・オドリオゾーラ絵;宇野和美訳 光村教育図書
2011年6月

「いちごばたけのちいさなおばあさん」わたりむつこ作;中谷千代子絵 福音館書店(こどものとも
絵本) 2011年6月

「うらしまたろう」広松由希子;ぶん 飯野和好;え 岩崎書店(いまむかしえほん) 2011年3月

「うらしまたろう」令丈ヒロ子;文 たなか鮎子;絵 講談社(講談社の創作絵本) 2012年5月

「おかしのくにのバレリーナ」犬飼由美恵文;まるやまあやこ絵 教育画劇 2013年11月

「おこさまランチランド」丸山誠司著 PHP研究所(PHPにこにこえほん) 2011年11月

「おにぎりゆうしゃ」山崎克己著 イースト・プレス(こどもプレス) 2012年7月

「おばけのうちゅうりょこう」ジャック・デュケノワ作;大澤晶訳 ほるぷ出版 2011年5月

「おひめさまはみずあそびがすき―カボチャンおうこく物語」ビーゲンセン作;加瀬香織絵 絵本
塾出版 2011年5月

「おひめさまようちえんとはくばのおうじさま」のぶみ作 えほんの杜 2011年3月

「おもちゃのくにのゆきまつり」こみねゆら作 福音館書店(こどものとも) 2011年2月

「きつね、きつね、きつねがとおる」伊藤遊作;岡本順絵 ポプラ社(ポプラ社の絵本) 2011年4月

「きょうりゅうかぶしきがいしゃ」富田京一作;古沢博司;山本聖士絵 ほるぷ出版 2012年10月

「ごじょうしゃありがとうございます」シゲリカツヒコ作 ポプラ社(ポプラ社の絵本) 2012年8月

「コットちゃん」かわぐちけいこ作 ポプラ社 2011年3月

「サブレ」木村真二著 飛鳥新社 2012年1月

「じぶんでおしりふけるかな」深見春夫作・絵;藤田紘一郎監修 岩崎書店(えほんのぼうけん)
2013年12月

「ショボリン」サトシン&OTTO作;まつむらまい絵 小学館 2012年11月

「すくえ!ココリンときせきのほし」やなせたかし作・絵 フレーベル館 2011年6月

「スミス先生ときょうりゅうの国」マイケル・ガーランド作;斉藤規訳 新日本出版社 2011年10月

「たこきちとおぼうさん」工藤ノリコ作 PHP研究所(PHPにこにこえほん) 2011年3月

「チリとチリリちかのおはなし」どいかや作 アリス館 2013年4月

架空のもの・ファンタジー

「ティニーふうせんいぬのものがたり」かわむらげんき作;さのけんじろう絵 マガジンハウス
（CASA KIDS）2013年11月

「とけいのくにのじゅうじゅうタイム」垣内磯子作;早川純子絵 あかね書房 2011年3月

「ナナのまほうのむしめがね」オガワナホ作 偕成社 2013年6月

「ねこがおどる日」八木田宜子作;森川百合香絵 童心社 2011年3月

「ねこたちのてんごく」シンシア・ライラント作・絵;まえざわあきえ訳 ひさかたチャイルド 2013年
11月

「ねむれないこのくに」小竹守道子作;西片拓史絵 岩崎書店（えほんのぼうけん）2012年8月

「ビブスの不思議な冒険」ハンス・マグヌス・エンツェンスベルガー作;ロートラウト・ズザンネ・ベ
ルナー絵;山川紘矢訳;山川亜希子訳 PHP研究所 2011年9月

「ふしぎしょうてんがい」きむらゆういち作;林るい絵 世界文化社（ワンダーおはなし絵本）2012
年12月

「プリンちゃん」なかがわちひろ文;たかおゆうこ絵 理論社 2011年9月

「マッチ箱のカーニャ」北見葉胡作・絵 白泉社 2013年3月

「まよいみちこさん」もとしたいづみ作;田中六大絵 小峰書店（にじいろえほん）2013年10月

「みつこととかげ」田中清代作 福音館書店（こどものともコレクション）2011年2月

「もったいないばあさんまほうのくにへ」真珠まりこ作・絵;大友剛マジック監修 講談社（講談社
の創作絵本）2011年3月

「モリス・レスモアとふしぎな空とぶ本」ウィリアム・ジョイス作・絵;おびかゆうこ訳 徳間書店 2012
年10月

「ゆうれいのまち」恒川光太郎作;大畑いくの絵;東雅夫編 岩崎書店（怪談えほん）2012年2月

「れいぞうこのなかのなっとうざむらい」漫画兄弟作・絵 ポプラ社 2013年3月

「れいぞうこのなかのなっとうざむらい――いかりのダブルなっとうりゅう」漫画兄弟作・絵 ポプラ社
2013年10月

「わんぱくだんのどろんこおうこく」ゆきのゆみこ;上野与志作 ひさかたチャイルド 2012年4月

「わんぱくだんのまほうのじゅうたん」ゆきのゆみこ;上野与志作 ひさかたチャイルド 2013年3
月

「九九をとなえる王子さま」はまのゆか作 あかね書房 2013年6月

「水木少年とのんのんばあの地獄めぐり」水木しげる著 マガジンハウス 2013年6月

「凸凹ぼしものがたり」あんびるやすこ作・絵 ひさかたチャイルド 2012年7月

魔法・魔法使い・魔女

「「ニャオ」とウシがなきました」エマ・ドッド作;青山南訳 光村教育図書 2013年10月

架空のもの・ファンタジー

「アラジン―ディズニースーパーゴールド絵本」森はるな文;斎藤妙子構成 講談社 2011年3月

「アラジン―決定版アニメランド」矢部美智代文;西岡たかし本文イラスト 講談社 2011年7月

「イワーシェチカと白い鳥」I.カルナウーホワ再話;松谷さやか訳;M.ミトゥーリチ絵 福音館書店 (ランドセルブックス) 2013年1月

「おおきなかぼちゃ」エリカ・シルバーマン作;S.D.シンドラー絵;おびかゆうこ訳 主婦の友社(主婦の友はじめてブック) 2011年9月

「おばけのくに-リトルピンクとブロキガ」スティーナ・ヴィルセン絵;カーリン・ヴィルセン文;LiLiCo訳 主婦の友社 2011年9月

「たったひとつのねがいごと」バーバラ・マクリントック作;福本友美子訳 ほるぷ出版 2011年11月

「ちび魔女さん」ベア・デル・ルナール作;エマ・ド・ウート絵;おおさわちか訳 ひさかたチャイルド 2011年9月

「つんつくせんせいとまほうのじゅうたん」たかどのほうこ作・絵 フレーベル館 2013年10月

「トトシュとキンギョとまほうのじゅもん」カタリーナ・ヴァルクス作;ふしみみさを訳 クレヨンハウス 2012年9月

「ニコとニキ キャンプでおおさわぎのまき」あいはらひろゆき作;あだちなみ絵 小学館 2013年9月

「ぬすまれたおくりもの」うえつじとしこ文・絵 大日本図書 2011年9月

「ハスの花の精リアン」チェン・ジャンホン作・絵;平岡敦訳 徳間書店 2011年4月

「はぶじゃぶじゃん」ますだゆうこ文;高畠純絵 そうえん社(ケロちゃんえほん) 2011年3月

「フィオーラとふこうのまじょ」たなか鮎子作 講談社(講談社の創作絵本) 2011年5月

「ヘンゼルとグレーテル」グリム原作;いもとようこ文・絵 金の星社 2013年6月

「ホーキのララ」沢木耕太郎作;貴納大輔絵 講談社 2013年4月

「メルリック-まほうをなくしたまほうつかい」デビッド・マッキー作;なかがわちひろ訳 光村教育図書 2013年1月

「もしも、ぼくがトラになったら」ディーター・マイヤー文;フランツィスカ・ブルクハント絵;那須田淳訳 光村教育図書 2013年2月

「もったいないばあさんまほうのくにへ」真珠まりこ作・絵;大友剛マジック監修 講談社(講談社の創作絵本) 2011年3月

「ラプンツェル」グリム原作;那須田淳訳;北見葉胡絵 岩崎書店(絵本・グリム童話) 2011年3月

「ラプンツェル」グリム原作;サラ・ギブ絵;角野栄子訳 文化出版局 2012年12月

「わたし、まだねむたくないの!」スージー・ムーア作;ロージー・リーヴ絵;木坂涼訳 岩崎書店 2011年7月

架空のもの・ファンタジー

「わんぱくだんのまほうのじゅうたん」ゆきのゆみこ作;上野与志作 ひさかたチャイルド 2013年3月

「英雄オデュッセウス」ジャン=コーム・ノゲス文;ジャック・ギエ絵;村松定史訳 小峰書店(愛蔵版世界の名作絵本) 2012年10月

「湖の騎士ランスロット」ジャン・コーム・ノゲス文;クリストフ・デュリュアル絵;こだましおり訳 小峰書店(愛蔵版世界の名作絵本) 2013年3月

やまんば

「さんまいのおふだ」石崎洋司;文 大島妙子;絵 講談社(講談社の創作絵本) 2012年8月

「どーんちーんかーん」武田美穂作 講談社(講談社の創作絵本) 2011年8月

「やまんばあかちゃん」富安陽子文;大島妙子絵 理論社 2011年7月

妖怪

「うどんドンドコ」山崎克己作 BL出版 2012年3月

「うぶめ」京極夏彦作;井上洋介絵;東雅夫編 岩崎書店(京極夏彦の妖怪えほん 悲) 2013年9月

「がっこういこうぜ!」もとしたいづみ作;山本孝絵 岩崎書店(えほんのぼうけん) 2011年12月

「ごじょうしゃありがとうございます」シゲリカツヒコ作 ポプラ社(ポプラ社の絵本) 2012年8月

「ニャントさん」高部晴市;著 イースト・プレス(こどもプレス) 2013年8月

「まよなかのほいくえん」いとうみく作;広瀬克也絵 WAVE出版(えほんをいっしょに。) 2013年5月

「ようかいガマとの おイケにカエる」よしながこうたく作 あかね書房 2011年8月

「ようかいガマとの ゲッコウの怪談」よしながこうたく作 あかね書房 2012年8月

「よなおしてんぐ5にんぐみてんぐるりん!」岩神愛作・絵 岩崎書店(えほんのぼうけん) 2012年1月

妖精・精霊

「あたし、ようせいにあいたい!」のぶみ作 えほんの杜 2013年4月

「アマールカ カッパが怒った日」ヴァーツラフ・ベドジフ文・絵;甲斐みのり訳 LD&K BOOKS(アマールカ絵本シリーズ5) 2012年8月

「アマールカ 王様になった日」ヴァーツラフ・ベドジフ文・絵;甲斐みのり訳 LD&K BOOKS(アマールカ絵本シリーズ6) 2012年8月

「アマールカ子羊を助けた日」ヴァーツラフ・ベドジフ文・絵;甲斐みのり訳 LD&K BOOKS(アマールカ絵本シリーズ2) 2012年4月

架空のもの・ファンタジー

「アマールカ森番をやっつけた日」ヴァーツラフ・ベドジフ文・絵;甲斐みのり訳 LD&K BOOKS
（アマールカ絵本シリーズ1）2012年4月

「アマールカ大男にプロポーズされた日」ヴァーツラフ・ベドジフ文・絵;甲斐みのり訳 LD&K
BOOKS（アマールカ絵本シリーズ3）2012年6月

「アマールカ鳥になった日」ヴァーツラフ・ベドジフ文・絵;甲斐みのり訳 LD&K BOOKS（アマール
カ絵本シリーズ4）2012年6月

「アラジン─ディズニースーパーゴールド絵本」森はるな文;斎藤妙子構成 講談社 2011年3月

「アラジン─決定版アニメランド」矢部美智代文;西岡たかし本文イラスト 講談社 2011年7月

「こぐまのくうちゃん」あまんきみこ文;黒井健絵 童心社 2013年8月

「これだからねこはだいっきらい」シモーナ・メイッサー作;嘉戸法子訳 岩崎書店 2011年9月

「サンゴのしまのポポ」崎山克彦文;川上越子絵 福音館書店（こどものとも）2013年9月

「たったひとつのねがいごと」バーバラ・マクリントック作;福本友美子訳 ほるぷ出版 2011年11
月

「ハスの花の精リアン」チェン・ジャンホン作・絵;平岡敦訳 徳間書店 2011年4月

「ぼくとようせいチュチュ」かさいまり作・絵 ひさかたチャイルド 2012年7月

「モーリーズげんきのたねをさがして」椎名理央文;モーリーズ制作委員会作 小学館 2012年4
月

「白いへびのおはなし」東山凱訳 中国出版トーハン（中国のむかしばなし）2011年6月

「木のおうちとキラキラピンク」ふじまちこ文;吉田すずか絵 岩崎書店（こえだちゃん）2011年6
月

竜・ドラゴン

「おばけのくに─リトルピンクとブロキガ」スティーナ・ヴィルセン絵;カーリン・ヴィルセン文;LiLiCo
訳 主婦の友社 2011年9月

「たいこうちたろう」庄司三智子作 佼成出版社（どんぐりえほんシリーズ）2013年1月

「たつくんおむかえドキドキ─12支キッズのしかけえほん」きむらゆういち作・ふくざわゆみこ絵
ポプラ社 2011年11月

「ちび魔女さん」ベア・デル・ルナール作;エマ・ド・ウート絵;おおさわちか訳 ひさかたチャイルド
2011年9月

「ナージャ海で大あばれ」泉京鹿訳 中国出版トーハン（中国のむかしばなし）2011年1月

「ぱっくんおおかみおとうさんににてる」木村泰子作・絵 ポプラ社（ぱっくんおおかみのえほん）
2013年4月

「フウちゃんクウちゃんロウちゃんのふくろうがっこう さかなをとろうのまき」いとうひろし作 徳間
書店 2012年5月

架空のもの・ファンタジー

「りゅうのぼうや」富安陽子作;早川純子絵 佼成出版社(どんぐりえほんシリーズ) 2012年7月

ロボット

「WASIMO」宮藤官九郎作;安齋肇絵 小学館 2013年1月

「うそつきマルタさん」おおのこうへい作・絵 教育画劇 2013年1月

「うみのそこのてんし」松宮敬治作・絵 BL出版 2011年12月

「おじいちゃんはロボットはかせ」つちやゆみさく作・絵 文渓堂 2011年8月

「おばけのうちゅうりょこう」ジャック・デュケノワ作;大澤晶訳 ほるぷ出版 2011年5月

「ゆけ!ウチロボ!」サトシン作;よしながこうたく絵 講談社(講談社の創作絵本) 2013年3月

【乗り物】

宇宙船・宇宙ステーション

「おばけのうちゅうりょこう」ジャック・デュケノワ作;大澤晶訳 ほるぷ出版 2011年5月

「こくばんくまさんつきへいく」マーサ・アレクサンダー作;風木一人訳 ほるぷ出版 2013年9月

「もしも宇宙でくらしたら」山本省三作;村川恭介監修 WAVE出版(知ることって、たのしい!) 2013年6月

汽車・電車

「あめのひのディーゼルカー」のさかゆうさく作 福音館書店(こどものとも年少版) 2012年11月

「いちご電鉄ケーキ線」二見正直作 PHP研究所(PHPにこにこえほん) 2011年5月

「うさくんのおもちゃでんしゃ」さかいさちえ作・絵 PHP研究所(わたしのえほん) 2011年9月

「うみやまてつどう—さいしゅうでんしゃのふしぎなおきゃくさん」間瀬なおかた作・絵 ひさかたチャイルド 2012年8月

「うみやまてつどう—まぼろしのゆきのはらえき」間瀬なおかた作・絵 ひさかたチャイルド 2011年11月

「うんころもちれっしゃ」えちがわのりゆき文・絵 リトルモア 2013年11月

「エアポートきゅうこうはっしゃ!」みねおみつ作 PHP研究所(PHPにこにこえほん) 2013年9月

「おうちでんしゃはっしゃしまーす」間瀬なおかた作・絵 ひさかたチャイルド 2013年12月

「おかめ列車嫁にいく」いぬんこ作 長崎出版 2012年7月

「おとうさんはうんてんし」平田昌広作;鈴木まもる絵 佼成出版社(おとうさん・おかあさんのしごとシリーズ) 2012年9月

「おにもつはいけん」吉田道子文;梶山俊夫絵 福音館書店(ランドセルブックス) 2011年3月

「カブクワれっしゃ」タツトミカオ著 佼成出版社(クローバーえほんシリーズ) 2012年6月

「きかんしゃがとおるよ」ゴールデン・マクドナルド作;レナード・ワイスガード絵;こみやゆう訳 長崎出版 2012年11月

「こぎつねトンちゃんきしゃにのる」二見正直作 教育画劇 2012年8月

「コンテナくん」たにがわなつき作 福音館書店(ランドセルブックス) 2011年9月

「さよならぼくたちのようちえん」坂元裕二原案;大島妙子文・絵 主婦の友社(主婦の友はじめてブック) 2012年3月

「ちょんまげでんしゃののってちょんまげ」藤本ともひこ作・絵 ひさかたチャイルド 2012年6月

乗り物

「でんしゃだ、でんしゃ!カンカンカン」津田 光郎文・絵 新日本出版社 2011年10月

「でんしゃはっしゃしまーす」まつおかたつひで作 偕成社 2012年9月

「どうぶつきかんしゃしゅっぱつしんこう!」ナオミ・ケフォード文;リン・ムーア文;ベンジー・ディヴィス絵;ふしみみさを訳 ポプラ社(ポプラせかいの絵本) 2012年10月

「とくんとくん」片山令子文;片山健絵 福音館書店(ランドセルブックス) 2012年9月

「なが〜い でんしゃ」古内ヨシ文・絵 至光社(至光社ブッククラブ国際版絵本) 2012年7月

「はしれトロッコれっしゃ」西片拓史作 教育画劇 2012年8月

「バングルスせんせい ちこく! ちこく?」ステファニー・カルメンソン作;よしかわさちこ絵;きむらのりこ訳 ひさかたチャイルド 2011年5月

「よるのきかんしゃ、ゆめのきしゃ」シェリー・ダスキー・リンカー文;トム・リヒテンヘルド絵;福本友美子訳 ひさかたチャイルド 2013年8月

「銀河鉄道の夜」宮沢賢治;作 金井一郎;絵 三起商行(ミキハウスの絵本) 2013年10月

「氷河鼠の毛皮」宮沢賢治;作 堀川理万子;絵 三起商行(ミキハウスの絵本) 2011年10月

汽車・電車＞しんかんせん

「いちにちのりもの」ふくべあきひろ作;かわしまななえ絵 PHP研究所(PHPにこにこえほん) 2011年12月

「しんかんくんでんしゃのたび」のぶみ作 あかね書房 2013年7月

「しんかんくんとあかちゃんたち」のぶみ作 あかね書房 2012年9月

「しんかんくんのクリスマス」のぶみ作 あかね書房 2011年10月

「はしれはやぶさ!とうほくしんかんせん」横溝英一文・絵 小峰書店(のりものえほん) 2012年7月

「新幹線しゅっぱつ！」鎌田歩作 福音館書店(ランドセルブックス) 2011年3月

自転車

「たんじょうびのおくりもの」ブルーノ・ムナーリ作; 谷川俊太郎訳 フレーベル館(ブルーノ・ムナーリの1945シリーズ) 2011年8月

「チリとチリリちかのおはなし」どいかや作 アリス館 2013年4月

「でんしゃだ、でんしゃ!カンカンカン」津田 光郎文・絵 新日本出版社 2011年10月

「ゆきだるまのスノーぼうや」ヒド・ファン・ヘネヒテン作・絵;のざかえつこ訳 フレーベル館 2011年10月

「ローズ色の自転車」ジャンヌ・アシュベ作;野坂悦子訳 光村教育図書 2012年3月

乗り物

自動車

「あかいじどうしゃよんまるさん」堀川真作 福音館書店（こどものとも絵本）2012年1月

「おさるのジョージ　アイスクリームだいすき」M.&H.A.レイ原作;福本友美子訳 岩波書店 2011年9月

「おとどけものでーす！」間瀬なおかた作・絵 ひさかたチャイルド 2012年2月

「おやすみ、はたらくるまたち」シェリー・ダスキー・リンカー文;トム・リヒテンヘルド絵;福本友美子訳 ひさかたチャイルド 2012年9月

「きょうりゅう、えらいぞ」クリス・ゴール著;西山佑訳 いそっぷ社 2012年7月

「すごいくるま」市原淳作 教育画劇 2011年6月

「たんじょうびのおくりもの」ブルーノ・ムナーリ作; 谷川俊太郎訳 フレーベル館（ブルーノ・ムナーリの1945シリーズ）2011年8月

「バングルスせんせい ちこく! ちこく?」ステファニー・カルメンソン作;よしかわさちこ絵;きむらのりこ訳 ひさかたチャイルド 2011年5月

「ぶっちぎれマックィーン! カーズ」斎藤妙子構成・文 講談社（ディズニーえほん文庫）2012年1月

「まちのじどうしゃレース-5ひきのすてきなねずみ」たしろちさと作 ほるぷ出版 2013年9月

「モリくんのすいかカー」かんべあやこ作 くもん出版 2012年6月

「レッドしょうぼうたいしゅつどう! カーズ」斎藤妙子構成・文 講談社（ディズニーえほん文庫）2011年2月

自動車＞緊急自動車

「こわがりやのしょうぼうしゃ ううくん」戸田和代作;にしかわおさむ絵 ポプラ社（こどもえほんランド）2013年4月

「ちっちゃなトラックレッドくんとブラックくん」みやにしたつや作・絵 ひさかたチャイルド 2013年4月

「どうぶつしょうぼうたいだいかつやく」シャロン・レンタ作・絵;まえざわあきえ訳 岩崎書店 2012年6月

「れいぞうこにマンモス!?」ミカエル・エスコフィエ文;マチュー・モデ絵;ふしみみさを訳 光村教育図書 2012年6月

「レッドしょうぼうたいしゅつどう! カーズ」斎藤妙子構成・文 講談社（ディズニーえほん文庫）2011年2月

自動車＞トラック・ダンプカー

「おかめ列車嫁にいく」いぬんこ作 長崎出版 2012年7月

乗り物

「おやすみ、はたらくくるまたち」シェリー・ダスキー・リンカー 文;トム・リヒテンヘルド絵;福本友美子訳 ひさかたチャイルド 2012年9月

「きょうりゅう、えらいぞ」クリス・ゴール著;西山佑訳 いそっぷ社 2012年7月

「こわがりやのしょうぼうしゃ ううくん」戸田和代作;にしかわおさむ絵 ポプラ社(こどもえほんランド) 2013年4月

「ショベルカーダーチャ」松本州平作・絵 教育画劇 2011年6月

「ちっちゃなトラックレッドくんとブラックくん」みやにしたつや作・絵 ひさかたチャイルド 2013年4月

「でんしゃだ、でんしゃ!カンカンカン」津田 光郎文・絵 新日本出版社 2011年10月

自動車＞バス

「あめのひのディーゼルカー」のさかゆうさく作 福音館書店(こどものとも年少版) 2012年11月

「アリのおでかけ」西村敏雄作 白泉社(こどもMOEのえほん) 2012年5月

「おならバスのたーむくん」ささきみお作・絵 ひさかたチャイルド 2013年9月

「がたぴしくん」たしろちさと作・絵 PHP研究所(わたしのえほん) 2011年7月

「ごじょうしゃありがとうございます」シゲリカツヒコ作 ポプラ社(ポプラ社の絵本) 2012年8月

「たなばたバス」藤本ともひこ作・絵 鈴木出版(チューリップえほんシリーズ) 2012年6月

「ねじまきバス」たむらしげる作 福音館書店(こどものとも年中向き) 2013年5月

「バスガエル」戸田和代作;シゲリカツヒコ絵 佼成出版社 2013年6月

「バスがくるまで」森山京作;黒井健絵 小峰書店(にじいろえほん) 2011年11月

「バングルスせんせい ちこく! ちこく?」ステファニー・カルメンソン作;よしかわさちこ絵;きむらのりこ訳 ひさかたチャイルド 2011年5月

「ピオポのバスりょこう」中川洋典作・絵 岩崎書店(えほんのぼうけん) 2012年6月

「ボンちゃんバス」ひらのてつお作・絵 ひさかたチャイルド 2011年9月

「みんなをのせてバスのうんてんしさん」山本省三作;はせがわかこ絵 講談社(講談社の創作絵本) 2013年6月

「わたしたちのてんごくバス」ボブ・グレアム作;こだまともこ訳 さ・え・ら書房 2013年12月

自動車＞ブルドーザー・ショベルカー

「いちにちのりもの」ふくべあきひろ作;かわしまななえ絵 PHP研究所(PHPにこにこえほん) 2011年12月

「おやすみ、はたらくくるまたち」シェリー・ダスキー・リンカー 文;トム・リヒテンヘルド絵;福本友美子訳 ひさかたチャイルド 2012年9月

乗り物

「きょうりゅう、えらいぞ」クリス・ゴール著;西山佑訳 いそっぷ社 2012年7月

「ショベルカーダーチャ」松本州平作・絵 教育画劇 2011年6月

乗り物一般

「ききゅうにのったこねこ」マーガレット・ワイズ・ブラウン作;レナード・ワイスガード絵;こみやゆう訳 長崎出版 2011年2月

「こうさぎと4ほんのマフラー」わたりむつこ作;でくねいく絵 のら書店 2013年12月

「そりあそび」さとうわきこ作・絵 福音館書店(ばばばあちゃんの絵本) 2012年10月

「ねんどろん」荒井良二著 講談社(講談社の創作絵本) 2012年3月

「ぱっくんおおかみとくいしんぼん」木村泰子作・絵 ポプラ社(ぱっくんおおかみのえほん) 2013年4月

飛行機・ヘリコプター

「シドニー行き714便」エルジェ作;川口恵子訳 福音館書店(タンタンの冒険ペーパーバック版) 2011年10月

「ぞうはどこへもいかない」五味太郎作 偕成社 2013年10月

「タンタンチベットをゆく」エルジェ作;川口恵子訳 福音館書店(タンタンの冒険ペーパーバック版) 2011年10月

「ぶたがとぶ」佐々木マキ作 絵本館 2013年10月

「ふたつの勇気」山本省三文;夏目尚吾絵 学研教育出版 2013年8月

「ペンギンきょうだい そらのたび」工藤ノリコ作 ブロンズ新社 2012年10月

「ぼくひこうき」ひがしちから作 ゴブリン書房 2011年5月

「紅海のサメ」エルジェ作;川口恵子訳 福音館書店(タンタンの冒険ペーパーバック版) 2011年8月

「黒い島のひみつ」エルジェ作;川口恵子訳 福音館書店(タンタンの冒険ペーパーバック版) 2011年4月

船・ヨット

「うまれかわったヘラジカさん」ニコラス・オールドランド作;落合恵子訳 クレヨンハウス(人生を希望に変えるニコラスの絵本) 2011年12月

「うみのどうぶつとしょかんせん」菊池俊作;こばようこ絵 教育画劇 2012年6月

「うみぼうず」杉山亮作;軽部武宏絵 ポプラ社(杉山亮のおばけ話絵本2) 2011年2月

「おじいちゃんのふね」ひがしちから作 ブロンズ新社 2011年7月

「おばけのゆかいなふなたび」ジャック・デュケノワ作;大澤晶訳 ほるぷ出版 2013年7月

乗り物

「かいぞくゴックン」ジョニー・ダドル作;アーサー・ビナード訳 ポプラ社(ポプラせかいの絵本) 2013年10月

「かけた耳」エルジェ作;川口恵子訳 福音館書店(タンタンの冒険ペーパーバック版) 2011年6月

「キッキとトーちゃんふねをつくる」浅生ハルミン著 芸術新聞社 2012年11月

「コンテナくん」たにがわなつき作 福音館書店(ランドセルブックス) 2011年9月

「ぞうはどこへいった?」五味太郎作 偕成社 2012年2月

「ソフィー・スコットの南極日記」アリソン・レスター作;斎藤倫子訳 小峰書店(絵本地球ライブラリー) 2013年8月

「ともだちをさがそう、ムーミントロール」トーベ・ヤンソン原作・絵;ラルス・ヤンソン原作・絵;当麻ゆか訳 徳間書店(ムーミンのおはなしえほん) 2013年2月

「ネコがすきな船長のおはなし」インガ・ムーア作・絵;たがきょうこ訳 徳間書店 2013年9月

「ノアの箱舟」ハインツ・ヤーニッシュ文;リスベート・ツヴェルガー絵;池田香代子訳 BL出版 2011年2月

「ふうせんクジラボンはヒーロー」わたなべゆういち作・絵 佼成出版社(クローバーえほんシリーズ) 2012年2月

「ふしぎな流れ星」エルジェ作;川口恵子訳 福音館書店(タンタンの冒険ペーパーバック版) 2011年4月

「ペンギンきょうだい ふねのたび」工藤ノリコ作 ブロンズ新社 2011年6月

「ぼうけんにいこうよ、ムーミントロール」トーベ・ヤンソン原作・絵;ラルス・ヤンソン原作・絵;当麻ゆか訳 徳間書店(ムーミンのおはなしえほん) 2012年6月

「もじゃひげせんちょうとかいぞくたち」コルネーリア・フンケ文;ケルスティン・マイヤー絵;ますがちかこ訳 WAVE出版 2013年11月

「よるのふね」山下明生作;黒井健絵 ポプラ社(ポプラ社の絵本) 2011年4月

「英雄オデュッセウス」ジャン=コーム・ノゲス文;ジャック・ギエ絵;村松定史訳 小峰書店(愛蔵版世界の名作絵本) 2012年10月

「金のはさみのカニ」エルジェ作;川口恵子訳 福音館書店(タンタンの冒険ペーパーバック版) 2011年4月

「紅海のサメ」エルジェ作;川口恵子訳 福音館書店(タンタンの冒険ペーパーバック版) 2011年8月

「淀川ものがたり お船がきた日」小林豊文・絵 岩波書店 2013年10月

乗り物

ロケット

「いちにちのりもの」ふくべあきひろ作;かわしまななえ絵 PHP研究所(PHPにこにこえほん)
2011年12月

「うちゅうロケットはっしゃ!」斎藤妙子構成・文 講談社(ディズニーえほん文庫) 2012年7月

「月世界探険」エルジェ作;川口恵子訳 福音館書店(タンタンの冒険ペーパーバック版) 2011
年8月

【笑い話・ユーモア】

ナンセンス絵本

「あかにんじゃ」穂村弘作;木内達朗絵 岩崎書店(えほんのぼうけん) 2012年6月

「いくらなんでもいくらくん」シゲタサヤカ著 イースト・プレス(こどもプレス) 2013年11月

「うんちっち」ステファニー・ブレイク作;ふしみみさを訳 あすなろ書房 2011年11月

「おしろとおくろ」丸山誠司著 佼成出版社 2013年4月

「おなべふこどもしんりょうじょ」やぎゅうげんいちろう作 福音館書店(日本傑作絵本シリーズ) 2013年2月

「おひげおひげ」内田麟太郎作;西村敏雄絵 鈴木出版(チューリップえほんシリーズ) 2012年6月

「ガンジーさん」長谷川義史著 イースト・プレス(こどもプレス) 2011年9月

「キャベツがたべたいのです」シゲタサヤカ作・絵 教育画劇 2011年5月

「くしカツさんちはまんいんです」岡田よしたか作 PHP研究所(わたしのえほん) 2013年11月

「こんなことがあっタワー」丸山誠司作 えほんの杜 2012年12月

「ちくわのわーさん」岡田よしたか作 ブロンズ新社 2011年10月

「どうだ！まいったか-かまきりのカマーくんといなごのオヤツちゃん」田島征三作 大日本図書 2012年2月

「トトシュとマリーとたんすのおうち」カタリーナ・ヴァルクス作;ふしみみさを訳 クレヨンハウス 2011年4月

「とびたいぶたですよ」モー・ウィレムズ作;落合恵子訳 クレヨンハウス(ぞうさん・ぶたさんシリーズ絵本) 2013年9月

「ぶつくさモンクターレさん」サトシン作;西村敏雄絵 PHP研究所(わたしのえほん) 2011年10月

「ふとんちゃん」きむらよしお作 絵本館 2012年7月

「ヘンテコリンおじさん」みやにしたつや作・絵 講談社(講談社の創作絵本) 2013年10月

「ようちえんがばけますよ」内田麟太郎文;西村繁男絵 くもん出版 2012年3月

「ラーメンちゃん」長谷川義史作 絵本館 2011年9月

「わっ」井上洋介・絵 小峰書店(にじいろえほん) 2012年12月

「魚助さん」きむらよしお著 佼成出版社 2013年10月

笑い話・ユーモア

落語絵本

「しまめぐり―落語えほん」桂文我文;スズキコージ絵 ブロンズ新社 2011年3月

「みょうがやど」川端誠;[作] クレヨンハウス(落語絵本) 2012年6月

「母恋いくらげ」柳家喬太郎原作;大島妙子文・絵 理論社 2013年3月

笑い話・ユーモア一般

「あかちゃん社長がやってきた」マーラ・フレイジー作;もas したいづみ訳 講談社(講談社の翻訳絵本) 2012年9月

「あんたがサンタ?」佐々木マキ絵 絵本館 2012年10月

「うつぼざる―狂言えほん」もとしたいづみ文;西村繁男絵 講談社(講談社の創作絵本) 2011年11月

「えんまのはいしゃ」くすのきしげのり作;二見正直絵 偕成社 2011年11月

「おいしいぼうし」シゲタサヤカ作・絵 教育画劇 2013年5月

「おおきなわんぱくぼうや」ケビン・ホークス作;尾高薫訳 ほるぷ出版 2011年8月

「おさるのパティシエ」サトシン作;中谷靖彦絵 小学館 2012年10月

「おたまじゃくしのニョロ」稲垣栄洋作;西村繁男絵 福音館書店(こどものとも) 2011年5月

「おならローリー」こぐれけいすけ作 学研教育出版 2011年1月

「おれたちはパンダじゃない」サトシン作;すがわらけいこ絵 アリス館 2011年4月

「かばこさん」やなせたかし作 フレーベル館(やなせたかしメルヘン図書館) 2013年9月

「かぶと四十郎 お昼の決闘の巻」宮西達也作・絵 教育画劇 2011年5月

「かもとりごんべえ」令丈ヒロ子;文 長谷川義史;絵 講談社(講談社の創作絵本) 2012年11月

「カンガルーがいっぱい」山西ゲンイチ作・絵 教育画劇 2011年5月

「きょうりゅうじまだいぼうけん」間瀬なおかた作・絵 ひさかたチャイルド 2011年6月

「くまときつね」いもとようこ;文・絵 金の星社 2011年4月

「これだからねこはだいっきらい」シモーナ・メイッサー作;嘉戸法子訳 岩崎書店 2011年9月

「こんぶのぶーさん」岡田よしたか作 ブロンズ新社 2013年3月

「しごとをとりかえたおやじさん―ノルウェーの昔話」山越一夫再話;山崎英介画 福音館書店(こどものともコレクション) 2011年2月

「しろくまのパンツ」tupera tupera作 ブロンズ新社 2012年9月

「するめのするりのすけ」こいでなつこ作 あかね書房 2012年4月

「タベールだんしゃく」さかもといくこ作・絵 ひさかたチャイルド 2011年12月

笑い話・ユーモア

「つぎのかたどうぞ―はたけやこううんさいいちざざいんぼしゅうのおはなし」飯野和好作 小学館(おひさまのほん) 2011年7月

「でんせつのきょだいあんまんをはこべ」サトシン作;よしながこうたく絵 講談社(講談社の創作絵本) 2011年9月

「どーんちーんかーん」武田美穂作 講談社(講談社の創作絵本) 2011年8月

「とらはらパーティー」シン・トングン作・絵;ユン・ヘジョン訳 岩崎書店 2011年2月

「ながーい でんしゃ」古内ヨシ文・絵 至光社(至光社ブッククラブ国際版絵本) 2012年7月

「ハーナンとクーソン」山西ゲンイチ文・絵 大日本図書 2013年3月

「はしれ！やきにくん」塚本やすし作 ポプラ社(絵本のおもちゃばこ) 2011年1月

「バナナわに」尾崎美紀作;市居みか絵 ひさかたチャイルド 2011年5月

「ハブラシくん」岡田よしたか作 ひかりのくに 2013年9月

「ハラヘッターとチョコリーナ」のぶみ作 講談社(講談社の創作絵本) 2013年5月

「へいきへいきのへのかっぱ！」苅田澄子作;田中六大絵 教育画劇 2011年2月

「へっこきよめさま」令丈ヒロ子;文 おくはらゆめ;絵 講談社(講談社の創作絵本) 2012年8月

「べんとうべんたろう」中川ひろたか文;酒井絹恵絵 偕成社 2012年9月

「へんなおばけ」大森裕子著 白泉社(こどもMOEのえほん) 2012年7月

「ぼく、いってくる！」マチュー・モデ作;ふしみみさを訳 光村教育図書 2013年6月

「ボクのかしこいパンツくん」乙一原作;長崎訓子絵 イースト・プレス(こどもプレス) 2012年9月

「もしもであはは」そうまこうへい文;あさぬまとおる絵 あすなろ書房 2011年5月

「やきいもするぞ」おくはらゆめ作 ゴブリン書房 2011年10月

「ゆうれいなっとう」苅田澄子文;大島妙子絵 アリス館 2011年7月

「わりばしワーリーもういいよ」シゲタサヤカ作・絵 鈴木出版(チューリップえほんシリーズ) 2013年7月

「一休さん」杉山亮;文 長野ヒデ子;絵 小学館(日本名作おはなし絵本) 2011年2月

「岩をたたくウサギ」よねやまひろこ再話;シリグ村の女たち絵 新日本出版社 2012年4月

民話・昔話・名作・物語

【民話・昔話・名作・物語】

怪談

「いるのいないの」京極夏彦;作 町田尚子;絵 岩崎書店(怪談えほん) 2012年2月

「ちょうつがいきいきい」加門七海作;軽部武宏絵;東雅夫編 岩崎書店(怪談えほん) 2012年3月

「マイマイとナイナイ」皆川博子作;宇野亜喜良絵;東雅夫編 岩崎書店(怪談えほん) 2011年10月

「ゆうれいのまち」恒川光太郎作;大畑いくの絵;東雅夫編 岩崎書店(怪談えほん) 2012年2月

「ようかいガマとの ゲッコウの怪談」よしながこうたく作 あかね書房 2012年8月

「悪い本」宮部みゆき作;吉田尚令絵;東雅夫編 岩崎書店(怪談えほん) 2011年10月

世界の神話

「イカロスの夢」ジャン=コーム・ノゲス文;イポリット絵 小峰書店(愛蔵版世界の名作絵本) 2012年7月

「クリスマスものがたり」パメラ・ドルトン絵;藤本朝巳文 日本キリスト教団出版局(リトルベル) 2012年10月

「ノアの箱舟」ハインツ・ヤーニッシュ文;リスベート・ツヴェルガー絵;池田香代子訳 BL出版 2011年2月

「英雄オデュッセウス」ジャン=コーム・ノゲス文;ジャック・ギエ絵;村松定史訳 小峰書店(愛蔵版世界の名作絵本) 2012年10月

世界の物語

「ソフィー・スコットの南極日記」アリソン・レスター作;斎藤倫子訳 小峰書店(絵本地球ライブラリー) 2013年8月

「ちいさな鳥の地球たび」藤原幸一写真・文 岩崎書店(えほんのぼうけん) 2011年8月

「ねどこどこ?―ダヤンと森の写真絵本」池田あきこ作・絵;横塚眞己人写真 長崎出版 2013年2月

「森の音を聞いてごらん」池田あきこ著 白泉社 2011年9月

世界の物語＞アジア

「うでわうり―スリランカの昔話より」プンニャ・クマーリ再話・絵 福音館書店(こどものとも) 2012年9月

「おかあさんとわるいキツネ」イチンノロブ・ガンバートル文;バーサンスレン・ボロルマー絵;つだのりこ訳 福音館書店(世界傑作絵本シリーズ) 2011年11月

165

民話・昔話・名作・物語

「ゴナンとかいぶつ」イチンノロブ・ガンバートル文;バーサンスレン・ボロルマー絵;津田紀子訳 偕成社 2013年3月

「スーフと白い馬」いもとようこ文・絵 金の星社 2012年4月

「天からおりてきた河」寮美千子文;山田博之画 長崎出版 2013年6月

世界の物語＞アジア＞韓国・北朝鮮

「シルム」キム・ジャンソン作;イ・スンヒョン絵;ホン・カズミ訳 岩崎書店 2011年1月

「とらはらパーティー」シン・トングン作・絵;ユン・ヘジョン訳 岩崎書店 2011年2月

「ハンヒの市場めぐり」カン・ジョンヒ作;おおたけきよみ訳 光村教育図書 2013年2月

「プルガサリ」キム・ジュンチョル再話;イ・ヒョンジン絵;ピョン・キジャ訳 岩崎書店 2011年2月

「非武装地帯に春がくると」イ・オクベ作;おおたけきよみ訳 童心社([日・中・韓平和絵本) 2011年4月

世界の物語＞アジア＞中国

「あばれんぼうのそんごくう」泉京鹿訳 中国出版トーハン(中国のむかしばなし) 2011年6月

「おおみそかかいじゅうたいじ」東山凱訳 中国出版トーハン(中国のむかしばなし) 2011年1月

「だあれがいちばん十二支のおはなし」東山凱訳 中国出版トーハン(中国のむかしばなし) 2011年1月

「チュンチエ」ユイ・リーチョン文;チュ・チョンリャン絵;中由美子 光村教育図書 2011年12月

「ナージャ海で大あばれ」泉京鹿訳 中国出版トーハン(中国のむかしばなし) 2011年1月

「ながいかみのむすめチャンファメイ―中国侗族(トンぞく)の民話」君島久子再話;後藤仁画 福音館書店(こどものとも) 2013年3月

「なみだでくずれた万里の長城」唐亜明文;蔡皋絵 岩波書店 2012年4月

「パオアルのキツネたいじ」蒲松齢原作;心怡再話;蔡皋絵;中由美子訳 徳間書店 2012年10月

「ほうれんとう」泉京鹿訳 中国出版トーハン(中国のむかしばなし) 2011年6月

「京劇がきえた日―秦淮河一九三七」姚紅作;姚月蔭原案;中田美子訳 童心社([日・中・韓平和絵本) 2011年4月

「空城の計―三国志絵本」唐亜明文;于大武絵 岩波書店(大型絵本) 2011年4月

「犬になった王子―チベットの民話」君島久子文;後藤仁絵 岩波書店 2013年11月

「七たび孟獲をとらえる―三国志絵本」唐亜明文;于大武絵 岩波書店(大型絵本) 2011年4月

「白いへびのおはなし」東山凱訳 中国出版トーハン(中国のむかしばなし) 2011年6月

民話・昔話・名作・物語

世界の物語＞アフリカ

「ふしぎなボジャビのき」ダイアン・ホフマイアー再話;ピート・フロブラー絵;さくまゆみこ訳 光村教育図書 2013年5月

「マザネンダバ−南アフリカ・お話のはじまりのお話」ティナ・ムショーペ文;三浦恭子訳;マプラ刺繍プロジェクト刺繍 福音館書店(こどものとも) 2012年2月

「マングローブの木」スーザン・L. ロス文とコラージュ;シンディー・トランボア文;松沢あさか訳 さ・え・ら書房 2013年7月

「ミルクこぼしちゃだめよ!」スティーヴン・デイヴィーズ文;クリストファー・コー絵;福本友美子訳 ほるぷ出版 2013年7月

「岩をたたくウサギ」よねやまひろこ再話;シリグ村の女たち絵 新日本出版社 2012年4月

「風をつかまえたウィリアム」ウィリアム・カムクワンバ文;ブライアン・ミーラー文;エリザベス・ズーノン絵;さくまゆみこ訳 さ・え・ら書房 2012年10月

世界の物語＞アンデルセン童話

「おやゆびひめ」三木卓;文 荒井良二;絵 講談社(講談社のおはなし絵本箱) 2013年1月

「おやゆびひめ」ハンス・クリスチャン・アンデルセン作;リスベート・ツヴェルガー絵;江國香織訳 BL出版 2013年10月

「すずのへいたいさん」アンデルセン原作;いもとようこ文・絵 金の星社 2013年12月

「にんぎょひめ−アンデルセンのおひめさま」アンデルセン原作;高橋真琴絵;八百板洋子文 学研教育出版 2012年5月

「はだかのおうさま」アンデルセン原作;いもとようこ文・絵 金の星社 2013年2月

世界の物語＞イソップ物語

「うさぎとかめ」ジェリー・ピンクニー作;さくまゆみこ訳 光村教育図書 2013年10月

「きたかぜとたいよう」蜂飼耳文;山福朱実絵 岩崎書店(イソップえほん) 2011年3月

「とかいのねずみといなかのねずみ−あたらしいイソップのおはなし」カトリーン・シェーラー作;関口裕昭訳 光村教育図書 2011年2月

世界の物語＞王子様

「サブレ」木村真二著 飛鳥新社 2012年1月

「ラプンツェル」グリム原作;那須田淳訳;北見葉胡絵 岩崎書店(絵本・グリム童話) 2011年3月

「ラプンツェル」グリム原作;サラ・ギブ絵;角野栄子訳 文化出版局 2012年12月

民話・昔話・名作・物語

世界の物語＞グリム童話

「あめふらし」グリム著;若松宣子訳;出久根育絵 偕成社 2013年10月

「くまの皮をきた男」グリム著;フェリクス・ホフマン絵;佐々梨代子訳;野村泫訳 こぐま社 2012年7月

「シンデレラ」シャルル・ペロー原作;ヤコブ・グリム原作 学研教育出版 2011年4月

「ねむりひめ」グリム原作;いもとようこ文・絵 金の星社 2013年4月

「ブレーメンのおんがくたい」グリム原作;いもとようこ文・絵 金の星社 2012年12月

「ヘンゼルとグレーテル」グリム原作;いもとようこ文・絵 金の星社 2013年6月

「ゆうかんなうしクランシー」ラチー・ヒューム作;長友恵子訳 小学館 2011年5月

世界の物語＞グリム童話＞赤ずきん

「あかずきん」グリム原作;那須田淳訳;北見葉胡絵 岩崎書店(絵本・グリム童話) 2012年3月

「ふとんちゃん」きむらよしお作 絵本館 2012年7月

「赤ずきん」グリム原作;フェリクス・ホフマン画;大塚勇三訳 福音館書店 2012年6月

世界の物語＞グリム童話＞ラプンツェル

「ラプンツェル」グリム原作;那須田淳訳;北見葉胡絵 岩崎書店(絵本・グリム童話) 2011年3月

「ラプンツェル」グリム原作;サラ・ギブ絵;角野栄子訳 文化出版局 2012年12月

「塔の上のラプンツェルティアラのひみつ」駒田文子構成・文 講談社(ディズニーゴールド絵本) 2013年8月

世界の物語＞中東

「アリ・ババと40人の盗賊」リュック・ルフォール再話;エムル・オルン絵;こだましおり訳 小峰書店(愛蔵版世界の名作絵本) 2011年9月

「ハナンのヒツジが生まれたよ」井上夕香文;小林豊絵 小学館 2011年9月

「紅海のサメ」エルジェ作;川口恵子訳 福音館書店(タンタンの冒険ペーパーバック版) 2011年8月

「商人とオウム」ミーナ・ジャバアービン文;ブルース・ホワットリー絵;青山南訳 光村教育図書 2012年1月

「燃える水の国」エルジェ作;川口恵子訳 福音館書店(タンタンの冒険ペーパーバック版) 2011年8月

民話・昔話・名作・物語

世界の物語＞中南米

「エロイーサと虫たち」ハイロ・ブイトラゴ 文;ラファエル・ジョクテング絵;宇野和美訳 さ・え・ら書房 2011年9月

「じゃがいもアイスクリーム？」市川里美作 BL出版 2011年7月

「ひとりぼっちのジョージ」ペンギンパンダ作・絵 ひさかたチャイルド 2011年7月

「ワニのお嫁さんとハチドリのお嫁さん」清水たま子文;竹田鎮三郎絵 福音館書店（日本傑作絵本シリーズ）2013年11月

「太陽の神殿」エルジェ作;川口恵子訳 福音館書店(タンタンの冒険ペーパーバック版) 2011年6月

「道はみんなのもの」クルーサ文;モニカ・ドペルト絵;岡野富茂子訳;岡野恭介訳 さ・え・ら書房 2013年1月

世界の物語＞ペロー童話

「シンデレラ」シャルル・ペロー原作;ヤコブ・グリム原作 学研教育出版 2011年4月

「シンデレラ」安野光雅文・絵 世界文化社 2011年7月

「長ぐつをはいたネコ」シャルル・ペロー原作;石津ちひろ抄訳;田中清代絵 ブロンズ新社 2012年1月

世界の物語＞北米＞アメリカ合衆国

「おじいちゃんの手」マーガレット・H.メイソン文;フロイド・クーパー絵;もりうちすみこ訳 光村教育図書 2011年7月

「つぼつくりのデイヴ」レイバン・キャリック・ヒル文;ブライアン・コリアー絵;さくまゆみこ訳 光村教育図書 2012年1月

「としょかんねこデューイ」ヴィッキー・マイロン文;ブレット・ウィター文;スティーヴ・ジェイムズ絵;三木卓訳 文化学園文化出版局 2012年3月

「ドングリさがして」ドン・フリーマン＆ロイ・フリーマン作;山下明生訳 BL出版 2012年10月

「バーナムの骨」トレイシー・E.ファーン文;ボリス・クリコフ絵;片岡しのぶ訳 光村教育図書 2013年2月

「マドレーヌ、ホワイトハウスにいく」ジョン・ベーメルマンス・マルシアーノ作;江國香織訳 BL出版 2011年3月

「マリアンは歌う」パム・ムニョス・ライアン文;ブライアン・セルズニック絵;もりうちすみこ訳 光村教育図書 2013年1月

「ゆめちゃんのハロウィーン」高林麻里作 講談社(講談社の創作絵本) 2011年8月

民話・昔話・名作・物語

「リンゴのたび」デボラ・ホプキンソン作;ナンシー・カーペンター絵;藤本朝巳訳 小峰書店(わくわく世界の絵本) 2012年8月

「図書館に児童室ができた日」ジャン・ピンボロー文;デビー・アトウェル絵;張替惠子訳 徳間書店 2013年8月

世界の物語＞ヨーロッパ

「3人はなかよしだった」三木卓文;ケルットゥ・ヴオラッブ原作・絵 かまくら春秋社 2013年5月

「カンテクレール キジに恋したにわとり」ヨー・ルーツ作;フレート・フィッセルス作;エレ・フレイセ絵;久保谷洋訳 朝日学生新聞社 2012年1月

「きこりとテーブル―トルコの昔話」八百板洋子再話;吉實恵絵 福音館書店(こどものとも年中向き) 2011年12月

「しごとをとりかえたおやじさん―ノルウェーの昔話」山越一夫再話;山崎英介画 福音館書店(こどものともコレクション) 2011年2月

「なまけもののエメーリャ」山中まさひこ文;ささめやゆき絵 小学館 2011年7月

「ピートのスケートレース」ルイーズ・ボーデン作;ニキ・ダリー絵;ふなとよし子訳 福音館書店(世界傑作絵本シリーズ) 2011年11月

「みっつのねがい」ピレット・ラウド再話・絵 まえざわあきえ訳 福音館書店(世界傑作絵本シリーズ) 2012年1月

「メロウ」せなけいこ再話・絵 ポプラ社 2011年5月

「レ・ミゼラブル」ヴィクトル・ユゴー原作;リュック・ルフォール再話;河野万里子訳 小峰書店(愛蔵版世界の名作絵本) 2012年3月

「白い街あったかい雪」鎌田實文;小林豊絵 ポプラ社(ポプラ社の絵本) 2013年11月

「白い馬」東山魁夷絵;松本猛文・構成 講談社 2012年7月

世界の物語＞ヨーロッパ＞イギリス

「ザザのちいさいおとうと」ルーシー・カズンズ作;五味太郎訳 偕成社 2011年1月

「教会ねずみとのんきなねこ」グレアム・オークリー作・絵;三原泉訳 徳間書店 2011年7月

「教会ねずみとのんきなねこのわるものたいじ」グレアム・オークリー作・絵;三原泉訳 徳間書店 2012年2月

世界の物語＞ヨーロッパ＞イタリア

「フィオーラとふこうのまじょ」たなか鮎子作 講談社(講談社の創作絵本) 2011年5月

「ラファエロ」ニコラ・チンクエッティ文;ビンバ・ランドマン絵;青柳正規監訳 西村書店東京出版編集部 2013年4月

民話・昔話・名作・物語

「石の巨人」ジェーン・サトクリフ文;ジョン・シェリー絵;なかがわちひろ訳 小峰書店(絵本地球ライブラリー) 2013年9月

世界の物語＞ヨーロッパ＞ドイツ

「グーテンベルクのふしぎな機械」ジェイムズ・ランフォード作;千葉茂樹訳 あすなろ書房 2013年4月

「コルチャック先生─子どもの権利条約の父」トメク・ボガツキ作;柳田邦男訳 講談社(講談社の翻訳絵本) 2011年1月

「ちきゅうの子どもたち」グードルン・パウゼヴァング文;アンネゲルト・フックスフーバー絵;酒寄進一訳 ほるぷ出版 2011年8月

「プレッツェルのはじまり」エリック・カール作;アーサー・ビナード訳 偕成社 2013年2月

日本の物語

「あかちゃんになったおばあさん」いもとようこ;文・絵 金の星社 2011年12月

「あたまがふくしまちゃん──日本中の子どもたちへ──」のぶみ作;宮田健吾作 TOブックス 2013年7月

「うらしまたろう」広松由希子;ぶん 飯野和好;え 岩崎書店(いまむかしえほん) 2011年3月

「うらしまたろう」令丈ヒロ子;文 たなか鮎子;絵 講談社(講談社の創作絵本) 2012年5月

「かさじぞう」令丈ヒロ子;文 野村たかあき;絵 講談社(講談社の創作絵本) 2012年11月

「かもとりごんべえ」令丈ヒロ子;文 長谷川義史;絵 講談社(講談社の創作絵本) 2012年11月

「ききみみずきん」広松由希子;ぶん 降矢なな;え 岩崎書店(いまむかしえほん) 2012年3月

「さんまいのおふだ」石崎洋司;文 大島妙子;絵 講談社(講談社の創作絵本) 2012年8月

「つるのおんがえし」石崎洋司;文 水口理恵子;絵 講談社(講談社の創作絵本) 2012年11月

「つるのよめさま」松谷みよ子文;鈴木まもる絵 ハッピーオウル社(語り伝えたい・日本のむかしばなし) 2011年3月

「びんぼうがみとふくのかみ」いもとようこ文・絵 金の星社 2011年6月

「ぶすのつぼ」日野十成再話;本間利依絵 福音館書店(こどものとも) 2013年1月

「みるなのへや」広松由希子;ぶん 片山健;え 岩崎書店(いまむかしえほん) 2011年6月

「ももたろう」こわせ・たまみ;文 高見八重子;絵 鈴木出版(たんぽぽえほんシリーズ) 2012年1月

「ももたろう」石崎洋司;文 武田美穂;絵 講談社(講談社の創作絵本) 2012年2月

「わかがえりの水」広松由希子;ぶん スズキコージ;え 岩崎書店(いまむかしえほん) 2011年12月

民話・昔話・名作・物語

「わらしべちょうじゃ」石崎洋司;文 西村敏雄;絵（講談社の創作絵本）2012年5月

「一休さん」杉山亮;文 長野ヒデ子;絵 小学館（日本名作おはなし絵本）2011年2月

「空とぶ鉢」寮美千子文 長崎出版（やまと絵本）2012年5月

「決戦! どうぶつ関ケ原」コマヤスカン作;笠谷和比古監修 講談社（講談社の創作絵本）2012年11月

「生まれかわり」寮美千子文 長崎出版（やまと絵本）2012年8月

「滝のむこうの国」ほりかわりまこ作 偕成社 2012年2月

日本の物語＞いっすんぼうし

「いっすんぼうし」山下明生;文 山本孝;絵 あかね書房（日本の昔話えほん）2011年2月

「いっすんぼうし」令丈ヒロ子;文 堀川理万子;絵 講談社（講談社の創作絵本）2012年5月

「いっすんぼうし」椿原奈々子;文 太田大八;絵 童話館出版 2012年8月

「いっすんぼうし」広松由希子;ぶん 長谷川義史;え 岩崎書店（いまむかしえほん）2013年3月

日本の物語＞関西地方

「祈りのちから」寮美千子文 長崎出版（やまと絵本）2013年11月

「津波！！稲むらの火その後」高村忠範文・絵 汐文社 2011年8月

「淀川ものがたり お船がきた日」小林豊文・絵 岩波書店 2013年10月

日本の物語＞関東・甲信越・東海・北陸地方

「たぬきえもん―日本の昔話」藤巻愛子再話;田澤茂絵 福音館書店（こどものとも年中向き）2011年9月

「リーかあさまのはなし」中村茂文;小林豊絵 ポプラ社（ポプラ社の絵本）2013年11月

「決戦! どうぶつ関ケ原」コマヤスカン作;笠谷和比古監修 講談社（講談社の創作絵本）2012年11月

日本の物語＞九州・沖縄地方

「カワウソ村の火の玉ばなし」山下明生文;長谷川義史絵 解放出版社 2011年6月

「山猫たんけん隊」松岡達英作 偕成社 2011年6月

「小さなよっつの雪だるま」長谷川集平著 ポプラ社 2011年11月

日本の物語＞さるかにかっせん

「さるかに」広松由希子;ぶん 及川賢治;え 岩崎書店（いまむかしえほん）2011年10月

「さるかにがっせん」石崎洋司;文 やぎたみこ;絵 講談社（講談社の創作絵本）2012年8月

民話・昔話・名作・物語

「童話のどうぶつえん」漆原智良文;いしいつとむ絵 アリス館 2011年9月

日本の物語＞中国・四国地方

「8月6日のこと」中川ひろたか文;長谷川義史絵 ハモニカブックス 2011年7月

「かっぱのこいのぼり」内田麟太郎作;山本孝絵 岩崎書店(えほんのぼうけん) 2012年4月

「かみさまのめがね」市川真由美文;つちだのぶこ絵 ブロンズ新社 2011年9月

「ちゅーとにゃーときー」デハラユキノリ再話・絵 長崎出版 2012年1月

「水木少年とのんのんばあの地獄めぐり」水木しげる著 マガジンハウス 2013年6月

日本の物語＞殿様・お姫様

「おだんごだんご」筒井敬介作;堀内誠一絵 小峰書店 2013年4月

「へんなどうぶつえん」筒井敬介作;堀内誠一絵 小峰書店 2013年10月

「一休さん」杉山亮;文 長野ヒデ子;絵 小学館(日本名作おはなし絵本) 2011年2月

日本の物語＞新美南吉童話

「かにのしょうばい」新美南吉作;山口マオ絵 鈴木出版(ひまわりえほんシリーズ) 2012年3月

「ごんぎつね」新美南吉;作 鈴木靖将;絵 新樹社 2012年3月

「ごんぎつね」新美南吉;作 柿本幸造;絵 (講談社の名作絵本) 2013年1月

「てぶくろをかいに」新美南吉;作 柿本幸造;絵 (講談社の名作絵本) 2013年1月

「木のまつり」新美南吉;作 鈴木靖将;絵 新樹社 2012年10月

日本の物語＞はなさかじい

「はなさかじいさん」石崎洋司;文 松成真理子;絵 講談社(講談社の創作絵本) 2012年2月

「はなさかじいさん―日本民話」こわせたまみ文;高見八重子絵 鈴木出版(たんぽぽえほんシリーズ) 2013年1月

「花さかじい」椿原菜々子;文 太田大八;絵 童話館出版 2011年2月

「花じんま」田島征三再話・絵 福音館書店(日本傑作絵本シリーズ) 2013年3月

日本の物語＞北海道・東北地方

「トドマツ森のモモンガ」山村輝夫作 福音館書店(ランドセルブックス) 2011年11月

「奇跡の一本松」なかだえり絵・文 汐文社 2011年10月

「大きな時計台小さな時計台」川嶋康男作;ひだのかな代絵 絵本塾出版 2011年12月

「大きな時計台小さな時計台」川嶋康男作;ひだのかな代絵 絵本塾出版 2011年12月

民話・昔話・名作・物語

日本の物語＞宮沢賢治童話

「グスコーブドリの伝記」宮澤賢治;原作 司修;文と絵 ポプラ社(ポプラ社の絵本) 2012年7月

「セロ弾きのゴーシュ」藤城清治;影絵 宮沢賢治;原作 講談社 2012年4月

「セロ弾きのゴーシュ」宮沢賢治;作 さとうあや;絵 三起商行(ミキハウスの絵本) 2012年10月

「ふたごの星」宮沢賢治文;松永禎郎絵 新日本出版社 2013年6月

「やまなし」宮澤賢治;作 小林敏也;画 好学社(画本宮澤賢治) 2013年10月

「黄いろのトマト」宮沢賢治;作 降矢なな;絵 三起商行(ミキハウスの絵本) 2013年10月

「蛙のゴム靴」宮沢賢治作;松成真理子絵 三起商行(ミキハウスの宮沢賢治の絵本) 2011年10月

「銀河鉄道の夜」宮沢賢治;作 金井一郎;絵 三起商行(ミキハウスの絵本) 2013年10月

「雪わたり」宮澤賢治;作 小林敏也;画 好学社(画本宮澤賢治) 2013年10月

「注文の多い料理店」宮沢賢治作;小林敏也画 好学社(画本宮澤賢治) 2013年5月

「洞熊学校を卒業した三人」宮沢賢治;作 大島妙子;絵 三起商行(ミキハウスの宮沢賢治の絵本) 2012年10月

「氷河鼠の毛皮」宮沢賢治;作 堀川理万子;絵 三起商行(ミキハウスの絵本) 2011年10月

「風の又三郎」宮沢賢治原作;吉田佳広デザイン 偕成社 2013年9月

「風の又三郎—文字の絵本」吉田佳広;デザイン 宮沢賢治;原作 偕成社 2013年9月

歴史上人物・伝記絵本

「カエサルくんとカレンダー」いけがみしゅんいち文;せきぐちよしみ絵 福音館書店 2012年1月

「グーテンベルクのふしぎな機械」ジェイムズ・ランフォード作;千葉茂樹訳 あすなろ書房 2013年4月

「どうぶつがすき」パトリック・マクドネル作;なかがわちひろ訳 あすなろ書房 2011年9月

「ナポレオンがおしえてくれたんだ！」クラウディア・スフィッリ作;ヴァレンティーナ・モレア絵;仲亮子訳 文化学園文化出版局 2013年10月

「ラファエロ」ニコラ・チンクエッティ文;ビンバ・ランドマン絵;青柳正規監訳 西村書店東京出版編集部 2013年4月

「祈りのちから」寮美千子文 長崎出版(やまと絵本) 2013年11月

「空海」梅田紀代志作 PHP研究所(絵でみる伝記日本仏教の開祖たち) 2011年6月

「決戦! どうぶつ関ケ原」コマヤスカン作;笠谷和比古監修 講談社(講談社の創作絵本) 2012年11月

民話・昔話・名作・物語

「図書館に児童室ができた日」ジャン・ピンボロー文;デビー・アトウェル絵;張替惠子訳 徳間書店 2013年8月

「生まれかわり」寮美千子文 長崎出版(やまと絵本) 2012年8月

「石の巨人」ジェーン・サトクリフ文;ジョン・シェリー絵;なかがわちひろ訳 小峰書店(絵本地球ライブラリー) 2013年9月

「道元」梅田紀代志作 PHP研究所(絵でみる伝記日本仏教の開祖たち) 2011年9月

「白い馬」東山魁夷絵;松本猛文・構成 講談社 2012年7月

【動物】

アザラシ

「きょうのシロクマ」あべ弘士作 光村教育図書 2013年7月

「すいかのたび」高畠純作 絵本館 2011年6月

「つるちゃんとクネクネのやまのぼり」きもとももこ作 文溪堂 2012年10月

「ふたごのしろくまくるくるぱっちんのまき」あべ弘士作 講談社(講談社の創作絵本) 2012年6月

いぬ

「あしたもね」武鹿悦子作;たしろちさと絵 岩崎書店(えほんのぼうけん) 2012年3月

「アマンディーナ」セルジオ・ルッツィア作;福本友美子訳 光村教育図書 2012年3月

「いぬくんぼくはいいこだから…―12支キッズのしかけえほん」きむらゆういち;作 ふくざわゆみこ;絵 ポプラ社 2013年8月

「いぬのおしりのだいじけん」ピーター・ベントリー文;松岡芽衣絵;灰島かり訳 ほるぷ出版 2012年6月

「いぬのロケット本を読む」タッド・ヒルズ作;藤原宏之訳 新日本出版社 2013年11月

「うみべのいえの犬ホーマー」エリシャ・クーパー作・絵;きたやまようこ訳 徳間書店 2013年6月

「オッドのおしごと」てづかあけみ;絵と文 教育画劇 2012年11月

「おとうちゃんとぼく」にしかわおさむ文・絵 ポプラ社(おとうさんだいすき) 2012年1月

「きみがおしえてくれた。」今西乃子文;加納果林絵 新日本出版社 2013年7月

「くんくんにこいぬがうまれたよ」ディック・ブルーナ文・絵;まつおかきょうこ訳 福音館書店 2012年4月

「ケープドリ ケープタワーのまき」ワウター・ヴァン・レーク作;野坂悦子訳 朔北社 2013年6月

「ケープドリとモンドリアンドリ」ワウター・ヴァン・レーク作;野坂悦子訳 朔北社 2012年10月

「ケープドリはつめいのまき」ワウター・ヴァン・レーク作;野坂悦子訳 朔北社 2013年1月

「こいぬをむかえに」筒井頼子文;渡辺洋二絵 福音館書店(ランドセルブックス) 2012年3月

「ゴマとキナコのおいもほり」ほそいさつき作 PHP研究所(わたしのえほん) 2012年10月

「これだからねこはだいっきらい」シモーナ・メイッサー作;嘉戸法子訳 岩崎書店 2011年9月

「ころわんどっきどき」間所ひさこ作;黒井健絵 ひさかたチャイルド 2012年4月

「スティーヴィーのこいぬ」マイラ・ベリー・ブラウン文;ドロシー・マリノ絵;まさきるりこ訳 あすなろ書房 2011年1月

動物

「ターニャちゃんのスカート」洞野志保作 福音館書店(こどものとも年中向き) 2012年6月

「だいすきだよぼくのともだち」マラキー・ドイル 文;スティーブン・ランバート絵;まつかわまゆみ 訳 評論社(児童図書館・絵本の部屋) 2012年9月

「チャーリー、おじいちゃんにあう」エイミー・ヘスト文;ヘレン・オクセンバリー絵;さくまゆみこ訳 岩崎書店 2013年12月

「つみきくんとつみきちゃん」いしかわこうじ作・絵 ポプラ社(絵本のおもちゃばこ) 2011年8月

「ティニーふうせんいぬのものがたり」かわむらげんき作;さのけんじろう絵 マガジンハウス (CASA KIDS) 2013年11月

「でこぼこイレブンチームでいこうよ!」白崎裕人作・絵 講談社(『創作絵本グランプリ』シリーズ) 2013年1月

「ドドボンゴのさがしもの」うるまでるび作;いとうとしこ作 学研教育出版 2012年1月

「どんはどんどん…」織田道代作;いもとようこ絵 ひかりのくに 2012年10月

「はなさかじいさん」石崎洋司;文 松成真理子;絵 講談社(講談社の創作絵本) 2012年2月

「はなさかじいさん―日本民話」こわせたまみ文;高見八重子絵 鈴木出版(たんぽぽえほんシリーズ) 2013年1月

「はなもようのこいぬ」大垣友紀惠作・絵 ハースト婦人画報社 2013年8月

「パパとあたしのさがしもの」鈴木永子作・絵 ひさかたチャイルド 2011年2月

「ひつじのショーン ひつじのげいじゅつか」アードマン・アニメーションズ原作;松井京子文 金の星社 2013年6月

「ふしぎなまちのかおさがし」阪東勲写真・文 岩崎書店(えほんのぼうけん) 2011年3月

「ブラック・ドッグ」レーヴィ・ピンフォールド作;片岡しのぶ訳 光村教育図書 2012年9月

「ブルくんかくれんぼ」ふくざわゆみこ作 福音館書店(福音館の幼児絵本) 2011年3月

「ブレーメンのおんがくたい」グリム原作;いもとようこ文・絵 金の星社 2012年12月

「フンボルトくんのやくそく」ひがしあきこ作・絵 絵本塾出版 2012年10月

「ぼくがいちばん!」ルーシー・カズンズ作・絵;灰島かり訳 岩崎書店 2011年1月

「ぼくとソラ」そうまこうへい作;浅沼とおる絵 鈴木出版(チューリップえほんシリーズ) 2011年9月

「ぼくのなまえはダメ!」マルタ・アルテス作;今井なぎさ訳 コスモピア 2013年5月

「まちのいぬといなかのかえる」モー・ウィレムズ文;ジョン・J・ミュース絵;さくまゆみこ訳 岩波書店(大型絵本) 2011年2月

「まるちゃんとくろちゃんのおうち」ささきようこ作 ポプラ社 2011年6月

「まるちゃんのけんか」ささきようこ作 ポプラ社 2012年9月

「まるちゃんのみーつけた!」ささきようこ作 ポプラ社 2013年6月

動物

「もうどう犬リーとわんぱく犬サン」郡司ななえ作;城井文絵 PHP研究所(PHPにこにこえほん)
2012年3月

「モコはかんがえます。」まつしたさゆり作・絵 学研教育出版 2011年8月

「花さかじい」椿原菜々子;文 太田大八;絵 童話館出版 2011年2月

「花じんま」田島征三再話・絵 福音館書店(日本傑作絵本シリーズ) 2013年3月

「犬になった王子—チベットの民話」君島久子文;後藤仁絵 岩波書店 2013年11月

「注文の多い料理店」宮沢賢治作;小林敏也画 好学社(画本宮澤賢治) 2013年5月

いのしし

「あみものじょうずのいのししばあさん」こさかまさみ 文;山内彩子絵 福音館書店(こどものとも年
少版) 2011年12月

「いのししくんおばけへいきだもん—12支キッズのしかけえほん」きむらゆういち;作 ふくざわゆ
みこ;絵 ポプラ社 2011年7月

「ほんとうのおにごっこ」筒井敬介作;堀内誠一絵 小峰書店 2013年12月

「もりへぞろぞろ」村田喜代子作;近藤薫美子絵 偕成社 2012年6月

「やまんばあかちゃん」富安陽子文;大島妙子絵 理論社 2011年7月

うさぎ

「3びきのうさぎ」ゼルク・ゾルターン作;レイク・カーロイ絵;マンディ・ハシモト・レナ訳 文渓堂
2011年11月

「あかちゃんたんていラプーたんじょう!ラプーたんていのじけんぼSPECIAL」ベネディクト・ゲチ
エ作;野崎歓訳 クレヨンハウス 2011年6月

「あしたもね」武鹿悦子作;たしろちさと絵 岩崎書店(えほんのぼうけん) 2012年3月

「あっ、オオカミだ!」ステファニー・ブレイク作;ふしみみさを訳 あすなろ書房 2013年3月

「あわてんぼうさちゃん」ティモシー・ナップマン文;デイヴィッド・ウォーカー絵;ひがしかずこ訳
岩崎書店 2013年1月

「いいものみーつけた」レオニード・ゴア文・絵;藤原宏之訳 新日本出版社 2012年12月

「うさぎさんのあたらしいいえ」小出淡作;早川純子絵 福音館書店(こどものとも年中向き) 2013
年3月

「うさぎとかめ」ジェリー・ピンクニー作;さくまゆみこ訳 光村教育図書 2013年10月

「うさぎのおくりもの」ビーゲンセン;作 永井郁子;絵 汐文社 2012年7月

「うさくんのおもちゃでんしゃ」さかいさちえ作・絵 PHP研究所(わたしのえほん) 2011年9月

「うんちっち」ステファニー・ブレイク作;ふしみみさを訳 あすなろ書房 2011年11月

動物

「えんそく♪」くすのきしげのり原作;いもとようこ文・絵 佼成出版社(いもとようこのおひさま絵本シリーズ) 2011年10月

「おーいおひさま!」よこたきよし作;西村敏雄絵 ひさかたチャイルド 2013年6月

「おおきいうさぎとちいさいうさぎ」マリサビーナ・ルッソ作;みらいなな訳 童話屋 2011年4月

「おおきなありがとう」きたむらえり作;片山健絵 福音館書店(こどものとも) 2012年4月

「おてがみちょうだい」新沢としひこ作;保手浜孝絵 童心社(絵本・こどものひろば) 2011年4月

「おはようぼくだよ」益田ミリ作;平澤一平絵 岩崎書店(えほんのぼうけん) 2012年1月

「かばこさん」やなせたかし作 フレーベル館(やなせたかしメルヘン図書館) 2013年9月

「くぎになったソロモン」ウィリアム・スタイグ作;おがわえつこ訳 セーラー出版 2012年4月

「ケーキにのったサクランボちゃん -ラブーたんていのじけんぼ4」ベネディクト・ゲチエ作;野崎歓訳 クレヨンハウス 2011年1月

「こうさぎと4ほんのマフラー」わたりむつこ作;でくねいく絵 のら書店 2013年12月

「こぐまとめがね」こんのひとみ;作 たかすかずみ;絵 金の星社 2011年12月

「こぐまのくうちゃん」あまんきみこ文;黒井健絵 童心社 2013年8月

「シニガミさん2」宮西達也作・絵 えほんの杜 2012年9月

「しょうぶだ!!」きしらまゆこ作 フレーベル館(きしらまゆこの絵本シリーズ) 2012年8月

「しろうさぎとりんごの木」石井睦美作;酒井駒子絵 文溪堂 2013年10月

「しろちゃんとはりちゃん」たしろちさと作・絵 ひかりのくに 2013年10月

「だれのズボン?」スティーナ・ヴィルセン作;ヘレンハルメ美穂訳 クレヨンハウス(やんちゃっ子の絵本1) 2011年2月

「だれもしらないバクさんのよる」まつざわありさ作・絵 絵本塾出版 2012年9月

「でてきておひさま」ほりうちみちこ再話;ほりうちせいいち絵 福音館書店(こどものとも年中版) 2012年7月

「でんぐりがえし」ビーゲンセン作;みぞぶちまさる絵 絵本塾出版(もりのなかまたち) 2012年1月

「ともだちできたよ」内田麟太郎文;こみねゆら絵 文研出版(えほんのもり) 2012年9月

「なかなおり」ヘルヤ・リウッコ・スンドストロム文・陶板;稲垣美晴訳 猫の言葉社 2011年2月

「なないろどうわ」真珠まりこ作 アリス館 2013年7月

「ニコとニキ キャンプでおおさわぎのまき」あいはらひろゆき作;あだちなみ絵 小学館 2013年9月

「ねこまるせんせいのおつきみ」押川理佐作;渡辺有一絵 世界文化社(ワンダーおはなし絵本) 2012年9月

動物

「ノウサギとハリネズミ」W・デ・ラ・メア再話;脇明子訳;はたこうしろう絵 福音館書店(ランドセルブックス) 2013年3月

「ひみつのおかしだおとうとうさぎ!」ヨンナ・ビョルンシェーナ作;枇谷玲子訳 クレヨンハウス 2012年1月

「ファーディのクリスマス」ジュリア・ローリンソン作;ティファニー・ビーク絵;小坂涼訳 理論社 2011年10月

「フラニーとメラニーしあわせのスープ」あいはらひろゆき文;あだちなみ絵 講談社(講談社の創作絵本) 2012年7月

「ポケットのなかで…」鈴川ひとみ;作 いもとようこ;文絵 金の星社 2011年2月

「ぽにょりぽにょり」内田麟太郎作;林家木久扇絵 今人舎 2012年11月

「また きょうも みつけた」辻友紀子作 ポプラ社 2013年11月

「マルタのぼうけん―あおいしずくのひみつ」宮島永太良作・絵 ハースト婦人画報社 2013年12月

「みてよぴかぴかランドセル」あまんきみこ;文 西巻茅子;絵 福音館書店(ランドセルブックス) 2011年2月

「ミュージック・ツリー」アンドレ・ダーハン作;きたやまようこ訳 講談社 2012年5月

「みんなのはなび」おくはらゆめ作・絵 岩崎書店(えほんのぼうけん) 2012年7月

「もう、おおきいからなかないよ」ケイト・クライス文;M.サラ・クライス絵;福本友美子訳 徳間書店 2013年2月

「もしもしトンネル」ひろかわさえこ作・絵 ひさかたチャイルド 2013年2月

「モラッチャホンがきた!」ヘレン・ドカティ文;トーマス・ドカティ絵;福本友美子訳 光村教育図書 2013年10月

「ゆかいなさんぽ」土方久功作・絵 福音館書店(こどものともコレクション) 2011年2月

「ゆきうさぎのねがいごと」レベッカ・ハリー絵;木原悦子訳 世界文化社 2013年11月

「ゆきのよあけ」いまむらあしこ文;あべ弘士絵 童心社(絵本・こどものひろば) 2012年11月

「リッキのたんじょうび」ヒド・ファン・ヘネヒテン作・絵;のざかえつこ訳 フレーベル館 2012年11月

「ロージーのモンスターたいじ」フィリップ・ヴェヒター作;酒寄進一訳 ひさかたチャイルド 2011年6月

「ロバのポコとうさぎのポーリー」とりごえまり作・絵 童心社(絵本・こどものひろば) 2011年10月

「岩をたたくウサギ」よねやまひろこ再話;シリグ村の女たち絵 新日本出版社 2012年4月

「虹の森のミミっち」森沢明夫作;加藤美紀絵 TOブックス 2013年12月

動物

うし

「ウシくんにのって」古内ヨシ作・絵 絵本塾出版 2012年10月

「うしちゃんえんそくわくわく―12支キッズのしかけえほん」きむらゆういち;作 ふくざわゆみこ;絵 ポプラ社 2012年3月

「おうしげきだん」スズキコージ;作 伊藤秀男絵 岩崎書店(えほんのぼうけん) 2012年5月

「おならローリー」こぐれけいすけ作 学研教育出版 2011年1月

「きょうはせつぶんふくはだれ?」正岡慧子作;古内ヨシ絵 世界文化社(ワンダーおはなし絵本) 2011年12月

「しょうぶだ!!」きしらまゆこ作 フレーベル館(きしらまゆこの絵本シリーズ) 2012年8月

「フラニーとメラニーしあわせのスープ」あいはらひろゆき文;あだちなみ絵 講談社(講談社の創作絵本) 2012年7月

「め牛のママ・ムー」ユィヤ・ヴィースランデル文;トーマス・ヴィースランデル文;スヴェン・ノードクヴィスト絵;山崎陽子訳 福音館書店(世界傑作絵本シリーズ) 2013年2月

「ゆうかんなうしクランシー」ラチー・ヒューム作;長友恵子訳 小学館 2011年5月

「絵本いのちをいただく―みいちゃんがお肉になる日」内田美智子作;魚戸おさむとゆかいななかまたち絵;坂本義喜原案 講談社(講談社の創作絵本) 2013年12月

うま

「うまちゃんかけっこならまけないもん!―12支キッズのしかけえほん」きむらゆういち;作 ふくざわゆみこ;絵 ポプラ社 2013年11月

「うまのおいのり」まつむらまさこ文・絵 至光社(至光社ブッククラブ国際版絵本) 2011年1月

「おはなしトンネル」中野真典著 イースト・プレス(こどもプレス) 2013年10月

「ゴナンとかいぶつ」イチンノロブ・ガンバートル文;バーサンスレン・ボロルマー絵;津田紀子訳 偕成社 2013年3月

「スーフと白い馬」いもとようこ文・絵 金の星社 2012年4月

「はしれ、トト!」チョウンヨン作;ひろまつゆきこ訳 文化学園文化出版局 2013年7月

「王国のない王女のおはなし」アーシュラ・ジョーンズ文;サラ・ギブ絵;石井睦美訳 BL出版 2011年11月

「白い馬」東山魁夷絵;松本猛文・構成 講談社 2012年7月

おおかみ

「3びきこりすのおたんじょうびケーキ」権田章江作・絵 教育画劇 2013年7月

「3びきの こぶた」山田三郎絵;岡信子文 世界文化社 2011年12月

動物

「3びきのうさぎ」ゼルク・ゾルターン作;レイク・カーロイ絵;マンディ・ハシモト・レナ訳 文渓堂 2011年11月

「3びきのこぶた－建築家のばあい」スティーブン・グアルナッチャ作・絵;まきおはるき訳 バナナブックス 2013年3月

「あかずきん」グリム原作;那須田淳訳;北見葉胡絵 岩崎書店(絵本・グリム童話) 2012年3月

「うんちっち」ステファニー・ブレイク作;ふしみみさを訳 あすなろ書房 2011年11月

「こわいものがこないわけ」新井洋行/作・絵 講談社の創作絵本] 2012年8月

「ちいさいきみとおおきいぼく」ナディーヌ・ブラン・コム文;オリヴィエ・タレック絵;礒みゆき訳 ポプラ社(ポプラせかいの絵本) 2013年11月

「なっちゃんときげんのわるいおおかみ」香坂直文;たるいしまこ絵 ポプラ社(ポプラ社の絵本) 2011年5月

「ぱっくんおおかみおとうさんににてる」木村泰子作・絵 ポプラ社(ぱっくんおおかみのえほん) 2013年4月

「ぱっくんおおかみとおばけたち」木村泰子作・絵 ポプラ社(ぱっくんおおかみのえほん) 2013年4月

「ぱっくんおおかみときょうりゅうたち」木村泰子作・絵 ポプラ社(ぱっくんおおかみのえほん) 2013年4月

「ぱっくんおおかみとくいしんぼん」木村泰子作・絵 ポプラ社(ぱっくんおおかみのえほん) 2013年4月

「赤ずきん」グリム原作;フェリクス・ホフマン画;大塚勇三訳 福音館書店 2012年6月

かえる・おたまじゃくし

「いれていれて」かとうまふみ作・絵 教育画劇 2011年9月

「ウッカリとチャッカリのおみずやさん」仁科幸子作・絵 小学館 2011年6月

「おたまじゃくしのニョロ」稲垣栄洋作;西村繁男絵 福音館書店(こどものとも) 2011年5月

「おひめさまとカエルさん」マーゴット・ツェマック絵;ハーヴ・ツェマック文;ケーテ・ツェマック文;福本友美子訳 岩波書店(岩波の子どもの本) 2013年9月

「カエルのおでかけ」高畠那生作 フレーベル館 2013年5月

「かえるのオムライス」マットかずこ文・絵 絵本塾出版 2012年11月

「かさやのケロン」水野はるみ作・絵 ひさかたチャイルド 2012年4月

「ガロゲロ物語」ミスター作・絵;アプリ作・絵 絵本塾出版 2012年11月

「こりゃたいへん!!あまがえる先生ミドリ池きゅうしゅつ大作戦」まつおかたつひで作 ポプラ社(ポプラ社の絵本) 2012年8月

動物

「しょうぶだ！ぴゅんすけとぴった」串井てつお作 PHP研究所(わたしのえほん) 2012年4月

「でるでるでるぞガマでるぞ」高谷まちこ著 佼成出版社 2013年7月

「ねーねーのしっぽ」はやしますみ著 イースト・プレス(こどもプレス) 2013年7月

「ねじまきバス」たむらしげる作 福音館書店(こどものとも年中向き) 2013年5月

「バスガエル」戸田和代作;シゲリカツヒコ絵 佼成出版社 2013年6月

「ひとりぼっちのかえる」興安作;三木卓文 こぐま社 2011年6月

「ヘビをたいじしたカエル」草山万兎作;あべ弘士絵 福音館書店(こどものとも) 2012年7月

「ぼくのしっぽはどれ？」ミスター＆アプリ作・絵 絵本塾出版 2012年6月

「ぽっつんとととはあめのおと」戸田和代作;おかだちあき絵 PHP研究所(PHPにこにこえほん) 2012年7月

「まちのいぬといなかのかえる」モー・ウィレムズ文;ジョン・J・ミュース絵;さくまゆみこ訳 岩波書店(大型絵本) 2011年2月

「むしたちのサーカス」得田之久文;久住卓也絵 童心社(絵本・こどものひろば) 2012年10月

「ようかいガマとの おイケにカエる」よしながこうたく作 あかね書房 2011年8月

「ようかいガマとの ゲッコウの怪談」よしながこうたく作 あかね書房 2012年8月

「蛙のゴム靴」宮沢賢治作;松成真理子絵 三起商行(ミキハウスの宮沢賢治の絵本) 2011年10月

「魚助さん」きむらよしお著 佼成出版社 2013年10月

かば

「アンパンマンとシドロアンドモドロ」やなせたかし作・絵 フレーベル館(アンパンマンのおはなしるんるん) 2011年11月

「かばこさん」やなせたかし作 フレーベル館(やなせたかしメルヘン図書館) 2013年9月

「ぞうくんのあめふりさんぽ」なかのひろたか作・絵 福音館書店(こどものとも絵本) 2012年5月

「ねこざかなのすいか」わたなべゆういち作・絵 フレーベル館 2012年5月

「ポポくんのかきごおり」accototoふくだとしお＋あきこ作 PHP研究所(PHPにこにこえほん) 2013年6月

「ポポくんのかぼちゃカレー」accototoふくだとしお＋あきこ作 PHP研究所(PHPにこにこえほん) 2011年1月

かめ

「うさぎとかめ」ジェリー・ピンクニー作;さくまゆみこ訳 光村教育図書 2013年10月

動物

「うまれかわったヘラジカさん」ニコラス・オールドランド作;落合恵子訳 クレヨンハウス(人生を希望に変えるニコラスの絵本) 2011年12月

「うらしまたろう」広松由希子;ぶん 飯野和好;え 岩崎書店(いまむかしえほん) 2011年3月

「うらしまたろう」令丈ヒロ子;文 たなか鮎子;絵 講談社(講談社の創作絵本) 2012年5月

「おにぎりゆうしゃ」山崎克己著 イースト・プレス(こどもプレス) 2012年7月

「かたつむりぼうやとかめばあちゃん」西平あかね文・絵 大日本図書 2013年6月

「しょうぶだ!!」きしらまゆこ作 フレーベル館(きしらまゆこの絵本シリーズ) 2012年8月

「ぱっくんおおかみとおばけたち」木村泰子作・絵 ポプラ社(ぱっくんおおかみのえほん) 2013年4月

「ぴたっとヤモちゃん」石井聖岳作 小学館(おひさまのほん) 2012年5月

「ひとりぼっちのジョージ」ペンギンパンダ作・絵 ひさかたチャイルド 2011年7月

「ぼくとおおはしくん」くせさなえ作 講談社(講談社の創作絵本) 2011年4月

「ほら、ぼくペンギンだよ」バレリー・ゴルバチョフ作・絵;まえざわあきえ訳 ひさかたチャイルド 2013年5月

「まんまるいけのおつきみ」かとうまふみ作 講談社(講談社の創作絵本) 2011年8月

「レオとノエ」鈴木光司文;アレックス・サンダー絵 講談社 2011年9月

「恐竜トリケラトプスとウミガメのしま」黒川みつひろ作・絵 小峰書店(恐竜だいぼうけん) 2012年7月

かわうそ

「おおきなありがとう」きたむらえり作;片山健絵 福音館書店(こどものとも) 2012年4月

「おだんごだんご」筒井敬介作;堀内誠一絵 小峰書店 2013年4月

「かわうそ3きょうだいそらをゆく」あべ弘士著 小峰書店(にじいろえほん) 2013年4月

「きつねとかわうそ」梶山俊夫再話・画 福音館書店(こどものとも年中向き) 2011年2月

「へんなどうぶつえん」筒井敬介作;堀内誠一絵 小峰書店 2013年10月

きつね

「3びきのうさぎ」ゼルク・ゾルターン作;レイク・カーロイ絵;マンディ・ハシモト・レナ訳 文渓堂 2011年11月

「あか毛のバンタム」ルイーズ・ファティオ作;ロジャー・デュボアザン絵;秋野翔一郎訳 童話館出版 2011年12月

「アトリエのきつね」ロランス・ブルギニョン作;ギ・セルヴェ絵;中井珠子訳 BL出版 2011年11月

「いいものみーつけた」レオニード・ゴア文・絵;藤原宏之訳 新日本出版社 2012年12月

動物

「いのちの木」ブリッタ・テッケントラップ作・絵;森山京訳 ポプラ社(ポプラせかいの絵本) 2013年9月

「うさぎさんのあたらしいいえ」小出淡作;早川純子絵 福音館書店(こどものとも年中向き) 2013年3月

「うそついちゃったねずみくん」なかえよしを作;上野紀子絵 ポプラ社(ねずみくんの絵本) 2012年5月

「うどんやのたあちゃん」鍋田敬子作 福音館書店(こどものとも年中向き) 2011年3月

「うみやまてつどう―まぼろしのゆきのはらえき」間瀬なおかた作・絵 ひさかたチャイルド 2011年11月

「おかあさんとわるいキツネ」イチンノロブ・ガンバートル文;バーサンスレン・ボロルマー絵;つだのりこ訳 福音館書店(世界傑作絵本シリーズ) 2011年11月

「おしゃれっぽきつねのミサミック」さいとうれいこ文・絵 草土文化 2012年12月

「がたぴしくん」たしろちさと作・絵 PHP研究所(わたしのえほん) 2011年7月

「ききみみずきん」広松由希子;ぶん 降矢なな;え 岩崎書店(いまむかしえほん) 2012年3月

「きたきつねのしあわせ」手島圭三郎絵・文 絵本塾出版(いきるよろこびシリーズ) 2011年4月

「きつね、きつね、きつねがとおる」伊藤遊作;岡本順絵 ポプラ社(ポプラ社の絵本) 2011年4月

「きつねとかわうそ」梶山俊夫再話・画 福音館書店(こどものとも年中向き) 2011年2月

「きんいろのあめ」立原えりか文;永田萌絵 講談社(講談社の創作絵本) 2013年9月

「くまときつね」いもとようこ;文・絵 金の星社 2011年4月

「こぎつねトンちゃんきしゃにのる」二見正直作 教育画劇 2012年8月

「ごんぎつね」新美南吉;作 鈴木靖将;絵 新樹社 2012年3月

「ごんぎつね」新美南吉;作 柿本幸造;絵 (講談社の名作絵本) 2013年1月

「たろうめいじんのたからもの」こいでやすこ作 福音館書店(こどものとも絵本) 2013年6月

「つきをあらいに」高木さんご作;黒井健絵 ひかりのくに 2011年9月

「てぶくろをかいに」新美南吉;作 柿本幸造;絵 (講談社の名作絵本) 2013年1月

「どーんちーんかーん」武田美穂作 講談社(講談社の創作絵本) 2011年8月

「としょかんのよる」ローレンツ・パウリ文;カトリーン・シェーラー絵;若松宣子訳 ほるぷ出版 2013年10月

「ねむくなんかないっ!」ジョナサン・アレン作;せなあいこ訳 評論社(児童図書館・絵本の部屋) 2011年2月

「ねむねむくんとねむねむさん」片山令子作;片山健絵 のら書店 2012年4月

「パオアルのキツネたいじ」蒲松齢原作;心怡再話;蔡皋絵;中由美子訳 徳間書店 2012年10月

動物

「ファーディのクリスマス」ジュリア・ローリンソン作;ティファニー・ビーク絵;小坂涼訳 理論社 2011年10月

「ふくろうはかせのものまねそう」東野りえ作;黒井健絵 ひさかたチャイルド 2011年4月

「ポッチとノンノ」宮田ともみ作・絵 ひさかたチャイルド 2012年9月

「みてよぴかぴかランドセル」あまんきみこ;文 西巻茅子;絵 福音館書店(ランドセルブックス) 2011年2月

「ゆきのひ」くすのきしげのり原作;いもとようこ文・絵 佼成出版社(いもとようこのおひさま絵本シリーズ) 2012年1月

「ゆきのよあけ」いまむらあしこ文;あべ弘士絵 童心社(絵本・こどものひろば) 2012年11月

「ようちえんがばけますよ」内田麟太郎文;西村繁男絵 くもん出版 2012年3月

「わくわく森のむーかみ」村上しいこ作;宮地彩絵 アリス館 2011年4月

「わんぱくゴンタ」ビーゲンセン作;きよしげのぶゆき絵 絵本塾出版(もりのなかまたち) 2012年7月

「雪わたり」宮澤賢治;作 小林敏也;画 好学社(画本宮澤賢治) 2013年10月

恐竜

「あいすることあいされること」宮西達也作絵 ポプラ社(絵本の時間) 2013年9月

「おばけときょうりゅうのたまご」ジャック・デュケノワ作;大澤晶訳 ほるぷ出版 2011年5月

「きょうりゅう、えらいぞ」クリス・ゴール著;西山佑訳 いそっぷ社 2012年7月

「きょうりゅうかぶしきがいしゃ」富田京一作;古沢博司;山本聖士絵 ほるぷ出版 2012年10月

「きょうりゅうじまだいぼうけん」間瀬なおかた作・絵 ひさかたチャイルド 2011年6月

「きょうりゅうのたまごにいちゃん」あきやまただし作・絵 鈴木出版(ひまわりえほんシリーズ) 2012年10月

「さんすうサウルス」ミッシェル・マーケル文;ダグ・クシュマン絵 福音館書店 2011年10月

「ずっとずっといっしょだよ」宮西達也作絵 ポプラ社(絵本の時間) 2012年6月

「スミス先生ときょうりゅうの国」マイケル・ガーランド作;斉藤規訳 新日本出版社 2011年10月

「それゆけ! きょうりゅうサッカー大決戦」リサ・ホィーラー作;バリー・ゴット絵;ゆりよう子訳 ひさかたチャイルド 2012年2月

「それゆけ! きょうりゅうベースボール大決戦」リサ・ホィーラー作;バリー・ゴット絵;ゆりよう子訳 ひさかたチャイルド 2012年3月

「たこやきようちえんこうさくだいすき!」さいとうしのぶ作 ポプラ社(絵本・いつでもいっしょ) 2011年3月

動物

「でっかいたまごとちっちゃいたまご」上野与志作;かとうようこ絵 WAVE出版（えほんをいっしょに。）2013年3月

「ともだちはすんごくすんごくおっきなきょうりゅうくん」リチャード・バーン作;長友恵子訳 文化学園文化出版局 2013年10月

「トリケラとしょかん」五十嵐美和子著 白泉社 2013年3月

「バーナムの骨」トレイシー・E. ファーン文;ボリス・クリコフ絵;片岡しのぶ訳 光村教育図書 2013年2月

「ぱっくんおおかみときょうりゅうたち」木村泰子作・絵 ポプラ社（ぱっくんおおかみのえほん）2013年4月

「パパのしっぽはきょうりゅうのしっぽ!?」たけたにちほみ作;赤川明絵 ひさかたチャイルド 2011年5月

「びっくりゆうえんち」川北亮司作;コマヤスカン絵 教育画劇 2013年3月

「ヘンテコリンおじさん」みやにしたつや作・絵 講談社（講談社の創作絵本）2013年10月

「ぼくはきょうりゅうハコデゴザルス」土屋富士夫作・絵 岩崎書店（えほんのぼうけん）2013年5月

「わたししんじてるの」宮西達也作絵 ポプラ社（絵本の時間）2011年6月

「恐竜トリケラトプスうみをわたる」黒川みつひろ作・絵 小峰書店（恐竜だいぼうけん）2013年11月

「恐竜トリケラトプスとウミガメのしま」黒川みつひろ作・絵 小峰書店（恐竜だいぼうけん）2012年7月

「勇者のツノ」黒川みつひろ作 こぐま社 2013年6月

くじら

「あかいかさがおちていた」筒井敬介作;堀内誠一絵 童心社 2011年9月

「うみのおまつりどどんとせ」さとうわきこ作・絵 福音館書店（ばばばあちゃんの絵本）2012年4月

「うみのそこのてんし」松宮敬治作・絵 BL出版 2011年12月

「おしろがあぶない」筒井敬介作;堀内誠一絵 小峰書店 2013年7月

「くじらのあかちゃんおおきくなあれ」神沢利子文;あべ弘士絵 福音館書店（こどものとも絵本）2013年6月

「すいかのたび」高畠純作 絵本館 2011年6月

「ふうせんクジラボンはヒーロー」わたなべゆういち作・絵 佼成出版社（クローバーえほんシリーズ）2012年2月

動物

「みどりのこいのぼり」山本省三作;森川百合香絵 世界文化社(ワンダーおはなし絵本) 2012年4月

くま

「3びきのうさぎ」ゼルク・ゾルターン作;レイク・カーロイ絵;マンディ・ハシモト・レナ訳 文渓堂 2011年11月

「3びきのくま」ゲルダ・ミューラー作;まつかわまゆみ訳 評論社(評論社の児童図書館・絵本の部屋) 2013年8月

「あかいぼうし」やなせたかし作・絵 フレーベル館(やなせたかしメルヘン図書館) 2013年7月

「あかちゃんぐまはなにみたの?」アシュリー・ウルフ文・絵;さくまゆみこ訳 岩波書店 2013年4月

「あそびたいものよっといで」あまんきみこ作;おかだちあき絵 鈴木出版(ひまわりえほんシリーズ) 2013年3月

「あそびたいものよっといで」あまんきみこ作;おかだちあき絵 鈴木出版(ひまわりえほんシリーズ) 2013年3月

「あみものじょうずのいのししばあさん」こさかまさみ文;山内彩子絵 福音館書店(こどものとも年少版) 2011年12月

「あめのひくろくま」たかいよしかず作・絵 くもん出版(おはなし・くろくま) 2011年5月

「あめのひのくまちゃん」高橋和枝作 アリス館 2013年10月

「いいものみーつけた」レオニード・ゴア文・絵;藤原宏之訳 新日本出版社 2012年12月

「いつでもいっしょ」みぞぶちまさる作・絵 絵本塾出版(もりのなかまたち) 2011年7月

「えいたとハラマキ」北阪昌人作;おくやまゆか絵 小学館 2012年12月

「おおきなありがとう」きたむらえり作;片山健絵 福音館書店(こどものとも) 2012年4月

「おしゃれなねこさん」小林ゆき子作・絵 教育画劇 2011年10月

「おたんじょうびくろくま」たかいよしかず作・絵 くもん出版(おはなし・くろくま) 2013年5月

「おによりつよいおよめさん」井上よう子作;吉田尚令絵 岩崎書店(えほんのぼうけん) 2013年10月

「おはようぼくだよ」益田ミリ作;平澤一平絵 岩崎書店(えほんのぼうけん) 2012年1月

「おやすみなさいのおともだち」ケイト・バンクス作;ゲオルグ・ハレンスレーベン絵;肥田美代子訳 ポプラ社(ポプラせかいの絵本) 2012年11月

「おれたちはパンダじゃない」サトシン作;すがわらけいこ絵 アリス館 2011年4月

「かあさんのこもりうた」こんのひとみ;作 いもとようこ;絵 金の星社 2012年10月

「ぎょうれつのできるはちみつやさん」ふくざわゆみこ作 教育画劇 2011年2月

動物

「くまくまパン」西村敏雄作 あかね書房 2013年11月

「くまくんと6ぴきのしろいねずみ」クリス・ウォーメル作・絵;吉上恭太訳 徳間書店 2011年12月

「くまさんのまほうのえんぴつ」アンソニー・ブラウンとこどもたちさく; さくまゆみこ やく; BL出版 2011年1月

「くまだっこ」デイヴィッド・メリング作;たなかあきこ訳 小学館 2012年5月

「くまときつね」いもとようこ;文・絵 金の星社 2011年4月

「くまのオットーとえほんのおうち」ケイティ・クレミンソン作・絵;横山和江訳 岩崎書店 2011年6月

「くまのクウタの1ねん」川口ゆう作 ひさかたチャイルド 2012年2月

「クマのパディントン」マイケル・ボンド作;R.W.アリー絵;木坂涼訳 理論社(絵本「クマのパディントン」シリーズ) 2012年9月

「クリスマスくろくま」たかいよしかず作・絵 くもん出版(おはなし・くろくま) 2012年10月

「げんききゅうしょくいただきます！」つちだよしはる作・絵 童心社(絵本・こどものひろば) 2012年5月

「こくばんくまさんつきへいく」マーサ・アレクサンダー作;風木一人訳 ほるぷ出版 2013年9月

「こぐまとめがね」こんのひとみ;作 たかすかずみ;絵 金の星社 2011年12月

「こぐまのくうちゃん」あまんきみこ文;黒井健絵 童心社 2013年8月

「こぐまのトムトムぼくのあき」葉祥明著 絵本塾出版 2011年11月

「こぐまのトムトムぼくのいちにち」葉祥明著 絵本塾出版 2012年1月

「こぐまのトムトムぼくのなつやすみ」葉祥明著 絵本塾出版 2012年4月

「こぐまのトムトムぼくのふゆやすみ」葉祥明著 絵本塾出版 2011年12月

「こわかったよ、アーネストーくまのアーネストおじさん」ガブリエル・バンサン作;もりひさし訳 BL出版 2011年6月

「ショベルカーダーチャ」松本州平作・絵 教育画劇 2011年6月

「タッフィーとハッピーの たのしいまいにちーおてつだいしたい」obetomo絵;川瀬礼王名文 ポプラ社 2013年9月

「ダメ！」くすのきしげのり原作;いもとようこ文・絵 佼成出版社(いもとようこのおひさま絵本シリーズ) 2011年2月

「だれがいなくなったの?」スティーナ・ヴィルセン作;ヘレンハルメ美穂訳 クレヨンハウス(やんちゃっ子の絵本6) 2012年8月

「だれがおこりんぼう?」スティーナ・ヴィルセン作;ヘレンハルメ美穂訳 クレヨンハウス(やんちゃっ子の絵本5) 2012年8月

動物

「だれがきめるの?」スティーナ・ヴィルセン作;ヘレンハルメ美穂訳 クレヨンハウス(やんちゃっ子の絵本2) 2011年2月

「だれのおばあちゃん?」スティーナ・ヴィルセン作;ヘレンハルメ美穂訳 クレヨンハウス(やんちゃっ子の絵本3) 2011年2月

「だれのズボン?」スティーナ・ヴィルセン作;ヘレンハルメ美穂訳 クレヨンハウス(やんちゃっ子の絵本1) 2011年2月

「たんぽぽのおくりもの」片山令子作;大島妙子絵 ひかりのくに 2012年3月

「ちびくまくん、おにいちゃんになる」エマ・チチェスター・クラーク作・絵;たなかあきこ訳 徳間書店 2011年1月

「でんぐりがえし」ビーゲンセン作;みぞぶちまさる絵 絵本塾出版(もりのなかまたち) 2012年1月

「とびだせにひきのこぐま」手島圭三郎絵・文 絵本塾出版(いきるよろこびシリーズ) 2012年4月

「なないろどうわ」真珠まりこ作 アリス館 2013年7月

「ねじまきバス」たむらしげる作 福音館書店(こどものとも年中向き) 2013年5月

「ねむねむくんとねむねむさん」片山令子作;片山健絵 のら書店 2012年4月

「ねむるまえに」アルバート・ラム作;デイビッド・マクフェイル絵;木坂涼訳 主婦の友社(主婦の友はじめてブック) 2012年1月

「ねむるまえにクマは」フィリップ・C.ステッド文;エリン・E.ステッド絵;青山南訳 光村教育図書 2012年11月

「ハグくまさん」ニコラス・オールドランド作;落合恵子訳 クレヨンハウス(人生を希望に変えるニコラスの絵本) 2011年12月

「バスがくるまで」森山京作;黒井健絵 小峰書店(にじいろえほん) 2011年11月

「パディントンのにわづくり」マイケル・ボンド作;R.W.アリー絵;木坂涼訳 理論社(絵本「クマのパディントン」シリーズ) 2013年5月

「パディントンの金メダル」マイケル・ボンド作;R.W.アリー絵;木坂涼訳 理論社(絵本「クマのパディントン」シリーズ) 2013年5月

「はらぺこブブのおべんとう」白土あつこ作・絵 ひさかたチャイルド 2011年3月

「ひまわりさん」くすのきしげのり原作;いもとようこ文・絵 佼成出版社(いもとようこのおひさま絵本シリーズ) 2011年8月

「ふゆってどんなところなの?」工藤ノリコ作・絵 学研教育出版 2012年12月

「ぼく、まってるから」正岡慧子作;おぐらひろかず絵 フレーベル館(おはなしえほんシリーズ) 2013年2月

「ぼくびょうきじゃないよ」角野栄子作;垂石眞子絵 福音館書店(こどものとも絵本) 2013年5月

「ポッチとノンノ」宮田ともみ作・絵 ひさかたチャイルド 2012年9月

動物

「まいごのワンちゃんあずかってます」アダム・ストーワー作;ふしみみさを訳 小学館 2012年11月

「またあえたね」デヴィッド・エズラ・シュタイン作;さかいくにゆき訳 ポプラ社(ポプラせかいの絵本) 2012年4月

「みどりのこいのぼり」山本省三作;森川百合香絵 世界文化社(ワンダーおはなし絵本) 2012年4月

「もりのだるまさんかぞく」高橋和枝作 教育画劇 2012年9月

「もりのメゾン」原優子ぬいぐるみ;まえをけいこ。文・写真 教育画劇 2012年10月

「やだよ」クラウディア・ルエダ作;宇野和美訳 西村書店東京出版編集部 2013年2月

「ゆきのひ」くすのきしげのり原作;いもとようこ文・絵 佼成出版社(いもとようこのおひさま絵本シリーズ) 2012年1月

「よーし、よし!」サム・マクブラットニィ文;アイヴァン・ベイツ絵;福本友美子訳 光村教育図書 2013年11月

「ラッタカタンブンタカタン―くまのアーネストおじさん」ガブリエル・バンサン作;もりひさし訳 BL出版 2011年6月

「リスと青い星からのおきゃくさん」ゼバスティアン・メッシェンモーザー作;松永美穂訳 コンセル 2012年6月

「レオとノエ」鈴木光司文;アレックス・サンダー絵 講談社 2011年9月

「わくわく森のむーかみ」村上しいこ作;宮地彩絵 アリス館 2011年4月

「熱血!アニマル少年野球団」杉山実作 長崎出版 2011年8月

ゴリラ

「ゴリラとあそんだよ」やまぎわじゅいち文;あべ弘士絵 福音館書店(ランドセルブックス) 2011年9月

「すごいサーカス」古内ヨシ作 絵本館 2013年11月

「ふとんちゃん」きむらよしお作 絵本館 2012年7月

「黒い島のひみつ」エルジェ作;川口恵子訳 福音館書店(タンタンの冒険ペーパーバック版) 2011年4月

魚・貝＞かに

「かにのしょうばい」新美南吉作;山口マオ絵 鈴木出版(ひまわりえほんシリーズ) 2012年3月

「さるかに」広松由希子;ぶん 及川賢治;え 岩崎書店(いまむかしえほん) 2011年10月

「さるかにがっせん」石崎洋司;文 やぎたみこ;絵 講談社(講談社の創作絵本) 2012年8月

「やまなし」宮澤賢治;作 小林敏也;画 好学社(画本宮澤賢治) 2013年10月

動物

魚・貝＞魚・貝一般

「あたまにかきのき」唯野元弘文;村上豊絵 鈴木出版(チューリップえほんシリーズ) 2012年9月

「うみのいろのバケツ」立原えりか文;永田萌絵 講談社(講談社の創作絵本) 2013年7月

「おすしですし!」林木林作;田中六大絵 あかね書房 2012年3月

「おれはサメ」片平直樹;作 山口マオ;絵 フレーベル館(おはなしえほんシリーズ) 2011年8月

「きぼうのかんづめ」すだやすなり文;宗誠二郎絵 きぼうのかんづめプロジェクト 2012年3月

「ケンちゃんちにきたサケ」タカタカヲリ作・絵 教育画劇 2012年9月

「そうべえふしぎなりゅうぐうじょう」たじまゆきひこ作 童心社 2011年5月

「チビウオのウソみたいなホントのはなし」ジュリア・ドナルドソン文;アクセル・シェフラー絵;ふしみみさを訳 徳間書店 2012年8月

「つきよはうれしい」あまんきみこ文;こみねゆら絵 文研出版(えほんのもり) 2011年9月

「とくんとくん」片山令子文;片山健絵 福音館書店(ランドセルブックス) 2012年9月

「とてもおおきなサンマのひらき」岡田よしたか作 ブロンズ新社 2013年11月

「トトシュとキンギョとまほうのじゅもん」カタリーナ・ヴァルクス作;ふしみみさを訳 クレヨンハウス 2012年9月

「なまけもののエメーリャ」山中まさひこ文;ささめやゆき絵 小学館 2011年7月

「ねこざかなのすいか」わたなべゆういち作・絵 フレーベル館 2012年5月

「バナナこどもえんざりがにつり」柴田愛子文;かつらこ絵 童心社(絵本・こどものひろば) 2011年7月

「びっくりゆうえんち」川北亮司作;コマヤスカン絵 教育画劇 2013年3月

「ふたごの星」宮沢賢治文;松永禎郎絵 新日本出版社 2013年6月

「ブラッフィー」あしののりこ作・絵 小学館 2012年9月

「ぼくとサンショウウオのへや」アン・メイザー作;スティーブ・ジョンソン絵;ルー・ファンチャー絵;にしかわかんと訳 福音館書店 2011年3月

「めんたくんのたんじょうび」デハラユキノリ作 長崎出版 2012年8月

「ゆーらりまんぼー」みなみじゅんこ作 アリス館 2012年3月

「ゆっくりおやすみにじいろのさかな」マーカス・フィスター作;谷川俊太郎訳 講談社(世界の絵本) 2012年6月

「リトル・マーメイド　アリエルとふしぎな落とし物　アンダー・ザ・シー」エル・D.リスコ文;ブリトニー・リー絵;おかだよしえ訳 講談社 2013年9月

「多摩川のおさかなポスト」山崎充哲文;小島祥子絵 星の環会 2012年4月

動物

「母恋いくらげ」柳家喬太郎原作;大島妙子文・絵 理論社 2013年3月

魚・貝＞たこ

「かにのしょうばい」新美南吉作;山口マオ絵 鈴木出版（ひまわりえほんシリーズ）2012年3月

「クイクイちゃん」牧野夏子文;佐々木マキ絵 絵本館 2012年6月

「たこきちとおぼうさん」工藤ノリコ作 PHP研究所（PHPにこにこえほん）2011年3月

「タコラのピアノ」やなせたかし作・絵 フレーベル館（やなせたかしメルヘン図書館）2013年7月

魚・貝＞なまず

「たろうめいじんのたからもの」こいでやすこ作 福音館書店（こどものとも絵本）2013年6月

「どうだ！まいったか-かまきりのカマーくんといなごのオヤツちゃん」田島征三作 大日本図書 2012年2月

「まんまるいけのおつきみ」かとうまふみ作 講談社（講談社の創作絵本）2011年8月

さる

「あかいかさがおちていた」筒井敬介作;堀内誠一絵 童心社 2011年9月

「あばれんぼうのそんごくう」泉京鹿訳 中国出版トーハン（中国のむかしばなし）2011年6月

「うつぼざる―狂言えほん」もとしたいづみ文;西村繁男絵 講談社（講談社の創作絵本）2011年11月

「うみのどうぶつとしょかんせん」菊池俊作;こばようこ絵 教育画劇 2012年6月

「おさるのパティシエ」サトシン作;中谷靖彦絵 小学館 2012年10月

「さるおどり」降矢なな文;アンヴィル奈宝子絵 福音館書店（こどものとも）2011年8月

「さるかに」広松由希子;ぶん 及川賢治;え 岩崎書店（いまむかしえほん）2011年10月

「さるかにがっせん」石崎洋司;文 やぎたみこ;絵 講談社（講談社の創作絵本）2012年8月

「さるくんにぴったりなおうち！！」おおはしえみこ作;村田エミコ絵 鈴木出版（チューリップえほんシリーズ）2013年9月

「さるくんまかせてまかせて!―12支キッズのしかけえほん」きむらゆういち;作 ふくざわゆみこ;絵 ポプラ社 2013年3月

「ちゅーとにゃーときー」デハラユキノリ再話・絵 長崎出版 2012年1月

「なないろどうわ」真珠まりこ作 アリス館 2013年7月

「バナナわに」尾崎美紀作;市居みか絵 ひさかたチャイルド 2011年5月

「ブーブーブーどこいった」西村敏雄作・絵 学研教育出版 2012年11月

「ふしぎのヤッポ島ブキブキとポイのたからもの」ヤーミー作 小学館 2012年1月

動物

「やまんばあかちゃん」富安陽子文;大島妙子絵 理論社 2011年7月

しか

「アマールカ 王様になった日」ヴァーツラフ・ベドジフ文・絵;甲斐みのり訳 LD&K BOOKS（アマールカ絵本シリーズ6）2012年8月

「アマールカ森番をやっつけた日」ヴァーツラフ・ベドジフ文・絵;甲斐みのり訳 LD&K BOOKS（アマールカ絵本シリーズ1）2012年4月

「うまれかわったヘラジカさん」ニコラス・オールドランド作;落合恵子訳 クレヨンハウス（人生を希望に変えるニコラスの絵本）2011年12月

「クリスマスのねがい」今村葦子文;堀川理万子絵 女子パウロ会 2011年10月

「こじかかじっこ―おてつだいのいと」さかいさちえ作・絵 教育画劇 2013年9月

「こじかこじっこ―ボタンをさがして」さかいさちえ作・絵 教育画劇 2012年2月

「こじかじじっこ―もりのはいたつやさん」さかいさちえ作・絵 教育画劇 2012年3月

「どうぶつしょうぼうたいだいかつやく」シャロン・レンタ作・絵;まえざわあきえ訳 岩崎書店 2012年6月

「はるをはしるえぞしか」手島圭三郎絵・文 絵本塾出版（いきるよろこびシリーズ）2013年5月

十二支

「いぬくんぼくはいいこだから…―12支キッズのしかけえほん」きむらゆういち;作 ふくざわゆみこ;絵 ポプラ社 2013年8月

「いのししくんおばけへいきだもん―12支キッズのしかけえほん」きむらゆういち;作 ふくざわゆみこ;絵 ポプラ社 2011年7月

「うしちゃんえんそくわくわく―12支キッズのしかけえほん」きむらゆういち;作 ふくざわゆみこ;絵 ポプラ社 2012年3月

「うまちゃんかけっこならまけないもん!―12支キッズのしかけえほん」きむらゆういち;作 ふくざわゆみこ;絵 ポプラ社 2013年11月

「さるくんまかせてまかせて!―12支キッズのしかけえほん」きむらゆういち;作 ふくざわゆみこ;絵 ポプラ社 2013年3月

「だあれがいちばん十二支のおはなし」東山凱訳 中国出版トーハン（中国のむかしばなし）2011年1月

「たつくんおむかえドキドキ―12支キッズのしかけえほん」きむらゆういち作・ふくざわゆみこ絵 ポプラ社 2011年11月

「とらくんおれさまさいこう!?―12支キッズのしかけえほん」きむらゆういち;作 ふくざわゆみこ;絵 ポプラ社 2012年7月

動物

「ねずみくんぼくもできるよ!―12支キッズのしかけえほん」きむらゆういち;作 ふくざわゆみこ;絵 ポプラ社 2011年3月

「へびちゃんおしゃべりだいすき!―12支キッズのしかけえほん」きむらゆういち;作 ふくざわゆみこ;絵 ポプラ社 2012年11月

しろくま

「おやすみラッテ」いりやまさとし作 ポプラ社 2011年7月

「きょうのシロクマ」あべ弘士作 光村教育図書 2013年7月

「こおりのなみだ」ジャッキー・モリス作;小林晶子訳 岩崎書店 2012年9月

「しろくまさんがひっこしてきた」さくらいかおり作・絵 ブイツーソリューション 2013年11月

「しろくまのパンツ」tupera tupera作 ブロンズ新社 2012年9月

「パンダとしろくま」マシュー・J. ベク作・絵;貴堂紀子・熊崎洋子・小峯真紀訳 バベルプレス 2013年7月

「ふたごのしろくま くるくるぱっちんのまき」あべ弘士作 講談社(講談社の創作絵本) 2012年6月

「ふたごのしろくま とりさん、なんば?のまき」あべ弘士作 講談社(講談社の創作絵本) 2012年7月

「ふたごのしろくま ねえ、おんぶのまき」あべ弘士作 講談社(講談社の創作絵本) 2012年5月

絶滅動物

「いこう!絶滅どうぶつ園」今泉忠明文;谷川ひろみつ絵 星の環会 2012年4月

「ひとりぼっちのジョージ」ペンギンパンダ作・絵 ひさかたチャイルド 2011年7月

「れいぞうこにマンモス!?」ミカエル・エスコフィエ文;マチュー・モデ絵;ふしみみさを訳 光村教育図書 2012年6月

ぞう

「あたまのうえにとりがいますよ」モー・ウィレムズ作;落合恵子訳 クレヨンハウス(ぞうさん・ぶたさんシリーズ絵本) 2013年9月

「アンパンマンとザジズゼゾウ」やなせたかし作・絵 フレーベル館(アンパンマンのおはなしるんるん) 2012年10月

「エラのがくげいかい」カルメラ・ダミコ文;スティーブン・ダミコ絵;角野栄子訳 小学館(ゾウのエラちゃんシリーズ) 2011年3月

「エルマーと100さいのたんじょうび」デビッド・マッキー文・絵;きたむらさとし訳 BL出版(ぞうのエルマー) 2012年11月

動物

「エルマーとスーパーゾウマン」デビッド・マッキー文・絵；きたむらさとし訳 BL出版（ぞうのエルマー）2011年11月

「おはなしトンネル」中野真典著 イースト・プレス（こどもプレス）2013年10月

「さるくんにぴったりなおうち！！」おおはしえみこ作；村田エミコ絵 鈴木出版（チューリップえほんシリーズ）2013年9月

「すごいサーカス」古内ヨシ作 絵本館 2013年11月

「ぞうくんのあめふりさんぽ」なかのひろたか作・絵 福音館書店（こどものとも絵本）2012年5月

「ぞうのびっくりパンやさん」nakaban文・絵 大日本図書 2013年5月

「ぞうはどこへいった？」五味太郎作 偕成社 2012年2月

「ぞうはどこへもいかない」五味太郎作 偕成社 2013年10月

「そとであそびますよ」モー・ウィレムズ作；落合恵子訳 クレヨンハウス（ぞうさん・ぶたさんシリーズ絵本）2013年11月

「でんしゃだ、でんしゃ！カンカンカン」津田 光郎文・絵 新日本出版社 2011年10月

「とばせ！きぼうのハンカチ―それいけ！アンパンマン」やなせたかし作・絵 フレーベル館 2013年6月

「とびたいぶたですよ」モー・ウィレムズ作；落合恵子訳 クレヨンハウス（ぞうさん・ぶたさんシリーズ絵本）2013年9月

「パーティーによばれましたよ」モー・ウィレムズ作；落合恵子訳 クレヨンハウス（ぞうさん・ぶたさんシリーズ絵本）2013年11月

「ポレポレやまのぼり」たしろちさと文・絵 大日本図書 2011年12月

「みずいろのぞう」nakaban作 ほるぷ出版（ほるぷ創作絵本）2011年8月

「世界一ばかなネコの初恋」ジル・バシュレ文・絵；いせひでこ訳 平凡社 2011年3月

たぬき

「うみやまてつどう―さいしゅうでんしゃのふしぎなおきゃくさん」間瀬なおかた作・絵 ひさかたチャイルド 2012年8月

「おてらのつねこさん」やぎゅうげんいちろう作 福音館書店（日本傑作絵本シリーズ）2013年3月

「おばけのおうちいりませんか？」せきゆうこ作 PHP研究所（わたしのえほん）2012年8月

「かにのしょうばい」新美南吉作；山口マオ絵 鈴木出版（ひまわりえほんシリーズ）2012年3月

「たぬきえもん―日本の昔話」藤巻愛子再話；田澤茂絵 福音館書店（こどものとも年中向き）2011年9月

「たぬきがいっぱい」さとうわきこ作・絵 フレーベル館（復刊絵本セレクション）2011年11月

動物

「たぬきくんとことりちゃん」サトシン作;中谷靖彦絵 アリス館 2012年7月

「たぬきのばけたおつきさま」西本鶏介作;小野かおる絵 鈴木出版(ひまわりえほんシリーズ) 2011年7月

「なかよしゆきだるま」白土あつこ作・絵 ひさかたチャイルド(たっくんとたぬき) 2011年10月

「ぽによりぽにより」内田麟太郎作;林家木久扇絵 今人舎 2012年11月

「ぽんぽこしっぽんた」すまいるママ作・絵 PHP研究所(PHPにこにこえほん) 2013年9月

「みんなのはなび」おくはらゆめ作・絵 岩崎書店(えほんのぼうけん) 2012年7月

「洞熊学校を卒業した三人」宮沢賢治;作 大島妙子;絵 三起商行(ミキハウスの宮沢賢治の絵本) 2012年10月

「熱血!アニマル少年野球団」杉山実作 長崎出版 2011年8月

動物一般

「「ニャオ」とウシがなきました」エマ・ドッド作;青山南訳 光村教育図書 2013年10月

「3びきこりすのケーキやさん」権田章江作・絵 教育画劇 2012年8月

「あさです!」くすのきしげのり原作;いもとようこ文・絵 佼成出版社(いもとようこのおひさま絵本シリーズ) 2011年6月

「あたしゆきおんな」富安陽子文;飯野和好絵 童心社(絵本・こどものひろば) 2012年11月

「あひるのたまご」さとうわきこ作・絵 福音館書店(ばばばあちゃんの絵本) 2012年1月

「あめあめふれふれねずみくん」なかえよしを作;上野紀子絵 ポプラ社(ねずみくんの絵本) 2013年5月

「アリのおでかけ」西村敏雄作 白泉社(こどもMOEのえほん) 2012年5月

「あわてんぼうさちゃん」ティモシー・ナップマン文;デイヴィッド・ウォーカー絵;ひがしかずこ訳 岩崎書店 2013年1月

「いじめっこ」ローラ・ヴァッカロ・シーガー作;なかがわちひろ訳 あすなろ書房 2013年8月

「イタチとみずがみさま」内田麟太郎作;山本孝絵 岩崎書店(えほんのぼうけん) 2011年6月

「いちごばたけのちいさなおばあさん」わたりむつこ作;中谷千代子絵 福音館書店(こどものとも絵本) 2011年6月

「いちにちどうぶつ」ふくべあきひろ作;かわしまななえ絵 PHP研究所(PHPにこにこえほん) 2013年10月

「いのちの木」ブリッタ・テッケントラップ作・絵;森山京訳 ポプラ社(ポプラせかいの絵本) 2013年9月

「いやいやウィッツィー(スージー・ズーのたのしいまいにち)」スージー・スパッフォード絵;みはらいずみ文 BL出版 2012年4月

動物

「イルカようちえん」のぶみ作;河辺健太郎イルカはかせ ひかりのくに 2013年6月

「うまれてきてくれてありがとう」にしもとよう文;黒井健絵 童心社 2011年4月

「うみのどうぶつとしょかんせん」菊池俊作;こばようこ絵 教育画劇 2012年6月

「うんころもちれっしゃ」えちがわのりゆき文・絵 リトルモア 2013年11月

「エルマーとスーパーゾウマン」デビッド・マッキー文・絵;きたむらさとし訳 BL出版(ぞうのエルマー) 2011年11月

「おおきな木のおはなし」メアリ・ニューウェル・デパルマ作・絵;風木一人訳 ひさかたチャイルド 2012年3月

「おかあさんとわるいキツネ」イチンノロブ・ガンバートル文;バーサンスレン・ボロルマー絵;つだのりこ訳 福音館書店(世界傑作絵本シリーズ) 2011年11月

「おしりたんてい」トロル作・絵 ポプラ社 2012年10月

「おたまじゃくしのニョロ」稲垣栄洋作;西村繁男絵 福音館書店(こどものとも) 2011年5月

「おたんじょうびくろくま」たかいよしかず作・絵 くもん出版(おはなし・くろくま) 2013年5月

「おてがみでーす!」くすのきしげのり原作;いもとようこ文・絵 佼成出版社(いもとようこのおひさま絵本シリーズ) 2011年11月

「おとうさんのかさ」三浦太郎作 のら書店 2012年6月

「おにのおにぎりや」ちばみなこ著 偕成社 2012年1月

「おひさまとかくれんぼ」たちもとみちこ作・絵 教育画劇 2013年8月

「おまつりのねがいごと」たしろちさと作 講談社(講談社の創作絵本) 2013年7月

「おめでとうおひさま」中川ひろたか作;片山健絵 小学館(おひさまのほん) 2011年3月

「おれはサメ」片平直樹;作 山口マオ;絵 フレーベル館(おはなしえほんシリーズ) 2011年8月

「かいぶつになっちゃった」木村泰子作・絵 ポプラ社(ぱっくんおおかみのえほん) 2013年4月

「かわいいあひるのあかちゃん」モニカ・ウェリントン作;たがきょうこ訳 徳間書店 2013年3月

「カンガルーがいっぱい」山西ゲンイチ作・絵 教育画劇 2011年5月

「きかんしゃがとおるよ」ゴールデン・マクドナルド作;レナード・ワイスガード絵;こみやゆう訳 長崎出版 2012年11月

「きょうりゅうじまだいぼうけん」間瀬なおかた作・絵 ひさかたチャイルド 2011年6月

「ぎょうれつのできるケーキやさん」ふくざわゆみこ作 教育画劇 2013年3月

「キリンがくる日」志茂田景樹文;木島誠悟絵 ポプラ社(ポプラ社の絵本) 2013年8月

「ぎんいろのボタン」左近蘭子作;末崎茂樹絵 ひかりのくに 2011年4月

「クッツさんのくつ」ジョン・ダナリス作;ステラ・ダナリス絵;寺岡由紀訳 岩崎書店 2011年9月

動物

「くまくまパン」西村敏雄作 あかね書房 2013年11月

「くまだっこ」デイヴィッド・メリング作;たなかあきこ訳 小学館 2012年5月

「クリスマスくろくま」たかいよしかず作・絵 くもん出版 (おはなし・くろくま) 2012年10月

「クルトンさんとはるのどうぶつたち」宮嶋ちか作 福音館書店 (こどものとも年中向き) 2012年3月

「ごきげんなライオンすてきなたからもの」ルイーズ・ファティオ文;ロジャー・デュボアザン絵;今江祥智&遠藤育枝訳 BL出版 2012年9月

「こじかこじっこ―ボタンをさがして」さかいさちえ作・絵 教育画劇 2012年2月

「ごちそうだよ！ねずみくん」なかえよしを作;上野紀子絵 ポプラ社 (ねずみくんの絵本) 2011年5月

「ことりのギリ」マリオ・ラモ作;平岡敦訳 光村教育図書 2013年6月

「こぶたのかばん」佐々木マキ;作 金の星社 2013年3月

「こわがらなくていいんだよ」ゴールデン・マクドナルド作;レナード・ワイスガード絵;こみやゆう訳 長崎出版 2012年9月

「さいこうのおたんじょうび」カール・ノラック文;クロード・K・デュボワ絵;河野万里子訳 ほるぷ出版 2011年4月

「ザザのちいさいおとうと」ルーシー・カズンズ作;五味太郎訳 偕成社 2011年1月

「さるくんにぴったりなおうち！！」おおはしえみこ作;村田エミコ絵 鈴木出版 (チューリップえほんシリーズ) 2013年9月

「サンタさんのトナカイ」ジャン・ブレット作・絵;さいごうようこ訳 徳間書店 2013年10月

「シーソーあそび」エクトル・シエラ作;みぞぶちまさる絵 絵本塾出版 (もりのなかまたち) 2012年8月

「じゃがいもアイスクリーム？」市川里美作 BL出版 2011年7月

「しょんぼりしないで、ねずみくん！」ジェド・ヘンリー作;なかがわちひろ訳 小学館 2013年2月

「しろくまさんがひっこしてきた」さくらいかおり作・絵 ブイツーソリューション 2013年11月

「スキャリーおじさんのゆかいなおやすみえほん」リチャード・スキャリー作;ふしみみさを訳 BL出版 2013年9月

「すごいサーカス」古内ヨシ作 絵本館 2013年11月

「せかせかビーバーさん」ニコラス・オールドランド作;落合恵子訳 クレヨンハウス (人生を希望に変えるニコラスの絵本) 2012年7月

「セロ弾きのゴーシュ」藤城清治;影絵 宮沢賢治;原作 講談社 2012年4月

「セロ弾きのゴーシュ」宮沢賢治;作 さとうあや;絵 三起商行 (ミキハウスの絵本) 2012年10月

動物

「ぞうのびっくりパンやさん」nakaban文・絵 大日本図書 2013年5月

「そりあそび」さとうわきこ作・絵 福音館書店(ばばばあちゃんの絵本) 2012年10月

「たいへんなひるね」さとうわきこ作・絵 福音館書店(ばばばあちゃんの絵本) 2013年2月

「タマゴイスにのり」井上洋介作・絵 鈴木出版(チューリップえほんシリーズ) 2012年7月

「だれのちがでた?」スティーナ・ヴィルセン作;ヘレンハルメ美穂訳 クレヨンハウス(やんちゃっ子の絵本4) 2012年8月

「だれもしらないバクさんのよる」まつざわありさ作・絵 絵本塾出版 2012年9月

「たろうめいじんのたからもの」こいでやすこ作 福音館書店(こどものとも絵本) 2013年6月

「たんじょうびおめでとう!」マーガレット・ワイズ・ブラウン作;レナード・ワイスガード絵;こみやゆう訳 長崎出版 2011年12月

「ちいさなぬま」井上コトリ作 講談社(講談社の創作絵本) 2013年8月

「チクチクさんトゲトゲさん」すまいるママ作・絵 PHP研究所(PHPにこにこえほん) 2011年8月

「ちょんまげでんしゃののってちょんまげ」藤本ともひこ作・絵 ひさかたチャイルド 2012年6月

「ティニーふうせんいぬのものがたり」かわむらげんき作;さのけんじろう絵 マガジンハウス(CASA KIDS) 2013年11月

「でこぼこイレブンチームでいこうよ!」白崎裕人作・絵 講談社(『創作絵本グランプリ』シリーズ) 2013年1月

「でんしゃはっしゃしまーす」まつおかたつひで作 偕成社 2012年9月

「どうしたのブタくん」みやにしたつや作・絵 鈴木出版(チューリップえほんシリーズ) 2013年3月

「どうぶつがすき」パトリック・マクドネル作;なかがわちひろ訳 あすなろ書房 2011年9月

「どうぶつきかんしゃしゅっぱつしんこう!」ナオミ・ケフォード文;リン・ムーア文;ベンジー・ディヴィス絵;ふしみみさを訳 ポプラ社(ポプラせかいの絵本) 2012年10月

「どうぶつげんきにじゅういさん」山本省三作;はせがわかこ絵 講談社(講談社の創作絵本) 2011年11月

「どうぶつこうむてんこうじちゅう」シャロン・レンタ作・絵;まえざわあきえ訳 岩崎書店 2013年7月

「どうぶつしょうぼうたいだいかつやく」シャロン・レンタ作・絵;まえざわあきえ訳 岩崎書店 2012年6月

「どうぶつびょういんおおいそがし」シャロン・レンタ作・絵;まえざわあきえ訳 岩崎書店 2011年9月

「とっておきのカレー」きたじまごうき作・絵 絵本塾出版 2011年10月

「トドマツ森のモモンガ」山村輝夫作 福音館書店(ランドセルブックス) 2011年11月

動物

「どろんこおそうじ」さとうわきこ作・絵 福音館書店(ばばばあちゃんの絵本) 2012年7月

「とんとんパンやさん」白土あつこ作・絵 ひさかたチャイルド 2013年1月

「どんはどんどん…」織田道代作;いもとようこ絵 ひかりのくに 2012年10月

「なきんぼあかちゃん」穂髙順也文;よしまゆかり絵 大日本図書 2012年9月

「なないろの花はどこ」はまざきえり文・絵 大日本図書 2011年3月

「ぬすまれたおくりもの」うえつじとしこ文・絵 大日本図書 2011年9月

「ねーねーのしっぽ」はやしますみ著 イースト・プレス(こどもプレス) 2013年7月

「ねずみくんのだいすきなもの」左近蘭子作;いもとようこ絵 ひかりのくに 2013年9月

「ねどこどこ?―ダヤンと森の写真絵本」池田あきこ作・絵;横塚眞己人写真 長崎出版 2013年2月

「ねむるまえにクマは」フィリップ・C.ステッド文;エリン・E.ステッド絵;青山南訳 光村教育図書 2012年11月

「ノミちゃんのすてきなペット」ルイス・スロボドキン作;三原泉訳 偕成社 2011年12月

「ハグくまさん」ニコラス・オールドランド作;落合恵子訳 クレヨンハウス(人生を希望に変えるニコラスの絵本) 2011年12月

「はしれトロッコれっしゃ」西片拓史作 教育画劇 2012年8月

「はらっぱのおともだち どうぶつのおともだち」カミーユ・ジュルディ作;かどのえいこ訳 ポプラ社 2013年6月

「はるをはしるえぞしか」手島圭三郎絵・文 絵本塾出版(いきるよろこびシリーズ) 2013年5月

「パンやのコナコナ」どいかや文;にきまゆ絵 ブロンズ新社 2012年6月

「ピエロのあかいはな」なつめよしかず作 福音館書店(日本傑作絵本シリーズ) 2013年11月

「ぴたっとヤモちゃん」石井聖岳作 小学館(おひさまのほん) 2012年5月

「びっくり!どうぶつデパート」サトシン作;スギヤマカナヨ絵 アリス館 2013年5月

「びっくりゆうえんち」川北亮司作;コマヤスカン絵 教育画劇 2013年3月

「ブーブーブーどこいった」西村敏雄作・絵 学研教育出版 2012年11月

「ふかいあな」キャンデス・フレミング文;エリック・ローマン絵;なかがわちひろ訳 あすなろ書房 2013年2月

「ぶたのトントン」キャロライン・ジェイン・チャーチ作;石津ちひろ訳 大日本図書 2011年6月

「ペトラ」マリア・ニルソン・トーレ作;ヘレンハルメ美穂訳 クレヨンハウス 2013年3月

「ヘビをたいじしたカエル」草山万兎作;あべ弘士絵 福音館書店(こどものとも) 2012年7月

「へんなおばけ」大森裕子著 白泉社(こどもMOEのえほん) 2012年7月

動物

「べんべけざばばん」りとうようい作 絵本館 2013年1月

「ぼくがいちばん！」ルーシー・カズンズ作・絵;灰島かり訳 岩崎書店 2011年1月

「ぼくのサイ」ジョン・エイジー作;青山南訳 光村教育図書 2013年2月

「ぼくのしっぽはどれ？」ミスター&アプリ作・絵 絵本塾出版 2012年6月

「ぼくはだれだろう」ゲルバズ・フィン文;トニー・ロス絵;みらいなな訳 童話屋 2013年9月

「ポポくんのかきごおり」accototoふくだとしお＋あきこ作 PHP研究所(PHPにこにこえほん) 2013年6月

「ボンちゃんバス」ひらのてつお作・絵 ひさかたチャイルド 2011年9月

「ポンテとペッキとおおきなプリン」仁科幸子作・絵 文溪堂 2012年9月

「ほんをよむのにいいばしょは?」シュテファン・ゲンメル文;マリー・ジョゼ・サクレ絵;斉藤規訳 新日本出版社 2013年3月

「マドレンカ サッカーだいすき！」ピーター・シス作;松田素子訳 BL出版 2012年2月

「マルタのぼうけん―あおいしずくのひみつ」宮島永太良作・絵 ハースト婦人画報社 2013年12月

「みーつけたっ」あまんきみこ文;いしいつとむ絵 小峰書店(にじいろえほん) 2011年10月

「みどりさんのパンやさん」おおいじゅんこ作 PHP研究所(PHPにこにこえほん) 2013年2月

「みにくいフジツボのフジコ」山西ゲンイチ著 アリス館 2011年12月

「みんなでせんたく」フレデリック・ステール作;たなかみえ訳 福音館書店(世界傑作絵本シリーズ) 2011年5月

「みんなでよいしょ」あまんきみこ文;いしいつとむ絵 小峰書店(にじいろえほん) 2011年6月

「もう、おおきいからなかないよ」ケイト・クライス文;M.サラ・クライス絵;福本友美子訳 徳間書店 2013年2月

「もぐらくんとみどりのほし」ハナ・ドスコチロヴァー作;ズデネック・ミレル絵;木村有子訳 偕成社(もぐらくんの絵本) 2012年1月

「ももたろう」こわせ・たまみ;文 高見八重子;絵 鈴木出版(たんぽぽえほんシリーズ) 2012年1月

「ももたろう」石崎洋司;文 武田美穂;絵 講談社(講談社の創作絵本) 2012年2月

「モラッチャホンがきた!」ヘレン・ドカティ文;トーマス・ドカティ絵;福本友美子訳 光村教育図書 2013年10月

「モリくんのすいかカー」かんべあやこ作 くもん出版 2012年6月

「モリくんのハロウィンカー」かんべあやこ作 くもん出版 2013年9月

「もりのおるすばん」丸山陽子作 童心社(絵本・こどものひろば) 2012年7月

202

動物

「もりのメゾン」原優子ぬいぐるみ;まえをけいこ。文・写真 教育画劇 2012年10月

「もりはおおさわぎ」ビーゲンセン作;中井亜佐子絵 絵本塾出版(もりのなかまたち) 2012年7月

「もりへぞろぞろ」村田喜代子作;近藤薫美子絵 偕成社 2012年6月

「やきいもするぞ」おくはらゆめ作 ゴブリン書房 2011年10月

「やまねこせんせいのこんやはおつきみ」末崎茂樹・絵 ひさかたチャイルド 2013年8月

「やまのばんさんかい」井上洋介文・絵 小峰書店(にじいろえほん) 2013年9月

「やまのぼり」さとうわきこ作・絵 福音館書店(ばばばあちゃんの絵本) 2013年4月

「ゆきうさぎのねがいごと」レベッカ・ハリー絵;木原悦子訳 世界文化社 2013年11月

「よるのきかんしゃ、ゆめのきしゃ」シェリー・ダスキー・リンカー文;トム・リヒテンヘルド絵;福本友美子訳 ひさかたチャイルド 2013年8月

「よるのとしょかん」カズノ・コハラ作;石津ちひろ訳 光村教育図書 2013年11月

「ロロとレレのほしのはな」のざかえつこ作;トム・スコーンオーヘ絵 小学館 2013年5月

「ワララちゃんのおるすばん」こいでなつこ著 佼成出版社 2013年11月

「岩をたたくウサギ」よねやまひろこ再話;シリグ村の女たち絵 新日本出版社 2012年4月

「決戦! どうぶつ関ケ原」コマヤスカン作;笠谷和比古監修 講談社(講談社の創作絵本) 2012年11月

「小さいのが大きくて、大きいのが小さかったら」エビ・ナウマン文;ディーター・ヴィースミュラー絵;若松宣子訳 岩波書店 2012年9月

「森の音を聞いてごらん」池田あきこ著 白泉社 2011年9月

「童話のどうぶつえん」漆原智良文;いしいつとむ絵 アリス館 2011年9月

「虹の森のミミっち」森沢明夫作;加藤美紀絵 TOブックス 2013年12月

「非武装地帯に春がくると」イ・オクベ作;おおたけきよみ訳 童心社([日・中・韓平和絵本) 2011年4月

「北風ふいてもさむくない」あまんきみこ文;西巻茅子絵 福音館書店(ランドセルブックス) 2011年11月

「本、だ〜いすき!」ジュディ・シエラ文;マーク・ブラウン絵;山本敏子訳 新日本出版社 2013年1月

動物園

「アリのおでかけ」西村敏雄作 白泉社(こどもMOEのえほん) 2012年5月

「いこう! 絶滅どうぶつ園」今泉忠明文;谷川ひろみつ絵 星の環会 2012年4月

「いのちのいれもの」小菅正夫文;堀川真絵 サンマーク出版 2011年3月

動物

「キリンがくる日」志茂田景樹文;木島誠悟絵 ポプラ社 (ポプラ社の絵本) 2013年8月

「ごきげんなライオンおくさんにんきものになる」ルイーズ・ファティオ文;ロジャー・デュボアザン絵;今江祥智&遠藤育枝訳 BL出版 2013年1月

「ごきげんなライオンすてきなたからもの」ルイーズ・ファティオ文;ロジャー・デュボアザン絵;今江祥智&遠藤育枝訳 BL出版 2012年9月

「サラとダックンなにになりたい?」サラ・ゴメス・ハリス原作;横山和江訳 金の星社 2013年12月

「ぞうはどこへもいかない」五味太郎作 偕成社 2013年10月

「つんつくせんせいとまほうのじゅうたん」たかどのほうこ作・絵 フレーベル館 2013年10月

「はるかぜとぷう」小野かおる作・絵 福音館書店 (こどものともコレクション) 2011年2月

「ふしぎなカメラ」辻村ノリアキ作;ゴトウノリユキ絵 PHP研究所 (PHPにこにこえほん) 2012年11月

「ふにゃらどうぶつえん」ふくだすぐる作 アリス館 2011年10月

「へんなどうぶつえん」筒井敬介作;堀内誠一絵 小峰書店 2013年10月

「ぼんこちゃんポン!」乾栄里子作;西村敏雄絵 偕成社 2013年10月

「童話のどうぶつえん」漆原智良文;いしいつとむ絵 アリス館 2011年9月

「本、だ〜いすき!」ジュディ・シエラ文;マーク・ブラウン絵;山本敏子訳 新日本出版社 2013年1月

とかげ

「アレクサンダとぜんまいねずみ [ビッグブック]」レオ・レオニ作;谷川俊太郎訳 好学社 2012年10月

「とかげさんちのおひっこし」藤本四郎作・絵 PHP研究所 (PHPにこにこえほん) 2012年5月

「みつこととかげ」田中清代作 福音館書店 (こどものともコレクション) 2011年2月

とら

「アントンせんせい」西村敏雄作 講談社 (講談社の創作絵本) 2013年3月

「いのちのいれもの」小菅正夫文;堀川真絵 サンマーク出版 2011年3月

「おじいちゃんのトラのいるもりへ」乾千恵文;あべ弘士絵 福音館書店 (こどものとも) 2011年9月

「こわがらなくていいんだよ」ゴールデン・マクドナルド作;レナード・ワイスガード絵;こみやゆう訳 長崎出版 2012年9月

「とらくんおれさまさいこう!?—12支キッズのしかけえほん」きむらゆういち;作 ふくざわゆみこ;絵 ポプラ社 2012年7月

動物

「トラのじゅうたんになりたかったトラ」ジェラルド・ローズ文・絵;ふしみみさを訳 岩波書店（大型絵本）2011年10月

「ふかいあな」キャンデス・フレミング文;エリック・ローマン絵;なかがわちひろ訳 あすなろ書房 2013年2月

「もしも、ぼくがトラになったら」ディーター・マイヤー文;フランツィスカ・ブルクハント絵;那須田淳訳 光村教育図書 2013年2月

「ゆかいなさんぽ」土方久功作・絵 福音館書店（こどものともコレクション）2011年2月

鳥＞あひる

「あひるのたまごねえちゃん」あきやまただし;作・絵 鈴木出版（ひまわりえほんシリーズ）2011年11月

「かわいいあひるのあかちゃん」モニカ・ウェリントン作;たがきょうこ訳 徳間書店 2013年3月

「だいすき、ママ!」飯島有作画;梯有子文案 河出書房新社（トムとジェリーアニメおはなしえほん）2013年9月

「ゆかいなさんぽ」土方久功作・絵 福音館書店（こどものともコレクション）2011年2月

鳥＞オウム

「インドの木-マンゴーの木とオウムのおはなし」たにけいこ絵・訳;マノラマ・ジャファ原作 森のおしゃべり文庫 2011年2月

「かけた耳」エルジェ作;川口恵子訳 福音館書店（タンタンの冒険ペーパーバック版）2011年6月

「商人とオウム」ミーナ・ジャバアービン文;ブルース・ホワットリー絵;青山南訳 光村教育図書 2012年1月

鳥＞かも

「カモさん、なんわ？」シャーロット・ポメランツ文;ホセ・アルエゴ、マリアンヌ・デューイ絵;こみやゆう訳 徳間書店 2012年3月

「かもとりごんべえ」令丈ヒロ子;文 長谷川義史;絵 講談社（講談社の創作絵本）2012年11月

「サラとダックンなにになりたい？」サラ・ゴメス・ハリス原作;横山和江訳 金の星社 2013年12月

鳥＞からす

「あかにんじゃ」穂村弘作;木内達朗絵 岩崎書店（えほんのぼうけん）2012年6月

「おてがみでーす！」くすのきしげのり原作;いもとようこ文・絵 佼成出版社（いもとようこのおひさま絵本シリーズ）2011年11月

「からすのおかしやさん」かこさとし作・絵 偕成社（かこさとしおはなしのほん）2013年4月

動物

「カラスのスッカラ」石津ちひろ作;猫野ぺすか絵 佼成出版社 2013年5月

「からすのそばやさん」かこさとし作・絵 偕成社(かこさとしおはなしのほん) 2013年5月

「からすのやおやさん」かこさとし作・絵 偕成社(かこさとしおはなしのほん) 2013年4月

「こおりのなみだ」ジャッキー・モリス作;小林晶子訳 岩崎書店 2012年9月

「たったひとりのともだち」原田えいせい作;いもとようこ絵 金の星社 2013年11月

「ましろとカラス」ふくざわゆみこ作 福音館書店(こどものとも) 2013年6月

「め牛のママ・ムー」ユイヤ・ヴィースランデル文;トーマス・ヴィースランデル文;スヴェン・ノードクヴィスト絵;山崎陽子訳 福音館書店(世界傑作絵本シリーズ) 2013年2月

鳥＞コウモリ

「おおきなかぼちゃ」エリカ・シルバーマン作;S.D.シンドラー絵;おびかゆうこ訳 主婦の友社(主婦の友はじめてブック) 2011年9月

「おばけのくに-リトルピンクとブロキガ」スティーナ・ヴィルセン絵;カーリン・ヴィルセン文;LiLiCo訳 主婦の友社 2011年9月

「コウモリとしょかんへいく」ブライアン・リーズ作・絵;西郷容子訳 徳間書店 2011年8月

「こうもりぼうやとハロウィン」ダイアン・メイヤー文;ギデオン・ケンドール絵;藤原宏之訳 新日本出版社 2012年9月

「チーロの歌」アリ・バーク文;ローレン・ロング絵;管啓次郎訳 クレヨンハウス 2013年12月

「チーロの歌」アリ・バーク文;ローレン・ロング絵;管啓次郎訳 クレヨンハウス 2013年12月

「モリくんのすいかカー」かんべあやこ作 くもん出版 2012年6月

「モリくんのハロウィンカー」かんべあやこ作 くもん出版 2013年9月

「モリくんのりんごカー」かんべあやこ作 くもん出版 2011年11月

鳥＞鳥一般

「3びきのうさぎ」ゼルク・ゾルターン作;レイク・カーロイ絵;マンディ・ハシモト・レナ訳 文渓堂 2011年11月

「あかいぼうしのゆうびんやさん」ルース・エインズワース作;こうもとさちこ訳・絵 福音館書店(日本傑作絵本シリーズ) 2011年10月

「あしたもね」武鹿悦子作;たしろちさと絵 岩崎書店(えほんのぼうけん) 2012年3月

「あたまのうえにとりがいますよ」モー・ウィレムズ作;落合恵子訳 クレヨンハウス(ぞうさん・ぶたさんシリーズ絵本) 2013年9月

「アマールカ大男にプロポーズされた日」ヴァーツラフ・ベドジフ文・絵;甲斐みのり訳 LD&K BOOKS(アマールカ絵本シリーズ3) 2012年6月

動物

「アマールカ鳥になった日」ヴァーツラフ・ベドジフ文・絵;甲斐みのり訳 LD&K BOOKS(アマールカ絵本シリーズ4) 2012年6月

「いとしい小鳥きいろ」石津ちひろ文;ささめやゆき絵 ハモニカブックス 2013年4月

「いぬのロケット本を読む」タッド・ヒルズ作;藤原宏之訳 新日本出版社 2013年11月

「イワーシェチカと白い鳥」I.カルナウーホワ再話;松谷さやか訳;M.ミトゥーリチ絵 福音館書店(ランドセルブックス) 2013年1月

「うずらちゃんのたからもの」きもとももこ作 福音館書店(福音館の幼児絵本) 2013年10月

「うずらのうーちゃんの話」かつやかおり作 福音館書店(ランドセルブックス) 2011年2月

「えいたとハラマキ」北阪昌人作;おくやまゆか絵 小学館 2012年12月

「おじいさんとヤマガラ—3月11日のあとで」鈴木まもる作・絵 小学館 2013年3月

「おやゆびひめ」ハンス・クリスチャン・アンデルセン作;リスベート・ツヴェルガー絵;江國香織訳 BL出版 2013年10月

「かあさんのこもりうた」こんのひとみ;作 いもとようこ;絵 金の星社 2012年10月

「かわうそ3きょうだいそらをゆく」あべ弘士著 小峰書店(にじいろえほん) 2013年4月

「カンテクレール キジに恋したにわとり」ヨー・ルーツ作;フレート・フィッセルス作;エレ・フレイセ絵;久保谷洋訳 朝日学生新聞社 2012年1月

「クリスマスをみにいったヤシの木」マチュー・シルヴァンデール文;オードレイ・プシエ絵;ふしみみさを訳 徳間書店 2013年10月

「コートかけになったトトシュ」カタリーナ・ヴァルクス作;ふしみみさを訳 クレヨンハウス 2011年10月

「ことりのギリ」マリオ・ラモ作;平岡敦訳 光村教育図書 2013年6月

「さあ、とんでごらん!」サイモン・ジェームズ作;福本友美子訳 岩崎書店 2011年10月

「サーカスの少年と鳥になった女の子」ジェーン・レイ作・絵;河野万里子訳 徳間書店 2012年12月

「しんせつなかかし」ウェンディ・イートン作;おびかゆうこ訳;篠崎三朗絵 福音館書店(ランドセルブックス) 2012年1月

「だちょうのたまごにいちゃん」あきやまただし作・絵 鈴木出版(ひまわりえほんシリーズ) 2013年9月

「たぬきくんとことりちゃん」サトシン作;中谷靖彦絵 アリス館 2012年7月

「ちいさな鳥の地球たび」藤原幸一写真・文 岩崎書店(えほんのぼうけん) 2011年8月

「ツボミちゃんとモムくん」ももせよしゆき著 白泉社(こどもMOEのえほん) 2012年5月

「つるのおんがえし」石崎洋司;文 水口理恵子;絵 講談社(講談社の創作絵本) 2012年11月

動物

「つるのよめさま」松谷みよ子文;鈴木まもる絵 ハッピーオウル社(語り伝えたい・日本のむかしばなし) 2011年3月

「でてきておひさま」ほりうちみちこ再話;ほりうちせいいち絵 福音館書店(こどものとも年中版) 2012年7月

「のんちゃんと白鳥」石倉欣二文・絵 小峰書店(にじいろえほん) 2011年11月

「フィートははしる」ビビ・デュモン・タック文;ノエル・スミット絵;野坂悦子 光村教育図書 2011年3月

「ふたごのしろくま とりさん、なんば?のまき」あべ弘士作 講談社(講談社の創作絵本) 2012年7月

「ふぶきのとり」手島圭三郎絵・文 絵本塾出版(幻想シリーズ) 2011年1月

「ぼく、いってくる!」マチュー・モデ作;ふしみみさを訳 光村教育図書 2013年6月

「みにくいことりの子」イザベル・ボナモー作;ふしみみさを訳 あすなろ書房 2012年2月

「みるなのへや」広松由希子;ぶん 片山健;え 岩崎書店(いまむかしえほん) 2011年6月

「みんなかわいい」内田麟太郎文;梅田俊作絵 女子パウロ会 2011年4月

「リスと青い星からのおきゃくさん」ゼバスティアン・メッシェンモーザー作;松永美穂訳 コンセル 2012年6月

「黄いろのトマト」宮沢賢治;作 降矢なな;絵 三起商行(ミキハウスの絵本) 2013年10月

「絵本マボロシの鳥」藤城清治影絵;太田光原作・文 講談社 2011年5月

「干潟のくちばしじまん」今宮則子文;小島祥子絵 星の環会 2011年9月

「空とぶペーター」フィリップ・ヴェヒター作・絵;天沼春樹訳 徳間書店 2013年7月

「雛女房」村山亜土作;柚木沙弥郎絵 文化学園文化出版局 2012年11月

鳥＞にわとり

「あか毛のバンタム」ルイーズ・ファティオ作;ロジャー・デュボアザン絵;秋野翔一郎訳 童話館出版 2011年12月

「アントンせんせい」西村敏雄作 講談社(講談社の創作絵本) 2013年3月

「いいこでねんね」デヴィッド・エズラ・シュタイン作;さかいくにゆき訳 ポプラ社(ポプラせかいの絵本) 2012年12月

「おいもほり」中村美佐子作;いもとようこ絵 ひかりのくに 2011年10月

「カンテクレール キジに恋したにわとり」ヨー・ルーツ作;フレート・フィッセルス作;エレ・フレイセ絵;久保谷洋訳 朝日学生新聞社 2012年1月

「ターニャちゃんのスカート」洞野志保作 福音館書店(こどものとも年中向き) 2012年6月

動物

「たまごがいっぱい」寺村輝夫原作; 和歌山静子構成・絵 理論社(新王さまえほん) 2013年6月

「にわとりこっことソーセージ」篠崎三朗文・絵 至光社(至光社ブッククラブ国際版絵本) 2011年1月

「ブレーメンのおんがくたい」グリム原作;いもとようこ文・絵 金の星社 2012年12月

鳥＞にわとり＞ひよこ

「でてきておひさま」ほりうちみちこ再話;ほりうちせいいち絵 福音館書店(こどものとも年中版) 2012年7月

「ピッピのかくれんぼ」そうまこうへい作;たかはしかずえ絵 PHP研究所 2011年12月

「ピヨピヨハッピーバースデー」工藤ノリコ作 佼成出版社(みつばちえほんシリーズ) 2012年1月

「ベンおじさんのふしぎなシャツ」シュザン・ボスハウベェルス作;ルース・リプハーヘ絵;久保谷洋訳 朝日学生新聞社 2011年9月

「ルンバさんのたまご」モカ子作・絵 ひかりのくに 2013年4月

鳥＞ふくろう

「カモさん、なんわ？」シャーロット・ポメランツ文;ホセ・アルエゴ、マリアンヌ・デューイ絵;こみやゆう訳 徳間書店 2012年3月

「とっておきのカレー」きたじまごうき作・絵 絵本塾出版 2011年10月

「ねむくなんかないっ！」ジョナサン・アレン作;せなあいこ訳 評論社(児童図書館・絵本の部屋) 2011年2月

「ねむれないふくろうオルガ」ルイス・スロボドキン作;三原泉訳 偕成社 2011年2月

「フウちゃんクウちゃんロウちゃんのふくろうがっこう さかなをとろうのまき」いとうひろし作 徳間書店 2012年5月

「ふくろうのダルトリー」乾栄里子文;西村敏雄絵 ブロンズ新社 2011年10月

「ふくろうはかせのものまねそう」東野りえ作;黒井健絵 ひさかたチャイルド 2011年4月

「ゆきのよあけ」いまむらあしこ文;あべ弘士絵 童心社(絵本・こどものひろば) 2012年11月

「よるのとしょかん」カズノ・コハラ作;石津ちひろ訳 光村教育図書 2013年11月

鳥＞ペンギン

「おやこペンギン―ジェイとドゥのゆきあそび」片平直樹作;高畠純絵 ひさかたチャイルド 2011年11月

「サラとダックンなにになりたい？」サラ・ゴメス・ハリス原作;横山和江訳 金の星社 2013年12月

「ペンギンきょうだい そらのたび」工藤ノリコ作 ブロンズ新社 2012年10月

動物

「ペンギンきょうだい ふねのたび」工藤ノリコ作 ブロンズ新社 2011年6月

「ぺんぎんのたまごにいちゃん」あきやまただし作・絵 鈴木出版(ひまわりえほんシリーズ) 2011年6月

「ぺんちゃんのかきごおり」おおいじゅんこ作 アリス館 2012年6月

「ほら、ぼくペンギンだよ」バレリー・ゴルバチョフ作・絵;まえざわあきえ訳 ひさかたチャイルド 2013年05月

ねこ

「「ニャオ」とウシがなきました」エマ・ドッド作;青山南訳 光村教育図書 2013年10月

「3びきのこねこ」雪舟えま文;はたこうしろう絵 福音館書店(こどものとも年少版) 2013年12月

「あおねこちゃん」ズデネック・ミレル絵;マリカ・ヘルストローム・ケネディ原作;平野清美訳 平凡社 2012年12月

「あかいぼうしのゆうびんやさん」ルース・エインズワース作;こうもとさちこ訳・絵 福音館書店(日本傑作絵本シリーズ) 2011年10月

「あきねこ」かんのゆうこ文;たなか鮎子絵 講談社(講談社の創作絵本) 2011年8月

「あくたれラルフのクリスマス」ジャック・ガントス作;ニコール・ルーベル絵;こみやゆう訳 PHP研究所 2013年11月

「うどんドンドコ」山崎克己作 BL出版 2012年3月

「おかたづけ」菅原卓也作画;薬師夕馬文案 河出書房新社(トムとジェリーアニメおはなしえほん) 2013年10月

「おじいさんのしごと」山西ゲンイチ作 講談社(講談社の創作絵本) 2013年1月

「おしゃれなねこさん」小林ゆき子作・絵 教育画劇 2011年10月

「おてがみ」中川李枝子作;中川宗弥絵 福音館書店(こどものともコレクション) 2011年2月

「おとうちゃんとぼく」にしかわおさむ文・絵 ポプラ社(おとうさんだいすき) 2012年1月

「おならローリー」こぐれけいすけ作 学研教育出版 2011年1月

「おはいんなさい」西平あかね文・絵 大日本図書 2011年9月

「おもちゃびじゅつかんでかくれんぼ」デイヴィッド・ルーカス作;なかがわちひろ訳 徳間書店 2012年4月

「ききゅうにのったこねこ」マーガレット・ワイズ・ブラウン作;レナード・ワイスガード絵;こみやゆう訳 長崎出版 2011年2月

「キッキとトーちゃんふねをつくる」浅生ハルミン著 芸術新聞社 2012年11月

「ぐうたら道をはじめます」たきしたえいこ作;大西ひろみ絵 BL出版 2012年11月

「くぎになったソロモン」ウィリアム・スタイグ作;おがわえつこ訳 セーラー出版 2012年4月

動物

「クリスマスのこねこたち」スー・ステイントン文;アン・モーティマー絵;まえざわあきえ訳 徳間書店 2011年9月

「クリスマスのよる」濱美由紀作画;薬師夕馬文案 河出書房新社(トムとジェリーアニメおはなしえほん) 2013年11月

「くろとゆき」吉本隆子作・絵 福音館書店(こどものとも) 2012年9月

「ケーキにのったサクランボちゃん-ラプーたんていのじけんぼ4」ベネディクト・ゲチエ作;野崎歓訳 クレヨンハウス 2011年1月

「ごきげんなディナー」宮内哲也作画;薬師夕馬文案 河出書房新社(トムとジェリーアニメおはなしえほん) 2013年11月

「こねこのハリー」メアリー・チャルマーズ作;おびかゆうこ訳 福音館書店(世界傑作絵本シリーズ) 2012年10月

「こまったときのねこおどり」いとうひろし作 ポプラ社(いとうひろしの本) 2013年4月

「これだからねこはだいっきらい」シモーナ・メイッサー作;嘉戸法子訳 岩崎書店 2011年9月

「しんぶんにのりたい」ミース・バウハウス作;フィープ・ヴェステンドルプ絵;日笠千晶訳 金の星社 2013年11月

「せんねんすぎとふしぎなねこ」木村昭平;絵と文 日本地域社会研究所(コミュニティ・ブックス) 2013年3月

「それならいいいえありますよ」澤野秋文作 講談社(講談社の創作絵本) 2013年8月

「だいすき、ママ!」飯島有作画;梯有子文案 河出書房新社(トムとジェリーアニメおはなしえほん) 2013年9月

「だいすき・ベベダヤン」池田あきこ作 ほるぷ出版 2013年2月

「たったひとつのねがいごと」バーバラ・マクリントック作;福本友美子訳 ほるぷ出版 2011年11月

「だれがおこりんぼう?」スティーナ・ヴィルセン作;ヘレンハルメ美穂訳 クレヨンハウス(やんちゃっ子の絵本5) 2012年8月

「ちゅーとにゃーときー」デハラユキノリ再話・絵 長崎出版 2012年1月

「チョコレート屋のねこ」スー・ステイントン文;アン・モーティマー絵;中川千尋訳 ほるぷ出版 2013年1月

「てつぞうはね」ミロコマチコ著 ブロンズ新社 2013年9月

「でるでるでるぞ」高谷まちこ著 佼成出版社(クローバーえほんシリーズ) 2012年6月

「としょかんねこデューイ」ヴィッキー・マイロン文;ブレット・ウィター文;スティーヴ・ジェイムズ絵;三木卓訳 文化学園文化出版局 2012年3月

「とべ! ブータのバレエ団」こばやしみき作・絵 講談社(『創作絵本グランプリ』シリーズ) 2012年1月

動物

「ニニのゆめのたび」アニタ・ローベル作;まつかわまゆみ訳 評論社(児童図書館・絵本の部屋) 2012年5月

「ニャントさん」高部晴市;著 イースト・プレス(こどもプレス) 2013年8月

「にゃんにゃんべんとう」きむらゆういち作;ふくだいわお絵 世界文化社(ワンダーおはなし絵本) 2013年5月

「ねこがおどる日」八木田宜子作;森川百合香絵 童心社 2011年3月

「ネコがすきな船長のおはなし」インガ・ムーア作・絵;たがきょうこ訳 徳間書店 2013年9月

「ねこざかなのすいか」わたなべゆういち作・絵 フレーベル館 2012年5月

「ねこたちのてんごく」シンシア・ライラント作・絵;まえざわあきえ訳 ひさかたチャイルド 2013年11月

「ねことおもちゃのじかん」レズリー・アン・アイボリー作;木原悦子訳 講談社(講談社の翻訳絵本) 2011年11月

「ねこのえんそうかい」ミース・バウハウス作;フィープ・ヴェステンドルプ絵;日笠千晶訳 金の星社 2013年10月

「ねこのチャッピー」ささめやゆき文・絵 小峰書店(にじいろえほん) 2011年9月

「ねこのピート だいすきなしろいくつ」エリック・リトウィン作;ジェームス・ディーン絵;大友剛訳 ひさかたチャイルド 2013年5月

「ねこのピカリとまどのほし」市居みか;作 あかね書房 2011年6月

「ねこのモグとかぞくたち」ジュディス・カー文・絵;さがのやよい訳 童話館出版 2013年10月

「ねこまるせんせいのおつきみ」押川理佐作;渡辺有一絵 世界文化社(ワンダーおはなし絵本) 2012年9月

「ノラネコぐんだんパンこうじょう」工藤ノリコ著 白泉社(こどもMOEのえほん) 2012年11月

「はなねこちゃん」竹下文子作;いしいつとむ絵 小峰書店(にじいろえほん) 2013年5月

「ハリーのクリスマス」メアリー・チャルマーズ作;おびかゆうこ訳 福音館書店(世界傑作絵本シリーズ) 2012年10月

「ハリーびょういんにいく」メアリー・チャルマーズ作;おびかゆうこ訳 福音館書店(世界傑作絵本シリーズ) 2012年10月

「はるねこ」かんのゆうこ文;松成真理子絵 講談社(講談社の創作絵本) 2011年2月

「ぴたっとヤモちゃん」石井聖岳作 小学館(おひさまのほん) 2012年5月

「ぴったりのプレゼント」すぎたさちこ作 文研出版(えほんのもり) 2011年10月

「ひなまつりルンルンおんなのこの日！」ますだゆうこ作;たちもとみちこ絵 文渓堂 2012年2月

「ひまわりさん」くすのきしげのり原作;いもとようこ文・絵 佼成出版社(いもとようこのおひさま絵本シリーズ) 2011年8月

動物

「ふたごがきた」ミース・バウハウス作;フィープ・ヴェステンドルプ絵 金の星社 2013年8月

「ブレーメンのおんがくたい」グリム原作;いもとようこ文・絵 金の星社 2012年12月

「ポッチとノンノ」宮田ともみ作・絵 ひさかたチャイルド 2012年9月

「ぽぽとクロ」八百板洋子作;南塚直子絵 福音館書店(こどものとも) 2012年3月

「まっててねハリー」メアリー・チャルマーズ作;おびかゆうこ訳 福音館書店(世界傑作絵本シリーズ) 2012年10月

「まるちゃんのみーつけた!」ささきようこ作 ポプラ社 2013年6月

「みにくいフジツボのフジコ」山西ゲンイチ著 アリス館 2011年12月

「ミュージック・ツリー」アンドレ・ダーハン作;きたやまようこ訳 講談社 2012年5月

「みんなくるくる、よってくる―おかしきさんちのものがたり」おのりえん;ぶん はたこうしろう;え フレーベル館 2011年7月

「やまねこのおはなし」どいかや作;きくちちき絵 イースト・プレス(こどもプレス) 2012年2月

「るるのたんじょうび」征矢清作;中谷千代子絵 福音館書店(こどものともコレクション) 2011年2月

「教会ねずみとのんきなねこ」グレアム・オークリー作・絵;三原泉訳 徳間書店 2011年7月

「教会ねずみとのんきなねこのメリークリスマス!」グレアム・オークリー作・絵;三原泉訳 徳間書店 2011年10月

「教会ねずみとのんきなねこのわるものたいじ」グレアム・オークリー作・絵;三原泉訳 徳間書店 2012年2月

「小さいのが大きくて、大きいのが小さかったら」エビ・ナウマン文;ディーター・ヴィースミュラー絵;若松宣子訳 岩波書店 2012年9月

「小さなミンディの大かつやく」エリック・A・キメル文;バーバラ・マクリントック絵;福本友美子訳 ほるぷ出版 2012年10月

「森の音を聞いてごらん」池田あきこ著 白泉社 2011年9月

「世界一ばかなネコの初恋」ジル・バシュレ文・絵;いせひでこ訳 平凡社 2011年3月

「長ぐつをはいたネコ」シャルル・ペロー原作;石津ちひろ抄訳;田中清代絵 ブロンズ新社 2012年1月

「猫のプシュケ」竹澤汀文;もずねこ絵 TOブックス 2013年6月

ねずみ

「あかいじどうしゃよんまるさん」堀川真作 福音館書店(こどものとも絵本) 2012年1月

「あめあめふれふれねずみくん」なかえよしを作;上野紀子絵 ポプラ社(ねずみくんの絵本) 2013年5月

動物

「アレクサンダとぜんまいねずみ[ビッグブック]」レオ・レオニ作;谷川俊太郎訳 好学社 2012年10月

「いもいもほりほり」西村敏雄作 講談社(講談社の創作絵本) 2011年9月

「うそついちゃったねずみくん」なかえよしを作;上野紀子絵 ポプラ社(ねずみくんの絵本) 2012年5月

「おいもほり」中村美佐子作;いもとようこ絵 ひかりのくに 2011年10月

「おかたづけ」菅原卓也作画;薬師夕馬文案 河出書房新社(トムとジェリーアニメおはなしえほん) 2013年10月

「おならローリー」こぐれけいすけ作 学研教育出版 2011年1月

「おやゆびひめ」三木卓;文 荒井良二;絵 講談社(講談社のおはなし絵本箱) 2013年1月

「おやゆびひめ」ハンス・クリスチャン・アンデルセン作;リスベート・ツヴェルガー絵;江國香織訳 BL出版 2013年10月

「かばこさん」やなせたかし作 フレーベル館(やなせたかしメルヘン図書館) 2013年9月

「カボチャばたけのはたねずみ」木村晃彦作 福音館書店(こどものとも年中向き) 2011年8月

「ききゅうにのったこねこ」マーガレット・ワイズ・ブラウン作;レナード・ワイスガード絵;こみやゆう訳 長崎出版 2011年2月

「くまくんと6びきのしろいねずみ」クリス・ウォーメル作・絵;吉上恭太訳 徳間書店 2011年12月

「クリスマスのよる」濱美由紀作画;薬師夕馬文案 河出書房新社(トムとジェリーアニメおはなしえほん) 2013年11月

「コートかけになったトトシュ」カタリーナ・ヴァルクス作;ふしみみさを訳 クレヨンハウス 2011年10月

「ごきげんなディナー」宮内哲也作画;薬師夕馬文案 河出書房新社(トムとジェリーアニメおはなしえほん) 2013年11月

「ごちそうだよ!ねずみくん」なかえよしを作;上野紀子絵 ポプラ社(ねずみくんの絵本) 2011年5月

「こまったときのねこおどり」いとうひろし作 ポプラ社(いとうひろしの本) 2013年4月

「こわかったよ、アーネスト−くまのアーネストおじさん」ガブリエル・バンサン作;もりひさし訳 BL出版 2011年6月

「こんもりくん」山西ゲンイチ作 偕成社 2011年1月

「さるくんにぴったりなおうち!!」おおはしえみこ作;村田エミコ絵 鈴木出版(チューリップえほんシリーズ) 2013年9月

「さんびきのこねずみとガラスのほし」たかおゆうこ作・絵 徳間書店 2013年11月

動物

「しあわせなワニくんあべこべの１日」神沢利子作;はたこうしろう絵 ポプラ社(ポプラ社の絵本) 2013年7月

「しょんぼりしないで、ねずみくん！」ジェド・ヘンリー作;なかがわちひろ訳 小学館 2013年2月

「だいすき、ママ!」飯島有作画;梯有子文案 河出書房新社(トムとジェリーアニメおはなしえほん) 2013年9月

「たなばたバス」藤本ともひこ作・絵 鈴木出版(チューリップえほんシリーズ) 2012年6月

「ちゅーとにゃーときー」デハラユキノリ再話・絵 長崎出版 2012年1月

「チョコレート屋のねこ」スー・ステイントン文;アン・モーティマー絵;中川千尋訳 ほるぷ出版 2013年1月

「ティモシーとサラはなやさんからのてがみ」芭蕉みどり作・絵 ポプラ社(えほんとなかよし) 2012年1月

「てぶくろチンクタンク」きもとももこ作 福音館書店(日本傑作絵本シリーズ) 2011年10月

「とかいのねずみといなかのねずみ-あたらしいイソップのおはなし」カトリーン・シェーラー作;関口裕昭訳 光村教育図書 2011年2月

「ときめきのへや」セルジオ・ルッツィア作;福本友美子訳 講談社(講談社の翻訳絵本) 2013年9月

「としょかんねずみ」ダニエル・カーク作;わたなべてつた訳 瑞雲舎 2012年1月

「としょかんねずみ2 ひみつのともだち」ダニエル・カーク作;わたなべてつた訳 瑞雲舎 2012年10月

「としょかんねずみ3 サムとサラのせかいたんけん」ダニエル・カーク作;わたなべてつた訳 瑞雲舎 2013年6月

「としょかんのよる」ローレンツ・パウリ文;カトリーン・シェーラー絵;若松宣子訳 ほるぷ出版 2013年10月

「トトシュとキンギョとまほうのじゅもん」カタリーナ・ヴァルクス作;ふしみみさを訳 クレヨンハウス 2012年9月

「トトシュとマリーとたんすのおうち」カタリーナ・ヴァルクス作;ふしみみさを訳 クレヨンハウス 2011年4月

「ねずみくんのだいすきなもの」左近蘭子作;いもとようこ絵 ひかりのくに 2013年9月

「ねずみくんぼくもできるよ!―12支キッズのしかけえほん」きむらゆういち;作 ふくざわゆみこ;絵 ポプラ社 2011年3月

「ねずみのすもう」いもとようこ文・絵 金の星社 2011年8月

「ねずみのへやもありません」カイル・ミューバーン文;フレヤ・ブラックウッド絵;角田光代訳 岩崎書店 2011年7月

「ねずみのよめいり」山下明生;文 しまだ・しほ;絵 あかね書房(日本の昔話えほん) 2011年2月

動物

「ピアノはっぴょうかい」みやこしあきこ作 ブロンズ新社 2012年4月

「ひめねずみとガラスのストーブ」安房直子作;降矢なな絵 小学館 2011年11月

「ふるおうねずみ」井上洋介文・絵 福音館書店(こどものとも年中向き) 2013年9月

「ぼく、まってるから」正岡慧子作;おぐらひろかず絵 フレーベル館(おはなしえほんシリーズ) 2013年2月

「ポンテとペッキとおおきなプリン」仁科幸子作・絵 文溪堂 2012年9月

「ほんをよむのにいいばしょは?」シュテファン・ゲンメル文;マリー・ジョゼ・サクレ絵;斉藤規訳 新日本出版社 2013年3月

「まちのじどうしゃレース-5ひきのすてきなねずみ」たしろちさと作 ほるぷ出版 2013年9月

「ミアはおおきなものがすき!」カトリーン・シェーラー作;関口裕昭訳 光村教育図書 2012年1月

「みてよぴかぴかランドセル」あまんきみこ;文 西巻茅子;絵 福音館書店(ランドセルブックス) 2011年2月

「メリークリスマスおつきさま」アンドレ・ダーハン作;きたやまようこ訳 講談社(世界の絵本) 2011年10月

「もしも、ぼくがトラになったら」ディーター・マイヤー文;フランツィスカ・ブルクハント絵;那須田淳訳 光村教育図書 2013年2月

「もりのだるまさんかぞく」高橋和枝作 教育画劇 2012年9月

「ラッタカタンブンタカタン-くまのアーネストおじさん」ガブリエル・バンサン作;もりひさし訳 BL出版 2011年6月

「教会ねずみとのんきなねこ」グレアム・オークリー作・絵;三原泉訳 徳間書店 2011年7月

「教会ねずみとのんきなねこのメリークリスマス!」グレアム・オークリー作・絵;三原泉訳 徳間書店 2011年10月

「教会ねずみとのんきなねこのわるものたいじ」グレアム・オークリー作・絵;三原泉訳 徳間書店 2012年2月

「小さいのが大きくて、大きいのが小さかったら」エビ・ナウマン文;ディーター・ヴィースミュラー絵;若松宣子訳 岩波書店 2012年9月

ハリネズミ

「3びきこりすのおたんじょうびケーキ」権田章江作・絵 教育画劇 2013年7月

「おはようぼくだよ」益田ミリ作;平澤一平絵 岩崎書店(えほんのぼうけん) 2012年1月

「しろちゃんとはりちゃん」たしろちさと作・絵 ひかりのくに 2013年10月

「だいすき・ベベダヤン」池田あきこ作 ほるぷ出版 2013年2月

動物

「チクチクさんトゲトゲさん」すまいるママ作・絵 PHP研究所(PHPにこにこえほん) 2011年8月

「なかなおり」ヘルヤ・リウッコ・スンドストロム文・陶板;稲垣美晴訳 猫の言葉社 2011年2月

「ノウサギとハリネズミ」W・デ・ラ・メア再話;脇明子訳;はたこうしろう絵 福音館書店(ランドセルブックス) 2013年3月

「もしも、ぼくがトラになったら」ディーター・マイヤー文;フランツィスカ・ブルクハント絵;那須田淳訳 光村教育図書 2013年2月

パンダ

「いこう!絶滅どうぶつ園」今泉忠明文;谷川ひろみつ絵 星の環会 2012年4月

「おれたちはパンダじゃない」サトシン作;すがわらけいこ絵 アリス館 2011年4月

「たんじょうびってすてきなひ」あいはらひろゆき作;かわかみたかこ絵 佼成出版社(みつばちえほんシリーズ) 2011年6月

「ともだちぱんだ」やましたこうへい作・絵 教育画劇 2011年6月

「パンダとしろくま」マシュー・J. ベク作・絵;貴堂紀子・熊崎洋子・小峯真紀訳 バベルプレス 2013年7月

ひつじ

「108ぴきめのひつじ」いまいあやの作 文渓堂 2011年1月

「アマールカ子羊を助けた日」ヴァーツラフ・ベドジフ文・絵;甲斐みのり訳 LD&K BOOKS(アマールカ絵本シリーズ2) 2012年4月

「おしゃれっぽきつねのミサミック」さいとうれいこ文・絵 草土文化 2012年12月

「おばあちゃんのひみつのあくしゅ」ケイト・クライス文;M.サラ・クライス絵;福本友美子訳 徳間書店 2013年5月

「こひつじまある」山内ふじ江文・絵 岩波書店 2013年10月

「しょうぶだ!!」きしらまゆこ作 フレーベル館(きしらまゆこの絵本シリーズ) 2012年8月

「ターニャちゃんのスカート」洞野志保作 福音館書店(こどものとも年中向き) 2012年6月

「ハナンのヒツジが生まれたよ」井上夕香文;小林豊絵 小学館 2011年9月

「パンツちゃんとはけたかな」宮野聡子作・絵 教育画劇 2013年12月

「ひつじのショーン シャーリーのダイエット」アードマン・アニメーションズ原作;松井京子文 金の星社 2013年9月

「ひつじのショーン ショーンとサッカー」アードマン・アニメーションズ原作;松井京子文 金の星社 2013年6月

「ひつじのショーン ピザがたべたい!」アードマン・アニメーションズ原作;松井京子文 金の星社 2013年9月

動物

「ひつじのショーン ひつじのげいじゅつか」アードマン・アニメーションズ原作;松井京子文 金の星社 2013年6月

ぶた

「3びきの こぶた」山田三郎絵;岡信子文 世界文化社 2011年12月

「3びきのこぶた－建築家のばあい」スティーブン・グアルナッチャ作・絵;まきおはるき訳 バナナブックス 2013年3月

「あしたもね」武鹿悦子作;たしろちさと絵 岩崎書店(えほんのぼうけん) 2012年3月

「あたまのうえにとりがいますよ」モー・ウィレムズ作;落合恵子訳 クレヨンハウス(ぞうさん・ぶたさんシリーズ絵本) 2013年9月

「いもいもほりほり」西村敏雄作 講談社(講談社の創作絵本) 2011年9月

「こぶたのかばん」佐々木マキ;作 金の星社 2013年3月

「シニガミさん2」宮西達也作・絵 えほんの杜 2012年9月

「スキャリーおじさんのゆかいなおやすみえほん」リチャード・スキャリー作;ふしみみさを訳 BL出版 2013年9月

「そとであそびますよ」モー・ウィレムズ作;落合恵子訳 クレヨンハウス(ぞうさん・ぶたさんシリーズ絵本) 2013年11月

「どうしたのブタくん」みやにしたつや作・絵 鈴木出版(チューリップえほんシリーズ) 2013年3月

「とびたいぶたですよ」モー・ウィレムズ作;落合恵子訳 クレヨンハウス(ぞうさん・ぶたさんシリーズ絵本) 2013年9月

「とべ! ブータのバレエ団」こばやしみき作・絵 講談社(『創作絵本グランプリ』シリーズ) 2012年1月

「とんとんパンやさん」白土あつこ作・絵 ひさかたチャイルド 2013年1月

「パーティーによばれましたよ」モー・ウィレムズ作;落合恵子訳 クレヨンハウス(ぞうさん・ぶたさんシリーズ絵本) 2013年11月

「はらぺこブブのおべんとう」白土あつこ作・絵 ひさかたチャイルド 2011年3月

「ひつじのショーン ショーンとサッカー」アードマン・アニメーションズ原作;松井京子文 金の星社 2013年6月

「ふうこちゃんのリュック」スズキアツコ作・絵 ひさかたチャイルド 2011年10月

「ブーブーブーどこいった」西村敏雄作・絵 学研教育出版 2012年11月

「ぶたがとぶ」佐々木マキ作 絵本館 2013年10月

「ぶたさんちのおつきみ」板橋敦子作・絵 ひさかたチャイルド 2012年8月

動物

「ぶたのトントン」キャロライン・ジェイン・チャーチ作;石津ちひろ訳 大日本図書 2011年6月

「プンとフォークン」西野沙織作・絵 教育画劇 2011年6月

「ゆかいなさんぽ」土方久功作・絵 福音館書店(こどものともコレクション) 2011年2月

「熱血！アニマル少年野球団」杉山実作 長崎出版 2011年8月

へび

「あかいかさがおちていた」筒井敬介作;堀内誠一絵 童心社 2011年9月

「ふしぎなボジャビのき」ダイアン・ホフマイアー再話;ピート・フロブラー絵;さくまゆみこ訳 光村教育図書 2013年5月

「へびちゃんおしゃべりだいすき!―12支キッズのしかけえほん」きむらゆういち;作 ふくざわゆみこ;絵 ポプラ社 2012年11月

「ヘビをたいじしたカエル」草山万兎作;あべ弘士絵 福音館書店(こどものとも) 2012年7月

「白いへびのおはなし」東山凱訳 中国出版トーハン(中国のむかしばなし) 2011年6月

「雑女房」村山亜土作;柚木沙弥郎絵 文化学園文化出版局 2012年11月

虫＞あおむし・いもむし

「ツボミちゃんとモムくん」ももせよしゆき著 白泉社(こどもMOEのえほん) 2012年5月

「でっかいたまごとちっちゃいたまご」上野与志作;かとうようこ絵 WAVE出版(えほんをいっしょに。) 2013年3月

「ぽってんあおむしまよなかに」山崎優子文・絵 至光社(至光社ブッククラブ国際版絵本) 2012年9月

虫＞あり

「ありさん　あいたたた…」ヨゼフ・コジーシェック文;ズデネック・ミレル絵;きむらゆうこ訳 ひさかたチャイルド 2011年4月

「アリのおでかけ」西村敏雄作 白泉社(こどもMOEのえほん) 2012年5月

「カブクワれっしゃ」タツトミカオ著 佼成出版社(クローバーえほんシリーズ) 2012年6月

「かぶとん」みうらし～まる作・絵 鈴木出版(ひまわりえほんシリーズ) 2012年6月

「ぎょうれつのできるケーキやさん」ふくざわゆみこ作 教育画劇 2013年3月

「でんせつのきょだいあんまんをはこべ」サトシン作;よしながこうたく絵 講談社(講談社の創作絵本) 2011年9月

「もんばんアリと、月」さとみきくお作;しおたまさき絵 長崎出版 2012年12月

動物

虫＞かたつむり・なめくじ

「ウッカリとチャッカリのおみずやさん」仁科幸子作・絵 小学館 2011年6月

「カーリーさんの庭」ジェイン・カトラー作;ブライアン・カラス絵;礒みゆき訳 ポプラ社(ポプラせかいの絵本) 2012年8月

「かたつむりぼうやとかめばあちゃん」西平あかね文・絵 大日本図書 2013年6月

「つるちゃんとクネクネのやまのぼり」きもとももこ作 文溪堂 2012年10月

「ミチクサ」田中てるみ文;植田真絵 アリス館 2012年4月

「洞熊学校を卒業した三人」宮沢賢治;作 大島妙子;絵 三起商行(ミキハウスの宮沢賢治の絵本) 2012年10月

虫＞かぶとむし・くわがた

「カブクワれっしゃ」タツトミカオ著 佼成出版社(クローバーえほんシリーズ) 2012年6月

「かぶと3兄弟 五十郎・六十郎・七十郎の巻」宮西達也作・絵 教育画劇 2013年6月

「かぶとむしランドセル」ふくべあきひろ作;おおのこうへい絵 PHP研究所(わたしのえほん) 2013年7月

「かぶとん」みうらし～まる作・絵 鈴木出版(ひまわりえほんシリーズ) 2012年6月

「かぶと四十郎 お昼の決闘の巻」宮西達也作・絵 教育画劇 2011年5月

「ともだちやもんな、ぼくら」くすのきしげのり作;福田岩緒絵 えほんの杜 2011年5月

虫＞かまきり

「オンブバッタのおつかい―お江戸むしものがたり」得田之久文;やましたこうへい絵 教育画劇 2013年6月

「どうだ！まいったか-かまきりのカマーくんといなごのオヤツちゃん」田島征三作 大日本図書 2012年2月

「ミチクサ」田中てるみ文;植田真絵 アリス館 2012年4月

虫＞くも

「ミチクサ」田中てるみ文;植田真絵 アリス館 2012年4月

「みつばちマーヤ」ボンゼルス原作;正岡慧子文;熊田千佳慕絵 世界文化社 2011年12月

「ムーサンのたび」いとうひろし作 ポプラ社(いとうひろしの本) 2011年11月

「洞熊学校を卒業した三人」宮沢賢治;作 大島妙子;絵 三起商行(ミキハウスの宮沢賢治の絵本) 2012年10月

動物

虫＞ちょう

「オオムラサキのムーくん」タダサトシ作 こぐま社 2013年3月

「ぎふちょう」舘野鴻作・絵 偕成社 2013年6月

「キャベツがたべたいのです」シゲタサヤカ作・絵 教育画劇 2011年5月

「こぐまのトムトムぼくのなつやすみ」葉祥明著 絵本塾出版 2012年4月

「ちょうちょ」江國香織文;松田奈那子絵 白泉社 2013年9月

「でっかいたまごとちっちゃいたまご」上野与志作;かとうようこ絵 WAVE出版（えほんをいっしょに。）2013年3月

「はるのちょう」手島圭三郎絵・文 絵本塾出版（幻想シリーズ）2011年2月

「木のまつり」新美南吉;作 鈴木靖将;絵 新樹社 2012年10月

虫＞ハチ

「アマールカ森番をやっつけた日」ヴァーツラフ・ベドジフ文・絵;甲斐みのり訳 LD&K BOOKS（アマールカ絵本シリーズ1）2012年4月

「いつでもいっしょ」みぞぶちまさる作・絵 絵本塾出版（もりのなかまたち）2011年7月

「はじめまして、プリンセス・ハニィ」二宮由紀子作;たきがみあいこ絵 ポプラ社（ポプラ社の絵本）2012年4月

「みつばちマーヤ」ボンゼルス原作;正岡慧子文;熊田千佳慕絵 世界文化社 2011年12月

虫＞虫一般

「あやとユキ」いながきふさこ作;青井芳美絵 BL出版 2011年12月

「いれていれて」かとうまふみ作・絵 教育画劇 2011年9月

「ウッカリとチャッカリのおみずやさん」仁科幸子作・絵 小学館 2011年6月

「エロイーサと虫たち」ハイロ・ブイトラゴ文;ラファエル・ジョクテング絵;宇野和美訳 さ・え・ら書房 2011年9月

「オオムラサキのムーくん」タダサトシ作 こぐま社 2013年3月

「オンブバッタのおつかい―お江戸むしものがたり」得田之久文;やましたこうへい絵 教育画劇 2013年6月

「カブクワれっしゃ」タツトミカオ著 佼成出版社（クローバーえほんシリーズ）2012年6月

「かぶと四十郎 お昼の決闘の巻」宮西達也作・絵 教育画劇 2011年5月

「こりゃたいへん!!あまがえる先生ミドリ池きゅうしゅつ大作戦」まつおかたつひで作 ポプラ社（ポプラ社の絵本）2012年8月

「じょうろさん」おおのやよい文・絵 偕成社 2011年5月

221

動物

「だんごむしのダディダンダン」おのりえん作;沢野ひとし絵 福音館書店(福音館の幼児絵本) 2011年3月

「どうだ！まいったか-かまきりのカマーくんといなごのオヤツちゃん」田島征三作 大日本図書 2012年2月

「トトシュとマリーとたんすのおうち」カタリーナ・ヴァルクス作;ふしみみさを訳 クレヨンハウス 2011年4月

「ねじまきバス」たむらしげる作 福音館書店(こどものとも年中向き) 2013年5月

「ハエのアストリッド」マリア・ヨンソン作;ひだにれいこ訳 評論社(児童図書館・絵本の部屋) 2011年7月

「はじめまして、プリンセス・ハニィ」二宮由紀子作;たきがみあいこ絵 ポプラ社(ポプラ社の絵本) 2012年4月

「はやくおおきくなりたいな」サトシン作;塚本やすし絵 佼成出版社(クローバーえほんシリーズ) 2012年7月

「みつばちマーヤ」ボンゼルス原作;正岡慧子文;熊田千佳慕絵 世界文化社 2011年12月

「むしたちのサーカス」得田之久文;久住卓也絵 童心社(絵本・こどものひろば) 2012年10月

「むしとりにいこうよ！」はたこうしろう作 ほるぷ出版(ほるぷ創作絵本) 2013年7月

「もうふのなかのダニィたち」ベアトリーチェ・アレマーニャ作;石津ちひろ訳 ファイドン 2011年3月

「小さいのが大きくて、大きいのが小さかったら」エビ・ナウマン文;ディーター・ヴィースミュラー絵;若松宣子訳 岩波書店 2012年9月

「田んぼの昆虫たんけん隊」里中遊歩文;田代哲也絵 星の環会 2012年4月

「木のまつり」新美南吉;作 鈴木靖将;絵 新樹社 2012年10月

虫＞幼虫・さなぎ

「オオムラサキのムーくん」タダサトシ作 こぐま社 2013年3月

「ぎふちょう」舘野鴻作・絵 偕成社 2013年6月

「はやくおおきくなりたいな」サトシン作;塚本やすし絵 佼成出版社(クローバーえほんシリーズ) 2012年7月

もぐら

「おやゆびひめ」三木卓;文 荒井良二;絵 講談社(講談社のおはなし絵本箱) 2013年1月

「おやゆびひめ」ハンス・クリスチャン・アンデルセン作;リスベート・ツヴェルガー絵;江國香織訳 BL出版 2013年10月

「ググさんとあかいボタン」キムミンジ作・絵 絵本塾出版 2013年6月

動物

「コートかけになったトトシュ」カタリーナ・ヴァルクス作;ふしみみさを訳 クレヨンハウス 2011年10月

「こひつじまある」山内ふじ江文・絵 岩波書店 2013年10月

「ゴマとキナコのおいもほり」ほそいさつき作 PHP研究所(わたしのえほん) 2012年10月

「ちっちゃなもぐら」佐久間彪文・絵 至光社(至光社ブッククラブ国際版絵本) 2013年1月

「ねじまきバス」たむらしげる作 福音館書店(こどものとも年中向き) 2013年5月

「はりもぐらおじさん」たちもとみちこ作・絵 教育画劇 2011年3月

「もぐらくんとみどりのほし」ハナ・ドスコチロヴァー作;ズデネック・ミレル絵;木村有子訳 偕成社(もぐらくんの絵本) 2012年1月

「ゆうきをだして！」くすのきしげのり原作;いもとようこ文・絵 佼成出版社(いもとようこのおひさま絵本シリーズ) 2011年4月

やぎ

「いもいもほりほり」西村敏雄作 講談社(講談社の創作絵本) 2011年9月

「おてがみちょうだい」新沢としひこ作;保手浜孝絵 童心社(絵本・こどものひろば) 2011年4月

「ぼくのやぎ」安部才朗文;安部明子絵 福音館書店(こどものとも年中向き) 2011年7月

「ポレポレやまのぼり」たしろちさと文・絵 大日本図書 2011年12月

「ましろとカラス」ふくざわゆみこ作 福音館書店(こどものとも) 2013年6月

山ねこ

「やまねこせんせいのこんやはおつきみ」末崎茂樹作・絵 ひさかたチャイルド 2013年8月

「やまねこせんせいのなつやすみ」末崎茂樹作・絵 ひさかたチャイルド 2012年6月

「山猫たんけん隊」松岡達英作 偕成社 2011年6月

ライオン

「あかいかさがおちていた」筒井敬介作;堀内誠一絵 童心社 2011年9月

「うみにいったライオン」垂石眞子作 偕成社 2011年6月

「おひるねけん」おだしんいちろう作;こばようこ絵 教育画劇 2013年9月

「ごきげんなライオンおくさんにんきものになる」ルイーズ・ファティオ文;ロジャー・デュボアザン絵;今江祥智&遠藤育枝訳 BL出版 2013年1月

「ごきげんなライオンすてきなたからもの」ルイーズ・ファティオ文;ロジャー・デュボアザン絵;今江祥智&遠藤育枝訳 BL出版 2012年9月

「ことりのギリ」マリオ・ラモ作;平岡敦訳 光村教育図書 2013年6月

動物

「ふしぎなボジャビのき」ダイアン・ホフマイアー再話;ピート・フロブラー絵;さくまゆみこ訳 光村
教育図書 2013年5月

「ぼくって王さま」アンネ・ヴァスコ作・絵;もりしたけいこ訳 講談社 2011年4月

「ラーメンてんし」やなせたかし作・絵 フレーベル館（やなせたかしメルヘン図書館）2013年7月

「ライオンを かくすには」ヘレン・スティーヴンズ作;さくまゆみこ訳 ブロンズ新社 2013年3月

りす

「3びきこりすのおたんじょうびケーキ」権田章江作・絵 教育画劇 2013年7月

「3びきこりすのケーキやさん」権田章江作・絵 教育画劇 2012年8月

「おおきなありがとう」きたむらえり作;片山健絵 福音館書店（こどものとも）2012年4月

「おねしょのせんせい」正道かほる;作 橋本聡;絵 フレーベル館（おはなしえほんシリーズ）
2011年11月

「こりすのかくれんぼ」西村豊著 あかね書房 2013年10月

「ダメ！」くすのきしげのり原作;いもとようこ文・絵 佼成出版社（いもとようこのおひさま絵本シ
リーズ）2011年2月

「ドングリさがして」ドン・フリーマン＆ロイ・フリーマン作;山下明生訳 BL出版 2012年10月

「ニブルとたいせつなきのみ」ジーン・ジオン文;マーガレット・ブロイ・グレアム絵;ひがしちから
訳 ビリケン出版 2012年10月

「ねむくなんかないっ！」ジョナサン・アレン作;せなあいこ訳 評論社（児童図書館・絵本の部
屋）2011年2月

「ふくろうはかせのものまねそう」東野りえ作;黒井健絵 ひさかたチャイルド 2011年4月

「ぼくのへやのりすくん」とりごえまり著 アリス館 2013年10月

「ゆきのひ」くすのきしげのり原作;いもとようこ文・絵 佼成出版社（いもとようこのおひさま絵本シ
リーズ）2012年1月

「リスと青い星からのおきゃくさん」ゼバスティアン・メッシェンモーザー作;松永美穂訳 コンセル
2012年6月

ロバ

「こないかな、ロバのとしょかん」モニカ・ブラウン文;ジョン・パッラ絵;斉藤規訳 新日本出版社
2012年10月

「どうぶつこうむてんこうじちゅう」シャロン・レンタ作・絵;まえざわあきえ訳 岩崎書店 2013年7月

「ブレーメンのおんがくたい」グリム原作;いもとようこ文・絵 金の星社 2012年12月

「ロバのポコとうさぎのポーリー」とりごえまり作・絵 童心社（絵本・こどものひろば）2011年10月

動物

ワニ

「アリゲイタばあさんはがんこもの」松山円香作 小学館 2012年12月

「アントンせんせい」西村敏雄作 講談社(講談社の創作絵本) 2013年3月

「おむかえワニさん」陣崎草子作・絵 文溪堂 2013年10月

「おれはワニだぜ」渡辺有一文・絵 文研出版(えほんのもり) 2013年1月

「こころやさしいワニ」ルチーア・パンツィエーリ作;アントン・ジョナータ・フェッラーリ絵;さとうのりか訳 岩崎書店 2012年9月

「しあわせなワニくんあべこべの1日」神沢利子作;はたこうしろう絵 ポプラ社(ポプラ社の絵本) 2013年7月

「すごいサーカス」古内ヨシ作 絵本館 2013年11月

「だれもしらないバクさんのよる」まつざわありさ作・絵 絵本塾出版 2012年9月

「バナナわに」尾崎美紀作;市居みか絵 ひさかたチャイルド 2011年5月

「みにくいことりの子」イザベル・ボナモー作;ふしみみさを訳 あすなろ書房 2012年2月

「ワララちゃんのおるすばん」こいでなつこ著 佼成出版社 2013年11月

（自然・環境・宇宙）

【自然・環境・宇宙】

海

「あのひのこと」葉祥明絵・文 佼成出版社 2012年3月

「うみにいったライオン」垂石眞子作 偕成社 2011年6月

「うみのいろのバケツ」立原えりか文;永田萌絵 講談社(講談社の創作絵本) 2013年7月

「うみのおまつりどどんとせ」さとうわきこ作・絵 福音館書店(ばばばあちゃんの絵本) 2012年4月

「うみのそこのてんし」松宮敬治作・絵 BL出版 2011年12月

「うみべのいえの犬ホーマー」エリシャ・クーパー作・絵;きたやまようこ訳 徳間書店 2013年6月

「うらしまたろう」広松由希子;ぶん 飯野和好;え 岩崎書店(いまむかしえほん) 2011年3月

「うらしまたろう」令丈ヒロ子;文 たなか鮎子;絵 講談社(講談社の創作絵本) 2012年5月

「おれはサメ」片平直樹;作 山口マオ;絵 フレーベル館(おはなしえほんシリーズ) 2011年8月

「サンゴのしまのポポ」崎山克彦作;川上越子絵 福音館書店(こどものとも) 2013年9月

「すいかのたび」高畠純作 絵本館 2011年6月

「ぞうはどこへいった？」五味太郎作 偕成社 2012年2月

「そうべえふしぎなりゅうぐうじょう」たじまゆきひこ作 童心社 2011年5月

「チビウオのウソみたいなホントのはなし」ジュリア・ドナルドソン文;アクセル・シェフラー絵;ふしみみさを訳 徳間書店 2012年8月

「ナージャ海で大あばれ」泉京鹿訳 中国出版トーハン(中国のむかしばなし) 2011年1月

「にんぎょひめ－アンデルセンのおひめさま」アンデルセン原作;高橋真琴絵;八百板洋子文 学研教育出版 2012年5月

「ヒコリみなみのしまにいく」いまきみち作 福音館書店(こどものとも年中向き) 2012年9月

「ひみつの足あと」フーリア・アルバレス文;ファビアン・ネグリン絵;神戸万知訳 岩波書店(大型絵本) 2011年8月

「ふしぎのヤッポ島プキプキとポイのたからもの」ヤーミー作 小学館 2012年1月

「みどりのこいのぼり」山本省三作;森川百合香絵 世界文化社(ワンダーおはなし絵本) 2012年4月

「メロウ」せなけいこ再話・絵 ポプラ社 2011年5月

「やまねこせんせいのなつやすみ」末崎茂樹作・絵 ひさかたチャイルド 2012年6月

「ゆーらりまんぼー」みなみじゅんこ作 アリス館 2012年3月

自然・環境・宇宙

「よるのふね」山下明生作;黒井健絵 ポプラ社(ポプラ社の絵本) 2011年4月

「海のむこう」土山優文;小泉るみ子絵 新日本出版社 2013年8月

「恐竜トリケラトプスうみをわたる」黒川みつひろ作・絵 小峰書店(恐竜だいぼうけん) 2013年11月

「人魚のうたがきこえる」五十嵐大介著 イースト・プレス(こどもプレス) 2013年5月

「南の島で」石津ちひろ文;原マスミ絵 偕成社 2011年4月

「母恋いくらげ」柳家喬太郎原作;大島妙子文・絵 理論社 2013年3月

川

「あめのちゆうやけせんたくかあちゃん」さとうわきこ作・絵 福音館書店(こどものとも685号) 2013年4月

「かっぱのこいのぼり」内田麟太郎作;山本孝絵 岩崎書店(えほんのぼうけん) 2012年4月

「みずいろのぞう」nakaban作 ほるぷ出版(ほるぷ創作絵本) 2011年8月

「みんなでせんたく」フレデリック・ステール作;たなかみえ訳 福音館書店(世界傑作絵本シリーズ) 2011年5月

「花さかじい」椿原菜々子;文 太田大八;絵 童話館出版 2011年2月

「千年もみじ」最上一平文;中村悦子絵 新日本出版社 2012年10月

「多摩川のおさかなポスト」山崎充哲文;小島祥子絵 星の環会 2012年4月

「天からおりてきた河」寮美千子文;山田博之画 長崎出版 2013年6月

「淀川ものがたり お船がきた日」小林豊文・絵 岩波書店 2013年10月

環境保全・自然保護

「ちきゅうの子どもたち」グードルン・パウゼヴァング文;アンネゲルト・フックスフーバー絵;酒寄進一訳 ほるぷ出版 2011年8月

「ねどこどこ?―ダヤンと森の写真絵本」池田あきこ作・絵;横塚眞己人写真 長崎出版 2013年2月

「ひとりぼっちのジョージ」ペンギンパンダ作・絵 ひさかたチャイルド 2011年7月

「マングローブの木」スーザン・L. ロス文とコラージュ;シンディー・トランボア文;松沢あさか訳 さ・え・ら書房 2013年7月

「森の音を聞いてごらん」池田あきこ著 白泉社 2011年9月

「多摩川のおさかなポスト」山崎充哲文;小島祥子絵 星の環会 2012年4月

「津波になった水龍神様と希望の光」わたなべまさお文;いわぶちゆい絵 日本地域社会研究所 2012年12月

自然・環境・宇宙

「田んぼの昆虫たんけん隊」里中遊歩文;田代哲也絵 星の環会 2012年4月

「道はみんなのもの」クルーサ文;モニカ・ドペルト絵;岡野富茂子訳;岡野恭介訳 さ・え・ら書房 2013年1月

環境問題

「キュッパのはくぶつかん」オーシル・カンスタ・ヨンセン作;ひだにれいこ訳 福音館書店 2012年4月

「ちいさな鳥の地球たび」藤原幸一写真・文 岩崎書店(えほんのぼうけん) 2011年8月

「ペネロペちきゅうがだいすき」アン・グットマン文;ゲオルグ・ハレンスレーベン絵;ひがしかずこ訳 岩崎書店(ペネロペおはなしえほん) 2013年7月

環境問題＞原子力発電

「おじいさんとヤマガラ―3月11日のあとで」鈴木まもる作・絵 小学館 2013年3月

「ちきゅうの子どもたち」グードルン・パウゼヴァング文;アンネゲルト・フックスフーバー絵;酒寄進一訳 ほるぷ出版 2011年8月

「白い街あったかい雪」鎌田實文;小林豊絵 ポプラ社(ポプラ社の絵本) 2013年11月

環境問題＞ゴミ

「ちいさな鳥の地球たび」藤原幸一写真・文 岩崎書店(えほんのぼうけん) 2011年8月

「ペネロペちきゅうがだいすき」アン・グットマン文;ゲオルグ・ハレンスレーベン絵;ひがしかずこ訳 岩崎書店(ペネロペおはなしえほん) 2013年7月

「もったいないばあさんまほうのくにへ」真珠まりこ作・絵;大友剛マジック監修 講談社(講談社の創作絵本) 2011年3月

木・樹木＞木の実

「おおきな木のおはなし」メアリ・ニューウェル・デパルマ作・絵;風木一人訳 ひさかたチャイルド 2012年3月

「ドングリさがして」ドン・フリーマン＆ロイ・フリーマン作;山下明生訳 BL出版 2012年10月

「どんぐりちゃん」アン・ドヒョン文;イ・ヘリ絵;ゲ・イル訳 星の環会 2012年3月

「どんぐりむらのおまわりさん」なかやみわ作 学研教育出版 2012年9月

「どんぐりむらのどんぐりえん」なかやみわ作 学研教育出版 2013年9月

「どんぐりむらのぱんやさん」なかやみわ作 学研教育出版 2011年9月

「ニブルとたいせつなきのみ」ジーン・ジオン文;マーガレット・ブロイ・グレアム絵;ひがしちから訳 ビリケン出版 2012年10月

自然・環境・宇宙

木・樹木

「インドの木―マンゴーの木とオウムのおはなし」たにけいこ絵・訳；マノラマ・ジャファ原作 森の
おしゃべり文庫 2011年2月

「おおきな木のおはなし」メアリ・ニューウェル・デパルマ作・絵；風木一人訳 ひさかたチャイルド
2012年3月

「きのうえのトーマス」小渕もも 文・絵 福音館書店（こどものとも） 2012年10月

「キュッパのはくぶつかん」オーシル・カンスタ・ヨンセン作；ひだにれいこ訳 福音館書店 2012年
4月

「クリスマスをみにいったヤシの木」マチュー・シルヴァンデール文；オードレイ・プシエ絵；ふしみ
みさを訳 徳間書店 2013年10月

「こうさぎと4ほんのマフラー」わたりむつこ作；でくねいく絵 のら書店 2013年12月

「さくら」田畑精一作 童心社（[日・中・韓]平和絵本） 2013年3月

「さるかに」広松由希子；ぶん 及川賢治；え 岩崎書店（いまむかしえほん） 2011年10月

「さるかにがっせん」石崎洋司；文 やぎたみこ；絵 講談社（講談社の創作絵本） 2012年8月

「ジャックとまめのき」いもとようこ 文・絵 金の星社 2012年7月

「ジャックとまめの木」渡辺茂男；文 スズキコージ；絵 講談社（講談社のおはなし絵本箱） 2013
年4月

「ジャックと豆の木」ジョン・シェリー再話・絵；おびかゆうこ訳 福音館書店（世界傑作絵本シリー
ズ） 2012年9月

「しろうさぎとりんごの木」石井睦美作；酒井駒子絵 文渓堂 2013年10月

「せんねんすぎとふしぎなねこ」木村昭平；絵と文 日本地域社会研究所（コミュニティ・ブックス）
2013年3月

「だっこの木」宮川ひろ作；渡辺洋二絵 文渓堂 2011年2月

「ちいさなはくさい」くどうなおこ作；ほてはまたかし絵 小峰書店（にじいろえほん） 2013年4月

「ならの木のみた夢」やえがしなおこ文；平澤朋子絵 アリス館 2013年7月

「ねっこばあのおくりもの」藤真知子作；北見葉胡絵 ポプラ社（ポプラ社の絵本） 2012年7月

「ハグくまさん」ニコラス・オールドランド作；落合恵子訳 クレヨンハウス（人生を希望に変えるニコ
ラスの絵本） 2011年12月

「はなさかじいさん」石崎洋司；文 松成真理子；絵 講談社（講談社の創作絵本） 2012年2月

「はなさかじいさん―日本民話」こわせたまみ文；高見八重子絵 鈴木出版（たんぽぽえほんシ
リーズ） 2013年1月

「ひかるさくら」帚木蓬生作；小泉るみ子絵 岩崎書店（えほんのぼうけん） 2012年3月

自然・環境・宇宙

「ふしぎなボジャビのき」ダイアン・ホフマイアー再話;ピート・フロブラー絵;さくまゆみこ訳 光村教育図書 2013年5月

「マングローブの木」スーザン・L. ロス文とコラージュ;シンディー・トランボア文;松沢あさか訳 さ・え・ら書房 2013年7月

「みずいろのぞう」nakaban作 ほるぷ出版(ほるぷ創作絵本) 2011年8月

「ミュージック・ツリー」アンドレ・ダーハン作;きたやまようこ訳 講談社 2012年5月

「やさしいかいじゅう」ひさまつまゆこ作・絵 冨山房インターナショナル 2013年9月

「花さかじい」椿原菜々子;文 太田大八;絵 童話館出版 2011年2月

「花じんま」田島征三再話・絵 福音館書店(日本傑作絵本シリーズ) 2013年3月

「奇跡の一本松」なかだえり絵・文 汐文社 2011年10月

「松の子ピノ―音になった命」北門笙文;たいらきょうこ絵 小学館 2013年3月

「千年もみじ」最上一平文;中村悦子絵 新日本出版社 2012年10月

「木のまつり」新美南吉;作 鈴木靖将;絵 新樹社 2012年10月

季節・四季

「おおきな木のおはなし」メアリ・ニューウェル・デパルマ作・絵;風木一人訳 ひさかたチャイルド 2012年3月

「かえでの葉っぱ」デイジー・ムラースコヴァー文;出久根育絵;関沢明子訳 理論社 2012年11月

「くまのクウタの1ねん」川口ゆう作 ひさかたチャイルド 2012年2月

「じょうろさん」おおのやよい文・絵 偕成社 2011年5月

「たいらになった二つの山」ビーゲンセン作;石川えりこ絵 絵本塾出版 2011年7月

「またあえたね」デヴィッド・エズラ・シュタイン作;さかいくにゆき訳 ポプラ社(ポプラせかいの絵本) 2012年4月

「まちのいぬといなかのかえる」モー・ウィレムズ文;ジョン・J・ミュース絵;さくまゆみこ訳 岩波書店(大型絵本) 2011年2月

「もったいないばあさんもりへいく」真珠まりこ作・絵 講談社(講談社の創作絵本) 2011年3月

「やまなし」宮澤賢治;作 小林敏也;画 好学社(画本宮澤賢治) 2013年10月

「りんご畑の12か月」松本猛文;中武ひでみつ絵 講談社(講談社の創作絵本) 2012年8月

「海のむこう」土山優文;小泉るみ子絵 新日本出版社 2013年8月

「庭にたねをまこう!」ジョーン・G・ロビンソン文・絵;こみやゆう訳 岩波書店 2013年3月

自然・環境・宇宙

季節・四季＞秋

「あきねこ」かんのゆうこ文;たなか鮎子絵 講談社(講談社の創作絵本) 2011年8月

「きんいろのあめ」立原えりか文;永田萌絵 講談社(講談社の創作絵本) 2013年9月

「こぐまのトムトムぼくのあき」葉祥明著 絵本塾出版 2011年11月

「つきをあらいに」高木さんご作;黒井健絵 ひかりのくに 2011年9月

「みーつけたっ」あまんきみこ文;いしいつとむ絵 小峰書店(にじいろえほん) 2011年10月

季節・四季＞夏

「うみのいろのバケツ」立原えりか文;永田萌絵 講談社(講談社の創作絵本) 2013年7月

「おさるのジョージ アイスクリームだいすき」M.&H.A.レイ原作;福本友美子訳 岩波書店 2011年9月

「くらくてあかるいよる」ジョン・ロッコ作;千葉茂樹訳 光村教育図書 2011年10月

「じっちょりんのなつのいちにち」かとうあじゅ作 文溪堂 2013年7月

「みんなでよいしょ」あまんきみこ文;いしいつとむ絵 小峰書店(にじいろえほん) 2011年6月

季節・四季＞春

「あそびたいものよっといで」あまんきみこ作;おかだちあき絵 鈴木出版(ひまわりえほんシリーズ) 2013年3月

「あそびたいものよっといで」あまんきみこ作;おかだちあき絵 鈴木出版(ひまわりえほんシリーズ) 2013年3月

「おとどけものでーす！」間瀬なおかた作・絵 ひさかたチャイルド 2012年2月

「おにもつはいけん」吉田道子文;梶山俊夫絵 福音館書店(ランドセルブックス) 2011年3月

「クルトンさんとはるのどうぶつたち」宮嶋ちか作 福音館書店(こどものとも年中向き) 2012年3月

「たいへんなひるね」さとうわきこ作・絵 福音館書店(ばばばあちゃんの絵本) 2013年2月

「だっこの木」宮川ひろ作;渡辺洋二絵 文溪堂 2011年2月

「たんじょうびおめでとう！」マーガレット・ワイズ・ブラウン作;レナード・ワイスガード絵;こみやゆう訳 長崎出版 2011年12月

「たんぽぽのおくりもの」片山令子作;大島妙子絵 ひかりのくに 2012年3月

「ちいさなはくさい」くどうなおこ作;ほてはまたかし絵 小峰書店(にじいろえほん) 2013年4月

「とびだせにひきのこぐま」手島圭三郎絵・文 絵本塾出版(いきるよろこびシリーズ) 2012年4月

「ねむねむくんとねむねむさん」片山令子作;片山健絵 のら書店 2012年4月

自然・環境・宇宙

「はるがきた」ジーン・ジオン文;マーガレット・ブロイ・グレアム絵;こみやゆう訳 主婦の友社(主婦の友はじめてブック) 2011年3月

「はるかぜとぷう」小野かおる作・絵 福音館書店(こどものともコレクション) 2011年2月

「はるねこ」かんのゆうこ文;松成真理子絵 講談社(講談社の創作絵本) 2011年2月

「はるのちょう」手島圭三郎絵・文 絵本塾出版(幻想シリーズ) 2011年2月

「ぼく、まってるから」正岡慧子作;おぐらひろかず絵 フレーベル館(おはなしえほんシリーズ) 2013年2月

「もぐらくんとみどりのほし」ハナ・ドスコチロヴァー作;ズデネック・ミレル絵;木村有子訳 偕成社(もぐらくんの絵本) 2012年1月

「ものしりひいおばあちゃん」朝川照雄作;よこみちけいこ絵 絵本塾出版 2011年4月

「やまねこのおはなし」どいかや作;きくちちき絵 イースト・プレス(こどもプレス) 2012年2月

「ゆうきをだして！」くすのきしげのり原作;いもとようこ文・絵 佼成出版社(いもとようこのおひさま絵本シリーズ) 2011年4月

「非武装地帯に春がくると」イ・オクベ作;おおたけきよみ訳 童心社([日・中・韓]平和絵本) 2011年4月

季節・四季＞冬

「アトリエのきつね」ロランス・ブルギニョン作;ギ・セルヴェ絵;中井珠子訳 BL出版 2011年11月

「おとどけものでーす！」間瀬なおかた作・絵 ひさかたチャイルド 2012年2月

「クリスマスのこねこたち」スー・ステイントン文;アン・モーティマー絵;まえざわあきえ訳 徳間書店 2011年9月

「こぐまのトムトムぼくのふゆやすみ」葉祥明著 絵本塾出版 2011年12月

「さあ、とんでごらん！」サイモン・ジェームズ作;福本友美子訳 岩崎書店 2011年10月

「トントントンをまちましょう」あまんきみこ作;鎌田暢子絵 ひさかたチャイルド 2011年12月

「ねむねむくんとねむねむさん」片山令子作;片山健絵 のら書店 2012年4月

「ねむるまえにクマは」フィリップ・C.ステッド文;エリン・E.ステッド絵;青山南訳 光村教育図書 2012年11月

「はるのちょう」手島圭三郎絵・文 絵本塾出版(幻想シリーズ) 2011年2月

「はるをはしるえぞしか」手島圭三郎絵・文 絵本塾出版(いきるよろこびシリーズ) 2013年5月

「ピートのスケートレース」ルイーズ・ボーデン作;ニキ・ダリー絵;ふなとよし子訳 福音館書店(世界傑作絵本シリーズ) 2011年11月

「ふゆってどんなところなの？」工藤ノリコ作・絵 学研教育出版 2012年12月

「やだよ」クラウディア・ルエダ作;宇野和美訳 西村書店東京出版編集部 2013年2月

232

自然・環境・宇宙

「ゆきがふるよ、ムーミントロール」トーベ・ヤンソン原作・絵;ラルス・ヤンソン原作・絵;当麻ゆか訳 徳間書店(ムーミンのおはなしえほん) 2011年10月

公園

「アリアドネの糸」ハビエル・ソブリーノ文;エレナ・オドリオゾーラ絵;宇野和美訳 光村教育図書 2011年6月

「いぬくんぼくはいいこだから…―12支キッズのしかけえほん」きむらゆういち;作 ふくざわゆみこ;絵 ポプラ社 2013年8月

「おたんじょうびのケーキちゃん」もとしたいづみ作;わたなべあや絵 佼成出版社(みつばちえほんシリーズ) 2011年3月

「カエルのおでかけ」高畠那生作 フレーベル館 2013年5月

「かさやのケロン」水野はるみ作・絵 ひさかたチャイルド 2012年4月

「かたつむりぼうやとかめばあちゃん」西平あかね文・絵 大日本図書 2013年6月

「こぐまのトムトムぼくのいちにち」葉祥明著 絵本塾出版 2012年1月

「シーソーあそび」エクトル・シエラ作;みぞぶちまさる絵 絵本塾出版(もりのなかまたち) 2012年8月

「じっちょりんとおつきさま」かとうあじゅ作 文溪堂 2012年9月

「だいすきだよぼくのともだち」マラキー・ドイル文;スティーブン・ランバート絵;まつかわまゆみ訳 評論社(児童図書館・絵本の部屋) 2012年9月

「つみきくんとつみきちゃん」いしかわこうじ作・絵 ポプラ社(絵本のおもちゃばこ) 2011年8月

「ひみつのたからさがし」よこみちけいこ作 ポプラ社 2012年10月

「わんぱくゴンタ」ビーゲンセン作;きよしげのぶゆき絵 絵本塾出版(もりのなかまたち) 2012年7月

「道はみんなのもの」クルーサ文;モニカ・ドペルト絵;岡野富茂子訳;岡野恭介訳 さ・え・ら書房 2013年1月

自然・環境・宇宙一般

「あかちゃんぐまはなにみたの？」アシュリー・ウルフ文・絵;さくまゆみこ訳 岩波書店 2013年4月

「あか毛のバンタム」ルイーズ・ファティオ作;ロジャー・デュボアザン絵;秋野翔一郎訳 童話館出版 2011年12月

「おじいさんのはやぶさ」間瀬なおかた作・絵;川口淳一郎監修 ベストセラーズ 2012年7月

「だんごむしのダディダンダン」おのりえん作;沢野ひとし絵 福音館書店(福音館の幼児絵本) 2011年3月

自然・環境・宇宙

「はやぶさものがたり」今井なぎさ文;すがのやすのり絵 コスモピア 2011年7月

「ふしぎなまちのかおさがし」阪東勲写真・文 岩崎書店(えほんのぼうけん) 2011年3月

「ペネロペ イースターエッグをさがす」アン・グットマン文;ゲオルグ・ハレンスレーベン絵;ひがしかずこ訳 岩崎書店(ペネロペおはなしえほん) 2011年6月

「もしも宇宙でくらしたら」山本省三作;村川恭介監修 WAVE出版(知ることって、たのしい!) 2013年6月

「干潟のくちばしじまん」今宮則子文;小島祥子絵 星の環会 2011年9月

「森の音を聞いてごらん」池田あきこ著 白泉社 2011年9月

島

「うまれかわったヘラジカさん」ニコラス・オールドランド作;落合恵子訳 クレヨンハウス(人生を希望に変えるニコラスの絵本) 2011年12月

「うみのどうぶつとしょかんせん」菊池俊作;こばようこ絵 教育画劇 2012年6月

「きょうりゅうじまだいぼうけん」間瀬なおかた作・絵 ひさかたチャイルド 2011年6月

「シドニー行き714便」エルジェ作;川口恵子訳 福音館書店(タンタンの冒険ペーパーバック版) 2011年10月

「たんけんケンタくん」石津ちひろ作;石井聖岳絵 佼成出版社(クローバーえほんシリーズ) 2012年3月

「ネコがすきな船長のおはなし」インガ・ムーア作・絵;たがきょうこ訳 徳間書店 2013年9月

「ヒコリみなみのしまにいく」いまきみち作 福音館書店(こどものとも年中向き) 2012年9月

「黒い島のひみつ」エルジェ作;川口恵子訳 福音館書店(タンタンの冒険ペーパーバック版) 2011年4月

空

「そらのいろって」ピーター・レイノルズ文・絵;なかがわちひろ訳 主婦の友社 2012年12月

「そらをみあげるチャバーちゃん」ジェーン・ウェーチャチーワ作;小林真里奈訳;ウィスット・ポンニミット絵 福音館書店(こどものとも年中向き) 2013年7月

「でも、わすれないよベンジャミン」エルフィ・ネイセン作;エリーネ・ファン・リンデンハウゼン絵;野坂悦子訳 講談社(講談社の翻訳絵本) 2012年4月

「ふしぎのヤッポ島プキプキとポイのたからもの」ヤーミー作 小学館 2012年1月

「ぶたがとぶ」佐々木マキ作 絵本館 2013年10月

自然・環境・宇宙

太陽

「イカロスの夢」ジャン=コーム・ノゲス文;イポリット絵 小峰書店(愛蔵版世界の名作絵本) 2012年7月

「いじわる」せなけいこ作・絵 鈴木出版(チューリップえほんシリーズ) 2012年12月

「おーいおひさま!」よこたきよし作;西村敏雄絵 ひさかたチャイルド 2013年6月

「おひさまとかくれんぼ」たちもとみちこ作・絵 教育画劇 2013年8月

「おひめさまはみずあそびがすき―カボチャンおうこく物語」ビーゲンセン作;加瀬香織絵 絵本塾出版 2011年5月

「おめでとうおひさま」中川ひろたか作;片山健絵 小学館(おひさまのほん) 2011年3月

「カエサルくんとカレンダー」いけがみしゅんいち文;せきぐちよしみ絵 福音館書店 2012年1月

「きたかぜとたいよう」蜂飼耳文;山福朱実絵 岩崎書店(イソップえほん) 2011年3月

「でてきておひさま」ほりうちみちこ再話;ほりうちせいいち絵 福音館書店(こどものとも年中版) 2012年7月

「はるのちょう」手島圭三郎絵・文 絵本塾出版(幻想シリーズ) 2011年2月

「ひとりぼっちのかえる」興安作;三木卓文 こぐま社 2011年6月

「ぽによりぽにょり」内田麟太郎作;林家木久扇絵 今人舎 2012年11月

「ゆうきをだして!」くすのきしげのり原作;いもとようこ文・絵 佼成出版社(いもとようこのおひさま絵本シリーズ) 2011年4月

地球

「いちりんの花」平山弥生文;平山美知子画 講談社(講談社の創作絵本) 2012年1月

「おじいさんのはやぶさ」間瀬なおかた作・絵;川口淳一郎監修 ベストセラーズ 2012年7月

「カエサルくんとカレンダー」いけがみしゅんいち文;せきぐちよしみ絵 福音館書店 2012年1月

「こいしがどしーん」内田麟太郎文;長新太絵 童心社 2013年10月

「ちきゅうの子どもたち」グードルン・パウゼヴァング文;アンネゲルト・フックスフーバー絵;酒寄進一訳 ほるぷ出版 2011年8月

「はやぶさものがたり」今井なぎさ文;すがのやすのり絵 コスモピア 2011年7月

「ペネロペちきゅうがだいすき」アン・グットマン文;ゲオルグ・ハレンスレーベン絵;ひがしかずこ訳 岩崎書店(ペネロペおはなしえほん) 2013年7月

月

「アマールカ子羊を助けた日」ヴァーツラフ・ベドジフ文・絵;甲斐みのり訳 LD&K BOOKS(アマールカ絵本シリーズ2) 2012年4月

235

自然・環境・宇宙

「あめのちゆうやけせんたくかあちゃん」さとうわきこ作・絵 福音館書店(こどものとも685号)
2013年4月

「いじわる」せなけいこ作・絵 鈴木出版(チューリップえほんシリーズ) 2012年12月

「おつきさま、こんばんは！」市川里美作 講談社(講談社の創作絵本) 2011年8月

「おつきさまはまあるくなくっちゃ！」ふくだじゅんこ文・絵 大日本図書 2013年9月

「おつきさんのぼうし」高木さんご文;黒井健絵 講談社(講談社の創作絵本) 2013年10月

「カエサルくんとカレンダー」いけがみしゅんいち文;せきぐちよしみ絵 福音館書店 2012年1月

「がたびしくん」たしろちさと作・絵 PHP研究所(わたしのえほん) 2011年7月

「くじらのあかちゃんおおきくなあれ」神沢利子文;あべ弘士絵 福音館書店(こどものとも絵本)
2013年6月

「たぬきのばけたおつきさま」西本鶏介作;小野かおる絵 鈴木出版(ひまわりえほんシリーズ)
2011年7月

「つきよはうれしい」あまんきみこ文;こみねゆら絵 文研出版(えほんのもり) 2011年9月

「つきをあらいに」高木さんご作;黒井健絵 ひかりのくに 2011年9月

「ねこまるせんせいのおつきみ」押川理佐作;渡辺有一絵 世界文化社(ワンダーおはなし絵本)
2012年9月

「はるのちょう」手島圭三郎絵・文 絵本塾出版(幻想シリーズ) 2011年2月

「ひとりぼっちのかえる」興安作;三木卓文 こぐま社 2011年6月

「ふくろうのダルトリー」乾栄里子文;西村敏雄絵 ブロンズ新社 2011年10月

「ぼにょりぼにょり」内田麟太郎作;林家木久扇絵 今人舎 2012年11月

「まんまるいけのおつきみ」かとうまふみ作 講談社(講談社の創作絵本) 2011年8月

「みにくいフジツボのフジコ」山西ゲンイチ著 アリス館 2011年12月

「めざすは月」エルジェ作;川口恵子訳 福音館書店(タンタンの冒険ペーパーバック版) 2011
年8月

「メリークリスマスおつきさま」アンドレ・ダーハン作;きたやまようこ訳 講談社(世界の絵本) 2011
年10月

「もぐらくんとみどりのほし」ハナ・ドスコチロヴァー作;ズデネック・ミレル絵;木村有子訳 偕成社
(もぐらくんの絵本) 2012年1月

「もんばんアリと、月」さとみきくお作;しおたまさき絵 長崎出版 2012年12月

「ルナ‐おつきさんの おそうじや」エンリコ゠カサローザ作;堤江実訳 講談社(講談社の翻訳絵
本) 2013年9月

「月の貝」名木田恵子作;こみねゆら絵 佼成出版社 2013年2月

自然・環境・宇宙

「月世界探険」エルジェ作;川口恵子訳 福音館書店(タンタンの冒険ペーパーバック版) 2011年8月

「星どろぼう」アンドレア・ディノト文;アーノルド・ローベル絵;八木田宜子訳 ほるぷ出版 2011年12月

天気・天候

「おーいおひさま！」よこたきよし作;西村敏雄絵 ひさかたチャイルド 2013年6月

「おじいちゃんはロボットはかせ」つちやゆみさく作・絵 文渓堂 2011年8月

「ガリバーの冒険」ジョナサン・スウィフト;原作 井上ひさし;文 安野光雅;絵 文藝春秋 2012年4月

「ゴロゴロドーンかみなりさまおっこちた」正岡慧子作;ひだきょうこ絵 ひかりのくに 2011年7月

「たなばたセブン」もとしたいづみ作;ふくだいわお絵 世界文化社(ワンダーおはなし絵本) 2012年6月

「はぶじゃぶじゃん」ますだゆうこ文;高畠純絵 そうえん社(ケロちゃんえほん) 2011年3月

「ぼくのやぎ」安部才朗文;安部明子絵 福音館書店(こどものとも年中向き) 2011年7月

天気・天候＞雨

「あめあめふれふれねずみくん」なかえよしを作;上野紀子絵 ポプラ社(ねずみくんの絵本) 2013年5月

「あめのひくろくま」たかいよしかず作・絵 くもん出版(おはなし・くろくま) 2011年5月

「あめのひのくまちゃん」高橋和枝作 アリス館 2013年10月

「あめのひのディーゼルカー」のさかゆうさく作 福音館書店(こどものとも年少版) 2012年11月

「あめふり」さとうわきこ作・絵 福音館書店(ばばばあちゃんの絵本) 2012年6月

「イタチとみずがみさま」内田麟太郎作;山本孝絵 岩崎書店(えほんのぼうけん) 2011年6月

「いれていれて」かとうまふみ作・絵 教育画劇 2011年9月

「おじさんとカエルくん」リンダ・アシュマン文;クリスチャン・ロビンソン絵;なかがわちひろ訳 あすなろ書房 2013年5月

「おとうさんのかさ」三浦太郎作 のら書店 2012年6月

「おはなしトンネル」中野真典著 イースト・プレス(こどもプレス) 2013年10月

「カエルのおでかけ」高畠那生作 フレーベル館 2013年5月

「かさやのケロン」水野はるみ作・絵 ひさかたチャイルド 2012年4月

「キムのふしぎなかさのたび」ホーカン・イェンソン文;カーリン・スレーン絵;オスターグレン晴子訳 徳間書店 2012年5月

237

自然・環境・宇宙

「ぞうくんのあめふりさんぽ」なかのひろたか作・絵 福音館書店(こどものとも絵本) 2012年5月

「そとであそびますよ」モー・ウィレムズ作;落合恵子訳 クレヨンハウス(ぞうさん・ぶたさんシリーズ絵本) 2013年11月

「たいこうちたろう」庄司三智子作 佼成出版社(どんぐりえほんシリーズ) 2013年1月

「たっちゃんのながぐつ」森比左志著;わだよしおみ著 こぐま社 2013年5月

「トリケラとしょかん」五十嵐美和子著 白泉社 2013年3月

「ノアの箱舟」ハインツ・ヤーニッシュ文;リスベート・ツヴェルガー絵;池田香代子訳 BL出版 2011年2月

「ひとりぼっちのかえる」興安作;三木卓文 こぐま社 2011年6月

「ふしぎなおとなりさん」もりか著 白泉社 2012年10月

「ぽっつんとととはあめのおと」戸田和代作;おかだちあき絵 PHP研究所(PHPにこにこえほん) 2012年7月

「みずいろのぞう」nakaban作 ほるぷ出版(ほるぷ創作絵本) 2011年8月

天気・天候＞雲

「あまぐもぴっちゃん」はやしますみ作・絵 岩崎書店(えほんのぼうけん) 2012年5月

「くもりのちはれせんたくかあちゃん」さとうわきこ作・絵 福音館書店(こどものとも絵本) 2012年4月

「そらをみあげるチャバーちゃん」ジェーン・ウェーチャチーワ作;小林真里奈訳;ウィスット・ポンニミット絵 福音館書店(こどものとも年中向き) 2013年7月

「空のおくりもの-雲をつむぐ少年のお話」マイケル・キャッチプール 文;アリソン・ジェイ絵;亀井よし子訳 ブロンズ新社 2012年2月

天気・天候＞風

「アマールカ カッパが怒った日」ヴァーツラフ・ベドジフ文・絵;甲斐みのり訳 LD&K BOOKS(アマールカ絵本シリーズ5) 2012年8月

「きたかぜとたいよう」蜂飼耳文;山福朱実絵 岩崎書店(イソップえほん) 2011年3月

「とうさんとぼくと風のたび」小林豊作・絵 ポプラ社 2012年3月

「はるかぜとぷう」小野かおる作・絵 福音館書店(こどものともコレクション) 2011年2月

「ひとりぼっちのかえる」興安作;三木卓文 こぐま社 2011年6月

「フィートははしる」ビビ・デュモン・タック文;ノエル・スミット絵;野坂悦子 光村教育図書 2011年3月

「風をつかまえたウィリアム」ウィリアム・カムクワンバ文;ブライアン・ミーラー 文;エリザベス・ズーノン絵;さくまゆみこ訳 さ・え・ら書房 2012年10月

自然・環境・宇宙

天気・天候＞雪

「あたしゆきおんな」富安陽子文;飯野和好絵 童心社(絵本・こどものひろば) 2012年11月

「アトリエのきつね」ロランス・ブルギニョン作;ギ・セルヴェ絵;中井珠子訳 BL出版 2011年11月

「うみやまてつどう―まぼろしのゆきのはらえき」間瀬なおかた作・絵 ひさかたチャイルド 2011年11月

「おやこペンギン―ジェイとドゥのゆきあそび」片平直樹作;高畠純絵 ひさかたチャイルド 2011年11月

「かさじぞう」令丈ヒロ子;文 野村たかあき;絵 講談社(講談社の創作絵本) 2012年11月

「クリスマスのねがい」今村葦子文;堀川理万子絵 女子パウロ会 2011年10月

「こうさぎと4ほんのマフラー」わたりむつこ作;でくねいく絵 のら書店 2013年12月

「こぐまのトムトムぼくのふゆやすみ」葉祥明著 絵本塾出版 2011年12月

「さよならようちえん」さこももみ作 講談社(講談社の創作絵本) 2011年2月

「そりあそび」さとうわきこ作・絵 福音館書店(ばばばあちゃんの絵本) 2012年10月

「てぶくろをかいに」新美南吉;作 柿本幸造;絵 (講談社の名作絵本) 2013年1月

「どんぐりちゃん」アン・ドヒョン文;イ・ヘリ絵;ゲ・イル訳 星の環会 2012年3月

「トントントンをまちましょう」あまんきみこ作;鎌田暢子絵 ひさかたチャイルド 2011年12月

「なかよしゆきだるま」白土あつこ作・絵 ひさかたチャイルド(たっくんとたぬき) 2011年10月

「ふぶきのとり」手島圭三郎絵・文 絵本塾出版(幻想シリーズ) 2011年1月

「モリくんのりんごカー」かんべあやこ作 くもん出版 2011年11月

「やだよ」クラウディア・ルエダ作;宇野和美訳 西村書店東京出版編集部 2013年2月

「ゆきがふるよ、ムーミントロール」トーベ・ヤンソン原作・絵;ラルス・ヤンソン原作・絵;当麻ゆか訳 徳間書店(ムーミンのおはなしえほん) 2011年10月

「ゆきだるまのスノーぼうや」ヒド・ファン・ヘネヒテン作・絵;のざかえつこ訳 フレーベル館 2011年10月

「ゆきのひ」くすのきしげのり原作;いもとようこ文・絵 佼成出版社(いもとようこのおひさま絵本シリーズ) 2012年1月

「ゆきのよあけ」いまむらあしこ文;あべ弘士絵 童心社(絵本・こどものひろば) 2012年11月

「ユッキーとダルマン」大森裕子作・絵 教育画劇 2013年11月

「雪わたり」宮澤賢治;作 小林敏也;画 好学社(画本宮澤賢治) 2013年10月

「白い街あったかい雪」鎌田實文;小林豊絵 ポプラ社(ポプラ社の絵本) 2013年11月

239

自然・環境・宇宙

野原

「こぐまのトムトムぼくのあき」葉祥明著 絵本塾出版 2011年11月

「つきをあらいに」高木さんご作;黒井健絵 ひかりのくに 2011年9月

「でんぐりがえし」ビーゲンセン作;みぞぶちまさる絵 絵本塾出版(もりのなかまたち) 2012年1月

「のはらのおへや」みやこしあきこ作 ポプラ社(ポプラ社の絵本) 2011年9月

「みてよぴかぴかランドセル」あまんきみこ;文 西巻茅子;絵 福音館書店(ランドセルブックス) 2011年2月

「ゆうきをだして！」くすのきしげのり原作;いもとようこ文・絵 佼成出版社(いもとようこのおひさま絵本シリーズ) 2011年4月

「ロバのポコとうさぎのポーリー」とりごえまり作・絵 童心社(絵本・こどものひろば) 2011年10月

葉・木の葉

「オオムラサキのムーくん」タダサトシ作 こぐま社 2013年3月

「かえでの葉っぱ」デイジー・ムラースコヴァー 文;出久根育絵;関沢明子訳 理論社 2012年11月

「どんぐりちゃん」アン・ドヒョン文;イ・ヘリ絵;ゲ・イル訳 星の環会 2012年3月

「またあえたね」デヴィッド・エズラ・シュタイン作;さかいくにゆき訳 ポプラ社(ポプラせかいの絵本) 2012年4月

「ミチクサ」田中てるみ文;植田真絵 アリス館 2012年4月

「ものしりひいおばあちゃん」朝川照雄作;よこみちけいこ絵 絵本塾出版 2011年4月

「やきいもするぞ」おくはらゆめ作 ゴブリン書房 2011年10月

畑・田んぼ

「いちごばたけのちいさなおばあさん」わたりむつこ作;中谷千代子絵 福音館書店(こどものとも絵本) 2011年6月

「かなとやまのおたから」土田佳代子作;小林豊絵 福音館書店(こどものとも) 2013年11月

「カボチャばたけのはたねずみ」木村晃彦作 福音館書店(こどものとも年中向き) 2011年8月

「くまのクウタの1ねん」川口ゆう作 ひさかたチャイルド 2012年2月

「しんせつなかかし」ウェンディ・イートン作;おびかゆうこ訳;篠崎三朗絵 福音館書店(ランドセルブックス) 2012年1月

「すいか!」石津ちひろ文;村上康成絵 小峰書店(にじいろえほん) 2013年5月

「チリとチリリちかのおはなし」どいかや作 アリス館 2013年4月

「りんご畑の12か月」松本猛文;中武ひでみつ絵 講談社(講談社の創作絵本) 2012年8月

自然・環境・宇宙

「田んぼの昆虫たんけん隊」里中遊歩文;田代哲也絵 星の環会 2012年4月

花・植物

「おじちゃんせんせいだいだいだーいすき」むらおやすこ作;山本祐司絵 今人舎 2012年10月

「おばあちゃんと花のてぶくろ」セシル・カステルッチ作;ジュリア・ディノス絵;水谷阿紀子訳 文渓堂 2011年10月

「こぐまのくうちゃん」あまんきみこ文;黒井健絵 童心社 2013年8月

「じっちょりんとおつきさま」かとうあじゅ作 文渓堂 2012年9月

「じっちょりんのあるくみち」かとうあじゅ作 文渓堂 2011年5月

「じっちょりんのなつのいちにち」かとうあじゅ作 文渓堂 2013年7月

「じょうろさん」おおのやよい文・絵 偕成社 2011年5月

「ツボミちゃんとモムくん」ももせよしゆき著 白泉社(こどもMOEのえほん) 2012年5月

「ハスの花の精リアン」チェン・ジャンホン作・絵;平岡敦訳 徳間書店 2011年4月

「はなもようのこいぬ」大垣友紀惠作・絵 ハースト婦人画報社 2013年8月

「ひまわりさん」くすのきしげのり原作;いもとようこ文・絵 佼成出版社(いもとようこのおひさま絵本シリーズ) 2011年8月

「ひまわりのおか」ひまわりをうえた八人のお母さん文;葉方丹文;松成真理子絵 岩崎書店(いのちのえほん) 2012年8月

「ふくろうはかせのものまねそう」東野りえ作;黒井健絵 ひさかたチャイルド 2011年4月

「ゆうきをだして！」くすのきしげのり原作;いもとようこ文・絵 佼成出版社(いもとようこのおひさま絵本シリーズ) 2011年4月

「ロロとレレのほしのはな」のざかえつこ作;トム・スコーンオーヘ絵 小学館 2013年5月

「わたしのいちばんあのこの1ばん」アリソン・ウォルチ作;パトリス・バートン絵;薫くみこ訳 ポプラ社(ポプラせかいの絵本) 2012年9月

「庭にたねをまこう！」ジョーン・G・ロビンソン文・絵;こみやゆう訳 岩波書店 2013年3月

花・植物＞たんぽぽ

「タンポポあの日をわすれないで」光丘真理文;山本省三絵 文研出版(えほんのもり) 2011年10月

「たんぽぽのおくりもの」片山令子作;大島妙子絵 ひかりのくに 2012年3月

「ぽぽとクロ」八百板洋子作;南塚直子絵 福音館書店(こどものとも) 2012年3月

「やまねこのおはなし」どいかや作;きくちちき絵 イースト・プレス(こどもプレス) 2012年2月

自然・環境・宇宙

星

「あめのちゆうやけせんたくかあちゃん」さとうわきこ作・絵 福音館書店（こどものとも685号）2013年4月

「おしろがあぶない」筒井敬介作;堀内誠一絵 小峰書店 2013年7月

「くらくてあかるいよる」ジョン・ロッコ作;千葉茂樹訳 光村教育図書 2011年10月

「はやぶさものがたり」今井なぎさ文;すがのやすのり絵 コスモピア 2011年7月

「ふたごの星」宮沢賢治文;松永禎郎絵 新日本出版社 2013年6月

「ほしのはなし」北野武作・絵 ポプラ社 2012年12月

「もぐらくんとみどりのほし」ハナ・ドスコチロヴァー作;ズデネック・ミレル絵;木村有子訳 偕成社（もぐらくんの絵本）2012年1月

「星どろぼう」アンドレア・ディノト文;アーノルド・ローベル絵;八木田宜子訳 ほるぷ出版 2011年12月

湖・池・沼

「こりゃたいへん!!あまがえる先生ミドリ池きゅうしゅつ大作戦」まつおかたつひで作 ポプラ社（ポプラ社の絵本）2012年8月

「ぞうくんのあめふりさんぽ」なかのひろたか作・絵 福音館書店（こどものとも絵本）2012年5月

「ちいさなぬま」井上コトリ作 講談社（講談社の創作絵本）2013年8月

「ハスの花の精リアン」チェン・ジャンホン作・絵;平岡敦訳 徳間書店 2011年4月

「まんまるいけのおつきみ」かとうまふみ作 講談社（講談社の創作絵本）2011年8月

「ようかいガマとの おイケにカエる」よしながこうたく作 あかね書房 2011年8月

山・森

「あかちゃんになったおばあさん」いもとようこ;文・絵 金の星社 2011年12月

「あたしゆきおんな」富安陽子文;飯野和好絵 童心社（絵本・こどものひろば）2012年11月

「いつでもいっしょ」みぞぶちまさる作・絵 絵本塾出版（もりのなかまたち）2011年7月

「えんそくごいっしょに」小竹守道子作;ひだきょうこ絵 アリス館 2012年10月

「おじいさんとヤマガラ─3月11日のあとで」鈴木まもる作・絵 小学館 2013年3月

「きたきつねのしあわせ」手島圭三郎絵・文 絵本塾出版（いきるよろこびシリーズ）2011年4月

「キラキラ」やなせたかし作・絵 フレーベル館（復刊絵本セレクション）2012年7月

「クーナ」是枝裕和作;大塚いちお絵 イースト・プレス（こどもプレス）2012年10月

「くまくんと6ぴきのしろいねずみ」クリス・ウォーメル作・絵;吉上恭太訳 徳間書店 2011年12月

自然・環境・宇宙

「たいらになった二つの山」ビーゲンセン作;石川えりこ絵 絵本塾出版 2011年7月

「たぬきがいっぱい」さとうわきこ作・絵 フレーベル館(復刊絵本セレクション) 2011年11月

「タンタンチベットをゆく」エルジェ作;川口恵子訳 福音館書店(タンタンの冒険ペーパーバック版) 2011年10月

「ちいさなぬま」井上コトリ作 講談社(講談社の創作絵本) 2013年8月

「チェロの木」いせひでこ作 偕成社 2013年3月

「トドマツ森のモモンガ」山村輝夫作 福音館書店(ランドセルブックス) 2011年11月

「ながーい でんしゃ」古内ヨシ文・絵 至光社(至光社ブッククラブ国際版絵本) 2012年7月

「ねこのピート だいすきなしろいくつ」エリック・リトウィン作;ジェームス・ディーン絵;大友剛訳 ひさかたチャイルド 2013年5月

「ねっこばあのおくりもの」藤真知子作;北見葉胡絵 ポプラ社(ポプラ社の絵本) 2012年7月

「ハグくまさん」ニコラス・オールドランド作;落合恵子訳 クレヨンハウス(人生を希望に変えるニコラスの絵本) 2011年12月

「パンやのコナコナ」どいかや文;にきまゆ絵 ブロンズ新社 2012年6月

「ふしぎのヤッポ島プキプキとポイのたからもの」ヤーミー作 小学館 2012年1月

「ぼくとサンショウウオのへや」アン・メイザー作;スティーブ・ジョンソン絵;ルー・ファンチャー絵;にしかわかんと訳 福音館書店 2011年3月

「ぼくのやぎ」安部才朗文;安部明子絵 福音館書店(こどものとも年中向き) 2011年7月

「ほんをよむのにいいばしょは?」シュテファン・ゲンメル文;マリー・ジョゼ・サクレ絵;斉藤規訳 新日本出版社 2013年3月

「まじかるきのこさん」本秀康;作 イースト・プレス(こどもプレス) 2011年2月

「まじかるきのこさんきのこむらはおおさわぎ」本秀康;著 イースト・プレス(こどもプレス) 2011年11月

「まほうの森のプニュル」ジーン・ウィリス作;グウェン・ミルワード絵;石井睦美訳 小学館 2012年3月

「もったいないばあさんもりへいく」真珠まりこ作・絵 講談社(講談社の創作絵本) 2011年3月

「もりのおるすばん」丸山陽子作 童心社(絵本・こどものひろば) 2012年7月

「もりへぞろぞろ」村田喜代子作;近藤薫美子絵 偕成社 2012年6月

「やまねこのおはなし」どいかや作;きくちちき絵 イースト・プレス(こどもプレス) 2012年2月

「やまのおみやげ」原田泰治作・絵 ポプラ社 2012年7月

「やまのすもうだ!はっけよい!」しばはら・ち作・絵 鈴木出版(チューリップえほんシリーズ) 2013年12月

自然・環境・宇宙

「ゆきのよあけ」いまむらあしこ文;あべ弘士絵 童心社(絵本・こどものひろば) 2012年11月

「ユニコーン」マルティーヌ・ブール文・絵;松島京子訳 冨山房インターナショナル 2013年4月

「わかがえりの水」広松由希子;ぶん スズキコージ;え 岩崎書店(いまむかしえほん) 2011年12月

「鬼ガ山」毛利まさみち作・絵 絵本塾出版 2011年12月

【戦争と平和・災害・社会問題】

いじめ

「あかいほっぺた」ヤン・デ・キンデル作;野坂悦子訳 光村教育図書 2013年12月

「いじめっこ」ローラ・ヴァッカロ・シーガー作;なかがわちひろ訳 あすなろ書房 2013年8月

「うわさごと」梅田俊作;文・絵 汐文社 2012年6月

「ガロゲロ物語」ミスター作・絵;アプリ作・絵 絵本塾出版 2012年11月

「せんねんすぎとふしぎなねこ」木村昭平;絵と文 日本地域社会研究所(コミュニティ・ブックス) 2013年3月

「たかこ」清水真裕文;青山友美絵 童心社(絵本・こどものひろば) 2011年4月

「てるちゃんのかお」藤井輝明文;亀澤裕也絵 金の星社 2011年7月

「なかなおり」ヘルヤ・リウッコ・スンドストロム文・陶板;稲垣美晴訳 猫の言葉社 2011年2月

「みずいろのマフラー」くすのきしげのり文;松成真理子絵 童心社(絵本・こどものひろば) 2011年11月

「みんなかわいい」内田麟太郎文;梅田俊作絵 女子パウロ会 2011年4月

「泥かぶら」眞山美保;原作 くすのきしげのり;文;伊藤秀男絵 瑞雲舎 2012年9月

「名前をうばわれたなかまたち」タシエス作;横湯園子訳 さ・え・ら書房 2011年5月

原爆

「8月6日のこと」中川ひろたか文;長谷川義史絵 ハモニカブックス 2011年7月

「うわさごと」梅田俊作;文・絵 汐文社 2012年6月

「海をわたったヒロシマの人形」指田和文;牧野鈴子絵 文研出版(えほんのもり) 2011年6月

災害＞災害一般

「あまぐもぴっちゃん」はやしますみ作・絵 岩崎書店(えほんのぼうけん) 2012年5月

「おじいちゃんのふね」ひがしちから作 ブロンズ新社 2011年7月

「ちっちゃなトラックレッドくんとブラックくん」みやにしたつや作・絵 ひさかたチャイルド 2013年4月

事件・事故

「いぬのおしりのだいじけん」ピーター・ベントリー文;松岡芽衣絵;灰島かり訳 ほるぷ出版 2012年6月

戦争と平和・災害・社会問題

「タンタンチベットをゆく」エルジェ作；川口恵子訳 福音館書店（タンタンの冒険ペーパーバック版）2011年10月

「つきよはうれしい」あまんきみこ文；こみねゆら絵 文研出版（えほんのもり）2011年9月

「ビーカー教授事件」エルジェ作；川口恵子訳 福音館書店（タンタンの冒険ペーパーバック版）2011年10月

地震

「あのひのこと」葉祥明絵・文 佼成出版社 2012年3月

「きぼうのかんづめ」すだやすなり文；宗誠二郎絵 きぼうのかんづめプロジェクト 2012年3月

「グスコーブドリの伝記」宮澤賢治；原作 司修；文と絵 ポプラ社（ポプラ社の絵本）2012年7月

「タンポポあの日をわすれないで」光丘真理文；山本省三絵 文研出版（えほんのもり）2011年10月

「つなみてんでんこ　はしれ、上へ！」指田和文；伊藤秀男絵 ポプラ社（ポプラ社の絵本）2013年2月

「ひまわりのおか」ひまわりをうえた八人のお母さん文；葉方丹文；松成真理子絵 岩崎書店（いのちのえほん）2012年8月

「ふたつの勇気」山本省三文；夏目尚吾絵 学研教育出版 2013年8月

「奇跡の一本松」なかだえり絵・文 汐文社 2011年10月

「松の子ピノ一音になった命」北門筐文；たいらきょうこ絵 小学館 2013年3月

「津波」キミコ・カジカワ再話；エド・ヤング絵 グランまま社 2011年10月

人権・差別

「「けんぽう」のおはなし」井上ひさし原案；武田美穂絵 講談社 2011年4月

「おじいちゃんの手」マーガレット・H.メイソン文；フロイド・クーパー絵；もりうちすみこ訳 光村教育図書 2011年7月

「カワウソ村の火の玉ばなし」山下明生文；長谷川義史絵 解放出版社 2011年6月

「つぼつくりのデイヴ」レイバン・キャリック・ヒル文；ブライアン・コリアー絵；さくまゆみこ訳 光村教育図書 2012年1月

「マリアンは歌う」パム・ムニョス・ライアン文；ブライアン・セルズニック絵；もりうちすみこ訳 光村教育図書 2013年1月

「ゆうかんなうしクランシー」ラチー・ヒューム作；長友恵子訳 小学館 2011年5月

「リーかあさまのはなし」中村茂文；小林豊絵 ポプラ社（ポプラ社の絵本）2013年11月

戦争と平和・災害・社会問題

戦争

「「けんぽう」のおはなし」井上ひさし原案;武田美穂絵 講談社 2011年4月

「8月6日のこと」中川ひろたか文;長谷川義史絵 ハモニカブックス 2011年7月

「あやとユキ」いながきふさこ作;青井芳美絵 BL出版 2011年12月

「いちりんの花」平山弥生文;平山美知子画 講談社(講談社の創作絵本) 2012年1月

「うわさごと」梅田俊作;文・絵 汐文社 2012年6月

「きみがおしえてくれた。」今西乃子文;加納果林絵 新日本出版社 2013年7月

「くつがいく」和歌山静子作 童心社([日・中・韓平和絵本) 2013年3月

「コルチャック先生−子どもの権利条約の父」トメク・ボガツキ作;柳田邦男訳 講談社(講談社の翻訳絵本) 2011年1月

「さくら」田畑精一作 童心社([日・中・韓平和絵本) 2013年3月

「ピートのスケートレース」ルイーズ・ボーデン作;ニキ・ダリー絵;ふなとよし子訳 福音館書店(世界傑作絵本シリーズ) 2011年11月

「ぼくのこえがきこえますか」田島征三作 童心社([日・中・韓平和絵本) 2012年6月

「ローズ色の自転車」ジャンヌ・アシュベ作;野坂悦子訳 光村教育図書 2012年3月

「ワニのお嫁さんとハチドリのお嫁さん」清水たま子文;竹田鎮三郎絵 福音館書店(日本傑作絵本シリーズ) 2013年11月

「海をわたったヒロシマの人形」指田和文;牧野鈴子絵 文研出版(えほんのもり) 2011年6月

「空城の計─三国志絵本」唐亜明文;于大武絵 岩波書店(大型絵本) 2011年4月

「七たび孟獲をとらえる─三国志絵本」唐亜明文;于大武絵 岩波書店(大型絵本) 2011年4月

「千年もみじ」最上一平文;中村悦子絵 新日本出版社 2012年10月

「非武装地帯に春がくると」イ・オクベ作;おおたけきよみ訳 童心社([日・中・韓平和絵本) 2011年4月

戦争＞空襲

「だっこの木」宮川ひろ作;渡辺洋二絵 文渓堂 2011年2月

「ちえちゃんのおはじき」山口節子作;大畑いくの絵 佼成出版社(クローバーえほんシリーズ) 2012年7月

「よしこがもえた」たかとう匡子作;たじまゆきひこ作 新日本出版社 2012年6月

「京劇がきえた日−秦淮河一九三七」姚紅作;姚月蔭原案;中田美子訳 童心社([日・中・韓平和絵本) 2011年4月

戦争と平和・災害・社会問題

津波

「あのひのこと」葉祥明絵・文 佼成出版社 2012年3月

「タンポポあの日をわすれないで」光丘真理文;山本省三絵 文研出版（えほんのもり）2011年10月

「つなみてんでんこ　はしれ、上へ！」指田和文;伊藤秀男絵 ポプラ社（ポプラ社の絵本）2013年2月

「ひまわりのおか」ひまわりをうえた八人のお母さん文;葉方丹文;松成真理子絵 岩崎書店（いのちのえほん）2012年8月

「みずたまり」森山京作;松成真理子絵 偕成社 2011年5月

「奇跡の一本松」なかだえり絵・文 汐文社 2011年10月

「月の貝」名木田恵子作;こみねゆら絵 佼成出版社 2013年2月

「松の子ピノ―音になった命」北門笙子文;たいらきょうこ絵 小学館 2013年3月

「津波」キミコ・カジカワ再話;エド・ヤング絵 グランまま社 2011年10月

「津波！！稲むらの火その後」高村忠範文・絵 汐文社 2011年8月

「津波になった水龍神様と希望の光」わたなべまさお文;いわぶちゆい絵 日本地域社会研究所 2012年12月

貧困・家庭内暴力・児童虐待

「あらじんのまほう」あらじん作;はなもとゆきの絵 パレード（Parade books）2012年8月

「じゃがいも畑」カレン・ヘス文;ウェンディ・ワトソン絵;石井睦美訳 光村教育図書 2011年8月

「はじめての旅」木下晋文・絵 福音館書店（日本傑作絵本シリーズ）2013年6月

「パパと怒り鬼−話してごらん、だれかに」グロー・ダーレ作;スヴァイン・ニーフース絵;大島かおり;青木順子訳 ひさかたチャイルド 2011年8月

「レ・ミゼラブル」ヴィクトル・ユゴー原作;リュック・ルフォール再話;河野万里子訳 小峰書店（愛蔵版世界の名作絵本）2012年3月

「わらしべちょうじゃ」石崎洋司;文 西村敏雄;絵（講談社の創作絵本）2012年5月

「風をつかまえたウィリアム」ウィリアム・カムクワンバ文;ブライアン・ミーラー文;エリザベス・ズーノン絵;さくまゆみこ訳 さ・え・ら書房 2012年10月

【人・仕事・生活】

愛

「あらじんのまほう」あらじん作;はなもとゆきの絵 パレード(Parade books) 2012年8月

「いつもふたりで」ジュディス・カー作;亀井よし子訳 ブロンズ新社 2011年9月

「おかあちゃんがつくったる」長谷川義史作 講談社(講談社の創作絵本) 2012年4月

「ごきげんなライオンおくさんにんきものになる」ルイーズ・ファティオ文;ロジャー・デュボアザン絵;今江祥智&遠藤育枝訳 BL出版 2013年1月

「だいすきのしるし」あらいえつこ作;おかだちあき絵 岩崎書店(えほんのぼうけん) 2012年6月

「ふたつのおうち」マリアン・デ・スメット作;ネインケ・タルスマ絵;久保谷洋訳 朝日学生新聞社 2011年5月

「レ・ミゼラブル」ヴィクトル・ユゴー原作;リュック・ルフォール再話;河野万里子訳 小峰書店(愛蔵版世界の名作絵本) 2012年3月

「湖の騎士ランスロット」ジャン・コーム・ノゲス文;クリストフ・デュリュアル絵;こだましおり訳 小峰書店(愛蔵版世界の名作絵本) 2013年3月

赤ん坊

「あかちゃんになったおばあさん」いもとようこ;文・絵 金の星社 2011年12月

「あなたがちいさかったころってね」マレーク・ベロニカ文;F・ジュルフィ・アンナ絵;マンディ・ハシモト・レナ訳 風濤社 2012年9月

「クリスマスものがたり」パメラ・ドルトン絵;藤本朝巳文 日本キリスト教団出版局(リトルベル) 2012年10月

「くんくんにこいぬがうまれたよ」ディック・ブルーナ文・絵;まつおかきょうこ訳 福音館書店 2012年4月

「トドマツ森のモモンガ」山村輝夫作 福音館書店(ランドセルブックス) 2011年11月

「ハリーのクリスマス」メアリー・チャルマーズ作;おびかゆうこ訳 福音館書店(世界傑作絵本シリーズ) 2012年10月

「やまんばあかちゃん」富安陽子文;大島妙子絵 理論社 2011年7月

「わかがえりの水」広松由希子;ぶん スズキコージ;え 岩崎書店(いまむかしえほん) 2011年12月

医者・看護師

「ありさん　あいたたた…」ヨゼフ・コジーシェック文;ズデネック・ミレル絵;きむらゆうこ訳 ひさかたチャイルド 2011年4月

249

人・仕事・生活

「アントンせんせい」西村敏雄作 講談社(講談社の創作絵本) 2013年3月

「えんまのはいしゃ」くすのきしげのり作;二見正直絵 偕成社 2011年11月

「おなべふこどもしんりょうじょ」やぎゅうげんいちろう作 福音館書店(日本傑作絵本シリーズ)
2013年2月

「ガリバーの冒険」ジョナサン・スウィフト;原作 井上ひさし;文 安野光雅;絵 文藝春秋 2012年4
月

「コルチャック先生-子どもの権利条約の父」トメク・ボガツキ作;柳田邦男訳 講談社(講談社の
翻訳絵本) 2011年1月

「たっちゃんむしばだね」森比左志著;わだよしおみ著 こぐま社 2013年5月

「どうぶつげんきにじゅういさん」山本省三作;はせがわかこ絵 講談社(講談社の創作絵本)
2011年11月

「どうぶつびょういんおおいそがし」シャロン・レンタ作・絵;まえざわあきえ訳 岩崎書店 2011年9
月

「ナースになりたいクレメンタイン」サイモン・ジェームズ作;福本友美子訳 岩崎書店 2013年10
月

「のんちゃんと白鳥」石倉欣二文・絵 小峰書店(にじいろえほん) 2011年11月

「ハブラシくん」岡田よしたか作 ひかりのくに 2013年9月

「ふたつの勇気」山本省三文;夏目尚吾絵 学研教育出版 2013年8月

「ぼくびょうきじゃないよ」角野栄子作;垂石眞子絵 福音館書店(こどものとも絵本) 2013年5月

「やまねこせんせいのこんやはおつきみ」末崎茂樹作・絵 ひさかたチャイルド 2013年8月

「やまねこせんせいのなつやすみ」末崎茂樹作・絵 ひさかたチャイルド 2012年6月

「わたしのすてきなたびする目」ジェニー・スー・コステキ=ショー作;美馬しょうこ訳 偕成社
2013年6月

命

「いちりんの花」平山弥生文;平山美知子画 講談社(講談社の創作絵本) 2012年1月

「うつぼざる―狂言えほん」もとしたいづみ文;西村繁男絵 講談社(講談社の創作絵本) 2011
年11月

「ぎふちょう」舘野鴻作・絵 偕成社 2013年6月

「どんぐりちゃん」アン・ドヒョン文;イ・ヘリ絵;ゲ・イル訳 星の環会 2012年3月

「はるをはしるえぞしか」手島圭三郎絵・文 絵本塾出版(いきるよろこびシリーズ) 2013年5月

「ぼくのこえがきこえますか」田島征三作 童心社([日・中・韓平和絵本) 2012年6月

「また きょうも みつけた」辻友紀子作 ポプラ社 2013年11月

人・仕事・生活

「よしこがもえた」たかとう匡子作;たじまゆきひこ作 新日本出版社 2012年6月

「レオとノエ」鈴木光司文;アレックス・サンダー絵 講談社 2011年9月

「絵本 いのちをいただく―みいちゃんがお肉になる日」内田美智子作;魚戸おさむとゆかいななかまたち絵;坂本義喜原案 講談社(講談社の創作絵本) 2013年12月

祈り・願いごと

「イタチとみずがみさま」内田麟太郎作;山本孝絵 岩崎書店(えほんのぼうけん) 2011年6月

「いちばんちいさなクリスマスプレゼント」ピーター・レイノルズ文・絵;なかがわちひろ訳 主婦の友社 2013年11月

「いっすんぼうし」令丈ヒロ子;文 堀川理万子;絵 講談社(講談社の創作絵本) 2012年5月

「いっすんぼうし」椿原奈々子;文 太田大八;絵 童話館出版 2012年8月

「いっすんぼうし」広松由希子;ぶん 長谷川義史;え 岩崎書店(いまむかしえほん) 2013年3月

「うまのおいのり」まつむらまさこ文・絵 至光社(至光社ブッククラブ国際版絵本) 2011年1月

「おねがいナンマイダー」ハンダトシヒト作・絵 岩崎書店(えほんのぼうけん) 2011年6月

「おひげおひげ」内田麟太郎作;西村敏雄絵 鈴木出版(チューリップえほんシリーズ) 2012年6月

「おまつりのねがいごと」たしろちさと作 講談社(講談社の創作絵本) 2013年7月

「クリスマスのねがい」今村葦子文;堀川理万子絵 女子パウロ会 2011年10月

「さんまいのおふだ」石崎洋司;文 大島妙子;絵 講談社(講談社の創作絵本) 2012年8月

「しんぶんにのりたい」ミース・バウハウス作;フィープ・ヴェステンドルプ絵;日笠千晶訳 金の星社 2013年11月

「それならいいえありますよ」澤野秋文作 講談社(講談社の創作絵本) 2013年8月

「たったひとつのねがいごと」バーバラ・マクリントック作;福本友美子訳 ほるぷ出版 2011年11月

「たなばたさまきららきらら」長野ヒデ子作・絵 世界文化社(ワンダーおはなし絵本) 2013年6月

「タンポポあの日をわすれないで」光丘真理文;山本省三絵 文研出版(えほんのもり) 2011年10月

「どどのろう」穂髙順也作;こばやしゆかこ絵 岩崎書店(えほんのぼうけん) 2013年2月

「ハムマスク―マスク小学校」宇都木美帆作 ペック工房 2011年4月

「ハリーのクリスマス」メアリー・チャルマーズ作;おびかゆうこ訳 福音館書店(世界傑作絵本シリーズ) 2012年10月

「ビブスの不思議な冒険」ハンス・マグヌス・エンツェンスベルガー作;ロートラウト・ズザンネ・ベルナー絵;山川紘矢訳;山川亜希子訳 PHP研究所 2011年9月

人・仕事・生活

「ふたつのねがい」ハルメン・ファン・ストラーテン作;野坂悦子訳 光村教育図書 2013年9月

「ミアはおおきなものがすき!」カトリーン・シェーラー作;関口裕昭訳 光村教育図書 2012年1月

「みっつのねがい」ピレット・ラウド再話・絵 まえざわあきえ訳 福音館書店(世界傑作絵本シリーズ) 2012年1月

「ゆきうさぎのねがいごと」レベッカ・ハリー絵;木原悦子訳 世界文化社 2013年11月

「ゆめたまご」たかのもも作・絵 フレーベル館 2012年11月

駅長・車掌

「うみやまてつどう―さいしゅうでんしゃのふしぎなおきゃくさん」間瀬なおかた作・絵 ひさかたチャイルド 2012年8月

「うみやまてつどう―まぼろしのゆきのはらえき」間瀬なおかた作・絵 ひさかたチャイルド 2011年11月

「エアポートきゅうこうはっしゃ!」みねおみつ作 PHP研究所(PHPにこにこえほん) 2013年9月

「おうちでんしゃはっしゃしまーす」間瀬なおかた作・絵 ひさかたチャイルド 2013年12月

「おにもつはいけん」吉田道子文;梶山俊夫絵 福音館書店(ランドセルブックス) 2011年3月

「はしれトロッコれっしゃ」西片拓史作 教育画劇 2012年8月

王様・お妃

「あばれんぼうのそんごくう」泉京鹿訳 中国出版トーハン(中国のむかしばなし) 2011年6月

「アマールカ 王様になった日」ヴァーツラフ・ベドジフ文・絵;甲斐みのり訳 LD&K BOOKS(アマールカ絵本シリーズ6) 2012年8月

「イカロスの夢」ジャン=コーム・ノゲス文;イポリット絵 小峰書店(愛蔵版世界の名作絵本) 2012年7月

「おうさまのおひっこし」牡丹靖佳作 福音館書店(日本傑作絵本シリーズ) 2012年5月

「おおきなおひめさま」三浦太郎作 偕成社 2013年6月

「オトカル王の杖」エルジェ作;川口恵子訳 福音館書店(タンタンの冒険ペーパーバック版) 2011年6月

「おひめさまはみずあそびがすき―カボチャンおうこく物語」ビーゲンセン作;加瀬香織絵 絵本塾出版 2011年5月

「クッキーひめ」おおいじゅんこ作 アリス館 2013年12月

「ことりのギリ」マリオ・ラモ作;平岡敦訳 光村教育図書 2013年6月

人・仕事・生活

「それいけ！アンパンマン よみがえれバナナじま」やなせたかし作・絵 フレーベル館 2012年6月

「たまごがいっぱい」寺村輝夫原作; 和歌山静子構成・絵 理論社（新王さまえほん）2013年6月

「トラのじゅうたんになりたかったトラ」ジェラルド・ローズ文・絵;ふしみみさを訳 岩波書店（大型絵本）2011年10月

「なまけもののエメーリャ」山中まさひこ文;ささめやゆき絵 小学館 2011年7月

「はだかのおうさま」アンデルセン原作;いもとようこ文・絵 金の星社 2013年2月

「パパと怒り鬼-話してごらん、だれかに」グロー・ダーレ作;スヴァイン・ニーフース絵;大島かおり;青木順子訳 ひさかたチャイルド 2011年8月

「ぴったりのクリスマス」バーディ・ブラック作;ロザリンド・ビアードショー絵;たなかあきこ訳 小学館 2012年11月

「ふたごの星」宮沢賢治文;松永禎郎絵 新日本出版社 2013年6月

「プレッツェルのはじまり」エリック・カール作;アーサー・ビナード訳 偕成社 2013年2月

「メルリック-まほうをなくしたまほうつかい」デビッド・マッキー作;なかがわちひろ訳 光村教育図書 2013年1月

「ユニコーン」マルティーヌ・ブール文・絵;松島京子訳 冨山房インターナショナル 2013年4月

「王さまめいたんてい」寺村輝夫原作; 和歌山静子構成・絵 理論社（新王さまえほん）2012年9月

「空のおくりもの-雲をつむぐ少年のお話」マイケル・キャッチプール文;アリソン・ジェイ絵;亀井よし子訳 ブロンズ新社 2012年2月

「湖の騎士ランスロット」ジャン・コーム・ノゲス文;クリストフ・デュリュアル絵;こだましおり訳 小峰書店（愛蔵版世界の名作絵本）2013年3月

「長ぐつをはいたネコ」シャルル・ペロー原作;石津ちひろ抄訳;田中清代絵 ブロンズ新社 2012年1月

「天からおりてきた河」寮美千子文;山田博之画 長崎出版 2013年6月

王子様

「5のすきなおひめさま」こすぎさなえ作;たちもとみちこ絵 PHP研究所（PHPにこにこえほん）2011年12月

「アナベルとふしぎなけいと」マック・バーネット文;ジョン・クラッセン絵;なかがわちひろ訳 あすなろ書房 2012年9月

「おひめさまようちえんとはくばのおうじさま」のぶみ作 えほんの杜 2011年3月

「おやゆびひめ」三木卓;文 荒井良二;絵 講談社（講談社のおはなし絵本箱）2013年1月

人・仕事・生活

「ガロゲロ物語」ミスター作・絵;アプリ作・絵 絵本塾出版 2012年11月

「シンデレラ」シャルル・ペロー原作;ヤコブ・グリム原作 学研教育出版 2011年4月

「シンデレラ」安野光雅文・絵 世界文化社 2011年7月

「にんぎょひめ－アンデルセンのおひめさま」アンデルセン原作;高橋真琴絵;八百板洋子文 学研教育出版 2012年5月

「ねむりひめ」グリム原作;いもとようこ文・絵 金の星社 2013年4月

「九九をとなえる王子さま」はまのゆか作 あかね書房 2013年6月

「犬になった王子──チベットの民話」君島久子文;後藤仁絵 岩波書店 2013年11月

「天からおりてきた河」寮美千子文;山田博之画 長崎出版 2013年6月

王女・お姫様

「5のすきなおひめさま」こすぎさなえ作;たちもとみちこ絵 PHP研究所(PHPにこにこえほん) 2011年12月

「あめふらし」グリム著;若松宣子訳;出久根育絵 偕成社 2013年10月

「アラジン─ディズニースーパーゴールド絵本」森はるな文;斎藤妙子構成 講談社 2011年3月

「アラジン─決定版アニメランド」矢部美智代文;西岡たかし本文イラスト 講談社 2011年7月

「いっすんぼうし」令丈ヒロ子;文 堀川理万子;絵 講談社(講談社の創作絵本) 2012年5月

「いっすんぼうし」椿原奈々子;文 太田大八;絵 童話館出版 2012年8月

「いっすんぼうし」広松由希子;ぶん 長谷川義史;え 岩崎書店(いまむかしえほん) 2013年3月

「おおきなおひめさま」三浦太郎作 偕成社 2013年6月

「おひめさまとカエルさん」マーゴット・ツェマック絵;ハーヴ・ツェマック文;ケーテ・ツェマック文;福本友美子訳 岩波書店(岩波の子どもの本) 2013年9月

「おひめさまはみずあそびがすき─カボチャンおうこく物語」ビーゲンセン作;加瀬香織絵 絵本塾出版 2011年5月

「おやゆびひめ」ハンス・クリスチャン・アンデルセン作;リスベート・ツヴェルガー絵;江國香織訳 BL出版 2013年10月

「クッキーひめ」おおいじゅんこ作 アリス館 2013年12月

「シンデレラ」シャルル・ペロー原作;ヤコブ・グリム原作 学研教育出版 2011年4月

「ちいさなプリンセス ソフィア」キャサリン・ハプカ文;グレース・リー絵;老田勝訳・文 講談社 2013年4月

「ちいさなプリンセス ソフィア にんぎょの ともだち」キャサリン・ハプカ文;グレース・リー絵;老田勝訳・文 講談社 2013年11月

「なまけもののエメーリャ」山中まさひこ文;ささめやゆき絵 小学館 2011年7月

人・仕事・生活

「にんぎょひめ－アンデルセンのおひめさま」アンデルセン原作;高橋真琴絵;八百板洋子文 学研教育出版 2012年5月

「ねむりひめ」グリム原作;いもとようこ文・絵 金の星社 2013年4月

「はじめまして、プリンセス・ハニィ」二宮由紀子作;たきがみあいこ絵 ポプラ社(ポプラ社の絵本) 2012年4月

「プリンちゃん」なかがわちひろ文;たかおゆうこ絵 理論社 2011年9月

「王国のない王女のおはなし」アーシュラ・ジョーンズ文;サラ・ギブ絵;石井睦美訳 BL出版 2011年11月

「長ぐつをはいたネコ」シャルル・ペロー原作;石津ちひろ抄訳;田中清代絵 ブロンズ新社 2012年1月

お金・財宝・財産

「アリ・ババと40人の盗賊」リュック・ルフォール再話;エムル・オルン絵;こだましおり訳 小峰書店(愛蔵版世界の名作絵本) 2011年9月

「かいぞくゴックン」ジョニー・ダドル作;アーサー・ビナード訳 ポプラ社(ポプラせかいの絵本) 2013年10月

「カスタフィオーレ夫人の宝石」エルジェ作;川口恵子訳 福音館書店(タンタンの冒険ペーパーバック版) 2011年8月

「ききみみずきん」広松由希子;ぶん 降矢なな;え 岩崎書店(いまむかしえほん) 2012年3月

「きこりとテーブル－トルコの昔話」八百板洋子再話;吉實恵絵 福音館書店(こどものとも年中向き) 2011年12月

「ジャックとまめのき」いもとようこ文・絵 金の星社 2012年7月

「ジャックとまめの木」渡辺茂男;文 スズキコージ;絵 講談社(講談社のおはなし絵本箱) 2013年4月

「ちゅーとにゃーときー」デハラユキノリ再話・絵 長崎出版 2012年1月

「はなさかじいさん」石崎洋司;文 松成真理子;絵 講談社(講談社の創作絵本) 2012年2月

「はなさかじいさん―日本民話」こわせたまみ文;高見八重子絵 鈴木出版(たんぽぽえほんシリーズ) 2013年1月

「レッド・ラッカムの宝」エルジェ作;川口恵子訳 福音館書店(タンタンの冒険ペーパーバック版) 2011年4月

「わらしべちょうじゃ」石崎洋司;文 西村敏雄;絵 (講談社の創作絵本) 2012年5月

「宝島」ロバート・ルイス・スティーヴンソン原作;クレール・ユバック翻案 小峰書店(愛蔵版世界の名作絵本) 2012年5月

人・仕事・生活

男の人

「あたまにかきのき」唯野元弘文;村上豊絵 鈴木出版(チューリップえほんシリーズ) 2012年9月

「アマールカ カッパが怒った日」ヴァーツラフ・ベドジフ文・絵;甲斐みのり訳 LD&K BOOKS(アマールカ絵本シリーズ5) 2012年8月

「アマールカ森番をやっつけた日」ヴァーツラフ・ベドジフ文・絵;甲斐みのり訳 LD&K BOOKS (アマールカ絵本シリーズ1) 2012年4月

「あめふらし」グリム著;若松宣子訳;出久根育絵 偕成社 2013年10月

「アラジン―決定版アニメランド」矢部美智代文;西岡たかし本文イラスト 講談社 2011年7月

「あるひぼくはかみさまと」キティ・クローザー作;ふしみみさを訳 講談社(講談社の翻訳絵本) 2013年4月

「おこりんぼうおじさん」おかいみほ作 福音館書店(こどものとも年中向き) 2012年10月

「おじさんとカエルくん」リンダ・アシュマン文;クリスチャン・ロビンソン絵;なかがわちひろ訳 あすなろ書房 2013年5月

「かもとりごんべえ」令丈ヒロ子;文 長谷川義史;絵 講談社(講談社の創作絵本) 2012年11月

「カワウソ村の火の玉ばなし」山下明生文;長谷川義史絵 解放出版社 2011年6月

「ガンジーさん」長谷川義史著 イースト・プレス(こどもプレス) 2011年9月

「きたかぜとたいよう」蜂飼耳文;山福朱実絵 岩崎書店(イソップえほん) 2011年3月

「くまの皮をきた男」グリム著;フェリクス・ホフマン絵;佐々梨代子訳;野村泫訳 こぐま社 2012年7月

「シルクハットぞくはよなかのいちじにやってくる」おくはらゆめ作 童心社(絵本・こどものひろば) 2012年5月

「そうべえふしぎなりゅうぐうじょう」たじまゆきひこ作 童心社 2011年5月

「たいこうちたろう」庄司三智子作 佼成出版社(どんぐりえほんシリーズ) 2013年1月

「タベールだんしゃく」さかもといくこ作・絵 ひさかたチャイルド 2011年12月

「つぼつくりのデイヴ」レイバン・キャリック・ヒル文;ブライアン・コリアー絵;さくまゆみこ訳 光村教育図書 2012年1月

「とてもおおきなサンマのひらき」岡田よしたか作 ブロンズ新社 2013年11月

「ドラキュラ」ブラム・ストーカー原作;リュック・ルフォール再話 小峰書店(愛蔵版世界の名作絵本) 2012年1月

「とらはらパーティー」シン・トングン作・絵;ユン・ヘジョン訳 岩崎書店 2011年2月

「なにか、わたしにできることは?」ホセ・カンパナーリ文;ヘスース・シスネロス絵;寺田真理子訳 西村書店東京出版編集部 2011年10月

人・仕事・生活

「なべぶぎょういっけんらくちゃく」穂高順也文;亀澤裕也絵 あかね書房 2012年2月

「なまけもののエメーリャ」山中まさひこ文;ささめやゆき絵 小学館 2011年7月

「ふしぎなよる」セルマ・ラーゲルレーヴ原作;女子パウロ会再話;小泉るみ子絵 女子パウロ会 2013年10月

「ぶつくさモンクターレさん」サトシン作;西村敏雄絵 PHP研究所(わたしのえほん) 2011年10月

「プレッツェルのはじまり」エリック・カール作;アーサー・ビナード訳 偕成社 2013年2月

「ヘンテコリンおじさん」みやにしたつや作・絵 講談社(講談社の創作絵本) 2013年10月

「みるなのへや」広松由希子;ぶん 片山健;え 岩崎書店(いまむかしえほん) 2011年6月

「メガネくんのゆめ」いとうひろし作・絵 講談社(講談社の創作絵本) 2012年10月

「モリス・レスモアとふしぎな空とぶ本」ウィリアム・ジョイス作・絵;おびかゆうこ訳 徳間書店 2012年10月

「レ・ミゼラブル」ヴィクトル・ユゴー原作;リュック・ルフォール再話;河野万里子訳 小峰書店(愛蔵版世界の名作絵本) 2012年3月

「わらしべちょうじゃ」石崎洋司;文 西村敏雄;絵 (講談社の創作絵本) 2012年5月

「幸せを売る男」草場一壽;作 平安座資尚;絵 サンマーク出版 2012年6月

「星どろぼう」アンドレア・ディノト文;アーノルド・ローベル絵;八木田宜子訳 ほるぷ出版 2011年12月

「注文の多い料理店」宮沢賢治作;小林敏也画 好学社(画本宮澤賢治) 2013年5月

「氷河鼠の毛皮」宮沢賢治;作 堀川理万子;絵 三起商行(ミキハウスの絵本) 2011年10月

お殿様

「いくらなんでもいくらくん」シゲタサヤカ著 イースト・プレス(こどもプレス) 2013年11月

「うつぼざる―狂言えほん」もとしたいづみ文;西村繁男絵 講談社(講談社の創作絵本) 2011年11月

「おしろがあぶない」筒井敬介作;堀内誠一絵 小峰書店 2013年7月

「はなさかじいさん」石崎洋司;文 松成真理子;絵 講談社(講談社の創作絵本) 2012年2月

「はなさかじいさん―日本民話」こわせたまみ 文;高見八重子絵 鈴木出版(たんぽぽえほんシリーズ) 2013年1月

「ほんとうのおにごっこ」筒井敬介作;堀内誠一絵 小峰書店 2013年12月

おまわりさん

「えんそくごいっしょに」小竹守道子作;ひだきょうこ絵 アリス館 2012年10月

人・仕事・生活

「おしりたんてい ププッ レインボーダイヤを さがせ！」トロル作・絵 ポプラ社 2013年9月

「たぬきのばけたおつきさま」西本鶏介作；小野かおる絵 鈴木出版(ひまわりえほんシリーズ)
2011年7月

「タンタンアメリカへ」エルジェ作；川口恵子訳 福音館書店(タンタンの冒険ペーパーバック版)
2011年6月

「どんぐりむらのおまわりさん」なかやみわ作 学研教育出版 2012年9月

「ファラオの葉巻」エルジェ作；川口恵子訳 福音館書店(タンタンの冒険ペーパーバック版)
2011年6月

「太陽の神殿」エルジェ作；川口恵子訳 福音館書店(タンタンの冒険ペーパーバック版) 2011
年6月

「燃える水の国」エルジェ作；川口恵子訳 福音館書店(タンタンの冒険ペーパーバック版)
2011年8月

音楽家・歌手

「105にんのすてきなしごと」カーラ・カスキン文；マーク・シーモント絵；なかがわちひろ訳 あす
なろ書房 2012年6月

「かいぞくゴックン」ジョニー・ダドル作；アーサー・ビナード訳 ポプラ社(ポプラせかいの絵本)
2013年10月

「カスタフィオーレ夫人の宝石」エルジェ作；川口恵子訳 福音館書店(タンタンの冒険ペー
パーバック版) 2011年8月

「セロ弾きのゴーシュ」藤城清治；影絵 宮沢賢治；原作 講談社 2012年4月

「セロ弾きのゴーシュ」宮沢賢治；作 さとうあや；絵 三起商行(ミキハウスの絵本) 2012年10月

「タコラのピアノ」やなせたかし作・絵 フレーベル館(やなせたかしメルヘン図書館) 2013年7月

「ふくろうのダルトリー」乾栄里子文；西村敏雄絵 ブロンズ新社 2011年10月

「マリアンは歌う」パム・ムニョス・ライアン文；ブライアン・セルズニック絵；もりうちすみこ訳 光村教
育図書 2013年1月

女の人

「うさぎのおくりもの」ビーゲンセン；作 永井郁子；絵 汐文社 2012年7月

「うたこさん」植垣歩子著 佼成出版社(クローバーえほんシリーズ) 2011年9月

「うみのいろのバケツ」立原えりか文；永田萠絵 講談社(講談社の創作絵本) 2013年7月

「きんいろのあめ」立原えりか文；永田萠絵 講談社(講談社の創作絵本) 2013年9月

「クルトンさんとはるのどうぶつたち」宮嶋ちか作 福音館書店(こどものとも年中向き) 2012年3
月

人・仕事・生活

「さようなら、わたしの恋」クロード・K・デュボア作・絵；小川糸訳 ポプラ社 2011年6月

「しんせつなかかし」ウェンディ・イートン作；おびかゆうこ訳；篠崎三朗絵 福音館書店（ランドセルブックス）2012年1月

「だいすきだよぼくのともだち」マラキー・ドイル文；スティーブン・ランバート絵；まつかわまゆみ訳 評論社（児童図書館・絵本の部屋）2012年9月

「つるのおんがえし」石崎洋司；文 水口理恵子；絵 講談社（講談社の創作絵本）2012年11月

「つるのよめさま」松谷みよ子文；鈴木まもる絵 ハッピーオウル社（語り伝えたい・日本のむかしばなし）2011年3月

「ドラキュラ」ブラム・ストーカー原作；リュック・ルフォール再話 小峰書店（愛蔵版世界の名作絵本）2012年1月

「ながいかみのむすめチャンファメイ―中国侗族（トンぞく）の民話」君島久子再話；後藤仁画 福音館書店（こどものとも）2013年3月

「ニットさん」たむらしげる；著 イースト・プレス（こどもプレス）2012年10月

「ふたごがきた」ミース・バウハウス作；フィープ・ヴェステンドルプ絵 金の星社 2013年8月

「へちまのへーたろー」二宮由紀子作；スドウピウ絵 教育画劇 2011年6月

「マザネンダバ-南アフリカ・お話のはじまりのお話」ティナ・ムショーペ文；三浦恭子訳；マプラ刺繍プロジェクト刺繍 福音館書店（こどものとも）2012年2月

「まよいみちこさん」もとしたいづみ作；田中六大絵 小峰書店（にじいろえほん）2013年10月

「ミチクサ」田中てるみ文；植田真絵 アリス館 2012年4月

「みどりさんのパンやさん」おおいじゅんこ作 PHP研究所（PHPにこにこえほん）2013年2月

「みるなのへや」広松由希子；ぶん 片山健；え 岩崎書店（いまむかしえほん）2011年6月

「やまのぼり」さとうわきこ作・絵 福音館書店（ばばばあちゃんの絵本）2013年4月

「海をわたったヒロシマの人形」指田和文；牧野鈴子絵 文研出版（えほんのもり）2011年6月

「串かつやよしこさん」長谷川義史作 アリス館 2011年2月

「紙のむすめ」ナタリー・ベルハッセン文；ナオミ・シャピラ絵；もたいなつう訳 光村教育図書 2013年8月

海賊

「かいぞくゴックン」ジョニー・ダドル作；アーサー・ビナード訳 ポプラ社（ポプラせかいの絵本）2013年10月

「スミス先生とふしぎな本」マイケル・ガーランド作；藤原宏之訳 新日本出版社 2011年6月

「なぞのユニコーン号」エルジェ作；川口恵子訳 福音館書店（タンタンの冒険ペーパーバック版）2011年4月

人・仕事・生活

「もじゃひげせんちょうとかいぞくたち」コルネーリア・フンケ文;ケルスティン・マイヤー絵;ますがちかこ訳 WAVE出版 2013年11月

「わたし、まだねむたくないの!」スージー・ムーア作;ロージー・リーヴ絵;木坂涼訳 岩崎書店 2011年7月

「海賊」田島征三作 ポプラ社(ポプラ社の絵本) 2013年7月

「宝島」ロバート・ルイス・スティーヴンソン原作;クレール・ユバック翻案 小峰書店(愛蔵版世界の名作絵本) 2012年5月

画家・作家

「アトリエのきつね」ロランス・ブルギニョン作;ギ・セルヴェ絵;中井珠子訳 BL出版 2011年11月

「としょかんねずみ」ダニエル・カーク作;わたなべてつた訳 瑞雲舎 2012年1月

「ねこのチャッピー」ささめやゆき文・絵 小峰書店(にじいろえほん) 2011年9月

「ふしぎなカメラ」辻村ノリアキ作;ゴトウノリユキ絵 PHP研究所(PHPにこにこえほん) 2012年11月

「ラファエロ」ニコラ・チンクエッティ文;ビンバ・ランドマン絵;青柳正規監訳 西村書店東京出版編集部 2013年4月

「世界一ばかなネコの初恋」ジル・バシュレ文・絵;いせひでこ訳 平凡社 2011年3月

学者・博士・宣教師

「オトカル王の杖」エルジェ作;川口恵子訳 福音館書店(タンタンの冒険ペーパーバック版) 2011年6月

「グスコーブドリの伝記」宮澤賢治;原作 司修;文と絵 ポプラ社(ポプラ社の絵本) 2012年7月

「ななつの水晶球」エルジェ作;川口恵子訳 福音館書店(タンタンの冒険ペーパーバック版) 2011年6月

「ビーカー教授事件」エルジェ作;川口恵子訳 福音館書店(タンタンの冒険ペーパーバック版) 2011年10月

「ファラオの葉巻」エルジェ作;川口恵子訳 福音館書店(タンタンの冒険ペーパーバック版) 2011年6月

「めざすは月」エルジェ作;川口恵子訳 福音館書店(タンタンの冒険ペーパーバック版) 2011年8月

「リーかあさまのはなし」中村茂文;小林豊絵 ポプラ社(ポプラ社の絵本) 2013年11月

「月世界探険」エルジェ作;川口恵子訳 福音館書店(タンタンの冒険ペーパーバック版) 2011年8月

人・仕事・生活

恐怖

「いるのいないの」京極夏彦;作 町田尚子;絵 岩崎書店(怪談えほん) 2012年2月

「かいぶつになっちゃった」木村泰子作・絵 ポプラ社(ぱっくんおおかみのえほん) 2013年4月

「かっぱ」杉山亮作;軽部武宏絵 ポプラ社(杉山亮のおばけ話絵本3) 2011年10月

「くらくてあかるいよる」ジョン・ロッコ作;千葉茂樹訳 光村教育図書 2011年10月

「くらやみこわいよ」レモニー・スニケット作;ジョン・クラッセン絵;蜂飼耳訳 岩崎書店 2013年5月

「こわいものがこないわけ」新井洋行;作・絵 講談社の創作絵本] 2012年8月

「こわかったよ、アーネストーくまのアーネストおじさん」ガブリエル・バンサン作;もりひさし訳 BL出版 2011年6月

「こわがらなくていいんだよ」ゴールデン・マクドナルド作;レナード・ワイスガード絵;こみやゆう訳 長崎出版 2012年9月

「さんまいのおふだ」石崎洋司;文 大島妙子;絵 講談社(講談社の創作絵本) 2012年8月

「ブラック・ドッグ」レーヴィ・ピンフォールド作;片岡しのぶ訳 光村教育図書 2012年9月

「ぼくの兄ちゃん」よしながこうたく作・絵 PHP研究所(わたしのえほん) 2013年3月

「悪い本」宮部みゆき作;吉田尚令絵;東雅夫編 岩崎書店(怪談えほん) 2011年10月

「注文の多い料理店」宮沢賢治作;小林敏也画 好学社(画本宮澤賢治) 2013年5月

けが・病気・病院

「いたいのいたいのとんでゆけ」新井悦子作;野村たかあき絵 鈴木出版(ひまわりえほんシリーズ) 2012年1月

「えんそく♪」くすのきしげのり原作;いもとようこ文・絵 佼成出版社(いもとようこのおひさま絵本シリーズ) 2011年10月

「おいっちにおいっちに」トミー・デ・パオラ作;みらいなな訳 童話屋 2012年9月

「おなべふこどもしんりょうじょ」やぎゅうげんいちろう作 福音館書店(日本傑作絵本シリーズ) 2013年2月

「おばあちゃんのこもりうた」西本鶏介作;長野ヒデ子絵 ひさかたチャイルド 2011年3月

「おもいでをなくしたおばあちゃん」ジャーク・ドレーセン作;アンヌ・ベスターダイン絵;久保谷洋訳 朝日学生新聞社 2011年3月

「がんばれ、おじいちゃん」西本鶏介作;栃堀茂絵 ポプラ社 2012年4月

「きょうはすてきなドーナツようび」竹下文子文;山田詩子絵 アリス館 2012年12月

「せかせかビーバーさん」ニコラス・オールドランド作;落合恵子訳 クレヨンハウス(人生を希望に変えるニコラスの絵本) 2012年7月

人・仕事・生活

「だいじょうぶだよ、おばあちゃん」福島利行文;塚本やすし絵 講談社(講談社の創作絵本)
2012年9月

「たったひとりのともだち」原田えいせい作;いもとようこ絵 金の星社 2013年11月

「だれのちがでた?」スティーナ・ヴィルセン作;ヘレンハルメ美穂訳 クレヨンハウス(やんちゃっ
子の絵本4) 2012年8月

「どうしてダブってみえちゃうの?」ジョージ・エラ・リョン文;リン・アヴィル絵;品川裕香訳 岩崎書
店 2011年7月

「どうぶつげんきにじゅういさん」山本省三作;はせがわかこ絵 講談社(講談社の創作絵本)
2011年11月

「どうぶつびょういんおおいそがし」シャロン・レンタ作・絵;まえざわあきえ訳 岩崎書店 2011年9
月

「なないろの花はどこ」はまざきえり文・絵 大日本図書 2011年3月

「ななつの水晶球」エルジェ作;川口恵子訳 福音館書店(タンタンの冒険ペーパーバック版)
2011年6月

「ねつでやすんでいるキミへ」しりあがり寿作・絵 岩崎書店(えほんのぼうけん) 2013年4月

「のんちゃんと白鳥」石倉欣二文・絵 小峰書店(にじいろえほん) 2011年11月

「ぱっくんおおかみおとうさんににてる」木村泰子作・絵 ポプラ社(ぱっくんおおかみのえほん)
 2013年4月

「ハリーびょういんにいく」メアリー・チャルマーズ作;おびかゆうこ訳 福音館書店(世界傑作絵
本シリーズ) 2012年10月

「ひかるさくら」帚木蓬生作;小泉るみ子絵 岩崎書店(えほんのぼうけん) 2012年3月

「ふたつの勇気」山本省三文;夏目尚吾絵 学研教育出版 2013年8月

「マールとおばあちゃん」ティヌ・モルティール作;カーティエ・ヴェルメール絵;江國香織訳 ブロ
ンズ新社 2013年4月

「もりへぞろぞろ」村田喜代子作;近藤薫美子絵 偕成社 2012年6月

「ユッキーとダルマン」大森裕子作・絵 教育画劇 2013年11月

「よーし、よし!」サム・マクブラットニィ文;アイヴァン・ベイツ絵;福本友美子訳 光村教育図書
2013年11月

「リーかあさまのはなし」中村茂文;小林豊絵 ポプラ社(ポプラ社の絵本) 2013年11月

「虹の森のミミっち」森沢明夫作;加藤美紀絵 TOブックス 2013年12月

結婚

「5のすきなおひめさま」こすぎさなえ作;たちもとみちこ絵 PHP研究所(PHPにこにこえほん)
 2011年12月

人・仕事・生活

「あたし、パパとけっこんする！」のぶみ作 えほんの杜 2012年3月

「あめふらし」グリム著;若松宣子訳;出久根育絵 偕成社 2013年10月

「おかめ列車嫁にいく」いぬんこ作 長崎出版 2012年7月

「おばけにょうぼう」内田麟太郎文;町田尚子絵 イースト・プレス(こどもプレス) 2013年4月

「おやゆびひめ」三木卓;文 荒井良二;絵 講談社(講談社のおはなし絵本箱) 2013年1月

「くまの皮をきた男」グリム著;フェリクス・ホフマン絵;佐々梨代子訳;野村泫訳 こぐま社 2012年7月

「なみだでくずれた万里の長城」唐亜明文;蔡皋絵 岩波書店 2012年4月

「ねずみのよめいり」山下明生;文 しまだ・しほ;絵 あかね書房(日本の昔話えほん) 2011年2月

「ほうれんとう」泉京鹿訳 中国出版トーハン(中国のむかしばなし) 2011年6月

「みんなかわいい」内田麟太郎文;梅田俊作絵 女子パウロ会 2011年4月

「ワニのお嫁さんとハチドリのお嫁さん」清水たま子文;竹田鎮三郎絵 福音館書店(日本傑作絵本シリーズ) 2013年11月

「蛙のゴム靴」宮沢賢治作;松成真理子絵 三起商行(ミキハウスの宮沢賢治の絵本) 2011年10月

「犬になった王子─チベットの民話」君島久子文;後藤仁絵 岩波書店 2013年11月

「凸凹ぼしものがたり」あんびるやすこ作・絵 ひさかたチャイルド 2012年7月

「白いへびのおはなし」東山凱訳 中国出版トーハン(中国のむかしばなし) 2011年6月

「雉女房」村山亜土作;柚木沙弥郎絵 文化学園文化出版局 2012年11月

死

「3人はなかよしだった」三木卓文;ケルットゥ・ヴオラップ原作・絵 かまくら春秋社 2013年5月

「イカロスの夢」ジャン=コーム・ノゲス文;イポリット絵 小峰書店(愛蔵版世界の名作絵本) 2012年7月

「いつもふたりで」ジュディス・カー作;亀井よし子訳 ブロンズ新社 2011年9月

「いとしい小鳥きいろ」石津ちひろ文;ささめやゆき絵 ハモニカブックス 2013年4月

「いのちの木」ブリッタ・テッケントラップ作・絵;森山京訳 ポプラ社(ポプラせかいの絵本) 2013年9月

「うぶめ」京極夏彦作;井上洋介絵;東雅夫編 岩崎書店(京極夏彦の妖怪えほん 悲) 2013年9月

「おおきな木のおはなし」メアリ・ニューウェル・デパルマ作・絵;風木一人訳 ひさかたチャイルド 2012年3月

「おじいさんのしごと」山西ゲンイチ作 講談社(講談社の創作絵本) 2013年1月

人・仕事・生活

「おじいちゃんのトラのいるもりへ」乾千恵文;あべ弘士絵 福音館書店(こどものとも) 2011年9月

「おばあちゃんと花のてぶくろ」セシル・カステルッチ作;ジュリア・ディノス絵;水谷阿紀子訳 文渓堂 2011年10月

「かあさんのこもりうた」こんのひとみ;作 いもとようこ;絵 金の星社 2012年10月

「カワウソ村の火の玉ばなし」山下明生文;長谷川義史絵 解放出版社 2011年6月

「きたきつねのしあわせ」手島圭三郎絵本・文 絵本塾出版(いきるよろこびシリーズ) 2011年4月

「きのうえのトーマス」小渕もも 文・絵 福音館書店(こどものとも) 2012年10月

「キラキラ」やなせたかし作・絵 フレーベル館(復刊絵本セレクション) 2012年7月

「くつがいく」和歌山静子作 童心社([日・中・韓平和絵本) 2013年3月

「クッツさんのくつ」ジョン・ダナリス作;ステラ・ダナリス絵; 寺岡由紀訳 岩崎書店 2011年9月

「こぐまとめがね」こんのひとみ;作 たかすかずみ;絵 金の星社 2011年12月

「ごんぎつね」新美南吉;作 鈴木靖将;絵 新樹社 2012年3月

「ごんぎつね」新美南吉;作 柿本幸造;絵 (講談社の名作絵本) 2013年1月

「さくら」田畑精一作 童心社([日・中・韓平和絵本) 2013年3月

「シニガミさん2」宮西達也作・絵 えほんの杜 2012年9月

「シャクンタ[コミュニティ・ブックス]」木村昭平;絵と文 日本地域社会研究所(コミュニティ・ブックス) 2012年1月

「ずっとずっといっしょだよ」宮西達也作絵 ポプラ社(絵本の時間) 2012年6月

「タンポポあの日をわすれないで」光丘真理文;山本省三絵 文研出版(えほんのもり) 2011年10月

「ちいさな死神くん」キティ・クローザー作;ときありえ訳 講談社(講談社の翻訳絵本) 2011年4月

「つきごはん」計良ふき子作;飯野和好絵 佼成出版社 2013年9月

「てつぞうはね」ミロコマチコ著 ブロンズ新社 2013年9月

「でも、わすれないよベンジャミン」エルフィ・ネイセン作;エリーネ・ファン・リンデンハウゼン絵;野坂悦子訳 講談社(講談社の翻訳絵本) 2012年4月

「ドラキュラ」ブラム・ストーカー原作;リュック・ルフォール再話 小峰書店(愛蔵版世界の名作絵本) 2012年1月

「なみだでくずれた万里の長城」唐亜明文;蔡皋絵 岩波書店 2012年4月

「ねこのチャッピー」ささめやゆき文・絵 小峰書店(にじいろえほん) 2011年9月

「はなちゃんのわらいのたね」akko文;荒井良二絵 幻冬舎 2013年11月

人・仕事・生活

「ひまわりのおか」ひまわりをうえた八人のお母さん 文;葉方丹文;松成真理子絵 岩崎書店(いのちのえほん) 2012年8月

「フランケンウィニー」斎藤妙子構成・文 講談社(ディズニーゴールド絵本) 2012年12月

「ぼくのおおじいじ」スティバンヌ作;ふしみみさを訳 岩崎書店 2013年8月

「ぼくのこえがきこえますか」田島征三作 童心社([日・中・韓平和絵本) 2012年6月

「マールとおばあちゃん」ティヌ・モルティール作;カーティエ・ヴェルメール絵;江國香織訳 ブロンズ新社 2013年4月

「みずいろのマフラー」くすのきしげのり文;松成真理子絵 童心社(絵本・こどものひろば) 2011年11月

「もういいかい?」アイリーニ・サヴィデス作;オーウェン・スワン絵;菊田洋子訳 バベルプレス 2013年2月

「よしこがもえた」たかとう匡子作;たじまゆきひこ作 新日本出版社 2012年6月

「泣いてもいい?」グレン・リングトゥヴィズ作;シャロッテ・パーディ絵;田辺欧訳 今人舎 2013年6月

「月の貝」名木田恵子作;こみねゆら絵 佼成出版社 2013年2月

「水木少年とのんのんばあの地獄めぐり」水木しげる著 マガジンハウス 2013年6月

「猫のプシュケ」竹澤汀文;もずねこ絵 TOブックス 2013年6月

幸せ

「うまれてきてくれてありがとう」にしもとよう文;黒井健絵 童心社 2011年4月

「きたきつねのしあわせ」手島圭三郎絵・文 絵本塾出版(いきるよろこびシリーズ) 2011年4月

「しあわせなワニくんあべこべの1日」神沢利子作;はたこうしろう絵 ポプラ社(ポプラ社の絵本) 2013年7月

「シャクンタ[コミュニティ・ブックス]」木村昭平;絵と文 日本地域社会研究所(コミュニティ・ブックス) 2012年1月

「はなちゃんのわらいのたね」akko文;荒井良二絵 幻冬舎 2013年11月

「フィオーラとふこうのまじょ」たなか鮎子作 講談社(講談社の創作絵本) 2011年5月

「フラニーとメラニーしあわせのスープ」あいはらひろゆき文;あだちなみ絵 講談社(講談社の創作絵本) 2012年7月

「ママ」室園久美作;間部奈帆作 主婦の友社 2012年3月

「幸せを売る男」草場一壽;作 平安座資尚;絵 サンマーク出版 2012年6月

人・仕事・生活

仕事一般

「うでわうり‐スリランカの昔話より」プンニャ・クマーリ再話・絵 福音館書店(こどものとも) 2012年
9月

「おじいさんのしごと」山西ゲンイチ作 講談社(講談社の創作絵本) 2013年1月

「きょうりゅうかぶしきがいしゃ」富田京一作;古沢博司;山本聖士絵 ほるぷ出版 2012年10月

「コンテナくん」たにがわなつき作 福音館書店(ランドセルブックス) 2011年9月

「タンタンアメリカへ」エルジェ作;川口恵子訳 福音館書店(タンタンの冒険ペーパーバック版)
2011年6月

「どうぶつこうむてんこうじちゅう」シャロン・レンタ作・絵;まえざわあきえ訳 岩崎書店 2013年7月

「なべぶぎょういっけんらくちゃく」穂高順也文;亀澤裕也絵 あかね書房 2012年2月

「パパのしごとはわるものです」板橋雅弘作;吉田尚令絵 岩崎書店(えほんのぼうけん) 2011年
5月

「ひかるさくら」帚木蓬生作;小泉るみ子絵 岩崎書店(えほんのぼうけん) 2012年3月

「ママのとしょかん」キャリ・ベスト文;ニッキ・デイリー絵;藤原宏之訳 新日本出版社 2011年3月

「まよなかのたんじょうかい」西本鶏介作;渡辺有一絵 鈴木出版(ひまわりえほんシリーズ) 2013
年12月

「みんなをのせてバスのうんてんしさん」山本省三作;はせがわかこ絵 講談社(講談社の創作絵
本) 2013年6月

「絵本いのちをいただく―みいちゃんがお肉になる日」内田美智子作;魚戸おさむとゆかいなな
かまたち絵;坂本義喜原案 講談社(講談社の創作絵本) 2013年12月

「商人とオウム」ミーナ・ジャバアービン文;ブルース・ホワットリー絵;青山南訳 光村教育図書
2012年1月

仕立屋さん

「おつきさんのぼうし」高木さんご文;黒井健絵 講談社(講談社の創作絵本) 2013年10月

「こじかこじっこ―ボタンをさがして」さかいさちえ作・絵 教育画劇 2012年2月

「こじかじっこ―もりのはいたつやさん」さかいさちえ作・絵 教育画劇 2012年3月

「サインですから」ふくだすぐる作 絵本館 2011年3月

「チクチクさんトゲトゲさん」すまいるママ作・絵 PHP研究所(PHPにこにこえほん) 2011年8月

「はだかのおうさま」アンデルセン原作;いもとようこ文・絵 金の星社 2013年2月

「はりもぐらおじさん」たちもとみちこ作・絵 教育画劇 2011年3月

人・仕事・生活

消防士・救助隊

「おしっこしょうぼうたい」こみまさやす作・絵;中村美佐子原案 ひかりのくに 2011年4月

「こねこのハリー」メアリー・チャルマーズ作;おびかゆうこ訳 福音館書店(世界傑作絵本シリーズ) 2012年10月

「どうぶつしょうぼうたいだいかつやく」シャロン・レンタ作・絵;まえざわあきえ訳 岩崎書店 2012年6月

「れいぞうこにマンモス!?」ミカエル・エスコフィエ文;マチュー・モデ絵;ふしみみさを訳 光村教育図書 2012年6月

職人・修理屋

「あかいじどうしゃよんまるさん」堀川真作 福音館書店(こどものとも絵本) 2012年1月

「チェロの木」いせひでこ作 偕成社 2013年3月

「つぼつくりのデイヴ」レイバン・キャリック・ヒル文;ブライアン・コリアー絵;さくまゆみこ訳 光村教育図書 2012年1月

信頼・絆

「あいすることあいされること」宮西達也作絵 ポプラ社(絵本の時間) 2013年9月

「いつもふたりで」ジュディス・カー作;亀井よし子訳 ブロンズ新社 2011年9月

「おかあさんはおこりんぼうせいじん」スギヤマカナヨ作・絵 PHP研究所(わたしのえほん) 2011年6月

「おかあさんはなかないの?」平田昌広文;森川百合香絵 アリス館 2013年7月

「おばあちゃんのひみつのあくしゅ」ケイト・クライス文;M.サラ・クライス絵;福本友美子訳 徳間書店 2013年5月

「きいのいえで」種村有希子作 講談社(講談社の創作絵本) 2013年5月

「こおりのなみだ」ジャッキー・モリス作;小林晶子訳 岩崎書店 2012年9月

「どうしたのブタくん」みやにしたつや作・絵 鈴木出版(チューリップえほんシリーズ) 2013年3月

「とっておきのあさ」宮本忠夫作・絵 ポプラ社(ポプラ社の絵本) 2011年12月

「ないたあかおに」浜田廣介;作 野村たかあき;絵 講談社(講談社の名作絵本) 2013年11月

「ならの木のみた夢」やえがしなおこ文;平澤朋子絵 アリス館 2013年7月

「ねえたんがすきなのに」かさいまり作;鈴木まもる絵 佼成出版社(どんぐりえほんシリーズ) 2012年11月

「ねつでやすんでいるキミへ」しりあがり寿作・絵 岩崎書店(えほんのぼうけん) 2013年4月

人・仕事・生活

「パパとわたし」マリア・ウェレニケ作;宇野和美訳 光村教育図書 2012年10月

「ひっつきむし」ひこ・田中作;堀川理万子絵 WAVE出版(えほんをいっしょに。) 2013年3月

「ペトラ」マリア・ニルソン・トーレ作;ヘレンハルメ美穂訳 クレヨンハウス 2013年3月

「ぽぽとクロ」八百板洋子作;南塚直子絵 福音館書店(こどものとも) 2012年3月

「ママ!」キム・フォップス・オーカソン作;高畠那生絵;枇谷玲子訳 ひさかたチャイルド 2011年11月

「よーし、よし!」サム・マクブラットニィ文;アイヴァン・ベイツ絵;福本友美子訳 光村教育図書 2013年11月

「わたししんじてるの」宮西達也作絵 ポプラ社(絵本の時間) 2011年6月

「猫のプシュケ」竹澤汀文;もずねこ絵 TOブックス 2013年6月

生活・くらし＞家・庭

「3びきの こぶた」山田三郎絵;岡信子文 世界文化社 2011年12月

「3びきのくま」ゲルダ・ミューラー作;まつかわまゆみ訳 評論社(評論社の児童図書館・絵本の部屋) 2013年8月

「3びきのこぶた－建築家のばあい」スティーブン・グアルナッチャ作・絵;まきおはるき訳 バナナブックス 2013年3月

「あかいぼうしのゆうびんやさん」ルース・エインズワース作;こうもとさちこ訳・絵 福音館書店(日本傑作絵本シリーズ) 2011年10月

「あたし、ようせいにあいたい!」のぶみ作 えほんの杜 2013年4月

「いるのいないの」京極夏彦;作 町田尚子;絵 岩崎書店(怪談えほん) 2012年2月

「うさぎさんのあたらしいいえ」小出淡作;早川純子絵 福音館書店(こどものとも年中向き) 2013年3月

「うさくんのおもちゃでんしゃ」さかいさちえ作・絵 PHP研究所(わたしのえほん) 2011年9月

「うそつきマルタさん」おおのこうへい作・絵 教育画劇 2013年1月

「おしいれじいさん」尾崎玄一郎作;尾崎由紀奈作 福音館書店(こどものとも年中向き) 2012年8月

「おにいちゃんがいるからね」ウルフ・ニルソン文;エヴァ・エリクソン絵;ひしきあきらこ訳 徳間書店 2011年9月

「おばけのおうちいりませんか?」せきゆうこ作 PHP研究所(わたしのえほん) 2012年8月

「おひなさまのいえ」ねぎしれいこ作;吉田朋子絵 世界文化社(ワンダーおはなし絵本) 2013年2月

人・仕事・生活

「おやこペンギン─ジェイとドゥのゆきあそび」片平直樹作;高畠純絵 ひさかたチャイルド 2011年11月

「カーリーさんの庭」ジェイン・カトラー作;ブライアン・カラス絵;礒みゆき訳 ポプラ社(ポプラせかいの絵本) 2012年8月

「カボチャばたけのはたねずみ」木村晃彦作 福音館書店(こどものとも年中向き) 2011年8月

「くらやみこわいよ」レモニー・スニケット作;ジョン・クラッセン絵;蜂飼耳訳 岩崎書店 2013年5月

「クリスマスのこねこたち」スー・ステイントン文;アン・モーティマー絵;まえざわあきえ訳 徳間書店 2011年9月

「ケープドリ ケープタワーのまき」ワウター・ヴァン・レーク作;野坂悦子訳 朔北社 2013年6月

「さるくんにぴったりなおうち!!」おおはしえみこ作;村田エミコ絵 鈴木出版(チューリップえほんシリーズ) 2013年9月

「じょうろさん」おおのやよい文・絵 偕成社 2011年5月

「しんせつなかかし」ウェンディ・イートン作;おびかゆうこ訳;篠崎三朗絵 福音館書店(ランドセルブックス) 2012年1月

「センジのあたらしいいえ」イチンノロブ・ガンバートル文;津田紀子訳;バーサンスレン・ボロルマー絵 福音館書店(こどものとも年中向き) 2011年11月

「それならいいいえありますよ」澤野秋文作 講談社(講談社の創作絵本) 2013年8月

「でるでるでるぞ」高谷まちこ著 佼成出版社(クローバーえほんシリーズ) 2012年6月

「どうぶつこうむてんこうじちゅう」シャロン・レンタ作・絵;まえざわあきえ訳 岩崎書店 2013年7月

「とかげさんちのおひっこし」藤本四郎作・絵 PHP研究所(PHPにこにこえほん) 2012年5月

「ナナとミミはぶかぶかひめ」オガワナホ作 偕成社 2013年6月

「ねこのピカリとまどのほし」市居みか;作 あかね書房 2011年6月

「ねずみのへやもありません」カイル・ミューバーン文;フレヤ・ブラックウッド絵;角田光代訳 岩崎書店 2011年7月

「ハエのアストリッド」マリア・ヨンソン作;ひだにれいこ訳 評論社(児童図書館・絵本の部屋) 2011年7月

「パディントンのにわづくり」マイケル・ボンド作;R.W.アリー絵;木坂涼訳 理論社(絵本「クマのパディントン」シリーズ) 2013年5月

「ビブスの不思議な冒険」ハンス・マグヌス・エンツェンスベルガー作;ロートラウト・ズザンネ・ベルナー絵;山川紘矢訳;山川亜希子訳 PHP研究所 2011年9月

「ふたつのおうち」マリアン・デ・スメット作;ネインケ・タルスマ絵;久保谷洋訳 朝日学生新聞社 2011年5月

「ブラック・ドッグ」レーヴィ・ピンフォールド作;片岡しのぶ訳 光村教育図書 2012年9月

269

人・仕事・生活

「ふるおうねずみ」井上洋介文・絵 福音館書店(こどものとも年中向き) 2013年9月

「ヘンゼルとグレーテル」グリム原作;いもとようこ文・絵 金の星社 2013年6月

「まるちゃんとくろちゃんのおうち」ささきようこ作 ポプラ社 2011年6月

「もりのだるまさんかぞく」高橋和枝作 教育画劇 2012年9月

「もりのメゾン」原優子ぬいぐるみ;まえをけいこ。文・写真 教育画劇 2012年10月

「ゆけ!ウチロボ!」サトシン作;よしながこうたく絵 講談社(講談社の創作絵本) 2013年3月

「んふんふなめこ絵本みんなのおうち」Beeworks;SUCCESS監修;河合真吾(ビーワークス)キャラクター原案;トモコ=ガルシア絵 岩崎書店 2013年12月

「庭にたねをまこう!」ジョーン・G・ロビンソン文・絵;こみやゆう訳 岩波書店 2013年3月

生活・くらし＞城・宮殿

「おしろとおくろ」丸山誠司著 佼成出版社 2013年4月

「ジャックとまめのき」いもとようこ文・絵 金の星社 2012年7月

「ジャックと豆の木」ジョン・シェリー再話・絵;おびかゆうこ訳 福音館書店(世界傑作絵本シリーズ) 2012年9月

「シンデレラ」安野光雅文・絵 世界文化社 2011年7月

「トラのじゅうたんになりたかったトラ」ジェラルド・ローズ文・絵;ふしみみさを訳 岩波書店(大型絵本) 2011年10月

「へんなどうぶつえん」筒井敬介作;堀内誠一絵 小峰書店 2013年10月

「メルリック-まほうをなくしたまほうつかい」デビッド・マッキー作;なかがわちひろ訳 光村教育図書 2013年1月

「ユニコーン」マルティーヌ・ブール文・絵;松島京子訳 冨山房インターナショナル 2013年4月

「わんぱくだんのどろんこおうこく」ゆきのゆみこ作;上野与志作 ひさかたチャイルド 2012年4月

生活・くらし一般

「3人はなかよしだった」三木卓文;ケルットゥ・ヴオラッブ原作・絵 かまくら春秋社 2013年5月

「おばけかぞくのいちにち—さくぴーとたろぼうのおはなし」西平あかね作 福音館書店(こどものとも絵本) 2012年2月

「おんなじ、おんなじ!でも、ちょっとちがう!」ジェニー・スー・コステキ・ショー作;宮坂宏美訳 光村教育図書 2011年12月

「じっちょりんのあるくみち」かとうあじゅ作 文渓堂 2011年5月

「チュンチエ」ユイ・リーチョン文;チュ・チョンリャン絵;中由美子 光村教育図書 2011年12月

「とうさんとぼくと風のたび」小林豊作・絵 ポプラ社 2012年3月

人・仕事・生活

「とかいのねずみといなかのねずみ-あたらしいイソップのおはなし」カトリーン・シェーラー作;関口裕昭訳 光村教育図書 2011年2月

「ハナンのヒツジが生まれたよ」井上夕香文;小林豊絵 小学館 2011年9月

「もしも宇宙でくらしたら」山本省三作;村川恭介監修 WAVE出版(知ることって、たのしい!) 2013年6月

「幸せを売る男」草場一壽;作 平安座資尚;絵 サンマーク出版 2012年6月

政治家・大臣・軍師

「はだかのおうさま」アンデルセン原作;いもとようこ文・絵 金の星社 2013年2月

「王さまめいたんてい」寺村輝夫原作; 和歌山静子構成・絵 理論社(新王さまえほん) 2012年9月

「空城の計―三国志絵本」唐亜明文;于大武絵 岩波書店(大型絵本) 2011年4月

「七たび孟獲をとらえる―三国志絵本」唐亜明文;于大武絵 岩波書店(大型絵本) 2011年4月

戦士・勇者・侍

「フルーツがきる!」林木林作;柴田ゆう絵 岩崎書店(えほんのぼうけん) 2013年10月

「れいぞうこのなかのなっとうざむらい」漫画兄弟作・絵 ポプラ社 2013年3月

「れいぞうこのなかのなっとうざむらい―いかりのダブルなっとうりゅう」漫画兄弟作・絵 ポプラ社 2013年10月

「英雄オデュッセウス」ジャン=コーム・ノゲス文;ジャック・ギエ絵;村松定史訳 小峰書店(愛蔵版 世界の名作絵本) 2012年10月

「湖の騎士ランスロット」ジャン・コーム・ノゲス文;クリストフ・デュリュアル絵;こだましおり訳 小峰書店(愛蔵版世界の名作絵本) 2013年3月

先生

「あさです!」くすのきしげのり原作;いもとようこ文・絵 佼成出版社(いもとようこのおひさま絵本シリーズ) 2011年6月

「あのな、これはひみつやで!」くすのきしげのり作;かめざわゆうや絵 偕成社 2013年9月

「ありがとう、チュウ先生-わたしが絵かきになったわけ」パトリシア・ポラッコ作;さくまゆみこ訳 岩崎書店 2013年6月

「うんこのたつじん」みずうちきくお文;はたこうしろう絵 PHP研究所(わたしのえほん) 2011年7月

「おじちゃんせんせいだいだいだーいすき」むらおやすこ作;山本祐司絵 今人舎 2012年10月

「おやおやじゅくへようこそ」浜田桂子著 ポプラ社(ポプラ社の絵本) 2012年3月

人・仕事・生活

「かぶと3兄弟 五十郎・六十郎・七十郎の巻」宮西達也作・絵 教育画劇 2013年6月

「ぎんいろのボタン」左近蘭子作;末崎茂樹絵 ひかりのくに 2011年4月

「こりゃたいへん!!あまがえる先生ミドリ池きゅうしゅつ大作戦」まつおかたつひで作 ポプラ社(ポプラ社の絵本) 2012年8月

「さんすううちゅうじんあらわる!」かわばたひろと作;高畠那生絵 講談社(講談社の創作絵本) 2012年1月

「スミス先生とおばけ図書館」マイケル・ガーランド作;山本敏子訳 新日本出版社 2011年9月

「スミス先生ときょうりゅうの国」マイケル・ガーランド作;斉藤規訳 新日本出版社 2011年10月

「スミス先生とふしぎな本」マイケル・ガーランド作;藤原宏之訳 新日本出版社 2011年6月

「スミス先生と海のぼうけん」マイケル・ガーランド作;斉藤規訳 新日本出版社 2011年7月

「つんつくせんせいといたずらぶんぶん」たかどのほうこ作・絵 フレーベル館 2011年5月

「つんつくせんせいとまほうのじゅうたん」たかどのほうこ作・絵 フレーベル館 2013年10月

「どろぼうがっこうだいうんどうかい」かこさとし作・絵 偕成社(かこさとしおはなしのほん) 2013年10月

「どんぐりむらのどんぐりえん」なかやみわ作 学研教育出版 2013年9月

「ねこまるせんせいのおつきみ」押川理佐作;渡辺有一絵 世界文化社(ワンダーおはなし絵本) 2012年9月

「バナナこどもえんざりがにつり」柴田愛子文;かつらこ絵 童心社(絵本・こどものひろば) 2011年7月

「ばななせんせい」得田之久文;やましたこうへい絵 童心社 2013年3月

「バングルスせんせい ちこく! ちこく?」ステファニー・カルメンソン作;よしかわさちこ絵;きむらのりこ訳 ひさかたチャイルド 2011年5月

「フウちゃんクウちゃんロウちゃんのふくろうがっこう さかなをとろうのまき」いとうひろし作 徳間書店 2012年5月

「ぼくひこうき」ひがしちから作 ゴブリン書房 2011年5月

「ほんなんてだいきらい!」バーバラ・ボットナー文;マイケル・エンバリー絵 主婦の友社(主婦の友はじめてブック) 2011年3月

「メガネをかけたら」くすのきしげのり作;たるいしまこ絵 小学館 2012年10月

「山猫たんけん隊」松岡達英作 偕成社 2011年6月

「洞熊学校を卒業した三人」宮沢賢治;作 大島妙子;絵 三起商行(ミキハウスの宮沢賢治の絵本) 2012年10月

人・仕事・生活

船長さん

「カスタフィオーレ夫人の宝石」エルジェ作；川口恵子訳 福音館書店（タンタンの冒険ペーパーバック版）2011年8月

「シドニー行き714便」エルジェ作；川口恵子訳 福音館書店（タンタンの冒険ペーパーバック版）2011年10月

「なぞのユニコーン号」エルジェ作；川口恵子訳 福音館書店（タンタンの冒険ペーパーバック版）2011年4月

「ななつの水晶球」エルジェ作；川口恵子訳 福音館書店（タンタンの冒険ペーパーバック版）2011年6月

「ネコがすきな船長のおはなし」インガ・ムーア作・絵；たがきょうこ訳 徳間書店 2013年9月

「ビーカー教授事件」エルジェ作；川口恵子訳 福音館書店（タンタンの冒険ペーパーバック版）2011年10月

「ふうせんクジラボンはヒーロー」わたなべゆういち作・絵 佼成出版社（クローバーえほんシリーズ）2012年2月

「ふしぎな流れ星」エルジェ作；川口恵子訳 福音館書店（タンタンの冒険ペーパーバック版）2011年4月

「ペンギンきょうだい ふねのたび」工藤ノリコ作 ブロンズ新社 2011年6月

「めざすは月」エルジェ作；川口恵子訳 福音館書店（タンタンの冒険ペーパーバック版）2011年8月

「もじゃひげせんちょうとかいぞくたち」コルネーリア・フンケ文；ケルスティン・マイヤー絵；ますがちかこ訳 WAVE出版 2013年11月

「レッド・ラッカムの宝」エルジェ作；川口恵子訳 福音館書店（タンタンの冒険ペーパーバック版）2011年4月

「金のはさみのカニ」エルジェ作；川口恵子訳 福音館書店（タンタンの冒険ペーパーバック版）2011年4月

「月 世界探険」エルジェ作；川口恵子訳 福音館書店（タンタンの冒険ペーパーバック版）2011年8月

「紅海のサメ」エルジェ作；川口恵子訳 福音館書店（タンタンの冒険ペーパーバック版）2011年8月

「太陽の神殿」エルジェ作；川口恵子訳 福音館書店（タンタンの冒険ペーパーバック版）2011年6月

「燃える水の国」エルジェ作；川口恵子訳 福音館書店（タンタンの冒険ペーパーバック版）2011年8月

人・仕事・生活

「宝島」ロバート・ルイス・スティーヴンソン原作;クレール・ユバック翻案 小峰書店(愛蔵版世界の名作絵本) 2012年5月

僧侶・修行僧・お坊さん

「しゃもじいさん」かとうまふみ作 あかね書房 2012年12月

「するめのするりのすけ」こいでなつこ作 あかね書房 2012年4月

「たこきちとおぼうさん」工藤ノリコ作 PHP研究所(PHPにこにこえほん) 2011年3月

「どーんちーんかーん」武田美穂作 講談社(講談社の創作絵本) 2011年8月

「祈りのちから」寮美千子文 長崎出版(やまと絵本) 2013年11月

「空とぶ鉢」寮美千子文 長崎出版(やまと絵本) 2012年5月

「空海」梅田紀代志作 PHP研究所(絵でみる伝記日本仏教の開祖たち) 2011年6月

「生まれかわり」寮美千子文 長崎出版(やまと絵本) 2012年8月

「滝のむこうの国」ほりかわりまこ作 偕成社 2012年2月

「道元」梅田紀代志作 PHP研究所(絵でみる伝記日本仏教の開祖たち) 2011年9月

大工さん

「おじいちゃんのふね」ひがしちから作 ブロンズ新社 2011年7月

「チクチクさんトゲトゲさん」すまいるママ作・絵 PHP研究所(PHPにこにこえほん) 2011年8月

「どうぶつこうむてんこうじちゅう」シャロン・レンタ作・絵;まえざわあきえ訳 岩崎書店 2013年7月

大道芸人・芸人

「うつぼざる―狂言えほん」もとしたいづみ文;西村繁男絵 講談社(講談社の創作絵本) 2011年11月

「ちんどんやちんたろう」チャンキー松本作;いぬんこ絵 長崎出版 2013年3月

「つぎのかたどうぞ―はたけやこううんさいいちざざいんぼしゅうのおはなし」飯野和好作 小学館(おひさまのほん) 2011年7月

「絵本マボロシの鳥」藤城清治影絵;太田光原作・文 講談社 2011年5月

建物・設備

「こんなことがあっタワー」丸山誠司作 えほんの杜 2012年12月

「ノラネコぐんだんパンこうじょう」工藤ノリコ著 白泉社(こどもMOEのえほん) 2012年11月

「ひみつのおかしだおとうとうさぎ!」ヨンナ・ビョルンシェーナ作;枇谷玲子訳 クレヨンハウス 2012年1月

人・仕事・生活

建物・設備＞教会

「あたし、パパとけっこんする！」のぶみ作 えほんの杜 2012年3月

「教会ねずみとのんきなねこ」グレアム・オークリー作・絵;三原泉訳 徳間書店 2011年7月

「教会ねずみとのんきなねこのメリークリスマス！」グレアム・オークリー作・絵;三原泉訳 徳間書店 2011年10月

「教会ねずみとのんきなねこのわるものたいじ」グレアム・オークリー作・絵;三原泉訳 徳間書店 2012年2月

建物・設備＞寺・神社

「おてらのつねこさん」やぎゅうげんいちろう作 福音館書店（日本傑作絵本シリーズ）2013年3月

「ぶすのつぼ」日野十成再話;本間利依絵 福音館書店（こどものとも）2013年1月

「生まれかわり」寮美千子文 長崎出版（やまと絵本）2012年8月

「道元」梅田紀代志作 PHP研究所（絵でみる伝記日本仏教の開祖たち）2011年9月

建物・設備＞図書館

「うみのどうぶつとしょかんせん」菊池俊作;こばようこ絵 教育画劇 2012年6月

「くまのオットーとえほんのおうち」ケイティ・クレミンソン作・絵;横山和江訳 岩崎書店 2011年6月

「コウモリとしょかんへいく」ブライアン・リーズ作・絵;西郷容子訳 徳間書店 2011年8月

「こうもりぼうやとハロウィン」ダイアン・メイヤー文;ギデオン・ケンドール絵;藤原宏之訳 新日本出版社 2012年9月

「こないかな、ロバのとしょかん」モニカ・ブラウン文;ジョン・パッラ絵;斉藤規訳 新日本出版社 2012年10月

「スミス先生とおばけ図書館」マイケル・ガーランド作;山本敏子訳 新日本出版社 2011年9月

「としょかんねこデューイ」ヴィッキー・マイロン文;ブレット・ウィター文;スティーヴ・ジェイムズ絵;三木卓訳 文化学園文化出版局 2012年3月

「としょかんねずみ」ダニエル・カーク作;わたなべてつた訳 瑞雲舎 2012年1月

「としょかんねずみ 2 ひみつのともだち」ダニエル・カーク作;わたなべてつた訳 瑞雲舎 2012年10月

「としょかんねずみ 3 サムとサラのせかいたんけん」ダニエル・カーク作;わたなべてつた訳 瑞雲舎 2013年6月

「としょかんのよる」ローレンツ・パウリ文;カトリーン・シェーラー絵;若松宣子訳 ほるぷ出版 2013年10月

人・仕事・生活

「トリケラとしょかん」五十嵐美和子著 白泉社 2013年3月

「ママのとしょかん」キャリ・ベスト文;ニッキ・デイリー絵;藤原宏之訳 新日本出版社 2011年3月

「よるのとしょかん」カズノ・コハラ作;石津ちひろ訳 光村教育図書 2013年11月

「図書館に児童室ができた日」ジャン・ピンボロー文;デビー・アトウェル絵;張替惠子訳 徳間書店 2013年8月

「本、だ〜いすき!」ジュディ・シエラ文;マーク・ブラウン絵;山本敏子訳 新日本出版社 2013年1月

建物・設備＞歴史的建造物・世界遺産

「なみだでくずれた万里の長城」唐亜明文;蔡皋絵 岩波書店 2012年4月

「祈りのちから」寮美千子文 長崎出版(やまと絵本) 2013年11月

「大きな時計台小さな時計台」川嶋康男作;ひだのかな代絵 絵本塾出版 2011年12月

探偵

「あかちゃんたんていラブーたんじょう!ラブーたんていのじけんぼSPECIAL」ベネディクト・ゲチエ作;野崎歓訳 クレヨンハウス 2011年6月

「おしりたんてい」トロル作・絵 ポプラ社 2012年10月

「おしりたんてい ププッレインボーダイヤを さがせ!」トロル作・絵 ポプラ社 2013年9月

「王さまめいたんてい」寺村輝夫原作; 和歌山静子構成・絵 理論社(新王さまえほん) 2012年9月

電車の運転士

「エアポートきゅうこうはっしゃ!」みねおみつ作 PHP研究所(PHPにこにこえほん) 2013年9月

「おうちでんしゃはっしゃしまーす」間瀬なおかた作・絵 ひさかたチャイルド 2013年12月

「おとうさんはうんてんし」平田昌広作;鈴木まもる絵 佼成出版社(おとうさん・おかあさんのしごとシリーズ) 2012年9月

「こぎつねトンちゃんきしゃにのる」二見正直作 教育画劇 2012年8月

盗賊・泥棒

「アリ・ババと40人の盗賊」リュック・ルフォール再話;エムル・オルン絵;こだましおり訳 小峰書店(愛蔵版世界の名作絵本) 2011年9月

「えんそくごいっしょに」小竹守道子作;ひだきょうこ絵 アリス館 2012年10月

「オニたいじ」森絵都;作 竹内通雅;絵 金の星社 2012年12月

人・仕事・生活

「きょうはせつぶんふくはだれ？」正岡慧子作;古内ヨシ絵 世界文化社(ワンダーおはなし絵本) 2011年12月

「でるでるでるぞ」高谷まちこ著 佼成出版社(クローバーえほんシリーズ) 2012年6月

「どどのろう」穂高順也作;こばやしゆかこ絵 岩崎書店(えほんのぼうけん) 2013年2月

「どろぼうがっこうだいうんどうかい」かこさとし作・絵 偕成社(かこさとしおはなしのほん) 2013年10月

「レ・ミゼラブル」ヴィクトル・ユゴー原作;リュック・ルフォール再話;河野万里子訳 小峰書店(愛蔵版世界の名作絵本) 2012年3月

「わくわく森のむーかみ」村上しいこ作;宮地彩絵 アリス館 2011年4月

「星どろぼう」アンドレア・ディノト文;アーノルド・ローベル絵;八木田宜子訳 ほるぷ出版 2011年12月

「羅生門」日野多香子文;早川純子絵 金の星社 2012年8月

どろぼう

「ごぞんじ！かいけつしろずきん」もとしたいづみ作;竹内通雅絵 ひかりのくに 2013年2月

「すすめ！ふたごちゃん」もとしたいづみ作;青山友美絵 佼成出版社 2013年11月

「トラのじゅうたんになりたかったトラ」ジェラルド・ローズ文・絵;ふしみみさを訳 岩波書店(大型絵本) 2011年10月

「ぬすまれたおくりもの」うえつじとしこ文・絵 大日本図書 2011年9月

「ぼくのサイ」ジョン・エイジー作;青山南訳 光村教育図書 2013年2月

「ゆうれいとどろぼう」くろだかおる作;せなけいこ絵 ひかりのくに 2012年7月

「ライオンを かくすには」ヘレン・スティーヴンズ作;さくまゆみこ訳 ブロンズ新社 2013年3月

忍者

「あかにんじゃ」穂村弘作;木内達朗絵 岩崎書店(えほんのぼうけん) 2012年6月

「にん・にん・じんのにんじんじゃ」うえだしげこ文・絵 大日本図書 2013年6月

「よふかしにんじゃ」バーバラ・ダ・コスタ文;エド・ヤング絵;長谷川義史訳 光村教育図書 2013年12月

バスの運転手・バスガイド

「おおやまさん」川之上英子作・絵;川之上健作・絵 岩崎書店(えほんのぼうけん) 2013年9月

「ごじょうしゃありがとうございます」シゲリカツヒコ作 ポプラ社(ポプラ社の絵本) 2012年8月

「バスガエル」戸田和代作;シゲリカツヒコ絵 佼成出版社 2013年6月

「ボンちゃんバス」ひらのてつお作・絵 ひさかたチャイルド 2011年9月

人・仕事・生活

「みんなをのせてバスのうんてんしさん」山本省三作;はせがわかこ絵 講談社(講談社の創作絵本) 2013年6月

百姓・農家

「イタチとみずがみさま」内田麟太郎作;山本孝絵 岩崎書店(えほんのぼうけん) 2011年6月

「かなとやまのおたから」土田佳代子作;小林豊絵 福音館書店(こどものとも) 2013年11月

「たいらになった二つの山」ビーゲンセン作;石川えりこ絵 絵本塾出版 2011年7月

「りんご畑の12か月」松本猛文;中武ひでみつ絵 講談社(講談社の創作絵本) 2012年8月

「雉女房」村山亜土作;柚木沙弥郎絵 文化学園文化出版局 2012年11月

夫婦

「あかいじどうしゃよんまるさん」堀川真作 福音館書店(こどものとも絵本) 2012年1月

「いっすんぼうし」山下明生;文 山本孝;絵 あかね書房(日本の昔話えほん) 2011年2月

「いつもふたりで」ジュディス・カー作;亀井よし子訳 ブロンズ新社 2011年9月

「いとしい小鳥いろ」石津ちひろ文;ささめやゆき絵 ハモニカブックス 2013年4月

「おいしいぼうし」シゲタサヤカ作・絵 教育画劇 2013年5月

「おによりつよいおよめさん」井上よう子作;吉田尚令絵 岩崎書店(えほんのぼうけん) 2013年10月

「ごきげんなライオンおくさんにんきものになる」ルイーズ・ファティオ文;ロジャー・デュボアザン絵;今江祥智&遠藤育枝訳 BL出版 2013年1月

「しごとをとりかえたおやじさん―ノルウェーの昔話」山越一夫再話;山崎英介画 福音館書店(こどものともコレクション) 2011年2月

「ちいさなたいこ こどものともコレクション」松岡享子作;秋野不矩絵 福音館書店(こどものともコレクション) 2011年2月

「でるでるでるぞガマでるぞ」高谷まちこ著 佼成出版社 2013年7月

「にわとりこっことソーセージ」篠崎三朗文・絵 至光社(至光社ブッククラブ国際版絵本) 2011年1月

「ねずみのすもう」いもとようこ文・絵 金の星社 2011年8月

「パンやのコナコナ」どいかや文;にきまゆ絵 ブロンズ新社 2012年6月

「びんぼうがみさま」福知伸夫再話・絵 福音館書店(こどものとも) 2011年1月

「びんぼうがみとふくのかみ」いもとようこ文・絵 金の星社 2011年6月

「へっこきよめさま」令丈ヒロ子;文 おくはらゆめ;絵 講談社(講談社の創作絵本) 2012年8月

人・仕事・生活

「みっつのねがい」ピレット・ラウド再話・絵 まえざわあきえ訳 福音館書店（世界傑作絵本シリーズ）2012年1月

店屋

「ウッカリとチャッカリのおみずやさん」仁科幸子作・絵 小学館 2011年6月

「はしれ！やきにくん」塚本やすし作 ポプラ社（絵本のおもちゃばこ）2011年1月

「串かつやよしこさん」長谷川義史作 アリス館 2011年2月

店屋＞お菓子屋さん

「3びきこりすのケーキやさん」権田章江作・絵 教育画劇 2012年8月

「きょうはすてきなドーナツようび」竹下文子文;山田詩子絵 アリス館 2012年12月

「ぎょうれつのできるケーキやさん」ふくざわゆみこ作 教育画劇 2013年3月

「チョコレート屋のねこ」スー・ステイントン文;アン・モーティマー絵;中川千尋訳 ほるぷ出版 2013年1月

「びんぼうがみじゃ」釜田澄子作;西村繁男絵 教育画劇 2012年12月

店屋＞くつ屋・洋服屋さん

「アマールカ大男にプロポーズされた日」ヴァーツラフ・ベドジフ文・絵;甲斐みのり訳 LD&K BOOKS（アマールカ絵本シリーズ3）2012年6月

「ググさんとあかいボタン」キムミンジ作・絵 絵本塾出版 2013年6月

「クッツさんのくつ」ジョン・ダナリス作;ステラ・ダナリス絵;寺岡由紀訳 岩崎書店 2011年9月

「フンボルトくんのやくそく」ひがしあきこ作・絵 絵本塾出版 2012年10月

店屋＞商店街・市場・スーパーマーケット

「きょうのごはん」加藤休ミ作 偕成社 2012年9月

「ジブリルのくるま」市川里美作 BL出版 2012年8月

「すすめ！ふたごちゃん」もとしたいづみ作;青山友美絵 佼成出版社 2013年11月

「ちびころおにぎりはじめてのおかいもの」おおいじゅんこ作・絵 教育画劇 2012年12月

「ハンヒの市場めぐり」カン・ジョンヒ作;おおたけきよみ訳 光村教育図書 2013年2月

「ふしぎしょうてんがい」きむらゆういち作;林るい絵 世界文化社（ワンダーおはなし絵本）2012年12月

「わんぱくだんのまほうのじゅうたん」ゆきのゆみこ作;上野与志作 ひさかたチャイルド 2013年3月

人・仕事・生活

店屋＞寿司屋さん

「おすしですし!」林木林作;田中六大絵 あかね書房 2012年3月

「おれはサメ」片平直樹;作 山口マオ;絵 フレーベル館(おはなしえほんシリーズ) 2011年8月

「しんかんくんのクリスマス」のぶみ作 あかね書房 2011年10月

「わりばしワーリーもういいよ」シゲタサヤカ作・絵 鈴木出版(チューリップえほんシリーズ) 2013年7月

店屋＞床屋さん・美容室

「かにのしょうばい」新美南吉作;山口マオ絵 鈴木出版(ひまわりえほんシリーズ) 2012年3月

「フルーツタルトさん」さとうめぐみ作・絵 教育画劇 2011年12月

「ママはびようしさん」アンナ・ベングトソン作;オスターグレン晴子訳 福音館書店(世界傑作絵本シリーズ) 2013年6月

店屋＞パン屋さん

「うれないやきそばパン」富永まい文;いぬんこ絵;中尾昌稔作 金の星社 2012年9月

「からすのおかしやさん」かこさとし作・絵 偕成社(かこさとしおはなしのほん) 2013年4月

「くまくまパン」西村敏雄作 あかね書房 2013年11月

「ぞうのびっくりパンやさん」nakaban文・絵 大日本図書 2013年5月

「どんぐりむらのぱんやさん」なかやみわ作 学研教育出版 2011年9月

「とんとんパンやさん」白土あつこ作・絵 ひさかたチャイルド 2013年1月

「パンやのコナコナ」どいかや文;にきまゆ絵 ブロンズ新社 2012年6月

「プレッツェルのはじまり」エリック・カール作;アーサー・ビナード訳 偕成社 2013年2月

「みどりさんのパンやさん」おおいじゅんこ作 PHP研究所(PHPにこにこえほん) 2013年2月

店屋＞百貨店・デパート

「ガール・イン・レッド」ロベルト・インノチェンティ原案・絵;アーロン・フリッシュ文;金原瑞人訳 西村書店東京出版編集部 2013年2月

「クイクイちゃん」牧野夏子文;佐々木マキ絵 絵本館 2012年6月

「びっくり!どうぶつデパート」サトシン作;スギヤマカナヨ絵 アリス館 2013年5月

店屋＞店屋一般

「ティモシーとサラはなやさんからのてがみ」芭蕉みどり作・絵 ポプラ社(えほんとなかよし) 2012年1月

人・仕事・生活

「トイ・ストーリー2」斎藤妙子構成・文 講談社(ディズニースーパーゴールド絵本) 2011年4月

「ピヨピヨハッピーバースデー」工藤ノリコ作 佼成出版社(みつばちえほんシリーズ) 2012年1月

「大きな時計台小さな時計台」川嶋康男作;ひだのかな代絵 絵本塾出版 2011年12月

店屋＞レストラン・食べ物屋さん

「おこさまランチランド」丸山誠司著 PHP研究所(PHPにこにこえほん) 2011年11月

「おなかいっぱい、しあわせいっぱい」レイチェル・イザドーラ作・絵;小宮山みのり訳 徳間書店 2012年8月

「おばけのコックさん─さくぴーとたろぼうのおはなし」西平あかね作 福音館書店(こどものとも 絵本) 2012年6月

「からすのそばやさん」かこさとし作・絵 偕成社(かこさとしおはなしのほん) 2013年5月

「からすのやおやさん」かこさとし作・絵 偕成社(かこさとしおはなしのほん) 2013年4月

「キャベツがたべたいのです」シゲタサヤカ作・絵 教育画劇 2011年5月

「タベールだんしゃく」さかもといくこ作・絵 ひさかたチャイルド 2011年12月

「なべぶぎょういっけんらくちゃく」穂高順也文;亀澤裕也絵 あかね書房 2012年2月

「ニブルとたいせつなきのみ」ジーン・ジオン文;マーガレット・ブロイ・グレアム絵;ひがしちから 訳 ビリケン出版 2012年10月

「ピヨピヨハッピーバースデー」工藤ノリコ作 佼成出版社(みつばちえほんシリーズ) 2012年1月

「フンボルトくんのやくそく」ひがしあきこ作・絵 絵本塾出版 2012年10月

「ムーフと99ひきのあかちゃん」のぶみ作・絵 学研教育出版 2012年12月

「ラーメンてんし」やなせたかし作・絵 フレーベル館(やなせたかしメルヘン図書館) 2013年7月

「わりばしワーリーもういいよ」シゲタサヤカ作・絵 鈴木出版(チューリップえほんシリーズ) 2013 年7月

「魚助さん」きむらよしお著 佼成出版社 2013年10月

「注文の多い料理店」宮沢賢治作;小林敏也画 好学社(画本宮澤賢治) 2013年5月

召使い

「アリ・ババと40人の盗賊」リュック・ルフォール再話;エムル・オルン絵;こだましおり訳 小峰書店 (愛蔵版世界の名作絵本) 2011年9月

「おうさまのおひっこし」牡丹靖佳作 福音館書店(日本傑作絵本シリーズ) 2012年5月

「トラのじゅうたんになりたかったトラ」ジェラルド・ローズ文・絵;ふしみみさを訳 岩波書店(大型 絵本) 2011年10月

人・仕事・生活

役者

「たぬきえもん―日本の昔話」藤巻愛子再話;田澤茂絵 福音館書店(こどものとも年中向き)
2011年9月

「つぎのかたどうぞ―はたけやこううんさいいちざいんぼしゅうのおはなし」飯野和好作 小学
館(おひさまのほん) 2011年7月

「京劇がきえた日―秦淮河一九三七」姚紅作;姚月蔭原案;中田美子訳 童心社([日・中・韓平
和絵本] 2011年4月

郵便屋さん

「あかいぼうしのゆうびんやさん」ルース・エインズワース作;こうもとさちこ訳・絵 福音館書店(日
本傑作絵本シリーズ) 2011年10月

「おてがみちょうだい」新沢としひこ作;保手浜孝絵 童心社(絵本・こどものひろば) 2011年4月

「おてがみでーす!」くすのきしげのり原作;いもとようこ文・絵 佼成出版社(いもとようこのおひ
さま絵本シリーズ) 2011年11月

「おはいんなさい」西平あかね文・絵 大日本図書 2011年9月

「ティモシーとサラはなやさんからのてがみ」芭蕉みどり作・絵 ポプラ社(えほんとなかよし)
2012年1月

「わくわく森のむーかみ」村上しいこ作;宮地彩絵 アリス館 2011年4月

漁師・猟師・木こり

「アマールカ鳥になった日」ヴァーツラフ・ベドジフ文・絵;甲斐みのり訳 LD&K BOOKS(アマー
ルカ絵本シリーズ4) 2012年6月

「きこりとテーブル―トルコの昔話」八百板洋子再話;吉實恵絵 福音館書店(こどものとも年中
向き) 2011年12月

「ハスの花の精リアン」チェン・ジャンホン作・絵;平岡敦訳 徳間書店 2011年4月

「メロウ」せなけいこ再話・絵 ポプラ社 2011年5月

料理人・パティシエ

「おさるのパティシエ」サトシン作;中谷靖彦絵 小学館 2012年10月

「おばけのコックさん―さくぴーとたろぽうのおはなし」西平あかね作 福音館書店(こどものとも
絵本) 2012年6月

「串かつやよしこさん」長谷川義史作 アリス館 2011年2月

老人

「あかちゃんになったおばあさん」いもとようこ;文・絵 金の星社 2011年12月

人・仕事・生活

「アリゲイタばあさんはがんこもの」松山円香作 小学館 2012年12月

「いちごばたけのちいさなおばあさん」わたりむつこ作;中谷千代子絵 福音館書店(こどものとも絵本) 2011年6月

「うさぎのおくりもの」ビーゲンセン;作 永井郁子;絵 汐文社 2012年7月

「うらしまたろう」令丈ヒロ子;文 たなか鮎子;絵 講談社(講談社の創作絵本) 2012年5月

「うれないやきそばパン」富永まい文;いぬんこ絵 中尾昌稔作 金の星社 2012年9月

「おじいさんとヤマガラ—3月11日のあとで」鈴木まもる作・絵 小学館 2013年3月

「おつきさまはまあるくなくっちゃ!」ふくだじゅんこ文・絵 大日本図書 2013年9月

「おとうちゃんとぼく」にしかわおさむ文・絵 ポプラ社(おとうさんだいすき) 2012年1月

「おばけのぼちぼち」こばやしあつこ作・絵 ひさかたチャイルド 2011年6月

「カーリーさんの庭」ジェイン・カトラー作;ブライアン・カラス絵;礒みゆき訳 ポプラ社(ポプラせかいの絵本) 2012年8月

「かさじぞう」令丈ヒロ子;文 野村たかあき;絵 講談社(講談社の創作絵本) 2012年11月

「ききみみずきん」広松由希子;ぶん 降矢なな;え 岩崎書店(いまむかしえほん) 2012年3月

「きこりとテーブル—トルコの昔話」八百板洋子再話;吉實恵絵 福音館書店(こどものとも年中向き) 2011年12月

「きみがおしえてくれた。」今西乃子文;加納果林絵 新日本出版社 2013年7月

「ゴロゴロドーンかみなりさまおっこちた」正岡慧子作;ひだきょうこ絵 ひかりのくに 2011年7月

「でるでるでるぞ」高谷まちこ著 佼成出版社(クローバーえほんシリーズ) 2012年6月

「とべ!ブータのバレエ団」こばやしみき作・絵 講談社(『創作絵本グランプリ』シリーズ) 2012年1月

「ともだちやもんな、ぼくら」くすのきしげのり作;福田岩緒絵 えほんの杜 2011年5月

「ねっこばあのおくりもの」藤真知子作;北見葉胡絵 ポプラ社(ポプラ社の絵本) 2012年7月

「バナナンばあば」林木林作;西村敏雄絵 佼成出版社(クローバーえほんシリーズ) 2012年8月

「プルガサリ」キム・ジュンチョル再話;イ・ヒョンジン絵;ピョン・キジャ訳 岩崎書店 2011年2月

「もったいないばあさんまほうのくにへ」真珠まりこ作・絵;大友剛マジック監修 講談社(講談社の創作絵本) 2011年3月

「もったいないばあさんもりへいく」真珠まりこ作・絵 講談社(講談社の創作絵本) 2011年3月

「ももたろう」こわせ・たまみ;文 高見八重子;絵 鈴木出版(たんぽぽえほんシリーズ) 2012年1月

「ももたろう」石崎洋司;文 武田美穂;絵 講談社(講談社の創作絵本) 2012年2月

「ゆうれいとどろぼう」くろだかおる作;せなけいこ絵 ひかりのくに 2012年7月

人・仕事・生活

「わかがえりの水」広松由希子;ぶん スズキコージ;え 岩崎書店(いまむかしえほん) 2011年12月

「わっ」井上洋介文・絵 小峰書店(にじいろえほん) 2012年12月

「花さかじい」椿原菜々子;文 太田大八;絵 童話館出版 2011年2月

「花じんま」田島征三再話・絵 福音館書店(日本傑作絵本シリーズ) 2013年3月

「水木少年とのんのんばあの地獄めぐり」水木しげる著 マガジンハウス 2013年6月

「津波」キミコ・カジカワ再話;エド・ヤング絵 グランまま社 2011年10月

若者・青年

「ごんぎつね」新美南吉;作 鈴木靖将;絵 新樹社 2012年3月

「ごんぎつね」新美南吉;作 柿本幸造;絵 (講談社の名作絵本) 2013年1月

「つるのおんがえし」石崎洋司;文 水口理恵子;絵 講談社(講談社の創作絵本) 2012年11月

「つるのよめさま」松谷みよ子文;鈴木まもる絵 ハッピーオウル社(語り伝えたい・日本のむかしばなし) 2011年3月

「絵本マボロシの鳥」藤城清治影絵;太田光原作・文 講談社 2011年5月

テーマ・ジャンル別分類見出し索引

愛→人・仕事・生活＞愛

あいさつ・お礼→子どもの世界・生活＞育児・子育て＞子どものしつけ＞あいさつ・お礼

あおむし・いもむし→動物＞虫＞あおむし・いもむし

赤ずきん→民話・昔話・名作・物語＞世界の物語＞グリム童話＞赤ずきん

あかちゃん→子どもの世界・生活＞家族＞あかちゃん

赤ん坊→人・仕事・生活＞赤ん坊

秋→自然・環境・宇宙＞季節・四季＞秋

アクセサリー→子どもの世界・生活＞ファッション・おしゃれ・身だしなみ＞アクセサリー

悪魔・魔物→架空のもの・ファンタジー＞悪魔・魔物

アザラシ→動物＞アザラシ

アジア→民話・昔話・名作・物語＞世界の物語＞アジア

遊び一般→子どもの世界・生活＞遊び＞遊び一般

あとかたづけ・そうじ→子どもの世界・生活＞育児・子育て＞子どものしつけ＞あとかたづけ・そうじ

あひる→動物＞鳥＞あひる

アフリカ→民話・昔話・名作・物語＞世界の物語＞アフリカ

雨→自然・環境・宇宙＞天気・天候＞雨

アメリカ合衆国→民話・昔話・名作・物語＞世界の物語＞北米＞アメリカ合衆国

あり→動物＞虫＞あり

アンデルセン童話→民話・昔話・名作・物語＞世界の物語＞アンデルセン童話

アンパンマン→架空のもの・ファンタジー＞キャラクター絵本＞アンパンマン

家・庭→人・仕事・生活＞生活・くらし＞家・庭

家出→子どもの世界・生活＞家族＞家出

イギリス→民話・昔話・名作・物語＞世界の物語＞ヨーロッパ＞イギリス

育児・子育て一般→子どもの世界・生活＞育児・子育て＞育児・子育て一般

いじめ→戦争と平和・災害・社会問題＞いじめ

医者・看護師→人・仕事・生活＞医者・看護師

イソップ物語→民話・昔話・名作・物語＞世界の物語＞イソップ物語

いたずら→子どもの世界・生活＞遊び＞いたずら

イタリア→民話・昔話・名作・物語＞世界の物語＞ヨーロッパ＞イタリア

いっすんぼうし→民話・昔話・名作・物語＞日本の物語＞いっすんぼうし

いぬ→動物＞いぬ

いのしし→動物＞いのしし

命→人・仕事・生活＞命

祈り・願いごと→人・仕事・生活＞祈り・願いごと

いもほり・やきいも→子どもの世界・生活＞行事＞いもほり・やきいも

色遊び→子どもの世界・生活＞遊び＞色遊び

うさぎ→動物＞うさぎ

うし→動物＞うし

歌→子どもの世界・生活＞芸術＞歌

宇宙人→架空のもの・ファンタジー＞宇宙人

宇宙船・宇宙ステーション→乗り物＞宇宙船・宇宙ステーション

うどん・そば・ラーメン→子どもの世界・生活＞食べもの＞うどん・そば・ラーメン

うま→動物＞うま

海→自然・環境・宇宙＞海

うんち・おしっこ・おなら→子どもの世界・生活＞うんち・おしっこ・おなら

運動・スポーツ一般→子どもの世界・生活＞運動・スポーツ＞運動・スポーツ一般

運動会→子どもの世界・生活＞運動・スポーツ＞運動会

絵→子どもの世界・生活＞芸術＞絵

駅長・車掌→人・仕事・生活＞駅長・車掌

えりまき・はらまき→子どもの世界・生活＞ファッション・おしゃれ・身だしなみ＞えりまき・はらまき

王様・お妃→人・仕事・生活＞王様・お妃

王子様→人・仕事・生活＞王子様

王子様→民話・昔話・名作・物語＞世界の物語＞王子様

王女・お姫様→人・仕事・生活＞王女・お姫様

オウム→動物＞鳥＞オウム

お絵かき→子どもの世界・生活＞遊び＞お絵かき

おおかみ→動物＞おおかみ

おおみそか→子どもの世界・生活＞行事＞おおみそか

おかあさん→子どもの世界・生活＞家族＞おかあさん

お買い物→子どもの世界・生活＞お買い物

お菓子屋さん→人・仕事・生活＞店屋＞お菓子屋さん

お金・財宝・財産→人・仕事・生活＞お金・財宝・財産

お客→子どもの世界・生活＞お客

おじいさん→子どもの世界・生活＞家族＞おじいさん

おじさん・おばさん→子どもの世界・生活＞家族＞おじさん・おばさん

お正月→子どもの世界・生活＞行事＞お正月

お世話→子どもの世界・生活＞お世話

お茶会・パーティー→子どもの世界・生活＞お茶会・パーティー

おつかい・おてつだい→子どもの世界・生活＞育児・子育て＞子どものしつけ＞おつかい・おてつだい

お月見→子どもの世界・生活＞行事＞お月見

おとうさん→子どもの世界・生活＞家族＞おとうさん

男の人→人・仕事・生活＞男の人

お殿様→人・仕事・生活＞お殿様

鬼→架空のもの・ファンタジー＞鬼

おにぎり→子どもの世界・生活＞食べもの＞食事・料理＞おにぎり

おねしょ・おもらし→子どもの世界・生活＞育児・子育て＞子どものしつけ＞おねしょ・おもらし

おばあさん→子どもの世界・生活＞家族＞おばあさん

おばけ・ゆうれい→架空のもの・ファンタジー＞おばけ・ゆうれい

お話→子どもの世界・生活＞お話

お風呂→子どもの世界・生活＞お風呂

おべんとう→子どもの世界・生活＞食べもの＞おべんとう

お祭り→子どもの世界・生活＞行事＞お祭り

おまわりさん→人・仕事・生活＞おまわりさん

お見舞い→子どもの世界・生活＞お見舞い

おもち・だんご→子どもの世界・生活＞食べもの＞おもち・だんご

おやすみ・ねむり→子どもの世界・生活＞おやすみ・ねむり

おやつ・お菓子→子どもの世界・生活＞食べもの＞おやつ・お菓子

親と子→子どもの世界・生活＞家族＞親と子

恩返し→子どもの世界・生活＞恩返し

音楽・音楽会・楽器→子どもの世界・生活＞芸術＞音楽・音楽会・楽器

音楽家・歌手→人・仕事・生活＞音楽家・歌手

女の人→人・仕事・生活＞女の人

海水浴・プール・水遊び→子どもの世界・生活＞遊び＞海水浴・プール・水遊び

海賊→人・仕事・生活＞海賊

怪談→民話・昔話・名作・物語＞怪談

怪物・怪獣→架空のもの・ファンタジー＞怪物・怪獣

かえる・おたまじゃくし→動物＞かえる・おたまじゃくし

画家・作家→人・仕事・生活＞画家・作家

かき氷・アイスクリーム→子どもの世界・生活＞食べもの＞おやつ・お菓子＞かき氷・アイスクリーム

架空の生きもの→架空のもの・ファンタジー＞架空の生きもの

学者・博士・宣教師→人・仕事・生活＞学者・博士・宣教師

かくれんぼ→子どもの世界・生活＞遊び＞かくれんぼ

かけっこ・追いかけっこ→子どもの世界・生活＞遊び＞かけっこ・追いかけっこ

かさ→子どもの世界・生活＞ファッション・おしゃれ・身だしなみ＞かさ

数かぞえ・数遊び→子どもの世界・生活＞遊び＞数かぞえ・数遊び

風→自然・環境・宇宙＞天気・天候＞風

家族一般→子どもの世界・生活＞家族＞家族一般

かたつむり・なめくじ→動物＞虫＞かたつむり・なめくじ

学校・習いごと→子どもの世界・生活＞学校・習いごと

かっぱ→架空のもの・ファンタジー＞かっぱ

かに→動物＞魚・貝＞かに

かば→動物＞かば

かばん・バッグ→子どもの世界・生活＞ファッション・おしゃれ・身だしなみ＞かばん・バッグ

かぶとむし・くわがた→動物＞虫＞かぶとむし・くわがた

かぼちゃ→子どもの世界・生活＞食べもの＞野菜＞かぼちゃ

かまきり→動物＞虫＞かまきり

髪型→子どもの世界・生活＞ファッション・おしゃれ・身だしなみ＞髪型

神様→架空のもの・ファンタジー＞神様

かみなりさま→架空のもの・ファンタジー＞かみなりさま

かめ→動物＞かめ

かも→動物＞鳥＞かも

からす→動物＞鳥＞からす

からだ・顔→子どもの世界・生活＞からだ・顔

川→自然・環境・宇宙＞川

かわうそ→動物＞かわうそ

環境保全・自然保護→自然・環境・宇宙＞環境保全・自然保護

環境問題→自然・環境・宇宙＞環境問題

韓国・北朝鮮→民話・昔話・名作・物語＞世界の物語＞アジア＞韓国・北朝鮮

関西地方→民話・昔話・名作・物語＞日本の物語＞関西地方

関東・甲信越・東海・北陸地方→民話・昔話・名作・物語＞日本の物語＞関東・甲信越・東海・北陸地方

看病→子どもの世界・生活＞看病

木・樹木→自然・環境・宇宙＞木・樹木

きがえ→子どもの世界・生活＞育児・子育て＞子どものしつけ＞きがえ

汽車・電車→乗り物＞汽車・電車

季節・四季→自然・環境・宇宙＞季節・四季

きつね→動物＞きつね

きのこ→子どもの世界・生活＞食べもの＞きのこ

木の実→自然・環境・宇宙＞木・樹木＞木の実

きもの・ようふく・ドレス→子どもの世界・生活＞ファッション・おしゃれ・身だしなみ＞きもの・ようふく・ドレス

疑問・悩み→子どもの世界・生活＞子どもの心＞疑問・悩み

キャベツ→子どもの世界・生活＞食べもの＞野菜＞キャベツ

キャラクター絵本一般→架空のもの・ファンタジー＞キャラクター絵本＞キャラクター絵本一般

九州・沖縄地方→民話・昔話・名作・物語＞日本の物語＞九州・沖縄地方

教会→人・仕事・生活＞建物・設備＞教会

行事一般→子どもの世界・生活＞行事＞行事一般

きょうだい→子どもの世界・生活＞家族＞きょうだい

恐怖→人・仕事・生活＞恐怖

恐竜→動物＞恐竜

協力・手助け→子どもの世界・生活＞協力・手助け

巨人・大男→架空のもの・ファンタジー＞巨人・大男

緊急自動車→乗り物＞自動車＞緊急自動車

空襲→戦争と平和・災害・社会問題＞戦争＞空襲

290

空想→子どもの世界・生活＞遊び＞空想

くじら→動物＞くじら

果物一般→子どもの世界・生活＞食べもの＞果物＞果物一般

くつ・くつした→子どもの世界・生活＞ファッション・おしゃれ・身だしなみ＞くつ・くつした

くつ屋・洋服屋さん→人・仕事・生活＞店屋＞くつ屋・洋服屋さん

くま→動物＞くま

クマのパディントン→架空のもの・ファンタジー＞キャラクター絵本＞クマのパディントン

雲→自然・環境・宇宙＞天気・天候＞雲

くも→動物＞虫＞くも

クリスマス→子どもの世界・生活＞行事＞クリスマス

グリム童話→民話・昔話・名作・物語＞世界の物語＞グリム童話

ケーキ→子どもの世界・生活＞食べもの＞おやつ・お菓子＞ケーキ

けが・病気・病院→人・仕事・生活＞けが・病気・病院

劇・舞踊・バレエ→子どもの世界・生活＞芸術＞劇・舞踊・バレエ

結婚→人・仕事・生活＞結婚

けんか・退治・戦い→子どもの世界・生活＞けんか・退治・戦い

研究・発明→子どもの世界・生活＞研究・発明

原子力発電→自然・環境・宇宙＞環境問題＞原子力発電

原爆→戦争と平和・災害・社会問題＞原爆

公園→自然・環境・宇宙＞公園

工作→子どもの世界・生活＞芸術＞工作

工作・彫刻→子どもの世界・生活＞芸術＞工作・彫刻

コウモリ→動物＞鳥＞コウモリ

コート・上着→子どもの世界・生活＞ファッション・おしゃれ・身だしなみ＞コート・上着

克服→子どもの世界・生活＞子どもの心＞克服

ごっこ遊び→子どもの世界・生活＞遊び＞ごっこ遊び

言葉遊び→子どもの世界・生活＞遊び＞言葉遊び

子どもの交通安全→子どもの世界・生活＞子どもの交通安全

子どもの個性→子どもの世界・生活＞子どもの個性

子どもの防災→子どもの世界・生活＞子どもの防災

ごはん→子どもの世界・生活＞食べもの＞ごはん

小人→架空のもの・ファンタジー＞小人

ゴミ→自然・環境・宇宙＞環境問題＞ゴミ

ゴリラ→動物＞ゴリラ

サーカス→子どもの世界・生活＞行事＞サーカス

災害一般→戦争と平和・災害・社会問題＞災害＞災害一般

探しもの・人探し→子どもの世界・生活＞探しもの・人探し

魚・貝一般→動物＞魚・貝＞魚・貝一般

サッカー→子どもの世界・生活＞運動・スポーツ＞サッカー

さる→動物＞さる

さるかにかっせん→民話・昔話・名作・物語＞日本の物語＞さるかにかっせん

サンタクロース→子どもの世界・生活＞行事＞クリスマス＞サンタクロース

散歩→子どもの世界・生活＞散歩

死→人・仕事・生活＞死

幸せ→人・仕事・生活＞幸せ

しか→動物＞しか

事件・事故→戦争と平和・災害・社会問題＞事件・事故

仕事一般→人・仕事・生活＞仕事一般

地震→戦争と平和・災害・社会問題＞地震

自然・環境・宇宙一般→自然・環境・宇宙＞自然・環境・宇宙一般

下着→子どもの世界・生活＞ファッション・おしゃれ・身だしなみ＞下着

仕立屋さん→人・仕事・生活＞仕立屋さん

自転車→乗り物＞自転車

自動車→乗り物＞自動車

死神→架空のもの・ファンタジー＞死神

島→自然・環境・宇宙＞島

島の子ども→子どもの世界・生活＞島の子ども

じゃがいも→子どもの世界・生活＞食べもの＞野菜＞じゃがいも

十二支→動物＞十二支

授業・勉強・宿題→子どもの世界・生活＞学校・習いごと＞授業・勉強・宿題

手芸・裁縫・編みもの→子どもの世界・生活＞芸術＞手芸・裁縫・編みもの

少女・女の子→子どもの世界・生活＞少女・女の子

商店街・市場・スーパーマーケット→人・仕事・生活＞店屋＞商店街・市場・スーパーマーケット

少年・男の子→子どもの世界・生活＞少年・男の子

消防士・救助隊→人・仕事・生活＞消防士・救助隊

食育→子どもの世界・生活＞育児・子育て＞食育

食具→子どもの世界・生活＞食べもの＞食事・料理＞食具

食事・料理→子どもの世界・生活＞食べもの＞食事・料理

職人・修理屋→人・仕事・生活＞職人・修理屋

食器→子どもの世界・生活＞食べもの＞食事・料理＞食器

城・宮殿→人・仕事・生活＞生活・くらし＞城・宮殿

しろくま→動物＞しろくま

しんかんせん→乗り物＞汽車・電車＞しんかんせん

人権・差別→戦争と平和・災害・社会問題＞人権・差別

信頼・絆→人・仕事・生活＞信頼・絆

すいか→子どもの世界・生活＞食べもの＞果物＞すいか

スキー・スケート→子どもの世界・生活＞遊び＞スキー・スケート

寿司屋さん→人・仕事・生活＞店屋＞寿司屋さん

すもう→子どもの世界・生活＞運動・スポーツ＞すもう

生活・くらし一般→人・仕事・生活＞生活・くらし一般

政治家・大臣・軍師→人・仕事・生活＞政治家・大臣・軍師

世界の神話→民話・昔話・名作・物語＞世界の神話

世界の物語→民話・昔話・名作・物語＞世界の物語

節句→子どもの世界・生活＞行事＞節句

絶滅動物→動物＞絶滅動物

戦士・勇者・侍→人・仕事・生活＞戦士・勇者・侍

先生→人・仕事・生活＞先生

戦争→戦争と平和・災害・社会問題＞戦争

船長さん→人・仕事・生活＞船長さん

ぞう→動物＞ぞう

僧侶・修行僧・お坊さん→人・仕事・生活＞僧侶・修行僧・お坊さん

空→自然・環境・宇宙＞空

大工さん→人・仕事・生活＞大工さん

大道芸人・芸人→人・仕事・生活＞大道芸人・芸人

太陽→自然・環境・宇宙＞太陽

たからもの→子どもの世界・生活＞たからもの

たこ→動物＞魚・貝＞たこ

建物・設備→人・仕事・生活＞建物・設備

七夕→子どもの世界・生活＞行事＞七夕

たぬき→動物＞たぬき

旅→子どもの世界・生活＞旅

食べもの一般→子どもの世界・生活＞食べもの

食べもの一般→子どもの世界・生活＞食べもの＞食べもの一般

たべもののすききらい→子どもの世界・生活＞育児・子育て＞食育＞たべもののすききらい

卵→子どもの世界・生活＞卵

だるま→架空のもの・ファンタジー＞だるま

誕生日→子どもの世界・生活＞誕生日

ダンス→子どもの世界・生活＞遊び＞ダンス

タンタン→架空のもの・ファンタジー＞キャラクター絵本＞タンタン

探偵→人・仕事・生活＞探偵

たんぽぽ→自然・環境・宇宙＞花・植物＞たんぽぽ

知育→子どもの世界・生活＞知育

力比べ・試合→子どもの世界・生活＞遊び＞力比べ・試合

地球→自然・環境・宇宙＞地球

中国→民話・昔話・名作・物語＞世界の物語＞アジア＞中国

中国・四国地方→民話・昔話・名作・物語＞日本の物語＞中国・四国地方

中東→民話・昔話・名作・物語＞世界の物語＞中東

中南米→民話・昔話・名作・物語＞世界の物語＞中南米

ちょう→動物＞虫＞ちょう

調理器具→子どもの世界・生活＞食べもの＞食事・料理＞調理器具

月→自然・環境・宇宙＞月

土いじり・砂・どろんこ遊び→子どもの世界・生活＞遊び＞土いじり・砂・どろんこ遊び

津波→戦争と平和・災害・社会問題＞津波

釣り→子どもの世界・生活＞遊び＞釣り

てあらい・うがい・はみがき→子どもの世界・生活＞育児・子育て＞子どものしつけ＞てあらい・うがい・はみがき

ディズニー→架空のもの・ファンタジー＞キャラクター絵本＞ディズニー

手紙→子どもの世界・生活＞手紙

テスト→子どもの世界・生活＞学校・習いごと＞テスト

てぶくろ→子どもの世界・生活＞ファッション・おしゃれ・身だしなみ＞てぶくろ

寺・神社→人・仕事・生活＞建物・設備＞寺・神社

天気・天候→自然・環境・宇宙＞天気・天候

転校→子どもの世界・生活＞学校・習いごと＞転校

天使→架空のもの・ファンタジー＞天使

電車の運転士→人・仕事・生活＞電車の運転士

トイ・ストーリー→架空のもの・ファンタジー＞キャラクター絵本＞トイ・ストーリー

ドイツ→民話・昔話・名作・物語＞世界の物語＞ヨーロッパ＞ドイツ

盗賊・泥棒→人・仕事・生活＞盗賊・泥棒

動物一般→動物＞動物一般

動物園→動物＞動物園

ドーナツ→子どもの世界・生活＞食べもの＞おやつ・お菓子＞ドーナツ

とかげ→動物＞とかげ

読書→子どもの世界・生活＞読書

床屋さん・美容室→人・仕事・生活＞店屋＞床屋さん・美容室

図書館→人・仕事・生活＞建物・設備＞図書館

殿様・お姫様→民話・昔話・名作・物語＞日本の物語＞殿様・お姫様

トマト→子どもの世界・生活＞食べもの＞野菜＞トマト

トムとジェリー→架空のもの・ファンタジー＞キャラクター絵本＞トムとジェリー

友達・仲間→子どもの世界・生活＞友達・仲間

とら→動物＞とら

トラック・ダンプカー→乗り物＞自動車＞トラック・ダンプカー

鳥一般→動物＞鳥＞鳥一般

どろぼう→人・仕事・生活＞どろぼう

仲直り→子どもの世界・生活＞仲直り

謎とき・ゲーム→子どもの世界・生活＞遊び＞謎とき・ゲーム

夏→自然・環境・宇宙＞季節・四季＞夏

夏休み→子どもの世界・生活＞夏休み

名前→子どもの世界・生活＞名前

なまず→動物＞魚・貝＞なまず

なわとび→子どもの世界・生活＞遊び＞なわとび

ナンセンス絵本→笑い話・ユーモア＞ナンセンス絵本

新美南吉童話→民話・昔話・名作・物語＞日本の物語＞新美南吉童話

日本の物語→民話・昔話・名作・物語＞日本の物語

にわとり→動物＞鳥＞にわとり

人魚・半魚人→架空のもの・ファンタジー＞人魚・半魚人

人形・玩具→子どもの世界・生活＞遊び＞人形・玩具

忍者→人・仕事・生活＞忍者

にんじん→子どもの世界・生活＞食べもの＞野菜＞にんじん

ねこ→動物＞ねこ

ねずみ→動物＞ねずみ

野原→自然・環境・宇宙＞野原

乗り物一般→乗り物＞乗り物一般

葉・木の葉→自然・環境・宇宙＞葉・木の葉

バイキンマン→架空のもの・ファンタジー＞キャラクター絵本＞バイキンマン

はじめての経験→子どもの世界・生活＞はじめての経験

バス→乗り物＞自動車＞バス

バスの運転手・バスガイド→人・仕事・生活＞バスの運転手・バスガイド

畑・田んぼ→自然・環境・宇宙＞畑・田んぼ

ハチ→動物＞虫＞ハチ

発見→子どもの世界・生活＞子どもの心＞発見

発表会→子どもの世界・生活＞芸術＞発表会

花・植物→自然・環境・宇宙＞花・植物

はなさかじい→民話・昔話・名作・物語＞日本の物語＞はなさかじい

バナナ→子どもの世界・生活＞食べもの＞果物＞バナナ

花火→子どもの世界・生活＞遊び＞花火

ばばばあちゃん→架空のもの・ファンタジー＞キャラクター絵本＞ばばばあちゃん

ハリネズミ→動物＞ハリネズミ

春→自然・環境・宇宙＞季節・四季＞春

ハロウィーン→子どもの世界・生活＞行事＞ハロウィーン

パン→子どもの世界・生活＞食べもの＞パン

パンダ→動物＞パンダ

パン屋さん→人・仕事・生活＞店屋＞パン屋さん

ヒーロー→架空のもの・ファンタジー＞ヒーロー

ピクニック・遠足・キャンプ→子どもの世界・生活＞遊び＞ピクニック・遠足・キャンプ

飛行機・ヘリコプター→乗り物＞飛行機・ヘリコプター

美術館・博物館→子どもの世界・生活＞芸術＞美術館・博物館

引っ越し→子どもの世界・生活＞家族＞引っ越し

ひつじ→動物＞ひつじ

ひつじのショーン→架空のもの・ファンタジー＞キャラクター絵本＞ひつじのショーン

ひなたぼっこ→子どもの世界・生活＞ひなたぼっこ

百姓・農家→人・仕事・生活＞百姓・農家

百貨店・デパート→人・仕事・生活＞店屋＞百貨店・デパート

病気・障がい・アレルギーがある子→子どもの世界・生活＞病気・障がい・アレルギーがある子

ひよこ→動物＞鳥＞にわとり＞ひよこ

貧困・家庭内暴力・児童虐待→戦争と平和・災害・社会問題＞貧困・家庭内暴力・児童虐待

貧乏神・福の神→架空のもの・ファンタジー＞貧乏神・福の神

ファッション・おしゃれ・身だしなみ一般→子どもの世界・生活＞ファッション・おしゃれ・身だしなみ
＞ファッション・おしゃれ・身だしなみ一般

夫婦→人・仕事・生活＞夫婦

不機嫌・反抗→子どもの世界・生活＞子どもの心＞不機嫌・反抗

ふくろう→動物＞鳥＞ふくろう

不思議の世界・国→架空のもの・ファンタジー＞不思議の世界・国

ぶた→動物＞ぶた

ふたご→子どもの世界・生活＞家族＞ふたご

船・ヨット→乗り物＞船・ヨット

冬→自然・環境・宇宙＞季節・四季＞冬

ブルドーザー・ショベルカー→乗り物＞自動車＞ブルドーザー・ショベルカー

プレゼント→子どもの世界・生活＞プレゼント

ペット→子どもの世界・生活＞家族＞ペット

ペネロペ→架空のもの・ファンタジー＞キャラクター絵本＞ペネロペ

へび→動物＞へび

ペロー童話→民話・昔話・名作・物語＞世界の物語＞ペロー童話

ペンギン→動物＞鳥＞ペンギン

変身→子どもの世界・生活＞遊び＞変身

ぼうけん→子どもの世界・生活＞ぼうけん

帽子→子どもの世界・生活＞ファッション・おしゃれ・身だしなみ＞帽子

星→自然・環境・宇宙＞星

ボタン→子どもの世界・生活＞ファッション・おしゃれ・身だしなみ＞ボタン

北海道・東北地方→民話・昔話・名作・物語＞日本の物語＞北海道・東北地方

まいご→子どもの世界・生活＞子どもの心＞まいご

マナー・ルール→子どもの世界・生活＞育児・子育て＞子どものしつけ＞マナー・ルール

魔法・魔法使い・魔女→架空のもの・ファンタジー＞魔法・魔法使い・魔女

湖・池・沼→自然・環境・宇宙＞湖・池・沼

店屋→人・仕事・生活＞店屋

店屋一般→人・仕事・生活＞店屋＞店屋一般
宮沢賢治童話→民話・昔話・名作・物語＞日本の物語＞宮沢賢治童話
ムーミン→架空のもの・ファンタジー＞キャラクター絵本＞ムーミン
虫一般→動物＞虫＞虫一般
村の子ども→子どもの世界・生活＞村の子ども
めがね→子どもの世界・生活＞ファッション・おしゃれ・身だしなみ＞めがね
召使い→人・仕事・生活＞召使い
もぐら→動物＞もぐら
やぎ→動物＞やぎ
役者→人・仕事・生活＞役者
野菜一般→子どもの世界・生活＞食べもの＞野菜＞野菜一般
山・森→自然・環境・宇宙＞山・森
山ねこ→動物＞山ねこ
山の子ども→子どもの世界・生活＞山の子ども
山登り→子どもの世界・生活＞遊び＞山登り
やまんば→架空のもの・ファンタジー＞やまんば
遊園地・水族館→子どもの世界・生活＞遊び＞遊園地・水族館
遊具→子どもの世界・生活＞遊び＞遊具
郵便屋さん→人・仕事・生活＞郵便屋さん
雪→自然・環境・宇宙＞天気・天候＞雪
雪遊び→子どもの世界・生活＞遊び＞雪遊び
雪だるま→子どもの世界・生活＞遊び＞雪遊び＞雪だるま
夢→子どもの世界・生活＞夢
妖怪→架空のもの・ファンタジー＞妖怪
妖精・精霊→架空のもの・ファンタジー＞妖精・精霊
幼稚園・保育園→子どもの世界・生活＞幼稚園・保育園
幼虫・さなぎ→動物＞虫＞幼虫・さなぎ
ヨーロッパ→民話・昔話・名作・物語＞世界の物語＞ヨーロッパ
ライオン→動物＞ライオン
落語絵本→笑い話・ユーモア＞落語絵本
ラプンツェル→民話・昔話・名作・物語＞世界の物語＞グリム童話＞ラプンツェル
りす→動物＞りす
竜・ドラゴン→架空のもの・ファンタジー＞竜・ドラゴン
漁師・猟師・木こり→人・仕事・生活＞漁師・猟師・木こり
料理人・パティシエ→人・仕事・生活＞料理人・パティシエ
りんご→子どもの世界・生活＞食べもの＞果物＞りんご
るすばん→子どもの世界・生活＞育児・子育て＞子どものしつけ＞るすばん
歴史上人物・伝記絵本→民話・昔話・名作・物語＞歴史上人物・伝記絵本
歴史的建造物・世界遺産→人・仕事・生活＞建物・設備＞歴史的建造物・世界遺産

レストラン・食べ物屋さん→人・仕事・生活＞店屋＞レストラン・食べ物屋さん
恋愛→子どもの世界・生活＞恋愛
練習・特訓→子どもの世界・生活＞練習・特訓
老人→人・仕事・生活＞老人
ロケット→乗り物＞ロケット
ロバ→動物＞ロバ
ロボット→架空のもの・ファンタジー＞ロボット
若者・青年→人・仕事・生活＞若者・青年
ワニ→動物＞ワニ
笑い話・ユーモア一般→笑い話・ユーモア＞笑い話・ユーモア一般

収録作品一覧（作家の姓の表記順→名の順→出版社の字順並び）

ポポくんのかぼちゃカレー／accototo ふくだとしお＋あきこ作／ＰＨＰ研究所（ＰＨＰにこにこえほん）／
2011 年 1 月

ポポくんのかきごおり／accototo ふくだとしお＋あきこ作／ＰＨＰ研究所（ＰＨＰにこにこえほん）／
2013 年 6 月

はなちゃんのわらいのたね／ａｋｋｏ文;荒井良二絵／幻冬舎／2013 年 11 月

んふんふなめこ絵本 すてきなであい／Beeworks;SUCCESS 監修;河合真吾（ビーワークス）キャラクター
原案;トモコ＝ガルシア絵／岩崎書店／2013 年 6 月

んふんふなめこ絵本みんなのおうち／Beeworks;SUCCESS 監修;河合真吾（ビーワークス）キャラクター
原案;トモコ＝ガルシア絵／岩崎書店／2013 年 12 月

みずいろのぞう／nakaban 作／ほるぷ出版（ほるぷ創作絵本）／2011 年 8 月

ぞうのびっくりパンやさん／nakaban 文・絵／大日本図書／2013 年 5 月

タッフィーとハッピーの たのしいまいにち―おてつだいしたい／ｏｂｅｔｏｍｏ絵;川瀬礼王名文／ポプラ
社／2013 年 9 月

しろくまのパンツ／tupera tupera 作／ブロンズ新社／2012 年 9 月

ニコとニキ キャンプでおおさわぎのまき／あいはらひろゆき作;あだちなみ絵／小学館／2013 年 9 月

たんじょうびってすてきなひ／あいはらひろゆき作;かわかみたかこ絵／佼成出版社（みつばちえほんシリ
ーズ）／2011 年 6 月

フラニーとメラニーしあわせのスープ／あいはらひろゆき文;あだちなみ絵／講談社（講談社の創作絵本）
／2012 年 7 月

ねことおもちゃのじかん／レズリー・アン・アイボリー作;木原悦子訳／講談社（講談社の翻訳絵本）／
2011 年 11 月

ギリギリかめん／あきやまただし;作・絵／金の星社（新しいえほん）／2012 年 9 月

あひるのたまごねえちゃん／あきやまただし;作・絵／鈴木出版（ひまわりえほんシリーズ）／2011 年 11
月

うしろのダメラ／あきやまただし作／ハッピーオウル社／2013 年 4 月

ぺんぎんのたまごにいちゃん／あきやまただし作・絵／鈴木出版（ひまわりえほんシリーズ）／2011 年 6
月

きょうりゅうのたまごにいちゃん／あきやまただし作・絵／鈴木出版（ひまわりえほんシリーズ）／2012
年 10 月

だちょうのたまごにいちゃん／あきやまただし作・絵／鈴木出版（ひまわりえほんシリーズ）／2013 年 9
月

おおばっちゃんちにまたきてたんせ／秋山とも子作／福音館書店（こどものとも）／2012 年 8 月

キッキとトーちゃんふねをつくる／浅生ハルミン著／芸術新聞社／2012 年 11 月

ものしりひいおばあちゃん／朝川照雄作;よこみちけいこ絵／絵本塾出版／2011 年 4 月

ブラッフィー／あしののりこ作・絵／小学館／2012 年 9 月

ローズ色の自転車／ジャンヌ・アシュベ作;野坂悦子訳／光村教育図書／2012 年 3 月

おじさんとカエルくん／リンダ・アシュマン文;クリスチャン・ロビンソン絵；なかがわちひろ訳／あすな
ろ書房／2013 年 5 月

ひつじのショーン ショーンとサッカー／アードマン・アニメーションズ原作;松井京子文／金の星社／
2013 年 6 月

ひつじのショーン ひつじのげいじゅつか／アードマン・アニメーションズ原作;松井京子文／金の星社／
2013 年 6 月

ひつじのショーン シャーリーのダイエット／アードマン・アニメーションズ原作;松井京子文／金の星社／
2013 年 9 月

ひつじのショーン ピザがたべたい！／アードマン・アニメーションズ原作;松井京子文／金の星社／2013年
　9月

ぼくのやぎ／安部才朗文;安部明子絵／福音館書店（こどものとも年中向き）／2011年7月

きょうのシロクマ／あべ弘士作／光村教育図書／2013年7月

ふたごのしろくま ねえ、おんぶのまき／あべ弘士作／講談社（講談社の創作絵本）／2012年5月

ふたごのしろくま くるくるぱっちんのまき／あべ弘士作／講談社（講談社の創作絵本）／2012年6月

ふたごのしろくま とりさん、なんば？のまき／あべ弘士作／講談社（講談社の創作絵本）／2012年7月

かわうそ3きょうだいそらをゆく／あべ弘士著／小峰書店（にじいろえほん）／2013年4月

ひめねずみとガラスのストーブ／安房直子作;降矢なな絵／小学館／2011年11月

だめだめママだめ！／天野慶文;はまのゆか絵／ほるぷ出版（ほるぷ創作絵本）／2011年10月

みてよぴかぴかランドセル／あまんきみこ;文 西巻茅子;絵／福音館書店（ランドセルブックス）／2011
　年2月

あそびたいものよっといで／あまんきみこ作;おかだちあき絵／鈴木出版（ひまわりえほんシリーズ）／
　2013年3月

トントントンをまちましょう／あまんきみこ作;鎌田暢子絵／ひさかたチャイルド／2011年12月

みんなでよいしょ／あまんきみこ文;いしいつとむ絵／小峰書店（にじいろえほん）／2011年6月

みーつけたっ／あまんきみこ文;いしいつとむ絵／小峰書店（にじいろえほん）／2011年10月

つきよはうれしい／あまんきみこ文;こみねゆら絵／文研出版（えほんのもり）／2011年9月

こぐまのくうちゃん／あまんきみこ文;黒井健絵／童心社／2013年8月

北風ふいてもさむくない／あまんきみこ文;西巻茅子絵／福音館書店（ランドセルブックス）／2011年11
　月

だいすきのしるし／あらいえつこ作;おかだちあき絵／岩崎書店（えほんのぼうけん）／2012年6月

いたいのいたいのとんでゆけ／新井悦子作;野村たかあき絵／鈴木出版（ひまわりえほんシリーズ）／2012
　年1月

こわいものがこないわけ／新井洋行;作・絵／講談社の創作絵本／2012年8月

おめでとうおばけ／あらいゆきこ文・絵／大日本図書／2012年8月

ねんどろん／荒井良二著／講談社（講談社の創作絵本）／2012年3月

フーくんのおへそ／ラモン・アラグエス文;フランチェスカ・ケッサ絵;宇野和美訳／光村教育図書／2011年
　5月

ぼくのなまえはダメ！／マルタ・アルテス作;今井なぎさ訳／コスモピア／2013年5月

ひみつの足あと／フーリア・アルバレス文;ファビアン・ネグリン絵;神戸万知訳／岩波書店（大型絵本）／
　2011年8月

あらじんのまほう／あらじん作;はなもとゆきの絵／パレード（Parade books）／2012年8月

こくばんくまさんつきへいく／マーサ・アレクサンダー作;風木一人訳／ほるぷ出版／2013年9月

もうふのなかのダニィたち／ベアトリーチェ・アレマーニャ作;石津ちひろ訳／ファイドン／2011年3月

ねむくなんかないっ！／ジョナサン・アレン作;せなあいこ訳／評論社（児童図書館・絵本の部屋）／2011
　年2月

はだかのおうさま／アンデルセン原作;いもとようこ文・絵／金の星社／2013年2月

すずのへいたいさん／アンデルセン原作;いもとようこ文・絵／金の星社／2013年12月

にんぎょひめ―アンデルセンのおひめさま／アンデルセン原作;高橋真琴絵;八百板洋子文／学研教育出版／
　2012年5月

おやゆびひめ／ハンス・クリスチャン・アンデルセン作;リスベート・ツヴェルガー絵;江國香織訳／BL出
　版／2013年10月

シンデレラ／安野光雅文・絵／世界文化社／2011年7月

凸凹ぼしものがたり／あんびるやすこ作・絵／ひさかたチャイルド／2012年7月

だいすき、ママ！／飯島有作画;梯有子文案／河出書房新社（トムとジェリーアニメおはなしえほん）／2013
　年9月

2

つぎのかたどうぞ―はたけやこううんさいいちざいんぼしゅうのおはなし／飯野和好作／小学館（おひさまのほん）／2011年7月

キムのふしぎなかさのたび／ホーカン・イェンソン文;カーリン・スレーン絵:オスターグレン晴子訳／徳間書店／2012年5月

非武装地帯に春がくると／イ・オクベ作おおたけきよみ訳／童心社（[日・中・韓]平和絵本）／2011年4月

人魚のうたがきこえる／五十嵐大介著／イースト・プレス（こどもプレス）／2013年5月

トリケラとしょかん／五十嵐美和子著／白泉社／2013年3月

カエサルくんとカレンダー／いけがみしゅんいち文;せきぐちよしみ絵／福音館書店／2012年1月

だいすき・ベベダヤン／池田あきこ作／ほるぷ出版／2013年2月

ねどこどこ?―ダヤンと森の写真絵本／池田あきこ作・絵;横塚眞己人写真／長崎出版／2013年2月

森の音を聞いてごらん／池田あきこ著／白泉社／2011年9月

おなかいっぱい、しあわせいっぱい／レイチェル・イザドーラ作・絵;小宮山みのり訳／徳間書店／2012年8月

ナージャ海で大あばれ／泉京鹿訳／中国出版トーハン（中国のむかしばなし）／2011年1月

あばれんぼうのそんごくう／泉京鹿訳／中国出版トーハン（中国のむかしばなし）／2011年6月

ほうれんとう／泉京鹿訳／中国出版トーハン（中国のむかしばなし）／2011年6月

ぴたっとヤモちゃん／石井聖岳作／小学館（おひさまのほん）／2012年5月

しろうさぎとりんごの木／石井睦美作酒井駒子絵／文溪堂／2013年10月

つみきくんとつみきちゃん／いしかわこうじ作・絵／ポプラ社（絵本のおもちゃばこ）／2011年8月

くらやみえんのたんけん／石川ミツ子作;二俣英五郎絵／福音館書店（こどものともコレクション）／2011年2月

のんちゃんと白鳥／石倉欣二文・絵／小峰書店（にじいろえほん）／2011年11月

さるかにがっせん／石崎洋司;文 やぎたみこ絵／講談社（講談社の創作絵本）／2012年8月

はなさかじいさん／石崎洋司;文 松成真理子絵／講談社（講談社の創作絵本）／2012年2月

つるのおんがえし／石崎洋司;文 水口理恵子絵／講談社（講談社の創作絵本）／2012年11月

わらしべちょうじゃ／石崎洋司;文 西村敏雄絵／講談社（講談社の創作絵本）／2012年5月

さんまいのおふだ／石崎洋司;文 大島妙子;絵／講談社（講談社の創作絵本）／2012年8月

ももたろう／石崎洋司;文 武田美穂絵／講談社（講談社の創作絵本）／2012年2月

なないろのプレゼント／石津ちひろ作;松成真理子絵／教育画劇／2012年11月

たんけんケンタくん／石津ちひろ作;石井聖岳絵／佼成出版社（クローバーえほんシリーズ）／2012年3月

ミミとおとうさんのハッピー・バースデー／石津ちひろ作;早川純子絵／長崎出版／2013年6月

カラスのスッカラ／石津ちひろ作;猫野ぺすか絵／佼成出版社／2013年5月

いとしい小鳥きいろ／石津ちひろ文;ささめやゆき絵／ハモニカブックス／2013年4月

南の島で／石津ちひろ文;原マスミ絵／偕成社／2011年4月

すいか!／石津ちひろ文;村上康成絵／小峰書店（にじいろえほん）／2013年5月

チェロの木／いせひでこ作／偕成社／2013年3月

とびだせ!チンタマン／板橋雅弘作;デハラユキノリ絵／TOブックス／2012年10月

とびだせ!チンタマン―こどもてんさいきょうしつ―／板橋雅弘作;デハラユキノリ絵／TOブックス／2013年3月

パパのしごとはわるものです／板橋雅弘作;吉田尚令絵／岩崎書店（えほんのぼうけん）／2011年5月

ぶたさんちのおつきみ／板橋敦子作・絵／ひさかたチャイルド／2012年8月

ねこのピカリとまどのほし／市居みか作／あかね書房／2011年6月

かみさまのめがね／市川真由美文;つちだのぶこ絵／ブロンズ新社／2011年9月

じゃがいもアイスクリーム?／市川里美作／BL出版／2011年7月

ジブリルのくるま／市川里美作／BL出版／2012年8月

おつきさま、こんばんは!／市川里美作／講談社（講談社の創作絵本）／2011年8月

すごいくるま／市原淳作／教育画劇／2011年6月

ムーサンのたび／いとうひろし作／ポプラ社（いとうひろしの本）／2011年11月

こまったときのねこおどり／いとうひろし作／ポプラ社（いとうひろしの本）／2013年4月

できそこないのおとぎばなし／いとうひろし作／童心社（絵本・こどものひろば）／2012年9月

フウちゃんクウちゃんロウちゃんのふくろうがっこう　さかなをとろうのまき／いとうひろし作／徳間書店／2012年5月

メガネくんのゆめ／いとうひろし作・絵／講談社（講談社の創作絵本）／2012年10月

まよなかのほいくえん／いとうみく作広瀬克也絵／ＷＡＶＥ出版（えほんをいっしょに。）／2013年5月

きつね、きつね、きつねがとおる／伊藤遊作;岡本順絵／ポプラ社（ポプラ社の絵本）／2011年4月

しんせつなかかし／ウェンディ・イートン作;おびかゆうこ訳；篠崎三朗絵／福音館書店（ランドセルブックス）／2012年1月

おたまじゃくしのニョロ／稲垣栄洋作;西村繁男絵／福音館書店（こどものとも）／2011年5月

あやとユキ／いながきふさこ作;青井芳美絵／ＢＬ出版／2011年12月

ぽんこちゃんポン！／乾栄里子作;西村敏雄絵／偕成社／2013年10月

ふくろうのダルトリー／乾栄里子文;西村敏雄絵／ブロンズ新社／2011年10月

おじいちゃんのトラのいるもりへ／乾千恵文;あべ弘士絵／福音館書店（こどものとも）／2011年9月

おかしのくにのバレリーナ／犬飼由美恵文;まるやまあやこ絵／教育画劇／2013年11月

ふたごのまるまるちゃん／犬飼由美恵文;やべみつのり絵／教育画劇／2012年2月

わたしドーナツこ／井上コトリ作／ひさかたチャイルド／2011年1月

ちいさなぬま／井上コトリ作／講談社（講談社の創作絵本）／2013年8月

「けんぽう」のおはなし／井上ひさし原案;武田美穂絵／講談社／2011年4月

ハナンのヒツジが生まれたよ／井上夕香文;小林豊絵／小学館／2011年9月

おによりつよいおよめさん／井上よう子作;吉田尚令絵／岩崎書店（えほんのぼうけん）／2013年10月

タマゴイスにのり／井上洋介作・絵／鈴木出版（チューリップえほんシリーズ）／2012年7月

わっ／井上洋介文・絵／小峰書店（にじいろえほん）／2012年12月

やまのばんさんかい／井上洋介文・絵／小峰書店（にじいろえほん）／2013年9月

ふるおうねずみ／井上洋介文・絵／福音館書店（こどものとも年中向き）／2013年9月

おかめ列車嫁にいく／いぬんこ作／長崎出版／2012年7月

108ぴきめのひつじ／いまいあやの作／文渓堂／2011年1月

いこう！絶滅どうぶつ園／今泉忠明文;谷川ひろみつ絵／星の環会／2012年4月

はやぶさものがたり／今井なぎさ文;すがのやすのり絵／コスモピア／2011年7月

ヒコリみなみのしまにいく／いまきみち作／福音館書店（こどものとも年中向き）／2012年9月

きみがおしえてくれた。／今西乃子文;加納果林絵／新日本出版社／2013年7月

干潟のくちばしじまん／今宮則子文;小島祥子絵／星の環会／2011年9月

クリスマスのねがい／今村葦子文;堀川理万子絵／女子パウロ会／2011年10月

ゆきのよあけ／いまむらあしこ文;あべ弘士絵／童心社（絵本・こどものひろば）／2012年11月

くまときつね／いもとようこ;文・絵／金の星社／2011年4月

あかちゃんになったおばあさん／いもとようこ;文・絵／金の星社／2011年12月

びんぼうがみとふくのかみ／いもとようこ文・絵／金の星社／2011年6月

ねずみのすもう／いもとようこ文・絵／金の星社／2011年8月

スーフと白い馬／いもとようこ文・絵／金の星社／2012年4月

ジャックとまめのき／いもとようこ文・絵／金の星社／2012年7月

おやすみラッテ／いりやまさとし作／ポプラ社／2011年7月

よなおしてんぐ5にんぐみてんぐるりん！／岩神愛作・絵／岩崎書店（えほんのぼうけん）／2012年1月

とっとこトマちゃん／岩瀬成子作;中谷靖彦絵／ＷＡＶＥ出版（えほんをいっしょに。）／2013年4月

ばけばけばけばけばけたくん　おみせの巻／岩田明子文・絵／大日本図書／2011年7月

ばけばけばけばけばけたくん　おまつりの巻／岩田明子文・絵／大日本図書／2012年7月

4

ガール・イン・レッド／ロベルト・インノチェンティ原案・絵；アーロン・フリッシュ文；金原瑞人訳／西村
　書店東京出版編集部／2013年2月
まほうの森のブニュル／ジーン・ウィリス作；グウェン・ミルワード絵；石井睦美訳／小学館／2012年3月
あたまのうえにとりがいますよ／モー・ウィレムズ作落合恵子訳／クレヨンハウス（ぞうさん・ぶたさん
　シリーズ絵本）／2013年9月
とびたいぶたですよ／モー・ウィレムズ作落合恵子訳／クレヨンハウス（ぞうさん・ぶたさんシリーズ絵
　本）／2013年9月
そとであそびますよ／モー・ウィレムズ作落合恵子訳／クレヨンハウス（ぞうさん・ぶたさんシリーズ絵
　本）／2013年11月
パーティーによばれましたよ／モー・ウィレムズ作落合恵子訳／クレヨンハウス（ぞうさん・ぶたさんシ
　リーズ絵本）／2013年11月
まちのいぬといなかのかえる／モー・ウィレムズ文；ジョン・J・ミュース絵；さくまゆみこ訳／岩波書店
　（大型絵本）／2011年2月
うたこさん／植垣歩子著／佼成出版社（クローバーえほんシリーズ）／2011年9月
にん・にん・じんのにんじんじゃ／うえだしげこ文・絵／大日本図書／2013年6月
そらをみあげるチャバーちゃん／ジェーン・ウェーチャチーワ作小林真里奈訳；ウィスット・ポンニミット
　絵／福音館書店（こどものとも年中向き）／2013年7月
ぬすまれたおくりもの／うえつじとしこ文・絵／大日本図書／2011年9月
でっかいたまごとちっちゃいたまご／上野与志作かとうようこ絵／WAVE出版（えほんをいっしょに。）
　／2013年3月
かわいいあひるのあかちゃん／モニカ・ウェリントン作たがきょうこ訳／徳間書店／2013年3月
パパとわたし／マリア・ウェレニケ作宇野和美訳／光村教育図書／2012年10月
くまくんと6ぴきのしろいねずみ／クリス・ウォーメル作・絵吉上恭太訳／徳間書店／2011年12月
わたしのいちばんあのこの1ばん／アリソン・ウォルチ作；パトリス・バートン絵；薫くみこ訳／ポプラ社
　（ポプラせかいの絵本）／2012年9月
すなばのスナドン／宇治勲作・絵／文溪堂／2013年9月
チキンマスク―マスク小学校／宇都木美帆作／ペック工房／2011年4月
ハムマスク―マスク小学校／宇都木美帆作／ペック工房／2011年4月
みんなでいただきます／内田恭子文；藤本将絵／講談社（講談社の創作絵本）／2011年12月
絵本いのちをいただく―みいちゃんがお肉になる日／内田美智子作魚戸おさむとゆかいななかまたち絵坂
　本義喜原案／講談社（講談社の創作絵本）／2013年12月
イタチとみずがみさま／内田麟太郎作／山本孝絵／岩崎書店（えほんのぼうけん）／2011年6月
かっぱのこいのぼり／内田麟太郎作／山本孝絵／岩崎書店（えほんのぼうけん）／2012年4月
おひげおひげ／内田麟太郎作西村敏雄絵／鈴木出版（チューリップえほんシリーズ）／2012年6月
ぽにょりぽにょり／内田麟太郎作／林家木久扇絵／今人舎／2012年11月
ともだちできたよ／内田麟太郎文；こみねゆら絵／文研出版（えほんのもり）／2012年9月
ようちえんがばけますよ／内田麟太郎文；西村繁男絵／くもん出版／2012年3月
おばけにょうぼう／内田麟太郎文；町田尚子絵／イースト・プレス（こどもプレス）／2013年4月
こいしがどしーん／内田麟太郎文；長新太絵／童心社／2013年10月
みんなかわいい／内田麟太郎文；梅田俊作絵／女子パウロ会／2011年4月
空海／梅田紀代志作／PHP研究所（絵でみる伝記日本仏教の開祖たち）／2011年6月
道元／梅田紀代志作／PHP研究所（絵でみる伝記日本仏教の開祖たち）／2011年9月
うわさごと／梅田俊作文・絵／汐文社／2012年6月
童話のどうぶつえん／漆原智良文；いしいつとむ絵／アリス館／2011年9月
あかちゃんぐまはなにみたの？／アシュリー・ウルフ文・絵さくまゆみこ訳／岩波書店／2013年4月
ドドボンゴのさがしもの／うるまでるび作いとうとしこ作／学研教育出版／2012年1月
ぼくのサイ／ジョン・エイジー作青山南訳／光村教育図書／2013年2月

あかいぼうしのゆうびんやさん／ルース・エインズワース作；こうもとさちこ・絵／福音館書店（日本傑作絵本シリーズ）／2011 年 10 月

ちょうちょ／江國香織文；松田奈那子絵／白泉社／2013 年 9 月

算数の天才なのに計算ができない男の子のはなし／バーバラ・エシャム文；マイク＆カール・ゴードン絵；品川裕香訳／岩崎書店／2013 年 7 月

れいぞうこにマンモス!?／ミカエル・エスコフィエ文；マチュー・モデ絵；ふしみみさを訳／光村教育図書／2012 年 6 月

うんころもちれっしゃ／えちがわのりゆき文・絵／リトルモア／2013 年 11 月

なぞのユニコーン号／エルジェ作；川口恵子訳／福音館書店（タンタンの冒険ペーパーバック版）／2011 年 4 月

ふしぎな流れ星／エルジェ作；川口恵子訳／福音館書店（タンタンの冒険ペーパーバック版）／2011 年 4 月

レッド・ラッカムの宝／エルジェ作；川口恵子訳／福音館書店（タンタンの冒険ペーパーバック版）／2011 年 4 月

金のはさみのカニ／エルジェ作；川口恵子訳／福音館書店（タンタンの冒険ペーパーバック版）／2011 年 4 月

黒い島のひみつ／エルジェ作；川口恵子訳／福音館書店（タンタンの冒険ペーパーバック版）／2011 年 4 月

青い蓮／エルジェ作；川口恵子訳／福音館書店（タンタンの冒険ペーパーバック版）／2011 年 4 月

オトカル王の杖／エルジェ作；川口恵子訳／福音館書店（タンタンの冒険ペーパーバック版）／2011 年 6 月

かけた耳／エルジェ作；川口恵子訳／福音館書店（タンタンの冒険ペーパーバック版）／2011 年 6 月

タンタンアメリカへ／エルジェ作；川口恵子訳／福音館書店（タンタンの冒険ペーパーバック版）／2011 年 6 月

ななつの水晶球／エルジェ作；川口恵子訳／福音館書店（タンタンの冒険ペーパーバック版）／2011 年 6 月

ファラオの葉巻／エルジェ作；川口恵子訳／福音館書店（タンタンの冒険ペーパーバック版）／2011 年 6 月

太陽の神殿／エルジェ作；川口恵子訳／福音館書店（タンタンの冒険ペーパーバック版）／2011 年 6 月

カスタフィオーレ夫人の宝石／エルジェ作；川口恵子訳／福音館書店（タンタンの冒険ペーパーバック版）／2011 年 8 月

めざすは月／エルジェ作；川口恵子訳／福音館書店（タンタンの冒険ペーパーバック版）／2011 年 8 月

月世界探険／エルジェ作；川口恵子訳／福音館書店（タンタンの冒険ペーパーバック版）／2011 年 8 月

紅海のサメ／エルジェ作；川口恵子訳／福音館書店（タンタンの冒険ペーパーバック版）／2011 年 8 月

燃える水の国／エルジェ作；川口恵子訳／福音館書店（タンタンの冒険ペーパーバック版）／2011 年 8 月

シドニー行き 714 便／エルジェ作；川口恵子訳／福音館書店（タンタンの冒険ペーパーバック版）／2011 年 10 月

タンタンソビエトへ／エルジェ作；川口恵子訳／福音館書店（タンタンの冒険ペーパーバック版）／2011 年 10 月

タンタンチベットをゆく／エルジェ作；川口恵子訳／福音館書店（タンタンの冒険ペーパーバック版）／2011 年 10 月

ビーカー教授事件／エルジェ作；川口恵子訳／福音館書店（タンタンの冒険ペーパーバック版）／2011 年 10 月

ビブスの不思議な冒険／ハンス・マグヌス・エンツェンスベルガー作；ロートラウト・ズザンネ・ベルナー絵；山川紘矢訳；山川亜希子訳／ＰＨＰ研究所／2011 年 9 月

みどりさんのパンやさん／おおいじゅんこ作／ＰＨＰ研究所（ＰＨＰにこにこえほん）／2013 年 2 月

ぺんちゃんのかきごおり／おおいじゅんこ作／アリス館／2012 年 6 月

クッキーひめ／おおいじゅんこ作／アリス館／2013年12月

ちびころおにぎりはじめてのおかいもの／おおいじゅんこ作・絵／教育画劇／2012年12月

ちびころおにぎりでかころおにぎりおじいちゃんちへいく／おおいじゅんこ作・絵／教育画劇／2013年10月

はなもようのこいぬ／大垣友紀惠作・絵／ハースト婦人画報社／2013年8月

だるだるダディーとゆかいなかぞく／大島妙子作・絵／ひかりのくに／2012年10月

ヨヨとネネとかいじゅうのタネ／おおつかえいじお話:ひらりん絵／徳間書店／2013年12月

うそつきマルタさん／おおのこうへい作・絵／教育画劇／2013年1月

じょうろさん／おおのやよい文・絵／偕成社／2011年5月

さるくんにぴったりなおうち！！／おおはしえみこ作村田エミコ絵／鈴木出版（チューリップえほんシリーズ）／2013年9月

シュガー・ラッシュ 完全描き下ろし絵本―ディズニー・リミテッド・コレクターズ・エディション／大畑隆子文:ディズニー・ストーリーブック・アーティスツ絵／うさぎ出版／2013年4月

ユッキーとダルマン／大森裕子作・絵／教育画劇／2013年11月

へんなおばけ／大森裕子著／白泉社（こどもMOEのえほん）／2012年7月

おこりんぼうおじさん／おかいみほ作／福音館書店（こどものとも年中向き）／2012年10月

カイくんのランドセル／おかしゅうぞう作ふじたひおこ絵／佼成出版社（クローバーえほんシリーズ）／2011年2月

ママ！／キム・フォップス・オーカソン作高畠那生絵:枇谷玲子訳／ひさかたチャイルド／2011年11月

おおきなキャベツ／岡信子作中村景児絵／世界文化社（ワンダーおはなし絵本）／2013年8月

くしカツさんちはまんいんです／岡田よしたか作／PHP研究所（わたしのえほん）／2013年11月

ハブラシくん／岡田よしたか作／ひかりのくに／2013年9月

ちくわのわーさん／岡田よしたか作／ブロンズ新社／2011年10月

こんぶのぶーさん／岡田よしたか作／ブロンズ新社／2013年3月

とてもおおきなサンマのひらき／岡田よしたか作／ブロンズ新社／2013年11月

ナナとミミはぷかぷかひめ／オガワナホ作／偕成社／2013年6月

ナナのまほうのむしめがね／オガワナホ作／偕成社／2013年6月

ミミのみずたまスカート／オガワナホ作／偕成社／2013年6月

やきいもするぞ／おくはらゆめ作／ゴブリン書房／2011年10月

シルクハットぞくはよなかのいちじにやってくる／おくはらゆめ作／童心社（絵本・こどものひろば）／2012年5月

みんなのはなび／おくはらゆめ作・絵／岩崎書店（えほんのぼうけん）／2012年7月

教会ねずみとのんきなねこ／グレアム・オークリー作・絵:三原泉訳／徳間書店／2011年7月

教会ねずみとのんきなねこのメリークリスマス！／グレアム・オークリー作・絵:三原泉訳／徳間書店／2011年10月

教会ねずみとのんきなねこのわるものたいじ／グレアム・オークリー作・絵:三原泉訳／徳間書店／2012年2月

おしいれじいさん／尾崎玄一郎作尾崎由紀奈作／福音館書店（こどものとも年中向き）／2012年8月

バナナわに／尾崎美紀作:市居みか絵／ひさかたチャイルド／2011年5月

ねこまるせんせいのおつきみ／押川理佐作:渡辺有一絵／世界文化社（ワンダーおはなし絵本）／2012年9月

タイムカプセル／おだしんいちろう作 こばようこ絵／フレーベル館（おはなしえほんシリーズ）／2011年2月

おひるねけん／おだしんいちろう作こばようこ絵／教育画劇／2013年9月

いもほりコロッケ／おだしんいちろう文:こばようこ絵／講談社（講談社の創作絵本）／2013年5月

どんはどんどん…／織田道代作いもとようこ絵／ひかりのくに／2012年10月

ボクのかしこいパンツくん／乙一原作:長崎訓子絵／イースト・プレス（こどもプレス）／2012年9月

ひめちゃんひめ／尾沼まりこ文;武田美穂絵／童心社（絵本・こどものひろば）／2012年11月

はるかぜとぷう／小野かおる作・絵／福音館書店（こどものともコレクション）／2011年2月

みんなくるくる、よってくる―おかしきさんちのものがたり／おのりえん;ぶん はたこうしろう;え／フレーベル館／2011年7月

だんごむしのダディダンダン／おのりえん作;沢野ひとし絵／福音館書店（福音館の幼児絵本）／2011年3月

きのうえのトーマス／小渕もも文・絵／福音館書店（こどものとも）／2012年10月

うまれかわったヘラジカさん／ニコラス・オールドランド作;落合恵子訳／クレヨンハウス（人生を希望に変えるニコラスの絵本）／2011年12月

ハグくまさん／ニコラス・オールドランド作;落合恵子訳／クレヨンハウス（人生を希望に変えるニコラスの絵本）／2011年12月

せかせかビーバーさん／ニコラス・オールドランド作;落合恵子訳／クレヨンハウス（人生を希望に変えるニコラスの絵本）／2012年7月

いつもふたりで／ジュディス・カー作;亀井よし子訳／ブロンズ新社／2011年9月

ねこのモグとかぞくたち／ジュディス・カー文;絵;さがのやよい訳／童話館出版／2013年10月

とけいのくにのじゅうじゅうタイム／垣内磯子作;早川純子絵／あかね書房／2011年3月

としょかんねずみ／ダニエル・カーク作;わたなべてつた訳／瑞雲舎／2012年1月

としょかんねずみ2 ひみつのともだち／ダニエル・カーク作;わたなべてつた訳／瑞雲舎／2012年10月

としょかんねずみ3 サムとサラのせかいたんけん／ダニエル・カーク作;わたなべてつた訳／瑞雲舎／2013年6月

からすのおかしやさん／かこさとし作・絵／偕成社（かこさとしおはなしのほん）／2013年4月

からすのやおやさん／かこさとし作・絵／偕成社（かこさとしおはなしのほん）／2013年4月

からすのそばやさん／かこさとし作・絵／偕成社（かこさとしおはなしのほん）／2013年5月

どろぼうがっこうだいうんどうかい／かこさとし作・絵／偕成社（かこさとしおはなしのほん）／2013年10月

ぼくとようせいチュチュ／かさいまり作・絵／ひさかたチャイルド／2012年7月

ぼたんちゃん／かさいまり作・絵／ひさかたチャイルド／2012年11月

ねえたんがすきなのに／かさいまり作;鈴木まもる絵／佼成出版社（どんぐりえほんシリーズ）／2012年11月

ルナ・おつきさんの おそうじや／エンリコ＝カサローザ作;堤江実訳／講談社（講談社の翻訳絵本）／2013年9月

きつねとかわうそ／梶山俊夫再話・画／福音館書店（こどものとも年中向き）／2011年2月

１０５にんのすてきなしごと／カーラ・カスキン文;マーク・シーモント絵；なかがわちひろ訳／あすなろ書房／2012年6月

おばあちゃんと花のてぶくろ／セシル・カステルッチ作;ジュリア・ディノス絵；水谷阿紀子訳／文渓堂／2011年10月

ぼくがいちばん！／ルーシー・カズンズ作・絵;灰島かり訳／岩崎書店／2011年1月

ザザのちいさいおとうと／ルーシー・カズンズ作;五味太郎訳／偕成社／2011年1月

おかあさんのまほうのおうかん／かたおかけいこ作;松成真理子絵／ひさかたチャイルド／2012年2月

おれはサメ／片平直樹;作 山口マオ;絵／フレーベル館（おはなしえほんシリーズ）／2011年8月

おやこペンギン―ジェイとドゥのゆきあそび／片平直樹作;高畠純絵／ひさかたチャイルド／2011年11月

たんぽぽのおくりもの／片山令子作;大島妙子絵／ひかりのくに／2012年3月

ねむねむくんとねむねむさん／片山令子作;片山健絵／のら書店／2012年4月

とくんとくん／片山令子作;片山健絵／福音館書店（ランドセルブックス）／2012年9月

カーリーさんの庭／ジェイン・カトラー作;ブライアン・カラス絵；礒みゆき訳／ポプラ社（ポプラせかいの絵本）／2012年8月

うずらのうーちゃんの話／かつやかおり作／福音館書店（ランドセルブックス）／2011年2月

しまめぐり一落語えほん／桂文我文;スズキコージ絵／ブロンズ新社／2011年3月

じっちょりんのあるくみち／かとうあじゅ作／文溪堂／2011年5月

じっちょりんとおつきさま／かとうあじゅ作／文溪堂／2012年9月

じっちょりんのなつのいちにち／かとうあじゅ作／文溪堂／2013年7月

アルフィーのいえで／ケネス・M・カドウ文;ローレン・カスティーヨ絵;佐伯愛子訳／ほるぷ出版／2012年5月

しゃもじいさん／かとうまふみ作／あかね書房／2012年12月

まんまるいけのおつきみ／かとうまふみ作／講談社（講談社の創作絵本）／2011年8月

いれていれて／かとうまふみ作・絵／教育画劇／2011年9月

きょうのごはん／加藤休ミ作／偕成社／2012年9月

りきしのほし／加藤休ミ著／イースト・プレス（こどもプレス）／2013年7月

ぼくびょうきじゃないよ／角野栄子作;垂石眞子絵／福音館書店（こどものとも絵本）／2013年5月

あたしいえでしたことあるよ／角野栄子文;かべやふよう絵／あすなろ書房／2013年6月

ようちえんにいくんだもん／角野栄子文;佐古百美絵／文化学園文化出版局／2011年12月

新幹線しゅっぱつ！／鎌田歩作／福音館書店（ランドセルブックス）／2011年3月

びんぼうがみじゃ／釜田澄子作;西村繁男絵／教育画劇／2012年12月

白い街あったかい雪／鎌田實文;小林豊絵／ポプラ社（ポプラ社の絵本）／2013年11月

風をつかまえたウィリアム／ウィリアム・カムクワンバ文;ブライアン・ミーラー文;エリザベス・ズーノン絵;さくまゆみこ訳／さ・え・ら書房／2012年10月

ちょうつがいきいきい／加門七海作;軽部武宏絵;東雅夫編／岩崎書店（怪談えほん）／2012年3月

ムーミンのさがしもの／リーナ・カーラ文・絵;サミ・カーラ文・絵;もりしたけいこ訳／講談社（講談社の翻訳絵本）／2013年10月

エディのごちそうづくり／サラ・ガーランド作;まきふみえ訳／福音館書店／2012年4月

スミス先生とおばけ図書館／マイケル・ガーランド作;山本敏子訳／新日本出版社／2011年9月

スミス先生と海のぼうけん／マイケル・ガーランド作;斉藤規訳／新日本出版社／2011年7月

スミス先生ときょうりゅうの国／マイケル・ガーランド作;斉藤規訳／新日本出版社／2011年10月

スミス先生とふしぎな本／マイケル・ガーランド作;藤原宏之訳／新日本出版社／2011年6月

へいきへいきのへのかっぱ！／苅田澄子作;田中六大絵／教育画劇／2011年2月

ごはんのとも／苅田澄子文;わたなべあや絵／アリス館／2011年8月

ゆうれいなっとう／苅田澄子文;大島妙子絵／アリス館／2011年7月

プレッツェルのはじまり／エリック・カール作；アーサー・ビナード訳／偕成社／2013年2月

イワーシェチカと白い鳥／I.カルナウーホワ再話;松谷さやか訳；M.ミトゥーリチ絵／福音館書店（ランドセルブックス）／2013年1月

バングルスせんせい ちこく！ ちこく？／ステファニー・カルメンソン作;よしかわさちこ絵;きむらのりこ訳／ひさかたチャイルド／2011年5月

びっくりゆうえんち／川北亮司作;コマヤスカン絵／教育画劇／2013年3月

コットちゃん／かわぐちけいこ作／ポプラ社／2011年3月

くまのクウタの1ねん／川口ゆう作;ひさかたチャイルド／2012年2月

さんすううちゅうじんあらわる！／かわばたひろと作;高畠那生絵／講談社（講談社の創作絵本）／2012年1月

みょうがやど／川端誠作／クレヨンハウス（落語絵本）／2012年6月

大きな時計台小さな時計台／川嶋康男作;ひだのかな代絵／絵本塾出版／2011年12月

サンタクロースの免許証／川田じゅん著／風濤社／2012年12月

おおやまさん／川之上英子・絵;川之上健作・絵／岩崎書店（えほんのぼうけん）／2013年9月

ティニーふうせんいぬのものがたり／かわむらげんき作;さのけんじろう絵／マガジンハウス（CASA KIDS）／2013年11月

ぺろぺろキャンディー／ルクサナ・カーン文;ソフィー・ブラッコール絵;もりうちすみこ訳／さ・え・ら書

9

房／2011 年 8 月

しあわせなワニくんあべこべの 1 日／神沢利子作 はたこうしろう絵／ポプラ社（ポプラ社の絵本）／2013 年 7 月

くじらのあかちゃんおおきくなあれ／神沢利子文／あべ弘士絵／福音館書店（こどものとも絵本）／2013 年 6 月

あきねこ／かんのゆうこ文／たなか鮎子絵／講談社（講談社の創作絵本）／2011 年 8 月

はるねこ／かんのゆうこ文／松成真理子絵／講談社（講談社の創作絵本）／2011 年 2 月

あくたれラルフのクリスマス／ジャック・ガントス作／ニコール・ルーベル絵／こみやゆう訳／PHP研究所／2013 年 11 月

おかあさんとわるいキツネ／イチンノロブ・ガンバートル文／バーサンスレン・ボロルマー絵／つだのりこ訳／福音館書店（世界傑作絵本シリーズ）／2011 年 11 月

ゴナンとかいぶつ／イチンノロブ・ガンバートル文；バーサンスレン・ボロルマー絵；津田紀子訳／偕成社／2013 年 3 月

センジのあたらしいいえ／イチンノロブ・ガンバートル文／津田紀子訳／バーサンスレン・ボロルマー絵／福音館書店（こどものとも年中向き）／2011 年 11 月

なにか、わたしにできることは？／ホセ・カンパナーリ文／ヘスース・シスネロス絵／寺田真理子訳／西村書店東京出版編集部／2011 年 10 月

モリくんのりんごカー／かんべあやこ作／くもん出版／2011 年 11 月

モリくんのすいかカー／かんべあやこ作／くもん出版／2012 年 6 月

モリくんのハロウィンカー／かんべあやこ作／くもん出版／2013 年 9 月

うみのどうぶつとしょかんせん／菊池俊作／こばようこ絵／教育画劇／2012 年 6 月

たからもん／菊池日出夫作／福音館書店（こどものとも年中向き）／2012 年 11 月

しょうぶだ!!／きしらまゆこ作／フレーベル館（きしらまゆこの絵本シリーズ）／2012 年 8 月

松の子ピノ―音になった命／北門笙文／たいらくきょうこ絵／小学館／2013 年 3 月

えいたとハラマキ／北阪昌人作／おくやまゆか絵／小学館／2012 年 12 月

とっておきのカレー／きたじまごうき作・絵／絵本塾出版／2011 年 10 月

ほしのはなし／北野武作・絵／ポプラ社／2012 年 12 月

マッチ箱のカーニャ／北見葉胡作・絵／白泉社／2013 年 3 月

おおきなありがとう／きたむらえり作／片山健絵／福音館書店（こどものとも）／2012 年 4 月

ポットさん／きたむらさとし作／BL出版／2011 年 6 月

わたしのゆたんぽ／きたむらさとし文・絵／偕成社／2012 年 12 月

あててえなせんせい／木戸内福美文／長谷川知子絵／あかね書房／2012 年 9 月

はじめての旅／木下晋文・絵／福音館書店（日本傑作絵本シリーズ）／2013 年 6 月

津波／キミコ・カジカワ再話／エド・ヤング絵／グランまま社／2011 年 10 月

ながいかみのむすめチャンファメイ―中国侗族(トンぞく)の民話／君島久子再話／後藤仁画／福音館書店（こどものとも）／2013 年 3 月

犬になった王子―チベットの民話／君島久子文／後藤仁絵／岩波書店／2013 年 11 月

ググさんとあかいボタン／キムミンジ作・絵／絵本塾出版／2013 年 6 月

カボチャばたけのはたねずみ／木村晃彦作／福音館書店（こどものとも年中向き）／2011 年 8 月

シャクンタ [コミュニティ・ブックス]／木村昭平;絵と文／日本地域社会研究所（コミュニティ・ブックス）／2012 年 1 月

せんねんすぎとふしぎなねこ／木村昭平;絵と文／日本地域社会研究所（コミュニティ・ブックス）／2013 年 3 月

サブレ／木村真二著／飛鳥新社／2012 年 1 月

かいぶつになっちゃった／木村泰子作・絵／ポプラ社（ぱっくんおおかみのえほん）／2013 年 4 月

ぱっくんおおかみおとうさんににてる／木村泰子作・絵／ポプラ社（ぱっくんおおかみのえほん）／2013 年 4 月

ぱっくんおおかみとおばけたち／木村泰子作・絵／ポプラ社（ぱっくんおおかみのえほん）／2013年4月

ぱっくんおおかみときょうりゅうたち／木村泰子作・絵／ポプラ社（ぱっくんおおかみのえほん）／2013年4月

ぱっくんおおかみとくいしんぼん／木村泰子作・絵／ポプラ社（ぱっくんおおかみのえほん）／2013年4月

ねずみくんぼくもできるよ！―12支キッズのしかけえほん／きむらゆういち;作 ふくざわゆみこ;絵／ポプラ社／2011年3月

いのししくんおばけへいきだもん―12支キッズのしかけえほん／きむらゆういち;作 ふくざわゆみこ;絵／ポプラ社／2011年7月

うしちゃんえんそくわくわく―12支キッズのしかけえほん／きむらゆういち;作 ふくざわゆみこ;絵／ポプラ社／2012年3月

とらくんおれさまさいこう!?―12支キッズのしかけえほん／きむらゆういち;作 ふくざわゆみこ;絵／ポプラ社／2012年7月

へびちゃんおしゃべりだいすき！―12支キッズのしかけえほん／きむらゆういち;作 ふくざわゆみこ;絵／ポプラ社／2012年11月

さるくんまかせてまかせて！―12支キッズのしかけえほん／きむらゆういち;作 ふくざわゆみこ;絵／ポプラ社／2013年3月

いぬくんぼくはいいこだから…―12支キッズのしかけえほん／きむらゆういち;作 ふくざわゆみこ;絵／ポプラ社／2013年8月

うまちゃんかけっこならまけないもん！―12支キッズのしかけえほん／きむらゆういち;作 ふくざわゆみこ;絵／ポプラ社／2013年11月

たつくんおむかえドキドキ―12支キッズのしかけえほん／きむらゆういち作・ふくざわゆみこ絵／ポプラ社／2011年11月

にゃんにゃんべんとう／きむらゆういち作·ふくだいわお絵／世界文化社（ワンダーおはなし絵本）／2013年5月

ふしぎしょうてんがい／きむらゆういち作·林るい絵／世界文化社（ワンダーおはなし絵本）／2012年12月

ふとんちゃん／きむらよしお作／絵本館／2012年7月

じいちゃんのよる／きむらよしお作／福音館書店（こどものとも絵本）／2011年6月

魚助さん／きむらよしお著／佼成出版社／2013年10月

小さなミンディの大かつやく／エリック・A・キメル文·バーバラ・マクリントック絵·福本友美子訳／ほるぷ出版／2012年10月

てぶくろチンクタンク／きもとももこ作／福音館書店（日本傑作絵本シリーズ）／2011年10月

うずらちゃんのたからもの／きもとももこ作／福音館書店（福音館の幼児絵本）／2013年10月

つるちゃんとクネクネのやまのぼり／きもとももこ作／文渓堂／2012年10月

空のおくりもの·雲をつむぐ少年のお話／マイケル・キャッチプール文·アリソン・ジェイ絵·亀井よし子訳／ブロンズ新社／2012年2月

いるのいないの／京極夏彦·作 町田尚子·絵／岩崎書店（怪談えほん）／2012年2月

うぶめ／京極夏彦作·井上洋介絵·東雅夫編／岩崎書店（京極夏彦の妖怪えほん 悲）／2013年9月

つくもがみ／京極夏彦作·城芽ハヤト絵·東雅夫編／岩崎書店（京極夏彦の妖怪えほん 楽）／2013年9月

あかいほっぺた／ヤン・デ・キンデル作·野坂悦子訳／光村教育図書／2013年12月

3びきのこぶた－建築家のばあい／スティーブン・グアルナッチャ作・絵·まきおはるき訳／バナナブックス／2013年3月

幸せを売る男／草場一壽·作 平安座資尚·絵／サンマーク出版／2012年6月

いのちのまつり　かがやいてる／草場一壽作·平安座資尚絵／サンマーク出版／2013年1月

ヘビをたいじしたカエル／草山万兎作·あべ弘士絵／福音館書店（こどものとも）／2012年7月

しょうぶだ！びゅんすけとぴった／串井てつお作／PHP研究所（わたしのえほん）／2012年4月

ダメ！／くすのきしげのり原作いもとようこ文・絵／佼成出版社（いもとようこのおひさま絵本シリーズ）／2011年2月

ゆうきをだして！／くすのきしげのり原作いもとようこ文・絵／佼成出版社（いもとようこのおひさま絵本シリーズ）／2011年4月

あさです！／くすのきしげのり原作いもとようこ文・絵／佼成出版社（いもとようこのおひさま絵本シリーズ）／2011年6月

ひまわりさん／くすのきしげのり原作いもとようこ文・絵／佼成出版社（いもとようこのおひさま絵本シリーズ）／2011年8月

えんそく♪／くすのきしげのり原作いもとようこ文・絵／佼成出版社（いもとようこのおひさま絵本シリーズ）／2011年10月

おてがみで一す！／くすのきしげのり原作いもとようこ文・絵／佼成出版社（いもとようこのおひさま絵本シリーズ）／2011年11月

ゆきのひ／くすのきしげのり原作いもとようこ文・絵／佼成出版社（いもとようこのおひさま絵本シリーズ）／2012年1月

あのな、これはひみつやで！／くすのきしげのり作かめざわゆうや絵／偕成社／2013年9月

メガネをかけたら／くすのきしげのり作たるいしまこ絵／小学館／2012年10月

えんまのはいしゃ／くすのきしげのり作二見正直絵／偕成社／2011年11月

ともだちやもんな、ぼくら／くすのきしげのり作福田岩緒絵／えほんの杜／2011年5月

みずいろのマフラー／くすのきしげのり文／松成真理子絵／童心社（絵本・こどものひろば）／2011年11月

ゆびたこ／くせさなえ作／ポプラ社（ポプラ社の絵本）／2013年1月

ぼくとおおはしくん／くせさなえ作／講談社（講談社の創作絵本）／2011年4月

WASIMO／宮藤官九郎作安齋肇絵／小学館／2013年1月

ちいさなはくさい／くどうなおこ作ほてはまたかし絵／小峰書店（にじいろえほん）／2013年4月

たこきちとおぼうさん／工藤ノリコ作／PHP研究所（PHPにこにこえほん）／2011年3月

ペンギンきょうだい ふねのたび／工藤ノリコ作／ブロンズ新社／2011年6月

ペンギンきょうだい そらのたび／工藤ノリコ作／ブロンズ新社／2012年10月

ピヨピヨハッピーバースデー／工藤ノリコ作／佼成出版社（みつばちえほんシリーズ）／2012年1月

ふゆってどんなところなの？／工藤ノリコ作・絵／学研教育出版／2012年12月

ノラネコぐんだんパンこうじょう／工藤ノリコ著／白泉社（こどもMOEのえほん）／2012年11月

ペネロペ イースターエッグをさがす／アン・グットマン文；ゲオルグ・ハレンスレーベン絵；ひがしかずこ訳／岩崎書店（ペネロペおはなしえほん）／2011年6月

ペネロペおねえさんになる／アン・グットマン文；ゲオルグ・ハレンスレーベン絵ひがしかずこ訳／岩崎書店（ペネロペおはなしえほん）／2012年10月

ペネロペちきゅうがだいすき／アン・グットマン文；ゲオルグ・ハレンスレーベン絵ひがしかずこ訳／岩崎書店（ペネロペおはなしえほん）／2013年7月

うみべのいえの犬ホーマー／エリシャ・クーパー作・絵きたやまようこ訳／徳間書店／2013年6月

うでわうり・スリランカの昔話より／プンニャ・クマーリ再話・絵／福音館書店（こどものとも）／2012年9月

もう、おおきいからなかないよ／ケイト・クライス文；M.サラ・クライス絵福本友美子訳／徳間書店／2013年2月

おばあちゃんのひみつのあくしゅ／ケイト・クライス文；M.サラ・クライス絵福本友美子訳／徳間書店／2013年5月

さかさんぼの日／ルース・クラウス作マーク・シーモント絵；三原泉訳／偕成社／2012年11月

ちびくまくん、おにいちゃんになる／エマ・チチェスター・クラーク作・絵たなかあきこ訳／徳間書店／2011年1月

ちいさなちいさなおんなのこ／フィリス・クラシロフスキー文；ニノン絵；福本友美子訳／福音館書店（世界

傑作絵本シリーズ）／2011年3月

エイミーとルイス／リビー・グリーソン文;フレヤ・ブラックウッド絵;角田光代訳／岩崎書店／2011年5月

小さなたね／ボニー・クリステンセン文・絵渋谷弘子訳／さ・え・ら書房／2013年2月

ブレーメンのおんがくたい／グリム原作いもとようこ文・絵／金の星社／2012年12月

ねむりひめ／グリム原作いもとようこ文・絵／金の星社／2013年4月

ヘンゼルとグレーテル／グリム原作いもとようこ文・絵／金の星社／2013年6月

ラプンツェル／グリム原作サラ・ギブ絵／角野栄子訳／文化出版局／2012年12月

赤ずきん／グリム原作フェリクス・ホフマン画／大塚勇三訳／福音館書店／2012年6月

ラプンツェル／グリム原作那須田淳訳;北見葉胡絵／岩崎書店（絵本・グリム童話）／2011年3月

あかずきん／グリム原作那須田淳訳;北見葉胡絵／岩崎書店（絵本・グリム童話）／2012年3月

あめふらし／グリム著;若松宣子訳／出久根育絵／偕成社／2013年10月

くまの皮をきた男／グリム著フェリクス・ホフマン絵佐々梨代子訳;野村泫訳／こぐま社／2012年7月

道はみんなのもの／クルーサ文;モニカ・ドペルト絵;岡野富茂子訳;岡野恭介訳／さ・え・ら書房／2013年1月

わたしたちのてんごくバス／ボブ・グレアム作こだまともこ訳／さ・え・ら書房／2013年12月

くまのオットーとえほんのおうち／ケイティ・クレミンソン作・絵横山和江訳／岩崎書店／2011年6月

勇者のツノ／黒川みつひろ作／こぐま社／2013年6月

恐竜トリケラトプスとウミガメのしま／黒川みつひろ作・絵／小峰書店（恐竜だいぼうけん）／2012年7月

恐竜トリケラトプスうみをわたる／黒川みつひろ作・絵／小峰書店（恐竜だいぼうけん）／2013年11月

ちいさな死神くん／キティ・クローザー作;ときありえ訳／講談社（講談社の翻訳絵本）／2011年4月

あるひぼくはかみさまと／キティ・クローザー作ふしみみさを訳／講談社（講談社の翻訳絵本）／2013年4月

ゆうれいとどろぼう／くろだかおる作;せなけいこ絵／ひかりのくに／2012年7月

もうどう犬リーとわんぱく犬サン／郡司ななえ作城井文絵／PHP研究所（PHPにこにこえほん）／2012年3月

つきごはん／計良ふき子作;飯野和好絵／偕成出版社／2013年9月

ケーキにのったサクランボちゃん - ラブーたんていのじけんぼ4／ベネディクト・ゲチエ作;野崎歓訳／クレヨンハウス／2011年1月

あかちゃんたんていラブーたんじょう!ラブーたんていのじけんぼSPECIAL／ベネディクト・ゲチエ作;野崎歓訳／クレヨンハウス／2011年6月

どうぶつきかんしゃしゅっぱつしんこう!／ナオミ・ケフォード文;リン・ムーア文;ベンジー・ディヴィス絵;ふしみみさを訳／ポプラ社（ポプラせかいの絵本）／2012年10月

ほんをよむのにいいばしょは?／シュテファン・ゲンメル文;マリー・ジョゼ・サクレ絵;斉藤規訳／新日本出版社／2013年3月

いいものみーつけた／レオニード・ゴア文・絵藤原宏之訳／新日本出版社／2012年12月

うさぎさんのあたらしいいえ／小出淡作;早川純子絵／福音館書店（こどものとも年中向き）／2013年3月

するめのするりのすけ／こいでなつこ作／あかね書房／2012年4月

ワララちゃんのおるすばん／こいでなつこ著／偕成出版社／2013年11月

たろうめいじんのたからもの／こいでやすこ作／福音館書店（こどものとも絵本）／2013年6月

ひとりぼっちのかえる／興安作;三木卓文／こぐま社／2011年6月

なっちゃんときげんのわるいおおかみ／香坂直文;たるいしまこ絵／ポプラ社（ポプラ社の絵本）／2011年5月

ココとおおきなおおきなおなべ／こがしわかおり作おざきえみ絵／教育画劇／2012年9月

おならローリー／こぐれけいすけ作／学研教育出版／2011年1月

まこちゃんとエプロン／こさかまさみ作やまわきゆりこ絵／福音館書店（こどものとも）／2011年4月

13

あみものじょうずのいのししばあさん／こさかまさみ文;山内彩子絵／福音館書店（こどものとも年少版）／2011年12月

ありさん　あいたたた…／ヨゼフ・コジーシェック文;ズデネック・ミレル絵;きむらゆうこ訳／ひさかたチャイルド／2011年4月

5のすきなおひめさま／こすぎさなえ作;たちもとみちこ絵／PHP研究所（PHPにこにこえほん）／2011年12月

いのちのいれもの／小菅正夫文;堀川真絵／サンマーク出版／2011年3月

よふかしにんじゃ／バーバラ・ダ・コスタ文;エド・ヤング絵；長谷川義史訳／光村教育図書／2013年12月

えんそくごいっしょに／小竹守道子作;ひだきょうこ絵／アリス館／2012年10月

ねむれないこのくに／小竹守道子作;西片拓史絵／岩崎書店（えほんのぼうけん）／2012年8月

ピッキのクリスマス／小西英子作／福音館書店（こどものとも）／2011年12月

おばけのぼちぼち／こばやしあつこ作・絵／ひさかたチャイルド／2011年6月

とうさんとぼくと風のたび／小林豊作・絵／ポプラ社／2012年3月

淀川ものがたり　お船がきた日／小林豊文・絵／岩波書店／2013年10月

とべ! ブータのバレエ団／こばやしみき作・絵／講談社（『創作絵本グランプリ』シリーズ）／2012年1月

おしゃれなねこさん／小林ゆき子作・絵／教育画劇／2011年10月

よるのとしょかん／カズノ・コハラ作;石津ちひろ訳／光村教育図書／2013年11月

塔の上のラプンツェル;ティアラのひみつ／駒田文子構成・文／講談社（ディズニーゴールド絵本）／2013年8月

決戦! どうぶつ関ケ原／コマヤスカン作;笠谷和比古監修／講談社（講談社の創作絵本）／2012年11月

ぞうはどこへいった?／五味太郎作／偕成社／2012年2月

ぞうはどこへもいかない／五味太郎作／偕成社／2013年10月

おもちゃのくにのゆきまつり／こみねゆら作／福音館書店（こどものとも）／2011年2月

おしっこしょうぼうたい／こみまさやす作・絵;中村美佐子原案／ひかりのくに／2011年4月

トイ・ストーリー／小宮山みのり文・構成／講談社（ディズニームービーブック）／2012年7月

あいちゃんのワンピース／こみやゆう作;宮野聡子絵／講談社（講談社の創作絵本）／2011年7月

ちいさいきみとおおきいぼく／ナディーヌ・ブラン・コム文;オリヴィエ・タレック絵；礒みゆき訳／ポプラ社（ポプラせかいの絵本）／2013年11月

クーナ／是枝裕和作;大塚いちお絵／イースト・プレス（こどもプレス）／2012年10月

きょうりゅう、えらいぞ／クリス・ゴール著;西山佑訳／いそっぷ社／2012年7月

ほら、ぼくペンギンだよ／バレリー・ゴルバチョフ作・絵;まえざわあきえ訳／ひさかたチャイルド／2013年5月

ももたろう／こわせ・たまみ文 高見八重子・絵／鈴木出版（たんぽぽえほんシリーズ）／2012年1月

はなさかじいさん―日本民話／こわせたまみ文;高見八重子絵／鈴木出版（たんぽぽえほんシリーズ）／2013年1月

3びきこりすのケーキやさん／権田章江作・絵／教育画劇／2012年8月

3びきこりすのおたんじょうびケーキ／権田章江作・絵／教育画劇／2013年7月

かあさんのこもりうた／こんのひとみ作 いもとようこ絵／金の星社／2012年10月

こぐまとめがね／こんのひとみ作 たかすかずみ絵／金の星社／2011年12月

たこやきようちえんこうさくだいすき!／さいとうしのぶ作／ポプラ社（絵本・いつでもいっしょ）／2011年3月

スイスイスイーツ／さいとうしのぶ作・絵／教育画劇／2012年2月

レッドしょうぼうたいしゅつどう! カーズ／斎藤妙子構成・文／講談社（ディズニーえほん文庫）／2011年2月

ぶっちぎれマックィーン! カーズ／斎藤妙子構成・文／講談社（ディズニーえほん文庫）／2012年1月

うちゅうロケットはっしゃ!／斎藤妙子構成・文／講談社（ディズニーえほん文庫）／2012年7月

トイ・ストーリー2／斎藤妙子構成・文／講談社（ディズニーえほん文庫）／2012年7月

フランケンウィニー／斎藤妙子構成・文／講談社（ディズニーゴールド絵本）／2012年12月

トイ・ストーリー／斎藤妙子構成・文／講談社（ディズニースーパーゴールド絵本）／2011年4月

トイ・ストーリー2／斎藤妙子構成・文／講談社（ディズニースーパーゴールド絵本）／2011年4月

おしゃれっぽきつねのミサミック／さいとうれいこ文・絵／草土文化／2012年12月

はんなちゃんがめをさましたら／酒井駒子文・絵／偕成社／2012年11月

うさくんのおもちゃでんしゃ／さかいさちえ作・絵／PHP研究所（わたしのえほん）／2011年9月

こじかこじっこ―ボタンをさがして／さかいさちえ作・絵／教育画劇／2012年2月

こじかじっこ―もりのはいたつやさん／さかいさちえ作・絵／教育画劇／2012年3月

こじかじっこ―おてつだいのいと／さかいさちえ作・絵／教育画劇／2013年9月

タベールだんしゃく／さかもといくこ作・絵／ひさかたチャイルド／2011年12月

さよならぼくたちのようちえん／坂元裕二原案;大島妙子文・絵／主婦の友社（主婦の友はじめてブック）
　／2012年3月

サンゴのしまのポポ／崎山克彦作;川上越子絵／福音館書店（こどものとも）／2013年9月

ちっちゃなもぐら／佐久間彪文・絵／至光社（至光社ブッククラブ国際版絵本）／2013年1月

しろくまさんがひっこしてきた／さくらいかおり作・絵／ブイツーソリューション／2013年11月

ふたりはめいたんてい？／さこももみ作／アリス館／2011年5月

かたっぽさんどこですか？／さこももみ作／アリス館／2013年3月

さよならようちえん／さこももみ作／講談社（講談社の創作絵本）／2011年2月

おじいちゃんちのたうえ／さこももみ作／講談社（講談社の創作絵本）／2011年4月

たかちゃんのぼく、かぜひきたいな／さこももみ作・絵／佼成出版社（みつばちえほんシリーズ）／2011
　年2月

たかちゃんのぼくのは、はえるかな？／さこももみ作・絵／佼成出版社（みつばちえほんシリーズ）／
　2012年11月

ねずみくんのだいすきなもの／左近蘭子作;いもとようこ絵／ひかりのくに／2013年9月

ぎんいろのボタン／左近蘭子作;末崎茂樹絵／ひかりのくに／2011年4月

こぶたのかばん／佐々木マキ作／金の星社／2013年3月

あんたがサンタ？／佐々木マキ絵／絵本館／2012年10月

おばけバースデイ／佐々木マキ作／絵本館／2011年10月

ぶたがとぶ／佐々木マキ作／絵本館／2013年10月

くまの木をさがしに／佐々木マキ著／教育画劇／2012年4月

おならバスのたーむくん／ささきみお作・絵／ひさかたチャイルド／2013年9月

まるちゃんとくろちゃんのおうち／ささきようこ作／ポプラ社／2011年6月

まるちゃんのけんか／ささきようこ作／ポプラ社／2012年9月

まるちゃんのみーつけた！／ささきようこ作／ポプラ社／2013年6月

ねこのチャッピー／ささめやゆき文・絵／小峰書店（にじいろえほん）／2011年9月

つなみてんでんこ　はしれ、上へ！／指田和文;伊藤秀男絵／ポプラ社（ポプラ社の絵本）／2013年2月

海をわたったヒロシマの人形／指田和文;牧野鈴子絵／文研出版（えほんのもり）／2011年6月

フルーツタルトさん／さとうめぐみ作・絵／教育画劇／2011年12月

アイスキッズのぼうけん／さとうめぐみ作・絵／教育画劇／2012年6月

ミルフィーユちゃん／さとうめぐみ作・絵／教育画劇／2013年2月

たぬきがいっぱい／さとうわきこ作・絵／フレーベル館（復刊絵本セレクション）／2011年11月

あめのちゆうやけせんたくかあちゃん／さとうわきこ作・絵／福音館書店（こどものとも685号）／2013
　年4月

くもりのちはれせんたくかあちゃん／さとうわきこ作・絵／福音館書店（こどものとも絵本）／2012年4
　月

せんたくかあちゃん／さとうわきこ作・絵／福音館書店（こどものとも絵本）／2012年4月

あひるのたまご／さとうわきこ作・絵／福音館書店（ばばばあちゃんの絵本）／2012年1月

うみのおまつりどどんとせ／さとうわきこ作・絵／福音館書店（ばばばあちゃんの絵本）／2012年4月

あめふり／さとうわきこ作・絵／福音館書店（ばばばあちゃんの絵本）／2012年6月

どろんこおそうじ／さとうわきこ作・絵／福音館書店（ばばばあちゃんの絵本）／2012年7月

そりあそび／さとうわきこ作・絵／福音館書店（ばばばあちゃんの絵本）／2012年10月

たいへんなひるね／さとうわきこ作・絵／福音館書店（ばばばあちゃんの絵本）／2013年2月

やまのぼり／さとうわきこ作・絵／福音館書店（ばばばあちゃんの絵本）／2013年4月

石の巨人／ジェーン・サトクリフ文；ジョン・シェリー絵；なかがわちひろ訳／小峰書店（絵本地球ライブ
　ラリー）／2013年9月

ショボリン／サトシン＆OTTO作；まつむらまい絵／小学館／2012年11月

おれたちはパンダじゃない／サトシン作；すがわらけいこ絵／アリス館／2011年4月

びっくり！どうぶつデパート／サトシン作；スギヤマカナヨ絵／アリス館／2013年5月

でんせつのきょだいあんまんをはこべ／サトシン作；よしながこうたく絵／講談社（講談社の創作絵本）／
　2011年9月

ゆけ！ウチロボ！／サトシン作；よしながこうたく絵／講談社（講談社の創作絵本）／2013年3月

ぶつくさモンクターレさん／サトシン作；西村敏雄絵／PHP研究所（わたしのえほん）／2011年10月

たぬきくんとことりちゃん／サトシン作；中谷靖彦絵／アリス館／2012年7月

おさるのパティシエ／サトシン作；中谷靖彦絵／小学館／2012年10月

はやくおおきくなりたいな／サトシン作；塚本やすし絵／佼成出版社（クローバーえほんシリーズ）／2012
　年7月

田んぼの昆虫たんけん隊／里中遊歩文；田代哲也絵／星の環会／2012年4月

もんばんアリと、月／さとみきくお作；しおたまさき絵／長崎出版／2012年12月

おばけサーカス／佐野洋子作・絵／講談社（講談社の創作絵本）／2011年10月

もういいかい？／アイリーニ・サヴィデス作；オーウェン・スワン絵；菊田洋子訳／バベルプレス／2013年2
　月

ホーキのララ／沢木耕太郎作；貴納大輔絵／講談社／2013年4月

それならいいえありますよ／澤野秋文／講談社（講談社の創作絵本）／2013年8月

モーリーズげんきのたねをさがして／椎名理央文；モーリーズ制作委員会作／小学館／2012年4月

シーソーあそび／エクトル・シエラ作；みぞぶちまさる絵／絵本塾出版（もりのなかまたち）／2012年8月

とかいのねずみといなかのねずみ・あたらしいイソップのおはなし／カトリーン・シェーラ作；関口裕昭訳
　／光村教育図書／2011年2月

ミアはおおきなものがすき！／カトリーン・シェーラ作；関口裕昭訳／光村教育図書／2012年1月

本、だ～いすき！／ジュディ・シエラ文；マーク・ブラウン絵；山本敏子訳／新日本出版社／2013年1月

さあ、とんでごらん！／サイモン・ジェームズ作；福本友美子訳／岩崎書店／2011年10月

ナースになりたいクレメンタイン／サイモン・ジェームズ作；福本友美子訳／岩崎書店／2013年10月

ジャックと豆の木／ジョン・シェリー再話・絵；おびかゆうこ訳／福音館書店（世界傑作絵本シリーズ）／
　2012年9月

はるがきた／ジーン・ジオン文；マーガレット・ブロイ・グレアム絵；こみやゆう訳／主婦の友社（主婦の友
　はじめてブック）／2011年3月

ニブルとたいせつなきのみ／ジーン・ジオン文；マーガレット・ブロイ・グレアム絵；ひがしちから訳／ビリ
　ケン出版／2012年10月

いじめっこ／ローラ・ヴァッカロ・シーガー作；なかがわちひろ訳／あすなろ書房／2013年8月

オニじゃないよおにぎりだよ／シゲタサヤカ作／えほんの杜／2012年1月

キャベツがたべたいのです／シゲタサヤカ作・絵／教育画劇／2011年5月

おいしいぼうし／シゲタサヤカ作・絵／教育画劇／2013年5月

わりばしワーリーもういいよ／シゲタサヤカ作・絵／鈴木出版（チューリップえほんシリーズ）／2013年
　7月

いくらなんでもいくらくん／シゲタサヤカ著／イースト・プレス（こどもプレス）／2013年11月

ごじょうしゃありがとうございます／シゲリカツヒコ作／ポプラ社（ポプラ社の絵本）／2012年8月

マドレンカ サッカーだいすき！／ピーター・シス作松田素子訳／BL出版／2012年2月

にわとりこっことソーセージ／篠崎三朗文・絵／至光社（至光社ブッククラブ国際版絵本）／2011年1月

バナナこどもえんざりがにつり／柴田愛子文・かつらこ絵／童心社（絵本・こどものひろば）／2011年7月

やまのすもうだ！はっけよい！／しばはら・ち作・絵／鈴木出版（チューリップえほんシリーズ）／2013年12月

ワニのお嫁さんとハチドリのお嫁さん／清水たま子文竹田鎮三郎絵／福音館書店（日本傑作絵本シリーズ）／2013年11月

たかこ／清水真裕文・青山友美絵／童心社（絵本・こどものひろば）／2011年4月

キリンがくる日／志茂田景樹文・木島誠悟絵／ポプラ社（ポプラ社の絵本）／2013年8月

ねえおかあさん／下田冬子文・絵／大日本図書／2011年9月

商人とオウム／ミーナ・ジャバアービン文・ブルース・ホワットリー絵・青山南訳／光村教育図書／2012年1月

インドの木・マンゴーの木とオウムのおはなし／たにけいこ絵・訳；マノラマ・ジャファ原作／森のおしゃべり文庫／2011年2月

シルム／キム・ジャンソン作イ・スンヒョン絵ホン・カズミ訳／岩崎書店／2011年1月

ハスの花の精リアン／チェン・ジャンホン作・絵平岡敦訳／徳間書店／2011年4月

シャオユイのさんぽ／チェン・ジーユエン作中由美子訳／光村教育図書／2012年11月

またあえたね／デヴィッド・エズラ・シュタイン作さかいくにゆき訳／ポプラ社（ポプラせかいの絵本）／2012年4月

いいこでねんね／デヴィッド・エズラ・シュタイン作さかいくにゆき訳／ポプラ社（ポプラせかいの絵本）／2012年12月

はらっぱのおともだち どうぶつのおともだち／カミーユ・ジュルディ作かどのえいこ訳／ポプラ社／2013年6月

プルガサリ／キム・ジュンチョル再話；イ・ヒョンジン絵；ピョン・キジャ訳／岩崎書店／2011年2月

おんなじ、おんなじ！でも、ちょっとちがう！／ジェニー・スー・コステキ・ショー作宮坂宏美訳／光村教育図書／2011年12月

わたしのすてきなたびする目／ジェニー・スー・コステキ＝ショー作；美馬しょうこ訳／偕成社／2013年6月

モリス・レスモアとふしぎな空とぶ本／ウィリアム・ジョイス作・絵おびかゆうこ訳／徳間書店／2012年10月

たいこうちたろう／庄司三智子作／偕成出版社（どんぐりえほんシリーズ）／2013年1月

王国のない王女のおはなし／アーシュラ・ジョーンズ文・サラ・ギブ絵；石井睦美訳／BL出版／2011年11月

はろるどのクリスマス／クロケット・ジョンソン作小宮由訳／文化学園文化出版局／2011年11月

ハンヒの市場めぐり／カン・ジョンヒ作おおたけきよみ訳／光村教育図書／2013年2月

クリスマスをみにいったヤシの木／マチュー・シルヴァンデール文・オードレイ・プシエ絵ふしみみさを訳／徳間書店／2013年10月

おおきなかぼちゃ／エリカ・シルバーマン作S.D.シンドラー絵おびかゆうこ訳／主婦の友社（主婦の友はじめてブック）／2011年9月

ねっでやすんでいるキミへ／しりあがり寿作・絵／岩崎書店（えほんのぼうけん）／2013年4月

でこぼこイレブンチームでいこうよ！／白崎裕人作・絵／講談社（『創作絵本グランプリ』シリーズ）／2013年1月

はらぺこブブのおべんとう／白土あつこ作・絵／ひさかたチャイルド／2011年3月

とんとんパンやさん／白土あつこ作・絵／ひさかたチャイルド／2013年1月

なかよしゆきだるま／白土あつこ作・絵／ひさかたチャイルド（たっくんとたぬき）／2011年10月

おむかえワニさん／陣崎草子作・絵／文溪堂／2013年10月

おてがみちょうだい／新沢としひこ作保手浜孝絵／童心社（絵本・こどものひろば）／2011年4月

なないろどうわ／真珠まりこ作／アリス館／2013年7月

もったいないばあさんもりへいく／真珠まりこ・絵／講談社（講談社の創作絵本）／2011年3月

まゆげちゃん／真珠まりこ作・絵／講談社（講談社の創作絵本）／2012年11月

もったいないばあさんまほうのくにへ／真珠まりこ作・絵大友剛マジック監修／講談社（講談社の創作絵本）／2011年3月

ガリバーの冒険／ジョナサン・スウィフト原作　井上ひさし文　安野光雅絵／文藝春秋／2012年4月

やまねこせんせいのなつやすみ／末崎茂樹・絵／ひさかたチャイルド／2012年6月

やまねこせんせいのこんやはおつきみ／末崎茂樹作・絵／ひさかたチャイルド／2013年8月

おかたづけ／菅原卓也作画薬師夕馬文案／河出書房新社（トムとジェリーアニメおはなしえほん）／2013年10月

ぴったりのプレゼント／すぎたさちこ作／文研出版（えほんのもり）／2011年10月

おかあさんはおこりんぼうせいじん／スギヤマカナヨ作・絵／ＰＨＰ研究所（わたしのえほん）／2011年6月

熱血！アニマル少年野球団／杉山実作／長崎出版／2011年8月

一休さん／杉山亮文　長野ヒデ子絵／小学館（日本名作おはなし絵本）／2011年2月

うみぼうず／杉山亮作軽部武宏絵／ポプラ社（杉山亮のおばけ話絵本2）／2011年2月

かっぱ／杉山亮作軽部武宏絵／ポプラ社（杉山亮のおばけ話絵本3）／2011年10月

スキャリーおじさんのゆかいなおやすみえほん／リチャード・スキャリー作ふしみみさを訳／ＢＬ出版／2013年9月

ポケットのなかで…／鈴川ひとみ作　いもとようこ文絵／金の星社／2011年2月

ふうこちゃんのリュック／スズキアツコ作・絵／ひさかたチャイルド／2011年10月

パパとあたしのさがしもの／鈴木永子作・絵／ひさかたチャイルド／2011年2月

おうしげきだん／スズキコージ作伊藤秀男絵／岩崎書店（えほんのぼうけん）／2012年5月

レオとノエ／鈴木光司文／アレックス・サンダー絵／講談社／2011年9月

おじいさんとヤマガラ3月11日のあとで／鈴木まもる作・絵／小学館／2013年3月

くぎになったソロモン／ウィリアム・スタイグ作／おがわえつこ訳／セーラー出版／2012年4月

きぼうのかんづめ／すだやすなり文宗誠二郎絵／きぼうのかんづめプロジェクト／2012年3月

ぼくのおおじいじ／スティバンヌ作ふしみみさを訳／岩崎書店／2013年8月

ライオンを　かくすには／ヘレン・スティーヴンス作さくまゆみこ訳／ブロンズ新社／2013年3月

宝島／ロバート・ルイス・スティーヴンソン原作クレール・ユバック翻案／小峰書店（愛蔵版世界の名作絵本）／2012年5月

クリスマスのこねこたち／スー・ステイントン文;アン・モーティマー絵;まえざわあきえ訳／徳間書店／2011年9月

チョコレート屋のねこ／スー・ステイントン文;アン・モーティマー絵;中川千尋訳／ほるぷ出版／2013年1月

ねむるまえにクマは／フィリップ・Ｃ.ステッド文;エリン・Ｅ.ステッド絵;青山南訳／光村教育図書／2012年11月

みんなでせんたく／フレデリック・ステール作たなかみえ訳／福音館書店（世界傑作絵本シリーズ）／2011年5月

ドラキュラ／ブラム・ストーカー原作;リュック・ルフォール再話／小峰書店（愛蔵版世界の名作絵本）／2012年1月

ふたつのねがい／ハルメン・ファン・ストラーテン作野坂悦子訳／光村教育図書／2013年9月

まいごのワンちゃんあずかってます／アダム・ストーワー作ふしみみさを訳／小学館／2012年11月

くらやみこわいよ／レモニー・スニケット作ジョン・クラッセン絵蜂飼耳訳／岩崎書店／2013年5月

いやいやウィッツィー（スージー・ズーのたのしいまいにち）／スージー・スパッフォード絵みはらいず

み文／ＢＬ出版／2012年4月

ナポレオンがおしえてくれたんだ！／クラウディア・スフィッリ作ヴァレンティーナ・モレア絵仲亮子訳／文化学園文化出版局／2013年10月

チクチクさんとゲトゲさん／すまいるママ作・絵／ＰＨＰ研究所（ＰＨＰにこにこえほん）／2011年8月

ぽんぽこしっぽんた／すまいるママ作・絵／ＰＨＰ研究所（ＰＨＰにこにこえほん）／2013年9月

ふたつのおうち／マリアン・デ・スメット作ネインケ・タルスマ絵；久保谷洋訳／朝日学生新聞社／2011年5月

ねむれないふくろうオルガ／ルイス・スロボドキン作三原泉訳／偕成社／2011年2月

ノミちゃんのすてきなペット／ルイス・スロボドキン作三原泉訳／偕成社／2011年12月

なかなおり／ヘルヤ・リウッコ・スンドストロム文・陶板稲垣美晴訳／猫の言葉社／2011年2月

おばけのおうちいりませんか？／せきゆうこ作／ＰＨＰ研究所（わたしのえほん）／2012年8月

メロウ／せなけいこ再話・絵／ポプラ社／2011年5月

いじわる／せなけいこ作・絵／鈴木出版（チューリップえほんシリーズ）／2012年12月

ピッピのかくれんぼ／そうまこうへい作たかはしかずえ絵／ＰＨＰ研究所／2011年12月

ぼくとソラ／そうまこうへい作浅沼とおる絵／鈴木出版（チューリップえほんシリーズ）／2011年9月

もしもであはは／そうまこうへい文あさぬまとおる絵／あすなろ書房／2011年5月

アリアドネの糸／ハビエル・ソブリーノ文・エレナ・オドリオゾーラ絵／宇野和美訳／光村教育図書／2011年6月

るるのたんじょうび／征矢清作中谷千代子絵／福音館書店（こどものともコレクション）／2011年2月

3びきのうさぎ／ゼルク・ゾルターン作；レイク・カーロイ絵；マンディ・ハシモト・レナ訳／文渓堂／2011年11月

おにいちゃんといもうと／シャーロット・ゾロトウ文おーなり由子訳；はたこうしろう絵／あすなろ書房／2013年7月

あめのひくろくま／たかいよしかず作・絵／くもん出版（おはなし・くろくま）／2011年5月

クリスマスくろくま／たかいよしかず作・絵／くもん出版（おはなし・くろくま）／2012年10月

おたんじょうびくろくま／たかいよしかず作・絵／くもん出版（おはなし・くろくま）／2013年5月

まほうのでんしレンジ／たかおかまりこ原案；さいとうしのぶ作・絵／ひかりのくに／2013年4月

さんびきのこねずみとガラスのほし／たかおゆうこ作・絵／徳間書店／2013年11月

つきをあらいに／高木さんご作;黒井健絵／ひかりのくに／2011年9月

おつきさんのぼうし／高木さんご文;黒井健絵／講談社（講談社の創作絵本）／2013年10月

ケンちゃんちにきたサケ／タカタカヲリ作・絵／教育画劇／2012年9月

よしこがもえた／たかとう国子作たじまゆきひこ作／新日本出版社／2012年6月

つんつくせんせいといたずらぶんぶん／たかどのほうこ作・絵／フレーベル館／2011年5月

つんつくせんせいとまほうのじゅうたん／たかどのほうこ作・絵／フレーベル館／2013年10月

ゆめたまご／たかのもも作・絵／フレーベル館／2012年11月

あめのひのくまちゃん／高橋和枝作／アリス館／2013年10月

もりのだるまさんかぞく／高橋和枝作／教育画劇／2012年9月

わたしたちうんこ友だち？／高橋秀雄作中谷靖彦絵／今人舎／2012年11月

すいかのたび／高畠純作／絵本館／2011年6月

カエルのおでかけ／高畠那生作／フレーベル館／2013年5月

ゆめちゃんのハロウィーン／高林麻里作／講談社（講談社の創作絵本）／2011年8月

ニャントさん／高部晴市著／イースト・プレス（こどもプレス）／2013年8月

あんちゃん／高部晴市作／童心社（絵本・こどものひろば）／2013年3月

津波！！稲むらの火その後／高村忠範文・絵／汐文社／2011年8月

でるでるでるぞガマでるぞ／高谷まちこ著／佼成出版社／2013年7月

でるでるでるぞ／高谷まちこ著／佼成出版社（クローバーえほんシリーズ）／2012年6月

フィートははしる／ビビ・デュモン・タック文;ノエル・スミット絵／野坂悦子訳／光村教育図書／2011年3

月

ぐうたら道をはじめます／たきしたえいこ作;大西ひろみ絵／ＢＬ出版／2012年11月

猫のプシュケ／竹澤汀文;もずねこ絵／ＴＯブックス／2013年6月

はなねこちゃん／竹下文子作;いしいつとむ絵／小峰書店（にじいろえほん）／2013年5月

きょうはすてきなドーナツようび／竹下文子文;山田詩子絵／アリス館／2012年12月

パパのしっぽはきょうりゅうのしっぽ!?／たけたにちほみ作;赤川明絵／ひさかたチャイルド／2011年5月

どーんちーんかーん／武田美穂作／講談社（講談社の創作絵本）／2011年8月

とけいやまのチックンタックン／竹中マユミ作・絵／ひさかたチャイルド／2011年5月

名前をうばわれたなかまたち／タシエス作;横湯園子訳／さ・え・ら書房／2011年5月

花じんま／田島征三再話・絵／福音館書店（日本傑作絵本シリーズ）／2013年3月

海賊／田島征三作／ポプラ社（ポプラ社の絵本）／2013年7月

どうだ！まいったか - かまきりのカマーくんといなごのオヤツちゃん／田島征三作／大日本図書／2012年2月

ぼくのこえがきこえますか／田島征三作／童心社（[日・中・韓平和絵本）／2012年6月

そうべえふしぎなりゅうぐうじょう／たじまゆきひこ作／童心社／2011年5月

まちのじどうしゃレース - 5ひきのすてきなねずみ／たしろちさと作／ほるぷ出版／2013年9月

おまつりのねがいごと／たしろちさと作／講談社（講談社の創作絵本）／2013年7月

がたぴしくん／たしろちさと作・絵／ＰＨＰ研究所（わたしのえほん）／2011年7月

しろちゃんとはりちゃん／たしろちさと作・絵／ひかりのくに／2013年10月

ポレポレやまのぼり／たしろちさと文・絵／大日本図書／2011年12月

オオムラサキのムーくん／タダサトシ作／こぐま社／2013年3月

あたまにかきのき／唯野元弘文;村上豊絵／鈴木出版（チューリップえほんシリーズ）／2012年9月

うみのいろのバケツ／立原えりか文;永田萌絵／講談社（講談社の創作絵本）／2013年7月

きんいろのあめ／立原えりか文;永田萌絵／講談社（講談社の創作絵本）／2013年9月

はりもぐらおじさん／たちもとみちこ作・絵／教育画劇／2011年3月

おひさまとかくれんぼ／たちもとみちこ作・絵／教育画劇／2013年8月

カブクワれっしゃ／タツトミカオ著／佼成出版社（クローバーえほんシリーズ）／2012年6月

ぎふちょう／舘野鴻作・絵／偕成社／2013年6月

かいぞくゴックン／ジョニー・ダドル作;アーサー・ビナード訳／ポプラ社（ポプラせかいの絵本）／2013年10月

フィオーラとふこうのまじょ／たなか鮎子作／講談社（講談社の創作絵本）／2011年5月

みつこととかげ／田中清代作／福音館書店（こどものともコレクション）／2011年2月

ミチクサ／田中てるみ文;植田真絵／アリス館／2012年4月

クッツさんのくつ／ジョン・ダナリス作;ステラ・ダナリス絵 ; 寺岡由紀訳／岩崎書店／2011年9月

ぼくとマリオネット／谷内こうた文・絵／至光社（至光社ブッククラブ国際版絵本）／2013年1月

コンテナくん／たにがわなつき作／福音館書店（ランドセルブックス）／2011年9月

さくら／田畑精一作／童心社（[日・中・韓平和絵本]）／2013年3月

ミュージック・ツリー／アンドレ・ダーハン作;きたやまようこ訳／講談社／2012年5月

メリークリスマスおつきさま／アンドレ・ダーハン作;きたやまようこ訳／講談社（世界の絵本）／2011年10月

きいのいえで／種村有希子作／講談社（講談社の創作絵本）／2013年5月

エラのがくげいかい／カルメラ・ダミコ文;スティーブン・ダミコ絵;角野栄子訳／小学館（ゾウのエラちゃんシリーズ）／2011年3月

ニットさん／たむらしげる著／イースト・プレス（こどもプレス）／2012年10月

ねじまきバス／たむらしげる作／福音館書店（こどものとも年中向き）／2013年5月

うみにいったライオン／垂石眞子作／偕成社／2011年6月

パパと怒り鬼 話してごらん、だれかに／グロー・ダーレ作;スヴァイン・ニーフース絵;大島かおり;青木順

子訳／ひさかたチャイルド／2011 年 8 月

空城の計―三国志絵本／唐亜明文：于大武絵／岩波書店（大型絵本）／2011 年 4 月

七たび孟獲をとらえる―三国志絵本／唐亜明文：于大武絵／岩波書店（大型絵本）／2011 年 4 月

なみだでくずれた万里の長城／唐亜明文：蔡皐絵／岩波書店／2012 年 4 月

おにのおにぎりや／ちばみなこ著／偕成社／2012 年 1 月

ぶたのトントン／キャロライン・ジェイン・チャーチ作石津ちひろ訳／大日本図書／2011 年 6 月

こねこのハリー／メアリー・チャルマーズ作おびかゆうこ訳／福音館書店（世界傑作絵本シリーズ）／2012 年 10 月

ハリーのクリスマス／メアリー・チャルマーズ作おびかゆうこ訳／福音館書店（世界傑作絵本シリーズ）／2012 年 10 月

ハリーびょういんにいく／メアリー・チャルマーズ作おびかゆうこ訳／福音館書店（世界傑作絵本シリーズ）／2012 年 10 月

まっててねハリー／メアリー・チャルマーズ作おびかゆうこ訳／福音館書店（世界傑作絵本シリーズ）／2012 年 10 月

ちんどんやちんたろう／チャンキー松本作：いぬんこ絵／長崎出版／2013 年 3 月

はしれ、トト！／チョウンヨン作：ひろまつゆきこ訳／文化学園文化出版局／2013 年 7 月

ラファエロ／ニコラ・チンクエッティ文：ビンバ・ランドマン絵；青柳正規監訳／西村書店東京出版編集部／2013 年 4 月

おひめさまとカエルさん／マーゴット・ツェマック絵：ハーヴ・ツェマック文：ケーテ・ツェマック文：福本友美子訳／岩波書店（岩波の子どもの本）／2013 年 9 月

はしれ！やきにくん／塚本やすし作／ポプラ社（絵本のおもちゃばこ）／2011 年 1 月

ふしぎなカメラ／辻村ノリアキ作：ゴトウノリユキ絵／ＰＨＰ研究所（ＰＨＰにこにこえほん）／2012 年 11 月

また きょうも みつけた／辻友紀子作／ポプラ社／2013 年 11 月

でんしゃだ、でんしゃ！カンカンカン／津田 光郎文・絵／新日本出版社／2011 年 10 月

花さかじい／椿原菜々子：文 太田大八：絵／童話館出版／2011 年 2 月

いっすんぼうし／椿原奈々子：文 太田大八：絵／童話館出版／2012 年 8 月

かなとやまのおたから／土田佳代子作：小林豊絵／福音館書店（こどものとも）／2013 年 11 月

げんききゅうしょくいただきます！／つちだよしはる作・絵／童心社（絵本・こどものひろば）／2012 年 5 月

ほうねんさま／土屋富士夫絵：大本山増上寺法然上人八百年御忌記念出版実行委員会作／徳間書店／2011 年 2 月

ぼくはきょうりゅうハコデゴザルス／土屋富士夫作・絵／岩崎書店（えほんのぼうけん）／2013 年 5 月

海のむこう／土山優文：小泉るみ子絵／新日本出版社／2013 年 8 月

おじいちゃんはロボットはかせ／つちやゆみさく作・絵／文渓堂／2011 年 8 月

おだんごだんご／筒井敬介作：堀内誠一絵／小峰書店／2013 年 4 月

おしろがあぶない／筒井敬介作：堀内誠一絵／小峰書店／2013 年 7 月

へんなどうぶつえん／筒井敬介作：堀内誠一絵／小峰書店／2013 年 10 月

ほんとうのおにごっこ／筒井敬介作：堀内誠一絵／小峰書店／2013 年 12 月

あかいかさがおちていた／筒井敬介作：堀内誠一絵／童心社／2011 年 9 月

こいぬをむかえに／筒井頼子文：渡辺洋二絵／福音館書店（ランドセルブックス）／2012 年 3 月

ゆうれいのまち／恒川光太郎作：大畑いくの絵：東雅夫編／岩崎書店（怪談えほん）／2012 年 2 月

ミルクこぼしちゃだめよ！／スティーヴン・デイヴィーズ文：クリストファー・コー絵：福本友美子訳／ほるぷ出版／2013 年 7 月

星どろぼう／アンドレア・ディノト文：アーノルド・ローベル絵：八木田宜子訳／ほるぷ出版／2011 年 12 月

いのちの木／ブリッタ・テッケントラップ作・絵：森山京訳／ポプラ社（ポプラせかいの絵本）／2013 年 9 月

21

きたきつねのしあわせ／手島圭三郎絵・文／絵本塾出版（いきるよろこびシリーズ）／2011 年 4 月

とびだせにひきのこぐま／手島圭三郎絵・文／絵本塾出版（いきるよろこびシリーズ）／2012 年 4 月

はるをはしるえぞしか／手島圭三郎絵・文／絵本塾出版（いきるよろこびシリーズ）／2013 年 5 月

ふぶきのとり／手島圭三郎絵・文／絵本塾出版（幻想シリーズ）／2011 年 1 月

はるのちょう／手島圭三郎絵・文／絵本塾出版（幻想シリーズ）／2011 年 2 月

オッドのおしごと／てづかあけみ絵と文／教育画劇／2012 年 11 月

ちゅーとにゃーときー／デハラユキノリ再話・絵／長崎出版／2012 年 1 月

めんたくんのたんじょうび／デハラユキノリ作／長崎出版／2012 年 8 月

おおきな木のおはなし／メアリ・ニューウェル・デパルマ作・絵風木一人訳／ひさかたチャイルド／2012 年 3 月

おばけときょうりゅうのたまご／ジャック・デュケノワ作大澤晶訳／ほるぷ出版／2011 年 5 月

おばけのうちゅうりょこう／ジャック・デュケノワ作大澤晶訳／ほるぷ出版／2011 年 5 月

おばけのゆかいなふなたび／ジャック・デュケノワ作大澤晶訳／ほるぷ出版／2013 年 7 月

おばけのゆきだるま／ジャック・デュケノワ作大澤晶訳／ほるぷ出版／2013 年 10 月

わたし、ぜんぜんかわいくない／クロード・K・デュボア作・絵小川糸訳／ポプラ社／2011 年 2 月

さようなら、わたしの恋／クロード・K・デュボア作・絵小川糸訳／ポプラ社／2011 年 6 月

王さまめいたんてい／寺村輝夫原作 和歌山静子構成・絵／理論社（新王さまえほん）／2012 年 9 月

たまごがいっぱい／寺村輝夫原作、和歌山静子構成・絵／理論社（新王さまえほん）／2013 年 6 月

チリとチリリちかのおはなし／どいかや作／アリス館／2013 年 4 月

ヤンカのにんぎょうげき／どいかや作／学研教育出版／2012 年 11 月

やまねこのおはなし／どいかや作きくちちき絵／イースト・プレス（こどもプレス）／2012 年 2 月

パンやのコナコナ／どいかや文にきまゆ絵／ブロンズ新社／2012 年 6 月

だいすきだよぼくのともだち／マラキー・ドイル文;スティーブン・ランバート絵；まつかわまゆみ訳／評論社（児童図書館・絵本の部屋）／2012 年 9 月

ターニャちゃんのスカート／洞野志保作／福音館書店（こどものとも年中向き）／2012 年 6 月

あくまくん／テレサ・ドゥラン作エレナ・バル絵；金子賢太郎訳／アルファポリス／2013 年 9 月

モラッチャホンがきた！／ヘレン・ドカティ文;トーマス・ドカティ絵福本友美子訳／光村教育図書／2013 年 10 月

オンブバッタのおつかい─お江戸むしものがたり／得田之久文／やましたこうへい絵／教育画劇／2013 年 6 月

ばななせんせい／得田之久文やましたこうへい絵／童心社／2013 年 3 月

むしたちのサーカス／得田之久文久住卓也絵／童心社（絵本・こどものひろば）／2012 年 10 月

もぐらくんとみどりのほし／ハナ・ドスコチロヴァー作／ズデネック・ミレル絵木村有子訳／偕成社（もぐらくんの絵本）／2012 年 1 月

ぽっつんとととはあめのおと／戸田和代作おかだちあき絵／PHP研究所（PHPにこにこえほん）／2012 年 7 月

バスガエル／戸田和代作シゲリカツヒコ絵／佼成出版社／2013 年 6 月

こわがりやのしょうぼうしゃ　ううくん／戸田和代作にしかわおさむ絵／ポプラ社（こどもえほんランド）／2013 年 4 月

「ニャオ」とウシがなきました／エマ・ドッド作青山南訳／光村教育図書／2013 年 10 月

チビウオのウソみたいなホントのはなし／ジュリア・ドナルドソン文;アクセル・シェフラー絵ふしみみさを訳／徳間書店／2012 年 8 月

どんぐりちゃん／アン・ドヒョン文／イ・ヘリ絵；ゲ・イル訳／星の環会／2012 年 3 月

きょうりゅうかぶしきがいしゃ／富山京一作;古沢博司;山本聖士絵／ほるぷ出版／2012 年 10 月

うれないやきそばパン／富永まい文いぬんこ絵中尾昌稔作／金の星社／2012 年 9 月

りゅうのぼうや／富安陽子作早川純子絵／佼成出版社（どんぐりえほんシリーズ）／2012 年 7 月

やまんばあかちゃん／富安陽子文／大島妙子絵／理論社／2011 年 7 月

わがはいはのっぺらぼう／富安陽子文:飯野和好絵／童心社（絵本・こどものひろば）／2011 年 10 月

あたしゆきおんな／富安陽子文:飯野和好絵／童心社（絵本・こどものひろば）／2012 年 11 月

ロバのポコとうさぎのポーリー／とりごえまり作・絵／童心社（絵本・こどものひろば）／2011 年 10 月

ぼくのへやのりすくん／とりごえまり著／アリス館／2013 年 10 月

クリスマスものがたり／パメラ・ドルトン絵:藤本朝巳文／日本キリスト教団出版局（リトルベル）／2012 年 10 月

ペトラ／マリア・ニルソン・トーレ作:ヘレンハルメ美穂訳／クレヨンハウス／2013 年 3 月

おもいでをなくしたおばあちゃん／ジャーク・ドレーセン作:アンヌ・ベスターダイン絵 ; 久保谷洋訳／朝日学生新聞社／2011 年 3 月

おしりたんてい／トロル作・絵／ポプラ社／2012 年 10 月

おしりたんてい ププッ レインボーダイヤを さがせ！／トロル作・絵／ポプラ社／2013 年 9 月

とらはらパーティー／シン・トングン作・絵:ユン・ヘジョン訳／岩崎書店／2011 年 2 月

小さいのが大きくて、大きいのが小さかったら／エビ・ナウマン文:ディーター・ヴィースミュラー 絵:若松宣子訳／岩波書店／2012 年 9 月

ごちそうだよ！ねずみくん／なかえよしを作:上野紀子絵／ポプラ社（ねずみくんの絵本）／2011 年 5 月

うそついちゃったねずみくん／なかえよしを作:上野紀子絵／ポプラ社（ねずみくんの絵本）／2012 年 5 月

あめあめふれふれねずみくん／なかえよしを作:上野紀子絵／ポプラ社（ねずみくんの絵本）／2013 年 5 月

ドングリトプスとマックロサウルス／中川淳作／水声社／2012 年 6 月

プリンちゃん／なかがわちひろ文:たかおゆうこ絵／理論社／2011 年 9 月

プリンちゃんとおかあさん／なかがわちひろ文:たかおゆうこ絵／理論社／2012 年 10 月

おめでとうおひさま／中川ひろたか作:片山健絵／小学館（おひさまのほん）／2011 年 3 月

べんとうべんたろう／中川ひろたか文:酒井駒恵絵／偕成社／2012 年 9 月

8 月 6 日のこと／中川ひろたか文:長谷川義史絵／ハモニカブックス／2011 年 7 月

ピオポのバスりょこう／中川洋典作・絵／岩崎書店（えほんのぼうけん）／2012 年 6 月

きいてるかいオルタ／中川洋典作・絵／童心社（絵本・こどものひろば）／2013 年 9 月

おてがみ／中川李枝子作:中川宗弥絵／福音館書店（こどものともコレクション）／2011 年 2 月

奇跡の一本松／なかだえり絵・文／汐文社／2011 年 10 月

おしょうがつさんどんどこどん／長野ヒデ子作・絵／世界文化社（ワンダーおはなし絵本）／2011 年 12 月

たまねぎちゃんあららら！／長野ヒデ子作・絵／世界文化社（ワンダーおはなし絵本）／2012 年 9 月

たなばたさまきらきらら／長野ヒデ子作・絵／世界文化社（ワンダーおはなし絵本）／2013 年 6 月

おばけのチョウちゃん／長野ヒデ子文・絵／大日本図書／2011 年 7 月

なきむしおばけ／なかのひろたか作・絵／福音館書店（こどものとも）／2012 年 6 月

ぞうくんのあめふりさんぽ／なかのひろたか作・絵／福音館書店（こどものとも絵本）／2012 年 5 月

おはなしトンネル／中野真典著／イースト・プレス（こどもプレス）／2013 年 10 月

おいもほり／中村美佐子作:いもとようこ絵／ひかりのくに／2011 年 10 月

リーかあさまのはなし／中村茂公:小林豊絵／ポプラ社（ポプラ社の絵本）／2013 年 11 月

どんぐりむらのぱんやさん／なかやみわ作／学研教育出版／2011 年 9 月

どんぐりむらのおまわりさん／なかやみわ作／学研教育出版／2012 年 9 月

どんぐりむらのどんぐりえん／なかやみわ作／学研教育出版／2013 年 9 月

月の貝／名木田恵子作:こみねゆら絵／偕成社出版社／2013 年 2 月

ピエロのあかいはな／なつめよしかず作／福音館書店（日本傑作絵本シリーズ）／2013 年 11 月

あわてんぼうさちゃん／ティモシー・ナップマン文:デイヴィッド・ウォーカー絵:ひがしかずこ訳／岩崎書店／2013 年 1 月

うどんやのたあちゃん／鍋田敬子作／福音館書店（こどものとも年中向き）／2011 年 3 月

なっちゃんがちっちゃかったころのおはなし／鍋田敬子作／福音館書店（こどものとも年中向き）／2012 年 4 月

ごんぎつね／新美南吉:作 柿本幸造:絵／（講談社の名作絵本）／2013年1月

てぶくろをかいに／新美南吉:作 柿本幸造:絵／（講談社の名作絵本）／2013年1月

ごんぎつね／新美南吉:作 鈴木靖将:絵／新樹社／2012年3月

木のまつり／新美南吉:作 鈴木靖将:絵／新樹社／2012年10月

かにのしょうばい／新美南吉作;山口マオ絵／鈴木出版（ひまわりえほんシリーズ）／2012年3月

おりこうなビル／ウィリアム・ニコルソン文・絵;つばきはらななこ訳／童話館出版／2011年12月

はしれトロッコれっしゃ／西片拓史作／教育画劇／2012年8月

おとうちゃんとぼく／にしかわおさむ文・絵／ポプラ社（おとうさんだいすき）／2012年1月

ウッカリとチャッカリのおみずやさん／仁科幸子作・絵／小学館／2011年6月

ポンテとペッキとおおきなプリン／仁科幸子作・絵／文溪堂／2012年9月

プンとフォークン／西野沙織作・絵／教育画劇／2011年6月

おばけかぞくのいちにち—さくぴーとたろぼうのおはなし／西平あかね作／福音館書店（こどものとも絵本）／2012年2月

おばけのコックさん—さくぴーとたろぼうのおはなし／西平あかね作／福音館書店（こどものとも絵本）／2012年6月

おさらのこども／西平あかね作／福音館書店（こどものとも年少版）／2011年9月

おばけのえんそく—さくぴーとたろぼうのおはなし／西平あかね作／福音館書店（こどものとも年中向き）／2012年7月

おはいんなさい／西平あかね文・絵／大日本図書／2011年9月

かたつむりぼうやとかめばあちゃん／西平あかね文・絵／大日本図書／2013年6月

くまくまパン／西村敏雄作／あかね書房／2013年11月

いもいもほりほり／西村敏雄作／講談社（講談社の創作絵本）／2011年9月

アントンせんせい／西村敏雄作／講談社（講談社の創作絵本）／2013年3月

アリのおでかけ／西村敏雄作／白泉社（こどもMOEのえほん）／2012年5月

ブーブーブーどこいった／西村敏雄作・絵／学研教育出版／2012年11月

こりすのかくれんぼ／西村豊著／あかね書房／2013年10月

たぬきのばけたおつきさま／西本鶏介作;小野かおる絵／鈴木出版（ひまわりえほんシリーズ）／2011年7月

おばあちゃんのこもりうた／西本鶏介作;長野ヒデ子絵／ひさかたチャイルド／2011年3月

まよなかのたんじょうかい／西本鶏介作;渡辺有一絵／鈴木出版（ひまわりえほんシリーズ）／2013年12月

がんばれ、おじいちゃん／西本鶏介作;栃堀茂絵／ポプラ社／2012年4月

うまれてきてくれてありがとう／にしもとよう文;黒井健絵／童心社／2011年4月

へちまのへーたろー／二宮由紀子作;スドウピウ絵／教育画劇／2011年6月

はじめまして、プリンセス・ハニィ／二宮由紀子作;たきがみあいこ絵／ポプラ社（ポプラ社の絵本）／2012年4月

おにいちゃんがいるからね／ウルフ・ニルソン文;エヴァ・エリクソン絵;ひしきあきらこ訳／徳間書店／2011年9月

おにいちゃんの歌は、せかいいち！／ウルフ・ニルソン文;エヴァ・エリクソン絵；菱木晃子訳／あすなろ書房／2012年11月

でも、わすれないよベンジャミン／エルフィ・ネイセン作;エリーネ・ファン・リンデンハウゼン絵；野坂悦子訳／講談社（講談社の翻訳絵本）／2012年4月

ローラのすてきな耳／エルフィ・ネイセン作；エリーネ・ファンリンデハウゼ絵；久保谷洋訳／朝日学生新聞社／2011年12月

おひなさまのいえ／ねぎしれいこ作;吉田朋子絵／世界文化社（ワンダーおはなし絵本）／2013年2月

イカロスの夢／ジャン=コーム・ノゲス文;イポリット絵／小峰書店（愛蔵版世界の名作絵本）／2012年7月

英雄オデュッセウス／ジャン＝コーム・ノゲス文；ジャック・ギエ絵；村松定史訳／小峰書店（愛蔵版世界の名作絵本）／2012年10月

湖の騎士ランスロット／ジャン・コーム・ノゲス文；クリストフ・デュリュアル絵；こだましおり訳／小峰書店（愛蔵版世界の名作絵本）／2013年3月

ロロとレレのほしのはな／のざかえつこ作；トム・スコーンオーヘ絵／小学館／2013年5月

あめのひのディーゼルカー／のさかゆうさく作／福音館書店（こどものとも年少版）／2012年11月

しんかんくんのクリスマス／のぶみ作／あかね書房／2011年10月

しんかんくんとあかちゃんたち／のぶみ作／あかね書房／2012年9月

しんかんくんでんしゃのたび／のぶみ作／あかね書房／2013年7月

おひめさまようちえんとはくばのおうじさま／のぶみ作／えほんの杜／2011年3月

あたし、パパとけっこんする！／のぶみ作／えほんの杜／2012年3月

あたし、ようじょにあいたい！／のぶみ作／えほんの杜／2013年4月

ぼく、仮面ライダーになる！フォーゼ編／のぶみ作／講談社（講談社の創作絵本）／2011年10月

ぼく、仮面ライダーになる！ウィザード編／のぶみ作／講談社（講談社の創作絵本）／2012年10月

ハラヘッターとチョコリーナ／のぶみ作／講談社（講談社の創作絵本）／2013年5月

ぼく、仮面ライダーになる！ガイム編／のぶみ作／講談社（講談社の創作絵本）／2013年10月

ムーフと99ひきのあかちゃん／のぶみ作・絵／学研教育出版／2012年12月

イルカようちえん／のぶみ作；河辺健太郎イルカはかせ／ひかりのくに／2013年6月

あたまがふくしまちゃん—日本中の子どもたちへ—／のぶみ作；宮田健吾作／TOブックス／2013年7月

おばあちゃんのおはぎ／野村たかあき作・絵／佼成出版社（クローバーえほんシリーズ）／2011年9月

ぼくのおばあちゃんはスター／カール・ノラック文；イングリッド・ゴドン絵；いずみちほこ訳／セーラー出版／2011年11月

さいこうのおたんじょうび／カール・ノラック文；クロード・K・デュボワ絵；河野万里子訳／ほるぷ出版／2011年4月

ちきゅうの子どもたち／グードルン・パウゼヴァング文；アンネゲルト・フックスフーバー絵；酒寄進一訳／ほるぷ出版／2011年8月

ふたごがきた／ミース・バウハウス作；フィープ・ヴェステンドルプ絵／金の星社／2013年8月

ねこのえんそうかい／ミース・バウハウス作；フィープ・ヴェステンドルプ絵；日笠千晶訳／金の星社／2013年10月

しんぶんにのりたい／ミース・バウハウス作；フィープ・ヴェステンドルプ絵；日笠千晶訳／金の星社／2013年11月

としょかんのよる／ローレンツ・パウリ文；カトリーン・シェーラー絵；若松宣子訳／ほるぷ出版／2013年10月

おいっちにおいっちに／トミー・デ・パオラ作；みらいなな訳／童話屋／2012年9月

チーロの歌／アリ・バーク文；ローレン・ロング絵；菅啓次郎訳／クレヨンハウス／2013年12月

世界一ばかなネコの初恋／ジル・バシュレ文・絵；いせひでこ訳／平凡社／2011年3月

ティモシーとサラはなやさんからのてがみ／芭蕉みどり作・絵／ポプラ社（えほんとなかよし）／2012年1月

ぼくって王さま／アンネ・ヴァスコ作・絵；もりしたけいこ訳／講談社／2011年4月

アンリくん、パリへ行く／ソール・バス絵；レオノール・クライン文；松浦弥太郎訳／Pヴァイン・ブックス／2012年9月

おばけのドレス／はせがわさとみ作・絵／絵本塾出版／2013年10月

れおくんのへんなかお／長谷川集平作／理論社／2012年4月

小さなよっつの雪だるま／長谷川集平著／ポプラ社／2011年11月

串かつやよしこさん／長谷川義史作／アリス館／2011年2月

ラーメンちゃん／長谷川義史作／絵本館／2011年9月

はいチーズ／長谷川義史作／絵本館／2013年5月

おかあちゃんがつくったる／長谷川義史作／講談社（講談社の創作絵本）／2012年4月

ようちえんいやや／長谷川義史作・絵／童心社（絵本・こどものひろば）／2012年2月

ガンジーさん／長谷川義史著／イースト・プレス（こどもプレス）／2011年9月

むしとりにいこうよ！／はたこうしろう作／ほるぷ出版（ほるぷ創作絵本）／2013年7月

きたかぜとたいよう／蜂飼耳文;山福朱実絵／岩崎書店（イソップえほん）／2011年3月

アナベルとふしぎなけいと／マック・バーネット文;ジョン・クラッセン絵 ; なかがわちひろ訳／あすなろ
　　書房／2012年9月

ひかるさくら／帚木蓬生作;小泉るみ子絵／岩崎書店（えほんのぼうけん）／2012年3月

ちいさなプリンセス　ソフィア／キャサリン・ハプカ文;グレース・リー絵;老田勝訳・文／講談社／2013
　　年4月

ちいさなプリンセス　ソフィア にんぎょの ともだち／キャサリン・ハプカ文;グレース・リー絵;老田勝
　　訳・文／講談社／2013年11月

なないろの花はどこ／はまざきえり文・絵／大日本図書／2011年3月

おやおやじゅくへようこそ／浜田桂子著／ポプラ社（ポプラ社の絵本）／2012年3月

ないたあかおに／浜田廣介;作 野村たかあき;絵／講談社（講談社の名作絵本）／2013年11月

九九をとなえる王子さま／はまのゆか作／あかね書房／2013年6月

クリスマスのよる／濱美由紀作画;薬師夕馬文案／河出書房新社（トムとジェリーアニメおはなしえほん）
　　／2013年11月

フルーツがきる！／林木林作;柴田ゆう絵／岩崎書店（えほんのぼうけん）／2013年10月

バナナンばあば／林木林作;西村敏雄絵／佼成出版社（クローバーえほんシリーズ）／2012年8月

おすしですし！／林木林作;田中六大絵／あかね書房／2012年3月

くつしたのくまちゃん／林原玉枝文;つがねちかこ絵／福音館書店（こどものとも）／2013年7月

あまぐもぴっちゃん／はやしますみ作・絵／岩崎書店（えほんのぼうけん）／2012年5月

ねーねーのしっぽ／はやしますみ著／イースト・プレス（こどもプレス）／2013年7月

ふしぎなまちのかおさがし／阪東勲写真・文／岩崎書店（えほんのぼうけん）／2011年3月

クリスマスのあくま／原マスミ著／白泉社／2012年10月

もりのメゾン／原優子ぬいぐるみ;まえをけいこ。文・写真／教育画劇／2012年10月

たったひとりのともだち／原田えいせい作;いもとようこ絵／金の星社／2013年11月

やまのおみやげ／原田泰治作・絵／ポプラ社／2012年7月

ゆきうさぎのねがいごと／レベッカ・ハリー絵;木原悦子訳／世界文化社／2013年11月

サラとダックンなにになりたい？／サラ・ゴメス・ハリス原作;横山和江訳／金の星社／2013年12月

トトシュとマリーとたんすのおうち／カタリーナ・ヴァルクス作;ふしみみさを訳／クレヨンハウス／2011
　　年4月

コートかけになったトトシュ／カタリーナ・ヴァルクス作;ふしみみさを訳／クレヨンハウス／2011年10
　　月

トトシュとキンギョとまほうのじゅもん／カタリーナ・ヴァルクス作;ふしみみさを訳／クレヨンハウス／
　　2012年9月

こわかったよ、アーネスト―くまのアーネストおじさん／ガブリエル・バンサン作;もりひさし訳／BL出版
　　／2011年6月

ラッタカタンブンタカタン―くまのアーネストおじさん／ガブリエル・バンサン作;もりひさし訳／BL出版
　　／2011年6月

おねがいサンマイダー／ハンダトシヒト作・絵／岩崎書店（えほんのぼうけん）／2011年6月

ともだちはすんごくすんごくおっきなきょうりゅうくん／リチャード・バーン作;長友恵子訳／文化学園文
　　化出版局／2013年10月

おやすみなさいのおともだち／ケイト・バンクス作;ゲオルグ・ハレンスレーベン絵 ; 肥田美代子訳／ポプ
　　ラ社（ポプラせかいの絵本）／2012年11月

こころやさしいワニ／ルチーア・パンツィエーリ作;アントン・ジョナータ・フェッラーリ絵;さとうのりか

26

訳／岩崎書店／2012年9月

サウスポー／ジュディス・ヴィオースト作;金原瑞人訳:はたこうしろう絵／文溪堂／2011年9月

フンボルトくんのやくそく／ひがしあきこ作・絵／絵本塾出版／2012年10月

ぼくひこうき／ひがしちから作／ゴブリン書房／2011年5月

おじいちゃんのふね／ひがしちから作／ブロンズ新社／2011年7月

ふくろうはかせのものまねそう／東野りえ作;黒井健絵／ひさかたチャイルド／2011年4月

白い馬／東山魁夷絵;松本猛文・構成／講談社／2012年7月

おおみそかかいじゅうたいじ／東山凱訳／中国出版トーハン（中国のむかしばなし）／2011年1月

だあれがいちばん十二支のおはなし／東山凱訳／中国出版トーハン（中国のむかしばなし）／2011年1月

白いへびのおはなし／東山凱訳／中国出版トーハン（中国のむかしばなし）／2011年6月

きょうはマラカスのひ／樋勝朋巳・絵／福音館書店（日本傑作絵本シリーズ）／2013年4月

うさぎのおくりもの／ビーゲンセン:作 永井郁子:絵／汐文社／2012年7月

わんぱくゴンタ／ビーゲンセン作;きよしげのぶゆき絵／絵本塾出版（もりのなかまたち）／2012年7月

でんぐりがえし／ビーゲンセン作;みぞぶちまさる絵／絵本塾出版（もりのなかまたち）／2012年1月

とりかえて!／ビーゲンセン作;永井郁子絵／絵本塾出版／2013年4月

おひめさまはみずあそびがすき―カボチャンおうこく物語／ビーゲンセン作;加瀬香織絵／絵本塾出版／
　2011年5月

よーいドン!／ビーゲンセン作;山岸みつこ絵／絵本塾出版／2012年5月

たいらになった二つの山／ビーゲンセン作;石川えりこ絵／絵本塾出版／2011年7月

もりはおおさわぎ／ビーゲンセン作;中井亜佐子絵／絵本塾出版（もりのなかまたち）／2012年7月

サンタさんたら、もう!／ひこ・田中作;小林万希子絵／WAVE出版（えほんをいっしょに。）／2012年
　12月

ひっつきむし／ひこ・田中作;堀川理万子絵／WAVE出版（えほんをいっしょに。）／2013年3月

やさしいかいじゅう／ひさまつまゆこ作・絵／冨山房インターナショナル／2013年9月

ゆかいなさんぽ／土方久功作・絵／福音館書店（こどものともコレクション）／2011年2月

め牛のママ・ムー／ユュイャ・ヴィースランデル文;トーマス・ヴィースランデル文 ; スヴェン・ノードクヴ
　ィスト絵; 山崎陽子訳／福音館書店（世界傑作絵本シリーズ）／2013年2月

ゆきだるまといつもいっしょ／キャラリン・ビーナー作;マーク・ビーナー絵;志村順訳／パベルプレス／
　2013年11月

ぶすのつぼ／日野十成再話;本間利依絵／福音館書店（こどものとも）／2013年1月

羅生門／日野多香子文;早川純子絵／金の星社／2012年8月

ひまわりのおか／ひまわりをうえた八人のお母さん文;葉方丹文;松成真理子絵／岩崎書店（いのちのえほ
　ん）／2012年8月

ゆうかんなうしクランシー／ラチー・ヒューム作;長友恵子訳／小学館／2011年5月

ひみつのおかしだおとうとうさぎ!／ヨンナ・ビョルンシェーナ作;枇谷玲子訳／クレヨンハウス／2012年
　1月

やじるし／平田利之作／あかね書房／2013年4月

それいけ!ぼくのなまえ／平田昌広さく;平田景え／ポプラ社（ポプラ社の絵本）／2011年8月

おとうさんはうんてんし／平田昌広作;鈴木まもる絵／佼成出版社（おとうさん・おかあさんのしごとシリ
　ーズ）／2012年9月

おかあさんはなかないの?／平田昌広文;森川百合香絵／アリス館／2013年7月

ポンちゃんバス／ひらのてつお作・絵／ひさかたチャイルド／2011年9月

きょうはハロウィン／平山暉彦作／福音館書店（こどものとも）／2013年10月

いちりんの花／平山弥生文;平山美知子画／講談社（講談社の創作絵本）／2012年1月

つぼつくりのデイヴ／レイバン・キャリック・ヒル文;ブライアン・コリアー絵;さくまゆみこ訳／光村教育
　図書／2012年1月

いぬのロケット本を読む／タッド・ヒルズ作;藤原宏之訳／新日本出版社／2013年11月

おばけのくに-リトルピンクとブロキガ／スティーナ・ヴィルセン絵;カーリン・ヴィルセン文;LiLiCo 訳／
主婦の友社／2011 年 9 月

だれのズボン?／スティーナ・ヴィルセン作;ヘレンハルメ美穂訳／クレヨンハウス（やんちゃっ子の絵本
1)／2011 年 2 月

だれがきめるの?／スティーナ・ヴィルセン作;ヘレンハルメ美穂訳／クレヨンハウス（やんちゃっ子の絵本
2)／2011 年 2 月

だれのおばあちゃん?／スティーナ・ヴィルセン作;ヘレンハルメ美穂訳／クレヨンハウス（やんちゃっ子の
絵本 3)／2011 年 2 月

だれのちがでた?／スティーナ・ヴィルセン作;ヘレンハルメ美穂訳／クレヨンハウス（やんちゃっ子の絵本
4)／2012 年 8 月

だれがおこりんぼう?／スティーナ・ヴィルセン作;ヘレンハルメ美穂訳／クレヨンハウス（やんちゃっ子の
絵本 5)／2012 年 8 月

だれがいなくなったの?／スティーナ・ヴィルセン作;ヘレンハルメ美穂訳／クレヨンハウス（やんちゃっ子
の絵本 6)／2012 年 8 月

もしもしトンネル／ひろかわさえこ作・絵／ひさかたチャイルド／2013 年 2 月

ばけれんぼ／広瀬克也作／PHP研究所（PHPにこにこえほん）／2012 年 12 月

わかがえりの水／広松由希子;ぶん スズキコージ;え／岩崎書店（いまむかしえほん）／2011 年 12 月

さるかに／広松由希子;ぶん 及川賢治;え／岩崎書店（いまむかしえほん）／2011 年 10 月

ききみみずきん／広松由希子;ぶん 降矢なな;え／岩崎書店（いまむかしえほん）／2012 年 3 月

いっすんぼうし／広松由希子;ぶん 長谷川義史;え／岩崎書店（いまむかしえほん）／2013 年 3 月

うらしまたろう／広松由希子;ぶん 飯野和好;え／岩崎書店（いまむかしえほん）／2011 年 3 月

みるなのへや／広松由希子;ぶん 片山健;え／岩崎書店（いまむかしえほん）／2011 年 6 月

うさぎとかめ／ジェリー・ピンクニー作;さくまゆみこ訳／光村教育図書／2013 年 10 月

ブラック・ドッグ／レーヴィ・ピンフォールド作;片岡しのぶ訳／光村教育図書／2012 年 9 月

図書館に児童室ができた日／ジャン・ピンボロー文;デビー・アトウェル絵;張替惠子訳／徳間書店／2013
年 8 月

あか毛のバンタム／ルイーズ・ファティオ作;ロジャー・デュボアザン絵;秋野翔一郎訳／童話館出版／
2011 年 12 月

ごきげんなライオンすてきなたからもの／ルイーズ・ファティオ文;ロジャー・デュボアザン絵;今江祥智&
遠藤育枝訳／BL出版／2012 年 9 月

ごきげんなライオンおくさんにんきものになる／ルイーズ・ファティオ文;ロジャー・デュボアザン絵;今江
祥智&遠藤育枝訳／BL出版／2013 年 1 月

バーナムの骨／トレイシー・E．ファーン文;ボリス・クリコフ絵;片岡しのぶ訳／光村教育図書／2013 年 2
月

ゆっくりおやすみにじいろのさかな／マーカス・フィスター作;谷川俊太郎訳／講談社（世界の絵本）／
2012 年 6 月

エロイーサと虫たち／ハイロ・ブイトラゴ文;ラファエル・ジョクテング絵;宇野和美訳／さ・え・ら書房／
2011 年 9 月

ぼくはだれだろう／ゲルバズ・フィン文;トニー・ロス絵;みらいなな訳／童話屋／2013 年 9 月

アップルムース／クラース・フェルプランケ作・絵;久保谷洋訳／朝日学生新聞社／2011 年 9 月

じぶんでおしりふけるかな／深見春夫作・絵;藤田紘一郎監修／岩崎書店（えほんのぼうけん）／2013 年
12 月

てるちゃんのかお／藤井輝明文;亀澤裕也絵／金の星社／2011 年 7 月

あした 7 つになれますように／藤川智子作・絵／岩崎書店（えほんのぼうけん）／2011 年 10 月

あしたもね／武鹿悦子作;たしろちさと絵／岩崎書店（えほんのぼうけん）／2012 年 3 月

セロ弾きのゴーシュ／藤城清治:影絵 宮沢賢治:原作／講談社／2012 年 4 月

絵本マボロシの鳥／藤城清治影絵;太田光原作・文／講談社／2011 年 5 月

たぬきえもん―日本の昔話／藤巻愛子再話;田澤茂絵／福音館書店（こどものとも年中向き）／2011 年 9 月

ねっこばあのおくりもの／藤真知子作;北見葉胡絵／ポプラ社（ポプラ社の絵本）／2012 年 7 月

ぼくらのあか山／藤本四郎作／文研出版（えほんのもり）／2011 年 2 月

とかげさんちのおひっこし／藤本四郎作・絵／PHP研究所（PHPにこにこえほん）／2012 年 5 月

こんなかいじゅうみたことない／藤本ともひこ作／WAVE出版（えほんをいっしょに。）／2013 年 12 月

ちょんまげでんしゃののってちょんまげ／藤本ともひこ作・絵／ひさかたチャイルド／2012 年 6 月

たなばたバス／藤本ともひこ作・絵／鈴木出版（チューリップえほんシリーズ）／2012 年 6 月

ちいさな鳥の地球たび／藤原幸一写真・文／岩崎書店（えほんのぼうけん）／2011 年 8 月

ぎょうれつのできるはちみつやさん／ふくざわゆみこ作／教育画劇／2011 年 2 月

ぎょうれつのできるケーキやさん／ふくざわゆみこ作／教育画劇／2013 年 3 月

ましろとカラス／ふくざわゆみこ作／福音館書店（こどものとも）／2013 年 6 月

ブルくんかくれんぼ／ふくざわゆみこ作／福音館書店（福音館の幼児絵本）／2011 年 3 月

だいじょうぶだよ、おばあちゃん／福島利行文;塚本やすし絵／講談社（講談社の創作絵本）／2012 年 9 月

たまごサーカス／ふくだじゅんこ作／ほるぷ出版（ほるぷ創作絵本）／2013 年 4 月

おつきさまはまあるくなくっちゃ！／ふくだじゅんこ文・絵／大日本図書／2013 年 9 月

ふにゃらどうぶつえん／ふくだすぐる作／アリス館／2011 年 10 月

サインですから／ふくだすぐる作／絵本館／2011 年 3 月

びんぼうがみさま／福知伸夫再話・絵／福音館書店（こどものとも）／2011 年 1 月

かぶとむしランドセル／ふくべあきひろ作;おおのこうへい絵／PHP研究所（わたしのえほん）／2013 年 7 月

いちにちのりもの／ふくべあきひろ作;かわしまななえ絵／PHP研究所（PHPにこにこえほん）／2011 年 12 月

いちにちおばけ／ふくべあきひろ作;かわしまななえ絵／PHP研究所（PHPにこにこえほん）／2012 年 6 月

いちにちどうぶつ／ふくべあきひろ作;かわしまななえ絵／PHP研究所（PHPにこにこえほん）／2013 年 10 月

たべてあげる／ふくべあきひろ文;おおのこうへい絵／教育画劇／2011 年 11 月

木のおうちとキラキラピンク／ふじまちこ文;吉田すずか絵／岩崎書店（こえだちゃん）／2011 年 6 月

いちご電鉄ケーキ線／二見正直作／PHP研究所（PHPにこにこえほん）／2011 年 5 月

こぎつねトンちゃんきしゃにのる／二見正直作／教育画劇／2012 年 8 月

くまさんのまほうのえんぴつ／アンソニー・ブラウンとこどもたちさく;さくまゆみこ やく;BL出版／2011 年 1 月

ききゅうにのったこねこ／マーガレット・ワイズ・ブラウン作;レナード・ワイスガード絵；こみやゆう訳／長崎出版／2011 年 2 月

たんじょうびおめでとう！／マーガレット・ワイズ・ブラウン作;レナード・ワイスガード絵；こみやゆう訳／長崎出版／2011 年 12 月

スティーヴィーのこいぬ／マイラ・ベリー・ブラウン文;ドロシー・マリノ絵；まさきるりこ訳／あすなろ書房／2011 年 1 月

こないかな、ロバのとしょかん／モニカ・ブラウン文;ジョン・パッラ絵；斉藤規訳／新日本出版社／2012 年 10 月

ぴったりのクリスマス／バーディ・ブラック作;ロザリンド・ビアードショー絵;たなかあきこ訳／小学館／2012 年 11 月

うちゅうじんはパンツがだいすき／クレア・フリードマン文;ベン・コート絵;中川ひろたか訳／講談社（講談社の翻訳絵本）／2011 年 2 月

サンタクロースもパンツがだいすき／クレア・フリードマン文;ベン・コート絵;中川ひろたか訳／講談社（講談社の翻訳絵本）／2011 年 10 月

ドングリさがして／ドン・フリーマン＆ロイ・フリーマン作；山下明生訳／BL出版／2012 年 10 月

すごいサーカス／古内ヨシ作／絵本館／2013 年 11 月

ウシくんにのって／古内ヨシ作・絵／絵本塾出版／2012 年 10 月

ながーい でんしゃ／古内ヨシ文・絵／至光社（至光社ブッククラブ国際版絵本）／2012 年 7 月

ユニコーン／マルティーヌ・ブール文・絵;松島京子訳／冨山房インターナショナル／2013 年 4 月

くんくんにこいぬがうまれたよ／ディック・ブルーナ文・絵;まつおかきょうこ訳／福音館書店／2012 年 4
　月

アトリエのきつね／ロランス・ブルギニョン作；ギ・セルヴェ絵;中井珠子訳／ＢＬ出版／2011 年 11 月

さるおどり／降矢なな文;アンヴィル奈宝子絵／福音館書店（こどものとも）／2011 年 8 月

うんちっち／ステファニー・ブレイク作;ふしみみさを訳／あすなろ書房／2011 年 11 月

あっ、オオカミだ！／ステファニー・ブレイク作;ふしみみさを訳／あすなろ書房／2013 年 3 月

あかちゃん社長がやってきた／マーラ・フレイジー作;もとしたいづみ訳／講談社（講談社の翻訳絵本）／
　2012 年 9 月

サンタさんのトナカイ／ジャン・ブレット作・絵;さいごうようこ訳／徳間書店／2013 年 10 月

ふかいあな／キャンデス・フレミング文;エリック・ローマン絵；なかがわちひろ訳／あすなろ書房／2013
　年 2 月

きえたぐらぐらのは／コルネーリア・フンケ文;ケルスティン・マイヤー絵;あさみしょうご訳／ＷＡＶＥ出
　版／2013 年 11 月

もじゃひげせんちょうとかいぞくたち／コルネーリア・フンケ文;ケルスティン・マイヤー絵;ますがちかこ
　訳／ＷＡＶＥ出版／2013 年 11 月

パンダとしろくま／マシュー・Ｊ．ペク作・絵;貴堂紀子・熊崎洋子・小峯真紀訳／バベルプレス／2013 年
　7 月

じゃがいも畑／カレン・ヘス文;ウェンディ・ワトソン絵;石井睦美訳／光村教育図書／2011 年 8 月

チャーリー、おじいちゃんにあう／エイミー・ヘスト文;ヘレン・オクセンバリー絵；さくまゆみこ訳／岩
　崎書店／2013 年 12 月

ママのとしょかん／キャリ・ベスト文;ニッキ・デイリー絵；藤原宏之訳／新日本出版社／2011 年 3 月

アマールカ森番をやっつけた日／ヴァーツラフ・ベドジフ文・絵;甲斐みのり訳／LD&K BOOKS（アマー
　ルカ絵本シリーズ 1）／2012 年 4 月

アマールカ子羊を助けた日／ヴァーツラフ・ベドジフ文・絵;甲斐みのり訳／LD&K BOOKS（アマールカ
　絵本シリーズ 2）／2012 年 4 月

アマールカ大男にプロポーズされた日／ヴァーツラフ・ベドジフ文・絵;甲斐みのり訳／LD&K BOOKS
　（アマールカ絵本シリーズ 3）／2012 年 6 月

アマールカ鳥になった日／ヴァーツラフ・ベドジフ文・絵;甲斐みのり訳／LD&K BOOKS（アマールカ絵
　本シリーズ 4）／2012 年 6 月

アマールカ カッパが怒った日／ヴァーツラフ・ベドジフ文・絵;甲斐みのり訳／LD&K BOOKS（アマール
　カ絵本シリーズ 5）／2012 年 8 月

アマールカ 王様になった日／ヴァーツラフ・ベドジフ文・絵;甲斐みのり訳／LD&K BOOKS（アマールカ
　絵本シリーズ 6）／2012 年 8 月

ゆきだるまのスノーぼうや／ヒド・ファン・ヘネヒテン作・絵;のざかえつこ訳／フレーベル館／2011 年
　10 月

リッキのたんじょうび／ヒド・ファン・ヘネヒテン作・絵;のざかえつこ訳／フレーベル館／2012 年 11 月

空とぶペーター／フィリップ・ヴェヒター作・絵;天沼春樹訳／徳間書店／2013 年 7 月

ロージーのモンスターたいじ／フィリップ・ヴェヒター作;酒寄進一訳／ひさかたチャイルド／2011 年 6 月

紙のむすめ／ナタリー・ベルハッセン文;ナオミ・シャピラ絵;もたいなつう訳／光村教育図書／2013 年 8
　月

長ぐつをはいたネコ／シャルル・ペロー原作;石津ちひろ抄訳;田中清代絵／ブロンズ新社／2012 年 1 月

シンデレラ／シャルル・ペロー原作;ヤコブ・グリム原作／学研教育出版／2011 年 4 月

あなたがちいさかったころってね／マレーク・ベロニカ文;Ｆ・ジュルフィ・アンナ絵;マンディ・ハシモ

30

ト・レナ訳／風濤社／2012 年 9 月

ひとりぼっちのジョージ／ペンギンパンダ作・絵／ひさかたチャイルド／2011 年 7 月

ママはびようしさん／アンナ・ベングトソン作オスターグレン晴子訳／福音館書店（世界傑作絵本シリーズ）／2013 年 6 月

おうさまジャックとドラゴン／ピーター・ベントリー文;ヘレン・オクセンバリー絵;灰島かり訳／岩崎書店／2011 年 7 月

いぬのおしりのだいじけん／ピーター・ベントリー文;松岡芽衣絵;灰島かり訳／ほるぷ出版／2012 年 6 月

しょんぼりしないで、ねずみくん！／ジェド・ヘンリー作;なかがわちひろ訳／小学館／2013 年 2 月

それゆけ！ きょうりゅうサッカー大決戦／リサ・ホィーラー作;バリー・ゴット絵;ゆりよう子訳／ひさかたチャイルド／2012 年 2 月

それゆけ！ きょうりゅうベースボール大決戦／リサ・ホィーラー作;バリー・ゴット絵;ゆりよう子訳／ひさかたチャイルド／2012 年 3 月

コルチャック先生-子どもの権利条約の父／トメク・ボガツキ作;柳田邦男訳／講談社（講談社の翻訳絵本）／2011 年 1 月

おおきなわんぱくぼうや／ケビン・ホークス作;尾高薫訳／ほるぷ出版／2011 年 8 月

パオアルのキツネたいじ／蒲松齢原作;心怡再話;蔡皋絵;中由美子訳／徳間書店／2012 年 10 月

ベンおじさんのふしぎなシャツ／シュザン・ボスハウベェルス作 ; ルース・リプハーヘ絵 ; 久保谷洋訳／朝日学生新聞社／2011 年 9 月

ゴマとキナコのおいもほり／ほそいさつき作／ＰＨＰ研究所（わたしのえほん）／2012 年 10 月

いろいろおふろはいり隊！／穂高順也文;西村敏雄絵／教育画劇／2012 年 5 月

なべぶぎょういっけんらくちゃく／穂高順也文;亀澤裕也絵／あかね書房／2012 年 2 月

どどのろう／穂髙順也作;こばやしゆかこ絵／岩崎書店（えほんのぼうけん）／2013 年 2 月

なきんぼあかちゃん／穂髙順也文;よしまゆかり絵／大日本図書／2012 年 9 月

おうさまのおひっこし／牡丹靖佳作／福音館書店（日本傑作絵本シリーズ）／2012 年 5 月

ピートのスケートレース／ルイーズ・ボーデン作;ニキ・ダリー絵／ふなとよし子訳／福音館書店（世界傑作絵本シリーズ）／2011 年 11 月

ほんなんてだいきらい！／バーバラ・ボットナー文;マイケル・エンバリー絵／主婦の友社（主婦の友はじめてブック）／2011 年 3 月

みにくいことりの子／イザベル・ボナモー作;ふしみみさを訳／あすなろ書房／2012 年 2 月

あかにんじゃ／穂村弘作;木内達朗絵／岩崎書店（えほんのぼうけん）／2012 年 6 月

リンゴのたび／デボラ・ホプキンソン作;ナンシー・カーペンター絵 ; 藤本朝巳訳／小峰書店（わくわく世界の絵本）／2012 年 8 月

ふしぎなボジャビのき／ダイアン・ホフマイアー再話;ピート・フロブラー絵;さくまゆみこ訳／光村教育図書／2013 年 5 月

カモさん、なんわ？／シャーロット・ポメランツ文;ホセ・アルエゴ、マリアンヌ・デューイ絵;こみやゆう訳／徳間書店／2012 年 3 月

ありがとう、チュウ先生-わたしが絵かきになったわけ／パトリシア・ポラッコ作;さくまゆみこ訳／岩崎書店／2013 年 6 月

でてきておひさま／ほりうちみちこ再話;ほりうちせいいち絵／福音館書店（こどものとも年中版）／2012 年 7 月

滝のむこうの国／ほりかわりまこ作／偕成社／2012 年 2 月

あかいじどうしゃよんまるさん／堀川真作／福音館書店（こどものとも絵本）／2012 年 1 月

サッカーがだいすき！／マリベス・ボルツ作;ローレン・カスティロ絵；MON 訳／岩崎書店／2012 年 11 月

みつばちマーヤ／ボンゼルス原作;正岡慧子文;熊田千佳慕絵／世界文化社／2011 年 12 月

クマのパディントン／マイケル・ボンド作;R.W.アリー絵;木坂涼訳／理論社（絵本「クマのパディントン」シリーズ）／2012 年 9 月

パディントンのにわづくり／マイケル・ボンド作;R.W.アリー絵;木坂涼訳／理論社（絵本「クマのパディントン」シリーズ）／2013年5月

パディントンの金メダル／マイケル・ボンド作;R.W.アリー絵;木坂涼訳／理論社（絵本「クマのパディントン」シリーズ）／2013年5月

もしも、ぼくがトラになったら／ディーター・マイヤー文;フランツィスカ・ブルクハント絵;那須田淳訳／光村教育図書／2013年2月

としょかんねこデューイ／ヴィッキー・マイロン文;ブレット・ウィター文;スティーヴ・ジェイムズ絵;三木卓訳／文化学園文化出版局／2012年3月

ぼくのゆきだるまくん／アリスン・マギー文;マーク・ローゼンタール絵;なかがわちひろ訳／主婦の友社／2011年11月

メルリック・まほうをなくしたまほうつかい／デビッド・マッキー作;なかがわちひろ訳／光村教育図書／2013年1月

エルマーとスーパーゾウマン／デビッド・マッキー文・絵；きたむらさとし訳／BL出版（ぞうのエルマー）／2011年11月

エルマーと100さいのたんじょうび／デビッド・マッキー文・絵；きたむらさとし訳／BL出版（ぞうのエルマー）／2012年11月

クイクイちゃん／牧野夏子文;佐々木マキ絵／絵本館／2012年6月

こわがらなくていいんだよ／ゴールデン・マクドナルド作;レナード・ワイスガード絵；こみやゆう訳／長崎出版／2012年9月

きかんしゃがとおるよ／ゴールデン・マクドナルド作;レナード・ワイスガード絵；こみやゆう訳／長崎出版／2012年11月

どうぶつがすき／パトリック・マクドネル作;なかがわちひろ訳／あすなろ書房／2011年9月

よーし、よし！／サム・マクブラットニィ文;アイヴァン・ベイツ絵;福本友美子訳／光村教育図書／2013年11月

たったひとつのねがいごと／バーバラ・マクリントック作;福本友美子訳／ほるぷ出版／2011年11月

さんすうサウルス／ミッシェル・マーケル文;ダグ・クシュマン絵／福音館書店／2011年10月

ぼく、まってるから／正岡慧子作;おぐらひろかず絵／フレーベル館（おはなしえほんシリーズ）／2013年2月

ゴロゴロドーンかみなりさまおっこちた／正岡慧子作;ひだきょうこ絵／ひかりのくに／2011年7月

きょうはせつぶんふくはだれ？／正岡慧子作;古内ヨシ絵／世界文化社（ワンダーおはなし絵本）／2011年12月

おねしょのせんせい／正道かほる;作 橋本聡;絵／フレーベル館（おはなしえほんシリーズ）／2011年11月

きょうりゅうじまだいぼうけん／間瀬なおかた作・絵／ひさかたチャイルド／2011年6月

うみやまてつどう―まぼろしのゆきのはらえき／間瀬なおかた作・絵／ひさかたチャイルド／2011年11月

おとどけものでーす！／間瀬なおかた作・絵／ひさかたチャイルド／2012年2月

うみやまてつどう―さいしゅうでんしゃのふしぎなおきゃくさん／間瀬なおかた作・絵／ひさかたチャイルド／2012年8月

おうちでんしゃはっしゃしまーす／間瀬なおかた作・絵／ひさかたチャイルド／2013年12月

おじいさんのはやぶさ／間瀬なおかた作・絵;川口淳一郎監修／ベストセラーズ／2012年7月

おはようぼくだよ／益田ミリ作;平澤一平絵／岩崎書店（えほんのぼうけん）／2012年1月

ひなまつりルンルンおんなのこの日！／ますだゆうこ作;たちもとみちこ絵／文渓堂／2012年2月

はぶじゃぶじゃん／ますだゆうこ文;高畠純絵／そうえん社（ケロちゃんえほん）／2011年3月

ちいさなたいこ　こどものともコレクション／松岡享子作;秋野不矩絵／福音館書店（こどものともコレクション）／2011年2月

こりゃたいへん!!あまがえる先生ミドリ池きゅうしゅつ大作戦／まつおかたつひで作／ポプラ社（ポプラ社の絵本）／2012年8月

でんしゃはっしゃしまーす／まつおかたつひで作／偕成社／2012年9月

山猫たんけん隊／松岡達英作／偕成社／2011年6月

だれもしらないバクさんのよる／まつざわありさ作・絵／絵本塾出版／2012年9月

モコはかんがえます。／まつしたさゆり作・絵／学研教育出版／2011年8月

つるのよめさま／松谷みよ子文；鈴木まもる絵／ハッピーオウル社（語り伝えたい・日本のむかしばなし）
　　／2011年3月

おばあちゃんはかぐやひめ／松田もとこ作；狩野富貴子絵／ポプラ社（ポプラ社の絵本）／2013年3月

うみのそこのてんし／松宮敬治作・絵／BL出版／2011年12月

りょうちゃんのあさ／松野正子作；荻太郎絵／福音館書店（こどものとも復刻版）／2012年9月

うまのおいのり／まつむらまさこ文・絵／至光社（至光社ブッククラブ国際版絵本）／2011年1月

ショベルカーダーチャ／松本州平作・絵／教育画劇／2011年6月

りんご畑の12か月／松本猛文；中武ひでみつ絵／講談社（講談社の創作絵本）／2012年8月

アリゲイタばあさんはがんこもの／松山円香作／小学館／2012年12月

ほっぺおばけ／マットかずこ文・絵／アリス館／2013年7月

かえるのオムライス／マットかずこ文・絵／絵本塾出版／2012年11月

ころわんどっきどき／間所ひさこ作；黒井健絵／ひさかたチャイルド／2012年4月

泥かぶら／眞山美保原作；くすのきしげのり；文；伊藤秀男絵／瑞雲舎／2012年9月

マドレーヌ、ホワイトハウスにいく／ジョン・ベーメルマンス・マルシアーノ作；江國香織訳／BL出版／
　　2011年3月

ひとりでおとまり／まるやまあやこ作／福音館書店（こどものとも）／2012年11月

こんなことがあっタワー／丸山誠司作／えほんの杜／2012年12月

おこさまランチランド／丸山誠司著／PHP研究所（PHPにこにこえほん）／2011年11月

おしろとおくろ／丸山誠司著／佼成出版社／2013年4月

もりのおるすばん／丸山陽子作／童心社（絵本・こどものひろば）／2012年7月

れいぞうこのなかのなっとうざむらい／漫画兄弟作・絵／ポプラ社／2013年3月

れいぞうこのなかのなっとうざむらい―いかりのダブルなっとうりゅう／漫画兄弟作・絵／ポプラ社／
　　2013年10月

かぶとん／みうらし〜まる作・絵／鈴木出版（ひまわりえほんシリーズ）／2012年6月

おとうさんのかさ／三浦太郎作／のら書店／2012年6月

おおきなおひめさま／三浦太郎作／偕成社／2013年6月

おやゆびひめ／三木卓；文　荒井良二絵／講談社（講談社のおはなし絵本箱）／2013年1月

3人はなかよしだった／三木卓文；ケルッテゥ・ヴオラッブ原作・絵／かまくら春秋社／2013年5月

うんこのたつじん／みずうちきくお文；はたこうしろう絵／PHP研究所（わたしのえほん）／2011年7月

水木少年とのんのんばあの地獄めぐり／水木しげる著／マガジンハウス／2013年6月

ぼくのしっぽはどれ？／ミスター＆アプリ作・絵／絵本塾出版／2012年6月

ガロゲロ物語／ミスター作・絵；アプリ作・絵／絵本塾出版／2012年11月

かさやのケロン／水野はるみ作・絵／ひさかたチャイルド／2012年4月

いつでもいっしょ／みぞぶちまさる作・絵／絵本塾出版（もりのなかまたち）／2011年7月

タンポポあの日をわすれないで／光丘真理文；山本省三絵／文研出版（えほんのもり）／2011年10月

マイマイとナイナイ／皆川博子作；宇野亜喜良絵；東雅夫編／岩崎書店（怪談えほん）／2011年10月

ゆーらりまんぼー／みなみじゅんこ作／アリス館／2012年3月

エアポートきゅうこうはっしゃ！／みねおみつ作／PHP研究所（PHPにこにこえほん）／2013年9月

3びきのくま／ゲルダ・ミューラー作；まつかわまゆみ訳／評論社（評論社の児童図書館・絵本の部屋）／
　　2013年8月

ごきげんなディナー／宮内哲也作画；薬師夕馬文案／河出書房新社（トムとジェリーアニメおはなしえほ
　　ん）／2013年11月

だっこの木／宮川ひろ作；渡辺洋二絵／文渓堂／2011年2月

ピアノはっぴょうかい／みやこしあきこ作／ブロンズ新社／2012 年 4 月

のはらのおへや／みやこしあきこ作／ポプラ社（ポプラ社の絵本）／2011 年 9 月

グスコーブドリの伝記／宮澤賢治原作 司修:文と絵／ポプラ社（ポプラ社の絵本）／2012 年 7 月

セロ弾きのゴーシュ／宮沢賢治:作 さとうあや:絵／三起商行（ミキハウスの絵本）／2012 年 10 月

銀河鉄道の夜／宮沢賢治:作 金井一郎:絵／三起商行（ミキハウスの絵本）／2013 年 10 月

黄いろのトマト／宮沢賢治:作 降矢なな:絵／三起商行（ミキハウスの絵本）／2013 年 10 月

洞熊学校を卒業した三人／宮沢賢治:作 大島妙子:絵／三起商行(ミキハウスの宮沢賢治の絵本)／2012 年 10
月

氷河鼠の毛皮／宮沢賢治:作 堀川理万子:絵／三起商行(ミキハウスの絵本)／2011 年 10 月

風の又三郎／宮沢賢治原作:吉田佳広デザイン／偕成社／2013 年 9 月

注文の多い料理店／宮沢賢治作:小林敏也画／好学社（画本宮澤賢治）／2013 年 5 月

やまなし／宮澤賢治:作 小林敏也:画／好学社（画本宮澤賢治）／2013 年 10 月

雪わたり／宮澤賢治:作 小林敏也:画／好学社（画本宮澤賢治）／2013 年 10 月

蛙のゴム靴／宮沢賢治作:松成真理子絵／三起商行(ミキハウスの宮沢賢治の絵本)／2011 年 10 月

ふたごの星／宮沢賢治文:松永禎郎絵／新日本出版社／2013 年 6 月

マルタのぼうけん—あおいしずくのひみつ／宮島永太良作・絵／ハースト婦人画報社／2013 年 12 月

クルトンさんとはるのどうぶつたち／宮嶋ちか作／福音館書店（こどものとも年中向き）／2012 年 3 月

ポッチとノンノ／宮田ともみ作・絵／ひさかたチャイルド／2012 年 9 月

ちっちゃなトラックレッドくんとブラックくん／みやにしたつや作・絵／ひさかたチャイルド／2013 年 4
月

せいぎのみかた ワンダーマンの巻／みやにしたつや作・絵／学研教育出版／2012 年 10 月

ヘンテコリンおじさん／みやにしたつや作・絵／講談社（講談社の創作絵本）／2013 年 10 月

どうしたのブタくん／みやにしたつや作・絵／鈴木出版（チューリップえほんシリーズ）／2013 年 3 月

シニガミさん 2／宮西達也作・絵／えほんの杜／2012 年 9 月

かぶと四十郎 お昼の決闘の巻／宮西達也作・絵／教育画劇／2011 年 5 月

かぶと 3 兄弟 五十郎・六十郎・七十郎の巻／宮西達也作・絵／教育画劇／2013 年 6 月

わたししんじてるの／宮西達也作絵／ポプラ社（絵本の時間）／2011 年 6 月

ずっとずっといっしょだよ／宮西達也作絵／ポプラ社（絵本の時間）／2012 年 6 月

あいすることあいされること／宮西達也作絵／ポプラ社（絵本の時間）／2013 年 9 月

えんそくおにぎり／宮野聡子作／講談社（講談社の創作絵本）／2013 年 3 月

パンツちゃんとはけたかな／宮野聡子作・絵／教育画劇／2013 年 12 月

悪い本／宮部みゆき作:吉田尚令絵:東雅夫編／岩崎書店（怪談えほん）／2011 年 10 月

とっておきのあさ／宮本忠夫作・絵／ポプラ社（ポプラ社の絵本）／2011 年 12 月

ねずみのへやもありません／カイル・ミューバーン文:フレヤ・ブラックウッド絵:角田光代訳／岩崎書店／
2011 年 7 月

あおねこちゃん／ズデネック・ミレル絵:マリカ・ヘルストローム・ケネディ原作:平野清美訳／平凡社／
2012 年 12 月

てつぞうはね／ミロコマチコ著／ブロンズ新社／2013 年 9 月

ネコがすきな船長のおはなし／インガ・ムーア作・絵:たがきょうこ訳／徳間書店／2013 年 9 月

わたし、まだねむたくないの!／スージー・ムーア作；ロージー・リーヴ絵；木坂涼訳／岩崎書店／2011 年
7 月

マザネンダバ·南アフリカ·お話のはじまりのお話／ティナ・ムショーペ文:三浦恭子訳:マプラ刺繍プロジェ
クト刺繍／福音館書店（こどものとも）／2012 年 2 月

たんじょうびのおくりもの／ブルーノ・ムナーリ作；谷川俊太郎訳／フレーベル館（ブルーノ・ムナーリの
1945 シリーズ）／2011 年 8 月

おじちゃんせんせいだいだいだーいすき／むらおやすこ作:山本祐司絵／今人舎／2012 年 10 月

わくわく森のむーかみ／村上しいこ作:宮地彩絵／アリス館／2011 年 4 月

かえでの葉っぱ／デイジー・ムラースコヴァー文;出久根育絵；関沢明子訳／理論社／2012 年 11 月
もりへぞろぞろ／村田喜代子作;近藤薫美子絵／偕成社／2012 年 6 月
雉女房／村山亜土作;柚木沙弥郎絵／文化学園文化出版局／2012 年 11 月
ママ／室園久美作;間部奈帆作／主婦の友社／2012 年 3 月
ノウサギとハリネズミ／W・デ・ラ・メア再話;脇明子訳;はたこうしろう絵／福音館書店（ランドセルブック
　　ス）／2013 年 3 月
ぼくとサンショウウオのへや／アン・メイザー作;スティーブ・ジョンソン絵;ルー・ファンチャー絵;にしか
　　わかんこ訳／福音館書店／2011 年 3 月
これだからねこはだいっきらい／シモーナ・メイッサー作;嘉戸法子訳／岩崎書店／2011 年 9 月
おじいちゃんの手／マーガレット・H.メイソン文;フロイド・クーパー絵;もりうちすみこ訳／光村教育図書
　　／2011 年 7 月
こうもりぼうやとハロウィン／ダイアン・メイヤー文;ギデオン・ケンドール絵；藤原宏之訳／新日本出版
　　社／2012 年 9 月
夜まわりクマのアーサー／ジェシカ・メザーブ作;みらいなな訳／童話屋／2011 年 7 月
リスと青い星からのおきゃくさん／ゼバスティアン・メッシェンモーザー作;松永美穂訳／コンセル／2012
　　年 6 月
くまだっこ／デイヴィッド・メリング作;たなかあきこ訳／小学館／2012 年 5 月
ボクは船長／クリスティーネ・メルツ文;バルバラ・ナシンベニ絵;みらいなな訳／童話屋／2012 年 2 月
鬼ガ山／毛利まさみち作・絵／絵本塾出版／2011 年 12 月
ルンバさんのたまご／モカ子作・絵／ひかりのくに／2013 年 4 月
うめぼしくんのおうち／モカ子作・絵／ひかりのくに／2013 年 11 月
千年もみじ／最上一平文;中村悦子絵／新日本出版社／2012 年 10 月
ぼく、いってくる!／マチュー・モデ作;ふしみみさを訳／光村教育図書／2013 年 6 月
たなばたセブン／もとしたいづみ作;ふくだいわお絵／世界文化社（ワンダーおはなし絵本）／2012 年 6 月
おたんじょうびのケーキちゃん／もとしたいづみ作;わたなべあや絵／佼成出版社（みつばちえほんシリー
　　ズ）／2011 年 3 月
がっこいこうぜ!／もとしたいづみ作;山本孝絵／岩崎書店（えほんのぼうけん）／2011 年 12 月
おっとどっこいしゃもじろう／もとしたいづみ作;市居みか絵／ひかりのくに／2012 年 10 月
すすめ!ふたごちゃん／もとしたいづみ作;青山友美絵／佼成出版社／2013 年 11 月
ごぞんじ!かいけつしろずきん／もとしたいづみ作;竹内通雅絵／ひかりのくに／2013 年 2 月
まよいみちこさん／もとしたいづみ作;田中六大絵／小峰書店（にじいろえほん）／2013 年 10 月
うつぼざる―狂言えほん／もとしたいづみ文;西村繁男絵／講談社（講談社の創作絵本）／2011 年 11 月
まじかるきのこさん／本秀康;作／イースト・プレス（こどもプレス）／2011 年 2 月
まじかるきのこさんきのこむらはおおさわぎ／本秀康;著／イースト・プレス（こどもプレス）／2011 年
　　11 月
ちきゅうのへいわをまもったきねんび／本秀康作・絵／岩崎書店（えほんのぼうけん）／2012 年 3 月
ツボミちゃんとモムくん／ももせよしゆき著／白泉社（こども MOE のえほん）／2012 年 5 月
オニたいじ／森絵都;作 竹内通雅絵／金の星社／2012 年 12 月
ぼくだけのこと／森絵都作;スギヤマカナヨ絵／偕成社／2013 年 5 月
ボタン／森絵都作;スギヤマカナヨ絵／偕成社／2013 年 5 月
ふしぎなおとなりさん／もりか著／白泉社／2012 年 10 月
ちまちゃんとこくま／もりか著／白泉社（こども MOE のえほん）／2011 年 3 月
虹の森のミミっち／森沢明夫作;加藤美紀絵／TO ブックス／2013 年 12 月
こおりのなみだ／ジャッキー・モリス作;小林晶子訳／岩崎書店／2012 年 9 月
まなちゃん／森田雪香作／大日本図書／2011 年 9 月
アラジン―ディズニースーパーゴールド絵本／森はるな文;斎藤妙子構成／講談社／2011 年 3 月
たっちゃんのながぐつ／森比左志著;わだよしおみ著／こぐま社／2013 年 5 月

たっちゃんむしばだね／森比左志著:わだよしおみ著／こぐま社／2013年5月
さっちゃんとクッキー―森比左志著:わだよしおみ著：わかやまけん著／こぐま社／2013年5月
すみれちゃん／森雅之作／ビリケン出版／2011年5月
バスがくるまで／森山京作黒井健絵／小峰書店（にじいろえほん）／2011年11月
みずたまり／森山京作松成真理子絵／偕成社／2011年5月
ぼくらのひみつけんきゅうじょ／森洋子作・絵／PHP研究所（わたしのえほん）／2013年12月
マールとおばあちゃん／ティヌ・モルティール作カーティエ・ヴェルメール絵江國香織訳／ブロンズ新社
　／2013年4月
はずかしがりやのミリアム／ロール・モンルブ作マイア・バルー訳／ひさかたチャイルド／2012年1月
ならの木のみた夢／やえがしなおこ文／平澤朋子絵／アリス館／2013年7月
きこりとテーブル―トルコの昔話／八百板洋子再話:吉實恵絵／福音館書店（こどものとも年中向き）／
　2011年12月
ぽぽとクロ／八百板洋子作南塚直子絵／福音館書店（こどものとも）／2012年3月
ねこがおどる日／八木田宜子作森川百合香絵／童心社／2011年3月
おなべふこどもしんりょうじょ／やぎゅうげんいちろう作／福音館書店（日本傑作絵本シリーズ）／2013
　年2月
おてらのつねこさん／やぎゅうげんいちろう作／福音館書店（日本傑作絵本シリーズ）／2013年3月
母恋いくらげ／柳家喬太郎原作大島妙子文・絵／理論社／2013年3月
かぼこさん／やなせたかし作／フレーベル館（やなせたかしメルヘン図書館）／2013年9月
すくえ！ココリンときせきのほし／やなせたかし作・絵／フレーベル館／2011年6月
それいけ！アンパンマン　よみがえれバナナじま／やなせたかし作・絵／フレーベル館／2012年6月
とばせ!きぼうのハンカチ―それいけ!アンパンマン／やなせたかし作・絵／フレーベル館／2013年6月
アンパンマンとアクビぼうや／やなせたかし作・絵／フレーベル館（アンパンマンのおはなしるんるん）／
　2011年3月
アンパンマンとシドロアンドモドロ／やなせたかし作・絵／フレーベル館（アンパンマンのおはなしるんる
　ん）／2011年11月
アンパンマンとバナナダンス／やなせたかし作・絵／フレーベル館（アンパンマンのおはなしるんるん）／
　2012年3月
アンパンマンとザジズゼゾウ／やなせたかし作・絵／フレーベル館（アンパンマンのおはなしるんるん）／
　2012年10月
アンパンマンとカラコちゃん／やなせたかし作・絵／フレーベル館（アンパンマンのおはなしるんるん）／
　2013年3月
アンパンマンとリンゴぼうや／やなせたかし作・絵／フレーベル館（アンパンマンのおはなしるんるん）／
　2013年11月
あかいぼうし／やなせたかし作・絵／フレーベル館（やなせたかしメルヘン図書館）／2013年7月
タコラのピアノ／やなせたかし作・絵／フレーベル館（やなせたかしメルヘン図書館）／2013年7月
ラーメンてんし／やなせたかし作・絵／フレーベル館（やなせたかしメルヘン図書館）／2013年7月
キラキラ／やなせたかし作・絵／フレーベル館（復刊絵本セレクション）／2012年7月
ノアの箱舟／ハインツ・ヤーニッシュ文；リスベート・ツヴェルガー絵池田香代子訳／BL出版／2011年
　2月
アルノとサッカーボール／イヴォンヌ・ヤハテンベルフ作野坂悦子訳／講談社（世界の絵本）／2011年5
　月
アラジン―決定版アニメランド／矢部美智代文:西岡たかし本文イラスト／講談社／2011年7月
こひつじまある／山内ふじ江文・絵／岩波書店／2013年10月
ゴリラとあそんだよ／やまぎわじゅいち文／あべ弘士絵／福音館書店（ランドセルブックス）／2011年9月
ちえちゃんのおはじき／山口節子作大畑いくの絵／佼成出版社（クローバーえほんシリーズ）／2012年7
　月

しごとをとりかえたおやじさん―ノルウェーの昔話／山越一夫再話;山崎英介画／福音館書店（こどものともコレクション）／2011年2月

うどんドンドコ／山崎克己作／ＢＬ出版／2012年3月

おにぎりゆうしゃ／山崎克己著／イースト・プレス（こどもプレス）／2012年7月

多摩川のおさかなポスト／山崎充哲文;小島祥子絵／星の環会／2012年4月

ぼってんあおむしまよなかに／山崎優子文・絵／至光社（至光社ブッククラブ国際版絵本）／2012年9月

ねずみのよめいり／山下明生;文 しまだ・しほ絵／あかね書房（日本の昔話えほん）／2011年2月

いっすんぼうし／山下明生;文 山本孝;絵／あかね書房（日本の昔話えほん）／2011年2月

よるのふね／山下明生作;黒井健絵／ポプラ社（ポプラ社の絵本）／2011年4月

カワウソ村の火の玉ばなし／山下明生文;長谷川義史絵／解放出版社／2011年6月

ともだちぱんだ／やましたこうへい作・絵／教育画劇／2011年6月

3びきの こぶた／山田三郎絵;岡信子文／世界文化社／2011年12月

なまけもののエメーリャ／山中まさひこ文;ささめやゆき絵／小学館／2011年7月

おじいさんのしごと／山西ゲンイチ作／講談社（講談社の創作絵本）／2013年1月

こんもりくん／山西ゲンイチ作／偕成社／2011年1月

カンガルーがいっぱい／山西ゲンイチ作・絵／教育画劇／2011年5月

みにくいフジツボのフジコ／山西ゲンイチ著／アリス館／2011年12月

ハーナンとクーソン／山西ゲンイチ文・絵／大日本図書／2013年3月

トドマツ森のモモンガ／山村輝夫作／福音館書店（ランドセルブックス）／2011年11月

どうぶつげんきにじゅういさん／山本省三作;はせがわかこ絵／講談社（講談社の創作絵本）／2011年11月

みんなをのせてバスのうんてんしさん／山本省三作;はせがわかこ絵／講談社（講談社の創作絵本）／2013年6月

みどりのこいのぼり／山本省三作;森川百合香絵／世界文化社（ワンダーおはなし絵本）／2012年4月

もしも宇宙でくらしたら／山本省三作;村川恭介監修／ＷＡＶＥ出版（知ることって、たのしい!）／2013年6月

ふたつの勇気／山本省三文;夏目尚吾絵／学研教育出版／2013年8月

アブナイかえりみち／山本孝作／ほるぷ出版（ほるぷ創作絵本）／2013年3月

ふしぎのヤッポ島ブキブキとポイのたからもの／ヤーミー作／小学館／2012年1月

ゆきがふるよ、ムーミントロール／トーベ・ヤンソン原作・絵;ラルス・ヤンソン原作・絵;当麻ゆか訳／徳間書店（ムーミンのおはなしえほん）／2011年10月

おたんじょうびね、ムーミントロール／トーベ・ヤンソン原作・絵;ラルス・ヤンソン原作・絵;当麻ゆか訳／徳間書店（ムーミンのおはなしえほん）／2012年3月

ぼうけんにいこうよ、ムーミントロール／トーベ・ヤンソン原作・絵;ラルス・ヤンソン原作・絵;当麻ゆか訳／徳間書店（ムーミンのおはなしえほん）／2012年6月

ともだちをさがそう、ムーミントロール／トーベ・ヤンソン原作・絵;ラルス・ヤンソン原作・絵;当麻ゆか訳／徳間書店（ムーミンのおはなしえほん）／2013年2月

ゆうれいがこわいの?ムーミントロール／トーベ・ヤンソン原作・絵;ラルス・ヤンソン原作・絵;当麻ゆか訳／徳間書店（ムーミンのおはなしえほん）／2013年9月

わんぱくだんのどろんこおうこく／ゆきのゆみこ作;上野与志作／ひさかたチャイルド／2012年4月

わんぱくだんのまほうのじゅうたん／ゆきのゆみこ作;上野与志作／ひさかたチャイルド／2013年3月

レ・ミゼラブル／ヴィクトル・ユゴー原作;リュック・ルフォール再話;河野万里子訳／小峰書店（愛蔵版世界の名作絵本）／2012年3月

3びきのこねこ／雪舟えま文;はたこうしろう絵／福音館書店（こどものとも年少版）／2013年12月

京劇がきえた日―秦淮河一九三七／姚紅作;姚月蔭原案;中田美子訳／童心社（[日・中・韓]平和絵本）／2011年4月

あのひのこと／葉祥明絵・文／佼成出版社／2012年3月

こぐまのトムトムぼくのあき／葉祥明著／絵本塾出版／2011年11月

こぐまのトムトムぼくのふゆやすみ／葉祥明著／絵本塾出版／2011年12月

こぐまのトムトムぼくのいちにち／葉祥明著／絵本塾出版／2012年1月

こぐまのトムトムぼくのなつやすみ／葉祥明著／絵本塾出版／2012年4月

おーいおひさま！／よこたきよし作;西村敏雄絵／ひさかたチャイルド／2013年6月

はしれはやぶさ！とうほくしんかんせん／横溝英一文・絵／小峰書店（のりものえほん）／2012年7月

ひみつのたからさがし／よこみちけいこ作／ポプラ社／2012年10月

おにもつはいけん／吉田道子文;梶山俊夫絵／福音館書店（ランドセルブックス）／2011年3月

風の又三郎—文字の絵本／吉田佳広;デザイン 宮沢賢治原作／偕成社／2013年9月

くろとゆき／吉本隆広作・絵／福音館書店（こどものとも）／2012年9月

ようかいガマとの おイケにカエる／よしながこうたく作／あかね書房／2011年8月

ようかいガマとの ゲッコウの怪談／よしながこうたく作／あかね書房／2012年8月

ぼくだってウルトラマン／よしながこうたく作／講談社（講談社の創作絵本）／2013年11月

ちこく姫／よしながこうたく作／長崎出版（cub label）／2012年4月

ぼくの兄ちゃん／よしながこうたく作・絵／PHP研究所（わたしのえほん）／2013年3月

岩をたたくウサギ／よねやまひろこ再話;シリグ村の女たち絵／新日本出版社／2012年4月

キュッパのはくぶつかん／オーシル・カンスタ・ヨンセン作;ひだにれいこ訳／福音館書店／2012年4月

ハエのアストリッド／マリア・ヨンソン作;ひだにれいこ訳／評論社（児童図書館・絵本の部屋）／2011年7月

マリアンは歌う／パム・ムニョス・ライアン文;ブライアン・セルズニック絵;もりうちすみこ訳／光村教育図書／2013年1月

ねこたちのてんごく／シンシア・ライラント作・絵;まえざわあきえ訳／ひさかたチャイルド／2013年11月

みっつのねがい／ピレット・ラウド再話・絵 まえざわあきえ訳／福音館書店（世界傑作絵本シリーズ）／2012年1月

ふしぎなよる／セルマ・ラーゲルレーヴ原作;女子パウロ会再話；小泉るみ子絵／女子パウロ会／2013年10月

ねむるまえに／アルバート・ラム作;デイビッド・マクフェイル絵;木坂涼訳／主婦の友社（主婦の友はじめてブック）／2012年1月

ことりのギリ／マリオ・ラモ作;平岡敦訳／光村教育図書／2013年6月

ぼくはニコデム／アニエス・ラロッシュ文;ステファニー・オグソー絵;野坂悦子訳／光村教育図書／2013年2月

グーテンベルクのふしぎな機械／ジェイムズ・ランフォード作;千葉茂樹訳／あすなろ書房／2013年4月

コウモリとしょかんへいく／ブライアン・リーズ作・絵;西郷容子訳／徳間書店／2011年8月

リトル・マーメイド アリエルとふしぎな落とし物 アンダー・ザ・シー／エル・D.リスコ文;ブリトニー・リー絵;おかだよしえ訳／講談社／2013年9月

チュンチエ／ユイ・リーチョン文;チュ・チョンリャン絵;中由美子訳／光村教育図書／2011年12月

ねこのピート だいすきなしろいくつ／エリック・リトウィン作;ジェームス・ディーン絵;大友剛訳／ひさかたチャイルド／2013年5月

べんべけざばばん／りとうよい作／絵本館／2013年1月

空とぶ鉢／寮美千子文／長崎出版（やまと絵本）／2012年5月

生まれかわり／寮美千子文／長崎出版（やまと絵本）／2012年8月

祈りのちから／寮美千子文／長崎出版（やまと絵本）／2013年11月

天からおりてきた河／寮美千子文;山田博之画／長崎出版／2013年6月

どうしてダブってみえちゃうの？／ジョージ・エラ・リヨン文;リン・アヴィル絵；品川裕香訳／岩崎書店／2011年7月

おやすみ、はたらくくるまたち／シェリー・ダスキー・リンカー文;トム・リヒテンヘルド絵;福本友美子訳

／ひさかたチャイルド／2012年9月

よるのきかんしゃ、ゆめのきしゃ／シェリー・ダスキー・リンカー文;トム・リヒテンヘルド絵;福本友美子訳／ひさかたチャイルド／2013年8月

泣いてもいい?／グレン・リングトゥヴィズ作;シャロッテ・パーディ絵;田辺欧訳／今人舎／2013年6月

ぼくもおにいちゃんになりたいな／アストリッド・リンドグレーン文;イロン・ヴィークランド絵;石井登志子／徳間書店／2011年4月

わたしもがっこうにいきたいな／アストリッド・リンドグレーン文;イロン・ヴィークランド絵;石井登志子訳／徳間書店／2013年1月

やだよ／クラウディア・ルエダ作;宇野和美訳／西村書店東京出版編集部／2013年2月

おもちゃびじゅつかんでかくれんぼ／デイヴィッド・ルーカス作;なかがわちひろ訳／徳間書店／2012年4月

おもちゃびじゅつかんのクリスマス／デイヴィッド・ルーカス作;なかがわちひろ訳／徳間書店／2012年9月

おおきいうさぎとちいさいうさぎ／マリサビーナ・ルッソ作;みらいなな訳／童話屋／2011年4月

カンテクレール キジに恋したにわとり／ヨー・ルーツ作；フレート・フィッセルス作；エレ・フレイセ絵；久保谷洋訳／朝日学生新聞社／2012年1月

アマンディーナ／セルジオ・ルッツィア作;福本友美子訳／光村教育図書／2012年3月

ときめきのへや／セルジオ・ルッツィア作;福本友美子訳／講談社（講談社の翻訳絵本）／2013年9月

ちび魔女さん／ベア・デル・ルナール作;エマ・ド・ウート絵;おおさわちか訳／ひさかたチャイルド／2011年9月

アリ・ババと40人の盗賊／リュック・ルフォール再話;エムル・オルン絵;こだましおり訳／小峰書店（愛蔵版世界の名作絵本）／2011年9月

おさるのジョージ アイスクリームだいすき／M.&H.A.レイ原作;福本友美子訳／岩波書店／2011年9月

サーカスの少年と鳥になった女の子／ジェーン・レイ作・絵;河野万里子訳／徳間書店／2012年12月

へっこきよめさま／令丈ヒロ子;文 おくはらゆめ;絵／講談社（講談社の創作絵本）／2012年8月

うらしまたろう／令丈ヒロ子;文 たなか鮎子;絵／講談社（講談社の創作絵本）／2012年5月

かもとりごんべえ／令丈ヒロ子;文 長谷川義史;絵／講談社（講談社の創作絵本）／2012年11月

いっすんぼうし／令丈ヒロ子;文 堀川理子;絵／講談社（講談社の創作絵本）／2012年5月

かさじぞう／令丈ヒロ子;文 野村たかあき;絵／講談社（講談社の創作絵本）／2012年11月

そらのいろって／ピーター・レイノルズ文・絵;なかがわちひろ訳／主婦の友社／2012年12月

いちばんちいさなクリスマスプレゼント／ピーター・レイノルズ文・絵;なかがわちひろ訳／主婦の友社／2013年11月

アレクサンダとぜんまいねずみ［ビッグブック］／レオ・レオニ作;谷川俊太郎訳／好学社／2012年10月

ケープドリとモンドリアンドリ／ワウター・ヴァン・レーク作;野坂悦子訳／朔北社／2012年10月

ケープドリはつめいのまき／ワウター・ヴァン・レーク作;野坂悦子訳／朔北社／2013年1月

ケープドリ ケープタワーのまき／ワウター・ヴァン・レーク作;野坂悦子訳／朔北社／2013年6月

ソフィー・スコットの南極日記／アリソン・レスター作;斎藤倫子訳／小峰書店（絵本地球ライブラリー）／2013年8月

どうぶつびょういんおおいそがし／シャロン・レンタ作・絵;まえざわあきえ訳／岩崎書店／2011年9月

どうぶつしょうぼうたいだいかつやく／シャロン・レンタ作・絵;まえざわあきえ訳／岩崎書店／2012年6月

どうぶつこうむてんこうじちゅう／シャロン・レンタ作・絵;まえざわあきえ訳／岩崎書店／2013年7月

くらくてあかるいよる／ジョン・ロッコ作;千葉茂樹訳／光村教育図書／2011年10月

トラのじゅうたんになりたかったトラ／ジェラルド・ローズ文・絵;ふしみみさを訳／岩波書店（大型絵本）／2011年10月

マングローブの木／スーザン・L．ロス文とコラージュ;シンディー・トランボア文;松沢あさか訳／さ・え・ら書房／2013年7月

ゼロくんのかち／ジャンニ・ロダーリ文;エレナ・デル・ヴェント絵;関口英子訳／岩波書店（岩波の子どもの本）／2013 年 9 月

庭にたねをまこう！／ジョーン・G・ロビンソン文・絵;こみやゆう訳／岩波書店／2013 年 3 月

ニニのゆめのたび／アニタ・ローベル作;まつかわまゆみ訳／評論社（児童図書館・絵本の部屋）／2012 年 5 月

ファーディのクリスマス／ジュリア・ローリンソン作;ティファニー・ビーク絵;小坂涼訳／理論社／2011 年 10 月

くつがいく／和歌山静子作／童心社（[日・中・韓]平和絵本）／2013 年 3 月

ジャックとまめの木／渡辺茂男;文 スズキコージ;絵／講談社（講談社のおはなし絵本箱）／2013 年 4 月

津波になった水龍神様と希望の光／わたなべまさお文;いわぶちゆい絵／日本地域社会研究所／2012 年 12 月

ねこざかなのすいか／わたなべゆういち作・絵／フレーベル館／2012 年 5 月

ふうせんクジラボンはヒーロー／わたなべゆういち作・絵／佼成出版社（クローバーえほんシリーズ）／2012 年 2 月

おれはワニだぜ／渡辺有一文・絵／文研出版（えほんのもり）／2013 年 1 月

こうさぎと 4 ほんのマフラー／わたりむつこ作;でくねいく絵／のら書店／2013 年 12 月

いちごばたけのちいさなおばあさん／わたりむつこ作;中谷千代子絵／福音館書店（こどものとも絵本）／2011 年 6 月

テーマ・ジャンルからさがす物語・お話絵本 2011-2013

2018年8月10日　第1刷発行

発行者	道家佳織
編集・発行	株式会社ＤＢジャパン 〒151-0053 東京都渋谷区代々木2-23-1 ニューステイトメナー865
電話	03-6304-2431
ファクス	03-6369-3686
e-mail	books@db-japan.co.jp
装丁	ＤＢジャパン
電算漢字処理	ＤＢジャパン
印刷・製本	大日本法令印刷株式会社

不許複製・禁無断転載
〈落丁・乱丁本はお取り換えいたします〉
ISBN 978-4-86140-037-7
Printed in Japan 2018

DBジャパン　既刊一覧

歴史・時代小説 ・・・・・・・・・・・・・・・・・・・・・・・・・・・・・・

● 歴史・時代小説登場人物索引 単行本篇 2000-2009

定価 22,000 円 2010.12 発行 ISBN978-4-86140-015-5

● 歴史・時代小説登場人物索引 アンソロジー篇 2000-2009

定価 20,000 円 2010.05 発行 ISBN978-4-86140-014-8

● 歴史・時代小説登場人物索引 遡及版・アンソロジー篇

定価 21,000 円 2003.07 発行 ISBN978-4-9900690-9-4

● 歴史・時代小説登場人物索引 単行本篇

定価 22,000 円 2001.04 発行 ISBN978-4-9900690-1-8

● 歴史・時代小説登場人物索引 アンソロジー篇

定価 20,000 円 2000.11 発行 ISBN978-4-9900690-0-1

ミステリー小説 ・・・・・・・・・・・・・・・・・・・・・・・・・・・・・・

● 日本のミステリー小説登場人物索引 単行本篇 2001-2011 上下

定価 25,000 円 2013.05 発行 ISBN978-4-86140-021-6

● 日本のミステリー小説登場人物索引 アンソロジー篇 2001-2011

定価 20,000 円 2012.05 発行 ISBN978-4-86140-018-6

● 日本のミステリー小説登場人物索引 単行本篇 上下

定価 28,000 円 2003.01 発行 ISBN978-4-9900690-8-7

● 日本のミステリー小説登場人物索引 アンソロジー篇

定価 20,000 円 2002.05 発行 ISBN978-4-9900690-5-6

● 翻訳ミステリー小説登場人物索引 上下

定価 28,000 円 2001.09 発行 ISBN978-4-9900690-4-9

絵本・紙芝居 ・・・・・・・・・・・・・・・・・・・・・・・・・・

- テーマ・ジャンルからさがす乳幼児絵本

  定価 22,000 円 2014.02 発行 ISBN978-4-86140-022-3

- テーマ・ジャンルからさがす物語・お話絵本① 子どもの世界・生活/架空のもの・ファンタジー

  定価 22,000 円 2011.09 発行 ISBN978-4-86140-016-2

- テーマ・ジャンルからさがす物語・お話絵本②

  民話・昔話・名作/動物/自然・環境・宇宙/戦争と平和・災害・社会問題/人・仕事・生活

  定価 22,000 円 2011.09 発行 ISBN978-4-86140-017-9

- 紙芝居登場人物索引

  定価 22,000 円 2009.09 発行 ISBN978-4-86140-013-1

- 紙芝居登場人物索引 2009-2015

  定価 5,000 円 2016.08 発行 ISBN978-4-86140-024-7

- 日本の物語・お話絵本登場人物索引 1953-1986 ロングセラー絵本ほか

  定価 22,000 円 2008.08 発行 ISBN978-4-86140-011-7

- 日本の物語・お話絵本登場人物索引

  定価 22,000 円 2007.08 発行 ISBN978-4-86140-009-4

- 日本の物語・お話絵本登場人物索引 2007-2015

  定価 22,000 円 2017.05 発行 ISBN978-4-86140-028-5

- 世界の物語・お話絵本登場人物索引 1953-1986 ロングセラー絵本ほか

  定価 20,000 円 2009.02 発行 ISBN978-4-86140-012-4

- 世界の物語・お話絵本登場人物索引

  定価 22,000 円 2008.01 発行 ISBN978-4-86140-010-0

- 世界の物語・お話絵本登場人物索引 2007-2015

  定価 15,000 円 2017.05 発行 ISBN978-4-86140-030-8

児童文学 ・・・・・・・・・・・・・・・・・・・・・・・・・・

● 日本の児童文学登場人物索引 民話・昔話集篇

定価 22,000 円 2006.11 発行 ISBN978-4-86140-008-7

● 日本の児童文学登場人物索引 単行本篇 上下

定価 28,000 円 2004.10 発行 ISBN978-4-86140-003-2

● 日本の児童文学登場人物索引 単行本篇 2003-2007

定価 22,000 円 2017.08 発行 ISBN 978-4-86140-030-8

● 日本の児童文学登場人物索引 単行本篇 2008-2012

定価 22,000 円 2017.09 発行 ISBN 978-4-86140-031-5

● 児童文学登場人物索引 アンソロジー篇 2003−2014

定価 23,000 円 2015.08 発行 ISBN978-4-86140-023-0

● 日本の児童文学登場人物索引 アンソロジー篇

定価 22,000 円 2004.02 発行 ISBN978-4-86140-000-1

● 世界の児童文学登場人物索引 単行本篇 上下

定価 28,000 円 2006.03 発行 ISBN978-4-86140-007-0

● 世界の児童文学登場人物索引 単行本篇 2005-2007

定価 15,000 円 2017.11 発行 ISBN978-4-86140-032-2

● 世界の児童文学登場人物索引 単行本篇 2008-2010

定価 15,000 円 2018.01 発行 ISBN978-4-86140-033-9

● 世界の児童文学登場人物索引 単行本篇 2011-2013

定価 10,000 円 2018.02 発行 ISBN978-4-86140-034-6

● 世界の児童文学登場人物索引 アンソロジーと民話・昔話集篇

定価 21,000 円 2005.06 発行 ISBN978-4-86140-004-9